“十三五”国家重点出版物出版规划项目
外国小说发展史系列丛书

法国小说发展史

吴岳添 ——— 著

浙江工商大学出版社
ZHEJIANG GONGSHANG UNIVERSITY PRESS

图书在版编目(CIP)数据

法国小说发展史 / 吴岳添著. — 杭州：浙江工商大学出版社，2019.6

ISBN 978-7-5178-3232-4

Ⅰ. ①法… Ⅱ. ①吴… Ⅲ. ①小说史—研究—法国 Ⅳ. ①I565.074

中国版本图书馆 CIP 数据核字(2019)第 091388 号

法国小说发展史

FAGUO XIAOSHUO FAZHANSHI

吴岳添 著

出 品 人 鲍观明
丛书策划 钟仲南
责任编辑 钟仲南　尹　洁　沈敏丽
责任校对 袁金麟
封面设计 观止堂_未　氓　黄　冉
责任印制 包建辉
出版发行 浙江工商大学出版社
(杭州市教工路 198 号　邮政编码 310012)
(E-mail:zjgsupress@163.com)
(网址:http://www.zjgsupress.com)
电话:0571—88904980,88831806(传真)
排　　版 杭州朝曦图文设计有限公司
印　　刷 杭州高腾印务有限公司
开　　本 710mm×1000mm　1/16
印　　张 35
字　　数 666 千
版 印 次 2019 年 6 月第 1 版　2019 年 6 月第 1 次印刷
书　　号 ISBN 978-7-5178-3232-4
定　　价 150.00 元

吴岳添

作者简介

吴岳添，1944年生，江苏常州人。1967年毕业于南京大学外文系法语专业，1981年毕业于中国社会科学院研究生院法国文学专业，获文学硕士学位。毕业后在中国社会科学院外文所工作，其中1986—1987年在巴黎高等社会科学研究院进修文学社会学。曾任中国社会科学院外文所科研处长和南欧拉美研究室主任，中国法国文学研究会会长，湘潭大学文学与新闻学院特聘教授。现为外文所研究员、博士生导师，中国作协会员。长期从事法国文学研究，出版著译作品百余种，主要有专著《法国现当代左翼文学》《左拉学术史研究》《萨特传》和《雨果画传》等，文集《远眺巴黎》《塞纳河畔》和《法国文学散论》等，译著《论无边的现实主义》《社会学批评概论》《苔依丝》《左拉文学书简》《小爱大德》《悠悠岁月》和《法朗士评论精选集》等，主编《世界长篇名著精华》《法国经典戏剧全集》《左拉研究文集》《马丁·杜加尔研究》和“人类文明画卷丛书”等。

总　序

陆建德*

英国小说家简·奥斯丁说过，在小说里，心智最伟大的力量得以显现，“有关人性最透彻深刻的思想，对人性各种形态最精妙的描述，最生动丰富的机智和幽默，通过最恰当的语言向世人传达”。20世纪以来，小说在文学中的地位比奥斯丁所处的时代更突出，它确实是“一部生活的闪光之书”（戴·赫·劳伦斯语），为一种广义上的道德关怀所照亮。英国批评家弗兰克·克莫德在20世纪末指出：“即使是在当今的状况下，小说仍然可能是伦理探究的最佳工具。”但是这一说未必适用于中国古代小说。

“小说”一词在中文里历史久远，《汉书·艺文志》将“小说家”列为九流十家之末，他们的记录与历史相通，但不同于官方的正史，系“街谈巷语，道听途说者之所造也”。《殷芸小说》据说产生于南北朝时期的梁代，是我国最早以“小说”命名的著作，多为不经之谈。唐传奇的出现带来新气象，如鲁迅在《中国小说史略》中所说：“小说亦如诗，至唐代而一变，虽尚不离于搜奇记逸，然叙述宛转，文辞华艳，与六朝之粗陈梗概者较，演进之迹甚明，而尤显者乃在是时则始有意为小说。”

但是中国现代小说的产生有特殊的时代背景，离不开外来的影响。我国近现代文学的奠基人和杰出代表，往往也是翻译家。这种现象在世界文学史上是不多见的。晚清之前，传统文人重诗文，小说作为一种文学创作形式，地位不高，

---

* 陆建德：籍贯浙江海宁，生于杭州。中国社会科学院文学研究所研究员，博士生导师。研究方向为英美文学。曾任中国社会科学院外国文学研究所副所长、党委书记，研究生院外文系系主任、研究生院学位委员会副主席和教授委员会执行委员，中国社会科学院文学研究所所长兼文学系主任，《文学评论》主编、《中国文学年鉴》主编、《外国文学动态》主编（2002—2009）、《外国文学评论》主编（2010）。出版专著有《麻雀啁啾》《破碎思想的残编》《思想背后的利益》《潜行乌贼》等。

主要是供人消遣的。到了20世纪20年代中期,小说受重视的程度已不可同日而语。1899年初《巴黎茶花女遗事》出版,大受读书人欢迎,有严复诗句为证:“可怜一卷《茶花女》,断尽支那游子肠。”1924年10月9日,近代文学家、翻译家林纾在京病逝。一个月后,郑振铎在商务印书馆的《小说月报》上发表《林琴南先生》一文,从三方面总结这位福建先贤对中国文坛的贡献。首先,林译小说填平了中西文化之间的深沟,读者近距离观察西方社会,“了然地明白了他们的家庭情形,他们的社会的内部的情形,以及他们的国民性。且明白了‘中’与‘西’原不是两个截然相异的名词”。总之,“他们”与“我们”同样是人。其次,中国读书人以为中国传统文学至高无上,林译小说风行后,方知欧美不仅有物质文明上的成就,欧美作家也可与太史公比肩。再者,小说的翻译创作深受林纾译作影响,文人心目中小说的地位由此改观,自林纾以后,才有以小说家自命的文人。郑振铎这番话实际上暗含了这样一个结论:中国现代小说的发达,有赖于域外小说的引进。鲁迅也是在接触了外国文学之后,才不再相信小说的功能就是消磨时间。他在作于1933年春的《我怎么做起小说来》一文中写道:“说到‘为什么’做小说罢,我仍抱着十多年前的‘启蒙主义’,以为必须是‘为人生’,而且要改良这人生。”

各国小说的演进史背后是不是存在“为人生”或“救世”的动机?这个问题不容易回答。浙江工商大学出版社的“外国小说发展史系列丛书”充分展示了小说发展的多元性和复杂性。丛书共9册,主要分国别成书,如法国、英国、美国、俄国(含苏联)、日本、德国、澳大利亚和伊朗。西班牙在拉丁美洲有漫长的殖民史,被殖民国家独立后依然使用西班牙语,在文学创作上也是互相影响,因此将西班牙语小说统一处理也是非常合理的。各卷执笔者多年浸淫于相关国别、语种文学的研究,卓然成家。丛书的最大特点,就在于此。我以为只有把这9册小说史比照阅读,才会收到最大的成效。当然,如何把各国小说发展史的故事讲得更好,还有待于读者的积极参与。我在阅读书稿的时候,也有很多想法,在此略说一二。首先是如何看待文学中的宗教因素。中国学者也容易忽略文学中隐性的宗教呈现。其次,《美国小说发展史》最后部分(第十二章第八节)介绍的是“华裔小说”,反映了中国学者的族裔关怀。国内图书市场和美国文学研究界特别关注华裔作家在美国取得的成就,学术期刊往往也乐意发表相关的论文。其实有的华裔作家完全融入了美国的主流文化,族裔背景对他们而言未必如我们想象中那么重要,美国华裔小说家任碧莲(Gish Jen)来华访问时就对笔者这样说过。

再者，美国自从20世纪六七十年代以来，作家队伍中的少数族裔尤其是拉丁美洲人（即所谓的Latinos）越来越多，他们中间不少人还从未进入过我们的视野。我特意提到这一点，是想借此机会追思《美国小说发展史》作者毛信德教授。

再回到克莫德“小说是伦理探究的最佳工具”一说。读者在阅读小说的时候总是参与其间的，如果幸运的话，也能收到痛苦的自我反思的功效。能激发读者思考的书总是好书，希望后辈学者多多关注这套丛书，写出比较小说史的大文章来。

2018年6月17日

前 言

法兰西民族热情奔放、幽默诙谐的天性，造就了语言生动、风格清新的法国文学，加上得天独厚的历史条件，使法国在世界文学中始终具有举足轻重的地位。法国的发展在17世纪达到了鼎盛时期，成为西欧典型的封建君主制国家，在绝对王权庇护下形成的古典主义，对欧洲文学的影响长达两个世纪之久，使得崇尚法国文化在欧洲蔚然成风。从18世纪开始，震撼世界的启蒙运动、法国大革命、拿破仑称霸欧洲、巴黎公社等历史事件，一次又一次地使法国令世人瞩目，也使法国文学在世界上产生了巨大而深远的影响。

各国文学的发展都有一个共同的规律，即先有韵文，后有散文，这是韵文朗朗上口，便于歌唱和传诵的缘故，例如我国的《诗经》、西方的荷马史诗就都是古代最早的文学作品。韵文可以用于诗歌、戏剧，如我国的唐诗、宋词和元曲，西方的史诗、悲剧、喜剧和故事诗。小说是用散文写作的，因此出现较晚，我国直到明朝才繁荣起来。而在法国的文学中，小说无疑占据着越来越重要的地位。从中世纪末期开始，在其他体裁充分发展的基础上，法国小说博采众长，经历了一个产生、发展、成熟和不断创新的过程。自启蒙运动以来，伏尔泰、狄德罗、卢梭和雨果的光辉名字，已经使巴黎成为世人向往的圣地，而司汤达、巴尔扎克、福楼拜和左拉等一代大师，更使法国小说在19世纪的欧洲文学中达到了前所未有的高峰。

关于法国小说家及其作品的研究，国外出版过大量的论著，但是国外的研究者分工精细，往往只以一个小说家、一种小说体裁或一部名著作为研究对象，很少从“史”的角度来全面论述法国小说及其发展过程。即使有这方面的论著，也往往限于某个时期，例如米歇尔·莱蒙的《法国现代小说史》(1967)、勒韦尔的《17世纪的法国小说》(1981)等，也就是只有小说的断代史。国内的研究界通常以小说家的评传为主，出版界则注重出版小说家的作品，所以迄今为止，国内外似乎尚未出现一部完整的法国小说史。

20世纪80年代以来，我国翻译和重译了许多法国小说，出版了形形色色的小说选本，包括巴尔扎克等著名小说家的全集或文集，同时出版了郑克鲁的《现代法国小说史》(1998)等专著和不少论文。这些研究显示出我国学者对法国小说的研究在不断深化，标志着撰写一部完整的法国小说史的时机已经成熟。因此，在吸取前人研究成果的基础上，从宏观的角度把握法国小说从中世纪直到当代的发展过程，探讨法国小说的起源和演变，研究重要小说流派的来龙去脉和重要小说家的艺术特色，以及法国小说与世界各国小说的相互影响，显然是一件很有意义的事情。

我于1967年毕业于南京大学外文系法语专业，经历了十年动乱之后，在1978年考入中国社会科学院研究生院学习法国文学。从此以后我殚精竭虑、不敢稍懈，全力从事法国文学、主要是法国小说的研究。我把本书命名为《法国小说发展史》，就是力求使它成为国内外第一部全面论述法国小说及其发展过程的专著，以便促进国内的法国文学研究，同时为外国文学界的同行提供有益的参考。

法国小说博大精深、浩如烟海，小说家犹如夜空的繁星，要想面面俱到地评析每个作家，实际上是一种不可能实现的雄心。因此，如何选择值得评述的小说家和作品，是一个涉及历史背景、社会环境、文学状况和研究者经验等各个方面的重要问题。我努力遵循尊重历史、实事求是的原则，在前人研究的基础上独立思考，把法国小说史作为一个整体来进行动态的阐释，使这部《法国小说发展史》在全面的基础上突出重点，力求做到言之有据、资料翔实，文笔流畅、语言简洁，真正使读者开卷有益。

研究法国文学是我毕生的事业，在有生之年完成这部著作，是我多年来的夙愿。老友毛信德教授大力倡导写作这套小说发展史，并得到浙江工商大学出版社鲍观明社长和钟仲南总编的大力支持，在此一并致以衷心的感谢。书中若有不当之处，敬请专家和读者们批评指正。

吴岳添

2017年5月6日

目　录

第一编　小说的产生和发展——18世纪及以前的小说

第二编　小说的成熟和繁荣——19世纪的小说

第三编　小说的演变和创新——20世纪以来的小说

第一编　小说的产生和发展

——18 世纪及以前的小说

概 述

法国位于欧洲西部，于公元前 1 世纪中叶被罗马统帅恺撒征服，罗马人称当地的凯尔特人为高卢人，所以法国古代又称高卢。当时在罗马人建立的学校和基督教的修道院里使用书面的拉丁语，而高卢本地的语言则逐渐被罗马士兵和商人使用的通俗拉丁语取代。罗马帝国在 5 世纪崩溃以后，蛮族入主高卢，在 5 世纪末建立了法兰克王国，通俗拉丁语演变成为罗曼语，也就是古法语。罗曼语主要包括两种方言：南方的奥克语和北方的奥依语。由此可见，法国的古代文化与古罗马有着密切的联系，它的小说源头可以追溯到古希腊、古罗马的原始小说。

法兰克王国到查理大帝(768—814)时代达到了全盛时期，统治着昔日被罗马帝国征服的西欧，因此查理大帝被教皇加冕为“罗马人的皇帝”。后来他的三个孙子因分封不均进行内战，842 年，两个弟弟日耳曼人路易和秃头查理联合起来反对兄长洛泰尔。他们在斯特拉斯堡会师时发表誓词，为了使双方的士兵都能听懂，所以分别用日耳曼语和罗曼语书写。这份罗曼语誓词就是最早的古法语文献，标志着法国文学的诞生。三兄弟在 843 年缔结了凡尔登和约，将帝国一分为三，就是今天的法国、德国和意大利。由此开始到 15 世纪，在法国历史上属于中世纪，因此本义上的法国小说，从诞生之日起就属于中世纪文学的范畴。

人们曾以为基督教会统治下的中世纪是一片黑暗，直到文艺复兴时期才突然出现了文化的繁荣，其实并非如此。早在“11、12 世纪，随着国王宫廷的发展和公社运动的兴起，巴黎这座城市变成了一个欢快而有组织的都市中心。巴黎的各种学校也在发展，使得巴黎成为中世纪的一座巨大的学生城”①。著名的巴黎大学就是在那个时期形成的。

在文学方面，除了僧侣们用拉丁文创作的圣徒行传等宗教文学以外，还有英雄史诗、骑士文学和市民文学等各种类型，其中又包括抒情诗、戏剧、散文、传奇和故事等多种体裁。人所共知，文学的四种体裁是诗歌、散文、戏剧和小说。中世纪文学中的诗歌、散文和戏剧都一目了然，只有小说似乎尚未形成独立的体裁，因此有必要追根溯源，弄清它的来龙去脉。

---

① 罗芃等：《法国文化史》，北京大学出版社，1997 年，第 24 页。

法语中与小说和故事有关的词有三个："故事"(conte)、"短篇小说"(nouvelle)和"长篇小说"(roman)。conte 虽然是指中世纪的骑士故事诗，但是直到近代仍在使用，左拉、都德就把自己的短篇小说称为"故事"，例如都德的《星期一的故事》、左拉的《给妮侬的故事》等。nouvelle 的意思比较模糊，既可以指短篇小说，也可以指中篇小说，在小说史上往往与长篇小说没有明确的界限，现在更有新闻报道的意思。而 roman 一词被广泛应用于中世纪的文学，意思是传奇，例如《玫瑰传奇》和《列那狐传奇》等。

roman 最初的含义是"罗曼语"，后来也指用罗曼语写作的骑士故事诗，即骑士传奇或骑士小说。"归根结底，小说艺术的具体来源是一种暂时的、过渡的、中介的语言形式：罗曼语。"①因此郑克鲁先生认为"骑士小说(roman)一词，即今日的长篇小说。它包括了近代小说的两个基本的因素，即故事和人物"②。罗国祥先生也把中世纪的传奇和故事都直接译成"小说"，认为"中世纪的法国小说主要分为骑士小说和市民小说两类"③。他们的看法无疑都是言之有据的。

除了骑士小说和市民小说之外，中世纪还有回忆录和闻见录等纪事散文，也可以列为小说的一种类型。它们记载的虽然是历史事件，但并非纯粹客观的记录，而是对著名人物、生活细节的生动描绘，充满了骑士的冒险精神，具有传奇性和纪实性相结合的特点，相当于今天的报告文学或纪实小说。总而言之，罗曼语的写作不仅使书面文学摆脱了拉丁语的局限，而且使题材大为丰富，从而使读者的人数也大量增加。

顾名思义，短篇小说就是一种简短的叙事体裁。在这方面，东方文学对法国和整个欧洲的影响是不可忽视的。印度古代有一篇《七哲人小说》，由 1155 行诗句组成，讲述国王的儿子受到继母的诬陷，被迫发誓必须在七天之内保持沉默。七位哲人努力赢得时间来推迟国王的判决，于是在王子的继母与哲人们之间进行了一场争论，直到儿子终于能证明自己无罪为止。这篇小说在 12 世纪时传入欧洲，被译成了意大利语、西班牙语、高卢语、瑞典语和俄语等 14 种语言，在 13 世纪还被改写成多种散文。薄伽丘在《十日谈》、莎士比亚在《威尼斯商人》、莫里哀在《乔治・唐丹》里都运用过这篇小说的形式。

众所周知，法国最早的长篇小说是拉伯雷的《巨人传》，出现于 16 世纪文艺复兴时期。在法国小说史上，《巨人传》的出现颇为突兀，因为在它之前似乎还没有出现过什么小说。由此推论，在中世纪的韵文作品与长篇小说《巨人传》之间，

---

① 让-皮埃尔・博马舍等主编：《法语文学词典》，博尔达斯出版社，1984 年，第 3 卷，第 1974 页。

② 郑克鲁：《现代法国小说史》，上海外语教育出版社，1998 年，绪论第 2 页。

③ 罗国祥：《勇武、德行与潇洒之美：中世纪法国小说述评之一》，《法国研究》1994 年第 1 期，第 42 页。

必然有一些过渡性的作品，正如在我国的韵文与白话小说之间，有以古文写作的唐人小说、笔记小说等作为过渡一样，而这一点正是探讨小说起源的关键。

《巨人传》的出现早于法国的第一部短篇小说集《七日谈》，因此有学者认为“这个事例足以说明，长篇小说与短篇小说最初的产生与发展，是在两条不同的轨迹上进行的。如果此说尚能成立的话，那么可以说长篇小说作为大规模散文体叙述文学的形式，是从古老的诗体叙述文学英雄史诗演变而来，而短篇小说则直接从最初的小故事、小笑话而来。前者是民族生存斗争的产物，后者是群体日常现实生活的产物，两者都扎根于本民族的土壤之中”[①]。

英雄史诗对长篇小说的影响是显而易见的，两者有着类似的宏大篇幅和结构，但是也有所区别：英雄史诗是诗体，长篇小说是散文体；英雄史诗是叙事，长篇小说是讲故事。叙事与讲故事不同，英雄史诗叙述帝王在统一国家过程中的丰功伟绩，它们尽管出自行吟诗人们的集体创作，而且并不一定符合史实，但也仍然可以看成是长篇的历史记录。而故事则不同，它所讲述的不是历史而是虚构的情节，不但带有理想的色彩，而且注重趣味性，从而具有了后世小说的痕迹。

由此可见，长篇小说固然由英雄史诗演变而来，但是两者之间还应该有一种过渡的形式，这种形式就是骑士传奇或骑士故事诗：“英雄史诗在发展过程中逐步演变为韵文骑士传奇，从而正式开始了近代小说的孕育过程。骑士传奇这种长篇叙事诗不仅为后世文学提供了冒险、爱情和宗教三大主题，而且还开始关注人物的内心活动，可以说是近代长篇小说的胚胎。”[②]骑士故事诗采用了英雄史诗的诗体和长达成千上万行的宏伟篇幅，又加进了大多为了爱情而冒险、富有时代生活气息的情节，从而具备了长篇小说的基本要素，因此说中世纪的骑士传奇或骑士故事诗是长篇小说的源头，应该是言之成理的。

一般来说，长篇小说源于篇幅较长的骑士故事诗，短篇小说则是市民文学中的小故事发展的结果。然而这种区别不可一概而论，对于具体作品要具体分析。因为一部长篇之中可能包括许多短篇，而许多短篇加在一起也就成了长篇，例如《巨人传》里就有大量的讽刺故事，而列那狐故事诗则是由一篇篇寓言式的小故事构成的。

从文本的角度来看，小说与中世纪的画书也有着密切的关系。首先，图像是一种比文学更简便的语言，教会很早就用它来图解信仰了：“修道院和大教堂里的雕像、镶花玻璃窗、绘画和镶嵌画都在讲述上帝和圣徒的故事。”[③]书籍本来只是供僧侣和学者使用的，但是随着拉丁语在9世纪日渐衰落，画书也就应运而

---

① 柳鸣九主编：《世界短篇小说精品文库》，海峡文艺出版社，1996年，总序第2—3页。

② 蹇昌槐：《欧洲小说史》，武汉大学出版社，1995年，第77页。

③ 萨特：《萨特文论选》，施康强译，人民文学出版社，1991年，第149页。

生，于是文字书籍就被配有绘画的书籍所取代。当中世纪的传奇和故事诗，寓言和小说，被印刷成图文并茂的书籍的时候，书也就演变成了小说："小说从中世纪继承了它的形式、外观、具有双重意义的文字中的神圣色彩。其次，它把知识型、博学型的书籍风格与世俗书籍或口语的结构相结合。第三，小说借鉴了画书的结构，画书既保持了文字书籍的直线性和连续性，又引入了间断形式。"[①]这又一次证明了小说是在中世纪末期产生的。

法国小说的类型很多。在 18 世纪末之前，先后出现了中世纪的骑士小说、市民小说和纪实小说，17 世纪的田园小说、历史小说和心理小说，18 世纪的流浪汉小说、写实小说、哲理小说和书信体小说。这些小说的题材、形式和风格各不相同，但都是小说发展过程中不可或缺的组成部分。正是有了这些小说奠定的基础，才使法国小说在 19 世纪达到了高度的成熟和繁荣。

---

① 史忠义：《20 世纪法国小说诗学》，社会科学文献出版社，2000 年，第 147 页。

第一章　中世纪的小说

第一节　骑士小说

一　骑士小说概况

在以往的法国文学史中，骑士文学也称为宫廷文学，这是因为在 11 世纪末和 12 世纪初，封建割据的局面使得各地的领主日益强大，他们都建立了各自的宫廷，而骑士文学正是从这些宫廷里产生出来的。

12 世纪初，法国南方的普罗旺斯地区就产生了最早的骑士抒情诗，讴歌骑士与牧羊女或贵妇的爱情。从 12 世纪中叶直到 14 世纪中叶，北方也产生了骑士抒情诗。不过北方诗歌更多的是骑士故事诗。以体裁来划分的话，英雄史诗产生和发展于 11 世纪和 12 世纪，而骑士故事诗是在 13 世纪和 14 世纪繁荣起来的。

英雄史诗和骑士故事诗都以骑士为主人公，但英雄史诗大多是行吟诗人口头相传的民间创作，反映的是历史上的战争和重大事件，骑士的最高理想是忠君爱国、建立功勋；而故事诗则是作者的虚构，反映的是当时的社会现实。骑士崇尚的形象是豪爽富有、宽宏大量，服饰鲜明、知书达礼，因而人物显得更加真实，情节也更为生动。

故事诗里的骑士尤其把爱情放在第一位，目标就是博得贵妇的青睐，为此赴汤蹈火也在所不辞。正如恩格斯指出的那样，骑士的爱情是历史上“第一个出现的性爱形式，那种中世纪的骑士之爱，就根本不是夫妇之爱。恰好相反，古典方式的、普罗旺斯人的骑士之爱，正是极力要破坏夫妻的忠实，而他们的诗人们又加以歌颂的”[①]。当代评论家朱丽娅·克里斯特瓦（1941—　）也指出：“须知包含艳情类爱情故事，是小说（roman）这一文学体裁诞生时它的定义的重要组成部分。”[②]

---

① 恩格斯：《家庭、私有制和国家的起源》，《马克思恩格斯选集》第 4 卷，人民出版社，1995 年，第 68 页。

② 史忠义：《20 世纪法国小说诗学》，第 155 页。

骑士故事诗是用罗曼语也就是古法语写作的，所以法语里的“小说”一词的意思就是“罗曼语”。由于采用了这种通俗的语言，读者不再只是用拉丁语写作的僧侣和学者，而是识字的公众，因而人数大为增加。由于上述种种因素，故事诗除了采用诗体之外，实际上已经具有小说的特征。另外，与吟诵给众人听的史诗相反，小说由个人独自阅读，这种方式与故事诗里个人单独冒险的方式也是完全吻合的。

概括地说，史诗赞颂理想的英雄，故事诗则把现实与想象结合起来，使英雄现实化，因此现实化是小说的主要特征，远离日常生活的传奇故事是小说的前身。随着表现日常生活的人物和情节越来越多，它们逐渐变成了小说。所以史诗里的英雄高不可攀，可望而不可即，而故事诗的英雄虽然也在尽力建功立业，却已经是来自生活的人物了。

骑士小说中的骑士不再为保卫国家而浴血疆场，而是为了心目中的情人去冒险，其中的心理描写自然要比英雄史诗丰富得多。它们描写骑士和贵妇的典雅爱情，因而也被称为风雅小说。小说中的场面也不再是规模宏大的战争，而是骑士与骑士，或者骑士与妖魔的单打独斗，总之是骑士个人的冒险行为，所以拉贡①认为“骑士小说实际上相当于今天的侦探小说”②。

文化的发展取决于社会的经济基础，骑士小说的兴起当然不是偶然的现象。在 11 世纪之前，诸侯混战，民不聊生，人民渴望和平与安宁，所以英雄史诗歌颂的是统一国家的帝王和英雄，例如《罗兰之歌》③中的查理大帝和他的外甥罗兰。而在 11 世纪以后，法国进入了封建制度的巩固和发展时期，生产力的发展导致了城市的产生和繁荣。经济的繁荣使人们开始摒弃宗教所宣扬的禁欲主义，追求自由美好的生活，于是赞美典雅爱情的骑士小说也就应运而生。

典雅爱情的出现显然提高了妇女的地位，使她们享有了前所未有的“选择她们所爱的男人的权利。人们不再把她视为一种不洁的生物，而是承认她具有一种人格”④。也就是说，它冲破了宗教对爱情的桎梏，这种进步实际上是个性的一种解放，预示着文艺复兴时期的来临。不仅如此，西方历史上延续至今的尊重妇女的传统，也是与当时骑士小说的巨大影响分不开的。

骑士故事诗分为古代系、不列颠系和拜占庭系，由此也可以看出它们的发展

---

① 米歇尔·拉贡(1924—)，法国当代作家和评论家，著有《法国无产阶级文学史》等。

② 拉贡：《法国无产阶级文学史》，阿尔班·米歇尔出版社，1974 年，导言第 15 页。

③ 《罗兰之歌》是法国中世纪英雄史诗的代表作，诗歌中的查理大帝是法兰西的理想君主，他的外甥罗兰骁勇善战、忠君爱国，是一个理想的骑士和忠臣。罗兰率领两万骑兵抵抗十万敌军的袭击，直至全军覆没，显示了视死如归的英雄气概。

④ 费尔南德·贡蒂埃：《小说里的女人和夫妇》，克兰克西埃克出版社，1976 年，第 16 页。

过程。古代系的作品大多产生于1130年至1160年，主要讲述古希腊罗马将领的故事，例如贝努瓦·德·圣摩尔从拉丁文转述的《特洛伊的故事》（约1165），无名作者根据维吉尔[①]的《埃涅阿斯纪》改写的《埃涅阿斯的故事》（12世纪），朗贝尔·勒托尔和亚历山大·德·伯尔尼合著的《亚历山大的故事》（12世纪末）等。它们取材于史诗和用拉丁文写作的古代故事，把古代的英雄改写成中世纪的骑士，实际上是由史诗向骑士故事诗演变的产物。

不列颠系是最为典型的故事诗，产生于12世纪下半叶，讲述不列颠国王亚瑟和他身边12个骑士的冒险故事，称为“亚瑟王故事诗”或“圆桌故事诗”，其中最著名的是《特利斯当与伊瑟》。它们大多出于诗人克雷蒂安·德·特鲁瓦之手，不过克雷蒂安本人在1160年左右创作的《特利斯当》已经失传。

除了克雷蒂安之外，玛丽·德·法兰西也是不列颠系的重要作家。她生活在12世纪下半叶，出生在法国，但长期住在英国国王亨利二世的宫廷里，所以她的名字的意思就是“法国的玛丽”。她编写过当时最流行的伊索寓言集，还采用短歌的形式，创作了12首短篇故事诗，其中最著名的是《金银花》，讲述的是特利斯当和伊瑟的故事。特利斯当被马克王赶出宫廷后躲藏在森林里，他听说伊瑟要在附近散步，就把刻有自己名字的树枝用金银花藤系住，放在她要经过的路上。伊瑟看到后就躲开众人，到森林里去和他相会。故事里的树枝和藤缠绕在一起，具有象征和比喻的意义。

拜占庭系的产生时间最晚，约从12世纪下半叶到13世纪初，如《弗卢瓦勒和布朗舍芙勒》（约1170）和《奥卡森和尼科莱特》（13世纪初），讲述的是拜占庭的历史和传说，由于已经受到市民小说的影响，它们对骑士的行为开始从颂扬变为讽刺。

例如在《奥卡森和尼科莱特》这篇源自东方的小说里，伯爵的儿子奥卡森爱上了女俘尼科莱特，由于身份和地位的悬殊，伯爵当然不能答应，于是把他们关了起来。奥卡森为此心灰意懒，不肯守卫城堡，甚至连骑士也不想当了。尼科莱特伺机逃跑，奥卡森被释放后到处寻找她，最后知道她是迦太基国王的女儿，两人终于结为夫妻。小说写尼科莱特在森林里哭着寻找的时候，有个农夫问他为什么哭，他说是丢了猎犬。农夫说自己一无所有，丢了牛要坐牢，连老母亲也只能睡在干草上，他的苦难才值得哭呢，为了一只肮脏的狗有什么好哭的！由此可以看出当时社会的贫富差距。小说的重要意义之一，是第一次让一位骑士爱上了一个女俘，从而打破了骑士和贵妇的爱情俗套。

到了13世纪，随着散文的出现和印刷术的发明，大量用散文写作的骑士故事出现了，它们是根据骑士故事诗改写的，实际上就是名副其实的骑士小说。人

---

① 维吉尔（前70—前19），古罗马诗人，代表作有《农事诗》和《埃涅阿斯纪》等。

们没完没了地搬用武功歌和古代故事诗的题材，把它们改写成散文以后，再重新抄写加工成手稿，配以精美的插图，或者由书店去重新出版，因此到14世纪，骑士故事诗已经完全被骑士小说所取代。除了改写史诗和传奇之外，也有直接撰写的骑士小说，例如《特利斯当》(1482)、《湖畔的朗斯洛》(1488)、《亚瑟王》(1493)、《圣杯故事》(1516)等，从1478—1549年共出版了79种之多。

迷恋骑士小说，是14世纪，特别是15世纪的欧洲人特有的现象。这类小说不但故事情节曲折复杂，而且集风雅奇遇、决斗和魔法之大成，读者往往看得如醉如痴，甚至把自己认同为小说的主人公。塞万提斯笔下的堂吉诃德就是迷恋于骑士小说的典型："且说这位绅士，一年到头闲的时候居多，闲来无事就埋头看骑士小说，看得爱不释手，津津有味，简直把打猎呀，甚至管理家产呀都忘个一干二净。"[①]骑士小说在中世纪的欧洲不仅拥有大量的读者，而且贵族们还在自己的节日里或仪式上把它们搬上舞台，所以它们几乎遍及了整个欧洲，在文艺复兴之前产生了巨大的影响。

二　克雷蒂安·德·特鲁瓦

克雷蒂安·德·特鲁瓦(约1130—约1190)是中世纪最杰出的小说家，生于塞纳河畔奥布省的首府特鲁瓦，历史上曾属于香槟地区。克雷蒂安生平不详，早年翻译过古罗马诗人奥维德[②]的《烈女志》和《爱的艺术》，主要的小说有《艾莱克和爱妮德》(约1162)、《克里赛，或假死》(约1164)和《伊万，或带狮子的骑士》(约1172)，以及题献给香槟省伯爵夫人玛丽的《朗斯洛，或坐囚车的骑士》(约1168)，题献给佛兰德伯爵菲力普的《圣杯的故事》(约1182)。由此推断，他的作品都写于1160—1190年之间。

克雷蒂安是个教士，作为食客长期待在亨利公爵一世的宫廷里，写了不少赞美这位保护人的作品。后来亨利公爵娶法国国王路易七世的女儿玛丽(1120—1180)为妻，玛丽喜欢文学艺术，经常让克雷蒂安说唱故事，并给他丰厚的赏赐。克雷蒂安非常感激，热心帮助她组织"圆桌骑士"的活动，把最能博得她好感的骑士请来，与她一起讲述冒险故事和谈论爱情。克雷蒂安由此也写出了一组著名的骑士小说。不过也许是由于年老体弱的缘故，他在晚年创作的《圣杯的故事》未能完成。

不列颠系是骑士小说中最重要的系列，讲述的是亚瑟王和他的圆桌骑士团的故事。当时南方的手工业和农业比较发达，城市更加文明和开放，所以产生了追求风雅的时尚。骑士既要武艺高强，又要知书达礼，特别是要效忠于领主和领

---

① 塞万提斯：《堂吉诃德》，杨绛译，见《杨绛译文集》第1卷，译林出版社，1994年，第36页。

② 奥维德(前43—18)，古罗马诗人，代表作有《爱的艺术》和《变形记》。

主夫人。亚瑟王为了活跃宫廷里的文化生活，就下令制造了一张圆桌，优秀的骑士可以不分等级地围桌而坐，从而改变了等级森严的骑士制度。克雷蒂安的小说描写的就是这个圆桌骑士团从创立、发展到解体的过程。

克雷蒂安遵循亚瑟王制订的规则，歌颂骑士的勇敢和典雅等优秀品质，同时由于自己寄人篱下，所以也在作品中或多或少地反映了贫富悬殊等不公正的社会现象。这些小说带有一定的现实主义因素，而且也有感情和心理方面的描写，后世的小说都能在其中找到自己的源头。但是通常的法国文学史对这些小说的介绍往往过于简略，因此有必要叙述一下它们的故事梗概。

《艾莱克和爱妮德》是法国和欧洲最早的小说之一，以亚瑟王宣布改革骑士制度开始。骑士艾莱克在围猎途中爱上了旅馆老板的女儿爱妮德，并且在比武时大显神威，把获得的奖品献给了她，亚瑟王和王后亲自为他们举行了婚礼。结婚以后，他一度沉湎于家庭生活的欢乐，忘记了骑士的职责和义务，盔甲和武器都生锈了。爱妮德听到别人的议论，为丈夫感到伤心。艾莱克明白原委之后，就带着她一起出去冒险，一路上战胜了许多骑士和几个对爱妮德不怀好意的伯爵，最后回国继承了父亲的王位，和爱妮德过着幸福的生活。

小说里的人物是虚构的，其中的魔药等的神奇效果也只是作者的想象，但是小说描绘了当时的社会现实，特别是骑士必须勇敢并把名誉放在第一位的风尚，因此显示了在现实基础上进行虚构，以及既有传奇性又有严肃性的特色。与教会文学对妇女的蔑视乃至后来市民文学对妇女的嘲笑相比，爱妮德成了丈夫的朋友和参谋，这在塑造妇女形象方面是一个很大的进步。

《克里赛，或假死》由十音节诗句组成，共有7000行。克里赛是东方王国的王子亚历山大和亚瑟王的侄女索里达莫丝的儿子。亚历山大在父亲去世的时候未能回国，于是由他的弟弟阿里斯继承了王位。亚历山大闻讯赶了回去，阿里斯向他保证只做名义上的皇帝，而且永不结婚，以便确保将来由克里赛继位。可是在亚历山大去世之后，阿里斯却想娶德国公主费妮丝为妻。其实费妮丝已经和克里赛相爱，于是她在侍女特萨拉的帮助下，让阿里斯喝了一种有魔力的药水，使阿里斯娶她之后就产生了占有她的幻觉。克里赛则化名到了英国，在比武大会上击败了所有的对手，获得了亚瑟王的骑士封号。他回国之后和特萨拉做了安排，让费妮丝服了一种药后假装死去，再由克里赛将她从坟墓运到密室中用解药救醒。他们曾被阿里斯发现和追捕，但是在亚瑟王的支持下率领军队反攻，正巧阿里斯就在这时死去，克里赛回国登上了王位，和费妮丝幸福地生活在一起。

《克里赛，或假死》是克雷蒂安的名作之一，它的前三分之一讲述克里赛的父亲亚历山大的故事，后面讲述克里赛经历种种磨难后登上王位的过程，但是全书表现的骑士精神却是统一的。亚历山大仰慕亚瑟王，赶到伦敦来接受骑士封号，目的就是要把骑士制度改革后的新精神带到君士坦丁堡去。而克里赛的最终胜利，就是这种新的骑士精神在君士坦丁堡王国得以树立的标志。小说里的人名含有寓意，例如特萨拉是女巫，费妮丝是在火中再生的凤凰，加上魔药和假死等情节，都使这个故事具有传奇性和浪漫的色彩。而追求自由爱情的费妮丝最终得到了幸福的婚姻，这在骑士小说中可谓绝无仅有，显示了小说支持妇女要求解放的进步意义。

《伊万，或带狮子的骑士》讲骑士伊万的冒险，他来到能引起风暴的泉水旁边，杀死了看守泉水的骑士。他进入城堡，遇见了少女吕内特，她是死者妻子罗迪娜的侍女。她给了伊万一个戒指，使他可以隐身和躲避敌人，而且劝说罗迪娜去爱他，因为只有能看守泉水的骑士才适合做丈夫。罗迪娜在她的劝说下嫁给了伊万。为了让伊万建立功勋，罗迪娜给了他一年时间，可是他逾期未归。罗迪娜就派人去痛斥他，并且取走了结婚戒指。伊万为此精神失常，躲进了荒野。一个隐士收留了他，一位夫人用神奇的药膏治好了他的病。他救了一头与龙搏斗的狮子，从此狮子就像狗一样跟随着他。他以“带狮子的骑士”的名义重新立下了许多功勋，包括战胜巨人、魔鬼和拯救了受到罗迪娜惩罚的吕内特，最终得到了罗迪娜的原谅，回到了她的身边。

伊万的骑士精神比克里赛更进了一步，他不仅是为了显示自己的勇敢，而且是为了除暴安良才进行冒险的。侍女劝说罗迪娜去爱伊万的时候，罗迪娜显出犹豫不决的样子；一位小姐在按照夫人的吩咐给伊万的太阳穴涂药膏的时候，竟不知不觉地把药膏涂满了他的全身的滑稽场面，都表明小说对男女的爱情和心理已经有比较细致的刻画。尤为可贵的是，小说描写了一个城堡中的一群纺织女工，她们整天劳动，却过着饥寒交迫的生活，稍微休息一下就会遭到车裂的酷刑，使人看到了社会底层被典雅爱情和冒险生涯所掩盖的悲惨生活。

《朗斯洛，或坐囚车的骑士》写一个神秘的骑士劫走了王后格妮埃弗尔，她的情人朗斯洛四处寻找。为了请一个侏儒指明正确的道路，他忍受屈辱坐上了一辆囚车，以致名誉扫地，被人们称为“坐囚车的骑士”。一路上他克服了种种诱惑和危险，包括在地狱边界上拔出了他未来的墓碑，上面写明他是戈勒王国俘虏们的解放者。他穿越了剑桥和地狱之河，来到戈勒国，戈勒国的王子梅雷亚冈就是抢劫王后的骑士。朗斯洛战胜了他，只是由于他父亲的求情才饶了他的性命。

朗斯洛在登上囚车时曾犹豫了片刻，格妮埃弗尔就大为不满，对他非常冷淡。朗斯洛绝望地离开了宫廷，想要自杀，格妮埃弗尔闻讯后又要死要活。后来他们终于和好，团聚了一夜，但朗斯洛又被梅雷亚冈囚禁，在他妹妹的帮助下才得以逃脱，最后当着亚瑟王的面杀死了这个敌人。小说的特色在于塑造了新颖的骑士形象，即为了爱情可以不惜一切，甚至放弃自己的名誉，表明在骑士小说中爱情已经上升到至高无上的地位。

《圣杯的故事》讲述小傻瓜佩瑟瓦尔碰到一队骑士之后兴高采烈，母亲就让他跟他们到亚瑟王的宫廷里去。儿子走后没有把她放在心上，她却由于思念儿子而死去了。他来到宫廷时正好有个穿红衣的骑士前来挑战，就在宫里的人惊慌失措的时候，他却碰巧一枪刺死了那个骑士。戈尔纳芒用几个钟头教会了他使用武器的本领，他来到了美人布朗舍芙勒的城堡，和她共度良宵之后，打败了为了追求她而包围城堡的克拉马德斯。接着有个渔夫给他指路，他来到了另一座城堡里，发现城堡的主人就是那个渔夫。佩瑟瓦尔接受了主人送给他的一把剑，看到有些奇特的东西在他面前经过：一个银盘、一支滴血的长枪、一个精美的蜡烛台和一个光芒耀眼的圣杯。

戈尔纳芒曾经嘱咐他不要乱说话和提愚蠢的问题，于是他一言不发，后来才想到应该问问圣杯是怎么回事，是给谁用的。从一个为死去的朋友哭泣的小姐、一个丑陋的处女、一个既是他的叔叔又是渔夫国王的兄弟的隐士的责备中，他才明白了他的沉默和圣杯的真相：他之所以沉默是由于犯了害死母亲的罪过，以后还会遭到新的不幸；而圣杯里装有给渔夫国王的父亲、老国王梅海尼埃吃的圣体饼。5年来佩瑟瓦尔把上帝忘在一边进行冒险，现在他终于来到存放圣杯的城堡里，向隐士做了忏悔，皈依了基督教。在此期间，骑士高文也去寻找圣杯，但是陷入了一连串的冒险，甚至被关进了活人和死者共处的世界里，见到了死去几十年的亚瑟王的母亲，等等。但是小说没有写完，克雷蒂安就去世了。

人所共知，圣杯是装基督的圣体的，克雷蒂安要描写的就是骑士被基督教化的过程。他把小说题献给菲力普伯爵，是因为他在小说里表现了两种骑士制度的对立。一种是菲力普伯爵体现的基督教的骑士制度，另一种是由亚历山大大帝①体现的不讲慈悲的骑士制度。在小说里，代表这两种骑士制度的分别是佩瑟瓦尔和高文，而高文的失败则预示着佩瑟瓦尔的胜利，可是克雷蒂安没有或者不敢写完。而从1190年到1230年，出现了许多《圣杯的故事》的续集，有的继续写高文的冒险，有的写佩瑟瓦尔回到渔夫国王那里，又经受了多次失败之后才获得成功，但是它们都未涉及亚瑟王之死的问题。结局最为合理的是德国人霍夫曼·艾森巴赫所写的《佩瑟瓦尔》，叙述佩瑟瓦尔娶了布朗舍芙勒，成了圣杯国的国王。

克雷蒂安认为这部小说“是王宫里从未讲述过的最美的故事”②。这是他最后的一部小说，虽然在生前未能完成，却是他作品中内容最丰富、结构最完整的一部，是后来有关圣杯及其奥秘的一切文学作品的起源。13世纪初，出现了《朗斯洛—圣杯》系列小说，国外也出现了许多改编本。关于圣杯的题材直到当代都依然富有魅力，例如科克托在1937年还创作了剧本《圆桌骑士》。

---

① 亚历山大大帝(前356—前323)，马其顿国王，亚历山大帝国的创立者。

② 《法语文学词典》第1卷，博尔达斯出版社，1984年，第458页。

克雷蒂安的小说都是叙述骑士的冒险，不但构思巧妙、引人入胜，而且人物也总是朝气蓬勃、令人喜爱。他善于观察和描绘现实生活，语言生动活泼、机智幽默，对人物内心的矛盾也有较深的刻画，同时又巧妙地利用中世纪人们普遍相信的巫术或神奇的魔力和药水，充分发挥自己的想象力，极大地增加了故事的趣味性。尤为难能可贵的是，他认为爱情能够给人以力量和信心，妇女可以使自己所爱的人变得道德高尚，这种看法在当时无疑是非常进步的。他的小说形式也在不断地演变和发展，逐渐接近了后来小说的各种特征，因此他的作品既是研究中世纪小说的最重要的文献，同时也是现代小说的起源。

三 《特利斯当与伊瑟》

到12世纪中叶，骑士小说越来越多地表现骑士们的爱情和冒险经历，追求人的精神美和肉体美的和谐，而爱情则是两者的中介。这些骑士故事诗是法国文学史上的第一批小说，它们构成了歌颂功勋的英雄史诗与颂扬人性的人文主义之间的过渡阶段，而《特利斯当与伊瑟》就是其中最重要的作品。

《特利斯当与伊瑟》的故事起源于古代的传说，从内容来看起源于不列颠凯尔特族的民间传说，也有学者认为是来自东方的民间传说，即传播在波斯的《维斯与拉曼》和叙利亚一带的《卡依与罗帕娜》的故事。1160年左右，克雷蒂安把这两个故事改编为《特利斯当》，但已经失传。大约在12世纪末，行吟诗人贝勒尔和英国诗人托马斯分别改写过这个故事，手稿得以保留下来。贝勒尔的版本着重描绘人物的行动和特征，以突出故事惊险的一面；而托马斯的版本则细致地刻画了恋人的心理。现在最为完整的是法国学者约瑟夫·贝迪埃(1864—1938)根据贝勒尔和托马斯的手稿整理的版本。该书的中文译者罗新璋先生认为，这部小说是“口头传播在先，笔录成文在后”，“最初以短歌的形式广为流传”，“总之，瑰玮绚烂，这部作品有可能是不同文明交汇的结晶；视其朴质悲怆，兴许就是迸自凯尔特民族之魂的奇葩”。[1]

小说的主人公特利斯当是康沃尔国的国王马克的外甥，是个英勇无敌的骑士。他杀死了爱尔兰派来索取童男童女的巨人莫豪敌，自己也身负重伤，漂流出海后恰好到了爱尔兰，得到该国的公主金发伊瑟的救治。他隐瞒身份，伤口稍愈就回国了。后来燕子把金发伊瑟的一根头发衔到了马克王面前，马克王说非此女不娶，特利斯当就重赴爱尔兰。公主虽然识破他是杀死舅父莫豪敌的人，但在他的劝说下逐渐息怒，并且答应了马克王的求亲。伊瑟的母亲特地调制药酒，让马克王和伊瑟在新婚之夜饮用，以便永远相爱。可是特利斯当和伊瑟在归途中误饮了药酒，彼此产生了无法克制的爱情。

---

① 贝迪埃:《特利斯当与伊瑟》，罗新璋译，人民文学出版社，1991年，译本序第2—3页。

伊瑟与马克王成婚之后，特利斯当常常设法和她幽会。马克王下令将他处以火刑，把伊瑟交给麻风病人。特利斯当对于欺骗马克王也感到非常痛苦，但他无力抗拒爱情的力量，所以在临刑时脱逃，然后救出伊瑟，两人遁入密林中过起了流浪生活。其间曾被国王发现，但由于他们睡着时彼此用一把剑隔开，国王就悄然离去。他们对国王的饶恕深为感激，决定让伊瑟回到马克王的身边。

特利斯当离开伊瑟后闷闷不乐，周游列国以求排遣，最后到了布列塔尼，娶当地的公主玉手伊瑟为妻，然而他在新婚之夜看到了金发伊瑟赠给他的戒指，于是发誓为她守身，玉手伊瑟为此妒火中烧。后来特利斯当在与敌人作战时受了重伤，只有金发伊瑟才能治疗。他嘱咐友人去请昔日的情人，并且说如果她来了船上就挂白帆，不来就挂黑帆。

金发伊瑟匆匆赶来，但船只遇到风浪，耽误时日，特利斯当已经垂危。玉手伊瑟看到船只桅杆上的白帆，却出于嫉妒谎称挂的是黑帆，特利斯当顿时气绝身亡。金发伊瑟到达后也立即扑在他的身上悲伤而死。马克王知道了他们的爱情是源于药酒，就命人把他们葬在教堂的两侧，特利斯当的坟上随即长出了一根常春藤，一直伸展到伊瑟的坟上，象征着他们在死后仍然永不分离。

自古以来，最能打动人心的不是美满的婚姻，而是应该和合却被迫分离的爱情，从西方的罗密欧与朱丽叶到东方的梁山伯与祝英台无不如此。《特利斯当与伊瑟》就是这样一个令人叹息的爱情悲剧。中世纪的人不满基督教会对人性的压抑，愿意使人的性爱本能得到满足，但是又不明白人为什么会有七情六欲，于是就像古代的神话那样，幻想拥有能够脱离基督教教义的神力，这就是骑士小说充满神奇的原因。《特利斯当与伊瑟》正是借用了药酒的传说，对男女之间的自由性爱刻意渲染，以迭唱的方式大力赞颂，实际上嘲弄了基督教宣扬的禁欲主义，因而成为风雅小说的代表作。正因为这种爱情违反了宗教的神圣和封建的法度，所以那么多版本却只有断章残片流传至今。

第二节　市民小说

如果说骑士小说歌颂了骑士的理想和爱情，那么市民小说就体现了法兰西民族诙谐幽默的性格。市民小说是随着城市和市民阶级的发展而产生的，主要反映普通市民的生活和下层社会的现实，嘲笑教士和贵族的愚蠢，同时也幽默地讽刺市民自身的弱点，从而形成了一种喜剧式的风格。这种源自祖先凯尔特人的天性的风格，对后世的法国文学产生了深远的影响。

市民小说的主要形式之一是“小故事”，又称“韵文故事”，从 12 世纪末流行至 14 世纪初，现存 150 余篇。这类故事是为了便于背诵而用八音节的短句改写的口头传说，作者大多匿名，通常有数百行，是供行吟诗人演唱的逸闻趣事。它们描述的是小市民的现实生活，其中的主人公多为农民，表明它们源自农村。例如《农民医生》讲一个农民经常打老婆，正巧公主的喉咙被鱼骨卡住，国王下令为她寻找名医，他的老婆就对钦差说自己的丈夫是名医，只是需要拷打才肯承认。农民被屈打成医，只得进宫，好在他灵机一动，讲了个笑话，使公主笑得把鱼骨喷了出来。农民因此成名，发了大财。这个故事通过农民来表现小市民梦想天上掉馅饼的心理，成为后来莫里哀的喜剧《打出来的医生》的一个源头。

韵文故事在涉及教士和骑士的时候，往往把他们作为讽刺的对象。例如《吃桑葚的教士》写教士站在驴背上摘桑葚吃，嘴里还说："上帝，可别有人喊'吁'啊！"结果驴听到"吁"就跑了起来，教士跌倒在荆棘丛中头破血流。对于市民本身的缺点，这类故事采取揶揄的态度，特别是嘲笑被戴上绿头巾的丈夫。但它们有时也起到教谕的作用，例如《撕开的鞍褥》，写一个市民把财产都给了自己的儿子，却被儿子赶出家门，饥寒交迫，他只得向儿子要一条被褥御寒。儿子让孙子到马厩里去拿一条垫马鞍的褥子，孙子却把它撕成两半，给了爷爷一半，说另一半是留给父亲将来用的。父亲因此深受教育，一家人重新过起了和睦的生活。

一　列那狐故事诗

市民小说中成就最大的列那狐故事诗，是在伊索寓言、东方寓言和法国民间的动物故事基础上形成的一组寓言故事诗，包括《列那狐的故事》(1175—1250)、《列那狐加冕》(12世纪中叶)、《新列那狐》(13世纪末)和《冒充的列那狐》(14世纪上半叶)。它们产生于12世纪至14世纪，是民间集体创作的结果。故事里的各种动物都有名字，狐狸的名字叫"列那"(Renard)，"列那狐"是简明的中文译名。列那是所有这些故事诗里的主人公，由于它的巨大影响，人们反而忘记了中世纪古法语里狐狸的名称"古比尔"(goupil)，而把狐狸直接称呼为"列那"了，于是专用名词"列那"后来在法语里就变成了普通名词，意思就是狐狸。

列那狐故事诗以狐狸列那的一生为中心，展现了动物王国里丰富多彩的生活。其中最重要的是《列那狐的故事》，全诗有30000余行，包括27组故事，是由许多人根据民间创作加工而成的，所以能够确定的作者寥寥无几。它们大多可以独立成篇，但都以狐狸列那为主角，以它巧斗伊桑格兰狼的情节为主线，描写了它在狮王与狗熊和狼之间周旋应付，千方百计打击别人和保全自己的故事。列那狐利用自己的狡猾，使有勇无谋的伊桑格兰狼被冰冻在河面上，被开水烫得焦头烂额，甚至遭到被剥皮的命运。有时连狮王都会上列那狐的当，受到戏弄和惩罚。

《列那狐的故事》实际上描绘的是中世纪的法国社会，列那狐是动物王国里的小贵族，代表着市民阶层即新兴的资产者的利益。它一方面应付狮子、熊、狼等封建权贵，另一方面又欺负乌鸦、麻雀等小民百姓。故事里的各种动物代表着当时的各个社会阶层，最为广泛地反映了封建制度的专横和弱肉强食的社会现实。《列那狐加冕》的作者不详，该故事诗共有3400行。它的新颖之处，在于列那狐由于实力增强而萌发了政治野心，它不再满足于通过公报私仇来获得蝇头微利，而是处心积虑地篡夺了狮子的王位。

《新列那狐》有8000余行，作者是雅克马尔·热雷，描述的是列那狐与狮王之间的战争。狐狸杀死了狼的儿子，狮王围攻狐狸的城堡，以双方媾和而告终。后来狮王又与列那狐进行海战，结果战舰失踪，所有的人都归顺了列那狐，教皇也加封它为"世界之王"。《冒充的列那狐》据传出自一个杂货商之手，长达50000余行。故事情节比较松散，但是夹有许多长篇的议论，对封建制度的揭露毫不留情。例如猫被追赶到树上后发表反贵族的演说，母狮因患病需要吃一个善良的人，可是天下却找不到一个善良的贵族、领主或僧侣等等，已经带有《巨人传》的荒诞滑稽的色彩。

列那狐故事诗以富于讽刺性和喜剧性的笔法，反映了中世纪法国社会里错综复杂的矛盾，表现了市民阶级与封建贵族和教会等统治势力的斗争。它不仅是17世纪拉封丹寓言诗的直接源头，而且从小说发展史的角度来看，也是16世纪的《巨人传》、18世纪的写实小说和19世纪的现实主义小说的先声。

二　《玫瑰传奇》

《玫瑰传奇》是用奥依语写成的一篇大规模的故事诗，在中世纪作品中读者最多、流传最广。它分为两个部分：第一部分写于1235年，作者是纪尧姆·德·洛里（12世纪末至13世纪上半叶）；第二部分写于1269—1270年，作者是让·德·墨恩（约1240—约1305）。

第一部分有4669行，作者把这部作品题献给他的女友，因为他在故事里把自己比作"情人"，用拟人化的隐喻手法叙述了他的爱情之梦。在春季的一天，"情人"发现了一个天堂般的果园，也就是乐园，园子当中有一些女子在跳舞，他瞥见了"玫瑰"，爱神用五支箭射中了他，并且告诉他应该怎样去征服她。在他们之间有一些障碍，因为"玫瑰"被"嫉妒"及其走卒们严密地看守着。"情人"想方设法得到了"玫瑰"的一个亲吻，但是"玫瑰"立即就被关进了一座突然出现的城堡里。

纪尧姆·德·洛里没有写完就去世了，让·德·墨恩续写了18000行，这就是第二部分，通常所说的《玫瑰传奇》就是指这一部分。"理性"出来说话了，劝"情人"放弃爱情，但是"朋友"大谈奥维德的《爱的艺术》，"爱情"集合了它的队伍，"情人"收买了看守"玫瑰"的"老太婆"，"自然"与死亡进行搏斗。故事诗描绘了宇宙，揭露了迷信，抨击了贵族，强调个人有判断的自由和生育的义务。最后"爱神"点燃了城堡，"爱情"率领队伍进攻，"嫉妒"溃败，"情人"终于获得了

“玫瑰”。

纪尧姆·德·洛里把风雅的叙事诗写成了小说，是第一个把“我”作为主人公的法国小说家。在中世纪文学里，梦幻是常用的手法，诗人自己的爱情故事，通过梦幻就变得抽象，从而具有普遍的意义和典范的价值。作品的第一部分符合自克雷蒂安以来的小说艺术，即主人公要历经磨难和考验之后，才能得到梦寐以求的幸福。纪尧姆·德·洛里预言城堡将会陷落，会有圆满的结局，可是他在即将写完这个故事的时候去世了。

让·德·墨恩在相隔35年之后撰写续篇，通过人物之口来表述自己的观点：“理性”怀疑“财富”的好处，“爱情”的首要敌人是“嫉妒”，所以夫妇之间要平等，不应该相互滥用权力。但是让·德·墨恩一方面认为婚姻可以避免许多混乱，另一方面又让“老太婆”说只忠于一个配偶是违反自然的行为，说明在既遵守宗教观念，又崇尚典雅爱情的中世纪，他的婚姻观念是相当复杂的。

让·德·墨恩更为大胆的观点是在政治方面，他认为黄金时代是富饶的大自然尚未被人类的恶行所破坏的时代。当财产出现之后，应该建立一个政权，包括税收与进行镇压的军队和警察。这种适应社会发展的观点，显然远远超过了中世纪的拉丁文学者。让·德·墨恩主张由受过教育的僧侣来取代开始衰落的贵族阶级，但是他反对迷信、蔑视教会，特别是方济各会和多明我会的修士，并且通过人物之口揭露了他们对国家和家庭的侵犯。

《玫瑰传奇》很快就成为典范的作品，在1370年被英国诗人乔叟①译成了英文，直到18世纪都拥有广泛的读者，被包括狄德罗和卢梭在内的许多人欣赏、引用和模仿，始终被认为是用古法语写成的唯一的文学经典。它的梦幻和隐喻成了无处不在的文学手法。让·德·墨恩利用幽默和带笑的讽刺以逃避审查，掩饰自己具有颠覆性的思想，这种手法表明他是拉伯雷、蒙田②和伏尔泰的先驱者。

第三节　纪实小说

纪实小说与历史著作不同，描写的基本上都是作者本人的经历，至少也是在作者生活的时代里发生的事情，而且带有骑士的冒险精神和作者个人的思想倾向，因而具有传奇性和纪实性相结合的特色。

一　回忆录

回忆录作者主要有维尔阿杜安和儒安维尔。

---

① 乔叟(约1343—1400)，英国诗人，代表作有《坎特伯雷故事集》等。

② 蒙田(1533—1592)，法国作家，著有《随笔集》三卷。

热奥夫鲁瓦·德·维尔阿杜安出身贵族，因生于维尔阿杜安地区而得名。他大约生于1150年至1164年之间，死于1213年，青少年时代经历不详。他从1185年起成为香槟省伯爵蒂波三世的元帅，是第四次十字军东征的组织者之一，参加过攻克君士坦丁堡的战斗，功勋卓著。蒂波伯爵和路易伯爵本来想通过威尼斯向东方进军，但是被废黜的君士坦丁堡皇帝的儿子阿历克西斯对他们许以重金，诱使他们去攻打君士坦丁堡，帮他复辟。阿历克西斯复辟后不守信用，十字军又回过头来推翻了他。十字军首领之一博杜安的弟弟亨利于1206年被加冕，成为君士坦丁大帝。

有些人事后认为进攻君士坦丁堡是出于指挥官们的野心，维尔阿杜安为了澄清事实，大约从1207年开始撰写回忆录《君士坦丁堡征服记》，记录了第四次十字军东征的过程。全书共有116章，500多个段落，在他去世之前的1212年完成，但是直到1657年才得以出版。

《君士坦丁堡征服记》是一部回忆录，具有史料的价值。它证明了十字军攻打君士坦丁堡并非事先预谋，而是阿历克西斯背信弃义的结果。但它同时也是一部骑士小说，充满了骑士的冒险精神，既热情地歌颂了战场上的英勇行为，又生动地描绘了马匹、盔甲等战利品，以及占领的城市和乡村，因此是法国小说史上最早的纪实小说之一。

让·德·儒安维尔(1224—1317)也是香槟省的贵族，是世袭的司法官，但是地位不如维尔阿杜安那么显赫。他8岁丧父，进入了香槟省伯爵的宫廷。他于1245年成为骑士，1248年随路易九世参加第七次十字军东征。由于他的直率和风趣，他被留在路易九世身边，在埃及和叙利亚征战了6年，1254年回到法国。1283年，菲力普三世将香槟省赏给他作为封地，他于93岁时去世。

儒安维尔在1272年写出了关于十字军东征的回忆录，后来应王后的要求加以整理，在1309年写成了《圣路易史》，于1547年出版。全书共149章，769节，分为两大部分。第一部分主要写路易九世的德行，写他如何治理法国，深得民心。第二部分写路易九世如何富有谋略、英勇善战，被俘后如何镇定自若、视死如归，以及如何体恤将士、平易近人，等等。这部作品的主要目的是歌颂被封建王朝尊为圣人的路易九世，但是描写的大多是作者的亲身经历。他和路易九世一起生活多年，而且同时被俘，因此所写的主要是日常生活的细节，尽管文笔未免有阿谀奉承之嫌，但毕竟更加真实可信，因此出版后产生了很大的影响。

二　《闻见录》

傅华萨(约1337—约1405)生于法国北部瓦朗谢纳地方的小市民家庭，他曾进神学院学习，积累了渊博的知识，年轻时就立志写作闻见录，但是直到晚年才获得了议事司铎的教职。闻见录是当时流行的一种历史著作体裁，与编年史有很大差别。他早年为菲力普·德·艾诺效力，艾诺后来成了英国王后，即爱德华三世的妻子，他也得以成为王后的秘书和寝宫的神甫，同时写作《闻见录》的第一卷。1369 年艾诺王后去世，傅华萨失去了保护人，于是回到法国。他曾一度弃文经商，经商失败后又重操旧业，继续完成了《闻见录》的写作。

傅华萨特别关注宫廷艳情和骑士风尚，有 25000 行诗和一部用韵文写的长篇小说传世，但他最重要的作品是以毕生精力写成的四卷《闻见录》。第一卷记录 1325—1378 年间的英法战争；第二卷叙述 1378—1385 年所发生的大事；第三卷从 1385 年写到 1388 年，主要记述作者在法国南部国境以外的贝亚恩地区的旅行以及当地郡主的宫廷生活；第四卷写到 1400 年，记录了作者晚年的一些事迹。其中以第一卷最为重要，它的内容涉及法国历史上的"百年战争"前半期的几次重大战役。《闻见录》的主导思想虽然是赞扬日渐衰落的封建骑士精神，歌颂王侯将相的文治武功，描写贵族生活的豪华、喜庆宴饮的盛况，但它毕竟在客观上反映了当时战乱频仍、生灵涂炭的悲惨现实。

在编写第一卷的时候，傅华萨作为艾诺王后的侍臣，采访了参加过侵略法国的英国远征军的将领以及被英国俘虏的法国军人，根据他们的口述编写成书。因此他使用的材料，都是在采访时不加辨别地记录下来的，主要是轶闻和传说，而且带有他本人亲英国的倾向。在涉及王公贵族之间的情感纠纷的时候，他更是按照骑士的精神加以虚构，因此《闻见录》不是严格意义上的历史著作。正如有的学者所指出的那样，傅华萨只是"满足于创作一部生动的、令人惊奇的冒险经历"，未能去"揭示社会不断变化的原因和深刻的社会倾向：例如忽略了查理五世统治时期采取的统一国家的政治措施，以及影响了法国和佛兰德社会生活的许多革命运动等"。①

但正因为如此，《闻见录》也就更具有了演义和小说的性质，实际上就是纪实小说。傅华萨善于描写千军万马的战争、豪华宏大的节庆场面。他的行文流畅自然，塑造的人物栩栩如生，富有艺术魅力。所以从文学的角度看，《闻见录》的确是一部划时代的巨著。为了编写《闻见录》，傅华萨一生几乎不停地到处旅行，到过意大利、西班牙、佛兰德和布列塔尼等国家和地区，深入宫廷接近王公贵族，采访有关的人物，记录他们的谈话，甚至把谈话者的姿态神情都写入书中。因此，他的《闻见录》是一部丰富多彩、有声有色的故事录，实际上是在骑士小说盛极而衰之后兴起的一种新型小说。

---

① 皮埃尔·亚伯拉罕、罗朗·德斯纳主编：《法国文学史》第 1 卷，社会出版社，1971 年，第 335 页。

第四节 拉萨勒的短篇小说

经过了从骑士故事诗到市民小说的演变，在意大利的短篇小说，特别是薄伽丘的《十日谈》的影响下，本义上的短篇小说终于在法国问世，拉萨勒的作品就是法国文学史上短篇小说开始出现的标志。

安托万·德·拉萨勒(1388—1469)出身贵族，他的父亲既是领主，又是普罗旺斯地区的土匪头目，这种情况在当时并不罕见，因此拉萨勒得以出入上流社会。1420 年，他去意大利旅游，与著名的人文主义者波基奥·布拉乔利尼(1380—1459)结识并深受其影响。他回国后先后担任安茹公爵的侍从、路易十三的秘书，1434 年为路易十三的弟弟勒内王效劳，成为其子让·德·卡拉布尔的教师。

1441 年，拉萨勒写了一部故事集，利用自己名字的谐音，取名为《色拉》，同时含有“胡说八道”的意思。他说写这本书是为了消磨时光，也可能是给卡尔布尔看着玩的。故事的内容是根据神话和民间传说改写的，讲一个德国骑士进入了黄金时代的王国，可是这个王国中了魔法，被魔鬼控制着，结果使他迷失在地下的维纳斯宫廷里。仙女们在这里被变成了蝮蛇和癞蛤蟆，于是骑士感到后悔了，他请求教皇让他回到人间，在被拒绝后重新回到地下，永远地消失了。

1456 年，拉萨勒又为卡拉布尔王子写了小说《圣特莱的小约翰》。主人公约翰是一个 13 岁的侍从，引起了一个年轻守寡的贵妇的好感。她千方百计地挑逗他，教会了他爱的技巧和各种礼仪，为他挥霍了大量的金钱。约翰因此很快就进入了宫廷，受到国王的宠爱，自己也有了马匹和仆人。成年后他开始投入骑士的比武和排场豪华的活动，离开了那位贵妇。贵妇忧郁成病，远离了宫廷来到乡村。当地有个资产者的儿子，名叫当普，是个 35 岁的神甫。他经常为贵妇举行宴会和狩猎，和她一起忏悔和做弥撒，终于激起了她新的爱情。约翰赶来决斗，起初败在这个肌肉发达的神甫手下，后来终于依靠自己的智慧取得了胜利。

这部小说可以看成是风雅小说，从人物所受到的教训来说，也可以看成是反对艳情的小说。其中贵妇勾引平民，资产者轻易地征服贵妇，骑士打不过资产者，贵妇不配受到骑士的崇拜等情节，都无可置疑地反映了贵族和骑士精神的没落。这部小说兼有故事诗、风雅小说和闻见录的成分，其中没有奇迹，只有现实，而且以幽默的笔调描绘了爱情，甚至借用了狂欢节的言语拼凑和语音重复等修辞手段，可以说具备了现代小说中的想象、功勋、暴力、爱情、肉欲、讽刺等各种因素，因而被克里斯特瓦称为“第一部现代小说”①。

---

① 《法语文学词典》第 2 卷，博尔达斯出版社，1984 年，第 1231 页。

克里斯特瓦对这篇小说的词句和结构进行了详细的分析,发现小说中大量引用了当时著名的文本,包括史诗、传记、画书等各种体裁,这显然与拉萨勒有机会阅读安茹公爵的藏书是分不开的。例如贵妇的言语就来自数十部作品。其中包括口头的和书面的语言,叙述的和写作的时态,等等。她由此认为"1455 年是一个划时代的历史年份,圣书的时代结束了",因为从这篇小说出版的 1456 年开始,"书面文字与话语相结合,而小说体裁的诞生则是这种结合的象征"。①

1448 年左右,拉萨勒在为安茹公爵完成了《法兰西的安茹伯爵家谱》之后,离开了安茹家族的宫廷,来到了卢森堡的路易的宫廷里,担任"好人菲力普"的秘书和王室家庭教师。1457—1458 年,他完成了《弗莱斯纳夫人的慰藉》,描写了一位母亲在十字军东征之后的痛苦,在设法拯救被俘的儿子和保全丈夫的荣誉之间,她不得不做出艰难的选择。他的另外两部重要作品是《结婚的 15 种乐趣》和《新故事百篇》。

《结婚的 15 种乐趣》(1480)原是流传于民间的一组笑话,由拉萨勒在 1450 年左右整理成书,由于其风格酷似拉萨勒的其他作品,后人就把它视为他的作品了。小说中的所谓乐趣,其实都是丈夫的苦恼,例如:他不得不借债为妻子买新衣裙,眼看漂亮的妻子与花花公子们交往而无可奈何;为了负担家庭和孩子而累得未老先衰,妻子红杏出墙后自己只得离家出走;等他回家时已经年迈,家里人都不认识他了。小说显然吸取了市民小说的特点,以滑稽讽刺的手法,嘲笑了封建贵族和骑士宣扬的所谓高雅爱情。

《新故事百篇》也是在民间故事的基础上形成的小说,是拉萨勒在 1455 年按照"好人菲力普"的旨意整理成书和出版的,后来路易十一也多次下令再版。这部小说虽然与《结婚的 15 种乐趣》有相似之处,但显然更受到了薄伽丘的《十日谈》的影响。其中的故事都采用口述的形式,由不同的人讲述;为了使自己的故事超过前面的故事,所以一个比一个讲得更加曲折离奇和滑稽生动。

这些故事的内容大多是妻子给愚笨的丈夫戴绿帽子,狡猾的僧侣骗取少女的贞操,等等,不过它们虽然看起来是一些打趣逗乐的笑话,其实却发人深省。例如,村妇化装成修女到修道院里去和修士幽会,绅士的妻子在结婚当晚就生了一个孩子等,实际上是以夸张的甚至荒诞的手法讲述现实生活中发生的事情。这些故事中的戏谑多于庄重,粗俗多于高雅,通常被视为笑话故事集。它从 1485 年以来不断再版,就是由于读来非常有趣,百看不厌。正因为如此,后人通常都把《新故事百篇》看成是法国文学史上短篇小说诞生的标志。

① 史忠义:《20 世纪法国小说诗学》,第 144 页。

第二章　文艺复兴时期的小说

第一节　文艺复兴的社会背景

中世纪尽管产生了形形色色的文学作品，但是由于自然科学非常落后，人们还处于相对蒙昧的状态，所以教会的经院哲学始终在思想界占据着统治地位。人们相信上帝创造了世界和人类，地球是宇宙的中心，终生都处于对天堂的希冀和对地狱的恐惧之中。然而随着科学和社会的发展，哥白尼的日心说给了基督教所谓的宇宙秩序以致命的打击，哥伦布发现新大陆和麦哲伦[①]的环球航行，都证明了地球是圆的，只是一颗围绕太阳转动的行星。人们对宇宙和世界有了新的认识，基督教用来禁锢思想的所谓宇宙体系也就难以维持下去了。

从14世纪到16世纪，是欧洲历史上的文艺复兴时期。意大利由于城市发展较早，得以成为欧洲文艺复兴的发源地，早在14世纪就出现了但丁、彼特拉克[②]和薄伽丘等经典作家。法国由于百年战争和长期封建割据所造成的破坏，城市的发展要慢得多，所以文艺复兴要晚两个世纪。法国从1492年到1559年多次远征意大利，意大利文学艺术的繁荣给法国骑士们留下了深刻的印象，推动了法国对意大利的模仿。不少学者出于对现实的不满而向往古代的繁荣，开始致力于古希腊罗马文化的研究，从中发掘出新的意义。

在法国历史上，弗朗索瓦一世(1494—1547)登基的1515年是中世纪结束的标志，从此开始到1610年亨利四世去世为止，是法国的文艺复兴时期。弗朗索瓦一世登基之后统一法国，加强王权，需要得到资产阶级的支持，所以他宣布自己为人文主义、科学和艺术的保护人，并在1530年成立了法兰西学院，鼓励人们研究古代的语言和文化，因而被称为“文艺之父”。他还多次发动对意大利的战争，把意大利的许多艺术品和书籍带回法国，促进了人文主义思想的传播。

中世纪的僧侣和学者都是用拉丁语写作的，对于法语的振兴极为不利。学者们要求提高法语的地位，使之与古代的语言相媲美，与意大利语相匹敌，从而

---

① 麦哲伦(1480—1521)，葡萄牙航海家。在西班牙国王的资助下，于1519年9月20日率领五艘船只共265人进行环球航行。他在途中死于与菲律宾土著居民的冲突，仅剩18人于1522年返回西班牙。这次环球航行证明了地球是圆形的学说。

② 弗朗西斯科·彼特拉克(1304—1374)，意大利诗人，代表作有《歌集》等。

使丰富法语成为法国统一后社会发展的迫切需要。弗朗索瓦一世在1539年发布敕令,规定用法语代替拉丁语作为官方语言。以著名诗人龙沙[①]为首的“七星诗社”,是法国第一个重要的诗歌流派,它在1549年成立时就发表了《捍卫和弘扬法兰西语言》的宣言,力图借用古代和当代各行各业的词汇,而拉伯雷的《巨人传》里的庞杂语言,则是当时学者们力求丰富法语的典型表现。

印刷术的巨大进步也是推动文艺复兴的重要原因。德国人谷登堡(1394—1468)在1434年定居法国斯特拉斯堡。1440年左右,他发明了用油墨印刷的铅合金活字版,奠定了现代金属活字印刷术的基础。这一发明的意义在于可以使文本固定下来,不至于出现抄写方面的错误,而且能以比较低廉的价格来大量传播文本,甚至达到人手一册。1470年,在巴黎大学里建立了法国第一个印刷厂,极大地方便了师生的教学,也为文化的普及奠定了物质基础。

这场伟大的思想和社会革命,必然要经历激烈和复杂的斗争。人文主义思想家往往利用新教来对抗天主教,16世纪初马丁·路德[②]在德国发起的宗教改革运动,以及法国人加尔文[③]在日内瓦创立的加尔文教,就是最突出的例子。弗朗索瓦一世起初需要新教的支持,后来面对强大起来的新教又感到恐惧,于是改变政策,对它进行镇压,由此引起了长达将近40年的内战,也就是从1562年到1598年,以吉斯公爵为首的天主教集团与以纳瓦尔国王[④]为首的新教集团之间的宗教战争。

恩格斯指出:文艺复兴“是人类以往从来没有经历过的一次最伟大的、进步的变革,是一个需要巨人而且产生了巨人——在思维能力、热情和性格方面、在多才多艺和学识渊博方面的巨人的时代”[⑤]。这些巨人以人权对抗神权,反对封建压迫和禁欲主义,歌颂爱情和世俗生活,主张用科学知识照亮人们的心灵。从文学上来说,文艺复兴就是高举古代希腊罗马的文学旗帜,开创宣扬人性复归和个性解放的、资产阶级人文主义文学的新时代。

在这个开辟历史新纪元的伟大时代里,人们在思想上发生了空前的变革,对一切传统的价值产生了怀疑,法国散文家蒙田就是这方面的代表人物。他认为

---

① 皮埃尔·德·龙沙(1524—1585),法国诗人,七星诗社领袖,代表作有《颂歌集》等。

② 马丁·路德(1483—1546),神学博士,基督教路德宗的创始人。1512年公布抨击教皇出售赎罪卷的《九十五条论纲》,发起德国宗教改革运动。

③ 让·加尔文(1509—1564),宗教改革家,1541年后长期定居日内瓦,创立加尔文教,1558年创办日内瓦学院。

④ 亨利·德·纳瓦尔(1553—1610),1569年起为新教胡格诺派首领,后任纳瓦尔国王(1572—1589),即后来的法国国王亨利四世(1589—1610)。1593年改宗天主教,1598年颁布南特敕令,宣布天主教为国教,同时承认胡格诺派的信仰自由。

⑤ 恩格斯:《自然辩证法》,《马克思恩格斯选集》第4卷,第261—262页。

人与社会和自然不可能完全一致，而是充满了矛盾，因此人们的认识也往往是矛盾的和不可靠的。他在观察事物和进行思考时常说的一句话，“我知道什么呢?”，已经成为体现他的怀疑论的名言。其实他的怀疑，只是对宗教狂热和一切非理性的事物的怀疑，他主张的是宽容和节制，是顺应自然和热爱生活，是宇宙万物皆为人设的人本主义思想。

在小说方面，文艺复兴与东方文化的影响是分不开的。“从世界文化发展史的角度来看，中古的阿拉伯—伊斯兰文化则起到了承前启后、贯通东西，促进欧洲文艺复兴的作用。”[①]例如印度古代的故事《五卷书》，在 6—8 世纪被译成了阿拉伯语，名为《卡里莱和笛木乃》，在 10—14 世纪导致了阿拉伯著名的故事集《一千零一夜》的诞生。《五卷书》后来又被译成各种外文，法译本是在 1556 年问世的。它包括 80 多个故事，以动物寓言居多，是拉封丹寓言的重要来源之一。另外在 16 世纪，阿米欧也把《埃塞俄比亚传奇》和《达夫尼斯与赫洛亚》等古希腊的传奇小说直接译成了法文。

小说在中世纪经历了一个演变的过程，逐渐有了比较明确的形式，到 16 世纪出现了第一个短篇小说家纳瓦尔王后，特别是拉伯雷这样伟大的小说家和他的杰作《巨人传》。这些小说的特点就是以讽刺和戏谑的方式，反抗封建制度的种种清规戒律，充分展示人的本性，是人文主义思想的艺术体现。除了这两位作家之外，值得一提的还有德佩里埃。

波内旺蒂尔·德佩里埃(约 1510—1544)出身于勃艮第的一个贵族家庭，早年在修道院学习，后来在里昂附近当过教师。他也给不少贵族当过侍从，最后成为纳瓦尔王后玛格丽特的秘书，有时还到人文主义的中心城市里昂小住，曾拜当时著名的人文主义诗人克雷芒·马罗(1496—1544)为师，而且见过拉伯雷，在文学创作方面受益良多。他起初与人合作，将《圣经》译成了法文，也翻译过柏拉图等一些古代思想家的著作。

德佩里埃的作品主要有匿名出版的《世界钟声》(1537)，包括四篇哲学家的对话录，实际上是对古希腊讽刺作家卢奇安[②]的模仿。他们以圣书被盗和贞女怀胎等形形色色的闹剧和笑话，辛辣地讽刺了所谓的虔诚和信仰，嘲笑了耶稣和《圣经》，同时也挖苦了马丁·路德和加尔文的学说，说宗教只会使人变成蠢驴，因而被视为异端。虽然他假托该书是从拉丁文翻译过来的，但依然遭到查禁，出版者也被逮捕，连纳瓦尔王后也不敢公开保护他了。最后在宗教裁判所的迫害下，这位自由思想的先驱者因精神崩溃而自刎身亡。

---

① 季羡林主编:《东方文学史》上册，吉林教育出版社，1995 年，第 155 页。

② 卢奇安(约 120—190)，古希腊思想家、无神论者和讽刺散文家，以写讽刺式的喜剧对话著称。

德佩里埃死后14年(1558),他的短篇故事集《新的娱乐和愉快的谈话》才得以出版。这些故事是他在纳瓦尔王后的宫廷里写作的,篇幅简短、新鲜滑稽,嘲弄了僧侣和教士,以粗俗的笔调反映了当时的现实,宣扬了与禁欲主义相对立的快乐生活,与拉伯雷的《巨人传》有异曲同工之妙,因此很受读者的欢迎。

第二节　玛格丽特·德·纳瓦尔

玛格丽特·德·纳瓦尔(1492—1549)是国王弗朗索瓦一世的姐姐,是法国人文主义早期的杰出代表。她通晓欧洲和古代的多种语言,积极支持整理古希腊罗马的作品,参与翻译意大利文艺复兴的成果,是新教徒和人文主义者的保护人。除此之外,她还积极从事创作活动。从1524—1525年,她撰写了《朦胧对话录》,记叙了在王后和公主,即弗朗索瓦一世的妻子和女儿相继去世之后姐弟俩的悲痛心情。1525年,弗朗索瓦一世与罗马帝国皇帝查理五世交战,在帕维亚战役中受伤被俘,被关在西班牙马德里的一座塔楼里。经过玛格丽特等的积极营救,弗朗索瓦一世被释放回国。

玛格丽特的丈夫当古莱姆公爵于1525年去世,她从来没有爱过他,所以在1527年就再嫁给了纳瓦尔国王亨利·德·阿贝尔,成为纳瓦尔王后。亨利对她既不忠实也不尊重,她在痛苦之余专心于文学创作。1531年,她出版了《罪恶灵魂实录》,该书于1533年再版时,遭到了巴黎神学院的查禁。

1534年10月17日夜里,要求宗教改革的标语贴满了巴黎的大街小巷,甚至贴到了王宫的大门上。弗朗索瓦一世曾经为了借助资产阶级的力量而支持新教,这时也对新教的强大感到恐惧,于是乘机皈依天主教,开始迫害新教徒和人文主义者,玛格丽特的宫廷就成了人文主义者和加尔文教徒的避难所。后来她也被贬到了纳拉克,但她仍然在自己的领地上聚集了一批人文主义学者,继续进行文学活动。1547年,她将自己的抒情诗结集出版,名为《玛格丽特的珍珠》。

玛格丽特的短篇小说集《七日谈》是《十日谈》的仿作,她尚未写完就去世了,小说集是在她身后的1558年出版的,第二年有匿名的续集出版。小说模仿《十日谈》的风格,讲故事的人是来自法国和西班牙等国的五位年轻贵妇和五位青年男子。他们从比利牛斯山区的疗养地归来,由于山洪暴发,来到一座修道院里暂住,等待道路通行后再出发。为了消磨时间,他们约定每人每天讲一个故事,即每天10个故事;但是小说集没有写完,第八天只讲了2个,一共讲了72个故事,所以小说集取名为《七日谈》。

这些故事都是形形色色的宗教和世俗的趣闻,内容大多是僧侣的伪善、修道士的淫荡、夫妻之间的恩恩怨怨、男女之间的感情纠葛。例如,第31个故事讲一个修道士为了占有朋友的妻子,竟然杀了朋友一家,最后被绳之以法;第48个故事讲一个参加婚礼的修道士竟然乘机玷污了新娘，结果被砍去了手脚；第 51 个故事讲一个伯爵由于儿子爱上了一个门第不相称的姑娘，就处死了为他们牵线的女佣及其情人。不过多数文学史家认为，其中最重要的是第 10 个和第 21 个故事，这两个故事篇幅最长，意义也最为深刻。

第 10 个故事发生在西班牙，讲的是“被恋人强逼的弗洛里达始终明哲保身，坚不相从，而在他死后出家修行”。主人公阿马杜尔是个年轻勇敢的船长，他爱上了只有 12 岁的贵族少女弗洛里达。为了接近她，他和她的女仆结了婚。为了激起她的嫉妒心，他故意去追求另一个女人。最后弗洛里达终于爱上了他，只是由于门第悬殊而无法表白。阿马杜尔出海参战被俘，弗洛里达闻讯后不露声色，其实内心非常痛苦。她由父母做主嫁给了卡多纳公爵，但一直思念着阿马杜尔。

阿马杜尔过了几年才被赎回，他的妻子刚刚死去。一直思念他的弗洛里达终于向他吐露了自己的爱情，但是出于传统的贞洁观念却坚决不肯委身于他。在阿马杜尔紧追不舍的情况下，她甚至用石块砸自己的脸，毁坏了自己的容貌。绝望的阿马杜尔奔赴战场，在英勇杀敌后用剑自杀了。弗洛里达闻讯后，立即进修道院当了修女。

第 21 个故事发生在法国，讲的是罗兰黛的忠贞不渝的爱情，她在经历了千辛万苦之后终于得到幸福。女主人公罗兰黛是王后的侄女，但是父亲爱财如命，不把她放在心上，王后又与她的父亲有过矛盾，所以不喜欢她，因此也就没有什么名门望族的子弟来追求她。最后她和一个穷绅士相爱了，他们千方百计寻找互相接近的机会，最后秘密地在神的面前订了婚。穷绅士到了德国之后，无法与罗兰黛保持联系，逐渐忘却了她而另有所爱，罗兰黛闻讯之后一病不起，但是她的感情却没有动摇。由于命运的安排，她的丈夫在追逐另一个女人的时候死去了。她的父亲此刻感到惭愧和悔恨，于是成全了她和一位正直的绅士的婚姻，使她从此过着虔诚的幸福生活。

这些故事主要反映了当时社会上的门第观念和等级差别。上流社会的贵族女子不能嫁给没有贵族头衔和财产的人，然而她们往往会爱上虽然贫困却英俊勇敢的青年，于是就处于进退两难的困境之中。“在玛格丽特看来，弗洛里达内心里关于贵族名誉观念和真实情感之间的冲突，正是那个时代妇女所面临的实际问题。”[①]而从小说的内容来看，面对青年男女对自由爱情的追求，这些封建制度所形成的观念正在走向崩溃。

《七日谈》里的许多故事在历史上都实有其事，或者是作者的所见所闻，例如第 21 个故事就可以追溯到 12 世纪一位贵族世家的小姐与一位王后的矛盾，实际上反映了新旧观念之间的斗争。玛格丽特作为一位王后，文笔不如薄伽丘那

① 皮埃尔·亚伯拉罕、罗朗·德斯纳主编：《法国文学史》第 1 卷，第 465 页。

样辛辣和锋利，语言也不如他那样大胆和粗俗，但是她对各个宫廷里的事情了如指掌，而且能以一个人文主义者的眼光来处理这些题材，这就使她的小说有了比虚构的故事更为进步的现实意义。

《七日谈》在艺术上也富有特色，它着重描写人物内心的感情，避免庸俗的细节，而且在每个故事后面都附有一段对话，让这些青年男女就故事的内容进行讨论和发表感想，从而使小说有别于单纯的笑话，提高了作品的思想性和文学性。例如在讲了一个僧侣玩弄修女的故事之后，就讨论一下到底有没有好的僧侣，以便集中提炼出故事的主题和思想，起到针砭时弊和宣扬人文主义精神的作用。综上所述，可以认为《七日谈》是法国文学史上的第一部真正的短篇小说集。

第三节　拉伯雷的《巨人传》

拉伯雷(约 1494—1553)生于法国中部都兰省希农城附近的一个律师家庭。父亲种植葡萄，他在父亲的田庄上度过了童年。长大后他进修道院学习，通过自学获得了广博的知识，同时与人文主义团体来往，因为与教士皮埃尔·拉米一起学习希腊语而被视为异端，两人遭到修道院长的禁闭。他们逃跑出来以后失去了联系，拉伯雷就周游法国，参观各地的大学。1530 年 9 月，他进蒙彼利埃大学医学院学习，六个星期就拿到了毕业文凭。

1531 年底，拉伯雷到里昂行医。里昂位于法国东南部，是法国通向意大利的门户，在 16 世纪与意大利贸易频繁，在社交、艺术、庆典等方面都深受意大利的影响，是一座意大利化的城市。里昂作为人文主义的中心城市之一，聚集了来自欧洲各地的许多著名作家、艺术家和出版商，还在纳瓦尔王后的庇护下成立了一个文人协会，从而在巴黎之外形成了法国又一个文化中心。拉伯雷在这里与各界人士广泛接触，翻译了古希腊的医学论文，编写过医学著作，也经常写些笑话和故事供患者消遣。1532 年，里昂出版了一本民间故事《巨人卡冈都亚传奇》，拉伯雷读后深受启发，于是开始撰写《巨人传》。

拉伯雷最先出版的是《巨人传》的第二部《庞大固埃》。为了免遭教会的迫害，他把自己姓名的 16 个字母颠倒排列，组成了笔名阿尔戈弗列巴斯·纳西埃。但是由于小说对神学家们进行了尖刻的讽刺，猛烈地抨击了教会的黑暗统治，所以出版后立即遭到神学院和教会的攻击，不久就被列为禁书，他本人也面临入狱的危险。幸好拉伯雷精通医术，得以成为枢机主教让·迪贝莱的私人医生，在他的保护下才幸免于难。

1534 年 1 月，拉伯雷随迪贝莱出使罗马，在罗马居住了三个月，到处考察风土人情，以至于对考古学产生了兴趣。1535 年至 1536 年，他跟随迪贝莱再次来到罗马，备受意大利文艺复兴气氛的感染。1537 年，拉伯雷重返蒙彼利埃大学，边行医边讲学，并且翻译和评注了古希腊医师希波克拉特(约前 460—前 377)的《医学格言》。他还不顾种种压力，大胆地解剖尸体，论述了大脑、神经与肌肉的关系，因而获得博士学位。他医术精湛、交游广泛，得以利用这些有利条件来化名出版《巨人传》。但是保护人迪贝莱在 1543 年去世之后，他的作品就又被禁止发行。

1545 年，拉伯雷谋得了行政法院审查官职务，经国王颁诏批准，他用真名出版了《巨人传》的第三部，并且把它题献给人文主义者的保护人纳瓦尔王后。但是第三部后来仍被神学家们列为禁书，他的出版商朋友艾蒂安・多莱甚至被宗教裁判所吊死后焚尸示众。他为了逃避迫害也不得不东躲西藏。晚年他在名义上管理过两个教区，直到 1553 年辞职后在巴黎去世。《巨人传》的第五部是在他身后才出版的。

《巨人传》(1532—1564)的原名是《卡冈都亚和庞大固埃》，分为五部，叙述卡冈都亚和他的儿子庞大固埃这父子两个巨人国王的故事。1532 年首先出版的《庞大固埃》是全书的第二部。1534 年出版的《卡冈都亚》是第一部。第三部出版于 1546 年。第四部在 1548 年发表了前 11 章，1552 年正式出版。第五部是在拉伯雷去世后于 1564 年出版的。

小说的第一部名为《庞大固埃的父亲；巨人卡冈都亚骇人听闻的传记》，写的是卡冈都亚的出生和接受教育，以及在若望修士的协助下打败侵略者的过程。他是母亲怀孕 11 个月才从耳朵里生出来的巨人，胃口极大，但是在学习神学和烦琐哲学后变得越来越愚蠢。于是父亲让人文主义者波诺克拉特做他的老师，还把他送到巴黎去学习，使他学到了许多知识和技能。当邻国国王毕可肖入侵的时候，卡冈都亚闻讯回国，途中与若望修士结为朋友。他们对来犯者大打出手，卡冈都亚光是撒尿就淹死了大批敌人。获得胜利以后，卡冈都亚为帮助他打仗的若望修士建立了德廉美修道院，院规只有一条："做你所愿做的事。"

第二部名为《渴人国国王庞大固埃传；还其本来面目并附惊人英勇事迹》，写卡冈都亚在晚年所生的儿子庞大固埃，也是个力大无穷的巨人。他在各地游历后来到巴黎，收到父亲家书后发奋苦读。庞大固埃遇见了一个名叫巴奴日的人，和他结下了终身友谊，向他学到了包括欺骗在内的各种知识，并在他的帮助下征服了侵犯渴人国的迪普索德国，立下了赫赫战功。

第三部名为《善良的庞大固埃英勇言行录》，第一次用医学博士弗朗索瓦・拉伯雷的名字发表，写庞大固埃从乌托邦向渴人国移民了将近 100 亿人，巴奴日到渴人国的萨尔米丹做总督。他向庞大固埃请教是否应该结婚，并为解决婚姻问题访问了诗人、神学家、女巫和哲学家等各种人物，但他们的回答都模棱两可、似是而非。据说在神瓶上才有答案，于是他们决定率领船队出海去寻找神瓶。

第四部是第三部的续集，写庞大固埃在巴奴日和若望修士的陪同下，远渡重洋寻访神瓶的经历。途中巴奴日与一个羊商争吵，就买了他的头羊扔进海里，结果整个羊群都跟着下了海，连羊商也急得跳了下去。他们还到过无鼻岛、诉讼国、混沌岛、空虚岛、鬼祟岛、荒野岛、伪善岛、盗窃岛、钟鸣岛、骗人岛、愚人岛和皮桶岛等许多有着奇怪习俗的岛屿，有的岛上的人以扇子为食，有的岛上的人变成了鸟。特别是貌似公允的法官是一种穿皮袍的猫，它们全都贪得无厌、欺软怕硬，身上有一个专门接受贿赂的大口袋，所以庞大固埃将它们一举歼灭。

第五部仍是前两部的续集，继续写他们在途中的见闻，最后他们来到了灯笼国，在一座庙宇里看到一口喷酒的泉水。光明的"灯笼"为他们照着路，引导他们万分喜悦地到达了向往已久的海岛，岛上就有神瓶的谕示。巴奴日在一个小殿堂里终于看到了神瓶，并且听到了神瓶发出的一个字，就是"喝"。巴奴日认为"不是笑，而是喝才是人类的本能。不过，我所说的不是简单的、单纯的喝，因为任何动物都会喝，我说的是喝爽口的美酒……酒能使人清醒……因为它有能力使人的灵魂充满真理、知识和学问"[①]。

关于巨人的传说古已有之，在中世纪尤为流行。庞大固埃出生时从母亲肚子里带出来 68 匹驮着海盐的骡子，出生以后世界上三年无雨，就表明了他的来历。拉伯雷用巨人的形象歌颂了人的力量和智慧，用人权取代了神权。他一扫中世纪宗教文学的说教和骑士文学的言情风气，彻底抛弃了寻找圣杯之类的题材，而是以寻找"智慧源泉"的神瓶为主题，大张旗鼓地提出了人文主义的理想，因而使这部独具特色的作品成为一个渴望知识、真理和爱情的新时代来临的标志，成为世界文学史上的一部杰作。

《巨人传》全书的结构看起来比较杂乱，但基本上是统一的。它并非各种传说和故事的堆砌，而是寓深刻的主题于滑稽逗笑之中，贯穿着反封建和反教会的人文主义精神。例如庞大固埃是传说中的海鬼，专门把盐撒在熟睡的人的嘴里，使他们醒来时渴得要命，"固埃"一词就有"干渴"之意，这与其父卡冈都亚出生时大叫"喝呀"，全书结尾时高唱"畅饮"之歌，以及神瓶的谕示"喝"是前后呼应的，具有渴望知识的象征意义，暗示人类应该通过喝的本能来畅饮知识、真理和爱情。这实际上是在号召粉碎一切束缚人性的桎梏，是对古希腊酒神精神的呼唤。

《巨人传》辛辣地嘲笑了封建制度和教会的统治，揭露教皇的敕令巧妙地使黄金从法国流入罗马，描写了"反教皇岛"上的变化："从前这里的人既富裕又自由，人们把他们叫作'爽快人'，可是后来穷了，遭罪了，成了'教皇派'管制下的人。"[②]小说还讽刺教会的经院哲学只能使人愚昧无知，反对天主教扼杀人性的禁欲主义，主张享乐主义，并且针锋相对地提出了德廉美修道院所体现的人文主

① 拉伯雷：《巨人传》下册，成钰亭译，上海译文出版社，1981 年，第 1096 页。

② 同上，第 832 页。

义理想。

“德廉美”在希腊文里的意思是“自由的意志”，这个修道院只收年轻貌美的青年男女，他们都很健康、正直和善良，而且多才多艺。他们热爱自然、热爱生活，不受任何教规的束缚，也不遵守任何戒律。这里人人平等、和睦共处，口号就是培养“全知全能的人”“做你所愿做的事”，充分体现了新兴资产阶级的思想意识和个性解放的要求。巴奴日这个人物和著名的列那狐一样，既勇敢机智又诡计多端，显然代表着市民阶级的利益。

中世纪的小说家如纳瓦尔王后和德佩里埃，甚至拉萨勒都属于上流社会的王公贵族，而拉伯雷生活在民间，他的经历使《巨人传》具有民间源头和口头文学的明显特色。例如卡冈都亚大便后用小鹅擦屁股，把巴黎圣母院的大钟摘下来做马铃铛等恶作剧式的搞笑，巴奴日害怕结婚后戴绿帽子的担心，就源自中世纪的小故事和笑剧。小说中关于各种动物的故事，更是来自民间的传说，而这些故事又影响了后来拉封丹的寓言。

从语言方面来说，《巨人传》从古代和民间语言里吸取营养，广泛使用了希腊语、拉丁语、各行各业的术语、民间的方言土语以及种种插科打诨的俚语和双关语，使之具有罗列拼凑和语音重复等狂欢节语言的风格，从而扩大了语言的表达能力，形成了通俗滑稽、粗犷大胆的特色，是一首名副其实的“最奇特的语言交响乐”。他有一连串不可思议的名词和形容词。例如卖烤饼的人与牧羊人争吵，后者就被叫作“下流坯、豁牙孜、红毛鬼、癞皮狗、丑八怪、坏东西、黑良心、懒汉、馋虫、醉鬼、吹牛、不值钱、土包子、要饭的、寄生虫、混子、臭美、学人样、傻瓜、混蛋、饭桶、猪猡、呆头呆脑、嬉皮笑脸、无赖、流氓、放狗屁、吃人屎等等一大堆骂人的话”①。

正如巴赫金指出的那样：“拉伯雷不仅在决定法国文学和法国文学语言的命运上，而且在决定世界文学的命运上都起了重大作用（恐怕丝毫不比塞万提斯逊色）。同样毋庸置疑的是，在近代文学的这些创建者中，他是最民主的一个。但对于我们来说，最主要的是，他与民间源头的联系比其他人更紧密、更本质，而这些民间源头是独具特色的。”②

拉伯雷是法国文学史上第一位杰出的讽刺大师，他以丰富的想象力和通俗粗犷的语言，刻画了当时社会上形形色色的人物，使《巨人传》的内容包罗万象、五光十色，成为一幅壮丽的时代画卷。他把各种学识、哲理、语言、笑话、嘲讽、象征等等毫无顾忌地糅合在一起，构成了这部中世纪狂欢节式的杰作。他以嬉笑怒骂

① 拉伯雷：《巨人传》上册，第102页。

② 巴赫金：《弗朗索瓦·拉伯雷的创作与中世纪和文艺复兴时期的民间文化》，李北林、夏忠宪等译，河北教育出版社，1998年，导言第2页。

的文笔、漫画式的夸张手法，使读者常常开怀大笑，因而被称为“伟大的笑匠”。

与上流社会里优雅的微笑或虚伪的冷笑不同，这种笑是狂欢式的哈哈大笑。巴赫金认为这种笑的特点是：“第一，它是全民的。大家都笑，‘大众的’笑。第二，它是包罗万象的，它针对一切事物和人（包括狂欢节的参加者），整个世界看起来都是可笑的。第三，即最后，这种笑是双重性的，既是欢乐的、兴奋的，同时也是讥笑的，冷嘲热讽的，既否定又肯定，既埋葬又再生，这就是狂欢式的笑。”①正是这种笑形成了拉伯雷特有的讽刺笔法，对后世的浪漫主义文学和现实主义文学，特别是伏尔泰、法朗士等作家产生了极大的影响。

拉伯雷在医学、数学、法律、天文、地理、考古、哲学、神学、音乐、植物学等许多领域都有很深的造诣，正是恩格斯所说的多才多艺和学识渊博的巨人。尽管由于故事来源于传说和语言的庞杂，拉伯雷本人又经常颠沛流离，因此难免有不少前后重复和矛盾之处，还不能算是一部严格意义上的小说，但是只有他才能使《巨人传》成为集古代神话、英雄史诗、骑士故事诗和民间故事之大成的巨著，正如昆德拉指出的那样：

> 幸运的拉伯雷时代：小说之幼蝶飞了起来，身上还带着蛹壳的残片。庞大固埃以其巨人的外表仍然属于过去的神怪故事，而巴奴日则已经悄然到达了小说的尚且陌生的未来。一门新艺术诞生的例外时刻，赋予了拉伯雷的这部书一种无与伦比的丰赡性；一切全都在此：真实性与非真实性、寓意、讽刺、巨人与常人、趣闻、沉思、真实的与异想天开的游历、博学的哲理论争、纯粹词语技巧的离题话。今天的小说家——十九世纪的继承者——对第一批小说家所处的这一如此古怪的世界，对他们拥有的欢乐的生活自由抱有一种羡慕不已的怀恋。②

这段话概括了《巨人传》的艺术特色，充分肯定了它在法国小说发展史上的历史意义和现实意义：它取代了中世纪的韵文叙事文学，成为欧洲的第一部长篇小说。它促进了近代短篇小说和长篇小说的诞生，完成了在文学上继往开来的重要使命，对后世从莫里哀、拉封丹直到罗曼·罗兰等许多作家都产生了深远的影响，直到今天依然受到广大读者的欢迎。

---

① 巴赫金：《弗朗索瓦·拉伯雷的创作与中世纪和文艺复兴时期的民间文化》，导言第14页。

② 昆德拉：《被背叛的遗嘱》，余中先译，上海译文出版社，2003年，第3页。

第三章　17世纪的小说

第一节　古典主义对小说的影响

恩格斯指出:文艺复兴“是从15世纪下半叶开始的。王权依靠市民打垮了封建贵族的权力,建立了巨大的、实质上以民族为基础的君主国,而现代的欧洲民族和现代的资产阶级社会就在这种君主国里发展起来”①。法国就是这样一个典型的君主制国家。法国的城市发展虽然晚于意大利,但是意大利始终处于分裂状态,而法国的王权却日益强大,在16世纪初就取消了最后几个封建公国的独立地位,使法国成为一个统一的国家。

巴黎的天主教耶稣会创立于1534年,它的势力非常强大,规定会员必须绝对效忠教皇,以对抗宗教改革运动。16世纪下半叶,法国陷入了天主教集团与加尔文教的信徒胡格诺派之间的宗教战争,1572年8月24日,天主教集团在巴黎屠杀胡格诺教徒两千余人,造成了著名的圣巴托罗缪之夜的惨案。内战激起了农民的起义,分成两派的贵族集团不得不寻求妥协。1593年,国王亨利四世放弃加尔文教,改宗天主教,并于1598年颁布《南特敕令》,宣布以天主教为国教,但是胡格诺派也有信仰自由,从而结束了宗教战争,实现了国内的和平。

亨利四世于1610年被耶稣会凶手刺杀,他的儿子路易十三只有九岁,由来自佛罗伦萨的母亲玛丽代为摄政,因此王权遭到削弱,形势动乱不稳,不断发生流血冲突。直到首相黎塞留(1585—1642)在1624年上台执政,大力推行中央集权的政策,全力镇压贵族的叛乱和人民的起义,才使法国逐渐成为一个君主专制国家。但王权也是贵族和资产阶级相互妥协的产物。两个阶级的斗争在政治、宗教、文化等各个方面都有所反映,这在莫里哀的喜剧里表现得最为明显。

黎塞留于1642年去世,第二年路易十三去世,年幼的路易十四登上王位。接替黎塞留的枢机主教马扎兰(1602—1661)是意大利人,1639年才加入法国国籍。他执政不久,就爆发了反对王权的“投石党运动”②,他和王室不得不一度逃

① 恩格斯:《自然辩证法》,《马克思恩格斯选集》第4卷,第261页。

② “投石党运动”也可音译为“福隆德”运动,指1648至1653年间法国反对专制王权的政治运动,其中包括市民反抗和贵族叛乱两个阶段。

离巴黎。后来以孔代亲王(1621—1686)为代表的贵族势力又发动叛乱,这是法国历史上对王权的最后一次武力反抗,于1653年被平息。

在17世纪,思想领域里的宗教斗争非常激烈。冉森派[1]认为原罪破坏了人性,使人丧失了自由意志,所以人仅凭善意和忏悔无法得救,必须要有上帝的恩宠。恩宠不是赐给所有人,而是只赐给少数全心全意地献身于上帝、以苦行来修炼的人,这样即使是罪人也有可能获得恩宠。冉森派还谴责教皇的专权,揭露耶稣会会士败坏道德,因而后来被教皇英诺森十世斥为异端。

1661年路易十四亲政,宣布"朕即国家",集王权于一身,开创了"太阳王"时代,为绝对王权服务的古典主义文化也随之繁荣起来。当时不仅宫廷里有豪华的装饰、讲究的礼仪,而且出现了许多由贵妇主持的沙龙,著名的朗布绮公馆[2]就是其中之一。上流社会的名人在里面高谈阔论,形成了一种虽然矫揉造作但是优美典雅的贵族语言。王公贵族们在剧场里欣赏悲剧和喜剧,老百姓看的是街头的杂耍和滑稽戏。当时从宫廷礼仪到贵族沙龙,从饮食服饰到文学艺术,法国的一切都是那么精致高雅,因而成为欧洲各国宫廷模仿的榜样,使古典主义的影响在欧洲持续了一两百年之久,连启蒙作家伏尔泰都写了大量古典主义式的悲剧。

经过"七星诗社"的努力,法语变得大为丰富,但同时也十分庞杂。首相黎塞留为此在1635年创立了法兰西学士院,对希腊文、拉丁文等进行研究,旨在统一和规范法语。院士的人数永远保持40位,只有在某个院士去世之后才能选举递补,所以又被称为"不朽者"。他们享有极高的荣誉,而任务主要是编一部法语辞典,一版接一版地不断更新,每出一个新的版本大概需要二三十年。院士们以宫廷和贵族的语言为标准制定了语法规则,统一了各种方言,取消了来自国外或民间的粗俗词汇,使得法语成为一种最明晰、最准确和最典雅的语言,当时欧洲的上流社会都以会说法语为荣。

法兰西学士院的另一个任务是审查新出版的作品,例如黎塞留曾经要求它对著名的剧作家高乃依[3]的杰作《熙德》提出意见,这当然是为了使学士院成为仲裁作品的权威机构,以便控制意识形态,使当时的文学符合王权的需要。不过这项工作难度很大,后来就被放弃了。

布瓦洛[4]是法国古典主义的理论权威,他的《诗的艺术》(1669—1674)是古典主义的美学法典。全书用亚历山大诗体写成,共1100行,分为四章,除了论述

---

① 天主教中遵从荷兰神学家冉森(1585—1638)学说的教派,曾被教皇斥为异端。

② 朗布绮侯爵夫人(1588—1665)从1618年至1650年左右主持的沙龙,在纯洁法语和发展文学方面产生了重要的影响。

③ 皮埃尔·高乃依(1606—1684),法国古典主义剧作家,以剧作《熙德》著称。

④ 尼古拉·布瓦洛·戴普雷奥(1636—1711),法国诗人,文艺理论家。

天才、灵感、理性、道德和趣味等问题之外，主要是对体裁进行了分类。他认为悲剧、史诗和喜剧是主要的体裁，而牧歌、悲歌、颂歌、短诗、讽刺诗、歌谣等是次要的体裁。小说既没有明晰的起源，也没有确定的审美规则，所以布瓦洛对它一字不提。由此可见，古典主义者推崇的体裁是史诗、悲剧、喜剧和诗歌，小说在他们精心整理的花圃里没有位置，只是由不属于古典主义的文人和妇女去摆弄的野草。

笛卡儿（1596—1650）是法国历史上最杰出的哲学家之一。他生于海牙，在法国图莱纳地区的耶稣会学校里学习，三十年战争①期间参加过雇佣军，在战斗间隙对一些哲学和科学问题进行了深入的思考。1623年退伍后在罗马和巴黎居住，1629年定居于荷兰的阿姆斯特丹，先后发表了《方法论》（1637）和《形而上学的沉思》（1641）等哲学著作。在自然科学方面，他用无限的宇宙取代了亚里士多德的封闭的世界，在几何学和天体物理方面做出了卓越的贡献。他还第一个用法语来表达自己的哲学观念，以便使妇女都能或多或少地理解他的观点。

笛卡儿是个典型的二元论者，被认为是现代思想之父。他的哲学思想主要是崇尚理性，反对经院哲学，认为可以怀疑一切，必须抛弃一切因袭的见解，只相信显而易见的事情，因而被教会视为异端。他提出的著名命题是“我思故我在”，即人是客观存在的万物之一，但人能思维，他的存在是以思维为标志的。笛卡儿的学说具有丰富的辩证法因素，形成了唯理主义的哲学体系，尽管另一位哲学家、主张唯物主义的感觉论者伽桑狄（1592—1655）与他相对立，但是由于他的学说符合了王权和贵族的需要，而且为古典主义提供了哲学依据，因而很快就在思想界占据了统治地位，并且对后世的哲学和文化产生了深远的影响。

古典主义者写小说的唯一例子，是费纳隆（1651—1715）的《忒勒马科斯历险记》（1699）。费纳隆出身贵族，毕业于巴黎苏尔皮斯神学院，在新皈依天主教的教徒学校任校长达10年之久。他知识渊博，能言善辩，与上流社会有密切的交往，因而于1693年当选为法兰西学士院院士。1689年被路易十四任命为勃艮第公爵等三位王孙的教师。他主张新的教育思想，以宽容的态度对待新事物，采用编写历史、道德和文学等方面的教材的方式，对傲慢任性的勃艮第公爵循循善诱，取得了明显的效果。

《忒勒马科斯历险记》取材于荷马史诗《奥德赛》的第四卷，写忒勒马科斯离家寻访父亲俄底修斯的故事。他一路上到过许多国家，了解到各种不同的政治制度，其中包括人人抑恶扬善、个个平等公正的理想国家，这无疑是伏尔泰的小说《老实人》里黄金国的先声。费纳隆撰写这部小说，是为了使勃艮第公爵熟悉

---

① 欧洲历史上第一次大规模的国际战争，始于1618年的布拉格起义，战争先后在捷克、丹麦、瑞典和法国等地进行，于1648年结束。

古希腊的神话故事。但是他在小说里谴责暴君，认为国王应该服从法律，这些对现实的影射带有反对路易十四的色彩，他因此失宠，被撤销了王孙教师的职务，流放到边远地区康布雷。这也从反面说明了古典主义为什么要蔑视小说，因为史诗最适于歌颂王公贵族，而小说却往往起着揭露和批判的作用。

小说家既然被古典主义的主流文学所排斥，就只能在贵族沙龙小说和市民写实小说两个支流中大显身手。17 世纪上半叶，国家在宗教战争后渐趋稳定，许多封建主投靠国王后来到凡尔赛和巴黎，成为穿袍贵族。他们看不起资产阶级，又不适应宫廷的生活，整天无所事事，聚集在贵妇主持的沙龙里高谈阔论，由此产生了矫揉造作、美化贵族的诗歌和小说，形成了足以与古典主义分庭抗礼的贵族沙龙文学，这就是文艺上的巴洛克[①]时期。贵族沙龙小说的代表作是奥诺雷・杜尔菲的《阿丝特莱》和拉法耶特夫人的《克莱芙王妃》，以及斯居代里的长篇历史小说《居鲁士大帝》和《克雷莉娅，罗马的故事》。小说的读者主要是贵族妇女，其中的情节就成了她们闲谈的话题。

随着这些影响极大的作品的出现，小说开始了从神秘向平凡的转变过程，市民写实小说也随之繁荣起来，出现了索莱尔的《胡闹的牧羊人》、斯卡龙的《滑稽故事》，以及西拉诺的《另一世界，或月球上的国家和帝国》和《太阳上的国家和帝国的趣史》等代表作。由此可见，古典主义对小说的蔑视或忽视，不仅没有对小说的体裁本身造成损害，反而使它得以乘虚而入，摆脱了古典主义法规的束缚，得到了长足的发展。

小说是用通俗的语言写作的，不像拉丁文作品那样只面向僧侣和学者，也不像戏剧那样需要许多人集体观看，而是一种个人的阅读行为，即由读者自己来体验人物的喜怒哀乐。特别是无论采用什么形式，小说表现的都是当代人尤其是普通人的生活和经历，而且在心理描写方面比戏剧更为细腻和深刻。正因为如此，它们虽然被笼罩在古典主义戏剧的光芒之下，实际上却拥有大量的读者，具有广泛的影响，作家和作品也不断涌现。所以从 1600 年到 1750 年，小说在文学中的地位越来越重要，逐渐形成了一种独立的体裁。

短篇小说也在 17 世纪得到了迅速的发展，仅从 1672 到 1710 年，第一份以女性读者为主的杂志《风雅信使》就刊登了 370 篇之多。与此同时，它的篇幅也越来越长，开始处于与长篇小说竞争的地位。需要指出的是，拉封丹的寓言不再像伊索寓言那样过于简单，而是有人物、有情节，不同之处只是这些人物大多是动物，所以它虽然不是小说，但也可以视为经过提炼的短篇小说，因为寓言与小说的关系非常密切，而且是哲理小说的源头之一，实际上就是后世哲理小说的雏

---

① 巴洛克即异样和怪异的风格，与古典、均匀、对称的概念相对立，法国历史上的巴洛克时期是 1598 至 1630 年。

形。何况拉封丹的寓言都是生动有趣的故事，是儿童们最感兴趣的读物，因此有必要予以评述。

第二节 拉封丹的寓言

让·德·拉封丹(1621—1695)生于法国蒂耶里堡。父亲是当地的森林水泽管理人。拉封丹幼年在农村度过，熟悉农民的生活，对大自然有着浓厚的兴趣，经常沉湎于对动植物的观察和想象。他 19 岁赴巴黎，先学习神学，后来改学法律，喜欢写诗。他 31 岁时继承父亲的职务，但是无法胜任，也不善于管理家业，因此只得出卖土地，到巴黎去投靠财政总监富凯，为富凯写作诗剧以领取年金。1661 年富凯被捕，拉封丹逃亡到里摩日，至 1663 年重返巴黎，在一些贵妇的庇护下出入上流社会，结识了莫里哀、拉辛①和布瓦洛，年近半百时开始文学创作。

拉封丹陆续发表了许多《故事诗》，大多是用自由诗体写作的故事。这些故事通常取材于薄伽丘、拉伯雷和纳瓦尔王后等人的作品，往往带有色情的趣味。其中的人物从王公贵族到平民百姓，从小姐到修女，都是情场老手，他们之间发生的滑稽事情令人发笑。这些故事得罪了情妇众多的国王路易十四，使拉封丹直到 1683 年 62 岁时才当选为法兰西学士院的院士。

《普赛克②和丘比特的爱情》(1669)是一部穿插着韵文的长篇小说，是根据古罗马作家阿普列尤斯③的《金驴记》中的一个片段改写的，内容是爱神维纳斯嫉妒美丽的普赛克公主，就派儿子丘比特去惩罚她，可是丘比特却爱上了她。普赛克的两个姐姐也出于嫉妒而进行破坏，使她备受磨难，最后在宇宙之主朱庇特的主持下，终于在天上与丘比特成婚。这个故事保留了原作的梗概，实际上是刻画了当代人的心理活动。

拉封丹还写过《金鸡纳霜(奎宁)》(1682)等一些科学诗，他的代表作是 12 卷《寓言诗》，共 248 篇。1668 年发表第一集(前 6 卷)，1678 年至 1679 年发表第二集(共 5 卷)，第 12 卷到 1694 年，也就是他去世的前一年才出版。

拉封丹的《寓言诗》是一个有机的整体，每一篇寓言诗都是一个不可缺少的组成部分。其中的主要角色约有 12 类，即人、神、鸟类、野兽和水生动物等；它们活动的主要地点也有 12 个左右，即森林、田野、河流、大海、城市和房屋等。这些寓言形成了一个由人和动物组成的世界，构成了以宇宙为背景、以人类为角色的“百幕大喜剧”，可以说是巴尔扎克《人间喜剧》的雏形和先声。

---

① 让-拉辛(1639—1699)，法国古典主义剧作家，作品有《安德罗玛克》和《费得尔》等。

② 古希腊神话中人类灵魂的化身，以美少女的形象出现，与爱神相恋。

③ 卢基乌斯·阿普列尤斯(约 124—170 以后)，古罗马小说家，著有《金驴记》，即《变形记》。

拉封丹的寓言诗大都取材于古希腊、古罗马和印度的寓言，以及中世纪和17世纪的民间故事。古代的寓言往往过于简短和浅显，要使之成为完整的故事，就必须按一定的道德观念来增加情节和人物（往往是动物）。拉封丹正是在这方面显示了他的艺术才华，他不是简单地模仿古代寓言，而是从内容到形式都加以革新。在短短一则寓言中，他不仅要同时描写情节的变化和人物的心理，而且还要寄托自己的寓意，例如：《乌鸦、羚羊、乌龟、老鼠》赞颂友谊的珍贵；《蝉和蚂蚁》批评了懒惰的恶习；《乌鸦和狐狸》告诫人们切勿爱慕虚荣；《狐狸和鹳》阐明了对坏人要以牙还牙的道理。

这些寓言的内容早已为人们所熟悉，因此改写必须要有新意。拉封丹不愧为描写飞禽走兽的大师，在仔细观察大自然的基础上，他以无与伦比的想象力和艺术造诣，栩栩如生地描绘动物的神态，细致入微地刻画它们的心理活动，加上勾画得恰到好处的自然景色，使寓言诗具有特殊的魅力，令人充分感受到诗中有画、画中有诗的意境。正因为如此，前人的题材到他笔下就别开生面，焕然一新，后人对他的作品叹为观止，望尘莫及。

俗话说文如其人，这些寓言自然反映了拉封丹的性格。例如他最著名的寓言《龟兔赛跑》，除了教人要有耐心之外，或多或少也含有为自己拖拖拉拉的习惯辩护的意思。又如《蝉和蚂蚁》：

> 夏天蚂蚁干活，蝉一直在唱歌。到了冬天，蝉没有东西吃，到蚂蚁家里去借粮。蚂蚁不借，说："你那时候不是在唱歌吗？那么你现在跳舞去吧！"

人们通常都会以为这则寓言是在讽刺蝉的好吃懒做、自作自受，其实除了主张勤俭节约之外，同时也责备了眼看蝉要饿死却拒不借粮的蚂蚁。因为这只喜爱艺术、借贷无门的蝉，其实就是拉封丹本人的写照。他长期寄人篱下，饱尝人情冷暖的滋味，所以最痛恨那些有钱不借的富人，把他们视为心肠冷酷的吝啬鬼。

拉封丹一方面对上层社会的黑暗耳闻目睹，另一方面对民间的疾苦也较为关心，因此能够得心应手地利用古代的题材来揭露当时的社会痼弊。例如《群兽献给国王亚历山大的贡品》暴露了国王的贪婪；《患瘟疫的野兽》与《狼和小羊》抨击了强权政治；《吹嘘家谱的骡子》嘲笑了妄自尊大的贵族；还有不少寓言讽刺了僧侣、神甫和法官的伪善与贪心。《农夫和他的孩子们》《死神和樵夫》等则赞扬了劳动者的勤劳诚实，或对他们的遭遇表示同情。有些寓言还反映了他疾恶如仇、刚正不阿的精神，例如《乌鸦与狐狸》讽刺了狐狸的贪婪和乌鸦的虚荣，《戴颈圈的狗》赞颂了有骨气的狼，它宁愿饿得皮包骨头，也不肯像狗那样为了有饭吃而被戴上项圈。

拉封丹继承了中世纪市民文学的传统，不受古典主义规则的束缚，是法国17世纪唯一的抒情诗人。他采用优美的自由诗体，把寓言写得自然流畅、韵律和谐，而且寓意深刻、富于哲理，成为家喻户晓的名著。他在创作《寓言诗》时已经47岁，对社会的各个阶层有了充分的了解和认识，因而生动地刻画了国王、贵族、商人、法官、教士、医生、农民、骗子、恶棍等形形色色的人物，讽刺了贪婪虚荣、奸诈欺骗、忘恩负义等种种恶习，抨击了强权的专横残暴，歌颂了弱者敢于斗争和团结互助的优秀品质，对劳动人民的痛苦和不幸寄予深切的同情，从而使《寓言诗》具有重要的现实意义，成为反映17世纪法国社会的宏伟画卷，在世界上产生了深远的影响。

第三节　贵族沙龙小说

贵族沙龙小说产生于贵妇主持的沙龙，风格矫揉造作、优美典雅，按题材可以分为田园小说、历史小说和心理小说。

一　田园小说

奥诺雷·杜尔菲（1568—1625）出生于宗教战争最激烈的时期，不过他在法国中央高原东南部福雷地区的乡村中度过了平静的童年。中学毕业以后，他介入了宗教的冲突，成为一个狂热的天主教徒，在1590年参加了反对国王亨利三世的天主教同盟，曾两次被国王的军队俘虏。法国统一以后，他在参加法国反对西班牙的战争中死于肺炎。

杜尔菲是个军人，也是一个出色的小说家。他的长篇小说《阿丝特莱》（1607—1627）共分5卷60册，长达5000余页，分别发表于1607、1610、1619、1624和1627年，其中第五卷是杜尔菲死后由他的秘书巴罗编写的。

故事发生在5世纪时的福雷地区，以杜尔菲家乡的树林和草地为背景，描写一些年轻的贵族离开城市，来到大自然的怀抱里过着牧羊人的生活。多情的牧童塞拉东和妩媚的牧羊女阿丝特莱相爱，但两家的世仇使他们不得不谨慎从事。阿丝特莱为了向家人隐瞒真相，故意要塞拉东去追求阿曼特，不料同样爱着阿丝特莱的塞米尔却乘机挑拨，使她相信塞拉东已经变心，阿丝特莱于是不再理睬塞拉东。绝望的塞拉东投河自尽，被三位爱上他的山林仙女收留。在祭司阿达马的帮助下，他摆脱了仙女躲进了森林，后来化装成少女接近阿丝特莱，和她成了形影不离的好朋友。

杜尔菲写的故事到此为止，巴罗在他去世后继续写下去，使小说有了一个完美的结局。阿丝特莱以为塞拉东已经死去，想召回他的灵魂，结果看到的却是一个有血有肉的塞拉东。在再次经历了一些曲折之后，这对有情人言归于好，在神奇的爱情之泉面前缔结了婚姻。

杜尔菲在小说里注入了自己的感情经历。他在17岁的时候狂热地爱上了他的嫂嫂，没有想到16年之后，他的哥哥竟然出家当了修士，取消了自己的婚姻，杜尔菲因而得以与嫂嫂终成眷属。然而造化弄人，他们婚后格格不入，最后只能分手。他在感情方面的复杂体验，在《阿丝特莱》里的牧童和牧羊女、王子和公主身上得到了充分的体现。正因为如此，尽管田园小说这种体裁很快就衰落了，但《阿丝特莱》却由于感情描绘的生动细致而始终是爱情小说的典范。

《阿丝特莱》被称为田园体小说，其中的人物都是一些年轻的贵族，他们远离社会，过着牧羊人的田园生活，使小说成为一曲大自然的颂歌，表现了作者对乡村生活的向往。它对理想爱情的梦想继承了中世纪风雅文学的传统，进而主张为了爱情应该不顾理智、不惜牺牲个人的一切。这种新的爱情观念体现了17世纪贵族对理想生活的追求，使他们从中看到了自己的生活。正如萨德指出的那样："随着风流韵事在法国展现为新的面貌，小说日趋完美。就在那时，就是说上个世纪初杜尔菲写出他的小说《阿丝特莱》。由于这部小说，我们理所当然更喜欢他那些利尼翁的牧童，而不是11、12世纪那些荒诞无稽的武士。模仿之风从此大盛，凡是天然嗜好这一体裁创作的人们莫不抄袭之。"①

《阿丝特莱》中有大量描绘战争的情节，使小说具有冒险的气氛，从而增强了可读性，但小说的主线是塞拉东和阿丝特莱的爱情。小说运用美化贵族的笔调，虽然不可能反映贵族社会的真相，但是与中世纪的结构简单、以奇幻冒险为主的骑士小说相比，写出这样一个卷帙浩繁、复杂浪漫的爱情故事，在小说发展史上无疑是一个很大的进步。正因为如此，这部出版时间长达20年的小说才会受到热烈的欢迎，而且被广为传抄，在数十年里产生了巨大的影响，连高乃依和拉辛都大量引用它的章节，杜尔菲也因此在欧洲田园小说史上占据了重要的地位。

二　历史小说

玛德莱娜·德·斯居代里(1607—1701)生于勒阿弗尔，父亲是勒阿弗尔港的一个破产的船长，她和哥哥乔治很小就成了孤儿。她从小渴求知识，终生都保持着勤奋好学的习惯。当教士的叔叔收养了她，使她在文学方面受到了良好的教育，这在当时对于女孩子来说是一个罕见的例外。她先后在诺曼底、巴黎和马赛生活，特别是参与了朗布绮公馆的活动，发表了小说《易卜拉欣或杰出的巴萨》(1641)。

---

① 萨德：《小说随想录》，载于萨德《爱之诡计》卷末附录，管震湖译，时代文艺出版社，1998年，第254—255页。

在马赛期间，斯居代里创作了长篇历史小说《居鲁士大帝》(1649—1653)，全书分为10卷，共13000页。故事发生在公元前5世纪的波斯，国王居鲁士爱上了曼达娜公主，为了向她表示爱情，他特地去为她的父亲效劳，从此化名为阿尔塔梅纳。小说的情节曲折复杂，军事冒险和爱情奇遇交织在一起，曼达娜不断地被敌人俘虏，阿尔塔梅纳则为了救她而进行了一连串的追击和战斗。

其实斯居代里只是借用历史的框架来描绘她那个时代的名人，例如阿尔塔梅纳的原型就是路易十四时代著名的将军孔代亲王，曼达娜则是她的姐姐、以阴谋反对王权著称的龙格维尔公爵夫人(1619—1686)，而智者萨福[①]则是她本人的写照。正因为如此，这些作品虽然不能算真正的历史小说，却能够引起当时读者的兴趣，产生极大的影响。斯居代里也因此获得了法兰西学士院首次颁发的雄辩奖，路易十四还在1695年下令制作了一种饰有她的头像的纪念章。

斯居代里接着又创作了同样长达10卷的历史小说《克雷莉娅，罗马的故事》(1654—1660)，描写了公元前509年推翻罗马国王塔克文[②]的革命。贵族少女克雷莉娅与伊特鲁立亚国王波瑟那的儿子阿隆斯相爱，但是她却被塔克文劫持了，而波瑟那是塔克文的盟友。最后波瑟那断绝了与塔克文的盟友关系，阿隆斯也救出了克雷莉娅。与《居鲁士大帝》一样，《克雷莉娅，罗马的故事》也是借用历史的框架，来叙述当时名人之间的爱情纠葛，并且引用古代尊重妇女的礼仪习俗，来教育贵族们在谈情说爱的时候要遵守文明的规则。

这两部历史小说奠定了斯居代里作为小说家的声誉，所以在朗布绮公馆关闭之后，她开办了自己的沙龙，与作家拉罗什富科[③]、塞维尼夫人[④]和拉法耶特夫人等交往密切，使她的沙龙成了贵族沙龙文学的中心。在她主持的名为“星期六”的聚会上，名流云集、高谈阔论，她也因此获得了“萨福”的美称。她反对男性的统治，主张男女平等，并且把写作当成争取平等的手段之一。她直到94岁的高龄才去世，她的创作和活动在当时产生了很大的影响。

斯居代里的创作深受《阿丝特莱》的影响，是贵族沙龙文学的典雅风格的代表。她借用史诗的笔法来描绘当时的人物，专写英雄美人的悲欢离合，歌颂了贵族的英雄主义。在她的笔下，男主人公无不英俊潇洒、骁勇善战，女主人公则全都温柔多情、贤淑美丽，使贵族们从中看到了自己的完美形象。但是斯居代里并

---

① 萨福(约前610—前580)，古希腊女诗人。她的诗歌热烈多情，在古代非常流行。

② 塔克文·苏佩布(约前534—前509)，古罗马王政时代的第七王，杀岳父第六王之后篡位。他专横暴虐，于前509年被罗马人驱逐。

③ 拉罗什富科(1613—1680)，曾参加反对枢机主教黎塞留的斗争和反政府的投石党活动，身受重伤后不问政治，主要著作有《回忆录》和《箴言录》。

④ 塞维尼夫人(1626—1696)，法国书信体散文家，以她与女儿的通信组成的《书简集》著称。

未迎合当时贵族社会的放荡之风，而是主张严格的道德和对妇女的尊重，而且特地为此写作了《道德会话录》(1680—1692)，所以她既是法国最早的女小说家，同时也以法国第一个女伦理学家著称于世。

斯居代里的小说虽然轰动一时，但是由于篇幅冗长，说教过多，导致人物形象枯燥乏味，在刻意美化他们的同时也失于夸张，所以萨德在评论时曾经指出，当17世纪的作家纷纷模仿《阿丝特莱》的时候，她只是用讨厌的国王和英雄代替了《阿丝特莱》中可爱的牧童，她的《居鲁士大帝》没有把居鲁士描绘成希罗多德[①]笔下的君主，而是把他塑造成"一个只知道从早到晚哭泣、极其沉闷、叫人无法感兴趣的情郎"[②]。她在《克雷莉娅，罗马的故事》中，把克雷莉娅的一切荒唐之处都归咎于罗马人，对罗马人的歪曲更到了无以复加的地步。所以在事过境迁之后，她的小说也就失去了对读者的吸引力，没有人再去阅读了。

不过从小说发展的角度来看，斯居代里小说的宏伟篇幅，以及它们对英雄的歌颂，向前可以追溯到中世纪的英雄史诗，向后则影响到大仲马的多部长篇历史小说三部曲，表明在法国小说发展史上，她的作品起到了承前启后的作用。

三　心理小说

拉法耶特夫人(1634—1693)生于巴黎一个小贵族家庭，原名玛丽-玛德莱娜·德·拉韦尔涅，早年受过良好的古典文学教育，以博学闻名。她15岁丧父，第二年母亲改嫁给塞维尼骑士，她因此结识了这个家族的女作家、以《书简集》著称的塞维尼夫人(1626—1696)，两人建立了终生不渝的友谊。同年她被选入宫廷当王后的女官，得以结交贵妇名流，有机会仔细观察宫廷里的生活。

1655年，21岁的玛丽嫁给了39岁的弗朗索瓦·德·拉法耶特伯爵，他们在奥弗涅安家，有了两个儿子。但拉法耶特夫人逐渐厌倦了外省的生活，于1661年母亲去世后回到巴黎。她出入上流社会，与作家拉罗什富科产生了亲密的友谊，开办了自己的沙龙，而且创作了短篇小说《蒙庞西埃王妃》(1662)、《唐特伯爵夫人》(1664)和《扎伊德》(1670—1671)，以及身后出版的《1688至1689年法国宫廷回忆录》(1731)等作品。

《蒙庞西埃王妃》的故事发生在查理九世时代的宗教战争时期。梅齐埃尔小姐家世显赫，家财万贯，本已许配给吉斯公爵的弟弟，但在成婚之前，她已和吉斯公爵产生了爱情。心怀嫉妒的波旁家族设下诡计，让小姐嫁给了本家族的蒙庞西埃亲王。亲王的好友夏巴纳伯爵年龄虽大，却也爱着王妃，由于亲王因战争长期离家，他们得以朝夕相处，成为密友，但他在斗胆向她求爱时却遭到了拒绝。

---

① 希罗多德(约前484—前430至前420)，古希腊历史学家，著有《历史》。

② 萨德:《小说随想录》，载于《爱之诡计》卷末附录，管震湖译，第255页。

吉斯公爵后来在战争中崭露头角，成为天主教联盟的领袖。他和安茹公爵在途中巧遇蒙庞西埃王妃，安茹公爵也爱上了她。蒙庞西埃亲王对妻子产生怀疑，夏巴纳伯爵则在亲王夫妇之间进行调停。在吉斯公爵不懈的追求下，王妃终于旧情复萌。安茹公爵偶然发现了他们的秘密，与吉斯公爵成为势不两立的情敌。吉斯公爵为了表明自己的爱情，不惜放弃了与公主的联姻，王妃也让夏巴纳伯爵为他们传递情书。夏巴纳伯爵痛苦至极，然而没有勇气离开她，而且还在夜里把吉斯公爵领进王妃的房间，被亲王发现之后他挺身而出，掩护吉斯公爵逃走，结果死于非命。吉斯公爵后来另有新欢，蒙庞西埃王妃失去了情人的爱、男友的情谊和丈夫的尊重，终于在接二连三的打击下病逝了。

《唐特伯爵夫人》的女主人公是公主的朋友，可是她却与公主的情人纳瓦尔骑士相爱。他们在幽会时被唐特伯爵撞见，幸而被已经成为王子的骑士机智地应付过去。伯爵外出打仗，伯爵夫人却怀孕了，就在她焦虑不安的时候，传来了纳瓦尔王子在前线牺牲的消息。伯爵夫人向丈夫承认了一切，但没有说出纳瓦尔王子的名字，最后在生下孩子后死去了。

斯居代里的历史小说由于篇幅冗长和内容千篇一律，已经不再引起人们的兴趣，所以拉法耶特夫人描写爱情的小说可谓适逢其时，出版后受到了热烈的欢迎。就短篇小说而言，她的作品有了质的飞跃。它们不再是根据民间传说改编的笑话，而是出自作家之手的创作；它们也不仅是平铺直叙的故事，而是注重人物心理的发掘。从上述两篇小说中就可以看出书中人物的复杂心态，他们在爱情面前显示出钟情、痛苦、嫉妒和焦虑等种种心理，不但在内容上比中世纪的艳情小说要远为深刻，而且在表现手法上也丰富得多。这些特征在拉法耶特夫人的代表作《克莱芙王妃》里表现得更为明显。

小说的开头对16世纪时的法国宫廷和主要人物做了详尽的介绍。富裕美貌的夏尔特尔小姐按照母亲的意愿，出于感激的心情嫁给克莱芙亲王为妻。在不久以后的一次舞会上，她和最富魅力的纳穆尔公爵一见钟情。克莱芙亲王立即就意识到了他们的感情，而她则在母亲的教育下，长时间地抵制着婚外情的危险诱惑。她用理智控制了自己的感情，并且告诉了丈夫；丈夫虽然赞赏妻子的纯洁，但内心里却产生了嫉妒，后来郁郁而死。克莱芙王妃虽然自由了，但仍然恪守夫妇间的义务，她拒绝了纳穆尔公爵的求爱，到修道院里去了却余生。

拉法耶特夫人与路易十四宫廷有着密切的关系，对宫廷生活了如指掌，因而一方面能够通过克莱芙王妃对爱情的克制，反映出路易十四的古典主义时代对理性的崇尚；另一方面又能够把作为小说背景的亨利二世(1519—1559)的宫廷描绘得真实生动，揭示出贵族男女在高雅豪华的生活掩盖下的种种淫乱和私情。因此小说写的虽然是一个动人的爱情故事，实际上却和费纳隆的《忒勒马科斯历险记》一样，对贵族阶级采取了温和的批判态度，已经预示着18世纪启蒙文学的来临。

小说着重描写了克莱芙王妃的理智与感情之间的激烈冲突和斗争，由此可见她对爱情的克制并非那么轻而易举，她的内心充满了无法诉说的痛苦，这种强压感情的行为在现实生活中难以做到，只能成为令人仰望的楷模，所以克莱芙王妃的形象实际上只是古典主义时代的道德理想的化身。

从艺术上来说，在当时流行的小说《阿丝特莱》和拉辛的悲剧的影响下，小说着重描绘的不是外在的景色和服饰，而是人物内心的感情冲突。拉法耶特夫人以女性特有的细腻观察，对克莱芙王妃的心理进行了无微不至的揣摩和分析，真实而深刻地表现了她在感情上的微小而复杂的变化，因而《克莱芙王妃》被认为是法国第一部杰出的心理小说，对于后世的《红与黑》等小说中的心理描写有着重要的启示作用。

《克莱芙王妃》是纪德最喜爱的小说之一，他认为小说里“没有任何秘密、任何退缩，任何转弯抹角；没有任何花哨。一切都得到了阐明和发挥，再没有什么可期待的，显然这是艺术的高峰，处于绝境的登峰造极”[①]。

第四节　市民写实小说

市民写实小说既不同于维护王权的古典主义作品，也有别于美化贵族的贵族沙龙小说，它们不加掩饰地描绘现实生活，因而被贵族们视为粗野和庸俗。

一　索莱尔

夏尔·索莱尔(1599—1674)生于巴黎，父亲是诉讼代理人。他聪明早慧，中学毕业后当了教士，终身未婚。因为仅靠写作无法维持生活，他也给一些贵族当过秘书。1635年，索莱尔买到了叔父的史官职务。他为人耿直，不肯逢迎权贵，因此在1663年被取消了史官津贴。他在失去生活来源后被一个侄子收留，最后在贫困中去世。他尽管在文学方面很早就崭露头角，但是由于没有财产，除了写作之外也没有什么业绩可言，所以他的生平鲜为人知。

索莱尔从14岁开始就写作诗歌，因此曾受到一些显贵的保护，出入文学界和沙龙，甚至敢于在《关于学士院的演说》(1654)等文章中，与法兰西学士院的院士们进行论战。他有各种体裁的作品40多部，尤其在小说方面独具特色。他起初按照时尚的趣味来写作，但不久就开始写作滑稽故事，并且在据说是他创作的《牧羊人里西斯的故事》的前言中，提出了“反小说”的概念。他的特立独行使他

① 纪德：《十本法国小说……》，桂裕芳译，载《纪德文集》(文论卷)，花城出版社，2001年，第370—371页。

很难被归入某个文学流派或集团，这也是他后来被人们忽视的原因。

索莱尔的《胡闹的牧羊人》(1627)写一个商人的儿子读《阿丝特莱》等小说入了迷，干出了种种傻事，讽刺了当时小说中普遍存在的脱离现实、任意虚构的写作方式，以及英雄主义和田园风光等流行趣味。索莱尔正是为了有别于英雄故事才写这类滑稽故事的，从中可以看出西班牙小说《堂吉诃德》的影响。

索莱尔的代表作是《弗朗西翁的滑稽故事》(1623)，初版时为 7 卷，以后有所增删和改动，1633 年的定本有 12 卷。写的是布列塔尼地区的年轻绅士弗朗西翁的故事。美人罗莱特的丈夫身体虚弱不堪，弗朗西翁急于取而代之，由此开始了一连串滑稽的故事。他曾到巴黎学院里去学习，结识了媒婆阿加特，经历了一连串的艳遇，后来成为诗人和大贵族克雷昂特的心腹。故事虽然滑稽，却呈现出一种愚昧迂腐和俗不可耐的时代气氛。他最后来到意大利旅行，情敌们的嫉妒给他造成了很多麻烦，但他终于娶到了梦想的女人。

索莱尔双眼突出，这一特征被同代人描写为目光锐利。他的小说显示出与《阿丝特莱》截然相反的风格，以嘲弄的笔调描绘了大贵族、小贵族、资产者、学究、农民和媒婆等种种人物，穿插着他们叙述的许多趣事。还有学院和宫廷里的场景，以及决斗、诉讼、寻欢作乐的宴会、调情等描写，运用的语言是对古典主义学究式用语的滑稽模仿，虽然显得粗俗，但是生动地反映了社会生活的各个方面，具有现实主义的特色。

索莱尔是法国第一个继承了西班牙流浪汉小说传统的作家，他的小说是 17 世纪巴洛克小说的代表作，在当时拥有数量最多的读者，也为 18 世纪的写实小说开辟了道路，因而是现代小说的源头之一。

二　斯卡龙

保尔·斯卡龙(1610—1660)生于巴黎，父亲是市议会的议员。他 3 岁丧母，后母刁钻刻薄，不堪虐待的他 13 岁时出走寄居亲戚家中。1629 年，他当了教士后离开巴黎，得以观察外省的风俗，同时与文学界来往。1638 年，他因患由结核引起的风湿症瘫痪在床，于 1642 年回到巴黎。斯卡龙天性乐观，苦难从未改变他快乐开朗的性格。在“投石党运动”期间，他写作了《马扎兰之歌》，对刚刚上台的枢机主教进行了辛辣的讽刺，一时间曾广为传诵。1652 年，他娶贫穷的美女弗朗索瓦丝·多比涅为妻，她就是后来路易十四的宠妃曼德侬侯爵夫人。

斯卡龙早期的作品是诗歌和戏剧。诗歌《大风歌，又名吉冈托马纪》(1644)和《化了装的维吉尔》(1646)主题严肃、音律准确，但是故意用庄严的词句描写可笑的事情，或者让英雄使用粗俗的语言，显示出情节与风格形成滑稽对照的玩笑风格。

斯卡龙从 1645 年开始创作剧本，最成功的是喜剧《亚美尼亚的堂雅菲》

(1653),写上流社会的小姐捉弄宫廷小丑的故事。堂雅菲是宫廷中的一个受人愚弄、供人取乐的小丑,却梦想获得贵族小姐的爱情,于是一位小姐假装约他在闺房里相会,暗地里却让自己的父亲把他抓住,逼他脱光衣服,使他丑态百出。

斯卡龙的传世之作是体裁新颖的《滑稽小说》,第一部发表于 1651 年,第二部发表于 1657 年,第三部刚刚完成草稿他就病逝了。三年以后,一个无名作家出版了《滑稽小说续集》。

小说写一个巡回剧团到外省小城演出,演员们其实本来都不是干这一行的,其中拉戈丁是职业法官,德斯丹和艾图瓦叶、勒昂德和昂热里克是两对贵族情侣,他们不是演员,是为了逃避迫害才以假名栖身剧团。他们上台演戏自然洋相百出,而当地的民众既愚昧无知又十分粗野,因此在演员与观众之间发生了许多滑稽的纠纷,由此反映了外省社会精神空虚的腐败风气。

斯卡龙身后出版的《悲喜剧小说》(1661)是在 1655 年创作的,包括五个短篇,都是借用西班牙的题材讽刺法国的社会现实。其中的《防不胜防》和《伪善者》,被莫里哀改编成喜剧《太太学堂》和《伪君子》。而在《对贪吝的惩戒》里,主人公唐·马果斯一心发财致富,吝啬得令人难以置信:“他的房间里从来没有点过不是他偷来的蜡烛头;而且为了节约起见,他在街上一看到有光线的地方就开始脱衣服,在进房间的同时就熄掉蜡烛头上床。但他还认为睡觉可以花更少的费用,他富有创造性的头脑使他在把他与邻居隔开的墙上挖了一个窟窿,这个邻居刚点上蜡烛,马尔科斯(这是吝啬鬼的名字)就打开窟窿,由此得到足够的光线来做他要做的事情。由于他的贵族身份,不能不带一把佩剑,他就一天佩在右边,一天佩在左边,以便使它对称地磨损他的鞋子。”[①]他后来落得个葬身海底的下场。这个人物是法国文学史上最早的吝啬鬼形象之一,是莫里哀剧中的阿巴贡和巴尔扎克笔下的葛朗台的雏形。

杨绛先生指出:“索莱尔、斯卡龙,过于夸张人生中鄙俗的一面,像哈哈镜里照出来的东西,虽然令人发笑,究竟不是真实的人生。”[②]斯卡龙的确刻画了狂人、懦夫、野心家、吝啬鬼等形形色色的人物,描述了在床上碰翻夜壶、裸体男人碰上修女等滑稽情节,但是他的小说与索莱尔的作品还是有所区别的。《滑稽小说》大多取材于真人真事,总的来说并未流于粗俗,而是笔调诙谐、人物生动,形成了法国早期喜剧小说的风格。小说还塑造了德斯丹这样出身卑微但品质高尚的人物,讽刺和鞭笞了粗暴野蛮的贵族,反映了当时的社会现实,成为 18 世纪写实小说的先声。

---

① 法朗士:《文学渴了——法朗士评论精选集》,吴岳添译,北京燕山出版社,2012 年,第 23 页。

② 《杨绛译文集》第 3 卷,译林出版社,1994 年,“译本序”第 992 页。

三　西拉诺

西拉诺·德·贝尔热拉克(1619—1655)生于巴黎，祖父是商人，致富后在莫维埃尔和贝尔热拉克拥有封地。西拉诺为自己取的姓氏“贝尔热拉克”即由此而来。他幼年寄居在莫维埃尔的一个教士家里，乡村的自然景色给他留下了深刻的印象。他的父亲虽然是最高法院的律师，却平庸无能、不善经营，以致在1636年卖掉了封地。西拉诺被送到巴黎拉丁区的中学读书，他讨厌学校里的生活，因此不守纪律，1638年中学毕业后更是无人管束。1639年他应征入伍，一心想建功立业，以勇气过人而闻名，但是第二年就在围困阿拉斯的战役中身负重伤，只得退役。

从1641年开始，西拉诺听过哲学家伽桑狄的课程，受到唯物主义哲学的影响。他主张思想开放，摒弃一切教条，往往被认为是伽桑狄主义者。在科学方面，他有时是笛卡儿主义者。在此期间，他潜心阅读经典的哲学和科学著作，积累了渊博的知识。后来他转向政治，在参加“投石党运动”期间，他和斯卡龙一样，也写了一首政治讽刺诗《马扎兰之歌》(1649)，抨击执政的枢机主教马扎兰。

西拉诺最后转向文学创作，与一些自由派作家来往，但他一生挥霍无度、放荡不羁，所以与包括斯卡龙在内的老朋友全都闹翻。他努力保持自己在精神上的独立，只是为了谋生和出版作品，才在1653年同意为阿尔巴戎公爵效劳。1654年，在一次意外事故中，他被一根横梁砸中脑袋，第二年就死去了，只活了36岁。他虽然性格好斗，却像当时的大多数作家一样，在诗歌、戏剧和小说等方面都有所建树，有些作品至今仍受到人们的欢迎。其中最著名的是喜剧《受人愚弄的学究》(1654)，讽刺的是他中学时代的校长，比莫里哀的喜剧更早地揭露了金钱和家长制的危害。

西拉诺最重要的作品是两部小说，都是在他身后才出版的。《另一世界，或月球上的国家和帝国》(1657)写他在月球上的旅行。他发明了一种火箭并登上月球去参观，看到那里的居民都是由儿子指挥父亲，借机影射地球上的社会，反对战争和嘲笑宗教迷信。他还在月球上的一个国家里发现了人间的天堂，但是却从那里被赶了出来，落到巨人们的掌握之中，巨人把他当成家畜，多亏魔鬼的干预他才被释放。在身不由己地回到地球上之后，他被当作巫师关进了监狱。

《太阳上的国家和帝国的趣史》(1662)是前一部小说的续集。靠着一种新机器的帮助，他得以越狱并到了太阳上面；他访问了太阳上的许多国家，还在鸟国受到鸟儿的审判，并且描写了鸟国的民主制度，即国王由最弱者担任，每周要举行三级[①]会议，只要有三只鸟儿起诉他就要被罢免；等等。这些描述流露出启蒙时代理想社会的先声。后来他到了哲学家的国度，但是故事在他遇到笛卡儿的时候中断了。

这种小说形式适宜描写冒险，也便于穿插思索和辩论，其中当然也反映了西拉诺的思想。他赞成伊壁鸠鲁的学说和太阳中心说，认为天体之间有引力，宇宙是无限和永恒的，而且引证了当时物理学方面的成就来加以说明。他尽管声明自己信仰上帝，他的小说却抨击了经院哲学和地球中心说，表明他是个相信科学的唯物主义者和无神论者。就连他的文体也是追求自由的一种表现。他大胆的想象、具有反抗精神的梦想、嘲弄的笔调和论战的口气，无疑都是对当时占统治地位的古典主义的挑战。

在法国文学史上，西拉诺在1649年就写完了《另一世界，或月球上的国家和帝国》，因此理所当然是法国科幻小说的先驱。拉伯雷的《巨人传》取材于民间传说，西拉诺的小说则有了科学技术的成分。他甚至想象出了多级火箭和录音机。后来伏尔泰的哲理小说《米克罗梅加》(1752)和凡尔纳的许多作品，都是与他的影响分不开的。

西拉诺与别人格格不入，在放荡好斗的表象下面，他的内心其实是非常孤独的。他不满于现实的社会，因此把自己的理想寄托于虚构的世界，努力写出对人类有益的作品；可是他的意图却受到同时代人的误解，甚至被某些人视为疯子。正是由于他本人以及当时意识形态方面的原因，他的小说并未得到应有的重视，在文学史上也没有获得应有的地位。

西拉诺的作品不是严格意义上的科幻小说，而是以在地球之外的旅行为框架来宣传新的哲学思想，因而具有重要的现实意义。它不仅观点新颖，而且革新了惯用的语言。为了使故事显得真实可信，小说采用了第一人称，同时为了掩饰哲学观点而把情节放在地球之外，并且运用了同音异义词等讽刺、幽默和滑稽的笔调，巧妙地把幻想和现实融为一体，从而为18世纪伏尔泰的富于异国情调的哲理小说开辟了道路。

---

① 法国中世纪由国王召集的会议，参加者有三个等级的代表：第一等级是僧侣，第二等级是贵族，第三等级是平民。

第四章　18世纪的小说

18世纪的小说基本上可以分为两大类：上半叶的写实小说和下半叶的哲理小说。写实小说在继承17世纪市民写实小说传统的基础上，把单纯的滑稽逗乐提高到注重批判社会的不合理现象的高度，从而成为启蒙时期批判社会制度的哲理小说的先声。

第一节　写实小说的社会背景

路易十四虽然给法国带来了不可一世的辉煌，但是他对外穷兵黩武，对内镇压新教，最后内外交困，使封建王朝风雨飘摇，面临着灭亡的命运。1687年初，法兰西学士院里爆发了"古今之争"，以布瓦洛为代表的崇古派认为古希腊罗马的文艺是高不可攀的顶峰，而以丰特奈尔（1657—1757）为代表的崇今派，则认为17世纪的文艺与古人相比毫不逊色。这场争论的实质是表明古典主义已经衰落，"太阳王"时代从此一蹶不振，1715年路易十四的去世，则是启蒙时代到来的标志。

与此同时，自然科学的巨大进步动摇了人们的宗教信仰，为推翻教会的统治奠定了思想基础。丰特奈尔的《宇宙万象解说》（1686），借用两个人面对夜空谈论宇宙的形式，阐述了从地球到行星的天文学知识，体现了唯物主义的宇宙观。他的《神谕的历史》（1687）是一部反对盲目迷信、提倡理性认识的宗教史著作。他于1691年当选为法兰西学士院院士，1699年被任命为法国科学院的书记。在18世纪上半叶，他继续关注科学技术的进步，颂扬法国科学家和牛顿的理论。丰特奈尔在普及科学方面成就卓著，被后人视为法国启蒙思潮的先驱者。

源自古代神话传说和骑士故事诗的小说，是随着资产阶级的发展而繁荣起来的，被卢卡契[①]称为"一个没有诸神的世界的史诗"[②]。在反封建、反神权的文艺复兴时期，产生了拉伯雷的《巨人传》；在又一次掀起反封建、反教会高潮的启蒙运动时期，小说自然就得到了进一步的发展，正如萨特所说："从薄伽丘到塞万

① 久尔吉·卢卡契（1885—1971），匈牙利哲学家、美学家和文艺理论家。

② 卢卡契：《小说的理论》，贡蒂埃出版社，1979年，第84页。

提斯，然后到 17 和 18 世纪法国小说，技巧日趋复杂，新花样层出不穷，因为小说在发展过程中收容了讽刺、寓言、肖像等品类，把它们化为己有。”[①]所以到 18 世纪初，它已经成为一种“自由、灵活、没有规则、具有复杂而不稳定的传统，准备吸取一切形式、包容一切思想”[②]的体裁。

法国写实小说的源头，是以《小癞子》(1544)为代表的西班牙的流浪汉小说。西班牙这个老牌殖民帝国从 16 世纪中叶开始衰落，进入了从封建社会向资本主义社会过渡的转型时期。商业经济的发达使许多下层民众因失业而成为游民，过着流浪的生活，同时也打破了传统的道德规范，使人们为了追求金钱而不惜冒险。流浪汉小说就是在这种社会环境里产生的。这类小说的主人公不再是王公贵族，而是社会底层的小人物，他们由于家境贫困不得不在社会上流浪和冒险，既聪明机灵又不顾廉耻，被迫学会了种种赖以求生的手段。

在 18 世纪初，路易十四为了争夺西班牙王位的继承权，与奥地利和英国等国家进行了 10 多年的战争，使法国上流社会对西班牙的宫廷和社会生活产生了浓厚的兴趣，也使描写西班牙成为一种时尚，例如勒萨日的小说就都是以西班牙为背景。流浪汉小说中性格复杂的人物、生动幽默的语言、滑稽夸张的描写，以及对社会生活的揭露和嘲讽，为后来的现实主义小说开辟了道路，对当时欧洲各国的小说产生了深远的影响。

外国小说对 18 世纪的法国小说也有着重要的推动作用。东方学者安托万·加朗(1646—1715)把《一千零一夜》译成了法文，于 1717 年出版。英国小说家笛福(1660—1731)的《鲁滨孙漂流记》(1719)发表以后，第二年就被泰米瑟尔·德·圣亚桑特译成法文。斯威夫特(1667—1745)的《格列佛游记》于 1726 年出版，德斯丰泰纳(1685—1745)不仅在 1727 年就把它译成法文，而且还写了一部仿作《新格列佛游记》(1730)。在这些小说的影响下，游记已经成为一种重要的体裁。

然而小说始终受到文艺理论家们的冷落，因此 18 世纪上半叶的小说，主要还是对 17 世纪的贵族沙龙小说和市民写实小说的模仿，尚未形成后来的哲理小说那样宣传启蒙思想的特色。其中模仿贵族沙龙小说的有马里沃的《玛丽安娜的生活》和《暴发户农民》，普雷沃神甫的《曼侬·莱斯戈》，模仿市民写实小说的有勒萨日的《吉尔·布拉斯》等。不过它们共同的特点，都是反映了法国 18 世纪初期的社会现实，因此被称为写实小说。

---

① 萨特：《什么是文学？》，施康强译，载沈志明、艾珉主编：《萨特文集》第 7 卷，人民文学出版社，2000 年，第 195—196 页。

② 朗松：《法国文学史》(增订本)，阿歇特出版社，第 667 页。

第二节 勒萨日

阿兰-勒内·勒萨日(1668—1747)生于莫尔比昂省的萨尔佐,父亲是公证人。他14岁时成为孤儿,监护人剥夺了他的财产继承权,把他送进了耶稣会学校。将近1690年,他到巴黎学习法律,结婚后定居巴黎。他曾经担任律师,在包税局当过小职员,后来弃职从事翻译西班牙的剧本和小说,同时开始文学创作,1707年发表喜剧《主仆争风》和小说《瘸腿魔鬼》。

《瘸腿魔鬼》的背景是西班牙的马德里,主人公名叫唐克列法斯;他的情人唐娜托玛莎想逼他成婚,就在房间里埋伏四名壮汉,然后把他骗来。他好不容易逃了出去,偶然钻进了一个阁楼,那是一位星相家的实验室;一个玻璃瓶里关着瘸腿魔鬼阿斯莫德,人间的荒淫娱乐和糊涂姻缘都由他掌管。唐克列法斯应魔鬼的恳求把它放了出来,魔鬼为了报答他,带着他飞越马德里的上空,揭开所有的屋顶,让他看到了形形色色被掩盖的隐私:例如子女们盼望守财奴父亲快点死去,侯爵用谎言骗取少女的肉体,妓女为了钱与达官贵人鬼混,老太婆用假发和假牙掩饰老态,银行家向国外转移钱财,无辜者在牢里受折磨,骑士们为女郎而争斗。最后魔鬼让他看到他的情人唐娜托玛莎正在和四个男子一起喝酒,并且用法力使他们为她而厮杀,使这个女人进了监狱,为他报了仇;然后又被星相家召回去关在瓶子里了。

《瘸腿魔鬼》的名称借自西班牙流浪汉小说家维列兹·格瓦拉(1570—1644)的同名小说,所以在卷首有献给格瓦拉的题词。勒萨日以西班牙的人名和地名等作为掩护,得以自由地描绘法国的社会现实,借魔鬼之口来揭露贵族、神甫和法官等人的虚伪面目,谴责了金钱至上的腐败风气。小说的形式荒诞不经,其实是利用这种虚构的形式来广泛地描绘现实生活,不过它的描写只似蜻蜓点水,不深不透,不像后来的现实主义小说那样深刻,只是追求新奇以吸引读者,所以被称为写实小说。由于情节生动、趣味性强,《瘸腿魔鬼》出版后大受欢迎,据说有两个绅士还为了争相购买剩下的最后一册而拔剑决斗,以后也一直畅销不衰。

1709年,勒萨日发表讽刺喜剧《杜卡莱先生》,抨击靠国库发财的金融家和资产阶级包税人的贪婪,以及他们与贵族之间的尔虞我诈,为此受到这伙人的威胁利诱。但是他为人耿直,不愿阿谀奉承投靠权贵,所以被赶出了法兰西喜剧院。后来他继续创作剧本,为大众化的集市剧场写了100多出小型喜剧。

勒萨日的代表作是长篇小说《吉尔·布拉斯·德·山悌良那传》(简称《吉尔·布拉斯》,1715—1735)。故事也是发生在马德里。吉尔·布拉斯是个平民出身的孩子,17岁时外出闯荡,结果到处受骗上当,被抢劫之后又含冤入狱,使他叹息世道不公。为了谋生,他先后给一些不三不四的人当用人,也曾为大主教和伯爵等贵人效劳。他每换一个主人，都想从头再来，做一个忠心耿耿的好人，但总是落得被解雇或抛弃的下场。于是他随波逐流，跟着他们说谎骗人、寻欢作乐，自己也变得轻浮起来。最后他成了首相的亲信，贪污受贿、唯利是图；眼看大权在握，却由于为首相去拉拢太子而被皇帝打入大牢。首相坐视不救，他设法出狱后深感世态炎凉，于是到乡下去隐居。太子即位后他重入宫廷，想改邪归正却力不从心，不久又因首相倒台而归隐乡里，从此过上了摆脱世俗烦恼的快乐生活。

小说以16世纪末至17世纪中期的西班牙为背景，借用西班牙流浪汉小说的笔法，描绘了吉尔·布拉斯一生的冒险经历，真实地反映了当时法国社会腐朽没落、行将崩溃的面貌，从而成为启蒙时代的先声，被认为是法国18世纪上半叶最优秀的现实主义小说。不过正如杨绛先生指出的那样：

> 勒萨日批判当时的社会相当大胆，识见也比较进步。但他揭露了社会的黑暗，并未批判社会制度的不良。他嘲笑教士，并不反对宗教。总之，他承袭了法国17世纪莫里哀等的批判精神，还未能像18世纪伏尔泰、孟德斯鸠、狄德罗等从制度上去看问题。但就小说而论，勒萨日这部作品比他们的哲学小说具体而且生动。从作者揭露的种种可鄙可笑处，能看到整个社会的不合理，明了法国大革命是必然的结果。[①]

这段话从政治和艺术两个方面说明了这部小说的特色。在政治方面，它极力嘲笑不合理的社会现象，但尚未触动社会制度的根本，因而是介于莫里哀和启蒙思想家之间的桥梁；在艺术方面，它模仿并且超越了17世纪的市民写实小说，也就是不再满足于令人发笑，而是严肃地揭露社会的不平，从而预示着启蒙时代的到来。

从中世纪的市民小说开始，经过17世纪的市民写实小说和18世纪的写实小说，直到19世纪的现实主义小说，其中的继承和发展关系一目了然，显然贯穿着现实主义创作方法这根主线。现实主义小说是法国小说发展过程中最重要的组成部分，勒萨日的这部作品是这个发展过程中的重要一环："他最精心编撰的是《吉尔·布拉斯》。法国马里沃、英国菲尔丁[②]、斯摩莱特[③]等都受它影响；著名作家如斯特恩、兰德、拜伦、狄更斯、萨克雷等都熟读这部小说。"[④]

《吉尔·布拉斯》由杨绛先生译成中文，《杜卡莱先生》和《瘸腿魔鬼》也已有

---

① 《杨绛译文集》第3卷，第993页。

② 亨利·菲尔丁(1707—1754)，英国小说家，著有《大伟人江奈生·魏尔德传》等。

③ 托拜厄斯·斯摩莱特(1721—1771)，英国小说家，著有《兰登传》等。

④ 《杨绛译文集》第3卷，第994页。

中译本。

第三节 普雷沃神甫

普雷沃神甫(1697—1763)生于阿图瓦省埃丹的一个贵族家庭,原名安托万-弗朗索瓦·普雷沃。父亲是国王的谋士和检察官,在当地名声显赫,母亲家里富有田产。1711年母亲去世,他最喜欢的妹妹也死去了,他幸福的童年从此结束,被父亲送进了埃丹城的耶稣会学校。第二年他和父亲争吵,16岁就去从军,战争结束后到巴黎,与耶稣会会士交往。1716年再次从军,不久到里昂,被耶稣会会士们接纳。1718年他又入伍,但第二年就开了小差,在巴黎、荷兰等地漂泊。1721年底,他与一个耶稣会会士争吵,从1722年起进入冉森派修道院,1726年当上了神甫。1728年他与准备服从教皇的院长闹翻后逃了出来,为逃避追捕而来到伦敦,与在此避难的法国新教徒们交往。1730年到荷兰,与阿姆斯特丹的出版商签订了合同。他在荷兰生活放荡,后来与出版商不和,引起了精神和信仰危机,负债累累后又跑到英国。1734年他回到法国,躲避一阵后得到教皇克雷芒十二世的赦免,重新修行。1736年成为孔代亲王的指导神甫。

普雷沃神甫从20岁开始创作,颠沛流离的经历为他提供了丰富的素材。他的作品总数达100种以上,主要的小说有《一个贵族的回忆和奇遇》(1728—1731),共7卷,其中最后一卷是《德·格里欧骑士和曼侬·莱斯戈的故事》,简称《曼侬·莱斯戈》(1731);《英国哲学家克里夫兰先生传》(1731—1739),共8卷,讲的是克里夫兰先生和范妮的浪漫爱情,被认为是卢梭的《新爱洛伊丝》之前最成功的情感小说。

路易十四驻君士坦丁堡的大使费里奥尔先生,曾在1697年把高加索地区的一个切尔克斯姑娘带回法国,普雷沃神甫根据这一史实,写出了小说《一位现代希腊姑娘的故事》(1740),讲一个法国外交官如何从后房中解救了一位希腊姑娘,颇有浪漫色彩。他的最后一部小说,是在《格列佛游记》的影响下写作的《罗贝尔·拉德船长的旅行》(1744)。此外,他还编译了百科全书式的《旅游通史》(15卷,1746—1761)。

《曼侬·莱斯戈》讲的是格里欧骑士和曼侬·莱斯戈的爱情故事。贵族青年格里欧在亚眠上大学,17岁时在离开亚眠的前夕,偶然遇见自称是被迫来当修女的美丽姑娘曼侬,两人一见钟情,逃到巴黎过起了蜜月般的生活。曼侬其实是个妓女,格里欧的父亲当然不能容忍儿子的放荡行为,于是派人把他强行带回家中。在好友梯伯史的劝说下,格里欧到修道院里学习神学,几个月之后就成了一个出色的神甫。

格里欧在一次布道的时候被曼侬认了出来,两人随即一起私奔到了巴黎郊区的一个村子里，靠曼侬的积蓄过着自由自在的生活。可是一场大火烧毁了他们的财产，格里欧只得靠赌博行骗去挣钱，结果挣来的钱又被仆人偷走了。曼侬在她的哥哥莱斯戈的怂恿下，去给一个有钱的老贵族当姘妇，并且把格里欧说成是自己的弟弟。两人带着老贵族赠送的珠宝钱财出逃，被捕后关进了教养院。

格里欧用莱斯戈送来的手枪打死了看守，又在一个朋友的协助下救出了曼侬。他们在出逃途中遇见老贵族的儿子，于是故伎重演，骗取了他的钱财。但是他们的计谋被老贵族识破，再次被捕后关进了监狱。格里欧的父亲只把他保释出去，而曼侬则被流放到美洲去服无期徒刑。格里欧决定陪她流放，到了新奥尔良。当地总督的侄子看上了曼侬，格里欧与他决斗，两人都受了伤。格里欧以为杀死了对方，就和曼侬一起逃走。曼侬由于劳累过度而在途中染病身亡，格里欧埋葬了她，自己被前来寻找的梯伯史接回了巴黎，从此一心忏悔、改过自新。

普雷沃神甫在荷兰的时候，为了向出版商交稿，一气呵成地赶写了《曼侬·莱斯戈》。小说的特色在于题材的新颖、激情的强烈和情节的真实。它在很大程度上是普雷沃神甫的自传，曼侬的原型就是一个当时实有其人的妓女。格里欧的出身和地位比曼侬高得无可比拟，却迷恋于她而不能自拔，以至于一再被她欺骗和出卖，最后陷入绝境仍不后悔，这显然是继承了中世纪骑士小说的爱情至上的传统。如此强烈的激情在古典主义时代是不可想象的，只有后来的浪漫主义小说才可以相比。

《曼侬·莱斯戈》情节曲折、扣人心弦，但并非离奇的虚构，而是安排得合乎情理，同时注重刻画人物的心理，加上笔调明快、语言流畅，在18世纪上半叶是一部难得的精品。与以往小说中或是贞洁或是淫荡的女子相反，曼侬·莱斯戈既心地善良又水性杨花，显示了人性的复杂，她的形象预示着19世纪的嘉尔曼和娜娜的出现。从这个意义上来说，《曼侬·莱斯戈》在法国小说史上是一部承上启下的重要作品，所以在纪念他诞生200周年的国际学术讨论会上，普雷沃神甫“被视为与巴尔扎克、普鲁斯特、陀思妥耶夫斯基同样重要的伟大作家”①。

第四节　马里沃

马里沃(1688—1763)生于巴黎，原名皮埃尔·卡尔雷。他年轻时学习法律，33岁时获得法学士学位，曾担任巴黎最高法院的律师。他从24岁开始戏剧创作，同时也经营报刊和撰写小说，40岁后出入贵妇的沙龙，1742年当选为法兰西学士院院士。

马里沃创作了30多部喜剧，主要有《意想不到的爱情》(1722)、《爱情与偶遇

① 张英伦等主编:《外国名作家大词典》，漓江出版社，1989年，第637页。

的游戏》(1730)、《假机密》(1737)和《考验》(1740)等。他的剧作大多写贵族青年的爱情,其中往往有一个聪明的仆人从中撮合,使有情人终成眷属。他表示自己的创作目的是"我到人类心灵中去挖掘爱情的种种藏身之处,因为它不敢表露出来;我写作每一部喜剧的目的,就在于把它从藏身之处挖掘出来"①。其艺术特色是打破了爱情在悲剧中结局悲惨、在喜剧中受到嘲笑的传统模式。

马里沃的小说主要是两部未竟之作。《玛丽安娜的生活》(1731—1741)的女主人公玛丽安娜的父母死于盗贼之手,她因此经历过种种磨难。年老的克里马勒是她的保护人,心里却想引诱她。玛丽安娜为了摆脱他就搬到修道院里去住。后来她爱上了一个青年贵族。贵族起初寻花问柳,后来改过自新并和她结了婚,这时她发现自己原来也出身贵族家庭。

《暴发户农民》(1735—1736)叙述农村青年雅各布来到巴黎后,发现自己很能获得女人的欢心,于是靠着裙带关系而平步青云,并且由此看到了上流社会中形形色色人物的丑态。由于它对社会风气的描绘比较真实,所以被认为是18世纪最大胆的小说。

马里沃作品的特色是语言优雅,对人物心理刻画得尤为细腻,因此被后人称为"马里沃风格"。这种语言有时虽然显得矫揉造作和滑稽可笑,但是适于表现情人们复杂的心理活动。马里沃被列为写实作家,是因为他的作品非常大胆地描写了男女之间的情欲,这种描写在18世纪下半叶的莱蒂夫·德·拉布勒多纳的小说里得到了淋漓尽致的表现。

---

① 德·格朗日:《法国的大作家》,阿蒂埃出版社,1928年,第545页。

第五章 哲理小说

哲理小说就是故事里蕴含哲理的小说。小说家“把他的‘哲理’(而不是说教用的‘信条’)放在故事里,就像用糖衣包裹上治病的良药。这是中国的诸子百家、古希腊的《伊索寓言》、希伯来的《圣经》故事、阿拉伯的《天方夜谭》早就用过的策略。”[①]不过这类故事直到18世纪才发展成为人物生动形象的哲理小说。

第一节 哲理小说的社会背景

18世纪50年代,法国的启蒙运动产生了一批伟大的著作,它们在自然科学和社会科学的各个领域里,向人们提供了最新的科学知识和先进的思想观念,从根本上动摇了封建专制和教会统治的思想基础。在这些著作中,规模最大、影响最为深远的是《百科全书》。当时著名的启蒙思想家、作家和科学家几乎都与《百科全书》合作,包括孟德斯鸠、伏尔泰和卢梭等在内的撰稿者共有160多人。他们信仰自由和人道主义,努力为促进新科学、新思想的传播而奋斗,因而被世人称为“百科全书派”,其核心成员有狄德罗、达朗贝尔[②]、霍尔巴赫[③]、爱尔维修[④]和孔狄亚克[⑤]等。

对于法国18世纪启蒙运动的伟大意义及其与百科全书派的关系,朱光潜先生有非常精辟的论述:

> 法国启蒙运动的总目标是从思想战线上接着文艺复兴进一步打垮法国封建统治和它的精神支柱——天主教会,所以它是法国资产阶级革命的思想准备。法国资产阶级革命的自由、平等和博爱三大口号就是由启蒙运动者提出和宣扬开来的。“启蒙”这个词的原义是“照亮”,

---

① 黎湘萍:《哲理小说》,中国和平出版社,1996年,序言第5页。

② 达朗贝尔(1717—1783),法国数学家、唯物主义哲学家,《百科全书》的主编之一。

③ 霍尔巴赫(1723—1789),男爵,法国哲学家,18世纪唯物主义的代表人物,他的家当时是百科全书派的活动中心。

④ 爱尔维修(1715—1771),法国哲学家,唯物主义哲学的代表人物。

⑤ 孔狄亚克(1715—1780),法国哲学家,修道院院长,百科全书派的重要成员。

> 实际上就是思想解放。在启蒙运动者看来，社会制度腐败根源在于思想的混浊，而这混浊是由宗教迷信造成的。所以改良社会制度先须破除宗教迷信和教会黑暗势力的统治，先须"照亮"人们的头脑，为着达到这个目的，就要宣扬理性和近代自然科学技术。因此启蒙运动者把他们的力量集中在《百科全书》的编撰上。[①]

正是时代的要求使启蒙思想家们在科学和文学艺术方面具有多方面的才能，得以成为恩格斯在《反杜林论》里所说的"在法国为行将到来的革命启发过人们头脑的伟大人物"。为了宣传科学、理性和启蒙思想，教育人民去学习科学知识和文化艺术，以摆脱宗教意识和各种偏见，作家们曾经团结起来进行共同的斗争，形成了一个独立的社会阶层，而百科全书派就是这个联盟的核心。

总起来说，启蒙思想家们的共同目标是反对专制政府和教会的统治，给每个人以一定程度的自由。然而他们由于各自代表着不同阶级的利益，相互之间又有着深刻的分歧。孟德斯鸠出身穿袍贵族世家，本人既是拥有大量土地的封建领主，又是经商致富的资产者，因此成为主张调和封建贵族与资产阶级利益的温和派。伏尔泰、霍尔巴赫和爱尔维修都是金融家和资本家，代表着大资产阶级的利益，他们着眼于未来，热衷于进步，赞扬科学和技术的发展，梦想一个由理性来统治的社会，相信人能够成为自然的主人，在自由制度下增长起来的财富会给所有的人带来幸福。卢梭则出身平民，经历过种种艰难困苦和打击迫害，他熟悉乡村和农民的生活，对上流社会的腐朽和堕落也有深刻的认识，所以他的反封建的民主主义思想也最为激进。

正如马克思所说的那样："卢梭不断避免向现存政权做任何即使是表面上的妥协。"[②]

归根结底，法国批评家勒赛克尔精辟地指出了卢梭与百科全书派的根本分歧：

> 资产阶级的批评家一般都把卢梭和百科全书派的决裂说成是由于个人的原因。他们认为卢梭的多疑、敏感和自寻烦恼的怪癖，狄德罗的疏忽，格里姆的阴险都是造成决裂的原因。这些无关紧要的原因，很可能反而掩盖了存在于双方思想意识本身中的更深的原因。……这本来是阶级的冲突。百科全书派中的前进派（狄德罗、霍尔巴赫）同中间派（伏尔泰）一样，都是发展资产阶级进步纲领的，而卢梭则代表民主大众

① 朱光潜：《西方美学史》上卷，人民文学出版社，1979 年，第 253 页。

② 《马克思恩格斯全集》第 16 卷，人民出版社，1965 年，第 36 页。

的利益。①

启蒙思想家们进行斗争的武器是《百科全书》、各种论著和哲理小说。他们主要是利用《百科全书》中的条目来宣扬启蒙思想和科学技术，所以往往借题发挥，议论多而数据少，“基本上并不是一本按照我们现在的标准可以称之为‘百科全书’的那种工具书，而毋宁是一本采用百科形式的，夹叙夹议的思想政治论文集，甚至是一部‘杂文集’”②。正因为如此，它作为工具书没有正式再版，但是它作为一部古典主义学术名著，对于启蒙思想的普及却起到了极其重要的作用。

哲理小说也同样如此，它出于传播启蒙思想的需要，形成了夹叙夹议的艺术特色。也就是说，故事情节只是用来表现哲理的框架，人物也只是代替作者来宣扬哲理的工具。除了这种共同的特色之外，每个作家由于气质不同，也形成了各自的独特风格，例如伏尔泰的尖刻讽刺、狄德罗的贴近现实生活、卢梭的忧郁感伤等。

法国的文人一向靠宫廷或王公贵族赏赐的年金维持生活，他们只是在作品初版时能拿到一笔稿酬，以后无论再版多少次都不再有任何收入，同时对抄袭和盗版行为也束手无策，所以在整个 18 世纪，即使是著作等身的作家也无法仅靠稿酬来谋生，当然也就不可能拥有真正的社会地位，因而很少有人以“作家”“文人”或“艺术家”自居，文学只是一种消磨时间的方式。直到法国大革命以后的 18 世纪末，书籍的印刷和发行条件大为改善，社会环境也发生了重大变化，剧作家博马舍③才为现代意义上的著作权制度奠定了基础。

启蒙思想家发表政论，往往要冒遭到查禁和被捕入狱的风险，所以他们要利用小说来宣扬自己的信仰和主张，而且要争取合法出版，为此就要借用虚构的形式来掩饰真正的意图，这类小说就被称为哲理小说。例如卢梭写作小说《新爱洛伊丝》和《爱弥儿》，实际上就是为了宣传他的关于社会平等和自然教育的思想。

在 18 世纪，书报检查制度空前严酷，哲理小说也大多需要通过非法的途径发行，从而使得匿名出版在当时成为风气。卢梭是一位勇士，敢于在作品上署上自己的名字，甚至还在名字前面加上“日内瓦公民”这个身份。然而仅有勇气是不够的，还需要搞一些瞒天过海的花样。例如《爱弥儿》是由巴黎的迪歇纳出版社出版的，版权页上却是海牙诺尔姆出版社；《新爱洛伊丝》是在阿姆斯特丹出版之后，再通过偷越国境者带进法国，或者混在其他书籍的包裹里运进法国的。这

---

① 勒赛克尔：《让-雅克·卢梭》，载卢梭《论人类不平等的起源和基础》，李常山译，东林校，商务印书馆，1997 年，第 14 页。

② 梁从诫：《我译狄德罗〈百科全书〉》，《读书》1991 年第 8 期，第 15 页。

③ 博马舍（1732—1799），法国剧作家，主要作品有喜剧《塞维勒的理发师》和《费加罗的婚姻》等。

种弄虚作假的现象比比皆是，当时有的版权页上甚至标有“北京”的字样。

最早写作哲理小说的是孟德斯鸠，他的《波斯人信札》揭露和批判了法国18世纪初期的社会现实，反映了封建制度日渐衰落和濒临崩溃的过程，因此尽管以波斯人的后房故事作为掩护，它的强烈的反封建精神还是引起了统治阶级的注意，使小说从此被视为危险的体裁。到17世纪30年代中期，关于小说的论战更为激烈，大法官甚至颁布了不准出版小说的禁令，以致连颇有声望的伏尔泰都不得不一再表白自己的小说是儿戏之作。

《波斯人信札》的影响之一，是使书信体小说成了一种普遍的体裁。当它在1754年再版的时候，孟德斯鸠专门说明了书信体小说与传统小说的区别：

> 在普通小说中，不允许有题外之言，除非这些题外话本身就构成另一部小说。普通小说不能夹杂着议论，因为所有人物不是为了发表议论而聚集于小说中的，因为议论跟小说的意图和性质格格不入。然而在书信中，登场的人物并非经过预先挑选，人们谈论的主题不受任何计划、任何既定提纲的约束，以这种形式，作者就有这样的方便，可以把哲学、政治和伦理道德融于小说之中，并把这一切用一条秘密的，而且从某种意义上说是一条人们察觉不到的链条联系起来。[①]

这段话在法国小说发展史上有着重要的意义。它首先表明书信体小说是一种新出现的体裁，而在此之前，即使是17世纪塞维尼夫人著名的《书简集》，也只是书信而不是小说。所以孟德斯鸠表示：“没想到从《波斯人信札》中居然发现这像是一种小说，这是再令人高兴不过的了。”[②]

其次是说明了书信体小说的特征，而这些特征恰恰符合了启蒙思想家们阐述哲理的需要，所以书信体小说在18世纪繁荣起来并非偶然。自从普雷沃神甫翻译了塞缪尔·理查逊[③]的《克拉丽莎·哈娄》(1751)以后，书信体的感伤小说就大为流行，其中最重要的有狄德罗的《修女》、卢梭的《新爱洛伊丝》和拉克洛的《危险的关系》。狄德罗本来对小说不以为然，后来对理查逊的小说赞赏备至，专门写了一篇《理查逊赞》(1761)，并且模仿理查逊的风格写作小说，这固然表明了理查逊对狄德罗和法国小说的影响，但无疑也证明了书信体小说的魅力。

除了孟德斯鸠之外，启蒙思想家们都是在形成自己的哲学观点之后，才借用小说作为阐述哲理的工具的。例如伏尔泰是在18世纪30年代发表了《哲学通

---

① 孟德斯鸠：《关于〈波斯人信札〉的几点想法》，载《波斯人信札》，梁守锵、孙鹏译，漓江出版社，1995年，前言第18—19页。

② 同上，前言第18页。

③ 塞缪尔·理查逊(1689—1761)，英国小说家，以首倡书信体小说著称。

讯》之后，才写作《如此世界》《查第格》和《老实人》的；狄德罗是在40年代发表了《哲学思想录》《怀疑论者的散步》和《论盲人书简》之后，才写作《修女》《拉摩的侄儿》和《宿命论者雅克和他的主人》的；卢梭则是在50年代发表《论科学与艺术》和《论人类不平等的起源和基础》之后，才写作了《新爱洛伊丝》和《爱弥儿》。所以大多数哲理小说要到1760年左右才得以问世。

值得指出的是，限于当时的出版条件，小说的印数通常只有500册到1000册，像《新爱洛伊丝》的印数达到4000册，已经是罕见的了，这是启蒙思想不可能迅速传播的一个重要原因。但是物极必反，严厉的查禁反而刺激了人们对这些小说的兴趣，他们采用偷偷翻印或者手抄本的形式相互传阅，从而在一定程度上弥补了印数的不足，加速了启蒙思想的普及。

法国文学史家居斯塔夫·朗松（1857—1934）指出："哲理小说的写法相当简单，对风俗习惯做讽刺性的论述，对肉欲的乐趣做放荡的描绘，以这两种成分来掩盖哲学论点。"[①]不过他同时也指出，哲理小说中的杰作可以取得更高的成就，而孟德斯鸠、伏尔泰、狄德罗和卢梭的哲理小说，自然都当之无愧地属于这些杰作之列。

第二节　孟德斯鸠

孟德斯鸠（1689—1755）生于波尔多附近的拉布雷德堡一个穿袍贵族世家，原名夏尔-路易·德·瑟贡达。他七岁丧母，但是父亲让他受到了良好的教育。他在中学毕业后学习法律，1708年获法学士学位，1714年任波尔多法院推事。1716年承袭他叔父的爵位和产业，成为孟德斯鸠男爵，同时继任叔父的波尔多法院院长的职务。当时他对自然科学产生了强烈的兴趣，曾用显微镜研究昆虫和青蛙，撰写了一些物理学和医学方面的论文。1726年，他把法院院长的职务卖给了别人。

孟德斯鸠在学习法律期间，也喜爱阅读文学书籍。他还将在巴黎的所见所闻逐日记录，于1721年出版了小说《波斯人信札》，引起轰动。1728年，他当选为法兰西学士院院士，此后周游欧洲各国，特别是考察了英国的君主立宪政体，做了大量的笔记。1731年回国后闭门著书。1748年发表了他毕生的研究成果《论法的精神》，其中的一卷名为《罗马盛衰原因论》，已于1734年提前出版。

《论法的精神》是一部体系完整的理论著作，提出了一整套为资产阶级登上历史舞台服务的政法理论，如国家政体的三权分立说和政体分类论等，对美国的《独立宣言》和法国的《人权宣言》都很有影响。他提出的地理环境决定论，则为

---

① 朗松：《法国文学史》，第678页。

后来斯塔尔夫人的《论文学》以及文学的社会学批评理论提供了依据。该书出版后受到各国政要的重视，但在1751年11月29日被教廷列为禁书。

孟德斯鸠在1753年担任法兰西学士院院长，并且为《百科全书》撰写词条。他于1755年初染上流行病去世，哲学家当中只有狄德罗参加了葬礼。

《波斯人信札》出版当年就印了12次，在作者生前再版达50余次，1897年由巴克豪森出版定本。小说由161封书信组成，大致可以分为两个部分。

一个部分是主人公郁斯贝克和里加与友人们的通信，他们都是波斯贵族，由于在官场上失意，为了逃避宫廷倾轧而以求学为名来到巴黎。他们在这些信件里报道了在巴黎的种种见闻，讨论政治、经济、宗教、科学、立法、婚姻、人口和殖民制度等种种社会问题，通过动人的故事和传说来论述对正义、自由、荣誉等概念的看法。例如关于穴居人的故事，说明如果人人都自私自利、只顾自己，这个民族就要灭亡，只有那些崇尚正义的人才能生存下去，由此表明了孟德斯鸠认为社会应该公正合理的主张。

小说对当时的风俗做了讽刺性的描述，尤其是尖锐地抨击了路易十四和教皇，揭露贵族阶级的腐朽、宗教生活的黑暗、学术空气的浮夸，由此反映了法国18世纪初叶的社会现实，特别是在路易十四时代达到鼎盛的君主制逐渐衰落和面临崩溃的过程。例如第24封信就辛辣地讽刺了路易十四和教皇：

> 法国国王是欧洲最强大的君主……他会利用他的臣民的虚荣心来取得财富……他进行或者支持一些大规模的战争，除了卖官鬻爵，没有别的资金。可由于人们出奇的虚荣，结果他的军队有饷可发，要塞军需充足，舰队装备精良。
>
> 而且，这个国王还是个大魔法师。他甚至左右着臣民的精神……如果一场战争打得难解难分，而他又没钱，他只要告诉臣民一张纸片就是钱，他的臣民就立即深信不疑。他甚至可以让臣民们相信，他只要用手摸他们就可以百病皆除。他对于人们的思想有着多大的力量和权威啊！
>
> 还有一个魔法师比他更有力量，他支配国王就像国王支配臣民一样。这个魔法师称为教皇。这个教皇有时令国王相信三等于一，人们吃的面包不是面包，人们喝的酒不是酒，诸如此类的事情不胜枚举。[①]

另一部分是郁斯贝克与他的后房妇女以及看守她们的阉奴的通信，反映了后房制度的残酷、妇女们的苦闷和对监视她们的阉奴的反抗，其中一个名叫罗克

---

① 孟德斯鸠：《波斯人信札》，梁守锵、孙鹏译，第39页。

萨娜的妇女在情人被发现和杀死之后，毒死了全体阉奴后服毒自杀。这个部分可以说在描绘肉欲乐趣方面是一个典范，因为故事的框架是郁斯贝克和后房妻妾们的通信，这就为揭露后房的隐秘提供了充分的余地，以至于到 1857 年，当福楼拜因《包法利夫人》“有伤风化”而受到起诉时，他的律师竟能引证《波斯人信札》里的“诲淫”段落来进行辩护。

这两个部分虽然看起来没有统一的故事情节，但是有着一致的批判精神，这就是法国贵族社会里和波斯贵族后房里的两种专制都在逐渐崩溃，而后房故事在形式上则是对这种批判实质的掩饰，以利于小说的出版和传播。小说在各个方面都提出了与封建意识形态相对立的思想，是即将到来的启蒙时代的先声。正因为如此，为了避免出版后可能带来的麻烦，孟德斯鸠托人把手稿带到阿姆斯特丹去出版，发表时的出版社和作者均为化名，出版社地址也是虚构的。但尽管如此，小说仍然在出版后的第二年被禁止发行。

不过总的来说，《波斯人信札》虽然体现了日益没落的贵族对王权的反抗，却并非要推翻君主政体，而是力求找到一种新的秩序，以便在经商的资产阶级与倚仗门第和土地的贵族之间保持平衡。孟德斯鸠本人出身穿袍贵族世家，自己又经营商业，兼有两方面的利益，因此在揭露社会矛盾方面显示出宽容的态度，被认为是资产阶级温和派的思想代表。他后来曾为自己对教皇的讽刺进行辩解，说他不是在戏弄宗教，而是在表现突然来到欧洲的波斯人的无知和偏见。正因为如此，他才没有受到迫害，一生都过着安逸的生活。

孟德斯鸠关于东方和中国的描写并非凭空想象，除了研究有关的资料以外，他还结识了一个迁居法国的中国人，是个名叫黄嘉略[①]的耶稣会会士，就中国的宗教、历史、地理、政体、风俗和语言等问题多次进行了深入的询问和交谈，并做了详细的记录。孟德斯鸠只认识黄嘉略这一个中国人，但是对他的印象极为深刻，郁斯贝克这个人物就是以他为原型塑造的。

当然，哲理小说只是采用讽刺习俗和描写肉欲的形式，它在本质上是开放性的，读者可以从不同的角度来理解小说的寓意。《波斯人信札》在松散的框架里包含着一些独立成篇的故事，以及关于君主政体、财政、教会、文学、人口等各种问题的议论，犹如一部小型的社会百科全书。我们可以根据后房故事把它看成是对传统的性道德的批判，或者由于罗克萨娜的反抗和自杀而把它视为一篇女权主义的宣言；也可以把它看成是反对教权主义的小册子，看成是主人公即作者本人的游记或者表达哲学观点的自传性作品。总之哲理小说包含着远远超出其

---

① 黄嘉略(1679—1716)，福建莆田人，原名黄日升，嘉略是教名。他的父亲是基督教徒，在他七岁时病故。遵照父亲遗嘱，他被送给来华的法国传教士李斐理当义子。1702 年去欧洲，后在法国定居成家，担任路易十四的中文翻译，编写了《汉语语法》和《汉语字典》，并首先将中国的诗歌和音乐译介到法国。

故事内容本身的意义。正因为如此,《波斯人信札》才和狄德罗的《宿命论者雅克和他的主人》一样,“是当代 18 世纪学者们评论最多的作品之一”[①]。

孟德斯鸠一共创作了四部小说。除了《波斯人信札》之外,还有《尼德的神庙》(1725),以及他去世后几十年才出版的《真实的故事》(1731—1738)和《阿尔萨斯和伊斯梅尼娅》(1742)。

孟德斯鸠自称《尼德的神庙》译自希腊文,其实是一部模仿《玫瑰传奇》的游记故事。叙述者为了满足自己的激情而离开了家乡外出游历,最后来到以维纳斯神庙著称的尼德,爱上了那里的姑娘泰米尔。他在一次散步时偶然进入了由“嫉妒”和“疯狂”统治的洞穴,从此便不得安宁,时时怀疑泰米尔背叛了他。后来酒神和维纳斯治愈了他,使他重新享受到爱情的欢乐。小说对爱情心理做了细致的分析,因此在 18 世纪的意大利,它比《论法的精神》受到更为热烈的欢迎。

《阿尔萨斯和伊斯梅尼娅》通过主人公们的奇遇,分析了使爱情受到威胁的种种因素,例如暴力、权势、嫉妒、仇恨等等。小说里描绘了一个公正善良的君主,显然受到了费纳隆的《忒勒马科斯历险记》的影响。

孟德斯鸠对《真实的故事》比较重视,曾经多次修改。它讲述的是主人公由男人变成女人,又变成动物的过程,以及在变形过程中的生活体验。小说对人类的弱点和社会的不平进行了无情的讽刺,而主人公则在历经沧桑之后成了一位贤明的哲人,表明它和《波斯人信札》一样,是在借用动人的故事来宣扬作者的哲学思想。

孟德斯鸠的小说典型地体现了小说体裁的演变过程。他的作品显然继承了西班牙流浪汉体小说和法国 17 世纪市民写实小说的传统,同时也受到了贵族沙龙小说的影响。我们从中也不难看出古希腊荷马史诗、古罗马阿普列尤斯(约 124—170 以后)的小说《变形记》以及法国中世纪的故事诗《玫瑰传奇》的痕迹。孟德斯鸠正是在前人小说的基础上创立了哲理小说的体裁,它的特色是借用富于异国情调的风光和故事,巧妙地宣扬作者信奉的哲理,在艺术上则开创了书信体小说的先河。正因为《波斯人信札》取得了巨大的成功,使东方世界成了可以任意想象的天地,后来的作家们才纷纷仿效,大写土耳其、波斯、印度和中国,这样一方面是用异国情调引起读者的兴趣,另一方面也是为了在宣扬哲理的时候,不会有人去怀疑小说的真实性。

我国早在 1915 年就由林纾与人合作翻译了这部小说,题名为《鱼雁抉微》,但影响不大。1958 年,人民文学出版社出版了罗大冈翻译的《波斯人信札》。

---

① 《法语文学词典》第二卷,博尔达斯出版社,1984 年,第 1553 页。

第三节 伏尔泰

在法国启蒙运动中，伏尔泰(1694—1778)的活动时间最长，著作也最多，当时在整个欧洲的影响最大，可以说是启蒙运动的泰斗，具有领袖和导师的地位。

伏尔泰的一生，是“不断受到颂扬，也不断蒙受屈辱”[①]的一生。他出身富裕的资产阶级家庭，原名弗朗索瓦·阿鲁埃。他在中学里就爱好自由思想，毕业后曾因写诗讽刺摄政王而被送进巴士底狱关了11个月。他在狱中写作了悲剧《俄狄浦斯王》(1718)，出狱后成功上演，从此就将笔名伏尔泰作为自己的名字。加上他为人精明，靠经商和投机发了大财，因此得以出入上流社会，成了一个贵族们争相恭维的名人，甚至得到了王后赏赐的年金。

可是当他与一个小贵族发生口角的时候，居然被贵族的仆人用棍棒殴打，而他在上流社会的朋友们对此竟无动于衷。伏尔泰愤愤不平，当局担心他进行报复，竟然又把他投入巴士底狱关了7个月。他出狱后还被驱逐出境，到英国去流亡了3年。他从备受贵族凌辱的切身经历中，认识到专制政体的罪恶，因此向往英国资产阶级革命后的政治制度、社会环境和科学成就，形成了主张唯物主义和信仰自由的思想，下定了为进步、科学和平等而奋斗的决心。

伏尔泰撰写了赞美英国、抨击法国的《哲学通讯》(1734)，出版后被巴黎最高法院禁止并当众焚毁。在夏特莱夫人的帮助下，他们一起逃到洛林，隐居在一座城堡里，他在那里创作了历史著作《路易十四的时代》。他不甘寂寞，后来又写了一出戏剧《纳瓦尔公主》，得到了路易十五的赏识，因而被任命为史官，并且当选为法兰西学士院院士。

伏尔泰认为戏剧可以提高道德和增强理性，对社会风俗有利。他第一个把莎士比亚的戏剧介绍到法国，他的理想就是成为高乃依和拉辛那样的悲剧诗人。他一生共写了52个剧本，其中有21个是悲剧。他根据纪君祥的《赵氏孤儿》的法译本创作了《中国孤儿》(1755)，在法国和欧洲引起轰动，更是中法文化交流史上的佳话。晚年他还建造了家庭剧院，亲自登台扮演了许多角色，但是他对于“三一律”等古典主义的规则却从来不敢越雷池一步。丹麦文学批评家勃兰兑斯(1842—1927)说过：“伏尔泰把传统打翻在地，用悲剧做武器向以传统为主要支柱势力的专制制度和教会发起进攻，却从来没有打破旧例，让剧情的发展持续24小时以上，或是让一个剧发生在两个地方。他对天上地下什么都不尊重，却

① 《萨特文论选》，施康强译，第162—163页。

严守诗歌的韵律。”[①]所以尽管他的剧作富于启蒙精神，曾在欧洲到处上演，但是到 19 世纪初就已经没有多少观众了。

伏尔泰和夏特莱夫人在宫廷里赌钱的时候，有一次不小心得罪了王后，从此失去了宫廷的信任，不得不外出躲避。1750 年 6 月，出于对开明君主的幻想，他应邀到柏林去投靠早有交往的普鲁士国王腓特烈二世，担任国王的高级侍从。其实国王只是用他来做自己的笔杆子，对待他十分苛刻。最后在备受屈辱的情况下，他于 1753 年 3 月狼狈不堪地逃离柏林，在边境被拘留了五个星期才得以离开普鲁士。

在普鲁士得到的深刻教训，使伏尔泰懂得要有一个安全的藏身之处。于是他在法国和瑞士边境附近的菲尔奈购置了房产，在这里与欧洲各界保持通信和联系，对宗教迫害和专制政体口诛笔伐，发表了许多抨击性的文章和小册子，被人们尊称为“菲尔奈教长”。他不仅写出了《老实人》这样深刻揭露和批判社会现实的哲理小说，而且为被教会残酷迫害致死的新教徒卡拉呼吁，使卡拉事件[②]成为法国历史上第一个被平反的冤案，他也因此成为当时欧洲进步思想界的领袖和导师，而且在法国开创了作家干预政治的传统。19 世纪雨果对第二帝国的反抗，世纪末左拉在德雷福斯事件中的抗争，20 世纪萨特提出的“介入文学”，就是对这种传统的继承和发扬。

所谓“有心栽花花不发，无意插柳柳成荫”，伏尔泰花费毕生心血的剧作已经成为历史，而他视为儿戏之作的哲理小说却流传至今，在法国小说史上占有一席之地。他的小说是为宣扬启蒙思想而创作的，是为他主张的哲理服务的。他的哲理小说共有 26 篇，其中最重要的有《如此世界》(1746)、《查第格》(1747)、《老实人》(1759)和《天真汉》(1767)。

《如此世界》又名《巴蒲克所见的幻象》，篇幅很短，是一个神话般的故事。神灵伊多里埃掌管着上亚细亚，他派大月氏人巴蒲克去考察波斯都城柏塞波里斯，要根据考察的结果来惩罚或毁灭它。巴蒲克出门之后，看到的是波斯军队和印度军队莫名其妙地血战，城里的人买卖官职，贵族男女婚后都有情人，学者们钩心斗角，经商者骗取暴利，包税人剥削整个国家。但与此同时，他也看到了善良的学者、辛苦的大臣，甚至金融家也有被社会所需要的一面。为了向伊多里埃报告柏塞波里斯的情况，巴蒲克让人用名贵的金属和粗劣的石子熔铸成一个小小的人像，表示这个世界善恶都有，总算还过得去，于是神灵就放过了这座城市。

---

① 勃兰兑斯:《十九世纪文学主流》第 1 卷“流亡文学”，张道真译，人民出版社，1980 年，第 2—3 页。

② 1762 年，新教徒卡拉的儿子因负债累累而自杀，教会诬陷卡拉是凶手，目的是阻止儿子信奉天主教，因而判处他车裂的极刑。伏尔泰收容了卡拉的家属，并且为平反这一冤案而呼吁和控诉，迫使政府不得不宣布卡拉无罪。

伏尔泰用柏塞波里斯影射巴黎，谴责路易十四以来法国的穷兵黩武，揭露了上流社会的堕落和卑鄙。但是他对这个社会依然抱有希望，尤其是国王和王后说起话来“词意高雅，精妙绝伦”，连巴蒲克都感动得为之泪下，流露出伏尔泰对开明君主的幻想。

《雅诺和科兰》(1764)也是短篇小说，写雅诺在父母暴富之后得意忘形，自己不学无术，还看不起中学的老同学科兰。最后父母破产入狱，以前的朋友对他都置之不理，使他饱尝了世态炎凉的滋味。在他走投无路的时候，科兰遇见了他，把他带回家乡，一起过着朴实愉快的生活。

在短篇小说的发展史上，伏尔泰的作品具有重要的意义。中世纪的短篇小说主要是民间传说和笑话，拉法耶特夫人的作品则描绘曲折缠绵的爱情，而短篇小说在伏尔泰手里却成了讽刺和抨击社会现实的武器，不仅具有深刻的现实意义，而且运用神话来借古讽今，语言幽默风趣，富有艺术魅力。

《查第格》是中篇小说，写古波斯巴比伦的青年查第格四处漂泊的冒险生活。他虽然品行优良，从不惹是生非，但是命运坎坷，灾难不断。他的出身高贵的情人被大臣的侄儿奥刚抢走，他为了救情人而被打伤了一只眼睛，情人以为他的眼睛要瞎了，就背叛他嫁给了奥刚。他为此娶了一位平民女子，并且假装死去来考验她是否忠贞。不料妻子竟然为了讨好新欢而要割掉他的鼻子，他于是决定退婚后去研究学问。然而渊博的知识却使他两次含冤入狱，只是由于侥幸才没有送命。后来他得到国王信任当上了宰相，却又与王后相爱而大祸临头，不得不再次出逃和历尽艰辛。最后国王宠信了一个恶毒的女人，引起动乱后被杀，王后也在被俘后沦为女仆。查第格巧遇王后，一起回到巴比伦，他被民众选为国王，与王后结婚后一起过着歌舞升平的生活。

查第格的经历实际上就是对法国社会现实的讽刺，其中无故入狱等更是伏尔泰的切身遭遇。小说讽刺了上流社会里司法黑暗、婚姻不忠的堕落风气，嘲笑了宗教的狂热和偏见。但是归根结底，查第格却成了一个开明君主，从此天下太平，百姓安居乐业，这个圆满的结局反映了伏尔泰所主张的哲理。

《老实人》是在巴黎、伦敦和阿姆斯特丹同时出版的。主人公老实人是男爵的侄儿，是个私生子，从小受到哲学家邦葛罗斯博士的教育。博士常说：“事无大小，皆系定数；万物既皆有归宿，此归宿必为最完满的归宿。”他头脑单纯，相信老师这种“一切皆善”的说教，但是自己却由于与表妹居内贡相恋而被赶了出来，流浪到保加利亚后被迫当兵参加厮杀。老师邦葛罗斯染上梅毒，变得丑陋不堪，还差点被宗教裁判所吊死，后来和男爵一起在船上服苦役；但他依然坚信世上的一切都十全十美。

老实人在国外流浪，几乎没有碰到过一个好人，除了台风、地震等种种天灾之外，还到处上当受骗，几乎送命。好容易到黄金国生活了一个月，但出来后财物又被拐走。他最后找到了居内贡，她被敌军强奸后又被多次贩卖，沦为一个奇丑无比的奴隶，但老实人信守诺言，娶她为妻。他从自己和亲人们的悲惨遭遇中，认识到这个世界上“满目疮痍，到处都是灾难”，终于不再相信老师的乐天主义了。最后他听从了一个土耳其人的话“工作可以使我们免除三大害处：烦闷、纵欲、饥寒”，得出了“还是种我们的田园要紧”的著名结论。

《老实人》文笔幽默，形式新颖，显示了高度的讽刺艺术，是伏尔泰最有价值的作品之一。它揭露了18世纪法国乃至欧洲各国黑暗的社会现实，批判了为神权和王权辩护的“一切皆善”的说教，讽刺了他曾经相信过的莱布尼茨①的乐观主义，提出了黄金国的理想，那里没有宗教、法庭和牢狱，国王亲切贤明，人人都自由自在地生活，充分表明了伏尔泰对开明君主的幻想。

《天真汉》的主人公是在印第安部落中长大的，他在部落里养成了想什么就说什么、想做什么就做什么的习惯。他来到法国以后，发现时时处处都有无数的清规戒律，而且都荒谬得莫名其妙。他不能和恋人圣伊弗自由相爱，因为他在受洗时让圣伊弗主持洗礼，圣伊弗就成了他的教母；他去求国王开恩时，又因为议论了教会而被投入监狱。圣伊弗为了救他不得不失身于大臣，天真汉出狱后，圣伊弗也痛苦地死去了。

小说以路易十四时代的法国社会为背景，通过天真汉在生活中处处碰壁的故事，揭露了封建专制的黑暗和腐朽，从自然人的角度批判了文明社会的弊病。但是天真汉在学习文化知识后变得品质高尚，而且最后得到了提拔，成为一个优秀的军官，说明伏尔泰对待文明社会与卢梭有着完全不同的态度。

在启蒙思想家当中，要数伏尔泰对宗教神学的批判最为激烈。他不仅是公认的语言大师，而且具有旺盛的精力、顽强的斗志和讽刺的天才。他善于利用民间传说来嘲弄宗教，他的讽刺简洁明快、辛辣俏皮，比拉伯雷更为尖锐和深刻，同时始终不失其高雅的风度。例如下面这段雍正皇帝与利高赖修士的对话，就是他讽刺基督教的最著名的例子：

> 利：大约在1723年之前，我等之上帝诞生在一个牲口棚里，夹在一头牛和一头驴之间……上帝她娘实则并非骨肉之躯，而是木雕一具……不过她确为十足的童贞女。
>
> 帝：且慢！她既是童贞女，怎又生过孩子？
>
> 利：确实如此。事情妙就妙在这里，正是上帝使她生下一子。

---

① 莱布尼茨（1646—1716），德国科学家、哲学家。他同牛顿并称为微积分的创始人，在哲学上持唯心主义观点，反对洛克的经验论，认为认识是先验的，是心灵自身固有的潜在观念的显现。

帝：此话怎讲？修士方才称其为上帝之母，莫非上帝与其母同床后又生下自己？①

这段对话出自伏尔泰的《耶稣会教士自中国被逐记》，该文从头至尾都是这类对上帝的嘲弄，充分显示了他的想象力和讽刺天才。

不过要理解伏尔泰的哲理小说，还必须提到他与卢梭的众所周知的矛盾。1755 年，卢梭发表了《论人类不平等的起源和基础》，伏尔泰在收到卢梭的赠书后，在书上写下了“打算让穷人掠夺富人的流氓哲学”的评语，并于 1755 年 8 月 30 日发表了著名的谢卢梭赠书的信，对卢梭进行了尖刻的讽刺。

1755 年 11 月 1 日，恰逢基督教的诸圣瞻礼节，葡萄牙首都里斯本发生了一场大地震，九分钟内死了四万人，使这座城市变成了一片废墟。1756 年 3 月，伏尔泰发表了诗篇《里斯本的灾难》，其中有这样的诗句：

啊，可怜的人类，悲惨的大地！
尘世上注定要死亡的万物，
永远承受着无穷尽的痛苦，
证明了叫喊“一切皆善”的哲学家的谬误。②

伏尔泰在社会改革方面拥护君主立宪制，不过他的宗教思想却比卢梭进步。他是自然神论者，他的哲学思想是自然神论形态的唯物主义。他虽然承认上帝的存在，却认为发生这样的灾难要由上帝负责，对上帝抱着嘲笑的态度，因此这首哲理诗驳斥了教会散布的“一切皆善”的谬论，嘲笑了莱布尼茨的天定和谐说，在欧洲产生了很大的影响。卢梭虽然也是自然神论者，但他是主张普遍和谐的，他相信上帝的存在，而且认为上帝安排好了宇宙的秩序，不能因为人类遭受的一点灾难而否定上帝，何况人类自身对这场灾难也有责任。卢梭为这首诗中流露出来的绝望情调所激怒，于是发表了《致伏尔泰论天命的信》(1756 年 8 月 18 日)进行驳斥。

擅长讽刺的伏尔泰自然不会放过嘲笑卢梭的机会。他的《老实人》描绘的地球上满目疮痍，到处都是灾难，就是间接地反驳了卢梭主张的普遍和谐观念。在《天真汉》里，伏尔泰也没有忘记与卢梭进行论战：他让天真汉在批判现代社会的种种弊病的同时，在监狱里向一个受迫害的冉森派教徒学习了各种知识，具备了

---

① 伏尔泰：《耶稣会教士自中国被逐记》，孟华译，载徐知免编《人，可怜的怪物》，花城出版社，1998 年，第 63—64 页。

② 刘扳盛：《法国文学名家》，黑龙江人民出版社，1983 年，第 64 页。

哲学头脑，认识到自己从此脱胎换骨，从野兽变成了人，实际上是主张文明的民族高于未开化的民族，从而反驳了卢梭否定文明的观点。

斯塔尔夫人将伏尔泰与卢梭进行了对比：

> 卢梭胸中怀着的是一颗被冷漠无情、轻浮浅薄的人们的不公正、忘恩负义和愚蠢的蔑视长期撕碎的受苦的心，他对社会秩序感到厌倦，所以能诉诸完全合乎人的本性的思想。伏尔泰的命运则是社会、美术和君主制的文明创造出来的一件杰作，他甚至害怕他所攻击的东西被人推翻。他的大部分戏谑之所以有价值，所以有兴趣，正是由于他所嘲讽的那些偏见的存在。①

斯塔尔夫人的评析可谓一语中的：伏尔泰尽管受到贵族的侮辱和当局的迫害，却始终是属于上流社会的名人，因此他虽然进行讽刺和抨击，却并不像卢梭那样想推翻这个社会，而是对君主始终抱着不切实际的幻想。

1778 年 3 月 30 日，伏尔泰英雄凯旋一般回到巴黎，受到民众的热烈欢迎，不久于 5 月 30 日去世。卢梭闻讯深感震惊，因为他明白“我的一生和他的一生是连在一起的。他死了，我不久也将随着他走的”②。他的预感没有错：他果然在 7 月 2 日就永远离开了这个世界。他们在生前互相攻击、不共戴天，却在相隔一个多月的时间里先后去世，死后的骨灰盒还在先贤祠里被并排安放在一起，永远同时受到人们的瞻仰，这恐怕是他们生前从未预料到的吧。

第四节　狄德罗

德尼·狄德罗（1713—1784）是著名的启蒙思想家和无神论者，戏剧理论家和小说家，《百科全书》的组织者和主编。他生于外省小城朗格尔的一个剃刀师傅的家庭里，父亲由于掌握祖传的技艺而家境富裕。狄德罗幼年上教会学校，后来到巴黎上学，1732 年获得巴黎大学的文学士学位。毕业后他遵从父命学习诉讼业务，但是对法律没有兴趣，从事务所逃了出来，家里就断绝了给他的资助，以致他不得不在巴黎流浪了 10 年。在此期间，他当过家庭教师，翻译过书籍，过着没有固定收入的艰难生活，好处是结识了卢梭等一批志同道合的年轻人，经常参加在富有的霍尔巴赫男爵家里举行的讨论会。

英国在 1728 年出版了由伊弗雷姆·钱伯斯主编的《百科全书，或技术与科

---

① 斯塔尔夫人：《论文学》，徐继增译，人民文学出版社，1986 年，第 228 页。

② 雷蒙·特鲁松：《卢梭传》，李平沤、何三雅译，商务印书馆，1998 年，第 406 页。

学通用辞典》,巴黎的出版商安德烈·弗朗索瓦·勒布勒东打算把它译成法文。狄德罗认为这部著作的许多观点已经过时,因此与科学院院士达朗贝尔一起,决定用法文编撰一部类似的百科全书,并于1747年10月16日与勒布勒东签订了合同,着手出版一套新的《百科全书,有条理的科学、艺术和工艺辞典》,简称《百科全书》,为它撰稿的学者和作家被称为百科全书派。

《百科全书》从1751年到1772年共出版了28卷,1776年至1777年又出版了5卷,1780年出版了2卷索引,共计35卷,包括60000多个条目。《百科全书》总结了当时自然科学和社会科学方面的各种知识和成果,介绍了各类机器和工具,提倡科学技术和振兴工业,充分体现了启蒙运动反封建、反教会的革命精神,对封建社会的上层建筑进行了大规模的批判,宣扬了政治平等和言论自由等资产阶级的思想观念,在各个领域里都产生了巨大而深远的影响,掀起了启蒙运动的高潮,进而为法国大革命做好了舆论准备。

《百科全书》的出版过程充满了艰难险阻,多次受到官方和教会的干涉,甚至被查禁。百科全书派程度不同地遭受过当局的迫害,以致连达朗贝尔也在1758年宣布退出该书的编辑工作,只有狄德罗自始至终主持其事。他不仅负责从约稿到出版的全面工作,自己还撰写了1000多个哲学、历史、美学、工艺和伦理学等方面的条目。为了撰写关于机械和技术的条目,他亲自到工场和车间去进行观察,参加劳动,对各种机器工具和操作程序做出了准确的解释。他数十年如一日,以百折不挠的精神坚持到底,终于完成了这项伟大的工程。正是由于他为《百科全书》的出版献出了自己卓越的才华和毕生的精力,恩格斯才给予他极高的评价:"如果说,有谁为了'对真理和正义的热诚'(就这句话的正面的意思说)而献出了整个生命,那么,例如狄德罗就是这样的人。"①

狄德罗在1746年发表的《哲学思想录》,认为上帝是虚构的,说上帝创造了世界是毫无根据的,因而被巴黎最高法院焚毁。他的《怀疑论者的散步》(1747)以哲学争论的形式来宣传无神论,批判了《圣经》和教会,结果也被警察没收,这部作品直到1830年才得以发表。1749年6月,他又发表了《论盲人书简》,通过一个盲人数学家的言论和感觉来宣传唯物主义和无神论,彻底否定了上帝的存在,主张用不断变化的物质来取而代之,因此7月份就被捕入狱,后来在书商们的申诉之下才在三个月之后获释。

在此期间,狄德罗还发表了一些宣扬唯物论的哲学著作,例如《对自然的解释》(1754)、《达朗贝尔和狄德罗的谈话》(1769)、《关于物质和运动的哲学原理》(1770)等。在《美之根源的哲学研究》(1750)、《论戏剧艺术》(1758)和《绘画论》

---

① 恩格斯:《路德维希·费尔巴哈和德国古典哲学的终结》,《马克思恩格斯全集》第21卷,人民出版社,1959年,第324页。

(1765)等著作里，以及在名为《沙龙》的一系列艺术评论中，他提出了“真”“善”“美”统一的理论，认为艺术中的美相当于现实中的真。他提倡现实主义的画风，抨击浮华纤巧的洛可可艺术[①]风格。

为了打破古典主义只有悲剧和喜剧的框框，狄德罗创造了介于悲剧和喜剧之间的严肃戏剧，以表现普通人的日常生活，也就是正剧，后来发展成现代的话剧。他还力图塑造资产者的正面形象，写了两个反映家庭生活的剧本：《私生子》(1757)和《一家之主》(1758)。他的剧作并不成功，但是他为这两个剧本所写的序言具有理论价值。他在美学、绘画和戏剧理论方面所建立的现实主义的理论体系，充满了反封建的精神，同样为宣传启蒙思想起到了重要的作用。

狄德罗在经济拮据的时候，把自己的藏书卖给了俄国女皇叶卡捷琳娜二世。女皇在买了他的藏书之后，为了显示自己是个开明君主，又为他在巴黎郊外购置了一所住宅，聘任他为这些藏书的保管员，预付了 50 年的薪金，并多次邀请他到俄国去。狄德罗出于感激之情，在 1773 年 8 月前往彼得堡，但女皇只是用他来装点门面，对他关于政治改革的建议都置之不理，使他在第二年 3 月就失望地离开了俄国。

狄德罗创作了三部哲理小说，《修女》(1760)和《宿命论者雅克和他的主人》(1773—1778)都在他身后的 1796 年才得以出版，《拉摩的侄儿》(1762)的原文是直到 1823 年才被发现和出版的。

《修女》的主人公少女苏珊是个私生女，她的当律师的继父为了惩罚她的母亲，不让她分享她的两个合法出生的姐妹的财产继承权，把她送进了圣母玛利亚修道院。她在修道院里看到的是修女们的虚伪、粗暴和疯狂，由于拒绝发愿而被遣送回家监禁起来，不久又被送进了巴黎的另一个位于龙尚的修道院。她在这里受到残酷的折磨，试图求助于法律来解脱自己所发的誓愿，败诉后被转送到圣欧特罗普修道院里。这里的院长是个性变态狂，要和苏珊搞同性恋，最后发疯死去。一个听她忏悔的神甫还企图奸污她。她最后设法逃了出来，在巴黎当了洗衣女工。她在去世之前向开明的克瓦马尔侯爵写信求助，叙述了自己悲惨的一生。

克瓦马尔侯爵实有其人，是狄德罗的好友。当时有个修女向法院起诉，说自己是被父母骗进修道院的，要求准许她还俗。热心的克瓦马尔侯爵曾为她向法院求情，但是没有成功，后来侯爵就离开了巴黎。过了一年，狄德罗希望他回到巴黎来，就借用这个修女的口气给他写信，诉说自己的悲惨遭遇，盼望得到他的帮助。但是克瓦马尔侯爵始终没有回来，狄德罗自己倒被这个虚构的故事打动

---

① 洛可可艺术：也称“路易十五式”，是法国国王路易十五统治时期(1715—1774)崇尚的艺术，特征是具有纤细、华丽、精巧和烦琐的装饰性，多用曲线，色彩柔和。

了，多年之后他把这个故事写成了小说《修女》，但是直到 1796 年才得以出版。

《修女》虽属虚构，却并非无中生有，因为现实生活中的修女的命运，往往比小说中描述的更加悲惨，例如那个败诉的修女玛格丽特·德拉马尔，就终身都被关在修道院里。狄德罗对修女的命运进行了艺术加工，通过少女苏珊的自述，细致地描绘了在修道院里集中体现的嫉妒、仇恨、虚伪等种种卑劣的人性，揭露了修道院的阴森可怖的黑暗内幕和教会上层人士的荒淫无耻，控诉了禁欲主义对人性的窒息，用少女渴望自由的行动发出了反对封建压迫和要求解放的呼声，从而使《修女》成为一部宣扬启蒙思想的佳作。

《拉摩的侄儿》是一部对话体小说，是哲学家"我"与拉摩的一次长谈的记录。主人公让-弗朗索瓦·拉摩实有其人，是法国 18 世纪著名音乐家拉摩①的侄儿，是一个潦倒的文人。他的身上充满了矛盾：时而容光焕发、傲然自得，时而衣衫褴褛、萎靡不振。他一方面很有头脑，对社会现实有着深刻的观察和分析，在音乐理论方面颇有研究，也具有模仿和表演的天赋；另一方面为了混饭吃不得不到处阿谀逢迎，干尽种种卑鄙无耻的勾当，尽管饥一顿饱一顿却沾沾自喜。

拉摩从自己的切身经历中，体会到天才没有什么用处，研究音乐也无人赏识，穷困逼得他玩世不恭，整天动脑筋到哪里去混饱肚子，为了充当食客卑躬屈膝，像小丑一样逗主人开心。但是拉摩尽管文人无行，内心却很清醒，已经看破红尘，不相信什么祖国和友谊。他对世道愤愤不平，因为他饿得要命却没有饭吃，而那些大人先生却饱食终日，脑满肠肥。他虽然有时也感到自己是个无赖，良心上却不受谴责，因为他没有伤害任何人。其实别人并不比他好多少，而他倒能实话实说，不是伪君子，并且有许多看法都切中时弊、不无道理。

狄德罗早年曾见到拉摩，观察过他。他后来是死在收容所里的。狄德罗对他的生平相当了解，所以写起来得心应手，把拉摩塑造成了一个复杂而生动的人物形象。

小说除了夹有一些简短的叙述之外，都是采用拉摩与"我"即狄德罗本人对话的形式，人物性格和社会现象都是用生动的对话表现出来的。通过两个对话者对社会和人生、文学和音乐等问题的不同看法和议论，集中体现了拉摩身上的尖锐矛盾，以及由这些矛盾反映出来的人与人之间的真实关系。这种手法使小说充满了辩证的色彩，因此受到黑格尔和马克思的赞扬，被恩格斯誉为"辩证法的杰作"。

狄德罗强调拉摩的堕落是社会造成的，这是对封建社会制度的有力批判，同时这种把人物塑造成善恶混合体的辩证手法，改变了过去文学作品中人物非善即恶、非美即丑的单一模式，可以说是雨果"美丑对照"的浪漫主义创作手法的先

---

① 让-菲力普·拉摩(1683—1764)，法国作曲家、音乐理论家。

声。歌德非常喜欢这部作品，在1805年将它译成德文在德国出版。

《宿命论者雅克和他的主人》是仆人雅克和主人在法国漫游时的对话。雅克40岁，主人是30岁的外省贵族，他们骑着马一起旅行。雅克是在和父亲吵了一架之后，离开了家里的农场去从军的。在作战中膝部受伤，被送到城堡里医治，碰到了女仆的女儿德妮丝。主人就是想听他讲讲这段奇遇，以消除旅途的寂寞。可是雅克的叙述一再被路上偶然的事件所打断，话题经常变成各种离奇古怪的故事和逸闻趣事，包括主人讲述的他和阿加特的爱情故事，旅馆老板娘讲述的妓女嫁给侯爵的故事，以及他们关于自由、命运、机遇、天意等的闲谈和议论等。

主人杀了情敌以后逃跑了，雅克代主人坐牢，后来被强盗们解救出来。他来到以前治伤的城堡里，见到了他的主人，并且保护城堡免受强盗的抢劫。雅克最后与德妮丝重逢，有情人终成眷属。

在这些奇特有趣的情节的掩饰下，小说讽刺了身为贵族的主人的昏庸无能，赞扬农民出身的雅克聪明机智、精力充沛，批判了贵族和教会的卑鄙无耻，揭露了社会的黑暗和教会的腐朽，反映了封建制度行将崩溃的社会现实。小说里虽然没有统一的故事情节，但是对话风趣幽默，人物形象鲜明，因此读起来分外生动。

与孟德斯鸠和伏尔泰的注重异国情调的哲理小说相比，狄德罗的小说更加贴近法国社会的现实生活。《修女》反映了修道院这个异化的封闭世界，《拉摩的侄儿》表现了巴黎金融家们的堕落和落魄文人的处境，《宿命论者雅克和他的主人》的背景更加接近自然的农村。他的小说谴责了封建制度和金融家，赞美了雅克这样的仆人，这是法国大革命即将到来，第三等级将要战胜贵族阶级的预兆。从艺术上来说，狄德罗的语言更加通俗诙谐，甚至近于粗俗，更接近于拉伯雷的风格。

值得指出的是，狄德罗也写过短篇小说，其中《布博纳的两个朋友》(1770)写的是两个普通人的生死不渝的友谊。奥利维埃和菲利克斯都不惜为对方牺牲自己，当奥利维埃为救菲利克斯而被杀死之后，菲利克斯终身赡养他留下的寡妇和孩子。《这不是故事》(1773)写的是两个故事：一个是好男人死在只爱金钱的坏女人手里，另一个是好女人被负心汉抛弃。《众口铄金》写丈夫背叛了妻子，社会舆论却信口雌黄，颠倒黑白，责备妻子小题大做，以至于使她痛苦死去。

狄德罗的短篇小说虽然不多，但具有独特的风格。《这不是故事》和《众口铄金》是对话体，与狄德罗的长篇小说一样是他的独创。《布博纳的两个朋友》是最早以普通人为主人公，而且颂扬下等人高贵品质的短篇小说，反映了法国大革命前夕民众要求社会平等的激情。由于狄德罗小说更加贴近社会现实，表现形式也更为丰富，因此他被称为第一个近代的小说家。

尤为难得的是，在《布博纳的两个朋友》的末尾，狄德罗直接说出了他对写作故事的看法。他把故事分为三种类型：第一类是荷马式的神奇故事，一切都是虚构的，显得巨大崇高；第二类是拉封丹式的以想象为主的趣味故事，用优美的形式来掩盖内容的不真实；第三类是塞万提斯式的历史故事，在故事中穿插许多普通和自然的细节，“这样，他就弥补了雄辩和诗意带来的夸张；自然的真实与艺术的魅力相得益彰；他便满足了两个看来相反的条件，即既是历史家又是诗人，既真实又是虚构”①。这种既符合真实又有虚构，而且重视细节的创作原则，已经接近于19世纪现实主义的创作方法，所以在理论上和小说形式上，狄德罗都是19世纪小说的先驱。

第五节　萨　德

萨德(1740—1814)生于巴黎，祖上是南部普罗旺斯的一个贵族世家，他在4岁时被送到外省，由伯母们抚养。伯父是个学问渊博但行为放荡的神甫，负责对他进行教育。萨德10岁时回到巴黎，进了路易大帝中学，中学里演戏用的广场极大，因此萨德很早就练习过表演。中学毕业后他进入只向贵族世家子弟开放的骑兵学校，1755年入伍，任皇家步兵团少尉。他参加过“七年战争”②，因作战勇敢升至骑兵上尉。1764年起承袭父职，担任过几个省的摄政官。

萨德放荡成性，婚前就与一些女人勾搭，退役后结婚不久与岳母通奸，很快又和一些女演员有了关系。1768年的复活节，他百般虐待和折磨一个少女，因而被捕和罚款。1772年，他与当修女的小姨通奸，又因虐待妓女而被起诉，于是与小姨在6月27日一起逃到意大利。7月3日，他被缺席判处死刑，他的模拟像被焚毁。1777年，他在回到巴黎探望病危的母亲时被捕，越狱38天后又被抓住，判处了12年徒刑。1789年7月4日，就在法国大革命爆发的前10天，他在巴士底狱里鼓动窗外的行人造反，结果被迁移到夏朗东监狱。

1790年，萨德出狱后与妻子离婚，加入支持大革命的长矛队，不久担任队长。1793年8月，他因被控持温和派立场而被捕。1794年被处以死刑，幸亏由于不断地转移监狱，又恰逢罗伯斯比尔垮台，他才侥幸逃脱了被送上断头台的命运。他在多次入狱之后仍恶习不改，1803年竟在监狱里调戏年轻的女犯。直到1813年他73岁的时候，还与一个16岁的少女通奸，第二年死在监狱附设的疯人院里。

萨德的一生是不断地犯罪、被捕和逃亡的过程。他一共坐牢8次，蹲过13

---

① 郑克鲁编：《爱情的策略——法国古今短篇小说精选》，上海译文出版社，1991年，第116页。

② 七年战争：1756—1763年间，以英国和普鲁士等为一方，以法国、俄国、西班牙等为一方，在欧美、印度和海上进行的争夺殖民地和商业霸权的战争。在七年战争中，法国屡屡战败，失去了在加拿大、印度和塞内加尔等地的势力。

个监狱，牢狱生活的时间长达40年之久。他对铁窗生涯当然极为不满，由此产生了反对社会及其制度的强烈要求，但是自己又无能为力，只能诉诸本能的发泄和反抗。他在监狱里阅读了许多启蒙思想家的著作和反基督教的作品，以及各种描绘不同习俗的游记，加上有足够的时间对各种性变态进行近于疯狂的想象，因此先后写出了许多哲学对话、诗歌、戏剧和散文等作品，其中主要是一系列惊世骇俗的色情小说。

长篇小说《朱斯蒂娜或美德的不幸》(1791)和续集《〈新朱斯蒂娜或美德的不幸〉，附〈她的姐姐朱丽埃特的故事〉》(简称《新朱斯蒂斯或美德的不幸》，1797)是两部互为补充的小说，写大银行家的两个女儿不同的人生遭遇。妹妹是金发的朱斯蒂娜，姐姐是褐发的朱丽埃特，姐妹俩一起在修道院里受教育，突然家庭破产、父母双亡，她们被迫离开修道院自谋生路。

朱斯蒂娜信仰上帝，相信道德，但上帝对她的苦难却无动于衷。她起初被一群放荡者玩弄，接着被人诬蔑盗窃。她跟着一个名叫杜布瓦的人逃了出来，却被他引到一帮盗贼手里。她好心救了一个旅行者，却被旅行者强奸，还抢走了她的东西。她先后被一个贵族和一个学监收留，但他们都是十恶不赦的邪恶之徒，学监甚至解剖活人。接着她被淫荡的僧侣关进城堡，被迫参加残忍的性虐狂活动，后来不由自主地成为丐帮的成员。她曾为造假币的人效力，最后又落入了最初虐待她的那群刽子手的手里，在备受摧残和凌辱之后，被一个富裕的女游客救了出来，这个游客就是她的姐姐朱丽埃特。

《新朱斯蒂娜或美德的不幸》中增加了对罪恶和暴行的描写，并且用朱丽埃特的经历来加以对照。朱丽埃特在修道院里就受到了放荡的教育，她荒淫无耻，很快就成了一个富裕的高级妓女，后来嫁给了一个诚实的贵族，当上了伯爵夫人以后就除掉了丈夫，逃到意大利。她出入那不勒斯宫廷，结交佛罗伦萨公爵和教皇，在意大利的上流社会里享尽了荣华富贵，最后胜利地回到巴黎。这时她从前的情人努瓦瑟尔已经成为部长。朱丽埃特听完妹妹讲述的悲惨经历之后，通过自己的关系为她洗清了罪名，但是在一个暴风雨的夜晚，朱斯蒂娜在关窗时竟然被雷电击死，朱丽埃特因此深受震动而进了女修道院，后来成为世人的楷模。

小说以朱丽埃特的改恶从善告终，是一个带有欺骗性的伪善结局。它的实质是宣扬恶行的胜利和美德的毁灭，从而粉碎了善有善报、恶有恶报的传统信条。朱斯蒂娜的死亡表明，即使是上天也不容许她追求的美德存在。萨德不相信什么宗教和上帝，他在小说中否定了一切政治、社会、道德和宗教的价值，把国王和教皇写成了荒淫无耻的暴君。他在描绘朱丽埃特碰到的淫乱场景时，把虚构的人物与历史人物相互交错，例如明斯基从出生地俄罗斯来到美洲和非洲，强盗头子布里萨-泰斯塔参加为普鲁士的索菲娅举行的狂欢宴会等，实际上使小说成了当时欧洲上流社会的缩影。

小说在艺术上的特点，是在同一部作品里采用了不同的格调："首先通过虔诚的朱斯蒂娜之口叙述美德的不幸，然后又通过她的堕落的姐姐朱丽埃特之口叙述同一内容，然而格调完全不同，妹妹代表礼仪格调，姐姐则代表淫秽格调，形成同一作品内部的文本间性。"[①]

《阿丽娜和瓦尔古或哲学小说》(1795)全面考察了18世纪的一切哲学问题，同时叙述了两个爱情故事。一个是阿丽娜和瓦尔古的爱情，阿丽娜的父亲放荡成性，由于他的百般阻挠和折磨，这对年轻人的爱情只能落得悲惨的结局。另一个是圣维尔和雷奥诺尔的爱情，他们被命运突然分开，彼此都穿越非洲去寻找对方，经过艰难曲折终于天遂人愿。其实阿丽娜和雷奥诺尔是命运不同的两姐妹：阿丽娜和瓦尔古遵循习俗和美德，结果是注定要死亡；而圣维尔和雷奥诺尔敢于反抗，最终获得了胜利。

圣维尔和雷奥诺尔的故事的背景是非洲的两个地方，一个是幸运地由一位哲人国王管理的岛屿，另一个是被血腥的暴君统治的地区，这显然是与18世纪流行的乌托邦学说分不开的。圣维尔与客人们的讨论直接涉及法国的社会现实，萨德也不时插进自己的评论和对大革命的预言，从而使这部作品具有了哲理小说的特色。小说的冒险故事中穿插着情人的书信，也是受到了当时以卢梭的《新爱洛伊丝》为代表的书信体小说的影响。

《闺房里的哲学》(1795)采用对话的写法，类似于狄德罗的哲理小说。这些对话包括两个方面，一个是淫棍多尔芒塞勾引和教唆少女欧仁妮的故事，另一个是关于哲学的说教。欧仁妮本来是个纯洁的少女，但是多尔芒塞在使她获得性的乐趣的同时，用他的哲学对她进行教育，鼓吹为了得到乱伦等绝对的性自由，必须无视一切美德和宗教，甚至可以残害自己的母亲。多尔芒塞想象出来的性活动和性虐待的方式，则由一对淫乱成性的姐弟和一些仆人来演习。在这种鼓吹放荡和暴虐的言行的影响下，欧仁妮很快就变成了一个极为残忍的荡妇。

小说的对话中插进了一段冗长的宣言，标题是《法国人，假如你们主张共和，就再努一把力吧》。萨德在这篇宣言里进行了同样的教育，他号召把大革命进行到底，彻底摧毁一切宗教，而且公开为诽谤、盗窃、猥亵和谋杀辩护。他认为多一个人或少一个人对社会没有什么妨碍，盗窃只是平均财产的行为。他还主张共妻，无论男女都有放荡的自由，这些主张由于涉及了社会现实而具有了政治上的意义。

《爱之罪——英雄的、悲剧的短篇小说集》(1800)初版包括11个短篇，背景的时间从15世纪、16世纪的宗教战争到19世纪，地点从英国、瑞典、意大利到西班牙；虽然富于古代和异国的情调，但内容依然类似于萨德的其他作品。例如在《欧仁妮·德·弗朗瓦尔——悲剧短篇小说》中，弗朗瓦尔本来有一个幸福的

---

① 史忠义：《20世纪法国小说诗学》，第253页。

家庭，但是他放着好日子不过，却有意识地教唆女儿走上堕落的道路，在与她乱伦之后，又让她去谋害自己温柔漂亮的妻子。最后天怒人怨，女儿良心发现，与母亲一起死去，他也悔恨莫及，用剑刺死了自己。

《弗洛维勒和库瓦尔——孽缘》则相反，女主人公弗洛维勒既与父亲和哥哥乱伦，又杀害了自己的儿子和母亲，但是这一切罪行都是命运安排的结果，她本人对此毫无意识，而且往往是自己的善意导致了罪恶，所以弗洛维勒是个无辜的罪人，最后痛苦地自杀了。这一家人的悲剧既然不是他们本人的过错，那么自然是社会造成的，所谓孽缘实际上是对人世，也就是对现实生活的一种批判。

与他的其他小说不同的是，萨德为了纠正色情小说家的不良声誉，特地删去了过于露骨的性描写，改用比较含蓄的笔法，同时不再歌颂罪恶的胜利，使恶人得到了应有的惩罚，小说因此得以公开出版。他还在小说后面附了一篇《小说随想录》，以求跻身于文学评论家之列。

萨德的其他作品还有《恒河侯爵夫人》(1813)等小说和一些剧作，有些作品的手稿因被家人和当局烧毁而失传。

萨德的一些小说由于内容不堪入目而在生前无法出版，例如《索多姆的120天》，就是一部淫乱得匪夷所思的小说，它的副标题就是“放荡学校”。小说写于1785年，直到1904才由柏林的一个精神病学者予以出版。主要人物是四个放荡者，分别代表1789年以前的四个阶层——佩剑贵族、上层僧侣、穿袍贵族和金融界，以及四种体质——多血质、胆汁质、多炎和忧郁，还有四个“讲故事的女子”，她们从前是鸨母，对人类的一切情欲了如指掌，再加上二十来个受害的男女，以及大约12个助手。

小说模仿《十日谈》的写法，每天由一个女子讲一个色情故事，接着按照故事的内容如法炮制、当场表演，其暴虐和残酷的程度逐渐加剧。第一个月的主题是简单的情欲，第二个月是同性和异性的双重情欲，第三个月是充满了性虐狂的暴力行为，第四个月则是以杀人和流血来满足的情欲，小说的结局成了一个屠场。不过随着情节越来越恐怖，具体的描写也越来越简短，代之以一段段抽象的议论。在这部理论性的虚构作品里，萨德提出了许多涉及哲学、政治、宗教和伦理的观点。例如是自然导致了人的欲望，造成了人与人之间的不平等；人只有在不平等的情况下才会感到幸福，正如只有在生病时才珍惜健康、在入狱后才渴望自由一样；在人人平等的地方永远不会幸福；人的胃口越吃越大，坏事越做越想做。这些惊世骇俗的观点无疑属于哲学范畴。小说宣扬的基本哲理是：每个人的幸福都是以他人的不幸为基础的。

萨德大量描绘变态心理、色情场面和性虐狂的暴行，使“萨德”在法语中成了性虐狂的代名词。他的小说因此长期被禁止出版，直到1956年，法国还有出版商因私自出版他的作品而被告上法庭。但是从20世纪60年代以来，萨德逐渐成了文学史和思想史的一个研究对象，法国文艺界对他有了不同的评价。随着社会的发展和人们在性道德方面的宽容，许多过去的禁忌现在已经不足为怪，所以巴黎的出版商克里斯蒂昂·布古瓦在80年代首先冲破禁令，出版了他的小说。到1990年末，萨德的作品被收入了加里玛出版社权威的“七星丛书”，标志着他已经进入了经典作家的行列。

萨德生活在启蒙运动风起云涌直至法国大革命爆发的时代，他曾经积极参加法国大革命，在1791年发表了《一位巴黎公民致法兰西人国王的请愿书》。他在自己的作品中提出了独特的反抗思想，甚至幻想过共和国，因而得以跻身于启蒙思想家之列，甚至被有的评论家誉为“启蒙世纪首座最明亮、最光芒四射的灯塔”①。他的作品继承了法国黑色小说的传统，而且把这种体裁发展到了极端的程度。但是萨德不仅是一个惊世骇俗的黑色小说作家，他的作品在反映以恶为乐的观念的同时，还宣扬了以恶来反抗上帝的哲理，因而得以超越黑色小说和诲淫小说，进入了哲理小说的范畴。

萨德作品的思想价值不在于小说的情节本身，而是夹杂在小说中的大段哲学议论。其中虽然不乏对启蒙思想家们的抄袭，但毕竟体现了他否定上帝的唯物主义思想，以及以恶来反对上帝的无神论哲学。萨德从对自身受监禁的反抗，逐步发展到了对社会乃至对上帝的反抗。他在政治上主张无政府主义和极端的自由主义，猛烈抨击上帝、宗教和道德等传统的价值标准，反抗现有的政治、婚姻制度，对神明的咒骂和侮辱达到了无以复加的地步。

萨德对上帝是深恶痛绝的，他不仅以大量的言论来直接抨击上帝，任意嘲笑上帝、圣母或耶稣，讽刺神甫和教士，而且把僧侣都写成宣泄兽欲的恶棍。但是加缪在他的名著《反抗者》中指出，萨德并未否定上帝，只是把上帝当成是摧残人类的神，所以不是无神论者。他作为囚犯受到压制，于是渴望毁灭一切，而性的本能则成了一种毁灭的力量。他认为上帝既然杀人，人当然也可以杀人，何必去讲什么道德？所以他要求的自由是本能的自由，他梦想的共和国的原则不是自由，而是不信宗教，是由他来主宰一切。

加缪认为萨德最深刻的思想在于：“他以当时无与伦比的敏锐拒绝将自由与美德结合在一起。当自由是这个囚徒的梦想时，它尤其不能忍受任何限制。它是罪恶，否则便不再是自由。萨德对此基本论点从未改变过。”②因为无限自由的欲望意味着否定他人，所以他主张建立一些封闭的地区和城堡，使人们无法逃走。他在得到最大限度的享乐的同时，也在进行着最大限度的破坏：“一旦性犯

① 贝雅特丽丝·迪迪耶：《今日萨德》，载萨德：《贞洁之厄运》，胡随译，时代文艺出版社，1998年，第19页。

② 加缪：《反抗者》，吕永真译，载柳鸣九、沈志明主编《加缪全集》第3卷，河北教育出版社，2002年，第175页。

罪消灭了感官享乐的对象，它便消灭了就在那一刻存在的快感，于是必须投身于另一个对象，重又将另一个杀死，如此进行下去，杀死无数个可能的对象。这些凄惨的色情犯罪的场景便一幕幕呈现在人们面前。”[①]

然而即使把受害者全都杀光，刽子手们也是无法得到满足的，被摧残的肉体复归于自然，生命从中重新诞生，所以必须继续杀下去，也就是必须消灭一切，只剩下唯一的最有权势的人，而这个最强大的人只是出于萨德这个囚徒的想象。所以加缪认为萨德只能在梦想中杀人，他构筑了一个虚幻的世界，只是个完美的文学家。“他无可争辩的价值就在于，他怀着压抑已久的狂热，以不幸的洞察力描绘了反抗逻辑所带来的极端后果，而这种逻辑至少忘记了其根源的真相。这些后果就是全部被禁闭，普遍的罪恶，厚颜无耻的贵族政治与期待世界末日的来临……奇怪的是，正是萨德在艺术的道路上指引着反抗行为，而浪漫主义使反抗在艺术道路上走得更远。他也属于那些作家之列。”[②]

萨德以狂热自由的名义颂扬了极权社会，同时主张淫乱自由，认为肉欲能促使人们相亲相爱，导致世界大同，因而为后来的超现实主义的绝对反抗开辟了道路。超现实主义者们把他尊为先驱，与精神分析学派的创始人弗洛伊德相提并论，视其为追求自由解放的大师。诗人阿波利奈尔[③]和超现实主义者都曾歌颂朱丽埃特，把她当作被解放的女人和解放者。

萨德对性冲动进行探索，把性本能当作人的一切行为的动力，而且发现人的无意识下面有一个真实的世界，这种见解与弗洛伊德的精神分析法异曲同工，甚至可以说他是弗洛伊德的先驱者。当代的新小说作家娜塔丽·萨洛特专门描绘人的无意识，似乎与萨德也有相通之处。此外，萨德患有神经官能症，并且把它作为批判和认识的工具，这一点无疑对后来的萨特颇有启发。

在小说的艺术性方面，萨德与同时代的狄德罗等启蒙作家是无法相提并论的。他的小说虽然也采用了色情场面与宣扬哲理相结合的笔法，但都是在监狱里写出来的，因此他笔下的人物大多处在形形色色的牢狱之中。例如朱斯蒂娜被一帮僧侣和恶棍所劫持，阿丽娜的遭遇也同样如此，她们所在的地方不是城堡和寺院，就是地下的巢穴。萨德的小说里几乎没有景物描写，人物也没有个性，男人都是淫棍，女人都是他们的受害者，她们的模样也几乎都是千篇一律的花容月貌。至于性虐狂的动作和语言，就更是单调而重复，每次只是在数量上有所不同而已。正因为如此，读者在阅读时毫无想象的余地，实际上味同嚼蜡，没有任

---

① 加缪：《反抗者》，吕永真译，载柳鸣九、沈志明主编《加缪全集》第3卷，河北教育出版社，2002年，第178页。

② 同上，第180页。

③ 纪尧姆·阿波利奈尔（1880—1918），法国诗人，超现实主义的先驱，代表作有《醇酒集》等。

何乐趣可言。

最后应该提到的是《小说随想录》。萨德在这篇论文中，对小说的起源和创作方法进行了全面的论述。其严肃的笔调俨如学者，与作为色情小说家的萨德判若两人。

论文开门见山地指出："人们称作小说的，是那些参照人生最离奇的遭遇而撰写的虚构作品。"[①]这个定义可谓一语中的。他认为在古代希腊和罗马人的语言里没有"小说"这个词，小说是用法国古代通行的罗曼语写出来的作品，除此之外"小说"不存在其他词源。他也否认小说是从希腊人传给行吟诗人，再由骑士小说家继承的说法，因为风俗习惯并非前后继承，而是与生俱来的，例如人人都需要爱，爱是小说的基础，所以古代的一切民族都或多或少地运用了这种体裁，一切语言都有描写本民族风尚的小说。这种观点虽然是一家之言，倒也不失为公允之论。

萨德回顾了自古至今的小说史，认为古希腊的小说趣味高雅，后来的英雄史诗流传极少，骑士之风使小说家深受启发，但是他们的小说显得粗俗和野蛮。关于外国的小说，他认为意大利的薄伽丘受到了法国行吟诗人的影响，最佳的作品是《堂吉诃德》，因为其中不仅交织着种种奇遇，而且还寓教于乐。此外他对英国的理查逊和菲尔丁的小说也大为赞赏。

对于法国的小说，萨德认为是对风流韵事的描写使小说日趋完美，例如杜尔菲的小说《阿丝特莱》就成为人们效仿的榜样。他嘲笑了那些男男女女悲悲切切，直到结局才得以团圆的平庸故事，对拉法耶特夫人的《克莱芙王妃》赞誉有加，认为它文笔优美、扣人心弦，而费纳隆则过于迂腐，硬要去教导那些根本不听他的君王。萨德还赞扬了伏尔泰和卢梭的小说，认为它们将永远流传。

说到小说的技巧，萨德认为首先需要通过磨难和旅行去认识人心，其次是不要把写作当成谋生的手段，否则就会使作品苍白无力。写成初稿之后要大力扩展和修改，不要插入与主题无关的事件，或者进行矫揉造作的道德说教，叙述要娓娓动听、引人入胜，结局要自然发展，不要勉强去符合读者的期望。最后他指出写小说必须冲破一切禁忌，因为艺术只有前进才能完美。

《小说随想录》纵横捭阖，谈古论今，虽然与萨德本人的小说实践相去甚远，但其中确有一些不同凡响的真知灼见，使萨德可以当之无愧地进入文学评论家的行列。

萨德的作品现在已经基本解禁，中译本《萨德文集》也在1998年由时代文艺出版社出版。不过归根结底，即使作为色情文学而言，其中那些虐杀儿童、凌辱尸体等残暴而恐怖的场面，也会令人不堪卒读。

---

① 萨德：《小说随想录》，管震湖译，载《爱之诡计》，时代文艺出版社，1998年，第247页。

第六章　卢　梭

卢梭是法国伟大的启蒙思想家、政论家和小说家，他在法国的哲学、政治、文学、音乐、戏剧等许多领域里都做出了卓越的贡献，在世界上产生了深远的影响。

第一节　卢梭的生平和著作

让-雅克·卢梭（1712—1778）诞生在日内瓦上城区的一个父子相传的钟表匠家庭里。他的祖先原籍法国的蒙莱里，因为躲避法国政府对新教徒的迫害，于1549年逃难到日内瓦定居。在日内瓦共和国里，公民属于最高的等级。卢梭的祖先虽然没有达官贵人，但是最早投奔到日内瓦，后代也有人靠手艺和做生意发家致富，所以获得了公民的身份，居住在属于贵族和富人的上城区里。卢梭是公民的儿子，生在城里，当然是日内瓦的公民，这是他毕生引以为荣的称号。

卢梭的父亲伊萨克·卢梭是个能干的钟表匠，1704年与苏珊·贝尔纳结婚。1705年长子弗朗索瓦出生以后，生性好动的伊萨克就跑到君士坦丁堡去，想靠自己的手艺发财，直到1711年才回到日内瓦，第二年卢梭就出生了。卢梭的一生是艰难曲折的一生，他生来就体弱多病，患有先天性的膀胱和尿道畸形。母亲在分娩时因患产褥热而去世，又在他的心灵上留下了永远无法消除的阴影。他的苦难铸成了他痛苦孤独的心灵。正如他自己所说："我没有高贵的门第和出身，但我却得到了另一种我特有的东西：我以不幸著称于世。"①

卢梭喜欢读书，常和父亲一起通宵达旦地阅读母亲留下的书籍。他最喜欢读普卢塔克②的《希腊罗马名人比较列传》，古代伟人和英雄的丰功伟绩使他深受感动，培养了他酷爱自由的共和主义思想和不屈不挠的高傲性格，同时也使他在政治、历史和文学方面有了初步的知识。

母亲去世后生活每况愈下，卢梭一家在1718年不得不搬到贫民区。他们家的附近就是热闹的圣日尔韦广场，每逢节日，父亲就带他去看庆典活动。尤其是每年12月11日和12日的登城节，要举行阅兵和游行，来纪念自由的日内瓦在

① 卢梭：《忏悔录》第二部，范希衡译，徐继增校，人民文学出版社，1982年，第816页。

② 普卢塔克（46—119），罗马帝国时期的希腊传记作家和伦理学家。

1602年击败萨瓦公国（现在法国东南部的萨瓦省）的敌人，广场上军民混杂的热烈气氛，给幼小的卢梭留下了非常深刻的印象。

10岁的时候，卢梭的父亲在打猎时与一个当过军官的牧场主争吵，用剑把那个人刺伤后逃出了日内瓦，卢梭被送到波塞村的朗贝西埃牧师家里寄宿。那里的优美景色和无拘无束的生活，使他如鱼得水、自由自在，而且因此终身保持着对大自然的无比热爱。

1725年4月，卢梭被送到雕刻师阿贝尔·迪科曼家里去做学徒。他在那里要干各种重活和杂活，生活十分艰苦，还经常受到体罚。迪科曼粗暴专横，对他多次痛打，使爱好自由的卢梭不堪忍受，逐渐变得孤僻沉闷、郁郁寡欢，并跟其他学徒沾染了说谎和小偷小摸等不良习惯。他唯一的安慰是在星期天和伙伴们跑到郊外去，在田野里散步和遐想。

1728年，卢梭16岁了。有一天和伙伴们回去得太晚，城门口的吊桥已经拉起。为了逃避师傅的惩罚和暗无天日的生活，他就离开了日内瓦，来到安纳西，得到了美丽善良的少妇华伦夫人的照料。在华伦夫人身边，卢梭得以学习社交界的举止和礼仪，成为一个优秀的音乐教师，完善了哲学、拉丁文、音乐、物理学、几何学和植物学等方面的知识，并且与她结为情侣。后来华伦夫人有了新情人，他就带着自己发明的音乐简谱法到巴黎去碰运气。他的音乐简谱法用阿拉伯数字来代替音符，用短线来表示音程的长短，由于方便实用而一直沿用至今，但在当时并未受到应有的重视。

1743年7月，卢梭担任了法国驻威尼斯大使的私人秘书，开始研究政治理论和国家体制，为以后写作《社会契约论》做了充分的准备。由于贵族出身的大使蒙太居先生专横愚蠢，卢梭最后不得不辞去职务。他回到巴黎后与孔狄亚克、狄德罗和达朗贝尔形成了百科全书派的第一个核心。

1749年，第戎科学院进行有奖征文，题目是“科学和艺术的复兴是否有助于净化风俗”，卢梭撰写了名为《论科学与艺术》的论文去应征，结果以第一名中选，获得嘉奖并在报上发表，使他一举成名。1755年，第戎科学院再次征文，他为此撰写了《论人类不平等的起源和基础》。这篇论文虽然没有中选，发表后却激起了更加强烈的反响，同时也引发了他与伏尔泰等人的分歧。

卢梭与百科全书派产生矛盾以后，于1756年4月躲进了埃皮内夫人提供的退隐庐，开始写作爱情小说《新爱洛伊丝》。他在寂寞之中爱上了来看望他的乌托德夫人，她是埃皮内夫人的小姑子，又是他的朋友达朗贝尔的情人。狄德罗、埃皮内夫人及其情人格里姆①对此极为愤怒，迫使他离开了退隐庐，并由此导致了他与百科全书派公开决裂。

---

① 格里姆（1723—1807），男爵，德国作家、文学评论家。

卢梭在成功地出版了小说《新爱洛伊丝》(1761)之后，他的政治著作《社会契约论》(1762)和教育小说《爱弥儿》(1762)遭到查禁，巴黎最高法院下令焚毁这些书籍和逮捕作者。卢梭仓促出逃，被迫在国外流浪。这时伏尔泰匿名发表了《公民们的看法》(1764)，揭露他抛弃了自己的五个孩子，使他在精神上备受打击。为了维护自己的人格和尊严，卢梭开始撰写文学史上绝无仅有的、坦白自己一生的《忏悔录》。

卢梭本来就健康不佳、生性过敏，长期的逃亡生涯和10多年来的过度劳累，加上遭受的一系列迫害和精神上的孤独，终于使他逐渐近于疯狂。在这个时期，他受着被害妄想症的折磨，怀疑所有接近他的人都在监视他，因而与大部分朋友都断绝了关系。他回到法国以后仍然以不同的身份四处漂泊，最后于1778年7月2日上午去世，被安葬在埃尔姆农维尔公园里的杨树岛上。

法国大革命爆发后，卢梭的声誉越来越高。根据1794年4月14日国民公会颁布的法令，他的遗骸在当年10月11日迁入了巴黎的先贤祠。

卢梭的小说都是为宣扬他的启蒙思想服务的，因此要理解他的小说，就必须扼要地了解他的思想。在法国的启蒙思想家当中，卢梭属于激进的资产阶级民主主义者，他的政治思想主要体现在《论科学与艺术》《论人类不平等的起源和基础》和《社会契约论》这三篇论著之中。

一　《论科学与艺术》

论文分为两个部分。第一部分是从历史经验方面论述科学与艺术所起的伤风败俗的作用。

卢梭认为只有在劳动者的粗布衣服下面才有健康的身体，华丽的装饰只能显示一个人的富有，或者掩盖身体的某种畸形。随着科学与艺术的日益完善，人们的灵魂在越发腐败。艺术使人们丧失了淳朴的风俗，变得邪恶而虚伪。埃及是个文明古国，在哲学和美术繁荣以后，就不断地被外族所征服；曾经战胜过亚洲的希腊，艺术进步之后就永远被奴役；自从出了一大群放荡不羁的作家之后，罗马就失去了它的辉煌。相反，没有沾染上浮华知识的民族却造就了自己的幸福，例如波斯就曾轻而易举地征服了亚洲。

第二部分是从科学和艺术本身来加以论证。卢梭认为科学与艺术都是从我们的罪恶中诞生的："天文学诞生于迷信；辩论术诞生于野心、仇恨、谄媚和撒谎；几何学诞生于贪婪；物理学诞生于虚荣的好奇心：这一切，甚至于道德本身，都诞生于人类的骄傲。"[①]科学的目的是虚幻的，人们无法判断到底哪一种见解是正确的；科学的效果是危险的，它产生于闲逸，反过来又滋长闲逸，所以科学首先造

① 卢梭:《论科学与艺术》，何兆武译，商务印书馆，1997年，第21页。

成了无可弥补的时间损失。作家文人则是用诡辩动摇信仰、毁灭德行，嘲笑祖国和宗教。科学与艺术与善良的风俗背道而驰，永远伴随着奢侈和趣味的腐化，不肯媚俗的艺术家只能贫困潦倒地死去。贫穷的民族往往能够征服富裕的国家，奢侈之风的流行会削弱尚武的勇气和战斗力，对于教育和道德就更加有害了。

《论科学与艺术》是卢梭全部理论的出发点。他肯定"人生来是善良的"，仅仅这个观点就具有非同寻常的意义，因为它与基督教的"原罪"说是截然对立的，因而从根本上动摇了天主教的教义，而天主教在当时是封建制度的主要支柱。此外，他作为一个出身平民的知识分子，赞美劳动者的淳朴和美德，抨击贵族社会的腐朽和没落，无疑具有揭露和批判社会现实的进步意义。

卢梭在写作的时候激情有余而论证不够严谨，以至于把当时贵族社会里的文化混同于一般的文化，认为是科学、文学和艺术窒息了人们天生热爱自由的情操，甚至把古代神话和雅典的文艺都视为道德堕落的产物，由此得出了笼统否定一切科学艺术的武断结论。这篇论文尽管失之偏激，但是观点新颖独特、文笔优美雄辩，其中不乏中肯的见解，例如：

> 一切艺术家都愿意受人赞赏。他的同时代人的赞誉乃是他的酬报中最可珍贵的一部分。如果他不幸生在那样一个民族，生在那样一个时代，那儿一味趋时的学者们是被轻浮的少年们在左右着自己的文风；那儿人们向剥夺他们自由的暴君牺牲了自己的情趣……那时候，为了要博得别人的赞赏，他会做出什么事情来呢？各位先生，他会做的是什么事情呢？他就会把自己的天才降低到当时的水平上去的，并且宁愿写一些生前为人称道的平庸作品，而不愿写出唯有在死后很长时期才会为人赞美的优秀作品了。①

卢梭说得多么好啊！即使在今天看来不是也很有现实意义吗？

二　《论人类不平等的起源和基础》

论文的卷首是题为"献给日内瓦共和国"的献词。正文之前有一篇序和一篇本论。序言概括了要论述的问题：人类所有的进步都与原始状态背道而驰，知识越多就越使人失去本性。本论是用来阐述题意的，即人类中有两种不平等：一种是自然的或生理上的不平等，一种是精神上或政治上的不平等。

正文包括两个部分。在第一部分里，卢梭描绘了他设想的人类的自然状态：原始人过着与动物差不多的孤独生活，他们思想单纯，没有善恶之分，所以没有

---

① 卢梭：《论科学与艺术》，何兆武译，商务印书馆，1997 年，第 25—26 页。

交往和争执;他认为人生来是平等的,自由是天赋的人权。进入文明社会以后,人与人之间的相互依赖造成了不平等、压迫和奴役,彼此之间的关系变得虚伪,所以人由善变恶是社会造成的一种后果。

在第二部分里,卢梭阐述了人在自然状态下的孤独生活是人类的黄金时代。社会里的人因为要依赖他人,就使"公众的重视具有了一种价值。最善于歌舞的人、最美的人、最有力的人、最灵巧的人或最有口才的人,变成了最受尊重的人。这就是走向不平等的第一步;同时也是走向邪恶的第一步"[①]。种种不平等促使人们显示自己的能力,导致了浮夸的排场、欺人的诡计以及随之而来的一切邪恶。

卢梭指出私有财产的出现和私有观念的产生是人类不平等的根源。一个人只有损害他人才能扩大自己的财产,所以富人就像饿狼一样,为了争夺财产而使社会陷入了战争。为了对付占大多数的穷人,不使自己的财产遭到风险,富人开始制订有利于自己的制度,这就是社会和法律的起源。为了保护私有财产,富人和强者就制订不公正的社会契约,建立由富人剥削穷人的国家和政府。政府的腐化最终导致专制,出现了暴君的统治,人们只能像奴隶般地盲目服从。不过既然统治者可以使用暴力,那么人民当然也可以用暴力推翻他。

《论人类不平等的起源和基础》是卢梭理论体系的核心,也是《社会契约论》的基础。它重申了《论科学与艺术》中的思想,进一步追究造成人类堕落和不平等的原因,指出私有制是人类不平等的起源。按照卢梭的观点,社会的发展虽然是进步,但是这种进步只会加剧人与人之间的不平等。人民设立的制度,反过来会压迫人民;封建领主本来应该是保护人民的,结果却变成了专制和暴政;最终人民又会起来推翻暴政,争取新的平等。

卢梭的这一观点引起了伏尔泰的愤怒,他在收到卢梭的赠书之后,在书上写下了"打算让穷人掠夺富人的流氓哲学"的评语,并于1755年8月30日发表了著名的谢卢梭赠书的信,对卢梭进行了尖刻的讽刺:

> 先生,我收到了你抨击人类的新书,为此,我对你表示感谢。人们将欣赏你的直言不讳,可是你不可能使他们改弦易辙。谁也不会用更加强烈的色彩描绘人类社会的劣迹,而我们由于无知和软弱对此是惯于逆来顺受的。
>
> 从来没有人为了把我们说得愚不可及如此用尽心机;读了你的书,我们不禁萌生用四条腿爬行的欲望。可是,很遗憾,由于六十多年前我

---

① 卢梭:《论人类不平等的起源和基础》,李常山译,东林校,商务印书馆,1997年,第118页。

已经丧失了这种习惯，我是无法返老还童的。因此，我把这种天然的行走方式让给那些比你我更合适的人……[1]

卢梭对人类从平等到不平等、再到平等的发展过程的阐述，显示出他具有关于矛盾转化的辩证思想，所以恩格斯在引证了他的阐述后指出："这样，不平等又重新转变为平等，但不是转变为没有语言的原始人所拥有的旧的自发的平等，而是转变为更高级的社会契约的平等。压迫者被压迫。这是否定的否定。"[2]在法国封建社会危机四伏、山雨欲来的时候，卢梭关于使用暴力争取平等的思想，为后来的法国大革命提供了理论基础。

三 《社会契约论》

卢梭曾经打算像孟德斯鸠的《论法的精神》那样，写一部名为《政治体制》的巨著，但是他只完成了理论性的序言部分，这就是《社会契约论》。他在该书"前言"中承认："这篇简短的论文，是我以前不自量力从事而后来又久已放弃了的一部长篇著作的撮要。"[3]

第一卷包括 9 章。第一章"第一卷的题旨"开宗明义，提出了"人是生而自由的，但却无往不在枷锁之中"这个著名的命题。以下各章是论述社会的。卢梭指出唯一自然的社会就是家庭，人性的首要法则是维护自身的生存。强力并不构成权利，不能迫使人民服从。奴役权是不存在的，是非法的和荒谬的。

当人类由于碰到不利于生存的种种障碍，原始状态不能继续下去的时候，就需要以社会契约的形式，使每个成员把自身的一切权利全部都转让给整个的集体，置于公意的最高指导之下；也就是说，人类因此丧失了天然的自由，却获得了社会的自由。

第二卷包括 12 章，论述的是主权、法律和人民。卢梭指出，众意是个别意志的总和，着眼于私人利益；公意着眼于公共利益，永远是公正的；主权只是公意的运用，所以是不可转让和不可分割的。主权权利神圣不可侵犯，但是不能超出公共约定的范围，因此社会契约使人类有了更加美好和稳定的生活方式。要把权利和义务结合起来，就需要有约定和法律，而法律乃是公意的行为，擅自发号施令绝不能成为法律。

第三卷包括 18 章，论述政府的体制。卢梭认为政府是臣民与主权者之间的一个中间体，负责执行法律和维持社会的自由。政府可以分为民主制、贵族制和

---

① 伏尔泰：《论卢梭》，范希衡译，载冯至主编：《世界散文精华》欧洲卷，江苏文艺出版社，1994 年，第 357—358 页。

② 恩格斯：《反杜林论》，《马克思恩格斯选集》第 3 卷，第 483 页。

③ 卢梭：《社会契约论》，何兆武译，商务印书馆，1990 年，第 5 页。

国君制。体制的好坏要因地制宜，而世袭的贵族制是政府之中最坏的一种。国君制政府往往是小人掌权，所以永远不如共和制政府。

第四卷包括 9 章，论述与选举有关的制度和公民宗教。宗教分为人类的宗教和公民的宗教：人类的宗教即普遍的宗教，没有庙宇和仪式，只是发自内心地崇拜上帝，是自然的神圣权利，是福音书的基督教，与今天的基督教是截然不同的。公民的宗教服从本国的神及其教义，把对神明的崇拜与对法律的热爱结合在一起，君主就是教主，这种宗教全是谬误和谎话，是欺骗人民的空洞仪式。

如果说卢梭的前两篇论文是提出问题的话，《社会契约论》提供的就是一个答案，即在现实社会不公正和不平等的情况下，提出了一个民主和平等的理想社会的原则。卢梭主张应该宽容一切能够宽容其他宗教的宗教，把胆敢说“教会之外，别无得救”的人驱逐出国家之外，这等于是在向基督教宣战。正因为《社会契约论》猛烈地批判了封建的社会制度和教会，所以刚刚出版就被当局查禁和焚毁。

《社会契约论》是卢梭最为深刻和成熟的政治理论著作，是世界政治学说史上最著名的古典文献之一，标志着民主思想史上的一个重要阶段。卢梭提出的天赋人权、自由平等和人民主权的思想，以及公民选举领袖的共和制度，在美国的《独立宣言》中有所体现，在法国大革命中被写进了《人权宣言》，并且成为雅各宾派政治纲领的基础。《社会契约论》宣扬自由、平等、博爱，提出了没有社会平等就没有真正的自由的思想观点，在世界上产生了巨大而深远的影响。

不过，《社会契约论》也是一部推论性的著作，它提出的是按逻辑推论的理想社会模式，不是具体的革命纲领，因此几乎不可能适用于历史事实，现实的制度永远不可能符合《社会契约论》的设想。他所设想的主权只能属于统治阶级，是不可能真正为人民所共有的。而且其中有些观点相当抽象、难以理解，例如：从着眼于私人利益的众意中，怎么可能得出公正的公意呢？在雅各宾派专政时期，罗伯斯比尔①宣称“我的意志就是公意”，从而导致了血腥的镇压。正是这种理论上的缺陷，使卢梭的敌人得以歪曲他的学说的本意，有了攻击他的借口。

卢梭的政治思想在美国《独立宣言》和法国的《人权宣言》中留下了深刻的烙印，不仅奠定了现代欧美民主政治的基础，而且对中国的资产阶级民主革命也产生了重要的影响。在今天的世界上，卢梭倡导的天赋人权、人民主权等思想依然具有重要的现实意义。

---

① 罗伯斯比尔（1758—1794），法国大革命中雅各宾派的领袖，在雅各宾专政时期，力图实现卢梭的政治理想，主张实行革命恐怖，后在 1794 年 7 月 27 日的热月政变中被捕处死。

第二节　卢梭的小说

传记作家莫洛亚说过："对很少作家才可以这样说：'要是没有他，法国文学就会朝另一个方向发展。'卢梭就是属于这一类的作家。"①卢梭创作的热爱自然、情景交融的小说，被公认为是法国19世纪浪漫主义文学的先声，对法国乃至世界的文学产生深远的影响。

一　《新爱洛伊丝》

《新爱洛伊丝》是一部书信体小说，包括165封书信和一些短简或便条，是贵族小姐朱丽和她的家庭教师圣普乐以及其他人之间的通信。1761年初版时的书名是《阿尔卑斯山麓一小城中两个情人的书简》，扉页上写着"让-雅克·卢梭编集和出版"。这样做的目的是掩人耳目，因为卢梭知道对于读者来说，书中表达的观念和情感都闻所未闻，因此有必要采取一些措施来应付严格的书刊检查。

小说的标题出自12世纪的法国，当时有个名叫爱洛伊丝的女子，与她的老师、具有自由思想的神学家和哲学家阿贝拉尔(1079—1142)相爱，在生有一子后秘密结婚。她的叔叔富尔贝是巴黎的议事司铎，他非但不准他们结婚，而且还指使仆人让阿贝拉尔成为阉人，不能再成为爱洛伊丝的情人或丈夫。爱洛伊丝进了修道院，但她表示她比爱上帝更爱阿贝拉尔。他们在20年里一直互相通信，信件偶然得以留传下来，后人为之扼腕叹息，在1816年将他们的遗骸合葬在巴黎的拉雪兹神甫公墓。卢梭就是借用这个爱情悲剧，把小说取名为《新爱洛伊丝》的。

故事发生在瑞士风景优美的莱芒湖畔。平民出身的知识分子圣普乐，应邀到贵族德·埃唐什男爵家里给朱丽小姐当家庭教师。他为朱丽的人品才貌所倾倒，而朱丽对学识渊博、和蔼可亲的圣普乐也一见钟情。但是埃唐什男爵为人专横，封建等级观念根深蒂固，朱丽只好乘父母外出旅行的机会，冒险约圣普乐在夜间幽会。

适逢英国的爱德华公爵来访，成了圣普乐的朋友。他建议埃唐什男爵把女儿嫁给圣普乐，并且表示愿意把自己的部分财产送给这个值得尊敬的平民。埃唐什男爵为此大发雷霆，盛怒之下打了朱丽几个耳光。他禁止朱丽与圣普乐来往，要她嫁给曾在战场上救过他性命的贵族伏尔玛。朱丽生平第一次反抗她的父亲，但最终还是屈服了。

圣普乐十分悲痛，跟随爱德华一起远行。爱德华爵士写信给朱丽，邀请他们

① 莫洛亚：《忏悔录》序言，远方译，载《忏悔录》第二部，范希衡译，徐继增校，第822页。

到英国去团聚，他愿意把自己的公爵领地和城堡赠送给他们。朱丽接信后陷入了爱情与道德的深刻矛盾之中，无法在情人与父亲之间做出选择，因为她觉得自己无论怎样做，都只能作为一个罪人悲惨地死去。她渴望幸福的爱情，但又不忍远离家乡和父母亲人，更不能因此玷污家族的荣誉。她最终拒绝了爱德华的好意，只是满足于和圣普乐保持书信联系。

朱丽的母亲发现了圣普乐给女儿的来信，深受刺激而生命垂危。朱丽在父亲的逼迫下与圣普乐断交，遵从父命嫁给了伏尔玛。婚后夫妻和睦，有了两个孩子，生活宁静幸福。她把自己的秘密告诉了丈夫，为人正直的伏尔玛表示谅解，并写信邀请圣普乐回国担任他的孩子的家庭教师。圣普乐与埃唐什男爵言归于好，但是他与朱丽朝夕相对而不能亲近，彼此都感到十分痛苦。

有一天朱丽全家在莱芒湖边散步，她跳进湖里救出不慎落水的儿子，结果受了风寒，临终时请圣普乐教育她的两个孩子，并且表示她已经用生命作为代价，幸福地换取了没有罪恶地永远爱他的权利。

古典主义主张理性至上，鼓吹贵族的荣誉至高无上，爱情必须服从理性。卢梭大胆地突破了古典主义的束缚，在《新爱洛伊丝》里把爱情放在首要的地位，使人们在经受了古典主义的长期压抑之后，终于有了寄托感情的机会。圣普乐和朱丽的纯洁爱情以及他们的不幸结局，是对以门第决定婚姻的封建制度的强烈抗议，使听惯了古典主义说教的读者耳目一新、为之神往。因此小说出版后大受欢迎，在后来的 40 年里再版了 72 次。

早在《论人类不平等的起源和基础》里，卢梭就已经对包办婚姻进行了强烈的控诉：

> 凭借父权公开地侮辱人道的种种情况，不是更常见而更危险的事情吗？……有多少幸福的婚姻因为男女双方地位悬殊而终被拆散或遭到干涉，有多少贞洁的妇人丧失了贞操！有多少因利害关系而结成，却被理性与真正爱情所否定的离奇婚姻！甚至有多少忠实而有品德的夫妇，只因错配了姻缘而双方都感到痛苦！有多少因为父母的贪婪而受害的不幸的青年，耽溺于放荡的生活，或者在流泪中过着悲惨的日子，呻吟在他们内心所拒绝却被金钱促成的、不能离异的结合之中！他们之中如果有人，在野蛮的暴力还没有强使他们在罪恶或绝望中度其一生以前，由于自己的勇气和美德毅然脱离人世，那或许是更幸福的！①

《新爱洛伊丝》正是对这种观点的形象化的诠释。卢梭主张在平等的基础上

---

① 卢梭：《论人类不平等的起源和基础》，李常山译，东林校，第 163—164 页。

自由恋爱和婚姻自主，实际上体现了法国启蒙运动时代反封建的激情，满足了民众要求个性解放的愿望，在大革命前夕发出了要求自由和解放的呼声。他作为和圣普乐一样的平民知识分子，借开明的英国绅士爱德华之口，对贵族进行了公开的斥责：

> 那么您如此引为骄傲的贵族出身有什么光荣？它对于国家的荣誉或人类的幸福有什么用？法律和自由的不共戴天的敌人，在它大放光彩的那些国家的大多数，除了专制的势力和对人民的压迫之外，还能产生什么呢？在一个共和国里，您敢于以毁灭道德和人性的阶层，以每人夸耀奴隶制和羞于做人的阶层为光荣吗？①

为了引起读者的同情，卢梭改变了传统的道德观念，宣扬了一种令人同情的私情，这种私情出自两个学识渊博、品质高尚的青年男女，没有任何可鄙之处，即使朱丽失身于圣普乐，也是自然而然的事情。但尽管如此，小说的结局仍然是个悲剧。读者在感伤之余，不难想到要归咎于社会：门第之见拆散了朱丽和圣普乐，而道德的拘束又使圣普乐无法与朱丽守寡的表姐结合。因此《新爱洛伊丝》实际上是在谴责封建社会的道德标准，呼吁给每个人以应有的自由，只是由于有爱情悲剧的掩饰，它才没有像《爱弥儿》那样受到查禁。

在当时流行的小说里，贵族女子通常在婚前受到严格的监视，而在婚后则欺骗丈夫，以弥补她们在婚前损失的谈情说爱的时间。卢梭反对贵族的荒淫，提倡严肃的家庭生活，夫妻之间要互相忠实。所以他为朱丽安排了一种相反的命运：朱丽在婚前坦诚地接受了她的情人，而在婚后却克制自己忠于丈夫，成为恪守道德的典范。这种美德在当时使许多人感动得为之泪下，然而它仅仅出于卢梭的理想，在现实生活中不可能存在。这也显示出卢梭思想的局限性，说明由于时代的限制，他的民主精神不可能是非常彻底的。

《新爱洛伊丝》具有浪漫主义的艺术特色，首先是以优美的自然景色为背景，让故事在莱芒湖畔展开，使大自然的美景与人物内心的情感融为一体。他当时正与乌托德夫人相恋，因此在写景时充满激情，真正做到了借景抒情、情景交融。有几段连他自己都觉得刻骨铭心、难以忘怀：

> 大地春回，我的狂热更加高涨，我在爱火的激奋中又为《朱丽》的后几部分写了好几封信。这些信都洋溢着我写信时的那种狂喜的心情。我可以特别提出写极乐园和湖上泛舟的那两封信。如果我记得不错的

---

① 卢梭：《新爱洛伊丝》第一卷，伊信译，商务印书馆，1990 年，第 197 页。

> 话，这两封信都是在第四部分的末尾。谁读了这两封信而不心软并且熔化在促使我写出这些信的缠绵悱恻的感情里，谁就该干脆把书合上，他是没有资格来评论感情这个题目的。[①]

斯塔尔夫人在评论法国18世纪文学的时候，也特别提到了圣普乐和朱丽在湖上泛舟这个例子：

> 在我们的回忆中，当我们想到汹涌的波涛、阴暗的乌云、受惊的鸟儿时，我们不会不想到圣普乐和朱丽在湖心荡舟，“最后一次心心相印”的时候，在他们心中起伏的情怀。[②]

卢梭早期写过抒情诗，而且是个音乐家，他的作品自然讲究音韵，利用音韵来增强抒情，所以读来生动感人。这种寄情于大自然的描绘，不仅赏心悦目、令人陶醉，也能用来衬托人物的离愁别绪和痛不欲生的悲凉心境，圣普乐就是在华莱山区的美景中净化了自己的心灵。他的自我克制的品格，使他经受的爱情悲剧显得更加高尚，也更加令人感伤，所以能打动千万颗渴望真爱或者怀念往昔爱情的心灵。正是沿着《新爱洛伊丝》开辟的道路，大批以爱情为主题的浪漫主义戏剧和小说才应运而生。正因为如此，米歇尔·莱蒙才给予它极高的评价，认为“这本书奠定了‘小说的现代帝国’的基础”[③]。

其次是小说采用了书信体的形式。卢梭花费了五年的时间来构思这些信件，使朱丽和圣普乐在交换信件的漫长过程中相爱，字里行间燃烧着不可遏制的激情。这种对柏拉图式的精神恋爱的赞颂，也许会使今天的读者觉得枯燥冗长，然而对于当时感情被古典主义长期压抑的法国人来说，却无疑是令人沉醉的美丽篇章。

最后是小说的结构极其简单，只有寥寥几个人物，圣普乐和朱丽的爱情几乎就是唯一的情节，然而其中却包含着许多真实的细节。圣普乐是个知识渊博、感情丰富的平民知识分子，其实就是卢梭本人的写照；卢梭有过教授女学生的经历，因而对朱丽的心理描写十分真实。不过从整体上来说，《新爱洛伊丝》的情节和人物都是出于卢梭的理想，因此小说中的人物都带有浪漫主义的色彩，与19世纪现实主义小说中的典型人物是完全不同的。

---

① 卢梭：《忏悔录》第二部，范希衡译，徐继增校，第542—543页。

② 斯塔尔夫人：《论文学》，徐继曾译，第299页。

③ 米歇尔·莱蒙：《法国现代小说史》，徐知免、杨剑译，上海译文出版社，1995年，第1页。

二 《爱弥儿》

《爱弥儿》的副标题是“论教育”，是一部讨论教育问题的哲理小说。在用政治著作对西方文明和社会秩序进行批判之后，卢梭现在要通过爱弥儿的成长过程，来论述自己的教育思想，以培养旧制度和旧秩序的掘墓人。

《爱弥儿》分为五卷，叙述爱弥儿从出生到长大成人的各个时期。卢梭把人的年龄分为五个阶段，分别提出了针对不同年龄的教育原则。

第一卷论述了教育的作用，以及把儿童培养成自由的个人还是公民的问题。公民的教育是柏拉图的《理想国》所论述的公众教育或公共教育，而卢梭主张的则是家庭教育或自然教育。这一卷论述的是 2 岁以前的婴儿，是尚无自我意识、不会说话和只有感觉的时期。卢梭反对把婴儿包裹在襁褓里，因为束缚会给他们造成痛苦，甚至会影响他们的性格。他提倡母乳喂养，发展婴儿的感觉器官，主张让儿童自由活动。卢梭认为穷人不需要受什么教育，自己就能够长大成人，而富人则因财富而腐化堕落，所以他们必须受教育，而且不宜待在使人堕落的城市里，应该到有利于身心健康的农村去。

第二卷论述的儿童约从 2 岁到 12 岁，他们的感觉能力有所发展，不过还缺乏思维能力，因此要锻炼他们的视觉、听觉、触觉等感觉器官。不要给予过分的照顾，应该让他们学会忍受身体的痛苦，克制自己的欲望。在 12 岁之前绝对不要读书，哪怕是拉封丹的寓言，因为它们的教育作用往往适得其反。《乌鸦和狐狸》使他们学会狐狸的狡猾，《蝉和蚂蚁》使他们变得像蚂蚁那样吝啬，他们还总想像狮子那样把一切东西都占为己有。对儿童的错误不能为惩罚而惩罚，而是要使他们懂得不良行为会造成的后果。老师要严于律己，谨言慎行，成为学生的楷模。

第三卷论述的是 12 岁至 15 岁的少年，他们开始进入青春期，涉及宗教信仰、社交、伦理等与他人的关系，因此对他们主要进行智力教育和劳动教育，培养他们的好奇心、学习的兴趣和独立判断的能力。纯理论的知识是不适合孩子的，不要告诉他不能理解的事物。卢梭认为“劳动是社会的人的不可或缺的责任。任何一个公民，无论他是贫或是富，是强或是弱，只要他不干活，就是一个流氓”[①]。最悠久的职业是农业，最接近自然状态的职业是手工劳动，所以爱弥儿会干农活，也学了木工的手艺。

第四卷论述的是 15 至 20 岁的青年，他们的身体发育成熟，产生了情欲，这是人的第二次诞生。他们开始进入社会，因此要对男女青年进行道德教育和爱情教育，包括正确的性教育，培养他们善良的情感、意志和判断能力。爱是相互

① 卢梭:《爱弥儿》上卷，李平沤译，商务印书馆，1986 年，第 262 页。

的，把自爱之心扩大到爱别人，自爱就可以成为美德。爱人类就是爱正义。生活要朴素，金钱买不到爱情，独享乐趣会使乐趣化为乌有，只有同别人分享的快乐才是真正的快乐。

这一卷还包括专章"信仰自白，一个萨瓦省的牧师述"，系统地阐述了卢梭的宗教观。

这位牧师认为教会排斥异己，哲学家说的道理都对人有害；上帝推动着宇宙万物的运动，所以大自然是那样和谐；人是地球的主宰，但是人滥用上帝赋予的自由去做坏事，不能由上帝来承担责任，作恶的就是我们自己。坏人得意和好人受压的现象，在宇宙万般皆和谐的情景中显得刺目，然而它们和人的肉体一样是暂时的。无形的灵魂在身体死亡之后能够继续存在，可以假定是不死的。灵魂深处生来就有一种正义和道德的原则，这个原则就是良心。

卢梭信仰的是自然宗教，认为上帝要求的是内心的崇拜，是精神上的真实信仰，而不在于衣服的式样和跪拜的姿势。他认为奇迹不可信，自称传达上帝旨意的人是骗子。要找到正确的宗教，就要对各种宗教进行研究，不能偏听偏信。"我绝不相信一个人所必须知道的东西经书上全都有了……我之所以这样反复地谈到经书，是因为欧洲到处是经书充斥……所有的书不都是人做的吗？一个人为什么要在读过经书之后才能懂得他的天职呢？在没有经书以前大家又是凭什么办法知道他的天职的呢？"[①]传教是荒唐的，除非是疯子才会相信关于两千年前的上帝的生死。不管在哪一个国家和哪一个教派，最要紧的是内心的崇拜。

第五卷叙述接受过自然教育的爱弥儿从农村返回了城市，开始接受社会教育。成年人需要一个伴侣，他未来的妻子苏菲应该是一个成年的女人。卢梭认为女人生来是为了取悦和从属于男人的，男女由于体格、性格的不同，他们的义务生来就不平等，所受的教育也必须有所不同。对女孩子的教育要符合女孩的天性。丈夫和妻子应该互相选择，彼此相爱。按照自然的秩序，妇女应该服从男子，学习如何管理家务。男人应该娶地位与自己相等或者比自己低的女人，容貌应以中等为宜。为了增长知识需要游历，研究其他的国家和人民，所以爱弥儿用两年时间游历了欧洲诸国，学会了两三种主要的语言。他和苏菲相配，在相识和恋爱之后结了婚。

《爱弥儿》重申了卢梭把自然与社会对立起来的观点，开篇第一句话就是："出自造物主之手的东西，都是好的，而一到了人的手里，就全变坏了。"[②]为了弥补自然与社会之间的分裂，卢梭提出了解决的方法，就是进行与公民教育截然不同的家庭教育，实质就是自然教育，即任凭人的身心自由发展，为未来的社会生

---

① 卢梭：《爱弥儿》上卷，李平沤译，商务印书馆，1986年，第439页。

② 同上，第5页。

活做好准备。

卢梭从童年回忆和生活经历中得到启发，把抽象的感觉论学说运用于具体的教育问题，他认为这种教育的目的不是逃避社会，而是为了使个人更好地适应社会：

> 虽然是我想把他培养成一个自然的人，但不能因此就一定要使他成为一个野蛮人，一定要把他赶到森林里去。我的目的是：只要他处在社会生活的漩流中，不至于被种种欲念或人的偏见拖进旋涡里去就行了；只要他能够用他自己的眼睛去看，用他自己的心去想，而且，除了他自己的理智之外，不为任何其他的权威所控制就行了。①

在《社会契约论》的开头，卢梭指出了“人是生而自由的，但却无往不在枷锁之中”的事实。既然是社会限制了人的自由，那么至关重要的事情就是在社会里保持个人的自由。从这个意义上来说，《爱弥儿》与《社会契约论》是相辅相成的。在社会不能改造得令人满意的情况下，唯一的办法就是对儿童进行合乎自然的教育。儿童的天性是完美的，对他们的教育要合乎自然的节奏，不要做拔苗助长的事情，不能随意责罚儿童，要尊重他们自由独立的个性，培养健康的体格和感情。他的这些理论为建立儿童心理学奠定了基础，19 世纪西方的一切教育理论都或多或少与这部著作有关。

但是仅仅这样才做了一半，还要使人履行作为社会成员的义务，也就是进行公共教育。公共教育是针对公民的教育，它的作用是灌输爱国主义，所以是政府的首要任务。公共教育实际上是与个人教育矛盾的：爱祖国胜于爱人类，这就违反了根本的平等原则，等于承认人类是不平等的了。但是以儿童为出发点的教育，在现实中必须以社会为归结点，因为如果没有社会，这些由家庭教育培养出来的自由的个人也就不可能存在。

这正是卢梭思想上的矛盾之处。他在日内瓦被培养成一个公民，曾经主张进行公民教育，因为要爱国就要捍卫自己的国家，甚至准备为国牺牲，而且对公共利益的关注也能够遏制每个人的利己之心。但是在生命的暮年他却体验到自由的珍贵，决心捍卫个人自由，成为一个自由而独立的人。

“信仰自白，一个萨瓦省的牧师述”尽管夹在第四卷中，却是全书最重要的部分，它集中论述了卢梭的哲学思想和宗教观。卢梭是自然神论者，他相信灵魂不灭和上帝的存在，却否定教会的神圣启示，认为唯一值得爱弥儿信仰的是自然宗教。这种以智慧和情感为基础的自然宗教否定了教义、奇迹和神秘，否定了教会

---

① 卢梭：《爱弥儿》上卷，第 360 页。

的权威和宗教里的一切非理性的东西。在卢梭生活的时代，人口的大部分是信仰基督教的农民，教会感到可怕的是《爱弥儿》会煽起民众对教士们的仇恨，所以在迫害卢梭的过程中不遗余力。日内瓦的牧师们宁可与不信教的伏尔泰保持良好的关系，也要把卢梭视为基督教的敌人。

从中世纪以来，教会一直垄断着教育。拉伯雷在《巨人传》里提出了要求个性解放的教育方针——“做你所愿做的事”，而《爱弥儿》则是第一次对这种顺应自然和本性的教育方针做了具体的论述。卢梭无情地嘲笑了教会对人的欲望的压制：“我们的欲念是我们保持生存的主要工具，因此，要想消灭它们，实在是一件既徒劳又可笑的行为；这等于是要控制自然，要更改上帝的作品。如果上帝要人们从根铲除他赋予人的欲念，则他是既希望人生存，同时又不希望人生存了；他这样做，就要自相矛盾了……所以，我发现，所有那些想阻止欲念的发生的人，和企图从根铲除欲念的人差不多是一样愚蠢。”①

卢梭以自然神论来破除“上帝创造一切”的宗教观，实际上否定了超自然的上帝的存在，否定了教会把持教育事业的合法性，充分体现了他反封建、反教会的革命精神和激进的民主主义思想，因此小说出版后立即遭到查禁和焚毁。但他同时又用一些合乎逻辑的论据来证明上帝和灵魂的存在，以此来抨击百科全书派的唯物主义和无神论，这样就使自己陷入了腹背受敌的孤立境地。

卢梭注重实践经验，让爱弥儿到地里劳动，学做木匠，经受大自然的风雨，在实践中培养赖以生存的技能和本领。他主张过艰苦朴素的生活：“一般地说，艰苦的生活一旦变成了习惯，就会使愉快的感觉大为增加，而舒适的生活将来是会带来无限的烦恼的。太娇弱的人只有在软床上才睡得着，而在木板上睡惯了的人，是哪里都能入睡的：一躺下就入睡的人，是不怕硬床的。”②这种见解只能出自来自社会底层的卢梭，不可能来自生活优裕的伏尔泰。不过书中也有不少观点自相矛盾、缺乏依据，例如不让儿童在 12 岁之前读书，这种做法显然是不合情理的。他对儿童年龄的分期过于机械，特别是对于妇女的教育抱有偏见。

总起来说，《爱弥儿》是一部充满理想色彩的哲理教育小说，爱弥儿是一个虚构的人物，置身于一切社会关系之外，完全脱离社会现实，所以卢梭运用的教育方法也只能是一些抽象的原则，如何应用则要由教师们根据实际情况而定。正因为如此，卢梭才在序言中就预先说明：“人们将来会认为，他们所阅读的，不是一种教育论文，而是一个空想家对教育的幻想。有什么办法呢？我要叙述的，不是别人的思想，而是我自己的思想。”③

---

① 卢梭：《爱弥儿》，上卷，第 288 页。

② 同上，第 156 页。

③ 同上，第 3 页。

三 《忏悔录》

1761年12月,日内瓦的出版商莱易向卢梭约稿,要他写自己的生平。后来卢梭与百科全书派的矛盾日益加剧,伏尔泰又揭露他抛弃自己的五个孩子,他觉得有必要为自己的人品辩护,使世人了解和认识自己,于是开始撰写《忏悔录》。

《忏悔录》是卢梭带有自传性的文学作品。它的写作与出版时间相隔了一二十年之久:第一部即前六章写作于1766—1767年,出版于1782年;第二部即后六章写作于1769—1770年,出版于1789年,都是在卢梭身后才出版的。顾名思义,它是卢梭的忏悔,不过这种忏悔不是写给上帝,而是写给他同时代的人和后代人看的,是卢梭对自己一生所做的真实剖析,内容基本上是他从出生到流亡英国为止的生平和活动。

尽管都是在忏悔自己的生平,但第一部是卢梭怀着无比的天真和热情,回忆和反思自己的童年和青少年时代的生活,对自己哪怕是幼年的缺点也能完全坦白,因此笔调坦率明快。在第二部里,他叙述了到巴黎以后的经历和创作,以及与泰莱丝·勒瓦瑟的同居,与乌托德夫人的爱情及其后果,等等,主要是与别人的种种矛盾以及自己遭受的排挤和迫害,并且不自觉地为自己辩护,情绪比较压抑。

法国17世纪的古典主义崇尚理性,压制感情,认为作品只能歌颂丰功伟绩,人物必须高尚完美,因此回忆录历来是只适用于王公贵族的体裁。而卢梭却在《忏悔录》的第一行就开门见山地宣称:"我要把一个人的真实面目赤裸裸地揭露在世人的面前。这个人就是我。"[①]这种做法不仅在社会影响方面是一种冒险,而且从创作手法来看也是一种前所未有的革新:它并非贵族记述的功勋伟业,而是一个普通公民在表达自我,特别是还要坦白一些卑鄙下流的事情。他似乎预见到这部独一无二的回忆录将会引起人们种种不同的评价,所以才选择了"我就像我所感到和我所看到的那样说出每件事,毫不做作,毫不勉强"的笔法,而且"不因各种议论而担忧"。[②] 唯有如此,他才不是美化自己,而是在描绘真正的自我。

当然,卢梭的《忏悔录》也并非无本之木和无源之水。例如奥古斯丁[③]在他的13卷《忏悔录》中,对自己做了深刻而无情的解剖;蒙田则在他的《随笔集》里,描绘了自己"普通而且缺乏光彩的一生"[④]。另外,《忏悔录》前四章里描写的流浪生涯,显然也受到了源自西班牙的流浪汉小说的影响。不过卢梭的《忏悔录》

---

① 卢梭:《忏悔录》第一部,范希衡译,徐继增校,人民文学出版社,1980年,第1页。

② 同上,第820页。

③ 奥古斯丁(354—430),罗马基督教作家、思想家。

④ 《蒙田随笔全集》下卷,陆秉慧、刘方译,译林出版社,1996年,第20页。

却并非对上述作品的模仿，而是在前人基础上的创新。

卢梭天性善良，热爱自然和崇尚自由，不但对哲学、文学、音乐、绘画、数学等都很有研究，而且具有丰富的感情和坚强的性格，然而在社会环境的影响下，他也曾说过谎话、偷过东西，与一些女人有过不正当的关系，对自己的子女也没有尽到养育的责任。卢梭在受到追捕的情况下忏悔自己的一生，解剖自己的灵魂，目的是向世人做自我辩护，同时揭露和控诉社会的黑暗和不平。

卢梭在卷首题词中两次使用了“敌人”这个词，一方面表明他与伏尔泰等人有着不可调和的矛盾，另一方面也证实了他的被害妄想症：他以为所有的“敌人”都在联合起来迫害他。不过他当时还认为有可能以坦白和真诚来换取人们的理解和同情，所以无比坦率地回忆了自己的一生。他深信自己不比任何人坏，所以敢于在第一章的开头就这样表明了光明磊落的态度：

> 不管末日审判的号角什么时候吹响，我都敢拿着这本书走到至高无上的审判者面前，果敢地大声说：“请看！这就是我所做过的，这就是我所想过的，我当时就是那样的人……请你把那无数众生叫到我跟前来！让他们听听我的忏悔，让他们为我的种种堕落而叹息，让他们为我的种种恶行而羞愧。然后，让他们每一个人在您的宝座面前，同样真诚地披露自己的心灵，看看有谁敢于对您说：‘我比这个人好！’”①

卢梭在《忏悔录》里继续展现了他的思想，认为是社会里的不平等使人变坏，造成了人的堕落，所以他尽管自信是一个好人，也要把自己作为一个社会人、一个文明人的卑鄙想法和丑恶行为都公之于世。正因为如此，他才能坦白自己的所作所为和真实思想：“我在《忏悔录》中所表现的真诚、真实和坦率，没有一个人能够做到，至少我是这样认为的。我感到我的善多于恶，所以我乐于把一切都说出来，我也说出了一切。”②正是这种坦荡宽阔的胸襟，使这部自传成了他所说的“世界上绝无仅有、也许永远不会再有的一幅完全依照本来面目和全部事实描绘出来的人像”③。

为了使自己的叙述真实可信，他创造了一种与内容相称的语言，也就是让自己的心灵和理性说话。要做到这一点，写作者必须在不受干扰的孤独中沉思，具有无论好坏什么都说的真诚愿望，为此他采取了相应的独特风格：“我的文笔自然而多变化，时而简练时而冗长，时而明智时而疯狂，时而庄重时而欢快，这一切

① 卢梭：《忏悔录》第一部，黎星译，第1—2页。

② 卢梭：《一个孤独的散步者的遐想》，张驰译，湖南人民出版社，1985年，第73页。

③ 卢梭：《忏悔录》第一部，作者卷首题词。

构成了我的叙述。”[①]

后人对《忏悔录》有不少争论，根本问题就在于它的真实性，这也是一切传记是否有价值、传记作者是否诚实的关键问题。总的来说，他在第一部里主要回忆自己的青少年时代，而在第二部里就不自觉地进行自我辩护，重点不在于忏悔而是在于揭露敌人了。这种区别与他写作时的背景、环境和心情有关，不过归根结底，《忏悔录》毕竟不是历史记录，而是一部思想和感情都极为丰富的艺术作品，因此是不能苛求它完全符合事实的。

为了事先预防敌手们在他死后可能进行的歪曲和诬蔑，同时也与《忏悔录》的开头相呼应，卢梭在书的末尾再一次显示了大无畏的勇气：

> 我说的都是真话，如果有人知道有些事情和我刚才所叙述的相反，哪怕这些事情经过了一千次证明，他所知道的也只是谎言和欺骗。如果他不肯在我在世的时候和我一起深究并查明这些事实，他就是不爱正义、不爱真理。我呢，我高声地、无畏地声明：将来任何人，即使没有读过我的作品，但能用他自己的眼睛考察一下我的天性、性格、操守、志趣、爱好、习惯以后，如果还相信我是个坏人，那么他自己就是一个理应掐死的坏人。[②]

莫洛亚同意卢梭的表白，他认为“卢梭是有不共戴天的仇人的，他们为了种种不同的理由，齐心协力，非置他于死地不可”[③]。所以他的结论是：“卢梭在人类思想存在的缺点所允许的限度里说出了真话——他的真话。”[④]正因为如此，《忏悔录》才得以成为一部内容丰富、情节生动、分析深刻、形象鲜明的小说，一篇肯定自我和要求个性解放的宣言，一部世界文学宝库中的名著。它之所以在文学史上产生了深远的影响，就是因为与那些专写丰功伟绩的回忆录相比，它首次向我们呈现了一位伟人的真实面貌，呈现了卢梭高尚而又痛苦的灵魂。

《忏悔录》在艺术上具有浪漫主义的特色。卢梭生动地描绘大自然的景色，表明只有在优美的田园风光和大自然的山光水色之中，他备受痛苦的心灵才能够得到净化和升华。从这些随处可见的夹叙夹议之中，不难看出他对文明的憎恶决非做作，而是出自他的天性：

> 我太厌恶那些沙龙、喷水池、人工树丛、花坛，尤其是夸耀这一切的

① 卢梭：《忏悔录》第二部，范希衡译，徐继增校，第 820 页。

② 同上，第 809 页。

③ 莫洛亚：《忏悔录》(法国 1949 年博而达斯版)序言，远方译，第 833 页。

④ 同上，第 835 页。

那些讨厌鬼了。我太恨那些织花、钢琴、三人牌、织丝结、愚蠢的隽语、乏味的撒娇、无聊的小故事和盛大的晚宴了。以至于当我瞥见一个普普通通的小荆棘丛、一行疏篱、一座谷仓、一片草地的时候,当我走过一个村子,闻到香草炒鸡蛋的那种香气的时候,当我远远听到那种带有乡土风的牧女之歌的叠句的时候,我就把那些什么胭脂呀,粉黛呀,珊瑚玛瑙呀都一股脑儿叫它们见鬼去了。[①]

勒赛克尔指出:"《忏悔录》并不完全是卢梭生活的历史,而主要是他的精神和情感的历史。这是对心理分析的杰作,是动人的论辩,是对他的论敌慷慨激昂的责难(虽然这种责难往往有失公正);同时也是一首抒情的诗歌,一首世界文学中最美的诗。"[②]这种评价无疑是非常中肯的。

四 《一个孤独的散步者的遐想》

卢梭在晚年陷入了彻底的孤独,《一个孤独的散步者的遐想》(以下简称《遐想》)是在去世前的两年里写成的。当时他已经被想象的阴谋和实际的斗争弄得精疲力竭,而且又遭遇了一次车祸,休养了几个星期才得以好转。他从此不再对这个世界抱有任何希望,不想再争辩是非和洗清自己的名誉,因为这一切对于他已经无所谓了。他写《遐想》时完全沉浸在温馨的回忆之中,显示了他清晰的头脑和深沉的宁静。这部作品充分表明,即使在生命的最后一刻,他也依然留恋着他生活中美好的一切。他晚年的病情主要是遭受的迫害所致,而且他的精神失常并未影响他的写作艺术,只要在不受干扰的环境里,他就能够安静地写出文笔优美的作品来。

全书不是一个完整的故事,也没有系统的结构,而是由回忆和随想组成的10 篇散文,即从散步之一到散步之十。

散步之一:卢梭回顾了自从《爱弥儿》出版以来受到追捕和迫害的过程,觉得这种生活就像一场噩梦。他自认为是一个最重感情的人,因此对自己沦落到为人类所不齿的地步深感震惊。他在徒劳地抗争之后只能听天由命,由于苦难达到了极点反而处之泰然、如释重负,恢复了宁静的心境。

散步之二:卢梭正在大自然中享受观察植物的乐趣,突然被一只大狗撞倒在地,头破血流,他自己倒无所谓,然而来看望他的人却不怀好意,他们正在酝酿一个共同反对他的阴谋。

---

① 卢梭:《忏悔录》第二部,第 509—510 页。

② 勒赛克尔:《让-雅克·卢梭》,载《论人类不平等的起源和基础》,李常山译,东林校,第 22 页。

散步之三：老年人应该学习怎样死去，但是人们往往想不开。他永远留恋在华伦夫人身边的乡村里度过的青春年华，对荣华富贵毫无兴趣，愿意过离群索居的幽静生活。由于这种处世方式不合时宜，他受到了朋友们的歪曲和抨击，使他与排斥异己、咄咄逼人的现代哲学家们无法相处而决裂。

散步之四：卢梭就撒谎的问题解剖自己，为少年时偷过一条丝带而深感内疚，但也因此杜绝了撒谎的恶习。在写作《忏悔录》的时候，他甚至有意暴露自己的丑恶，而对自己的善行闭口不谈。他认为讲真话是一种美德，每一个正直的人应该公正待人，也应该诚实地对待自己，维护自己的尊严。

散步之五：卢梭怀念他流浪时居住过的圣皮埃尔岛。它位于湖心，风光优美，环境幽静，是孤独者最理想的居所。他在岛上的两个月是一生中最美好的日子，甚至希望人们永远把他囚禁于此，以便与世隔绝。

散步之六：行善是好事，会令人快乐，但是只有不受约束的行善才是如此，成为义务的行善却只会使人感到压力，毫无乐趣可言，如果应用于社会就更加有害了。许多以前受过他恩惠的人，在他遭遇不幸之后落井下石，他厌恶和躲开他们，但不仇恨他们，他反思的是自己的轻信。

散步之七：采集植物标本是他最快慰的消遣，此时他的心中不会产生任何报复和仇恨的念头。他看到的是植物的千姿百态，在彻底的忘我中感到喜悦和陶醉。他逃避人类，寻求孤独，而花卉和丛林则能净化他的心灵。

散步之八：卢梭回想他陷于孤立的过程，始终不知道为什么会受到一致的敌视。他发现在对待他的问题上所有的人都疯了，他连一个知音都找不到。肉体痛苦容易忍受，而暗箭却伤及灵魂。

散步之九：达朗贝尔在一篇文章中指责不爱孩子的人都生性凶残，卢梭由此联想到他由于无力抚养孩子，才把他们送到育婴堂去接受最可靠的教育，却因此受到了世人的误解。实际上他最喜欢孩子，最乐意从孩子们的欢乐中领略到淳朴健康的情趣。

散步之十：1778 年 4 月 12 日是圣枝主日，卢梭在生命的最后一刻回忆起 50 年前的那一天，正是他与华伦夫人相遇的日子。与她共同生活的那个时期，是他一生中最幸福的时光，他永远感激这个温柔无比的女人。

人越是孤独就越是需要谈论自己，所以托多罗夫[①]指出："写作政治论著决不是公民的一种义务，而编撰自传却是孤独的个人的极其自然的，几乎是不可避免的行为。卢梭在最后 15 年里的生活，与自传的写作融合在一起了。"[②]从 1776 年秋天开始，他用生命的最后一刻写作《一个孤独的散步者的遐想》，第 10 个遐

① 兹韦坦·托多罗夫(1939—)，法国当代批评家、符号学家。

② 托多罗夫：《短暂的幸福，论卢梭》，阿歇特出版社，1985 年，第 58 页。

想尚未写完就去世了。

《遐想》记录的是卢梭在独自散步时的随想，不受时间、格式等的限制，每篇随想只有一个相对集中的主题，只要他的生命没有终结，这些随想就能够永远写下去，因此几乎可以说它必然是一部未竟之作。不过就全书来看，也有一个相对集中的主题，那就是“孤独”，书中涉及的一切遐想，都是一个孤独者的遐想。全书开篇的第一句话就说：“如今，我在世上落得孤零零一个人了。除了我自己，再没有兄弟、邻人、朋友、社会。一个最好交谊、最重感情的人，已被同心协力地驱除出人类。”[①]这句话为全书定下了基调。

《遐想》与蒙田的《随笔集》都是坦白自己的一生，却有着完全不同的目的。蒙田是在享受安逸的一生之余，以温和恬适的心情向世人介绍他的人生经验，《随笔集》是写给别人看的。而卢梭是要在与世隔绝的孤独中，从温馨的回忆中得到些许的安慰，所以《遐想》是为自己写的。他不像写《忏悔录》时那样指望作品能流传后世，而是根本不想发表，他的乐趣只在于写作本身。正因为如此，《遐想》中才弥漫着温馨与感伤，显露出卢梭临终前坦白而纯洁的灵魂。与天真烂漫的儿童、朝气蓬勃的青年、搏击人生的中年人不同，这些遐想是一个即将告别人生的老者的回忆，不再有满怀雄心壮志的激情，流露出来的只是历经沧桑后的睿智和饱经风霜后的苍凉。

对于古人来说，遐想首先是沉思默想。而对于卢梭来说，遐想的方式却更为自由。他的遐想可以是浮想联翩的思考和回忆，例如思考一个问题，回想爱过的一些女性，以及过去的幸福时光；但也可以是毫无目标的梦想和幻想，他在圣皮埃尔岛上躺在小船里的时候就是如此。对于卢梭来说，思考是要动脑筋的、不得不做的事情，而遐想则无牵无挂，是心灵的自由飞翔，因此边散步边遐想就成了他最大的乐趣。也正因为如此，其中情景交融、借景抒情的描写随处可见，它犹如一篇优美的抒情诗，用大自然带来的愉悦掩盖了人间的黑暗和苦难，也给作者悲惨的命运带来了慰藉。

卢梭在生命的末年写作《遐想》并非偶然。他在一生中除了因病卧床或者天气特别恶劣之外，几乎天天都要散步。对于他神经质的和爱好幻想的性格，散步是最适当的休息方式，他只有在散步时才能够放松心情、消除疲劳，以恢复健康的精神和体魄。他也只有在散步时才文思泉涌，驰骋于想象的天地之中。其实从广义上来说，他的一生就是一部《一个孤独的散步者的遐想》。所以他在写作《遐想》的时候说过：“要想使这个集子的标题名副其实的话，我应该在 60 年前就开始写作了：因为我的整个一生几乎就是一场漫长的、被我每天的散步分成许多

① 卢梭：《一个孤独的散步者的遐想》，张驰译，第 10 页。

章节的遐想。”①

《忏悔录》和《遐想》都具有自传的性质，从文学体裁的角度来看，它们对文学的影响主要表现在三个方面，也可以说是促进了三种文学类型的繁荣：首先是回忆录，例如夏多布里昂的《墓畔回忆录》和纪德的《如果种子不死》等；其次是内心日记，这在许多作品中随处可见，成了一种普遍使用的手法；最后是小说化的回忆录或者自传体小说，最著名的有缪塞的《一个世纪儿的忏悔》、普鲁斯特的《追忆似水年华》等，这一点在小说的发展史上具有特别重要的意义。

第三节　卢梭影响下的作家

在18世纪末叶，受到卢梭直接影响的法国作家有圣皮埃尔、拉布勒多纳、拉克洛和梅尔西埃。

一　圣皮埃尔

贝纳丹·德·圣皮埃尔(1737—1814)是卢梭晚年结识的朋友，比卢梭小25岁。但是他们却结成了忘年交，友谊从未中断，这在卢梭的人际关系中是个罕见的例外。其中的一个重要原因，应该是他们都具有浪漫主义的气质。

圣皮埃尔生于法国的勒阿弗尔，少年时代和卢梭一样过着动荡不安的流浪生活，12岁就漂洋过海，到过遥远的马提尼克岛。青年时代他成为土木工程师，为了求职奔走于荷兰、俄国、波兰和马耳他等地，还在印度洋的法兰西岛(今毛里求斯岛)住过两年，最后在梦想破灭后回到巴黎定居。1771年7月，他与卢梭结识后交往密切，在卢梭的影响下开始利用自己的游历见闻进行创作，出版了《法兰西岛游记》(1773)。1784年，他的歌颂大自然和宗教信仰的巨著《大自然研究》出版，产生了很大的影响，不过奠定他作为小说家声誉的却是他的杰作《保尔和薇吉妮》(1787)。

小说描写的是作者在毛里求斯岛上听一位老人讲述的故事。德拉杜尔的丈夫染病死去，玛格丽特则被一个贵族抛弃，这两个不幸的法国女人都怀有身孕，为了保护自己的名誉，她们先后来到毛里求斯岛上隐居，成了亲密无间的好朋友。后来玛格丽特生了一个男孩，取名保尔；德拉杜尔生了一个女孩，名叫薇吉妮。两个孩子青梅竹马，两家过着如同一家人的幸福生活。

薇吉妮长大后，自然而然地与保尔产生了爱情。但是在岛上的总督和神甫的压力下，她被有钱的老姑母接回法国，使保尔万分痛苦。薇吉妮无法适应欧洲的生活，她拒绝姑母包办的婚姻，因而被剥夺了财产继承权，在暴风季节里被打

① 《卢梭全集》第Ⅰ卷导言，加里玛出版社，1978年，第LXXV—LXXVI页。

发到岛上来。她乘坐的船只在将要靠岸时遇到了风暴，保尔不顾一切地跳入水中向她冲去，但是被海浪打了回来。薇吉妮的尸体被冲到了海滩上，保尔由于悲伤过度，不久也郁郁而死。两个母亲也相继去世。

圣皮埃尔力图模仿古罗马诗人维吉尔的作品，创作一部动人的田园诗。他在小说里谴责了封建婚姻中的门第观念，歌颂了纯洁的爱情，在艺术上则借景抒情、情景交融，因而使这个爱情悲剧分外动人。他利用自己的丰富经历，描写热带风光和海洋的景色，使法国文学第一次有了热带的异国情调，这种艺术手法对于即将崛起的浪漫主义有着特别重要的意义。斯塔尔夫人在她的《论文学》中，曾把卢梭的《新爱洛伊丝》与圣皮埃尔的《保尔和薇吉妮》相提并论：

> 在卢梭和贝纳丹·德·圣皮埃尔的散文作品里有一种新型的诗：那就是通过自然和它在人们心中激起的情感之间的联系来观察自然。古人在把每一株花、每一条河、每一棵树加以人格化的时候，排除了简单直接的感觉，而代之以一些美丽的臆想……
>
> 法兰西岛丰富多彩的自然景色，赤道上多种多样繁密茂盛的植物，在最宁静的日子里骤然降临的暴风雨，这些景象在我们的想象中是和保尔和薇吉妮的归来联系在一起的。①

圣皮埃尔虽然是卢梭的好友，而且被公认为是卢梭的得意门生，然而两人的思想境界却不能相提并论。卢梭一生恪守清贫，圣皮埃尔却力求出人头地。《保尔和薇吉妮》的成功使他如愿以偿、名利双收，从此过上了富裕的生活。法国大革命以后，他被任命为植物园总管和巴黎高等师范学校的伦理学教授，发表了《一个孤独者的心愿》(1789)和《印第安茅屋》(1790)等作品。

圣皮埃尔把他与卢梭会面的情况都记录下来，准备以后写一本回忆录，他的这个愿望，直到20世纪初才由埃梅·马丁代为实现。马丁仔细地整理了他留下的提纲和草稿，写成了《让-雅克·卢梭生平》一文。圣皮埃尔了解的情况都出于卢梭之口或自己的观察，所以这篇文章对于研究卢梭很有参考价值。

二　拉布勒多纳

尼古拉·莱蒂夫·德·拉布勒多纳(1734—1806)是一个在文学史上具有特殊地位和颇有争议的小说家。他出生于法国约纳省奥克塞卢瓦萨西村的一个富裕的农民家庭，童年在乡村度过，11岁时来到巴黎郊区读书，后来回到家乡，在奥克塞印刷厂里当过学徒和排字工。1755年他重返巴黎，在多家印刷厂做工，

---

① 斯塔尔夫人：《论文学》，徐继曾译，第299页。

同时开始写作，并利用工作之便印刷成书，后来竟成为一个多产的小说家，作品共有200多卷。

拉布勒多纳善于反映下层民众的生活，作品主要有书信体小说《堕落的农民》(1775)，写农民埃德蒙进城当学徒，由于容貌英俊而成为侯爵夫人的情人，从此逐渐堕落，直至杀害有钱的寡妇被判处苦役，最后回到乡村死去的故事。小说的书信体形式和感伤主义的情调，以及包含的乡村使人幸福、城市使人堕落的观念，无疑都是与卢梭的影响是分不开的。

拉布勒多纳的作品大都反映了法国大革命前夜的城市生活，例如42卷的小说集《当代妇女》(1780—1785)和16卷的《巴黎之夜》(1788—1794)等。这些作品热衷于描写漂亮女人的艳史，赤裸裸地揭露上流社会太太们伤风败俗的行径，把城市描绘成毒害人的陷阱，使她们与农妇形成了鲜明的对照。他还模仿卢梭的《忏悔录》，写了长达16卷的自传体小说《尼古拉先生》(1796—1797)。不过他的作品除了企图表现卢梭的一些思想之外，还有大量关于父女乱伦之类的描写，因此其社会意义与《忏悔录》不可同日而语。他的《萨拉或一位45岁男人的最新艳史》(1783)，描写一个妙龄女郎和一个45岁的男人的恋情，标题本身就显示出父女乱伦这个念头对他的吸引力。这是一部出色的心理小说，被认为是他最好的作品。拉布勒多纳被称为"爱看的猫头鹰"，因为他总是在闲逛，仔细观察巴黎的夜晚。他善于观察现状，是最优秀的小说家之一。

拉布勒多纳晚年因出版《尼古拉先生》而耗尽钱财，最后死于坏疽。他的作品因热衷于描写色情的乐趣和女人的堕落，所以尽管针砭现实、文笔酣畅，但他在法国文学史上却被贬为"卢梭的猴子"。直到20世纪60年代以后，批评界对他的评价才有所改变。

三　拉克洛

肖德尔洛·德·拉克洛(1741—1803)生于亚眠市的一个小贵族家庭。他从小就喜欢当军人，军事生涯可谓一帆风顺。他在1759年进入拉费尔军校，1763年毕业后开始服役，后来升为上尉。在雅各宾派专政时期曾被丹东(1759—1794)任命为中央特派员，指挥革命军取得瓦尔米大捷后晋升为准将。丹东被处死后他也被捕入狱，至热月政变①后被释放，最后在1803年被拿破仑任命为炮兵司令，同年9月5日因弹尽粮绝死于塔朗特包围战。

在拉克洛服役的20多年漫长岁月里，法国的社会形势相对稳定，他在军队里无所事事，就用写作来消遣时光。他写过一些诗歌和剧本，但他之所以在文学

① 法国大革命时期的1794年7月27日，正值新历共和二年热月9日，丹东余党等推翻雅各宾派专政的政变。

史上占有一席之地，是由于写作了长篇书信体小说《危险的关系》(1782)。

小说的基本内容是贵族男女之间的淫乱关系：梅尔特伊侯爵夫人是贵族日尔古的情妇，日尔古抛弃她去追求杜尔维夫人。她怀恨在心，进行报复，让自己从前的情夫瓦尔蒙子爵去引诱杜尔维夫人，又让瓦尔蒙的骑士当瑟尼向日尔古的未婚妻塞西尔求爱。后来瓦尔蒙成了杜尔维夫人的情夫，她自己倒成了当瑟尼的情妇。瓦尔蒙还想和她重修旧好，但是当瑟尼在决斗中杀死了瓦尔蒙。瓦尔蒙死前交出了所有的信件，揭露了梅尔特伊夫人的真面目，使她声名狼藉，加上因患天花而毁容，最后躲到国外去了。杜尔维夫人也死了，塞西尔进了修道院。

拉克洛称赞《新爱洛伊丝》是最美的小说，认为卢梭已经写出了他想写的东西，他的《论妇女教育》(1783—1785)、《论不平等》等著作，都体现了卢梭的思想。《危险的关系》从形式到内容显然都受到了卢梭的影响，它无情地揭露了上流社会里贵族的糜烂生活，预示着这个腐朽没落的社会的必然灭亡。它不仅表现了卢梭彻底否定上流社会的立场，而且因细致的心理描写而成为一部杰作。

小说出版后大受欢迎，但拉克洛本人却受到上流社会的排挤。这部小说被列为禁书，直到20世纪都被视为放荡小说的典型。但这并不影响人们对它的认可。纪德就十分喜欢这部作品，当记者问他最喜欢哪10本法国小说的时候，他说第一本是司汤达的《巴马修道院》，第二本就是《危险的关系》。现在经过一些学者的研究，人们开始重新发现这部杰作的复杂性和重要意义。

四　梅尔西埃

路易·塞巴斯蒂安·梅尔西埃(1740—1814)生于巴黎，在波尔多当过修辞学教师，后来转向文学，在18世纪60年代写了许多剧本，以及《哲学的梦想》(1768)。在卢梭作品的感召下，他在1770年左右来到巴黎与卢梭会面，同年发表了长篇小说《2440年，从未有过的梦想》。小说把2440年的世界描绘成公正合理的社会，由在政治上和经济上一律平等的公民进行治理，人的价值只取决于他对社会的贡献，国王则是人民意志的执行人，无疑体现了卢梭的思想。梅尔西埃从此置身于最激进的启蒙思想家的行列之中，他的理论著作《论戏剧艺术》(1773)坚决反对古典主义，认为舞台艺术应该表现国王和当权者的专横和残暴，歌颂公民的英雄精神，因而招来了许多敌人，连法兰西喜剧院也长期拒绝他的剧作。但是他的《醋商的小车》(1775)等剧本，却由于描绘了普通人的高尚情怀、维护了人人生而平等的思想而大获成功。

1781年，他开始发表散文集《巴黎景象》，极为生动地描绘了法国大革命前夕的社会面貌，是不可替代的珍贵资料，在法国和欧洲的影响一直延续到19世纪。它在出版后被当局查禁，他逃到纳沙泰尔，完成了这部长达12卷的巨著。

他在大革命前夜从德国回到法国，在1793年当选为国民公会的成员。由于拒绝投票处死国王，他和吉伦特派的成员一起被捕，幸亏他在牢房里被人们忘记了，才得以在热月政变后出狱。梅尔西埃在艺术上影响很大，他的剧作直到19世纪中叶还在德国、意大利、荷兰和俄国上演，雨果和法国的浪漫派都向他表示敬意。

除了上述几位直接受到影响的作家之外，卢梭的寻找自我和认识自我，在后来的法国文学中也留下了不可磨灭的烙印。没有作为先驱的卢梭，就不会有夏多布里昂和斯塔尔夫人的小说，不会有法兰西民族诗人雨果吹响的浪漫主义号角，也不会有波德莱尔（1821—1867）从丑陋中发现美的《恶之花》。司汤达在童年时就读过《新爱洛伊丝》，承认是圣普乐的高尚行为使他变成了一个十分诚实的人，至于小说中的心理描写对他的影响，自然就更为深刻了。所以莫洛亚指出："司汤达也没少向卢梭学习。这不单表现在感情的强烈以及有勇气承认这些感情方面，如果没有卢梭这一先例，这是不可能做到的。就连于连·索瑞尔这整个形象也是向卢梭的《忏悔录》学来的。"[①]例如于连和卢梭在地位卑下的时候，都有过以通晓拉丁文而受到重视的情景。

卢梭的影响在现当代的法国文学中依然存在，纪德的惊世骇俗的作品，他公开坦白同性恋的勇气，都是与《忏悔录》的精神分不开的。巴赞的小说《绿色的教堂》，写一个不知其名的人自愿生活在大森林里的故事，再现了卢梭回归自然的理想。在勒克莱齐奥的短篇小说集《蒙多和其他故事》里，蒙多这个四海为家、随遇而安的少年流浪者，就是"一个卢梭式的漫游者的形象，也是一个卢梭式的自由自在精神的形象"[②]。

卢梭的小说不仅促进了法国浪漫主义文学的崛起和繁荣，而且影响了欧洲各国的整整一代浪漫主义作家。歌德的小说《少年维特之烦恼》表现了个性自由与封建等级制度的冲突，爱情与理性的冲突，显然受到了《新爱洛伊丝》的影响。英国湖畔派诗人华兹华斯[③]和柯勒律治[④]笔下优美宁静的田园风光，都体现了卢梭回归自然的理想。正如王佐良先生指出的那样："有了法国革命所触发的个性解放，才使得柯勒律治所珍视的想象力更有可能实现飞跃，才使得柯勒律治自己能够比较顺利地写出《古舟子咏》；有了法国革命背后的卢梭的'自然人'思想，才有适当的气候使得华兹华斯能够比较明确地形成他的自然观，从而使《丁登寺

① 莫洛亚：《忏悔录》序言，远方译，载《忏悔录》第二部，范希衡译，徐继增校，第823页。

② 柳鸣九：《凯旋门前的桐叶》，生活·读书·新知三联书店，1998年，第286页。

③ 威廉·华兹华斯（1770—1850），英国诗人。

④ 塞穆尔·泰勒·柯勒律治（1772—1834），英国诗人、评论家，代表作有《古舟子咏》等。

旁》《不朽的兆象》等诗成为可能。”[①]

“《忏悔录》是列夫·托尔斯泰爱读的作品之一。他赞赏卢梭的诚挚与真实。他感到十分亲切的是卢梭的坦率，是卢梭对社会不公平的憎恨和对人的热爱。”[②]托尔斯泰和密茨凯维奇[③]等都承认自己是卢梭的弟子；陀思妥耶夫斯基的《死屋手记》等情调阴郁的作品，留下了遭受社会排斥的卢梭的痕迹；而普希金的长篇诗体小说《叶甫盖尼·奥涅金》中的女主人公塔季娅娜，最喜爱读的作品就是《新爱洛伊丝》。

愤世嫉俗的拜伦表现了卢梭充满狂暴激情的一面，他笔下的恰尔德·哈罗德就是一个孤独忧郁而又高傲的流浪者的形象。拜伦在瑞士游历的时候，在《恰尔德·哈罗德游记》的第三章第七十七节中咏叹了卢梭：

> 这儿有自我折磨的狂生卢梭，
> 生下哭一声，以后也没交好运；
> 他提倡苦难，又使情欲更魅惑，
> 悲惨只引出他滔滔的高论；
> 他能使疯狂戴上美容，
> 给丑行邪念涂上天仙的异彩；
> 全仗一支笔，他像七色霓虹，
> 闪耀而过，使人们敞开
> 流泪，流得伤心又痛快。[④]

“作为西方浪漫主义文学先驱者，他的名字曾吸引了五四新文学作者，人们称他为‘真理的战士，自然的骄子’，把他视为浪漫主义文学的‘伟大的代表’，加以亲近和仿效。他对中国新文学的发展，产生了重要的影响。”[⑤]郁达夫是受卢梭影响最大的作家之一，他不仅对卢梭的生平和作品进行了专门的研究，发表过《卢梭传》与一些关于卢梭的论文和译作，而且在创作中充分借鉴了卢梭回归自然的思想和暴露自我的写作方式。

巴金始终尊卢梭为启蒙老师，卢梭对他的影响以《忏悔录》最为明显。他说：

---

① 王佐良：《英国浪漫主义诗歌的兴起》，载《外国文学研究集刊》第2期，中国社会科学出版社，1980年，第110—111页。

② 雅洪托娃等：《法国文学简史》，郭家申译，辽宁教育出版社，1986年，第227页。

③ 亚当·密茨凯维奇（1798—1855），波兰诗人，民族解放运动的组织者。

④ 王佐良：《英国浪漫主义诗歌的发展》，载《外国文学研究集刊》第6期，中国社会科学出版社，1982年，第92—93页。

⑤ 钱林森：《法国作家与中国》，福建教育出版社，1995年，第106页。

“我写小说，第一位老师就是卢梭。从《忏悔录》的作者那里我学到诚实，不讲假话。”[①]他在晚年的《随想录》里，无情地解剖自己在十年浩劫中被扭曲和伤害的灵魂，显示了他真诚的良心和崇高的人格，可以说就是对卢梭《忏悔录》的讲真话、不讲假话的精神的继承和发扬。

---

① 巴金:《探索集·后记》，载《中国当代文学研究资料　巴金专集Ⅰ》，江苏人民出版社，1981年，第671页。

第二编　小说的成熟和繁荣

——19世纪的小说

概　述

在法国大革命的急风暴雨之后，法国在 19 世纪先后经历了拿破仑帝国的盛衰、波旁王朝的复辟、1830 年的七月革命[①]、1848 年的二月革命[②]、普法战争[③]、巴黎公社和德雷福斯事件，真可谓国无宁日，昔日相对稳定的封建王朝已经成为一去不复返的回忆。法国在普法战争中失败投降，由于赔款 50 亿法郎而损失惨重。在实行共和国政体还是君主立宪制度等问题上，共和派、保皇派和教权派等矛盾重重、斗争不断。为了掠夺原料和开拓市场，法国对外推行扩张主义和殖民主义的政策，从 19 世纪下半叶开始，它先后占领了突尼斯、西非、刚果等非洲广大地区和整个印度支那，成为一个侵略成性的帝国主义国家。

19 世纪 80 年代以后，野心家布朗热[④]将军从红极一时到身败名裂，巴拿马运河公司贿赂政府要员等政治经济丑闻引起公愤。国内阶级矛盾的激化和贫富悬殊的加剧，各派政治力量日益尖锐的冲突，终于在 90 年代末酿成了震动全欧的德雷福斯事件。1880 年，在马克思指导下创建的法国工人党，使社会主义思潮得到越来越广泛的传播，为 1889 年第二国际在巴黎的成立创造了条件。

19 世纪既是法国政治上最为动荡的时代，也是法国文学史上最辉煌的时代，动荡不安的社会生活正是产生各种文学思潮的温床，也为作家们揭露和批判社会现实提供了丰富的题材。小说也正是在这个世纪发展成熟，而且达到了前所未有的高峰。浪漫主义、现实主义和自然主义等小说流派交替更迭、大放光

---

① 七月革命：1830 年法国推翻波旁王朝的革命。革命结果是建立了以路易·菲力普为国王的七月王朝。

② 二月革命：1848 年法国推翻七月王朝的革命。革命结果是建立了法兰西第二共和国。

③ 为了争夺欧洲大陆的霸权，普法两国长期交恶。1870 年 7 月 19 日，法国向普鲁士宣战。8 月 2 日开战后法军大败，普军进入阿尔萨斯。9 月 2 日，拿破仑三世和麦克马洪元帅在色当投降。9 月 4 日巴黎爆发革命，推翻第二帝国。9 月 19 日，巴黎被普鲁士军队包围。1871 年 1 月 18 日，普鲁士国王威廉一世在凡尔赛加冕为德意志皇帝。德法两国于 1 月 28 日签订停战协定，2 月 26 日签订初步和约。3 月 1 日，法国国民议会批准两国的和约。3 月 18 日，发生巴黎公社革命。5 月 10 日，两国签订正式和约。

④ 布朗热(1837—1891)，法国军人，政治冒险家。1886 年任陆军部长，主张对德国复仇，掀起沙文主义狂热。被政府起诉逃亡布鲁塞尔后自杀。

彩,为人类的文化宝库留下了许多不朽名著和精彩篇章,也使雨果、巴尔扎克和左拉等光辉的名字传遍了世界。

在浪漫主义小说形成之前,也就是在法国大革命之后直到波旁王朝复辟这段时间里,法国小说经历了一个混乱的过渡时期。贵族阶级和资产阶级当时都惊魂未定,急需用强烈的精神刺激来麻醉自己,于是各种恐怖荒诞、描写暴力和色情的小说大为流行,这就是所谓的黑色小说,也称哥特式小说或玄怪小说。黑色小说的前提是恐怖,往往使人联想到从地下或废墟中冒出来的各种血腥和吓人的形象,例如恶魔般的僧侣和受折磨的少女等等。这种小说由来已久,3世纪的希腊小说里已经出现了被劫持的少女、新婚之夜被雷击死的姑娘和从棺材里爬出来的幽灵。

法国近代的黑色小说产生于1700至1720年,路易十四时代末期的战争和迫害,导致了巴洛克文学的出现。18世纪上半叶的黑色小说并不神秘,主要表现奸情、嫉妒、复仇和悔恨等等,以证明活着和爱是多么艰难,模糊地显示出对道德和说教的怀疑。1767年,英国作家霍勒斯·沃尔波尔(1717—1797)极为恐怖的小说《奥特朗托堡》(1764)被译成法文。将近1770年,出现了"阴郁体裁",巴居拉尔·达尔诺(1718—1805)描绘的墓地和尸骸令人毛骨悚然。到1797年,英国小说家安·拉德克利夫夫人(1764—1823)的恐怖小说《乌尔多福的秘密》(1794)和《意大利人或黑衣苦修士的忏悔》(1797)、马修·刘易斯(1775—1878)的恐怖小说《修道士》(1794)被译成法文之后,他们的读者数量已经大大超过了莎士比亚等经典作家。

朗松正确地指出这类小说庸俗无聊,只能够在精神上满足人们渴望恐怖冒险的残酷本能,从而逃避令人厌倦的现实生活。然而从某种意义上来说,庸俗小说的泛滥正是对长期以来理性抑制的反拨,它们本身虽然只是昙花一现、无足轻重,但是对古典主义提倡的理性却有着极大的销蚀作用,因此客观上是为浪漫主义小说的兴起打了头阵。

另一方面,法国大革命关闭了贵妇主持的沙龙,摧毁了上流社会的高雅礼仪和审美趣味,作家们因此得以摆脱宫廷和沙龙的制约,自由地倾诉个人的感情了。资产阶级需要尽情地诉说自己的忧伤或理想,贵族阶级更是感叹今不如昔,留恋他们一去不复返的天堂。正是在这种形势下,抒发个人感情的小说在19世纪初应运而生,夏多布里昂和斯塔尔夫人就是最有代表性的作家。

浪漫主义文学既然是贵族阶级和资产阶级都需要的形式,自然就会出现两种不同的倾向,它们曾被高尔基分别称为"消极浪漫主义"和"积极浪漫主义"。不过"消极"和"积极"的标准可以因人而异,似乎不宜作为统一的标准,较为贴切的名称应该是"贵族浪漫主义"和"资产阶级浪漫主义"。这两种浪漫主义虽然思想倾向不同,却有着共同的艺术特征,即主观上崇尚自由和幻想,注重抒发个人的感情，客观上极力描绘自然风光，做到情景交融。它们彻底摆脱了古典主义的清规戒律，在体裁和风格上不受任何限制。

从渊源上来说，古典主义主张模仿古代的希腊罗马文学，浪漫主义则反其道而行之，取材于基督教和中世纪以来的法国历史，以及当代国内外的现实生活。正如朗松所说的那样："斯塔尔夫人和夏多布里昂以为他们没有多少共同之处，其实他们尽管有着相反的气质和原则，两个人却是在同一个方向上推动着文学。"[①]法国历史上的抒情诗，以及卢梭的《新爱洛伊丝》等感伤小说，对他们都有着直接而强烈的影响。

浪漫主义的先驱作家虽然在小说方面成就卓著，但是处在拿破仑专制统治的时代，他们可谓生不逢时，不可能形成大气候。而出生在 1900 年左右的雨果、巴尔扎克、大仲马、梅里美、圣伯夫[②]等一代新人，他们成年后正值拿破仑帝国垮台，法国社会进入了相对自由的复辟时期，因此得以高举浪漫主义的大旗，向古典主义发动猛烈的进攻，最终推翻了古典主义长达两个世纪的统治，形成了汹涌澎湃的浪漫主义文学潮流，最终使小说成为最重要的文学体裁。

真正的浪漫主义小说首先是历史小说。历史小说既不是历史教科书，也不是作家个人的传记或回忆录，而是在历史人物和事件的基础上加以想象、虚构的结果。在 19 世纪之前，法国有过斯居代里的《居鲁士大帝》和《克雷莉娅，罗马的故事》，但它们不是真正的历史小说，而只是以历史为框架来描绘当代的著名人物，因此没有史料价值。拉法耶特夫人的《克莱芙王妃》，写的是爱情而不是历史，何况还带有传记的性质，所以被认为是心理小说而不是历史小说。

浪漫主义文学的繁荣促进了世界文学的形成。《共产党宣言》指出："资产阶级，由于开拓了世界市场，使一切国家的生产和消费都成为世界性的了……精神的生产也是如此。各民族的精神产品成了公共的财产。民族的片面性和局限性日益成为不可能，于是由许多种民族和地方的文学形成了一种世界的文学。"[③]夏多布里昂和斯塔尔夫人，以及其他许多浪漫主义者都到过英国、德国等国家，受到了国外文学的启示和影响。而历史小说的兴起，则更是与英国作家瓦尔特·司各特[④]的影响分不开的。

历史题材是浪漫主义小说最重要的特色之一，因此历史小说在浪漫主义小说当中占有极为重要的地位。巴尔扎克曾在《人间喜剧》的前言中，承认自己从

---

① 朗松：《法国文学史》，第 874 页。

② 圣伯夫（1804—1869），法国文艺批评家，曾积极参与浪漫主义文学运动，1827 与雨果成为密友，后来成为雨果夫人的情夫，遂于 1835 年与雨果决裂。

③ 马克思、恩格斯：《共产党宣言》，《马克思恩格斯选集》第 1 卷，第 276 页。

④ 瓦尔特·司各特（1771—1832），英国小说家，共创作了 27 部历史小说，主要有《清教徒》和《艾凡赫》等。

司各特的作品中学到了写小说的技巧，然而“当时得益于司各特的不止他一人：整个一代都转向历史小说，司各特成了他们最喜欢仿效的模范人物。从巴尔扎克在《幻灭》中勾勒出的法国文坛生活的画面中，可以看到人们对历史小说的喜爱在1822年左右已升至最高峰”[①]。而他的模仿者大仲马则后来居上，在历史小说领域里获得了举世瞩目的成就。

19世纪被称为“浪漫主义的世纪”，首先是因为浪漫主义几乎贯穿了整个世纪。1843年，雨果的最后一出戏剧《城堡里的伯爵》上演失败，文学史上把它作为浪漫主义运动衰落的标志，但是雨果和大仲马等拓宽了浪漫主义小说的体裁，在艺术上不断创新，从而使浪漫主义小说一直延续到19世纪末。其次是浪漫主义孕育和分化出了19世纪后来的一切文学流派，在小说方面就有现实主义和自然主义。19世纪的小说看起来是一个否定之否定的过程：现实主义否定浪漫主义，自然主义又反对现实主义，其实浪漫主义正是19世纪一切流派的源头。

正如考德威尔所说：“资产阶级文学中不断争吵着的双方其实非常容易流动，现实主义与浪漫主义有着姻亲关系……一个作家初看起来明明是这样的，但换了一个观察角度，他就显得完全不同了。一切都不那么绝对单纯，可以一目了然。”[②]这正是19世纪小说的特点，即一个作家可以同时具有不同流派的倾向，他们不再是完全的浪漫主义者或现实主义者。这一特点随着雨果小说的问世而日益明显，他的《悲惨世界》达到了浪漫主义与现实主义相结合的高度，这也是20世纪许多小说的特色。从这个角度来看，可以认为，迄今为止，法国的浪漫主义小说依然在影响着世界文学的进程。

从中世纪末开始，法国每逢世纪之交都有一个文学上的过渡时期，其中既有旧流派的余波，也有新流派的先兆。例如17世纪末的“古今之争”，标志着古典主义的盛极而衰和启蒙文学的兴起；18世纪末的法国大革命，则是启蒙文学的终点和浪漫主义的先声。19世纪当然也不例外。总起来说，19世纪的浪漫主义、现实主义、自然主义和象征主义等文学流派各领风骚，盛行一时，但是这些流派在世纪末都退出了历史舞台：“自然主义成了小说的最后一个流派。在这个流派之后，作家们的精力则完全分散了。小说的样式变得极其繁多。”[③]正因为如此，小说才会在20世纪发生深刻的演变，进入现实主义与现代主义争奇斗艳的时代。

---

① 米歇尔·莱蒙：《法国现代小说史》，徐知免、杨剑译，第19页。

② 考德威尔：《浪漫主义与现实主义》，薛鸿时译，生活·读书·新知三联书店，1988年，第3页。

③ 米歇尔·莱蒙：《法国现代小说史》，徐知免、杨剑译，第197页。

第七章　雨果与浪漫主义小说

卢梭的爱情小说《新爱洛伊丝》，是法国浪漫主义运动的第一声春雷，预示着一个文学新时代的到来。尽管在拿破仑的独裁统治之下，刚刚萌芽的浪漫主义未能蓬勃发展起来，但是夏多布里昂和斯塔尔夫人却以他们的论著和小说，为浪漫主义运动的兴起奠定了坚实的基础。

第一节　浪漫主义小说的先驱

一　夏多布里昂

夏多布里昂（1768—1848）生于圣马洛，8岁时全家迁居到父亲置下的产业贡堡。他从小性情孤僻，经常在这座古朴的城堡里独自遐想。1786年他投身军界，后由亲戚引荐给宫廷。1791年，他前往美洲大陆探险，在路易十六被捕后回到法国，加入了孔代亲王[①]的侨民团，在战斗中负伤后辗转逃亡到伦敦，开始写作《革命论》（1797）。在得知母亲临终时要他回到宗教怀抱的遗言后，他立即改变信仰，转而写作《基督教真谛》（1802），小说《阿达拉》和《勒内》分别是其中的两章。

《基督教真谛》赞美中世纪，宣扬基督教是一种尽善尽美的宗教，符合了拿破仑复兴天主教的意图，夏多布里昂因而被任命为法国驻罗马公使馆的秘书。但是在波旁王朝的继承人恩季安公爵于1804年被处决之后，他就辞去职务，到东方旅游，回国后发表了《从巴黎到耶路撒冷纪行》（1811），并于同年当选为法兰西学士院院士。波旁王朝复辟后他成为贵族院议员，升任至外交部部长，发表了他在流亡期间写作的散文史诗《纳切兹人》（1826）、《最后一个阿邦塞拉奇人的奇遇》（1826）和《美洲游记》（1827）。《纳切兹人》是《阿达拉》和《勒内》的续篇，这时主人公夏克达斯已经成为双目失明的哲人。夏多布里昂在七月革命后隐退，闭门著书，主要作品有《历史研究》（1830）、《论英国文学》（1836）和六卷本的巨著

---

① 路易·约瑟夫·孔代亲王（1736—1818），大革命爆发后，于1789年首批被流放的贵族之一，1792年组织反革命军队，称为“孔代军”。

《墓畔回忆录》(1848)。

《阿达拉》于1801年提前出版,写的是一个缠绵悱恻的爱情故事。印第安人夏克达斯被世仇部落俘虏后将处以火刑,部落酋长的女儿阿达拉爱上了他,两次放他逃走,但他却因爱她而不愿逃生。阿达拉由于不能与信仰异教的夏克达斯结合而十分痛苦,因为她的母亲临终时曾发誓要她信奉基督教并献身天主。在执行火刑的前夜,她与夏克达斯一起逃入原始森林,最后在神甫面前自杀殉教,夏克达斯后来也在神甫的感召下皈依了基督教。

夏多布里昂年轻时读过卢梭的著作,《阿达拉》肯定基督教的原罪说,实际上是在反驳卢梭的"人生来是善良的"观点,而且进一步证明即使在大森林原始的自然状态下,人也受着罪恶的激情的折磨,没有什么和谐可言,而唯一的出路就是皈依基督教。这个由爱情与宗教信仰的冲突而造成的悲剧,在政治上对于恢复基督教的权威有着重要的现实意义。阿达拉的悲惨命运和北美洲动人的异域风光,使这部作品成为法国第一部浪漫主义小说,而它充满忧郁的感伤情调,则在艺术上为浪漫主义文学树立了一个典范。

《勒内》描写的是一个破落贵族子弟的命运。他出生时母亲难产而死,由于不是长子而不能继承财产,只能和姐姐阿美莉寄居在亲戚家中相依为命。他从小孤僻成性,独自受着贫穷和情欲的折磨,为了摆脱苦闷而出国周游,最后由于绝望而想一死了之。阿美莉赶来安慰他,她在内心里一直暗恋着弟弟,为了克制这种罪恶的激情,她进了修道院,不久去世。勒内皈依了基督教,只身来到遥远的美洲丛林里,在纳切兹人的部落里过着忧郁的生活。

《勒内》是一部自传性的作品,夏多布里昂把自己的心灵寄托在他的身上,把他刻画成了法国文学史上"世纪病"的典型。勒内与这个世界格格不入,陷于完全孤独的境地,这一点与卢梭的处境颇为相似。莫洛亚认为正是在卢梭的影响下,"夏多布里昂使《勒内》富于音乐感,使小说主人公的思想言语都极其和谐……勒内,这是改写后的卢梭"[①]。勒内作为"世纪病"的典型,对19世纪的浪漫主义文学产生了巨大的影响。

夏多布里昂是一位写景巨匠,他的作品之所以极为成功,一个主要原因就在于他的景物描写,就连朗松也不禁叹为观止:"看看他笔下的所有夜晚吧,可以把它们布置成一个画廊了,却没有两个夜晚是类似的:海上的夜、美洲之夜、希腊之夜、亚洲之夜、沙漠之夜……他善于观察一切和描绘一切,其精确程度我无法形容:必须看到他描绘的画面才能感觉得到。"[②]《勒内》是短篇小说,夏多布里昂在短短的篇幅里借景抒情,用景物描写来衬托人物的内心世界,使之成为浪漫主义

---

① 安德烈·莫洛亚:《忏悔录》序言,远方译,载《忏悔录》第二部,第822页。

② 朗松:《法国文学史》,第903—904页。

短篇小说中的杰作。而《阿达拉》中对恋人在大森林里的情景交融的描写，则更使狂野的恋情在大自然的风暴中增添了神秘的色彩：

> 天越来越黑，压低了的云脚窜入了树荫。霎时，云层开裂，电光闪闪，一道火练划破长空。西风狂作，黑云翻卷，树林俯首屈膝，天幕时时拉开，透过罅隙，显出层层新宇和炽热的原野。这景象多可怕，多雄伟！霹雳一声，森林着火，林火像颗燃烧着的彗星在蔓延，火柱浓烟直冲云霄，而雷声闪电又向大火猛袭。天神将群山变成一团漆黑，昏乱混沌中，狂风在喧嚣，森林在呼啸，猛兽在嗥叫，野火在燃烧，阵阵迅雷尖叫着没入波涛。
>
> 天神知道！此时此刻，我眼里唯有阿达拉，我心中只念着她。在一棵歪斜的桦树干下，我护着她免受骤雨的拍打。我坐在树下，将我的心上人抱上膝头，用双手暖和着她的光脚，我比那初次感到胎儿在自己肚里蠕动的新娘更欢快。①

《基督教的真谛》本身具有很高的文学价值。夏多布里昂认为美来自基督教，通过对大自然的热烈赞美来颂扬基督教的魅力，使这两部小说取得了极大的成功。《阿达拉》在几个月内连印了六版，而且被译成了各种文字，被用作音乐和绘画的题材。就连马克思主义批评家拉法格也认为："1802年的人们，热烈地接受了这两本开启了浪漫主义世纪的、夏多布里昂的最早的小说，因为这两部作品，把当时人们心中与脑中存在并且活动着的情感和思想，用一种文学形式表达出来。"②正因为如此，夏多布里昂对后来的浪漫主义者的影响，要比与他同时代的斯塔尔夫人大得多。

二　斯塔尔夫人

斯塔尔夫人(1766—1817)是小说家和文艺批评家。生于巴黎，原名热尔曼娜·内克。父亲是原籍瑞士的银行家，路易十六时代曾两度担任财政大臣。热尔曼娜在20岁时遵从母亲的意愿，嫁给了年龄比她大一倍的瑞典驻法国大使斯塔尔男爵，由她主持的沙龙成了巴黎资产阶级自由派的一个中心。法国大革命爆发后，她主张君主立宪的温和派立场，为拿破仑所不容，因而被驱逐出法国，直到去世前一年才回到巴黎。

斯塔尔夫人的两部文艺论著是法国浪漫主义文学中最早的理论著作，在文

---

① 夏多布里昂：《阿达拉》，时雨译，杨维仪校，人民文学出版社，1988年，第34页。

② 《拉法格文学论文选》，罗大冈译，人民文学出版社，1962年，第234—235页。

学史上具有重要的地位。《论文学》(1800)的全名是《论文学与社会建制的关系》,主要论述了从古希腊罗马时代直到18世纪西欧各国文学的发展过程,以及法国文学应该遵循的道路。《德意志论》(1810)涉及了德国社会的风俗、道德、哲学和宗教,但主要还是论述文学和艺术。

在孟德斯鸠等启蒙作家的影响下,斯塔尔夫人运用社会分析的方法,考察了文学与社会条件之间的关系,认为决定文学的是社会环境而不是作家的天才。她按照地理概念把西欧文学分为南方文学与北方文学,南方文学是崇尚古典和情调欢快的希腊、罗马、意大利、西班牙和法国的文学,也就是古典文学;北方文学是崇尚想象和富于哲理的英国、德国、丹麦和瑞典的文学,也就是浪漫文学,而她偏爱的则是浪漫文学。

斯塔尔夫人自幼深受卢梭的影响,早在1788年发表的处女作《论让-雅克·卢梭的性格和著作的书信》里,她就对卢梭赞扬至极。她在《论文学》里不仅把卢梭誉为"我国最有文采的作家",而且有力地驳斥了那些对卢梭作品断章取义、妄加评议的批评家,说他们"对文辞之美毫无敏感"。她还特地加了一段注释来颂扬卢梭:

> 在这里也许应该指出,一些时间以来,那些组成了一个文学法庭的人们,当他们列举我们法国最优秀的作家时,避而不提卢梭的名字。这位赋予语言以最大的热情、力量和生命的作家,这位在读者心中激起如此深刻的感情,以至不可能把他看成是一个普通文学家的作家,他们是不可能把他忘掉的。跟他在一起,人们就像是跟一位朋友、一位引人入胜的人、一位大师在一起一样,被他所吸引。①

斯塔尔夫人的小说主要有《黛尔菲娜》(1802)和《柯丽娜》(1807),它们分别描写了两个贵族女子的爱情悲剧。

黛尔菲娜是个年轻而仁慈的寡妇,维尔侬夫人和情人在她家里幽会,不料被自己的丈夫当场抓住,结果情人杀死了丈夫,别人却以为是她引起了两个男人的决斗。她为了挽救女友的名声保持沉默,牺牲了自己的名誉。后来维尔侬夫人要把女儿玛蒂尔德嫁给西班牙贵族雷翁斯,黛尔菲娜还把一部分财产送给她作为嫁妆。

雷翁斯来到巴黎,准备与从未见过的玛蒂尔德完婚,不料与黛尔菲娜一见钟情。维尔侬夫人不但不为她洗刷污名,反而从中挑拨,使雷翁斯一怒之下娶了玛蒂尔德。维尔侬夫人不久病故,临终前才忏悔往事,说明了真相,黛尔菲娜和雷

---

① 斯塔尔夫人:《论文学》第二版,徐继增译,序言第3—4页。

翁斯也恢复了联系。后来玛蒂尔德怀孕了,黛尔菲娜应她的请求离开法国,到瑞士进了修道院,院长就是雷翁斯的姑母。在得知玛蒂尔德病重的消息后,院长担心雷翁斯会娶黛尔菲娜,就极力劝说她当了修女。当雷翁斯在妻子死后赶来娶她的时候,她已经立下了当修女的誓言。法国大革命爆发后,一切宗教誓言都被废除,黛尔菲娜回到了巴黎,但是迫于公众舆论,她拒绝嫁给雷翁斯。他在绝望之下决定参加保王党的军队,尚未入伍就被捕和处以死刑。黛尔菲娜随他一起到了刑场,在他被处死之前服毒自尽。

小说采用书信体的形式,在形式和观点上都深受卢梭的影响。它控诉了社会的偏见,反对禁止离婚的法律,因而曾被指控为有伤风化。

《柯丽娜》也是一个悲哀的故事。女主人公柯丽娜是个名声卓著的诗人,父亲是英国贵族,她由于与继母不和,就回到生母的故乡罗马,并与英国青年奥斯瓦尔德结识后相爱。奥斯瓦尔德回国服役后遵从父亲的遗愿,与柯丽娜同父异母的妹妹吕茜尔订了婚,逐渐淡忘了她。柯丽娜因此备受打击,但为了成全他们的幸福,独自悲哀地死去了。

小说所写的都是女主人公曲折的爱情经历,以及伤心死去的悲惨命运,在艺术手法上未免有雷同之处,但是具有丰富的思想内容,因为这种悲剧是社会造成的,是不合理的婚姻制度的产物。黛尔菲娜和柯丽娜实际上是斯塔尔夫人的化身,她们的爱情体现了妇女们对美好生活的追求,而她们的悲剧则表明她们的反抗并不彻底,不得不屈服于社会的压力,这正体现了斯塔尔夫人温和的自由主义立场。

斯塔尔夫人的小说描绘了优美的自然风光,使女主人公的爱情显得富有诗意,而爱情的破灭则因此更加令人感伤,所以朗松认为"从感情生活的强烈程度来说,她是卢梭的女儿"[①]。这类小说实际上都是对《新爱洛伊丝》的模仿,同时也受到了夏多布里昂的小说的影响。它们由于呼吁保障妇女的权利,因此特别受到女读者们的欢迎,可以说是即将到来的浪漫主义文学运动的先声。

三 其他先驱作家

除了夏多布里昂和斯塔尔夫人之外,早期的浪漫主义小说家还有塞南古、诺地埃、贡斯当、维尼和缪塞。

塞南古(1770—1846)出生于巴黎的一个思想保守的贵族世家,他自己却深受卢梭等启蒙思想家的影响,因此在法国大革命爆发之后,他违抗父亲要他进神学院的要求,在母亲帮助下离家出走,到了瑞士的瓦莱州。在思乡的苦闷中,他于1790年与房东的女儿草率成婚,婚后立刻悔恨不已。

---

① 朗松:《法国文学史》,第874页。

塞南古写了一些哲学论著来宣扬启蒙思想，主要的小说是《奥贝曼》(1804)。这是一部书信体小说，写一个法国青年在瑞士漫游期间的感受，带有自传的性质，因为没有什么情节，出版后并未引起注意。塞南古没有像圣皮埃尔那样，用牧歌式的笔调去歌颂卢梭的回归自然的理想，而是强调了卢梭以原始人来对抗文明社会的思想。他在小说中宣泄自己与社会格格不入的感情，大发愤世嫉俗的议论，充分显示了自己的孤独和无助，甚至不时地谈到自杀。这种悲观的感伤情调，与勒内的“世纪病”是完全一致的。

夏尔·诺地埃(1780—1844)出生于法国东部贝桑松的一个律师家庭，父亲在大革命时代曾担任当地的法庭庭长，所以他从小就受到卢梭思想的教育，是一个充满冒险精神的自由主义者，在拿破仑时代因讽刺时弊而蹲过监狱。他深受德国和英国的浪漫主义文学的影响，写过一些恐怖小说，大多是对歌德的《少年维特的烦恼》的模仿，因此作品中有着浓郁的异国情调。

诺地埃早期的重要小说是《萨尔兹堡的画家》(1803)，主人公是个名叫沙尔的德国青年画家，他由于政治原因流亡欧洲，但是念念不忘自己的恋人欧拉丽。当他回到家乡巴伐利亚之后，欧拉丽已经嫁给了别人，他为此感到无比忧伤。欧拉丽的丈夫知道他们的恋情后，为了成全他们而服毒自杀。欧拉丽伤心地进了修道院，沙尔也进了多瑙河畔的修道院，后来死于泛滥的河水之中。显而易见，小说的构思受到了卢梭和歌德作品的影响，而主人公的感伤则与勒内的“世纪病”有相通之处。

在长篇小说《让·斯波卡》(1818)里，诺地埃描写了一个斯拉夫国家里的一伙匪帮，为首的头头就是绿林好汉让·斯波卡。他劫富济贫，幻想建立一个人人平等的国家。当时空想社会主义学说尚未流行，加上黑色小说的余音犹存，所以斯波卡的形象比较模糊，他一方面怀着空洞的理想进行盲目的斗争，另一方面又是杀人越货的江洋大盗，使小说兼有黑色小说和浪漫主义的特色。诺地埃后来与社会现实越来越格格不入，于是就专门写作《罗尔·吕特温或吸血鬼》(1820)和《斯玛拉或黑夜里的魔鬼》(1821)等怪诞的故事了。

1823年，诺地埃任阿尔瑟纳图书馆馆长，在这里成立了浪漫派的第一文社，为浪漫派提供了一个重要的阵地，在当时产生了很大的影响。

邦雅曼·贡斯当(1767—1830)生于瑞士洛桑的一个法裔军官家庭，出生后半个月母亲就去世了。他从小受到良好的教育，曾到英国、德国和苏格兰的大学学习。1794年结识斯塔尔夫人，第二年随她来到巴黎，投入反对雅各宾派专政的政治斗争，并于1798年取得法国国籍。拿破仑执政后他被任命为法案评议委员会委员，因持反对派立场而于1802年被免职。他与斯塔尔夫人的关系时好时坏，持续了14年之久。1803年，斯塔尔夫人被拿破仑勒令离开巴黎，他们一起流亡国外，至1814年波旁王朝复辟时回到巴黎。

百日政变期间，贡斯当又与拿破仑合作，滑铁卢战役后曾作为临时政府的代表与欧洲的神圣同盟谈判。波旁王朝再度复辟后，他先后当选为萨尔特省和巴黎的众议员，成为资产阶级自由派的领袖人物，多次发表重要的演说。七月王朝成立后，国王路易-菲力普任命他为行政法院的分院院长，在他病逝后为他举行了国葬。

贡斯当一生撰写了《论宗教》(1824—1831)等大量著作和政论文章，文学方面有他在流亡期间创作的小说《红色笔记本》(1907)和《塞西尔》(1951)，它们都带有自传的性质，是在他身后才出版的。

中篇小说《阿道尔夫》(1816)是贡斯当的代表作，是他根据自己的经历写成的。其中没有什么情节，只有两个人物：青年阿道尔夫和比他年长10岁的波兰贵妇爱蕾诺尔。爱蕾诺尔是个为了理想不顾一切的女人，她狂热地爱上了阿道尔夫，甚至为他抛弃了自己的丈夫和儿女，和他一起远走高飞。但是他们的关系不久就产生了裂痕，阿道尔夫虽然不听父亲的规劝随她而去，但是他追求个性的自由，不愿意受到爱情的束缚，加上他心高气傲，与平庸的现实格格不入，因此无所事事，时间一长就觉得一切都索然无味。然而良好的修养又不允许他玩弄爱蕾诺尔的感情，所以他迟迟下不了和她分手的决心，只能用彬彬有礼的高尚态度来弥补自己的愧疚之心；但越是如此爱蕾诺尔就越是痛苦，最后只能一死了之。总之家庭背景、年龄差距和文化修养等种种因素，都决定了他们的爱情是不可能成功的。

《阿道尔夫》是一部自传性的作品，爱蕾诺尔就是斯塔尔夫人，阿道尔夫就是贡斯当。造成他们爱情悲剧的不是外界的环境和压力，也不是由于第三者的插足，而是他自己内心的矛盾。他时而怜香惜玉，时而犹豫彷徨，时而把爱情当作自由来追求，时而又觉得爱情束缚了自己的自由。他始终无法做出果断的决定，终于导致了悲剧性的结局。小说没有描写日常琐事，而是采用第一人称，细腻地刻画了他复杂微妙的心理，是一部介于《克莱芙王妃》与《红与黑》之间的心理分析小说。

阿尔弗雷德·德·维尼(1797—1863)是诗人、剧作家和小说家。生于洛什市的一个贵族家庭，父亲在“七年战争”中曾任上尉。1814年波旁王朝复辟，维尼参加国王的宪兵队，护送路易十八出逃，1823年晋升为上尉，1827年退伍。他从1820年开始发表作品，主要有《古今诗稿》(1826)、历史小说《桑-马尔斯》(1826)、中篇小说集《军人的荣誉与屈辱》(1835)、剧本《夏特东》(1835)和遗著《命运集》(1864)等。

维尼是一位孤独高傲的贵族诗人，他创造了哲理诗歌的形式，采用象征化的手法来表达人生孤独冷漠、唯有沉默伟大的哲学思想，代表作《狼之死》(1838)特别讴歌了没落贵族的孤傲坚忍的精神。他的形式完美、结构严谨的诗作，以及客观的写作态度和对象征手法的运用，使他受到后来的帕尔纳斯派和象征派诗人的推崇。

《桑-马尔斯》描写路易十三统治时期，贵族青年组织了一次反对首相黎塞留的叛乱、最后遭到失败的经过。小说充满了地方色彩和怀古的忧郁情调，把贵族青年写成为崇高事业而献身的英雄。小说不一定符合历史事实，主要是表现了维尼本人的痛苦和绝望的情绪。

维尼在小说的序言中提出了关于历史小说的理论："我们处在一个人人都要求认识的时代，一个人人对一切都想溯本穷源的时代……艺术从来不曾像近年来这样强烈地带着历史的印记（这也许是我们的政治运动的余波）。我们所有的眼睛都注意着历史的记录……"[①]正如匈牙利文艺评论家卢卡奇（1885—1971）指出的那样："历史小说是在19世纪初，拿破仑失败时产生的。"[②]《桑-马尔斯》不仅阐述了历史小说的理论，而且是法国小说发展史上第一部真正的历史小说，历史小说从此开始层出不穷，形成了一种重要的体裁。

阿尔弗雷德·德·缪塞（1810—1857）生于巴黎，父亲是个具有自由主义思想的官员。他从小就爱好文学，创作诗歌，曾加入雨果的第二文社，被誉为浪漫主义的神童。他唯一的长篇小说是《一个世纪儿的忏悔》（1836），它首先叙述了"世纪病"的原因与后果：法国大革命和第一帝国留下了光荣的回忆，然而年轻一代感觉到的却只是空虚、伪善和背叛，这种无可名状的苦恼就是"世纪病"。

主人公奥克塔夫情场失意，于是自暴自弃，纵情声色，结果更加苦闷。父亲去世后，他回到家乡定居，结识了守寡的邻居布里吉特·比埃松夫人。布里吉特比他年长10岁，她在长时间的拒绝之后，终于接受了奥克塔夫的爱情。然而他此时却不再相信有真正的爱情，反而对她往昔的岁月疑神疑鬼、百般挑剔，给双方都带来了无穷的烦恼。最后他们准备离开法国远走高飞，不料在路过巴黎的时候，布里吉特病倒了，她的朋友史密斯常来看她，奥克塔夫几乎因此而疯狂，但他最终认识到是自己造成了三个人的痛苦，于是决心离她而去，独自离开了巴黎，成全了她和史密斯的婚姻。

《一个世纪儿的忏悔》是缪塞的自传体小说，叙述了他和乔治·桑不幸的爱情经历，但小说的意义在于明确地提出了19世纪初浪漫主义小说里常见的"世纪病"的概念，反映了当时一部分青年人的精神状态。这是《一个世纪儿的忏悔》虽然写于1836年，却与夏多布里昂的小说属于同一类型的原因。

缪塞也写了一些短篇小说，多为自传式的故事，而且颇有新意。例如《白乌

---

① 维尼：《关于艺术真实的思考》，载《欧美古典作家论现实主义和浪漫主义》第二卷，中国社会科学出版社，1981年，第89页。

② 卢卡奇·久尔治：《论历史小说》，冯植生译，钱善行主编：《小说的艺术》，社会科学文献出版社，1999年，第229页。

鸫的故事》写一只生来长着白羽毛的乌鸫，由于违反了家族都是黑色羽毛的传统，叫声也不同寻常，因而被父亲驱逐。他遇到喜鹊、鹦鹉、斑鸠等各种鸟儿，最终知道自己是一只生来与众不同的白乌鸫。他因此而成为罕见的天才，以自己的经历为题材所写的长诗传遍欧洲，受到世界各地乌鸫的崇拜，结果上了一只把羽毛染白的乌鸫的当。他在叹息自己命运的时候，发现唱着迷人歌声的夜莺的生活也并不幸福。这个寓言式的故事实际上也是缪塞的自传。

从这一时期的浪漫主义小说来看，它们的共同特点是借景抒情，对景物的描写充满了地方色彩或异国情调，抒情之中含有哲理性的思考，而这种对人生的思考又往往体现了作家的感伤。这些小说实际上都是程度不同的自传，从夏多布里昂到缪塞，他们都流露出“世纪病”的忧伤。因为作家们的风流韵事世代皆有，但是像贡斯当与斯塔尔夫人、缪塞与乔治·桑那样，在作家之间充满如此激烈的爱情纠葛，却在浪漫主义运动时期达到了前所未有的程度。或许正因为如此，他们的小说才充满了强烈的激情。

然而正如朗松所说，《阿道尔夫》《勒内》和《黛尔菲娜》等小说，其“艺术和才华依然是古典主义的”[①]。也就是说，这类小说虽然感情丰富，却尚未摆脱卢梭小说的窠臼，没有形成以抒情和想象力为主要特点的小说形式。因为自传体小说不可能远离现实，只能局限于卿卿我我的抒情，也只会使小说的题材变得狭隘以至千篇一律。

在法国小说的发展史上，19世纪三四十年代是非常关键的时期。以《勒内》为代表的感伤小说已经衰落，它要想继续发展就只可能有两个方向：一是保持浪漫主义的本色，使小说更富于抒情和想象的色彩，雨果以他的《巴黎圣母院》开辟了这个方向，他和大仲马、乔治·桑、凡尔纳都在这方面取得了巨大的成就；另一个方向是在社会急剧变化和自然科学迅速发展的条件下，从注重抒情和想象转变为以反映客观现实为主，这就是后来的现实主义小说和自然主义小说。

第二节　雨　果

雨果是法国民族诗人、剧作家、小说家、政论家和文艺理论家，法国浪漫主义文学运动的领袖，他的创作活动长达60余年，对整个19世纪的法国文学产生了无与伦比的巨大影响。用萨特的话来说，雨果“是我国极少数的真正受到民众欢迎的作家之一，可能是唯一的一位”[②]。

---

① 朗松：《法国文学史》，第992页。

② 萨特：《什么是文学?》，载沈志明、艾珉主编：《萨特文集》第7卷，第182页。

一　雨果的生平和作品

维克多·雨果(1802—1885)生于贝桑松,与诺地埃是同乡。他的父亲参加过法国大革命,在拿破仑麾下因战功卓著而升为将军,是一个激进的共和党人。他的母亲却是个虔诚的天主教徒,思想保守,拥护波旁王朝。雨果11岁时随母亲回到巴黎,在母亲的影响下,他在青年时代曾一度同情保王党。

雨果从小爱好文学,喜欢创作。他是个神童和天才,而且特别勤奋,在10多岁时就写了成千上万行的诗歌。26岁就出版了10卷本的作品全集。1819年,他创办了刊物《文学保守者》。1822年,他发表《颂歌和杂咏》,第二年再版时改名为《颂歌集》,它在形式上拘泥于古典主义诗歌的格律,歌颂王室和天主教,因而使雨果两次获得路易十八赏赐的年俸。后来他加入了浪漫派的第一文社,又把《颂歌集》扩充成为《颂歌与民谣集》(1826),获得了很大的成功。

查理十世在1825年登基以后,自由主义思潮日益高涨,雨果的思想也发生了转变。第一文社由于缺乏明确的纲领,于1826年宣布解散,雨果组织维尼、缪塞和大仲马等人成立了浪漫派的第二文社,同时发表了剧本《克伦威尔》。他在《〈克伦威尔〉序》中抨击了古典主义戏剧只写"崇高文雅"等清规戒律,力图扩大艺术表现的范围,强调自然中的一切都可成为艺术题材。基督教认为善与恶是人性的两种要素,他根据这一观点,提出了将滑稽丑怪与崇高优美进行对照的原则,反映了七月革命前夕资产阶级的民主要求。这篇序言成了浪漫主义文学流派的宣言,雨果也因此被公认为浪漫主义运动的领袖。

1830年,雨果的剧作《欧那尼》上演,背景是16世纪的西班牙。一个贵族出身的强盗为父复仇,与国王和公爵争夺美女唐娜·莎尔,最后悲惨地死去。剧本具有强烈的反封建倾向,并且打破了古典主义在悲喜剧之间设立的界限,采用了乔装、密室、毒药等种种奇情剧的手法,因而在上演时引起了观众之间的争斗,被视为浪漫主义战胜伪古典主义的标志。

雨果在19世纪40年代以前发表的诗作,有同情和支持希腊民族解放斗争、富于异国情调的《东方集》(1829),描写家庭生活和内心感情,对贫苦受难者表示同情和怜悯的《秋叶集》(1831),欢呼七月革命和歌唱爱情的《黄昏歌集》(1835),讽刺富有阶级、宣扬慈善主义的《心声集》(1837),以及企图在精神上引导民众的《光与影集》(1840)。这些诗集的内容涉及政治、哲理、祖国、家庭、爱情和杂感等种种题材,同时也注重对诗句形式和语言的革新,逐渐带有浪漫主义的色彩。

与此同时,雨果创作了一系列浪漫主义的戏剧:《玛丽蓉·德·洛尔墨》(1831)歌颂了平民出身的青年狄杰和妓女玛丽蓉的爱情;《国王取乐》(1832)写平民姑娘爱上了乔装的国王,揭露了弗朗索瓦一世的荒淫无耻,因此只演了一场就被禁止;《玛丽·都铎》(1833)里的王后爱上了宠臣,而《吕伊·布拉斯》(1838)

里与王后相爱的竟是一个仆人。1843年，雨果的剧本《城堡里的伯爵》上演失败，他从此不再写戏，浪漫主义戏剧也就此告终。

随着七月王朝金融资产阶级统治的巩固，雨果采取了与现实妥协的态度，一度活跃于政治舞台，将近10年没有发表作品。他于1841年当选为法兰西学士院院士，1845年被国王路易·菲力普授予"法兰西世卿"的称号，但是他始终在君主立宪制度与共和政体之间摇摆不定。他在1848年总统选举中支持路易·波拿巴①，后来又成为国民议会中左派的领袖。1851年路易·波拿巴发动政变、恢复帝制，雨果发表演说，在大街上口授《告人民书》，鼓动民众起来反抗，结果遭到镇压，失败后被迫化装成一个排字工人逃到比利时，先后在英属杰西岛和盖纳西岛居住，度过了长达19年之久的流亡生涯。

在流亡期间，雨果配合现实的政治斗争，写出了反对政变的檄文《小拿破仑》(1852)，发表了讽刺拿破仑第三背信弃义的《惩罚集》(1853)、题材多样的《静观集》(1856)和大型史诗《历代传说》(1859)等气势恢宏、感情奔放的动人诗篇。雨果改抒个人之情为抒民族之情、抒爱国之情，吹响了反对专制统治，歌颂光明和进步的斗争号角，同时使用富有表现力的跨行，大胆地改变了音节的顿挫，使这些感情奔放、想象奇特、色彩瑰丽、形象丰富的诗篇成为浪漫主义诗歌的杰作，雨果也因此成为杰出的民主斗士和法兰西不朽的民族诗人。

1859年，拿破仑第三发布大赦令，然而雨果表示要流亡到底，直到恢复共和国的时候才会回国。在极为艰难的环境中，他不忘支持其他国家人民的正义斗争，尤为难能可贵的是还为备受列强侵略的中国人民仗义执言。1860年，英法联军火烧圆明园，第二年英国上尉巴特勒给雨果写信，希望知道雨果对这次胜利赞赏到什么程度。雨果在11月25日答复的长信中写道：

> 有一个世界的奇迹，这个奇迹名叫圆明园……请随意想象出一种类似月宫的、无法描述的建筑，那就是圆明园……艺术家、诗人、哲学家们都知道圆明园……人们一向把希腊的帕特农神庙、埃及的金字塔、罗马的竞技场、巴黎的圣母院、东方的圆明园相提并论……这是一件史无前例的惊人杰作。然而这个奇迹已经荡然无存。
>
> 有一天，两个强盗闯进了圆明园。一个强盗大肆劫掠，另一个强盗纵火焚烧……对圆明园进行了一场大规模的洗劫，赃物由两个战胜者

---

① 夏尔·路易·拿破仑·波拿巴(1808—1873)，荷兰国王路易·波拿巴(1778—1846)的儿子，法国皇帝(1852—1870)。他于1836年和1840年两度宣布自己为皇帝，企图推翻路易-菲力普的七月王朝，被判处终身监禁。1846年他逃亡到伦敦，1848年革命后回到巴黎，当年12月当选为总统。1851年12月，他发动政变，1852年12月自称拿破仑三世，开始了法兰西第二帝国。在位期间多次发动战争，1870年普法战争爆发后被俘，战争结束后死于英国。

> 平分……我们所有教堂的宝库加起来也比不上这座光辉奇异的东方博物馆。
>
> 我们欧洲人一向自认为是文明人，把中国人当成野蛮人。这就是文明对野蛮的所作所为。
>
> ……这两个强盗一个叫法国，另一个叫英国。我要对此提出抗议，而且要感谢您给了我抗议的机会……
>
> 法兰西帝国从这次胜利中获得了一半赃物……我希望法国有朝一日能摆脱重负、清洗罪恶，把这些赃物归还被劫掠的中国。[①]

雨果在信中详述了圆明园的辉煌和价值，愤怒地谴责了侵略军毁灭东方文明的罪恶行径。

1870 年普法战争爆发，拿破仑第三垮台，雨果回国后立即投入了保卫祖国的战斗。他发表演说，探望伤员，捐款购买大炮。巴黎公社失败以后，他呼吁赦免公社战士，开放自己在布鲁塞尔的住所供社员们避难，结果被比利时国王下令驱逐出境。除此之外，他在流亡期间还将日常开支的三分之一用来馈赠穷人，表明他宣扬的人道主义并非空谈，而是贯彻始终、身体力行。

中世纪的人文主义精神使人们摆脱了神权的桎梏，18 世纪的启蒙思想家们主张人人生而平等，应该享有作为一个人的自由和权利，法国大革命则是实践这一理想的尝试。雨果倡导的人道主义，正是继承了这种进步的人道主义传统，并且成为维系启蒙思想家们与罗曼·罗兰等现代作家的纽带，起到了承前启后的重要作用。

雨果在晚年仍坚持创作，完成了诗集《做祖父的艺术》(1877)和《历代传说》的二、三集(1877、1883)等作品。1881 年 2 月 26 日，巴黎 60 万人在他窗前游行，庆贺他的 80 寿辰。他在遗嘱里宣布给穷人 5 万法郎，希望用穷人的送葬马车把他的灵柩送到墓地。他于 1885 年 5 月 18 日去世后，法国政府和人民为他举行了隆重的国葬，由来自法国和世界各地的 200 万人排成的行列，把他的遗体送进了先贤祠。先贤祠的门楣上就镌刻着他的诗句："伟人，祖国感激你们。"

雨果在生前就被人们比作喜马拉雅山和海洋，这首先是指他的创作时间之长和数量之多。仅就诗歌而言，他在生前出版了 19 卷，身后又经人整理出版了 6 卷，这还不算他多达 300 万字的长篇和中短篇小说，9 个剧本，10 多卷政论、随笔和游记，以及大量的书信。像雨果这样创作了 60 余年，而且在诗歌、戏剧和小说方面都取得了辉煌成就的大作家，在法国文学史上可谓绝无仅有。因此在他诞生 200 周年的时候，法国政府特地把 2001 年命名为"雨果年"，世界各国也举

---

① 张英伦:《雨果传》，北岳文艺出版社，1990 年，第 459—461 页。

行了各种活动来纪念这位文化史上的伟人。

我国从 20 世纪初就开始介绍雨果及其作品,《悲惨世界》等小说早在五四时期就开始被译成中文,加上它们后来大多被改编成电影和电视剧,所以他的小说不仅影响过郭沫若和巴金等一代大师,而且在我国读者中也有口皆碑。

二　雨果的小说

雨果是个杰出的小说家,他起初模仿当时流行的黑色小说,创作了情节恐怖的中篇小说《冰岛的汉》(1823)。汉是个嗜血成性的强盗,平时只喝人血,和一只熊在一起过着野兽般的生活。有个女人和他幽会,但是后来抛弃他跟了一个火枪手。汉不认识那个火枪手,就故意让自己被官军抓住,以便伺机烧毁火枪手们的营房,把他们全都烧死,结果由于计谋败露而死于非命。这部描写凶杀的小说并不成功,不过他丰富的历史知识和生动的文笔,还是得到了诺地埃的好评。

他的第二部小说《布格-雅加尔》(1826)仍然具有黑色小说的痕迹,写的是 18 世纪末法国殖民地里的黑人暴动。黑奴皮埃罗爱上了主人的女儿玛丽,但是玛丽已与表兄订婚。有一次黑人起来暴动,抢走了玛丽,她的表兄前来救她,也被俘虏,在黑人首领布格-雅加尔的庇护下才保住了性命。其实布格-雅加尔就是皮埃罗,他本来已被白人俘虏,但是为了使玛丽免受伤害,他用 10 个黑人兄弟做人质,自己赶来救出玛丽和她的表兄,然后又回到白人那里去,结果惨遭杀害。皮埃罗为了成全玛丽和别人的爱情,竟然把种族矛盾和自己的生命置之度外,不可谓不悲壮,但是他对玛丽的爱完全脱离了社会现实,因此缺乏感人的魅力。

雨果的人道主义精神在《布格-雅加尔》里已见端倪,在后来的小说里则越来越明显。他 16 岁时在广场上看到一个少妇被处以烙刑,后来又见过被押上断头台的犯人,因此早就想写一部反对死刑的小说。他的小说《一个死囚的末日》(1829)是一个死囚在被处决之前所写的文章,记录了他对牢狱生活的体验和印象,但是他并未说出自己的姓名和身世,因此小说不是写某个死囚的故事,而是在普遍的意义上呼吁废除死刑,表现的是雨果反对死刑的人道主义精神。

他的长篇历史小说《巴黎圣母院》(1831)的故事,发生在 15 世纪的巴黎。吉卜赛女郎爱斯梅拉达在街头卖艺,巴黎圣母院的副主教克洛德·弗罗洛对她心存邪念,指使圣母院里奇丑的撞钟人卡西莫多劫持了她,结果她被弓箭队队长弗比斯救出,并且成了他的情人。嫉妒的弗罗洛乘他们幽会时刺伤了弗比斯,嫁祸于爱斯梅拉达,使她被判处死刑。卡西莫多对她心怀爱慕之情,在行刑时把她抢救到圣母院里,藏在钟楼上保护起来。

下层社会的乞丐和流浪汉们赶来营救爱斯梅拉达,弗罗洛乘机再次威逼她满足自己的兽欲,遭到拒绝后就把她交给官兵去行刑。卡西莫多出于义愤,把弗罗洛从钟楼顶上推下来摔死,自己抱着爱斯梅拉达的尸体遁入了墓地。几年后,人们发现了他们抱在一起的遗骸。

《巴黎圣母院》不是严格意义上的历史小说，它不是记录帝王将相的丰功伟绩，而是通过几个主要人物来演绎历史故事，这就使雨果有了充分想象的余地。爱斯梅拉达的悲惨命运，有力地揭露了封建司法制度的不公和残酷，而弗罗洛的人性在禁欲主义压抑下的扭曲和堕落，则深刻地反映了天主教会的虚伪和邪恶。正是封建势力与天主教会的沆瀣一气，才造成了社会的黑暗和人民的苦难，而乞丐和流浪汉对巴黎圣母院的进攻，实际上再现了1830年七月革命的情景。小说不仅充分体现了反封建反教会的革命精神，而且达到了浪漫主义和现实主义相结合的高度，在法国和世界的小说史上都堪称是一部杰作。

《巴黎圣母院》的描写注重夸张和抒情，具有浪漫主义的特色：美就美得白璧无瑕，丑就丑得令人恐怖。爱斯梅拉达不仅容貌美得使弗比斯神魂颠倒，让弗罗洛原形毕露，而且还有感人肺腑的美好心灵，使得卡西莫多甘愿为她献出了生命。雨果选择她作为主人公并非偶然，与梅里美笔下的嘉尔曼一样，这些崇尚自由和爱情，美丽而略带野性的吉卜赛女郎，正是当时浪漫主义者心目中向往的形象。相反，弗罗洛不但面孔阴森，而且灵魂也邪恶透顶，是一个令人毛骨悚然的恶的化身。

小说集中体现了雨果的“美丑对照”原则。爱斯梅拉达的美貌与卡西莫多的丑陋，她的善良与弗罗洛的狠毒，她的钟情与弗比斯的轻薄，都形成了极为明显的对照。但更多的是在同一个人物身上的对照，例如弗比斯虽然英俊潇洒，却不但风流成性，而且极为卑鄙，竟然在玩弄爱斯梅拉达之后，还率领弓箭队去追捕她；卡西莫多虽然丑陋不堪但心灵高尚，为了爱斯梅拉达的幸福不惜牺牲一切。这些善恶相融、真假共存的描绘，在异乎寻常的奇特境遇中，揭示了人性的复杂和真实。而卡西莫多的愚昧心灵被爱斯梅拉达的仁慈所感化，更显示了雨果宣扬的人道主义的精神力量。

小说的情节环环紧扣，紧张激烈。爱斯梅拉达在黑夜里被劫后意外获救，遭陷害后被送上刑场，被救入圣母院后险象环生，到临刑前夕的母女相认，她的经历神秘惊险、扣人心弦。为了把她救出来，乞丐们倾巢出动攻打巴黎圣母院，前赴后继、视死如归，气势之磅礴不亚于为抢回海伦而进攻特洛伊的希腊军队。除此之外，巴黎圣母院等高大挺拔的哥特式建筑，狂欢节上五光十色的人群，怪笑比赛时千奇百怪的笑声和表情，专门在黑暗里活动的弗罗洛的阴森，以及与爱斯梅拉达同样可爱但是象征着厄运的山羊，都无不洋溢着浓郁的浪漫主义气息，显示出雨果强烈的激情和无比丰富的想象力。

1832年，雨果发表了名为《向毁灭古迹的人宣战！》的评论，猛烈地抨击了以发展工业为借口肆意拆毁古建筑的现象。在当年出版的《巴黎圣母院》定刊本的序言里，他大力呼吁保护古老的纪念性建筑物，并且宣布这是他写作这部小说的主要目标之一。巴黎圣母院又称巴黎圣母大堂，历时150余年才修建完成，以结构匀称和美观著称于世，是欧洲早期哥特式建筑和雕刻艺术的代表。在《巴黎圣母院》这部小说里，它像一个保护爱斯梅拉达的巨人，见证了民族的苦难和历史的风云。雨果的心血没有白费，巴黎圣母院不仅在1845至1864年间得到了全面的整修，而且通过这部脍炙人口的杰作以及由它改编的无数影片和电视剧，随着爱斯梅拉达和卡西莫多等人的形象而举世闻名，成为法兰西民族的骄傲和象征。

1834年发表的《克洛德·格》，是一部以真人真事为题材的小说，雨果抽象的人道主义精神终于变得明确起来，那就是同情穷人、反对司法的不公。克洛德·格由于饥寒交迫而偷了一点东西，就被判处5年徒刑，在狱中又因备受折磨而被迫杀人，最后被处死了。雨果在这部小说里第一次明确地提出了现实的社会问题，认为是黑暗的社会造成了善良人的悲剧，因此它可以被视为《悲惨世界》的先声。

《悲惨世界》是雨果最重要的代表作，1862年分别由巴黎帕涅尔和布鲁塞尔拉克鲁瓦出版，1881年由巴黎埃柴尔-康丹出版定本，1951年由巴黎加里玛出版社出版经典本。全书的情节由五个部分组成。

在第一部《芳汀》里，贫困的主人公冉阿让偷了一片面包后被判处5年苦役，四次越狱未成一再加刑，在牢里被关了19年，直到1815年才出狱。在宽大为怀的卞福汝主教的感化下，他以马德兰的名义来到海滨的蒙特伊城开设工厂，发财致富后乐善好施，当上了市长。这时有个名叫芳汀的女工被人欺骗后沦为妓女，把私生女珂赛特寄养在开酒店的德纳第家里，备受德纳第的敲诈。马德兰正要设法拯救她，警方却把一个小偷当成冉阿让抓了起来。为了不连累别人，他毅然承认了自己才是冉阿让，于是被早就怀疑他的警官沙威抓走，芳汀因此惊吓而死。

第二部《珂赛特》描绘了1814年的滑铁卢战场。德纳第在尸体身上搜刮钱财，身负重伤的军官彭迈西在被他翻动时醒了过来，误把他当成了救命恩人。德纳第用这些不义之财开了一个小酒店，利用寄养在他家的珂赛特来敲诈芳汀。1823年11月，服刑中的冉阿让利用抢救一个海员的机会，假装坠海而死，找到德纳第后用钱赎出珂赛特。为了躲避沙威的追捕，他们逃进一座修道院，巧遇他在监狱中救过的、正在这里当园丁的割风老头，他们就在这里住了下来，直到珂赛特长大成人。

第三部《马吕斯》写割风老头死后，冉阿让带着珂赛特离开了修道院。彭迈西的儿子马吕斯爱上了珂赛特，但是他们尽量回避他。冉阿让救济容德雷特一家，不料容德雷特就是德纳第，现在成了一伙诈骗犯的头目，一心想陷害冉阿让。马吕斯及时报警，他虽然遵照父亲的遗嘱，没有向德纳第开枪，但是毕竟使冉阿让得以趁乱逃脱。

第四部是《普吕梅街牧歌和圣德尼街史诗》，描写1832年巴黎人民起义之前紧张的社会气氛，歌颂了起义者大无畏的牺牲精神，马吕斯和珂赛特再次相遇后热烈相爱，共同参加了街垒的战斗。

第五部《冉阿让》写沙威被起义者抓住，负责处决他的冉阿让却私自释放了他。马吕斯身受重伤，冉阿让背着他冒险从下水道逃走。这时沙威出现了，但是他在冉阿让的人格力量面前陷入了矛盾，终于投入塞纳河自杀。冉阿让用自己的存款成全了马吕斯和珂赛特的婚姻，然而他的苦役犯身份一直受到马吕斯的误会，直到他弥留之际，马吕斯才明白他是自己的救命恩人，而且是多么高尚。

《悲惨世界》是雨果根据一个真实的事件，历时30余年构思和创作的巨著，其中有些可以独立成篇的故事，也有滑铁卢战役和1832年共和党人起义等历史场景，不过它们都是为雨果的人道主义思想和艺术观念服务的。正如他在小说的简短序言中所说的那样，他要描写"本世纪的三大问题：男人因穷困而道德败坏，女人因饥饿而生活堕落，儿童因黑暗而身体孱弱"，揭露社会上存在的"愚昧和穷困"，所以雨果在歌颂人道主义理想和注重心理刻画的同时，描写了大量现实主义的场面和细节，使这部巨著成为一幅波澜壮阔的历史画卷，一部浪漫主义和现实主义相结合的杰作。

早在1841年1月9日，正值严寒的冬季，雨果当选法兰西学士院院士刚刚两天，就在街上看到一个无赖把一大团雪塞进一个衣着单薄的姑娘的背心里，争吵之下，警察反而把姑娘抓了起来。见此情景，雨果不顾自己有受到牵连和给敌人提供话柄的危险，毅然挺身而出，做证签字，使这个素不相识的姑娘获得了自由。他虽然从不知道她的名字，却把她的形象当作女工芳汀的原型写进了《悲惨世界》，为无数受苦受难的人主持了正义。

为了描写滑铁卢战场，雨果四次前去考察。1861年6月30日，在面向滑铁卢战场的圣约翰山的小旅馆里，他完成了《悲惨世界》的写作，而这个月正是进行滑铁卢战役的月份，这尽管是一个巧合，却使这部作品更加具有纪念意义。小说出版后在巴黎引起了轰动，人们争相购买和阅读，工人们尤其显示出巨大的热情，因为这可以说是第一部专门描写穷人苦难而且寄予深刻同情的杰作。《悲惨世界》后来曾多次被搬上银幕，在世界上产生了很大的影响。

正如波德莱尔指出的那样："这本书是一本关于慈善的书，也就是说，是为了引起、激起慈善精神而写的一本书；这是一本发问的书，提出了复杂的社会问题……至于书的文学形式，与其说是小说，还不如说是诗……"[①]雨果抱着济世救民的崇高理想，以诗人的目光去观察世界，充满了向非正义宣战的浪漫主义激

① 《波德莱尔美学论文选》，郭宏安译，人民文学出版社，1987年，第160页。

情。他以丰富的想象和强烈的感情，在《悲惨世界》里生动地描绘了冉阿让等穷苦人民的悲惨遭遇，对黑暗的社会现实提出了强烈的抗议，宣扬了靠仁慈博爱来杜绝罪恶、使人类得到拯救的人道主义精神，因而使小说具有震撼人心的艺术力量。

值得一提的是，在《悲惨世界》问世130余年之后，美国女作家劳拉·卡尔帕金在1995年写出了它的续集《珂塞特》。珂塞特和马吕斯都是善良的人，冉阿让去世以后，他们的命运如何，自然会引起读者的关心，所以卡尔帕金以《珂塞特》作为续集的书名，是完全顺理成章和符合逻辑的。

《珂塞特》没有按照惯例从原著的结尾即冉阿让之死写起，而是以1832年的起义来开头，使珂塞特和马吕斯的爱情从一开始就处于血与火的考验之中。同时通过冉阿让的回忆，简要地追溯往事，从而使本书构成一个完整的故事。到1848年，珂塞特的两个孩子已经长大成人。儿子让吕克贪图享受，竟然出卖父母，还投靠歹徒德纳第的女儿阿兹玛，娶了她的女儿艾潘妮。珂塞特的女儿与外祖母同名，也叫芳汀。她甘于清贫，与妓女咪咪的儿子、坚定的共和主义者欧椋鸟相爱。人物的命运与社会的变化自然而然地交织在一起，读来毫无雕琢之痕。

《珂塞特》中起义者认为妇女不该沦为妓女，儿童不该发育不良，要求有选举权、出版和集会自由，以及士兵们拒绝向马吕斯开枪，等等，不仅继承了人道主义精神的基调，而且有了进一步的发展。同样是偷了面包，冉阿让被捕入狱，而欧椋鸟则被珂塞特救了出来；冉阿让出狱之后只能逆来顺受和积德行善，马吕斯则创办了《光明日报》，向人民群众进行宣传。他入狱后，珂塞特继续战斗，写出了影响极大的小册子《癞蛤蟆拿破仑》，被誉为“拿鹅毛笔的百灵鸟”。冉阿让曾经不计个人恩怨，放走了密探沙威；马吕斯等虽然也放走了密探克里隆，但是予以痛骂和警告，而且克里隆最终还是被共和主义者乔利开枪打死了。凡此种种，都说明人民的觉悟在不断提高，革命的形势在日益发展。

珂塞特是续集的主人公，像冉阿让一样，她就是人道主义精神的体现，对事业和爱情的忠诚在她身上得到了完美的统一。她在儿子背叛、爱女分离，又以为丈夫遇难的困境中，孤身一人甘于清贫，把丈夫的事业进行到底。她化名“光明”，以一枚火炬作为署名发表文章，给人们带来光明和希望。她保护因偷面包被打的欧椋鸟、为穷人代笔、营救丈夫出狱等动人的情节，使她的完美形象显得真实可信、感人至深，与《悲惨世界》如出一辙。

在《悲惨世界》之后，雨果继续写作小说，其中主要有以下几部。

《海上劳工》(1866)原名《深渊》，写的是19世纪20年代发生在盖纳西岛上的故事。船主勒蒂埃里与朗泰纳合伙搞运输，被朗泰纳骗去巨款。他并不气馁，在10年之后重整旗鼓，购买了一条当时刚发明的汽船，让以老实著称的基尔班当船长。不料基尔班经过精心策划，驾驶汽船到大陆上找到了朗泰纳，逼着他交出了骗去的钱财,而在归途中却故意让汽船触礁沉没,以便能够独吞船主的财富。但是他落水后被章鱼的触须缠住,结果连人带钱葬身海底。

汽船的沉没使老船主万分悲痛,幸而水手说发动机还完好无损,只是水深浪急,无法把它从船里取出来。他的侄女黛露西特为此表示,谁愿意冒险到海底取出发动机,她就以身相许,船主也发誓一定把侄女嫁给愿去的人。青年吉里亚特一直暗恋着她,他独自划着小船前往触礁的海域,经过两个多月的艰苦奋斗,战胜了狂风暴雨、惊涛骇浪、饥饿寒冷和章鱼袭击等难以想象的困难,终于创造了人间的奇迹,把发动机和那笔巨款一起运到岛上交给了船主。

船主和侄女信守诺言,然而吉里亚特无意中发现黛露西特已经有了情人,为了成全他们的幸福,他坦然地表示自己并不爱她,让他们到教堂去结婚,自己当了他们的证婚人。在送他们去旅行的时候,他把母亲生前为未来儿媳准备的一箱衣服送给了她,然后忧伤地坐在海边的岩石上,让自己淹没在涨潮的海水里。

为了写作这部小说,雨果深入海上走私犯的洞穴,细心地观察和记录海上的暴风雨、章鱼的活动和水手们的劳作。小说歌颂了劳动者勤劳勇敢、感情纯洁高尚和富于自我牺牲精神的优秀品质,在形式上迎合了人们对海洋题材和异国情调的兴趣,具有浓郁的浪漫主义色彩。

《笑面人》(1869)取材于17和18世纪之交的英国,贵族后裔关伯伦从小被人毁容,变得奇丑无比,但是他有一颗善良的心灵,和一个随他流浪的盲女产生了爱情。后来有人发现他原来是被人拐骗的克兰查理男爵,于是他得以恢复了名誉和地位,并且进入了贵族院。可是当他在贵族院发表演说,控诉社会的不公的时候,那些官僚却由于看到了他的滑稽表情而哈哈大笑。他在忍无可忍的情况下回到了习惯的下层社会里,这时思念他的盲女已经奄奄一息,在重逢的狂喜中死去了,关伯伦自己也悲愤地投河而死。

《笑面人》是雨果抨击贵族政治的小说,描写了关伯伦从被遗弃到被发现身份后恢复名誉,最后又被贵族们嘲笑和侮辱的过程,揭露了宫廷里和贵族之间争权夺利的阴谋,将封建贵族的丑恶与劳动人民的善良进行了鲜明的对比,具有一定的进步意义。小说通过关伯伦的悲惨遭遇,赞美了他充满爱心的人道主义精神,不过在普法战争即将爆发的前夜,这部作品与社会现实的结合不够紧密,因而不像《悲惨世界》那样激动人心。

雨果的最后一部长篇小说是《九三年》(1874),写法国大革命时期,朗特纳克侯爵煽动农民叛乱,被他的侄孙和继承人、共和军司令郭文通缉,他大怒之下命令枪杀共和军的俘虏,并带走了共和军收留的3个孩子。最后朗特纳克的保王军被包围在一座古堡里,他们逃跑的时候放火烧毁古堡,而三个孩子却未能逃出火海。朗特纳克为了救出他们而返回古堡,结果被捕。郭文被侯爵的义举所感动,私自放走了他,结果在军事法庭上被派来监军的西穆尔登判处死刑。西穆尔登曾是郭文的家庭教师，还救过郭文的生命，因此他在投下决定处死郭文的一票时内心十分矛盾，最后在郭文被处决的同时开枪自杀。

雨果的父亲是共和军的将领，母亲却持保王派的立场，因此如何找到一条协调两种政治态度的道路，是雨果终其一生都在寻求的目标。小说肯定了法国大革命，赞扬了共和军的英雄主义，谴责了保王军的残忍，但是雨果认为恶人的内心也有善良的一面，因而宣扬了“在绝对正确的革命之上，有一个绝对的人道主义”“在人世的一切问题之上，还有人心的无限仁慈”的观点，这种观点与他对革命斗争的形象描绘有着明显的矛盾，然而小说的主旨首先在于拯救人的生命，这在当时巴黎公社起义被残酷镇压、公社社员们面临死亡威胁的形势下，应该说具有人道主义的进步意义。所以卢卡契才认为“在某种意义上来说，《九三年》是浪漫主义历史小说的最后余音”[①]。

仅就雨果的小说创作而言，他在法国19世纪的文学中已经具有极为重要的地位。正如柳鸣九先生所说的那样：

> 在小说中，他是唯一能把历史题材与现实题材都处理得有声有色、震撼人心的作家。他小说中丰富的想象、浓烈的色彩、宏大的画面、雄浑的气势，显示了某种空前的独创性与首屈一指的浪漫才华。他无疑是世界上怀着最澎湃的激情、最炽热的理想、最充沛的人道主义精神去写小说的小说家，这使他的小说具有灿烂的光辉与巨大的感染力，而在他显示出了这种雄伟绚烂的浪漫风格的同时，他又最注意、也最善于把它与社会历史的必然性与人类现实的课题紧密结合起来，使他的小说永远具有现实的社会的意义。尽管在小说领域里，取得最高地位的伟大小说家往往都不是属于雨果这种类型的，但雨果却靠他雄健无比的才力也达到了小说创作的顶峰，足以与世界上专攻小说创作、取得最高成就的最伟大小说家媲美。[②]

雨果的《巴黎圣母院》是浪漫主义的杰作，《悲惨世界》更是达到了浪漫主义和现实主义相结合的高度。正是由于他的小说和其他作品，法国的浪漫主义文学才得以延续了将近一个世纪，而且孕育了其他的文学流派，对整个世界都产生了巨大而深远的影响。

---

① 《卢卡契文学论文集》第1卷，中国社会科学出版社，1980年，第91页。

② 柳鸣九：《在首都文化界雨果200周年诞辰大会上的开幕词》，2001年1月5日。

第三节 大仲马

在浪漫主义小说当中，从事历史小说创作的作家更多，风格也更为多样。从维尼的《桑-马尔斯》开始，历史小说方兴未艾，梅里美的《查理九世时代轶事》、巴尔扎克的《舒昂党人》、司汤达的《巴马修道院》和雨果的《九三年》，都是最著名的例子。但是在这个领域里，读者最多的小说家无疑是大仲马。他的《三个火枪手》和《基度山伯爵》都以通俗生动著称，因此可以称之为浪漫主义的通俗小说家。

一 大仲马的生平

大仲马(1802—1870)出生在巴黎与苏瓦松之间的维莱科特雷。他的名字是亚历山大·仲马，与他的私生子同名，因而世人以“大”“小”来对他们父子加以区别。大仲马的父亲仲马·达维是个混血儿，18岁时从圣多明各来到法国，后来在大革命中屡建战功，成为共和国的著名将领，是一个坚定的共和主义者。1798年他随拿破仑远征埃及，因对拿破仑的野心不满而失宠回国，在途中遇到风暴，避入已经复辟的那不勒斯海港，被捕入狱后备受折磨，回到法国时几乎成了残废，44岁就去世了。

大仲马继承了父亲健壮的体魄和超人的勇气，酷爱打猎、击剑、跳舞等活动。他在家乡的大森林里度过了童年，没有受过什么正规教育，不过在书法方面却才华出众。1820年，有一个剧团到苏瓦松演出莎士比亚的《哈姆雷特》，激起了他对戏剧的强烈兴趣，专程到巴黎去看戏，决心要成为一个剧作家。在父亲生前好友的帮助下，他当上了奥尔良公爵办公室的抄写员，利用这个机会刻苦钻研各种知识，阅读大量的文学作品，为日后的创作奠定了坚实的基础。

1827年，英国的著名演员到巴黎演出莎士比亚的戏剧，使大仲马第一次“在戏剧中看到了使男人和女人战栗的真实激情”，认识到必须大胆地把被古典主义压抑的狂暴激情搬上舞台，才能获得打动观众的戏剧效果。1829年2月11日，他的历史剧《亨利三世和他的宫廷》在法兰西剧院首次上演，获得了巨大的成功。大仲马从此成为浪漫主义文坛上的明星。他彻底抛弃了古典主义的三一律，把爱情置于理性之上，一共创作了88个剧本。七月革命爆发后，他热情地投入推翻波旁王朝的战斗。但因为与新国王产生分歧，所以从1832年开始常到国外去旅行，沿途观察风俗人情，收集奇闻逸事，撰写游记，为以后的小说创作积累了丰富的资料。

七月王朝时期，法国开始了工业革命，印刷业和新闻业得到了迅速的发展，报刊的读者大量增加。他们要求更加通俗的文学，于是报纸上的文学专栏和连载小说应运而生。这种小说每日一段，结尾时留有悬念，增强了阅读的趣味性，使人爱不释手。连载小说的始作俑者是巴尔扎克，1836 年 10 月 23 日至 11 月 4 日，《新闻报》分 12 次连载了他的小说《老姑娘》，然后再汇总出书，使读者和出版商都非常满意，连载小说因而得以迅速普及开来。

大仲马正是在这方面充分发挥了他的天才，他仔细研究了司各特的历史小说的风格，以无比丰富的想象力和高超的写作技巧，把历史题材写成通俗生动的故事在报上连载。1844 年《三个火枪手》的巨大成功，奠定了他作为历史小说家的声誉，而他的另一部通俗小说《基度山伯爵》的魅力，则使他成为当时首屈一指的小说专栏作家。

大仲马的作品多达 300 卷以上，大部分是他在 19 世纪 40 年代以后与历史教师奥古斯特·马盖(1813—1888)合作的。他们的合作引起过一些非议，不过无论如何，大仲马的写作是极为勤奋的。他每天工作 10 个小时，而且才思敏捷、一挥而就，巨额的收入使他成了百万富翁。到 40 年代末，他创办了自己的“历史剧院”，花费数十万法郎建成了豪华的住宅“基度山堡”。他生活奢侈、挥金如土，私生活十分放纵，还有一大堆食客靠他混饭度日，所以总是入不敷出、债台高筑；最后剧院倒闭，他被迫流亡瑞士，穷困潦倒，于 1870 年 12 月 5 日在第厄普市附近小仲马的家里去世，遗体在 1872 年迁葬到家乡维莱科特雷。

大仲马一向被视为出色的通俗小说家。2002 年 11 月 30 日，在他诞生 200 周年之际，他的遗骸被从维莱科特雷迁入巴黎的先贤祠，标志着他已经被公认为第一流的大作家，获得了与雨果并列的崇高地位。希拉克总统在迁葬仪式后表示：大仲马在国外也深得人心，是法兰西语言文化在世界上最好的传播者。

二　《三个火枪手》及其他历史小说

《三个火枪手》(1844)是大仲马的历史小说的代表作。主人公达达尼昂来到巴黎，与国王路易十三的三个火枪手阿托斯、波尔托斯和阿拉密斯结成莫逆之交。他对王后的心腹侍女波娜雪夫人一见钟情，为了她愿意替王后效劳。王后爱上了英国的白金汉公爵，把国王赠给自己的一串金刚钻坠子送给了他。首相黎塞留派貌美心狠的女间谍米莱狄盗走了坠子上的两粒金刚钻，然后建议国王举行舞会，请王后佩戴金刚钻坠子出席，企图使她名誉扫地。达达尼昂等自告奋勇，与三名火枪手一起冲破重重阻拦，到英国取回了被白金汉公爵不惜重金修复的金刚钻坠子，在舞会开始前不到一小时的危急关头送到了王后手中。

这时黎塞留开始围攻新教徒最后的据点拉罗舍勒，米莱狄又被派到英国去阻止白金汉公爵对该城的援助。经过周密策划，达达尼昂和朋友们使她一到英国就落入法网。但是她利用美色勾引了看守费尔顿中尉，唆使这个上当的清教徒刺死了白金汉公爵，自己则逃回法国，害死了波娜雪夫人，最后被达达尼昂等抓住处死。黎塞留本来对阴险恶毒的米莱狄已经感到头疼，于是顺水推舟，任命达达尼昂当了火枪队的副队官，他的三个朋友也各得其所。

小说的背景是枢机主教黎塞留与以王后为代表的贵族势力的斗争，他在1624年上台执政以后力图统一法国，指挥军队包围了贵族叛乱的据点拉罗舍勒。大仲马喜欢历史却不忠实于历史，只是把历史看成是他用来挂小说的钉子，因此《三个火枪手》并不完全符合历史事实。他一方面根据历史资料《国王火枪手第一连中尉达达尼昂先生回忆录》(1700)，塑造了在历史上实有其人的四个火枪手的形象，另一方面虚构了安娜王后和白金汉公爵的爱情，而且对王后和黎塞留等历史人物做出了与史实相反的评价。

《三个火枪手》是一部连载的通俗历史小说，情节生动、对话风趣，实际上是由许多单独成章的小故事构成的。大仲马以丰富的想象力，把人物塑造得极为生动：达达尼昂珍视友谊、热情勇敢；阿托斯冷静沉着、疾恶如仇；波尔托斯大胆鲁莽、感情外露；阿拉密斯风度翩翩、柔和沉静。这几个在战斗中视死如归、为爱情奋不顾身的火枪手，在17世纪严峻的历史背景上吹出了一股清新的浪漫主义气息。小说的其他人物也刻画得相当成功，例如黎塞留的老谋深算，米莱狄的妖艳狠毒，就连火枪手们的跟班也各类其主、惟妙惟肖，因而具有很高的文学成就。

1845年至1855年是大仲马历史小说创作的高峰，主要包括以下三个部分。

第一部分是叙述达达尼昂一生事迹的三部曲，即《三个火枪手》及其续集《二十年后》(1845)和《布拉日隆子爵》(1848—1850)。《二十年后》以马扎兰执政时代为背景，达达尼昂和波尔托斯为王后安娜和马扎兰效劳，阿托斯和阿拉密斯却去帮助即将被克伦威尔推翻的英国国王查理一世。最后四个朋友在战场上相遇，达达尼昂和波尔托斯救了阿托斯和阿拉密斯。《布拉日隆子爵》是根据拉法耶特夫人的《回忆录》改编的，以阿托斯和什弗莱丝夫人的私生子布拉日隆子爵为线索，描写了马扎兰之死，达达尼昂使查理二世登上英国王位，以及火枪手们的结局。

第二部分是描写纳瓦尔的亨利的三部曲：《玛尔戈王后》(1845)表现查理九世与纳瓦尔的亨利的斗争；《蒙梭罗夫人》(1846)以轻松的笔调描绘了亨利三世时代；《四十五卫士》(1848)则是蒙梭罗夫人因情人被杀而向安茹公爵复仇的故事。

第三部分包括一系列反映法国君主政体的腐败和灭亡过程的小说：表现法国大革命前夕的社会状况的《一个医生的回忆，约瑟夫·巴尔萨莫》(1846—1848)和《王后的项链》(1849—1850)，描写法国大革命的《红屋骑士》(1845—1846)、《昂热·皮都》(1851)和《夏尔妮伯爵夫人》(1852—1855)等。

除了以上三个部分的系列小说之外，大仲马也写了许多单本的历史小说，例如《阿芒塔尔骑士》(1842)、《女人的战争》(1845—1846)、《黑郁金香》(1850)、《冰屋》(1860)和《铁面人》(1867)等。

大仲马从一个小职员到进入上流社会，具备了丰富的阅历，对人生也有了深刻的观察，而且他每写一部小说，都要到发生这些历史事件的地方去考察一番，向老人、农民请教当地的传说和风俗，查阅大量的资料，因此他的小说就是历史的通俗演义，读来娓娓动听、引人入胜。不过他往往为了情节的需要而歪曲历史，因此他的小说不能作为历史教材。有时他为了还债就同时赶写几部小说，所以作品中的重复和矛盾之处屡见不鲜，到后期就更是每况愈下了。

三　《基度山伯爵》

《基度山伯爵》(1844)是大仲马根据当时的一篇回忆录《复仇的金刚钻》改写的，故事发生在复辟时期。年轻有为的水手爱德蒙·邓蒂斯即将提升为船长，同事邓格拉斯出于嫉妒，写了一封诬陷他的告密信，让他的情敌弗南投入邮筒，使他在举行婚礼时被捕。代理检察官维尔福把邓蒂斯打入了插翅难飞的死牢伊夫堡，因此获得勋章，晋升为巴黎的首席检察官。邓格拉斯靠投机发财，成了伯爵、众议员和金融界的巨头。弗南则娶了邓蒂斯的未婚妻，改名为马瑟夫。在希腊独立战争①中，他出卖了恩主阿里总督，当上了中将和贵族院议员。

邓蒂斯被捕后，他的老父因无人赡养而饿死，自己在黑牢里受了14年的折磨。他从难友法利亚长老那里得知了基度山宝藏的秘密，设法逃出了伊夫堡，到基度山去找到了这笔几乎是取之不尽的财富。他运用手中的钱财，首先报答了对他有恩的船主摩莱尔，然后经过8年多的准备，带着阿里总督的女儿海蒂来到巴黎，并以基度山伯爵的名义进入上流社会开始复仇。

基度山伯爵在报上透露了弗南的罪恶历史，让海蒂在议会里做证，迫使原形毕露的弗南开枪自杀。他在投机事业中连续打击邓格拉斯，又把维尔福和邓格拉斯夫人抛弃的私生子、苦役犯贝尼台多伪装成富有的王子，让其与邓格拉斯的女儿订婚，使得邓格拉斯一家名誉扫地，彻底破产。他把配制毒药的方法教给维尔福夫人，促使她为了早日获得遗产而毒死了几个人，最后她自己也畏罪自杀。维尔福在审讯贝尼台多时发现他竟是自己的儿子，由于刺激过度而发疯。邓蒂斯大仇得报，就带着海蒂扬帆远航，永远离开了巴黎。

邓蒂斯的复仇尽管存在着崇拜金钱、冤冤相报等问题，但是由于他的三个仇人分别是司法界、金融界和政界的代表，他们的历史充满罪恶，人品极其卑劣，所以小说揭露了复辟王朝时期司法制度的黑暗和腐败，批判了七月王朝时期的统治阶层，因此有着进步的现实意义。《基度山伯爵》最主要的成就在于艺术方面：

① 希腊人民从1821年开始进行的反对土耳其统治、争取民族独立的战争。法国与英国和俄国曾在1827年进行干预，希腊于1829年获得独立。

小说情节复杂曲折，构思巧妙周密，富于浪漫的传奇色彩；70 多个人物的活动被安排得杂而不乱、环环紧扣，读来引人入胜、扣人心弦，是一部世代流传和百看不厌的名著。

相对于史诗和悲剧而言，小说本来是一种通俗的体裁。但是随着小说的发展和演变，又单独形成了被称为通俗小说的体裁，而大仲马的历史小说则是通俗小说的典范，是通俗小说发展史上的里程碑。它们在世界上拥有最多的读者，对于后来的通俗小说、历史小说、侦探小说等许多体裁都产生了深远的影响，其中的主要作品在我国早就有了多个译本，而且多次再版。

第四节　欧仁·苏

欧仁·苏(1804—1857)出生于巴黎一个世代行医的家庭，他的父亲是皇家卫队的主任医生，曾经跟随拿破仑出征，他也因此得以成为约瑟芬皇后的教子。波旁王朝复辟之后，父亲当上了路易十八王家医院的外科主任，他继承父业，21 岁时担任战舰上的外科医生，到过美洲和希腊等地。1829 年父亲去世后留下大笔遗产，他于是辞职从事文学创作，结果在短短几年里就把遗产挥霍一空。

欧仁·苏早期的小说和剧本都没有引起注意，后来有三部以海战为题材的小说受到关注，就是他根据自己的航海经历所写的《海盗凯诺克》(1830)、《阿塔尔-居尔》(1831)和《考特文的瞭望岗》(1832)。当时连载小说刚刚兴起，他发表的第一部连载小说《亚瑟》(1837—1839)就取得成功，使他成为最早成名的连载小说家之一。

从 1842 至 1843 年，欧仁·苏在《辩论报》上连载《巴黎的秘密》。主人公鲁道夫是一个德意志公国的大公，年轻时与苏格兰姑娘萨拉同居，生有一个女儿玛丽花。萨拉后来另嫁给一个伯爵，并把女儿托付给公证人雅克·弗兰抚养。弗兰为了吞没萨拉留给他的抚养费，把玛丽花送给了外号叫“猫头鹰”的女强盗。玛丽花后来逃了出来，沦为娼妓，鲁道夫途经巴黎时无意中把她救了出来，并且使她在老教士的感化下皈依了上帝。

萨拉一心想做大公夫人，与“猫头鹰”一起劫走了玛丽花。弗兰唯恐真相败露，企图谋杀玛丽花，但未能得逞。弗兰迫害贫穷的首饰匠莫莱尔，奸污莫莱尔的女儿——正在他家当女佣的路易莎。鲁道夫为了伸张正义，设计制伏了他，没收了他的财产来救助穷人。弗兰和“猫头鹰”等坏人得到了应有的下场，鲁道夫也找到了自己的女儿，但玛丽花为了赎罪进了修道院，不久去世。

七月王朝使金融贵族占据了统治地位，阶级矛盾日益尖锐，贫富差距越来越大，贫苦阶层的悲惨遭遇越来越令人同情。欧仁·苏接触过一个工人家庭，对他们的苦难感到震惊,因此向往当时流行的傅立叶[①]的空想社会主义学说。他在小说中描写了玛丽花和莫莱尔一家的遭遇,反映了下层人民失业、酗酒和卖淫等社会现实,正如恩格斯指出的那样:"这本书以显明的笔调描写了大城市的'下层等级'所遭受的贫困和道德败坏,这种笔调不能不使社会关注所有的无产者的状况。"[②]欧仁·苏还通过鲁道夫惩办恶人和建立"贫民银行"和"模范农场"等善举,宣扬了傅立叶的空想社会主义学说,所以被马克思称为"温情的小市民的社会幻想家"[③]。小说出版后成为街谈巷议的话题,欧仁·苏因此成为与大仲马齐名的小说家,不久还当选为议员。

欧仁·苏的另一部连载小说是《流浪的犹太人》(1844—1845),写的是一个家族的成员争夺巨额遗产的故事。雷纳蓬家族的祖先留下5万埃居,委托给一个被他救过的犹太人去存款生息,并且在遗嘱中规定后代在150年以后,于1832年2月13日到巴黎的一幢房子里去继承遗产,届时不到即被视为自动放弃继承权。那时5万埃居已经变成了2亿法郎的巨款,耶稣会为了夺取这笔遗产而设置阴谋,截住来自各地的继承者,后来更把他们谋害致死。最后看守遗产的犹太人出于义愤,把钞票付之一炬。

这两部小说的成功,与当时空想社会主义学说的流行是分不开的。小说的意义在于揭露了耶稣会的阴谋,它为了夺得遗产不择手段,行刺下毒,无所不用其极,在七月王朝时期又死灰复燃、罪恶累累。小说正是反映了当时人们对耶稣会的厌恶和愤慨,所以受到了普遍的欢迎。

小说的情节曲折复杂,作为连载小说颇为成功,但是在汇编成书以后,就显得冗长和凌乱,不像《基度山伯爵》那样扣人心弦。另外,欧仁·苏在宣扬空想社会主义思想的时候,不像乔治·桑那样充满激情,鲁道夫的惩恶扬善也显得虚假和苍白,因而在事过境迁之后,这两部作品就逐渐被人们遗忘。欧仁·苏从此江郎才尽,后来发表20多部小说都不大成功,所以他在当时尽管名噪一时,在小说史上的影响却远不及大仲马。

1851年,欧仁·苏作为立法会议员,反对路易·波拿巴的政变,被捕后被流放到意大利,永远不准回到法国。两年后,他在53岁时就去世了。

第五节　乔治·桑

乔治·桑(1804—1876)生于巴黎一个高级军官家庭,原名奥罗尔·杜班。

---

① 夏尔·傅立叶(1772—1837),法国空想社会主义者,曾企图以名为法郎吉的基层单位来实现社会和谐与世界大同。

② 恩格斯:《大陆上的运动》第1卷,载《马克思恩格斯全集》,第594页。

③ 《马克思恩格斯全集》第7卷,第115页。

她4岁丧父，平民出身的母亲在家里受到排斥，离开了她到巴黎去谋生，她就由祖母抚养。祖母很有文化修养，是伏尔泰的崇拜者，让她阅读了启蒙思想家们的许多作品。她在诺昂的农村长大，养成了热爱自然风光和田园牧歌的情趣，同时博览群书，把卢梭当成自己的导师。她13岁时被祖母送进修道院生活了两年，17岁时祖母去世，18岁就与自己结识的杜德望少尉结婚；但是杜德望为人粗俗平庸，她厌恶这个只爱吃喝玩乐的乡绅，开始追求自己的幸福和爱情。

七月革命爆发后，她带着子女离开丈夫来到巴黎，后来于1836年与丈夫正式离婚。她在巴黎故意穿男装、抽烟斗，与比她小7岁的青年诗人于勒·桑多相恋，过着与男性自由交往的独立生活，以显示妇女解放的精神。她还与桑多合作，以"于勒·桑"的笔名发表了小说《玫瑰色与白色》(1831)。

后来她以乔治·桑为笔名，发表了第一部独自完成的小说《印第安娜》(1832)，开始了她的第一个创作阶段。小说提出了妇女解放的问题，引起了社会的注意，乔治·桑因此成名，结识了巴尔扎克、雨果、大仲马、福楼拜和梅里美等著名作家。巴尔扎克用土耳其水烟袋抽拉塔基亚烟草，就是向她学会的。此后她连续发表了一系列妇女问题小说，都以妇女的爱情、婚姻和解放为主题。

1833年，乔治·桑与桑多分手。不久与比她小6岁的缪塞相遇，爱上了这位容貌英俊、才华超群的诗人。由于她不断地有新的情人，缪塞也习惯于玩世不恭的放荡生活，他们的恋情难以持久。当年12月，他们一起到意大利旅行，缪塞丢下患病的乔治·桑到外面寻欢作乐；而缪塞生病的时候，乔治·桑却爱上了来为他看病的意大利医生帕吉洛。此后她与缪塞藕断丝连，直到1835年才彻底分手。缪塞为此写了唯一的长篇小说《一个世纪儿的忏悔》，来记述他们不幸的爱情经历。

1836年底，乔治·桑结识空想社会主义者皮埃尔·勒鲁(1797—1871)，开始了她创作道路的第二个阶段。空想社会主义学说在当时影响很大，而乔治·桑作为一个感情丰富和善于憧憬的女性，也正渴望找到一种美好的信仰，所以她对勒鲁推崇备至，在他的影响下成为一个空想社会主义者，开始关注社会现实，用自己的笔来为他那套改革社会的理论服务。她参与创办了宣扬空想社会主义学说的刊物《独立评论》，同时接触了许多手工业行会的工人，创作了一系列社会问题小说。

1838年，乔治·桑又与比她小7岁的波兰音乐家肖邦相恋，1842年他们在巴黎同居，至1846年分手。肖邦不久于1849年10月去世。她虽然对这段长达8年的恋情始终念念不忘，但她在痛苦之余并未消沉，而是开始了她创作道路的第三个，也是最为重要的田园小说阶段。乔治·桑在1848年二月革命期间曾积极参加政治活动，发表了《致人民的信》，创办了报纸《人民的事业》。但是六月起义[1]失败后她深感失望，于是隐居在诺昂乡村潜心写作。

乔治·桑比福楼拜大 17 岁，而且两人的创作观念完全不同，却有着深厚的友谊。福楼拜的《包法利夫人》于 1857 年出版后受到猛烈抨击，乔治·桑挺身而出，发表文章为这部小说辩护，两人因此通信交往了 10 多年，福楼拜还在她的影响下写出了《纯朴的心》。

第二帝国时期是她创作道路的第四个阶段。她发表了小说《金林美男子》(1858)和《维尔梅尔侯爵》(1861)，以及儿童文学作品《祖母的故事》(1873—1876)，还撰写了自传《我的生平》(1850—1876)。晚年的乔治·桑在诺昂乡间别墅里过着安宁的田园生活，直到 1876 年才去世。她与小仲马等作家交往密切，但是没有再写出重要的作品。

乔治·桑是法国历史上第一位专业的女作家，也是欧洲最早反映工人和农民生活的作家之一。她在私生活方面的放纵颇遭物议，不过她并非耽于逸乐，而是极为勤奋，每天都坚持写作，往往通宵不眠。出于她热情乐观的天性，以及空想社会主义学说的影响，她的创作经历了从描写妇女的悲惨命运，逐渐转变为只写人生中美好的东西。正如她在《木工小史》的序言里公开表明的那样，她要采用的是浪漫主义而不是现实主义的创作方法：

> 从什么时候起，小说就不得不把存在着的一切，把当代芸芸众生和万事万物的冷酷现实记录下来呢？我知道，或许应该是这样吧；于是巴尔扎克(我对这位大师的才华一向是景仰的)就写了他的《人间喜剧》，不过，虽说友谊的纽带把我和这位卓越的人物连在一起，我却是从完全不同的角度看待人生现象的。我记得曾向他说过："我想写的是人间牧歌、人间歌谣、人间传奇……感到不得不把人物描绘成我希望于他的那样，描绘成我相信他应该如何的那样。"既然我们不是在相互竞赛，我们就各自承认对方是对的吧。[2]

乔治·桑在第一个创作阶段里关注的是妇女的婚姻和爱情，主要有以下几部小说。

《印第安娜》是乔治·桑的成名作。女主人公印第安娜出生在法属布尔彭岛，与表兄拉尔夫情投意合，但是拉尔夫在家庭的压力下去了英国。她在 19 岁时遵从父命，嫁给了比她大 30 多岁的退休上校德马尔，然后一起来到法国。上

---

① 二月革命建立了法兰西第二共和国，但是掌权的资产阶级共和派实行反对工人的政策，巴黎工人在 6 月 23 日举行起义，遭到残酷镇压，数万人被枪杀和逮捕，在坚持四天后失败。

② 勃兰兑斯：《十九世纪文学主流》第 5 卷，李宗杰译，人民文学出版社，1982 年，第 156、157 页。

校性格粗暴，印第安娜渴望获得真正的爱情，不愿屈从于专制的丈夫，却又被来到她家的一个贵族纨绔子弟雷蒙勾引。雷蒙后来因担心名誉扫地而结了婚，反过来嘲笑去看望他的印第安娜，使她几乎因此自杀。这时始终在默默地保护她的拉尔夫终于找到了她，他们一起回到家乡的小村里去隐居。

《瓦朗蒂娜》(1832)的女主人公瓦朗蒂娜是一个贵族的女儿，她为了追求幸福而与家中佃户收养的孤儿贝内迪相爱，但是她已被许配给平庸的朗萨克男爵，贝内迪也与表妹阿特娜伊丝订了婚。后来她被迫嫁给了男爵，阿特娜伊丝却与表兄分手，另嫁一个富裕的农民。瓦朗蒂娜婚后与贝内迪幽会，阿特娜伊丝的丈夫却误以为贝内迪来勾引自己的妻子，就把他打死了，瓦朗蒂娜也因此痛苦而死。

《莱莉娅》(1833)的女主人公由于貌美而经常引起爱情纠葛，为了获得安宁进了修道院，使得青年诗人斯特尼奥因此自杀。神甫马钮斯本来也为她神魂颠倒，现在更把她视为诱惑人的魔鬼，到处煽动对她的仇恨，终于使她悲惨地死去。

作为一个女小说家，乔治·桑在《印第安娜》里第一次提出了妇女解放的问题。她根据自己被迫嫁给平庸丈夫的经历，谴责了包办的婚姻制度、男女的不平等，以及女人只能做家务和生育，享受不到真正的爱情等不合理的习俗，对妇女的不幸命运表示了深切的同情。《瓦朗蒂娜》中有她与桑多恋情的影子，但是已经可以看出她并不满足于这种夹杂着母性的爱情。她在《莱莉娅》里表达了自己对男人们的失望，因为他们只倾倒于她的美貌，却无法满足她感情丰富的心灵。不难看出，在这个阶段，她笔下的女主人公都有着不幸的命运，不是死去就是逃避现实。

在与帕吉洛同居期间，乔治·桑写作了小说《雅克》(1834)，内容是雅克娶了费南德，后来费南德有了情人奥克塔夫，雅克为了他们的幸福而自杀了。这个故事歌颂了雅克这样不抱偏见的人，认为不应该把婚姻作为爱情的保障，从而表达了乔治·桑的爱情观：最不道德的不是为社会所不容的婚外情，而恰恰是为社会所承认的合法婚姻，以此谴责了从一而终的婚姻观念。左拉在1860年，也就是它出版20多年后，还被它深深地打动："我刚读完乔治·桑的《雅克》。这是一部奇特的作品，阅读它时不能不为之流泪，感受到热情的战栗。"①

乔治·桑初期的小说因袭了从拉法耶特夫人到斯塔尔夫人的传统，描写妇女们的悲惨命运，而从第二个阶段开始，她就大多以男性为主人公，从而进一步扩大了题材，同时把美好的理想寄托在婚姻和爱情之中，使作品有了浪漫主义的特色。

《莫普拉》(1837)的主人公莫普拉是一个封建家族的后裔，他被少女艾德梅

① 《左拉文学书简》，吴岳添译，安徽文艺出版社，1995年，第28页。

的美貌和风度折服，改变了自己的封建观念和流寇恶习，两人结成了互敬互爱的夫妻。

《木工小史》(1840，原名《周游法国的木工行会会友》)写细木工皮埃尔·于格南的高尚品质，以及他和贵族小姐伊瑟儿的奇特爱情。皮埃尔反对当时的帮派工会互相排斥和斗殴的风气，主张工人们团结起来，共同对付贵族和富人，因此他们的爱情遭到伊瑟儿父亲的反对。皮埃尔尽管可以和她结婚，却主动放弃了婚姻，因为唯恐自己在变成富人以后会忘记争取社会平等的理想。伊瑟儿则希望他等着，她在父亲去世之后一定会来到他的身边，最后有情人终成眷属。小说塑造了一个新型的工人形象，充满了浪漫主义的色彩。

《康素爱萝》(1842—1843)的故事发生在18世纪中叶，波希米亚歌女康素爱萝年轻貌美，她被未婚夫欺骗后，离开威尼斯来到波希米亚，给伯爵的侄女当音乐教师。伯爵的独生子阿尔贝爱上了她，可是她不愿意做伯爵夫人，独自到维也纳去了，阿尔贝一路上在暗中保护着她。当阿尔贝知道她不可能和自己结婚成家的时候，立刻就病倒了。为了使自己的灵魂安息，阿尔贝在病逝前坚持和她完成了婚礼，但是她拒绝接受归于她名下的任何遗产，毅然离开了宫堡。

《康素爱萝》中的情节，是乔治·桑根据当时一个女歌星的经历虚构出来的，但是小说中对上流社会和下层人民的描写都非常真实，因而具有浪漫主义和现实主义相结合的特色。阿尔贝是贵族阶级的叛逆，他的所作所为显示出反封建的民主主义精神。而康素爱萝的经历则表现了对自由的向往，她为此克服了一次比一次更强烈的诱惑，放弃了唾手可得的地位、金钱和爱情，充分体现了妇女要求挣脱封建枷锁与争取独立和自由的勇气。

《安吉堡的磨工》(1845)写的是贵族寡妇马塞尔与机械工列莫尔、磨工路易与富农的女儿萝丝这两对情人的故事。马塞尔经历了不幸的婚姻之后与列莫尔相爱，但列莫尔担心自己与寡妇贫富悬殊，所以离开她出走了。其实马塞尔的丈夫生前由于大肆挥霍，已经欠了富农布雷科南大量的债务，到了破产的地步，布雷科南正在企图吞并她的领地。马塞尔在磨工路易的帮助下，保住了自己的领地，恢复了与列莫尔的联系。路易和布雷科南的女儿萝丝相爱，马塞尔答应把领地卖给布雷科南，条件是他答应把女儿嫁给路易。后来布雷科南因火灾而破产，路易却意外地发了财，由此消除了两对情人在财富和地位上的差距，使他们如愿以偿，在乡村里过着平静的田园生活。

这些小说里的男女主人公全都思想高尚、感情真挚，是乔治·桑塑造的理想人物。他们为了争取达到平等的地位，宁可放弃自己的爱情和婚姻。她为了使不同阶级的男女能够相爱，有意安排了一系列天灾人祸，使情人们最终获得相同的经济地位，从而实现了人与人之间的平等。这类构思和描写都是为了体现空想社会主义的学说，把现实生活写得符合她自己的理想。小说中优美的异国情调和景色描绘，在反映社会现实的同时，也具有强烈的浪漫主义色彩。

乔治·桑晚年写作的田园小说，是最适合于她的气质和才华的小说形式，这个阶段的第一部代表作是《魔沼》(1846)。农民瑞尔曼年轻丧妻，带着小儿子皮埃尔到邻村一个有钱的寡妇家去相亲，同行的是到农场主家里去牧羊的少女玛丽。他们在森林的魔沼旁边迷了路。玛丽非常细心地照顾皮埃尔，使瑞尔曼深受感动。经过一夜的同甘共苦，瑞尔曼爱上了这个过去未曾注意的牧羊女，她在寒夜里显示出来的高尚品德，与他第二天见到的有钱寡妇的虚伪庸俗形成了鲜明的对比。他立即离开寡妇去找玛丽，在魔沼碰上并教训了正在追赶玛丽的农场主，与玛丽一起带着小儿子回家，缔结了幸福的婚姻。

童年的乡居生活使乔治·桑感受到大自然的质朴纯真，以至于在农夫身上也能发现真挚的美，对空想社会主义的信仰更使她同情农民的苦难。她写作《魔沼》就是因为看到了一幅描绘农夫耕地的版画，画上有这样一首动人心弦的四行诗，她把它放在小说的开头：

你汗流满面，
仅换来一生的清贫。
你长年劳累，日渐衰弱，
如今，死神已把你召唤。[①]

但乔治·桑并未因此而像其他作家那样，把农民描绘成被压迫的对象，只有一副悲惨愁苦的面容。她以理想主义的目光观察世界，看到的始终是美好的一面。因此她笔下的农民不仅也有欢乐和爱情，而且比贵族更加朴实和健康。这种感情不再是地位悬殊的男女凭空相爱，而是在共同的田园生活中产生的淳朴爱情，这就使她的田园小说蒙上了一层光明的色彩。

左拉对乔治·桑的小说极为赞赏，早在1860年，他就在致友人的信中说过："她的田园小说是极为美妙的牧歌……我更喜欢她的乡村小说《魔沼》。《魔沼》是一件何等杰出的珍品！……读完这部小说，我们的心平静而轻松，充满了柔情和仁慈。"[②]但他同时也指出了这类小说的弱点："乔治·桑的过失在于她的哲学……她希望世界上住满了富裕而快乐的人，人人都是兄弟，相亲相爱、互相帮助……形成一个唯一的、富裕而强大的共和国。可惜这也许只是一种梦想，虽然会很动人。"[③]这段话是对乔治·桑小说的确切评价，同时也表明了他们在创作

① 乔治·桑：《魔沼》，罗旭译，人民文学出版社，1994年，第1页。
② 《左拉文学书简》，吴岳添译，第20页。
③ 《左拉文学书简》，吴岳添译，第21页。

观念方面的区别。

《小法岱特》(1849)写农村里一对少年男女的淳朴爱情。小法岱特由于家境不好而缺乏教养,被人们嘲笑为野姑娘。有一次她帮助富农的儿子朗德烈救助他的孪生兄弟,两人成为好朋友。在节日的舞会上,朗德烈邀请她跳舞,她也开始注意改变自己的形象,在爱情的激励下逐渐变成了品行出众的美貌少女,最后和朗德烈喜结连理。

《弃儿弗朗索瓦》(1850)是孤儿弗朗索瓦与收养他的女主人玛德兰的故事。玛德兰的丈夫是个磨坊主,生活放荡,不顾家庭。玛德兰和弗朗索瓦相依为命,产生了真挚的感情。磨坊主把弗朗索瓦赶了出去,最后债台高筑、染病身死。在玛德兰面临破产的危急时刻,弗朗索瓦赶到她的身边,用自己的钱替她偿还债务,帮她重整家业,他们也自然地结成了夫妇。

这些小说虽然还带有虚构的痕迹,但已经不是纯粹的空想,而是乔治·桑在现实生活基础上的合理想象,流露出她对自然和生活的热爱。如果说 17 世纪的田园小说只是贵族的幻想,卢梭回归自然的理想带有浓郁的感伤,那么乔治·桑的田园小说则充满了对未来社会的美好理想和向往。小说里的男女主人公往往贫富不均、年龄也不相配,但是乔治·桑用爱情的力量消除了这些差别,使他们得以完美地结合,从而把一个人人富裕快乐、相亲相爱的世界呈现给读者。

乔治·桑在去世前半年写给福楼拜的信中,重申了她一生的创作原则:“我们写什么呢? 你呀,不必说,一定要写伤人心的东西,我呀,要写安慰人的东西。”[①]她在空想社会主义的影响下,改变了早期作品的悲剧色彩,加上她的文字清丽流畅、风格委婉亲切,具有强烈的感染力。因此她的抒情小说才能避免其他浪漫主义作家的感伤情怀,显得乐观和明快,在浪漫主义小说中闪耀着独特的光芒。也许正因为她的小说具有鼓舞人们奋发向上的力量,马克思才会在他的著作《哲学的贫困》上题词“献给乔治·桑女士”,在该书第二章“政治经济学的形而上学”的第五节“罢工和工人同盟”的结尾,引用了乔治·桑的话作为结论:“不是战斗,就是死亡;不是血战,就是毁灭。问题的提法必然如此。”[②]

2004 年是乔治·桑诞生 200 周年,继大仲马的遗骸在 2002 年迁入先贤祠以后,法国政府又把 2004 年定为“乔治·桑年”,在法国和世界各地举办了一系列纪念活动。由此可见,乔治·桑的浪漫主义小说在今天也仍然有着存在的价值。

---

① 乔治·桑:《致福楼拜的信》,李健吾译,载《欧美古典作家论现实主义和浪漫主义》第二卷,第 140 页。

② 马克思:《哲学的贫困》,《马克思恩格斯选集》第 1 卷,第 195 页。

第六节　凡尔纳

儒勒·凡尔纳(1828—1905)出生在大西洋边海港城市南特的一个律师家庭里,辽阔的海洋、扬起的风帆和汽笛的鸣响,使他从小就孕育了对大自然的奇妙幻想。他在中学里顽皮成性却成绩优异,毕业后遵从父命去巴黎攻读法学。他虽然在1849年获得了法学学士学位,但是对法律不感兴趣,倒成了浪漫主义作家大仲马家里的常客,还写作了一些并不成功的诗歌和剧本。

在第二帝国时期,法国的自然科学迅速发展,取得了巨大的成就。凡尔纳幸运地结识了旅行家雅克·阿拉戈①,得以与在他家里出入的天文学家、物理学家和地理学家等科学家交往,在他们的影响下刻苦钻研数学、物理、化学和地理等学科,同时阅读当时流行的爱伦·坡②的侦探小说,从而积累了丰富的知识,提高了写作的技巧,开始在杂志上发表带有科幻性质的故事。

1862年秋季,通过大仲马的介绍,凡尔纳去拜访著名的出版商赫泽尔,拿去一份为孩子们写的手稿《气球上的五星期》。赫泽尔读后大为赞赏,当即与他签订了出版科幻小说的长期合同。在以后的40余年里,凡尔纳每年都要发表一两部新作,共出版了66部长篇小说和中短篇小说集,总名为《在已知和未知的世界中奇异的漫游》,从而成为法国科幻小说的奠基人。

《气球上的五星期》(1863)写的是探险家萨梅尔·费尔久逊博士的故事。他与朋友凯尔蒂和仆人乔一起,从事乘坐气球由东向西飞越非洲的壮举。这次活动充满了艰难险阻,例如气球曾被土著人当成月亮,后来真的月亮升了起来,土著人产生了怀疑,他们急忙升空才免遭厄运。他们一路上遇到雷雨、缺水、气球被兀鹰啄破、被大象或大树钩住等千难万险,全靠过人的勇气和智慧才一次次化险为夷,最后终于胜利地完成了探险的任务。

凡尔纳凭借自己的渊博知识,对尼罗河的源头做了精确的描述,生动地描绘了非洲大陆的异国风情,而且巧妙地结合了当时最新的科学发现,使其中的情节和气氛都让读者信以为真。小说出版后在世界上受到热烈的欢迎,科幻小说从此正式成为一种文学体裁。

凡尔纳创作了许多脍炙人口的小说,例如《地心游记》(1864),叙述一位地质学家从冰岛的火山口进入地下,在三个月的旅行中欣赏了种种奇观后,又从地中

---

① 雅克·阿拉戈(1790—1855),法国作家和旅行家,著有《环游世界》。他的哥哥弗朗索瓦·阿拉戈(1786—1853)是天文学家和物理学家,在电磁学、声速和光的折射等研究方面有出色的成就。

② 埃德加·爱伦·坡(1809—1849),美国诗人、小说家,被视为西方侦探小说的鼻祖,代表作有《厄舍古屋的倒塌》和《黑猫》等。

海的一个火山口回到了地面上。《从地球到月球》(1865)写的是遨游太空的故事,它的续集《环游月球》(1870)写三个人乘坐一颗空心炮弹飞向月球,环游月球一周后又回到了地球。《八十天环游地球》(1895)更是一部家喻户晓的佳作。主人公福克先生与人打赌要在80天之内环游地球一周,他和仆人路路通历尽艰险,回到伦敦时还是迟到了几分钟。但是他最后仍然获得了成功,因为地球的自转使得他比预计的时间多出了一天。

凡尔纳把想象的事情写得如此生动逼真,令人叹为观止。托尔斯泰为他的小说所倾倒,亲自为《八十天环游地球》绘制了13幅插图,配有这些插图的小说出版以后在世界文坛上传为佳话。

凡尔纳的代表作是三部曲《格兰特船长的儿女》(1868)、《海底两万里》(1870)和《神秘岛》(1874)。

《格兰特船长的儿女》的故事发生在1864年。英国贵族格里那凡爵士是邓肯号游船的船主,他从海上漂流物里的一份文件中得知,两年前在海上失踪的苏格兰航海家格兰特船长尚在人间,于是毅然带着船长的女儿玛丽和儿子罗伯尔等人,驾驶着自己的游船去寻找和营救。他们到达南美后分成海陆两路,陆路横穿美洲大陆,经历地震、狼群、洪水、鳄鱼、飓风等千难万险,结果发现格兰特船长的遇难地点是在澳大利亚海岸。他们到达澳大利亚后,遇见了船长原来的水手艾尔通,他伪装成向导,实际上是个在逃的海盗头子。他们上了艾尔通的当,又横穿澳洲大陆,后来遇到风暴,被土人俘获,陷入绝境。他们逃脱后决定把艾尔通丢弃在太平洋里的达抱荒岛上作为惩罚,不料在岛上却巧遇格兰特船长,于是一起胜利地回到了苏格兰。

《海底两万里》讲述的是一艘潜艇的故事。1866年,有人在海上见到了一个大怪物,以为是一条独角鲸,法国生物学家阿龙纳斯等发现那是一艘名为诺第留斯号的潜艇。船长尼摩是个不明国籍的神秘人物,他在荒岛上秘密建造的这艘潜艇不仅异常坚固,而且结构巧妙,能够利用海洋来提供能源。

阿龙纳斯带着仆人康塞尔和一个捕鲸手,跟随尼摩船长在海底做了两万里的环球航行,穿越了太平洋、印度洋、红海、地中海和南北两极的海洋,欣赏到了海底优美的景色和庞贝城等遗址,也经历了潜艇搁浅、鲨鱼攻击、冰山挡道等种种危险,甚至有船员受伤死去。通过一系列奇怪的事情,阿龙纳斯终于了解到尼摩船长仍与大陆保持着联系,用海底沉船里的千百万金银来支援陆地上人们的正义斗争。最后潜艇击沉了一艘向它发动攻击的战舰,使舰上的船员全部葬身在大海的旋涡之中。阿龙纳斯认为这样做太残酷了,就带着仆人和捕鲸手乘小艇离开了诺第留斯号。

《神秘岛》写的是美国南北战争期间,联邦参谋部的工程师史密斯和《纽约先驱报》的记者史佩莱,以及史密斯的仆人等五人,带着一只小狗乘坐一只氢气球逃离南部的里士满城。气球飘了五天之后，落到太平洋上一个面积很大的荒岛上。他们以岛上的动物充饥，利用手表上的玻璃片聚光取火，用现代的技术制作各种工具，播种粮食，建造住所，像鲁滨孙一样在荒岛上生活下来，并且根据一只瓶子里的纸条上的线索，到达抱岛上去找到了12年前被格里那凡爵士丢弃在那里的艾尔通。

奇怪的是，每当他们有危难和需要的时候，总会得到神秘的援助，及时地送来枪支、衣物和药品，在遇到海盗时，一股神秘的力量竟使海盗船沉入海底。最后他们终于发现那个帮助他们的神秘人物是尼摩船长，他原来是一个印度王子，在抗英斗争失败后建造了潜艇诺第留斯号，在海底生活了30年，搜集海底的珍宝来支援争取独立的国家和人民。现在他年事已高，在去世之前，他告诉他们荒岛上的火山即将爆发，这时格兰特船长的儿子驾驶邓肯号赶来，使他们及时地回到了美国。

《格兰特船长的儿女》描写人们在大自然里的种种奇遇，其中有地震，有飓风，有狼群；几百头牛一起陷入泥潭，滔滔的洪水使平原变成海洋；他们逃离被闪电击中的大树，又碰上潜伏在水里的鳄鱼，真可谓险象环生，扣人心弦。更为动人的是，格兰特船长为了反对英国对苏格兰的奴役，到太平洋上去为苏格兰侨民寻找移民的岛屿而不知下落，而格里那凡爵士为了救他不惜一切，尼摩船长则为了反抗压迫而奋斗终生。他们英勇顽强、不畏艰险，体现了凡尔纳反对奴隶制和殖民主义的进步思想，显示出维护社会正义的高尚品质和崇高的人道主义精神。凡尔纳还在《蓓根的五亿法郎》(1879)里讽刺了热衷于制造战争武器的科学家，在《机器岛》(1893)里抨击了追求奢华生活和争权夺利的资本家集团，在《燃烧的群岛》(1884)里描写希腊独立战争，在《北方反对南方》(1887)里描写美国南北战争，凡此种种，都表明他的作品具有进步的政治意义。

凡尔纳是举世闻名的科幻小说家，他的作品描写人们在大自然里的种种惊险奇遇，从地球到月球，从天空到海底，景色壮观、情节惊险，构思巧妙、引人入胜，充满了异国情调，兼有科幻小说和探险小说的特色。从小说发展的角度来看，它们虽然与自然主义小说处于同一个时代，但是生动地体现了人类渴望上天入地和自由翱翔的梦想，所以更是浪漫主义小说在新的历史条件下的发展。另一方面，他的幻想又独具特色，具有充分的科学依据，是以科学为基础的合理想象，因而变成了科学的推理和预言。现在不但海底潜艇早已成为现实，而且连人类登月、太空飞行这样的梦想也已经实现。正因为如此，凡尔纳才被公认为“现代科学幻想小说之父”，他的小说才被称为科幻小说，在世界上拥有最广大的读者。

凡尔纳的作品如此精彩动人，令人爱不释手，后人因此猜想他必然经历丰富、冒险成性，把他说成是一个传奇人物。例如说他11岁时就擅自离家到船上去当见习水手,结果被父亲追了回来;说他长大后艳遇不断,为此还挨过一枪;等等。其实据《儒勒·凡尔纳传》的作者、美国人赫伯特·洛特曼的研究,这些都是毫无根据的传说。实际上凡尔纳的一生平淡无奇,他不慕虚名,住在外省,只在美国待过一个星期,在气球上坐过24分钟。他之所以能够获得非凡的成就,主要是从常年的阅读中获得丰富的知识,并且在勤奋的写作中度过了一生。在晚年健康状况恶化的情况下,他依然笔耕不辍,去世时还留下了5部已打字的小说稿。伟大来自平凡,天才出于勤奋,凡尔纳的一生正是最生动的写照。

第七节 米尔热

亨利·米尔热(1822—1861)能够在文学史上占有一席之地,是由于他的小说《波希米亚的生活场景》(1851)的巨大影响。波希米亚一词的原义,是指原捷克斯洛伐克的西部地区,那里人口最为密集,吉卜赛人也最多。吉卜赛人又称茨冈人,原来居住在印度西北部,从10世纪开始向西亚、欧洲和美洲等地迁移,过着以歌舞和占卜为生的流浪生活。波希米亚因此有了新的含义,即指在性格和生活方面放荡不羁的人。

波希米亚的传统可以追溯到古希腊时期,那时有不少流浪的行吟歌手,为人们演唱口头流传的或者自编自演的歌谣,其中有一部分是盲人,荷马是盲人中最卓越的代表。行吟诗人在中世纪非常普遍,直到文艺复兴初期还在巴黎出现。有的诗人虽然并不行吟,也不得不过着四处漂泊的生活,例如法国中世纪的诗人弗朗索瓦·维庸(1432—1463?),他因为经常偷盗和参与斗殴,犯有杀人罪而多次被捕入狱,以致被判死刑,最后竟不知所终,在文学史上连他死去的年份都无法确定。除了诗人之外,后来的喜剧作家莫里哀和启蒙思想家卢梭等,也由于各种原因一度被迫流浪。因此从荷马到卢梭,他们都可以被视为波希米亚的先驱。

在17世纪的法国,贵族名流在贵妇主持的沙龙里高谈阔论,贫穷的文人只能在街头的咖啡馆里消磨时光,这种清谈的风气后来逐渐成为时尚。面对拿破仑垮台和波旁王朝复辟的冷酷现实,浪漫派的队伍从七月王朝建立就开始分化。雨果和乔治·桑等同情人类的苦难,幻想美好的未来,坚持走浪漫主义的道路,而司汤达和巴尔扎克等则成为直面社会和人生的现实主义作家。在这一时期,法国小说里出现了吉卜赛人的形象,最著名的有雨果笔下的爱斯梅拉达、梅里美笔下的嘉尔曼,这些美丽动人、渴望自由的吉卜赛女郎的形象,充分显示了波希米亚对巴黎文化生活的影响。

正是在这种形势下,巴黎的拉丁区形成了现代意义上的波希米亚:它是浪漫派的一个分支,是贫穷的知识分子、生活放荡不羁的作家和艺术家的总称。他们组成了一个大家庭,其中包括波德莱尔和魏尔兰(1844—1896)等后来闻名于世的诗人。他们继承了古希腊以来行吟诗人的传统，也有着巴黎文人玩世不恭的特色，所以是真正的波希米亚，是全世界波希米亚的鼻祖。也正是在这种背景下，一部反映波希米亚的杰作应运而生，这就是亨利·米尔热的《波希米亚的生活场景》。

巴黎的拉丁区是大学区，有许多初出茅庐的穷文人，他们只有在咖啡馆里结识伙伴，进入巴黎的文艺界，才能希望有朝一日出人头地，所以这里也是造就名人的摇篮。米尔热走的就是这样一条道路。他的父亲是一个兼做裁缝的门房，从外省来到巴黎。他在这里与文艺界有了联系，成了莫米斯咖啡馆的常客。

米尔热一心从事写作，在这方面受到过他的老师鲍狄埃[①]的鼓励。被老板解雇之后，他成为所谓的"圣彼得堡公共教育部特派员"托尔斯泰伯爵的秘书，微薄的工资只是使他不至于饿死。他在莫米斯咖啡馆里结识了一些青年艺术家，他们都身无分文，对社会抱着反抗的态度。其中有诗人波德莱尔、小说家尚夫勒里[②]和路易·巴尔巴拉[③]，米尔热以这些文人为人物原型，在《海盗》杂志上连载了小说《波希米亚的生活场景》，并于1851年结集出版，受到热烈的欢迎。

米尔热因此一举成名，后来又在《两世界杂志》上发表了《拉丁区》(1851)和《喝水者》(1853—1854)等作品，出版了小说《青年生活场景》(1851)、《全体妇女的小说》(1854)、《最后一次约会》(1856)和《红木屐》(1860)等。他的生活有了很大的改善，不再像以前那样动荡不安，而是定居在巴黎南部枫丹白露附近的乡村潜心写作。但是由于身体不佳，他不到40岁就死于坏疽。

《波希米亚的生活场景》的主要人物是哲学家科里纳、画家马塞尔、音乐家肖纳尔、诗人鲁道尔夫，他们形影不离，被称为"四剑客"。肖纳尔精通绘画和音乐，因付不起房租而被迫退房，借到几个法郎后却和萍水相逢的科里纳与鲁道尔夫大吃一顿。后来他们合住在一起，成立了波希米亚俱乐部，经常举行艺术活动，聚会时觉得寒冷就用椅子烧火取暖。

他们的生活极为贫困，只能出入于肮脏的阁楼和下等的咖啡馆，常常因为无钱而勒紧裤带。他们几个人合用一套出门的衣服，出门后随时都能碰上债主，然而他们不知忧愁，谁能设法骗到一些钱就争着请吃饭，一旦奇迹般地有了500法郎就大肆庆贺，在短短几天内挥霍一空。

他们认为节俭是适用于富人的科学，谨慎的资产者都是容易上当受骗的傻瓜。他们要与资产者反其道而行之，视金钱如粪土，把爱情当儿戏。因为美丽的天使其实是年轻的妓女，持久的爱情会导致资产者的婚姻。鲁道尔夫为了给表

---

① 欧仁·鲍狄埃(1816—1887)，法国诗人、歌手和社会活动家，巴黎公社委员，《国际歌》的词作者。

② 尚夫勒里(1821—1889)，法国小说家、艺术批评家。

③ 路易·夏尔·巴尔巴拉(1822—1886)，法国小说家，著有《红桥谋杀案》。

妹买白色的紫罗兰，为别人写碑铭赚得了 10 法郎。结果表妹看上了别人，花束在舞会上被撕成了碎片，说明即使有了真情也得不到回报。他们重视的唯一价值是艺术才华，但公众只想要堕落和浅薄的作品。

米尔热用幽默掩盖了艺术家们的尴尬处境。例如马塞尔赴宴没有外套，就与肖纳尔合谋，把一个来画像的顾客的外套暂时穿走；在举办活动缺乏经费的时候，他们翻箱倒柜，碰巧得到了一枚古钱币；他们经常为躲债而上街闲逛，在请客吃饭时往往无钱付账，但是每到难堪的时刻，他们总会碰上好运而脱离困境。然而这类趣事固然能引起嘲弄的微笑，却并不令人愉快，因为它们虽然看起来非常滑稽，其实却是在掩饰令人伤感的现实。

米尔热笔下的波希米亚，事业微不足道，生活每况愈下，所以给人以一种失败之感。如果他们最后事业有成，或是继承遗产，有了较好的生活，他们就不再是波希米亚了，因为青春已逝，他们感觉到自己不中用了，已经死去和被掩埋了。所以波希米亚的乐观显得比较勉强，正如纪德在日记中所写的那样："米尔热的《场景》富有无拘无束的青春气息，但是失于单调，那种风格也非常刺眼，完全华而不实。"①

波希米亚当中可谓泥沙俱下，良莠不齐：有些人放弃优越的家庭生活，高傲地死于贫穷和疾病；有些人空怀崇高的艺术理想，因无法施展才华而抱恨终身。少数人成功之后平步青云，大多数人则永远默默无闻；有的人知难而退，也有的自欺欺人。但真正的波希米亚都富有耐心和勇气，他们在贫穷时节制饮食，经常像狄德罗笔下的拉摩的侄儿那样出去混口饭吃，有了钱就花天酒地，但在繁华之后又能复归清贫。他们无所不知，无处不在，到处都能碰到朋友和债主。他们敢于迎接挑战，直面和解决任何难题，在受到社会的排斥甚至侮辱时永远保持自信。

波希米亚实际上不可能持久地存在下去：其中的佼佼者可能走向法兰西学士院，其他成员则自生自灭。然而米尔热为这种痛苦的背景涂上了一层快乐的色彩，他的功绩就在于通过无忧无虑的人物，以及他们的狡诈、玩笑或不检点的言行，用小说的形式把波希米亚存在的这个短暂时刻定格下来。他以极大的努力推敲词句，创造出这种既滑稽动人又充满诗意幽默的风格，显示出他善于把幻想与现实融为一体的写作技巧。

《波希米亚的生活场景》后来还被改编成歌剧，巴黎拉丁区因此名声大噪。到 20 世纪，拉丁区的黑猫咖啡馆、火枪手咖啡馆等，由于成了文人和艺术家聚会的场所，或者是萨特等作家写作的地方而举世闻名。与此同时，波希米亚也受到广泛的议论和不同的评价：年轻人赞扬它反传统的自由精神，保守者则批评其玩

---

① 《纪德文集》(日记卷)，李玉民译，花城出版社，2002 年，第 27 页。

世不恭的态度。从原则上来说，只要有文人存在，波希米亚就不会彻底消亡。不过随着它在世界各地的蔓延，它的形式和内容也在不断地演变。1914 年第一次世界大战爆发以后，波希米亚面对残酷的现实不可能再超然物外，知识分子纷纷奔赴战场去实现他们的光荣与梦想，波希米亚也就随之消失。但是在大战以后，从 20 世纪 20 年代法国的达达派到 60 年代西方的嬉皮士，还都回响着波希米亚的余音。

第八节　奈瓦尔

热拉尔·德·奈瓦尔(1808—1855)生于巴黎，原名热拉尔·拉布吕尼。他刚刚出生，父亲就被任命为军医，和母亲一起随拿破仑出国作战，他先后被寄养在瓦卢瓦乡下的保姆和舅公家里。他两岁时母亲在中欧的西里西亚地区病故，六岁时战争结束，父亲才回到法国。在乡村里度过的孤独的童年生活，使他形成了崇尚自然的性格。

1820 年，奈瓦尔在舅父去世后回到巴黎，进查理大帝中学读书，与戈蒂埃[①]是同学。1826 年，他发表诗集《民族哀歌》，歌颂拿破仑的业绩，次年翻译了歌德的《浮士德》。1828 年，他结识了雨果并参加了浪漫主义运动。但是在推翻了古典主义之后，他和戈蒂埃等逐渐对浪漫主义的感情泛滥感到厌恶，戈蒂埃在他的小说《莫班小姐》(1835)的序言里，提出了"为艺术而艺术"的主张，认为文艺的目的不是教诲，而是追求单纯的美。奈瓦尔对此深有同感，因而成为浪漫派中具有唯美倾向的作家。

1832 年，奈瓦尔的祖父去世，他继承了遗产，本来可以过上平静的生活。不幸的是，1834 年，他爱上了女演员热妮·柯隆，并且在 1835 年拿出全部财产创办了《戏剧世界》杂志，为他心中的偶像捧场。不久杂志倒闭，他陷于破产的境地，而热妮·柯隆却不顾他的狂热追求，在 1838 年 4 月嫁给了一个笛子演奏者。奈瓦尔人财两空，伤心至极，精神上受到极大的刺激。他虽然到东方的埃及和土耳其等地旅行，在游记《东方之旅》中把伊斯坦布尔描绘成世界上景色最美丽的城市，试图以此来宽慰自己，但还是在 1841 年因精神崩溃而疯狂。从此以后他的病时好时坏，在精神病院内外过了 10 多年，直到 1855 年 1 月 26 日悬梁自尽。

就是在这 10 多年里，奈瓦尔出版了许多诗集、散文集、剧本和小说，他的创作以诗歌和散文为主，小说不多，但是由于风格独特和影响深远，所以在小说史上具有一定的地位，其中影响最大的代表作是《西尔薇娅》(1853)和《奥蕾莉娅》

① 泰奥菲尔·戈蒂埃(1811—1872)，法国诗人、小说家和批评家，主张"为艺术而艺术"，代表作有诗集《珐琅与雕玉》和小说《莫班小姐》等。

(1855)。

《西尔薇娅》是以第一人称写作的中篇小说,发表后收入他的作品集《火的女儿》(1854)。叙述者写他每天晚上都到剧院里去欣赏女演员奥蕾丽的演出,有一天他偶然看到报上的一篇文章,不由得回忆起自己的青少年时代。于是他在半梦幻的状态中,回想起童年时在家乡瓦卢瓦跳舞的情景,似乎又见到了贵族小姐阿德丽安娜和农家女孩西尔薇娅,并且明白了他对女演员的爱情,实际上源自对阿德丽安娜的怀念。于是他决定回到家乡去,看看现实生活里的西尔薇娅。

在归途中,他又回忆起儿时在节庆的日子里,他和西尔薇娅模仿大人成亲的情景,而阿德丽安娜则进了修道院。旅行结束了,叙述者离开了梦幻的世界,回到了痛苦的现实之中。时光摧毁了一切,西尔薇娅已经订婚和变老,他回忆中的人和事都已经面目全非。当他回到巴黎的时候,又得知奥蕾丽就要结婚,他所能做的只是默默地反思自己的行为。

小说《西尔薇娅》中,有一节名为《埃尔姆农维尔》,描绘了他在埃尔姆农维尔公园里的漫步,以及他对卢梭的深情怀念:

> 当我透过杨树和榛树的枝叶,看到闪闪发光的湖水时,我惊奇地认出了一个地方,叔叔带我散步时来过好多次的一个地方:是哲学殿堂,建造者竟然来不及把它彻底完成。它有着女预言家提布尔狄娜神庙的形式,在一束松树枝的掩蔽下,它尚还遒劲地挺立着,殿堂中镌刻着思想大师的一个个名字,从蒙田和笛卡儿开始,一直到卢梭为止……
>
> 瞧,这就是岛上的杨树,这就是移走了骨殖的卢梭之坟。噢,智者!你给了我们强者的乳汁,而我们竟羸弱到不能利用它的益处。我们忘却了你的教诲,而我们的父辈则是熟记于心的,我们遗弃了你的话的意义,它却是古代智慧的最后回音。然而,让我们不要绝望,如同你在你最辉煌的一刻所做的那样,让我们把眼睛转向太阳!……[①]

奈瓦尔是个感情丰富的浪漫主义者,他追求美好的爱情和理想,但得到的却是苦涩和失望,他只能把昔日的爱情寄托在回忆和梦幻之中。小说里充满了梦幻般的回忆,字里行间隐藏着亚历山大体诗句。这些类似于文字游戏的诗句其实是无法翻译的。所以意大利哲学家和小说家翁贝尔托·埃科(1932—)说这部小说他已经读了40年,但是在把它翻译成意大利文的时候,为了保持诗句的数目,还是不得不变动了诗句的位置和内容。然而正是这种近于疯狂的精神状

---

① 奈瓦尔:《西尔薇娅》第9章,载奈瓦尔《火的女儿》,余中先译,漓江出版社,2000年,第245—246页。

态，使奈瓦尔脱离了雨果正视社会现实的态度和乔治·桑憧憬未来的乐观主义精神，形成了浪漫主义小说中的独特风格："以意识的活动为作品的框架结构，用回忆、梦幻、潜意识作为叙述方式，一一描述出体现着巴黎现代社会之豪华、上流社会之装饰美的奥蕾丽，体现理想的高贵、雅致、古典美的阿德丽安娜，体现质朴、天真、野性美的西尔薇娅，以为对照。"①这种新颖的创作手法，对普鲁斯特以及现当代的小说创作都有着明显的影响，因而不仅使《西尔薇娅》成为他最著名的作品，而且使他得到了"美妙的疯子"的绰号，被后来的超现实主义者尊为先驱。

《奥蕾莉娅》最初写作于1841—1842年，他因疾病不断发作而拖了10多年，直到1854年才定稿，在他去世前后分两次在《巴黎杂志》上发表。有人认为这是他的自传，是关于他与热妮·柯隆的恋情的记录，也有人认为这是一个虚构的故事。内容是叙述者爱着奥蕾莉娅，但是由于自己的错误而失去了她，只有道歉才有可能使他们破镜重圆。小说出版后并未引起注意，在将近一个世纪里只重印了三次，而且印数很少。

奈瓦尔写作时处于疯狂的状态，他的叙述把现实与梦幻交织在一起，同一个叙述者以三种声音出现：现实中的评说者，把梦幻视为第二生命的智者，以及沉湎于往昔和疯狂中的主人公。因此尽管小说的语言并不杂乱，读起来也实在难以理解。直到20世纪初，超现实主义者们鼓吹自动写作法和重新评价精神病患者的创作时，才发现《奥蕾莉娅》正是符合他们要求的作品。所以从小说发展史的角度来看，奈瓦尔的小说虽然在很长时间里没有受到应有的重视，其实却是开了现代派小说之先河，在传统小说与现代派小说之间起着承上启下的重要作用。

第九节　洛　蒂

皮埃尔·洛蒂(1850—1923)原名于利安·维奥，出生在罗什福尔市的一个信仰新教的家庭里。该市位于法国西部的夏朗特河口，临近大西洋。他的祖先中有不少航海者，他的哥哥就是一个水手，是在从印度半岛返航时死去的，所以他从小就向往大海和冒险。1866年，他到巴黎的亨利四世中学读书，对文学产生了兴趣。1867年他进入航海学校，1869年如愿以偿，成为一艘军舰上的准尉军官，开始了他长达42年的航海生涯，在世界各地留下了他的足迹，而他的日记后来就成了小说的素材。尤其是在后期，他的小说往往就是根据自己的旅行日记改编的。

1872年，他经过太平洋中的塔希提岛，王后的侍女们称他为"洛蒂"，这是岛

① 奈瓦尔：《火的女儿》，余中先译，漓江出版社，2000年，《序言》第3—4页。

上的一种花的名称，后来他就以此为笔名。从 1873 年开始，他先后到达非洲和希腊，在土耳其领海里停留了一年半的时间。1877 年，他获准长期休假，写出了第一部小说《阿姬雅黛》(1879)。此后洛蒂不断发表作品，一共创作了 40 多部小说，其中主要有《一个北非骑兵的故事》(1881)、《洛蒂的婚姻》(1882)、《我的兄弟伊弗》(1883)、《冰岛渔夫》(1886)、《菊子夫人》(1887)和《东方的怪影》(1892)等。

洛蒂的小说大多带有自传的性质。例如《阿姬雅黛》写一位年轻的海军军官在土耳其停留期间，从窗口看到了穆斯林闺房里的一位美丽的少女，两人一见钟情，经常幽会。后来军官奉命出发，少女死于相思，军官则在战争中为了她的祖国而捐躯。《洛蒂的婚姻》写上尉洛蒂在塔希提岛与当地的美貌少女娜娜玉相爱，婚后不久就不得不离别，等到洛蒂几个月后归来的时候，她已经绝望地死去了，他只看到了她的坟墓。《菊子夫人》的主人公依然是上尉洛蒂，只是把故事的地点改在了日本长崎，他与菊子同居后分手，但他不再像从前与情人分离时那么悲伤，菊子也没有因相思而过于痛苦。

《冰岛渔夫》是洛蒂的代表作，描写了布列塔尼地区贫苦渔民的艰难生活。他们每年都有几个月的时间要远航到冰岛海面上捕鱼。主人公扬恩和西尔维斯特是两个情同手足的年轻渔民，西尔维斯特在准备与扬恩的妹妹成婚时应征入伍，在远征中国的战争中负伤死去。美丽的歌特·梅维尔一直爱着扬恩，等待他几乎到了绝望的程度，而扬恩却直到获悉西尔维斯特已死之后，才明白应该珍惜生命，与她结为夫妻。但是婚后仅仅六天他就出海捕鱼，不幸葬身海底。

洛蒂了解沿海渔民的生活，使这部小说得以摆脱杜撰爱情的俗套，感人地表现了人与自然的艰苦搏斗，反映了贫苦渔民的悲惨命运。他们的生活离不开大海，因而也就无法逃脱宿命般的灾难。西尔维斯特是莫昂家族中唯一的男性，家里的其他人都已死去，只剩下 70 多岁的老祖母和他相依为命。亲人们的去世使她受到一次又一次的沉重打击，以至于变得麻木不仁，听到孙子的死讯时竟然毫无反应。而歌特从绝望到幸福，随即又陷入绝望的悲惨命运，使全书的悲剧气氛达到了顶点，流露出对人类苦难的深切同情，是小说中最动人的篇章。

洛蒂小说的情节并不复杂，甚至有些大同小异，正如米歇尔·莱蒙所说的那样："他的许多作品，不管其内容作了何等程度的变动，即使它们的背景千变万化，都仍然具有同样的梗概：某个海军军官在一个遥远的港口下了船，他勾引了一位当地的姑娘，但又不得不离她而去。"①他的文笔并不华丽，只是朴实的白描，但是航海生涯为他提供了独特的写作背景，他忠实地记录了自己的所见所闻，描绘只有他才能见到的景色，叙述只有他才能听到的故事。他还善于运用日常的词汇描绘千变万化的自然景象，从原始的森林到茫茫的海洋，呈现出各大洲

① 米歇尔·莱蒙：《法国现代小说史》，徐知免、杨剑译，第 194 页。

的美丽风光，使小说充满了浪漫的异国情调。

洛蒂取材于他的航海生涯，由于生活漂泊不定，所以内容往往是以远方的某个城市或岛屿为背景，记叙一个生离死别的爱情故事，充满了无法与情人团聚的忧伤。例如《阿姬雅黛》的叙述者在坟地里徘徊，寻找他的情人的坟墓，最后抱住一块墓碑，回忆起昔日到过的地方和动荡的生活。

洛蒂的文笔不如夏多布里昂那样华丽，但是这种感伤的风格却是继承了他的浪漫主义传统，从而为萍水相逢、一见钟情和痴情女子负心汉之类的通俗故事蒙上了一层动人的诗意，在某种程度上也是卢梭回归自然的理想的再现。在自然主义小说统治文坛的沉闷气氛中，他的小说充满诗情画意的奇遇，富于异国情调的游历，为读者提供了阅读的乐趣，带来了一股轻快和清新的气息，实际上是对自然主义的反拨和对浪漫主义的一种回归。洛蒂因此声誉日隆，在 1891 年当选为法兰西学士院院士。

洛蒂对东方情有独钟，记叙了所到之处的见闻。他随八国联军到过中国，发表了随笔《北京的陷落》(1902)，生动地描绘了中国的古老文化：

“我推开了一扇画着红色荷花的玻璃门，进入了每晚的童话世界：神奇的紫檀木门拱、黄色的丝毯、难以描绘的闪光瓷器、景泰蓝、漆器以及绣着金色怪物的皇家丝绸……

“这一片片的宫殿虽然苍老，但在这红色光环的照耀下，高高耸起、黄色彩釉镶边的琉璃的屋顶却闪烁着一种难以名状的雅致。每个屋顶的尖角都像翅膀般伸展开来，在下端的椽子边缘上是一排排列队的怪兽，它们在这里站了一年又一年，如此神圣、永恒。”①

洛蒂的其他作品还有《没有英国人的印度》(1903)、《吴哥的朝圣者》(1912)、《垂死的土耳其》(1913)等。他在《菊子夫人》中描写过殖民主义的暴行，因而曾受到起诉。无可否认，他的作品中也充斥着对殖民地民族的偏见，但是由于他生活在法国向外扩张和推行殖民主义的时代，这些描写不仅没有受到质疑，反而满足了法国人对世界的好奇心理，所以他的小说受到了热烈的欢迎，在当时拥有最广泛的读者。

洛蒂在海军中晋升至上校，1910 年退休。他的最后一些小说发表于第一次世界大战期间，大战的炮火正是这个注重异国情调的时代结束的标志。洛蒂在大战结束后不久去世，法国政府为他举行了国葬。

综观浪漫主义小说的演变过程，可以看到它的形式是从感伤逐渐发展到通

---

① 皮埃尔·洛蒂：《北京的陷落》，刘和平等译，山东友谊出版社，2005 年，第 123、132 页。

俗和科幻等多种风格的，内容也从怪诞恐怖逐渐转向对社会的关注。特别是在19 世纪下半叶，它们在形式和内容上都达到了成熟的阶段，成为足以与现实主义小说和自然主义小说并驾齐驱的传世之作。而雨果的《巴黎圣母院》和《悲惨世界》作为单篇小说的成就，甚至超过了巴尔扎克或左拉的系列小说中任何一部作品。

第八章 巴尔扎克与现实主义小说

第一节 现实主义小说的繁荣

文学流派可以分为两类：一类是自觉的流派，由一批意气相投的作家形成团体，推举领袖，制订纲领，力图扩大在文坛上的影响，例如浪漫主义、自然主义、超现实主义等。另一类是不自觉的流派，它们只是因为有些作家的作品风格相近，才被评论家或后人贴上了流派的标签，例如批判现实主义、新小说派、存在主义文学就属于这一类。

批判现实主义实际上就是现实主义，它不是一个自觉的流派，首先是因为它没有领袖。巴尔扎克固然是这一流派的卓越代表，他的《人间喜剧》的序言也可以被视为批判现实主义的宣言，但是“现实主义”和“批判现实主义”的名称都是后人所加，他自己从未自称为现实主义者，甚至对“现实主义”这个词也一无所知，当然更没有领导这个流派进行过什么活动。在他去世 5 年之后的 1855 年，画家库尔贝[①]由于自己的《画室》和《奥尔南的葬礼》等作品被万国博览会拒绝，因此举办了名为“现实主义”的个人画展，一度成为现实主义文艺流派的领袖。小说家杜朗蒂[②]等立即创办《现实主义》杂志(1856—1857，共出版 6 期)表示支持，尚夫勒里又发表了论著《现实主义》(1857)，于是导致了“现实主义”一词的流行。

其次是批判现实主义作为一个流派，它的起始和终结时间都相当模糊。它与浪漫主义并非直接的继承关系，例如浪漫主义的宣言《拉辛和莎士比亚》就出于司汤达之手，所以我们无法确定他应该从什么时候开始算是现实主义者，只能把《红与黑》的发表年份作为批判现实主义产生的标志。同样，批判现实主义在被自然主义取代之后，现实主义的作家作品依然存在，法朗士就是一个典型的例子。因此有学者认为这个流派根本就不存在：

> 应该强调的是，在 19 世纪三四十年代前后，西方文坛并没有一个国内学人多少年来一直在描绘的作为文学思潮存在的“现实主义”或

---

① 居斯塔夫・库尔贝(1819—1877)，法国画家，曾任巴黎公社艺术家协会主席。

② 路易・埃德蒙・杜朗蒂(1833—1880)，法国小说家、记者和评论家。

"批判现实主义"。国内学界普遍声称从1830年开始，作为文学思潮的"现实主义"或"批判现实主义"就取代了作为文学思潮的浪漫主义开始主导西方文坛，这或许只不过是在特定的社会—文化语境中主要由政治意识形态元素发酵出来的一个谎言。这个谎言，扭曲了19世纪西方文学展开的基本脉络，构成了对基本史实的虚假叙述，常常前言不搭后语、漏洞百出。[①]

最后这些作家尽管反对浪漫主义的感情泛滥，注重典型人物的塑造和细节的真实，但他们的作品却与浪漫主义有着千丝万缕的联系。巴尔扎克的小说中"有一半因其不真实或乏味的虚构而属于粗俗的浪漫主义"[②]，梅里美作品中的异国情调更具有明显的浪漫主义色彩，以至于他们都被勃兰克斯归入浪漫派之列。所以每当听到别人说司汤达是个作家的时候，福楼拜都会大发雷霆，这充分说明了他们在艺术风格方面的分歧。

他们虽然被后人同样视为批判现实主义作家，却有着鲜明的个人特色：司汤达擅长心理分析，巴尔扎克善于刻画性格，梅里美喜爱异国情调，福楼拜注重锤炼语言。正因为他们都保持了自己的个性，才能够在反映现实的基础上敢于创新，创作出各自的小说名著。归根结底，与浪漫主义作家相比，把他们视为现实主义作家是比较合理的。

第二节　巴尔扎克

巴尔扎克的《人间喜剧》，是法国小说史上一座不朽的丰碑。他在现实主义小说方面的杰出成就，使小说从通俗文学成为最重要的文学体裁，也使法国小说登上了欧洲文学前所未有的高峰。

一　巴尔扎克的生平

奥诺雷·德·巴尔扎克（1799—1850）生于图尔市。他的父亲贝尔纳-弗朗索瓦·巴尔扎克是个白手起家的资产者，当过供应军粮的承包商，经营过呢绒买卖，还当上了图尔市的副市长。1797年，51岁的贝尔纳-弗朗索瓦娶19岁的安娜-夏洛特·萨朗比埃为妻，婚后两年生下了巴尔扎克，1800年和1802年，巴尔扎克先后有了两个妹妹：洛尔和洛朗丝。他的父亲在外面拈花惹草，母亲安娜-夏洛特后来也有了情夫，于1807年生了一个私生子亨利。

① 曾繁亭：《文学自然主义研究》，中国社会科学出版社，2008年，第13页。

② 勃兰兑斯：《十九世纪文学主流》第5卷，第129、130页。

可想而知，在这样一个家庭里，父母对巴尔扎克并不关心，他从小就和妹妹洛尔一起被寄养在乡下，所以他俩的感情极其亲密。他后来在学校寄宿，从未享受过家庭的温暖，在旺多姆中学的六年里只见过父母两次，冷酷自私的母亲甚至连零用钱也不给他。教会学校的气氛使他感到窒息，幸而好心的老师勒菲弗神甫给了他极大的帮助，使他能够阅读大量的书籍。但是由于思想活跃和不守纪律，他在1813年被学校开除。

1814年，巴尔扎克的父亲被任命为巴黎粮食局长，全家迁居巴黎。1816年，巴尔扎克中学毕业，遵从父亲的意愿，他进入法学院攻读法律，还在诉讼代理人和公证人的事务所当过见习生。他真正想从事的是文学创作，父亲只给他两年时间进行尝试。他在极其艰苦的生活条件下坚持写作，但所写的悲剧和神怪小说都不成功，第一本小说《阿登的副本堂神甫》还被当局以伤风败俗为由查封。他接着借钱出版莫里哀和拉封丹的作品，经营印刷厂和铸字厂，结果都以失败告终，破产后负债累累。

从未享受过母爱的巴尔扎克，在爱情方面往往喜欢年龄比他大许多的女性。他在22岁时与45岁的德·贝尔尼夫人相爱，她不仅是他工作上的好助手，而且在经济上和生活上给了他极大的帮助和安慰。他的妹妹洛尔嫁给了获得贵族姓氏的桥梁道路工程师欧仁·叙维尔，这个工程师一辈子也没有承包到什么工程。洛朗丝嫁的贵族丈夫蒙塞格尔更是吃喝嫖赌、债台高筑，是个只知敲诈钱财的厚颜无耻的无赖。洛朗丝从出嫁开始就生病，精神上又备受刺激，23岁就死去了，而她的母亲竟因为从此可以少操点心而感到宽慰。他的弟弟亨利是个无能之辈，跑到毛里求斯娶了个比自己大15岁的女人，带着一屁股债务回到巴黎，把他母亲的钱财挥霍殆尽，所以几乎全家都向巴尔扎克伸手要钱。

巴尔扎克的家庭成员之中有穷贵族、资产者、官员、骗子等形形色色的人物，他们相互之间钩心斗角，总想从他的身上谋取钱财，简直就是当时社会的缩影。他所处的家庭环境，以及他本人的曲折经历，无疑为他后来的创作提供了丰富的素材。所以经过了10年痛苦的生活体验和摸索之后，他终于回到文学创作的道路上来。

一开始他受到司各特的影响，以共和国军队平定布列塔尼封建势力的武装叛乱为题材，写出了第一部小说《舒昂党人》(1829)。这是他第一次用真名发表的严肃作品。它虽然是历史小说，却已经带有社会研究的特色，注重细节的真实，因而初步奠定了他在文学界的地位，使他得以结识了雨果、大仲马和圣伯夫等浪漫派作家。

巴尔扎克根据自己与德·贝尔尼夫人等女人的交往，母亲与人通奸生子，父亲生活放荡，以及两个妹妹的不幸命运等材料，写成了《婚姻生理学》(1829)，对传统的婚姻表示质疑，为妇女被奴役的地位鸣不平，主张男女平等，认为男人应该放弃传统的霸权。他的观点可以看成是当代女权运动领袖波伏瓦的《第二性》的先声，在今天看来虽然并不出奇，但是否定婚姻在当时却需要极大的勇气。

巴尔扎克需要安静地写作，所以他拥护能够统一国家的国王，反对干扰秩序的动乱。他为此在1831年加入了保王党，在政治上拥护波旁王室。但他虽然同情贵族阶级，在政治上却往往采取折中的态度，对于保王党与自由派的斗争，以及在1830年爆发的七月革命，他都采取了超然的立场，因而没有像司汤达、大仲马和梅里美那样获得七月王朝的赏识。正如他的一个朋友所说的那样："德·巴尔扎克先生在政治上自称是正统主义者，但他谈话的观点颇像自由派。我由此得出结论，他并不怎么了解自己到底在想什么。"[①]

正因为如此，在政治形势十分复杂的七月革命前夕，他才会把现实放在一边，发表了哲理小说《驴皮记》(1831)。人对金钱和美色的欲望是永无止境的，小说里的驴皮具有能够满足欲望的魔力，但是每次满足之后就会缩小一点，最后驴皮消失，持有者就要死去。驴皮的不断缩小体现了欲望使人走向坟墓，要长寿就要节欲的哲理。小说出版后受到好评，使巴尔扎克成为法国文坛上的一颗新星，鼓舞他继续创作了《长寿药水》等一系列既批判现实又充满神秘主义色彩的小说。

巴尔扎克逐渐过上了拥有马车和高朋满座的奢华生活。他一方面要写书还债，另一方面又挥金如土，同时与一些贵妇来往，因此总是入不敷出、债台高筑。他希望能够找到一位既有贵族头衔和万贯家财，又才华卓越和温柔体贴的女人为妻。1832年2月，他在无数女读者的来信中，选中了俄罗斯的波兰裔贵族艾芙琳娜·韩斯卡伯爵夫人。她在乌克兰的庄园里有3000多名农奴、21000公顷土地，丈夫是个比她大22岁的将军。她依靠读法文的小说来排遣寂寞，对巴尔扎克极为崇拜。两人从此书来信往，开始了这段直到他去世才告结束的爱情生涯。

巴尔扎克与韩斯卡夫人频繁通信，后来多次出国陪她旅行，最后为了准备和她结婚，又在巴黎花费35万法郎购置豪宅。他为此耗费了大量的时间，而且为了挣钱必须拼命写作："我现在一天干20小时。我能顶得住吗？我不知道……白天玩命，接着晚上也玩命，思考接着思考，构思接着写作，写作接着构思。比起我所需要的钱还差得很远……"[②]因此他与多个出版社签约，经常预支稿费、寅吃卯粮。他在1835年12月负债10万法郎，到1840年6月共负债26万法郎，连房子都被债主扣押，不得不东躲西藏："我像一只无主的野狗到处游逛……日益加剧的灾难压得我喘不过气来。"[③]他实际上陷入了写得越多花费越多、债务

---

① 亨利·特罗亚：《巴尔扎克传》，胡尧步译，商务印书馆，2002年，第184页。

② 同上，第231页。

③ 同上，第304页。

越重就越要写作的恶性循环，一直到死都未能摆脱这个怪圈。

巴尔扎克的精力异常充沛，他在寻欢作乐的聚会之后不是休息，而是连续整夜地写作，靠浓度极高的咖啡来提神。他写作的速度极快，像《无神论者做弥撒》等不少小说，都是在一夜之间一挥而就的。但是他决不草率，对作品的要求始终精益求精。他不仅多次修改校样，而且每次都要大量增删甚至重写，连标点符号都力求完美无缺，这就大大增加了他的工作量。工作、金钱和爱情上的这种没完没了的重负，终于逐渐耗尽了他旺盛的精力，后来连咖啡也不起作用了。

1836 年，中年的巴尔扎克积劳成疾，但他依然故我，甚至变本加厉："30 个夜晚我没有睡觉"，"我将来只有在棺材里才能安眠，我的作品是漂亮的裹尸布"。[①]直到心力衰竭、视力下降，他仍然带病工作，一拖再拖。1850 年 3 月，年仅 51 岁的巴尔扎克终于与韩斯卡夫人结婚，他当时已经病入膏肓，5 月 20 日回到巴黎后就卧床不起，8 月 18 日就与世长辞了。

巴尔扎克早年受过贫困的煎熬，后来沉湎于豪华的生活，除了办过印刷厂、杂志和写过戏剧以外，他还做过股票投机，甚至去撒丁岛想开发银矿，以及幻想在暖房里培育菠萝，等等，但结果总是化为泡影，终其一生都备受高利贷者和出版商的压榨，以及债主们的追逼。他曾想涉足政坛、进入议会，但是在 1848 年的大选中只得了 20 多张选票。他也想申请成为法兰西学士院的院士，但始终被拒之门外，1849 年的两次投票的结果，他只得到 4 票和 2 票。他还认为一个作家为了体验生活应该有尽可能多的艳遇，因而与形形色色的女人有过复杂的感情，还与法国和其他欧洲国家的上流社会有着密切的交往。

"在他同时代的作家中，没有一个人对金钱的迫害、物质的统治，有过他那样深切的、痛苦的感受。一连串的厄运和失败倒使他在生活体验上比任何人都富有。"[②]随着阅历的丰富，巴尔扎克小说的题材范围也越来越广泛。他早期的小说主要表现家庭成员争夺遗产等个人之间的矛盾，后来逐渐从个人的斗争扩大到社会集团和阶层之间的冲突。他在社会生活中的曲折经历和深刻体验，无疑为他的小说提供了取之不尽的题材。他每写一部小说，都可以从他的记忆中搜寻素材，至少也能根据他的经历来编排故事。正因为如此，他写起来才能得心应手，作品犹如探囊取物一般源源不断，也使得《人间喜剧》能够成为一部无所不包的百科全书。

巴尔扎克的许多作品，特别是《长寿药水》(1830)、《绝对之探求》(1834)等早期小说，不但想象丰富，而且带有神秘的意味，表明他完全有虚构故事的能力，在艺术上也具有浪漫主义的风格。实际上，他与浪漫主义运动的领袖雨果一直保

---

① 《巴尔扎克传》，第 266 页。

② 艾珉：《幻灭》译本序，载巴尔扎克《幻灭》，傅雷译，人民文学出版社，1980 年，第 3 页。

持着良好的关系，他赞扬雨果是19世纪最伟大的诗人，积极支持雨果的《欧那尼》上演；而雨果曾出面为巴尔扎克写作的戏剧辩护，两次投票支持他当选法兰西学士院院士，在他临终前一个月还去看望过他。巴尔扎克去世后，雨果和大仲马亲自为他扶柩，雨果还在葬礼上发表了动人的演说：

> 德·巴尔扎克的名字会光辉永存，万世流芳……巴尔扎克是最伟大的人物之一，也是最优秀的人物之一。他的所有作品构成了一本光辉照人，生动深刻地反映真实生活的书……它包含了当代的文明，十分奇妙，诗人取名为《人间喜剧》，它也可以称作为历史……这本高尚的、有力的和雄浑的作品是由花岗石堆砌而成的，是一座纪念碑！这部作品将闪耀着他的英名。[①]

在巴尔扎克之前，小说从总体上来说属于通俗文学，曾经受到古典主义的排斥。但是巴尔扎克却以他的《人间喜剧》这座丰碑，使小说艺术在欧洲达到了前所未有的高峰，在世界上产生了广泛而持久的影响。他是中国读者最熟悉和喜爱的法国作家之一，他的许多作品从20世纪30年代开始就被傅雷等翻译家译成中文，现在中文本的《巴尔扎克全集》也已出版。

二　巴尔扎克的小说

巴尔扎克决心用笔来完成拿破仑用宝剑未能完成的伟业，也就是写作总题目为《人间喜剧》(1829—1848)的风俗史，正如他在《人间喜剧》的前言中所说的那样："法国社会将要作历史家，我只能当它的书记。编制恶习和德行的清单、搜集情欲的主要事实、刻画性格、选择社会上主要事件、结合几个性质相同的性格特点糅成典型人物，这样做我也许可以写出许多历史家忘记了写的那部历史，就是说风俗史。"[②]这段话说明了《人间喜剧》的现实主义的创作方法，即从客观现实出发，如实地反映社会生活的光明面和黑暗面，并且突出典型的事件，典型人物也不是一个人，而是同一类人物的特征的组合。

《人间喜剧》这个总题目是在1841年确定的，巴尔扎克在为《人间喜剧》所写的序言中，把自己的作品分为"风俗研究""哲理研究"和"分析研究"三大部分，计划写作137部小说。其中"风俗研究"是《人间喜剧》的主体，它要描绘的是复辟王朝时期的人情风俗，男男女女的性格和生活方式，因此又分为"私人生活场景"

---

① 亨利·特罗亚：《巴尔扎克传》，胡尧步译，第434—435页。

② 巴尔扎克：《人间喜剧》前言，陈占元译，载《欧美古典作家论现实主义和浪漫主义》第二卷，第100页。

"外省生活场景""巴黎生活场景""政治生活场景""军旅生活场景"和"乡村生活场景"六个门类。他虽然未能完全实现原定的计划,但是在不到 20 年的时间里,他完成了 91 部长篇小说。这些小说包括 2400 多个人物,从各个方面反映了法国 19 世纪上半叶的社会现实,构成了一幅社会变革时期的宏伟的历史画卷,是一部名副其实的社会百科全书。

巴尔扎克的创作道路可以分为三个阶段。第一个阶段是 1829—1835 年,是他的创作走向成熟的时期。这个阶段共有 40 多部作品,大部分是中短篇,包括刻画生财有道的高利贷者的《高布塞克》(1830)、讽刺贪欲的《驴皮记》、表现资产阶级与贵族的斗争的《都尔的本堂神甫》(1833)等。这一阶段的代表作是《欧也妮·葛朗台》(1833)和《高老头》(1834)。

《夏倍上校》(1832)也是一部比较重要的作品。夏倍上校是拿破仑时代的军官,他在战场上受了重伤,被附近的农民所救,以后在国外流浪了 10 年。后来他回到法国想恢复原来的身份,但是竟没有人认识他,谁都不相信他是夏倍上校,他的妻子早已继承了他的财产,改嫁给了一个伯爵,已经有了两个孩子。她企图给他一笔钱让他离开,以免影响她的生活。夏倍上校气愤之极,毅然离开了这个卑鄙的女人,最后贫病交加,死在救济院里。

第二个阶段是 1836—1842 年,巴尔扎克开始更多地关心下层人民的生活,研究政府机构的弊端,注意工人起义和农民暴动等社会事件。他在这一时期写了 30 多部作品,其中《无神论者做弥撒》(1836)塑造了品质高贵的挑水夫,《幽谷百合》(1836)揭露了外省贵族的腐朽没落,《比哀兰德》(1840)反映了复辟王朝贵族、教会与资产阶级的斗争,《赛查·皮罗多盛衰记》(1837)写赛查·皮罗多发明了一种生发油,赚了不少钱,结果被他信任的出纳、公证人和朋友所骗,导致企业倒闭,陷入了破产的困境。《纽沁根银行》(1838)写银行家的发迹,他们欺骗和愚弄顾客,使他们破产,以此来积累自己的财富。《于絮尔·米罗埃》(1841)则是一幕亲属之间争夺财产的丑剧。这一阶段最重要的作品《幻灭》(1837—1843),塑造了青年野心家吕西安的形象。

第三个阶段是 1843—1848 年,这一阶段已是七月王朝末期,阶级矛盾十分尖锐,社会的腐败日益明显。巴尔扎克共创作了 10 多部作品,比较重要的有《交际花盛衰记》(1843—1844),描写妓女埃丝黛和吕西安的爱情。埃丝黛心地善良,为了吕西安不惜一切,甚至去做银行家纽沁根的情妇,最后因爱情无望而自杀。吕西安被捕后也在狱中自尽,而一向把吕西安作为工具的伏脱冷,却当上了巴黎的保安警察队长。《邦斯舅舅》(1847)写的是争夺一个名画收藏家的遗产的故事。这一阶段的代表作是《贝姨》(1846)。

巴尔扎克是一个伟大的现实主义作家,他并不拘泥于既定的理论或学说,所以他的小说才能客观地反映社会现实,表现出贵族阶级必然灭亡的命运。正如恩格斯高度评价的那样：

> 他在《人间喜剧》里给我们提供了一部法国“社会”，特别是巴黎“上流社会”的卓越的现实主义历史，他用编年史的方式几乎逐年地把上升的资产阶级在 1816 年—1848 年这一时期对贵族社会日甚一日的冲击描写出来……他描写了这个在他看来是模范社会的最后残余怎样在庸俗的、满身铜臭的暴发户的逼攻之下逐渐屈服，或者被这一暴发户所肢解……不错，巴尔扎克在政治上是一个正统派；他的伟大的作品是对上流社会无可阻挡的崩溃的一曲无尽的挽歌；他对注定要灭亡的那个阶级寄予了全部的同情。但是，尽管如此，当他让他所深切同情的那些贵族男女行动的时候，他的嘲笑空前尖刻，他的讽刺空前辛辣……这样，巴尔扎克就不得不违反他自己的阶级同情和政治偏见而行动；他看到了他心爱的贵族们灭亡的必然性，从而把他们描写成不配有更好命运的人；他在当时唯一能找到未来的真正的人的地方看到了这样的人——这一切我认为是现实主义的最伟大胜利之一，是老巴尔扎克最重大的特点之一。①

巴尔扎克作品的重要特色，就是恩格斯提出的现实主义的定义：真实地描写细节，塑造典型环境中的典型人物。他的小说不仅真实地描写环境、反映当时的社会现实，而且注重描写财产、房屋、家具、陈设、器皿、服装等涉及人的生活的各个方面，就连提供的经济资料也力求具体和详尽。所以，恩格斯认为从他的作品中学到的东西，甚至在经济细节方面，也要比从当时所有职业的历史学家、经济学家和统计学家那里学到的全部东西还要多。

《欧也妮·葛朗台》的故事发生在 19 世纪初期。葛朗台老头是法国西部索米尔城里的首富。他原来只是一个箍桶匠，靠着行贿投机购置产业，然后哄抬物价、控制市场而大发横财。他吝啬成性、一毛不拔，对自己的独生女欧也妮也冷酷无情。但欧也妮的为人却善良慷慨，当她的堂弟查理因父亲破产自杀而走投无路的时候，她把自己积蓄的金币送给他作为到印度经商的路费，查理也回赠了母亲留给自己的金梳妆盒，两人心心相印、私订终身。

元旦那天，葛朗台发现女儿的金币不翼而飞，大发雷霆，把女儿关了起来，使他的妻子惊恐而死。葛朗台虽然逼迫女儿放弃了财产继承权，但到临终时也不得不把一大串钥匙交给了她，给她留下了 1700 万法郎的巨额遗产。不过即使到了这个时候，他也要叮嘱女儿把一切都管理好，以后到阴间去向他交账。当地的

---

① 《恩格斯致玛·哈克奈斯的信》，《马克思恩格斯选集》第 4 卷，第 683—684 页。

名门望族在他死后纷纷向欧也妮求婚，但她始终等待着查理。不料她收到堂弟的第一封信就是背弃他们的婚约，原来他在印度贩卖人口，放高利贷，还想凭借裙带关系攀附权贵，早已变成了一个卑鄙无耻、心狠手辣的人，只是在得知欧也妮富比王侯时才后悔莫及。

欧也妮悲愤之下，答应与公证人的侄儿蓬风结成名义上的婚姻，条件是让他到巴黎去为查理的父亲偿还债务。蓬风指望在欧也妮死后独吞她的财产，却没想到自己先死。欧也妮在 33 岁时就成了寡妇，以向周围的人们行善来度过余生。

《欧也妮·葛朗台》是巴尔扎克的代表作，是《人间喜剧》里"外省生活场景"的最重要的作品。小说通过葛朗台在复辟王朝时期勾结官府，大搞黑市交易和公债、土地的投机，逐渐积累了数百万财产的过程，揭露了资产阶级暴发户不择手段地聚敛财富的行径。而他的侄子查理在海外贩卖人口、放高利贷，勾结海盗偷税走私发了大财，他的罪恶活动反映出殖民者在海外掠夺的无耻和残忍。巴尔扎克在这些方面的详尽描绘，使《欧也妮·葛朗台》成了一部资产阶级的发家史，由此展现了 19 世纪初叶法国的社会现实以及妇女的命运。

葛朗台这个典型人物，比莫里哀笔下的阿巴贡更进一步。他不仅是个守财奴，而且是个非常精明的投机商，进而成为一个控制社会经济命脉的金融资本家。他活着就是为了赚钱，金钱就是他的全部生活，甚至胜过他的生命。他的身上集中体现了资产阶级崇拜金钱的本质，以及资本主义社会里为追求金钱不惜一切以至丧失人性的风气，因而具有普遍的意义。

《高老头》也是巴尔扎克的代表作，是他在 40 天之内满怀激情地写成的，其间他每天只睡两个小时。高老头是个在饥荒时乘机发财的面条商，他的命根子就是两个女儿。父爱是一种人之常情，他对女儿的爱本来应该造就一个幸福的家庭，然而在金钱至上的资本主义社会里，却只是给他带来了贫病交加地死去的悲惨结局。

《高老头》表现的是一种畸形的父爱，他活着只是为了使女儿幸福，自己无论受什么苦都在所不惜。他给了她们每人 80 万法郎的陪嫁，使大女儿成了伯爵夫人，小女儿成了银行家夫人，自己只剩下每月几百法郎的生活费。尽管如此，女儿们在婚后仍然不断地搜括他的钱财，随着他的钱越来越少，女儿们对他也日益冷淡。最后他一文不名，被女儿们逼得中风，死在小阁楼里的破床上。临终时她们都去参加舞会，对他不闻不问，他终于明白女儿们从来没有爱过他，她们只是爱他的金钱：

> 我要死了，要气疯了，气死了！气已经上来了！现在我把我这一辈子都看清楚了。我上了当！她们不爱我，从来没有爱过我！……我知道她们。我的悲伤，我的痛苦，我的需要，她们从来没有体会到一星半

点，连我的死也没有想到；我的爱，我的温情，她们完全不了解。是的，她们把我糟蹋惯了，在她们眼里我所有的牺牲都一文不值。哪怕她们要挖掉我的眼睛，我也会说：挖吧！我太傻了。[①]

小说通过典型人物高老头的一生，揭露了繁华假象下面可怕的社会现实，控诉了拜金主义对人性的腐蚀，具有普遍的现实意义。

除了高老头父女的家事之外，小说还描写了来自外省的大学生拉斯蒂涅，他本来是一个纯洁的青年，后来认识了搞非法勾当的苦役犯伏脱冷。伏脱冷原名雅克·高冷，是个不择手段的野心家，他告诉拉斯蒂涅："要弄大钱，就该大刀阔斧地干，要不就完事大吉……人生就是这么回事。跟厨房一样腥臭。要捞油水就不能怕弄脏手，只消事后洗干净；今日所谓道德，不过是这一点。"[②]正是他的惊世骇俗的处世哲学，激发了拉斯蒂涅的野心，促使他走上了通过贵妇们踏入上流社会的道路。

葛朗台老头和高老头都是白手起家的暴发户。葛朗台爱财如命，连老婆留给女儿的遗产也要夺过来；高老头则溺爱女儿，不惜以巨额的陪嫁使女儿成为有贵族头衔的夫人，最后钱财被她们挥霍一空，自己孤苦伶仃地死去却无人问津。这两部小说从不同的角度反映了资本主义社会里金钱对人心的败坏，淋漓尽致地揭露了资产者的贪婪和虚荣，是巴尔扎克在19世纪30年代最重要的代表作。

《幻灭》三部曲是巴尔扎克在19世纪40年代的杰作。它同样以复辟时期为背景，分为《两个诗人》《外省大人物在巴黎》和《发明家的苦难》三个部分。

《两个诗人》的主人公大卫和吕西安是同学，他们从巴黎毕业后回到小城安古兰末，对未来充满了梦想。吕西安一心想发财致富、飞黄腾达，因而追求比他大15岁的贵妇巴日东太太，跟着她来到巴黎，企图混入上流社会。大卫为人正直，是个刻苦钻研业务的发明家。他购买了父亲的印刷厂，与吕西安的妹妹夏娃结婚后，专心于廉价纸张的发明。

《外省大人物在巴黎》写吕西安在巴黎的经历。他被巴日东太太抛弃后，投靠在编辑罗斯多的门下，进入了卑鄙龌龊的新闻界，利用自己的笔杆子谋取名利，并与名演员高拉莉姘居，过着灯红酒绿的生活。为了能够青云直上，他从自由党转入保王党，结果弄巧成拙，贵族没有当成，反而与人决斗受了重伤。他为了还债，以大卫的名义伪造了3000法郎的期票，最后只得回到故乡。

《发明家的苦难》写大卫因无法偿还期票而被迫逃出去躲债。巴日东太太丧夫后另嫁他人，成了伯爵夫人。吕西安想求她帮助大卫，不料她欺骗吕西安说大

① 巴尔扎克：《高老头》，傅雷译，人民文学出版社，1978年，第238页。

② 同上，第95页。

卫没事了,结果使大卫在露面时中计被捕。走投无路的吕西安准备自杀,却遇到了逃犯伏脱冷。伏脱冷替他偿还了大卫的债务,然后把他带到巴黎,大卫则不得不放弃了发明专利和献身科学的理想。

吕西安千方百计地跻身于贵族上流社会,经历了新闻出版界的种种无耻交易,以及保王党和自由党对他的拉拢和打击。小说通过吕西安的堕落过程,揭露了资产阶级与贵族的争权夺利,新闻的商品化以及巴黎社会围绕着新闻报纸和党派利益而展开的角逐,反映了复辟王朝时期尖锐复杂的阶级斗争,同时也歌颂了代表群众利益的共和党人。最后通过逃犯伏脱冷之口,深刻地揭露了人与人之间尔虞我诈的伪善关系。

巴尔扎克在《幻灭》中运用了自己丰富的人生体验,例如大卫办印刷厂,吕西安在文坛的奋斗,巴日东太太对吕西安的爱情,等等,都是他有过的经历。而“幻灭”这个总标题,就是意味着在当时资本主义的社会环境里,青年人的一切美好幻想都将以幻灭告终。吕西安本来是个颇有才华和雄心的青年,但是在巴黎社会这个大染缸里,一步步堕落下去,泯灭了自己的良心,成为一个无耻之徒,最后落得个身败名裂的下场。他的遭遇集中体现了他那一代青年人的命运,也反映出这部小说的现实意义。尤其是当时在报刊足以左右作家命运的情况下,巴尔扎克敢于把新闻界的黑暗内幕暴露在光天化日之下,由此可见他超人的勇气。

《幻灭》的人物和故事是由《高老头》发展而来的,伏脱冷企图在拉斯蒂涅身上实现的计划,最终在吕西安身上得到了实现。伏脱冷认为只有不讲道德和良心、不择手段地向上爬的人才能成功,他对社会的剖析可谓一针见血:“历史有两部,一部是官方的、骗人的历史,做教科书用的,给王太子念的;另外一部是秘密的历史,可以看出国家大事的真正原因,是一部可耻的历史。”[①]这种赤裸裸的强盗理论,撕下了资产者的遮羞布,露出了他们狰狞丑恶的本来面目。

《贝姨》写暴发户克勒凡靠做花粉生意发了大财,看起来道貌岸然,实际上花天酒地、穷奢极欲,为情妇们一掷千金,甚至追求亲家于洛太太。于洛男爵早年曾是拿破仑军队中的英雄,后来进入政府机关担任高级职务,染上了好色的恶习,70 多岁仍不思悔改。他勾搭上玛奈弗太太以后,让妻子的堂妹贝姨去监视她的行动。但是于洛的女儿夺走了贝姨爱上的波兰流浪者文塞斯拉,贝姨决心和玛奈弗太太一起进行报复。玛奈弗太太在她的指使下勾引于洛,但她企图侵吞克勒凡的财产,最后竟成了克勒凡夫人,使贝姨的计划未能成功。但玛奈弗太太的如意算盘也落了空,被于洛男爵的儿子出钱收买的伏脱冷害死了。于洛让妻子的叔叔到阿尔及利亚去贪污公款,败露之后在外面东躲西藏,继续过着放荡的生活,于洛太太把他找回家以后,他还和女佣相好,结果把妻子气死了。

---

① 巴尔扎克:《幻灭》,傅雷译,人民文学出版社,1980 年,第 601—602 页。

小说通过于洛这头好色的“公猪”和克勒凡的暴发户生涯，抨击了七月王朝时期大资产者的荒淫无耻和腐朽糜烂的社会风气。正是这种社会环境，使于洛这样的英雄也日益堕落，终于不可救药。克勒凡这样的大资产者，看起来不可一世、道貌岸然，实际上男盗女娼、无耻之极。这种糜烂的风气已经遍及整个上流社会，而下层人民的生活却极为悲惨。巴尔扎克按照他母亲的性格，把贝姨塑造成一个靠富亲戚混日子而且阴险毒辣的穷女人。她出于嫉妒的报复虽然失败了，但是由她的报复所反映出来的贫富对立却依然存在，小说的意义正是在于揭示了 1848 年革命前夜日益激化的阶级矛盾，批判了金钱这个万恶之源。

《农民》描写了农村中复杂的矛盾和斗争，是直接反映农村阶级斗争的长篇小说。庄园主蒙戈奈将军惩罚过暗中贪污的管家戈贝丹，后来戈贝丹成了富有的资产者，他勾结其他资产者，在经济上使蒙戈奈将军陷于困境，又利用农民对蒙戈奈的不满和反抗，终于迫使蒙戈奈卖掉了田庄。戈贝丹等把田庄分成小块租给农民，对他们进行更加残酷的剥削。

巴尔扎克尽管对蒙戈奈满怀同情，对他的田庄里的优美景色也深为赞赏，但是他依然客观地反映了资产阶级在农村中取代贵族地位的历史进程，通过这场剧烈的社会变革，表现了贵族阶级必然灭亡的命运，因而受到马克思的高度评价。巴尔扎克前期的小说大多揭露贵族和教士，而《农民》则把矛头直接对准了资产阶级。资产者在经济方面的盘剥远比贵族精明，对财富和女色的贪婪更加不择手段，而采取的方式也比贵族更加阴险狡猾。农民是农村的主力军，但是他们只是被资产阶级所利用，因此他们未来与资产阶级的斗争将是不可避免的。

巴尔扎克不但博览群书、学识渊博，而且注重实地调查。他具有惊人的观察力和记忆力，并且以丰富的想象力对观察到的一切进行艺术加工，同时尽量采用各行各业特有的行话，因而使塑造的人物形象有血有肉、栩栩如生。他虽然还不知道有“现实主义”一词，但是对于现实主义的精髓却有着深刻的理解：

> 为了塑造一个人物，往往必须掌握几个相似的人物……文学采用的也是绘画的方法，它为了塑造一个美丽的形象，就取这个模特儿的手，取另一个模特儿的脚，取这个的胸，取那个的肩。艺术家的使命就是把生命灌注到他所塑造的这个人体里去，把描绘变成真实。如果他只是想去临摹一个现实的女人，那么他的作品就根本不能引起人们的兴趣。[①]

---

① 巴尔扎克：《〈古物陈列室〉、〈钢巴拉〉初版序言》，程代熙译，载《欧美古典作家论现实主义和浪漫主义》第二卷，中国社会科学出版社，1981 年，第 105 页。

> “典型”这个概念应该具有这样的意义，“典型”指的是人物，在这个人物身上包括着所有那些在某种程度跟它相似的人们的最鲜明的性格特征：典型是类的样本。[①]

除了这些基本的现实主义特征之外，巴尔扎克的小说也富于浪漫的色彩，但是与浪漫主义有一个最重要的区别：浪漫主义小说里的人物，往往是脱离或超越现实的英雄好汉或才子佳人，而他笔下的人物都来自现实生活，处在复杂的人际关系之中，时时为自己的生存而挣扎和奋斗。这些人物众多却并不雷同，他们往往各自被一种炽烈的激情所控制，这种激情的火焰日夜焚烧着他们，以致最终葬送了他们的生命。而他们令人叹息的命运，又反映出社会发展的必然规律。因此他的小说不像浪漫主义小说那样精致和优雅，而是以富有特色的细节和语言，深刻地批判了资产阶级自私和贪婪的本性，从而揭露了资本主义社会的本质。

巴尔扎克的小说内容包罗万象，是色彩绚丽的历史画卷和规模宏大的社会史诗。其中的拉斯蒂涅和伏脱冷等许多人物，在他的不同小说里反复出现，使他的小说构成了一个统一的、巴尔扎克的世界，也就是他所命名的“人间喜剧”。从艺术手法上来说，这种方法开创了多卷本长河小说的体裁，成为后来左拉和罗曼·罗兰等效法的榜样。

巴尔扎克改变了浪漫主义小说只强调爱情的创作观念，把主宰资本主义社会的金钱作为小说的主题，以现实主义的创作方法，通过真实的情节和典型的人物，撕下遮盖在人际关系上的温情脉脉的面纱，无情地讽刺了人与人之间赤裸裸的金钱关系，把人类被金钱扭曲的一切感情和欲望都描绘得淋漓尽致。“巴尔扎克的小说，是并非哲学家的文学家所能写出的最有思想深度的小说。他是头脑无比清晰、目光能穿透一切的艺术大师，是敢于道破事实真相的优秀的历史解说员。他不曾抄袭任何书本上的现成结论，而是从生活中大量的感性素材出发，大胆地探究社会历史的本质，哪怕违背自己的政治信念得出与愿望相反的结论。”[②]艾珉女士的这一评价，无疑是非常准确和中肯的。

第三节　司汤达

司汤达(1783—1842)原名玛丽-亨利·贝尔，生于格勒诺布尔。父亲是著名的律师，雅各宾派专政时曾被监禁。司汤达很爱漂亮的母亲，有着很深的恋母情

---

① 巴尔扎克：《〈一桩无头公案〉初版序言》，程代熙译，载《欧美古典作家论现实主义和浪漫主义》第二卷，第113页。

② 艾珉：《幻灭》译本序，载巴尔扎克《幻灭》，傅雷译，第22页。

结。他七岁时母亲去世，父亲续娶了专横的小姨，所以司汤达自称“我的父亲是个严厉的人……我不曾有过什么童年的欢乐”①。他用过100多个笔名，固然是为了避免检查，但同时也是为了不用父亲的姓氏。他对父亲的被捕感到庆幸，还在他的名著《红与黑》和《巴马修道院》里，把主人公于连和法布里斯都写成是失去了母爱的孩子。

司汤达幼年时受到启蒙思想的熏陶，尤其崇尚卢梭。1799年11月他到巴黎投身军界，第二年来到米兰，随拿破仑的远征军作战，任第六骑兵团的少尉。意大利辉煌的文艺遗产、文艺复兴的传统和人民的热情，给他留下了深刻的印象。1801年他因身体不佳回到巴黎，不久辞去军职，后来于1806年重返军界，担任军事委员会专员，管理皇室领地，1810年任皇室器物总监。

1812年，拿破仑远征俄罗斯，司汤达于9月到达莫斯科，目睹了莫斯科被大火焚毁的情景，在兵败撤退时还带着一本从俄国皇宫里拿到的伏尔泰的《故事集》。不久波旁王朝复辟，他只得长期侨居米兰。他在此期间到各地旅行，与从事民族解放运动的烧炭党人来往，结果在1821年被奥地利警察驱逐出境。

司汤达建立功勋的梦想因拿破仑的失败而破灭，于是转而走上了创作的道路。1817年，他用假名发表了《意大利绘画史》，其实是根据一本意大利文的著作翻译过来的。从同年发表的游记《罗马、那不勒斯和佛罗伦萨》开始，他才使用司汤达这个笔名。他虽然其貌不扬，却有过无数的艳遇，因此他结合当时的启蒙学说写了《论爱情》(1822)一书，但是这部心理分析著作却受到了嘲笑和指责，在11年里只售出了7册。他本人终身未娶，也许是他的爱情理论不符合时代实际的一个例证吧。

司汤达的作品大多是亏本自费出版的，所以生活拮据，连温饱都成问题，甚至连住宅都没有，直到去世都住在旅馆里。但尽管如此，他还是积极参加了法国的浪漫主义运动，到英国和意大利旅行，并且在英法的报刊上撰文揭露贵族浪漫主义代表作家的消极倾向。他的文艺论著《拉辛和莎士比亚》(1823—1825)宣称“浪漫主义是为人民提供文学作品的艺术。这种文学作品符合当前人民的习惯和信仰，所以它们可能给人民以最大的愉快”②。这是一篇反对伪古典主义的宣言，实际上反映了现实主义文艺反对因袭保守、适应时代潮流的基本精神。

司汤达的第一部小说《阿尔芒丝》(1827)，写贵族青年奥克塔夫爱上了表妹阿尔芒丝，但他是个阳痿患者，所以爱得越深就越是痛苦。阿尔芒丝误解了他的意思，于是对自己的爱情避而不谈。后来奥克塔夫在决斗中受了重伤，自以为就要死去，才向她表白了爱情。他在伤愈后和她结了婚，但几天后就自杀了，因为

① 司汤达：《旅人札记》，徐知免译，百花文艺出版社，2003年，引言第1页。

② 司汤达：《拉辛与莎士比亚》，王道乾译，上海译文出版社，1979年，第26页。

他们的婚姻是不可能幸福的。小说着重描绘了他的忧郁和沉默，已经显示出心理小说的特色。纪德在为这部小说所写的序言里，详尽地分析了奥克塔夫的心理，认为“阳痿患者能够最狂热、最温柔地去爱，其狂热程度甚至超过一般恋人，因为它在本质上受到阻碍”[①]。

在反映意大利生活的短篇小说集《意大利遗事》(1839)中，发表于1829年的《法尼娜·法尼尼》是最著名的一篇。女主人公法尼娜·法尼尼是个贵族小姐，她爱上了革命者彼特罗，为了使他离开革命陪伴自己，她不惜破坏革命，出卖他的同志，结果遭到他的唾弃。小说通过描写他们由于对革命的态度不同而造成的爱情悲剧，反映了意大利烧炭党人为争取民族解放而进行的英勇斗争。

司汤达的长篇小说《红与黑》(1830)，塑造了于连这个具有深刻典型意义的人物形象，展示了19世纪30年代法国社会的广阔图景，是法国第一部现实主义的杰作。

《红与黑》的背景是法国复辟时期的小城维立叶尔，相貌英俊、野心勃勃的青年于连·索雷尔，对当木匠的父亲和自己的微贱出身感到不满，一心想着飞黄腾达。他起初崇拜拿破仑，想穿红色的将军制服，拿破仑的垮台使他只得去穿教士的黑袍。他凭着惊人的记忆力背熟了拉丁文的《圣经》，被市长德·瑞那聘为家庭教师，不久就成了市长夫人的情人；被市长的政敌揭露后，他不得不去贝桑松神学院进修。

于连投靠神学院院长彼拉神甫，卷入了教会内部的斗争，后来由彼拉神甫介绍，当上了保皇党人拉莫尔侯爵的私人秘书。他由于聪明能干而受到侯爵的赏识，参与了保皇党的复辟阴谋，习惯了上流社会的生活，还成了拉莫尔侯爵的性格乖戾、喜怒无常的女儿玛特尔的情人。玛特尔怀孕后，侯爵不得不把大量的土地和钱财送给于连，设法改变他的出身。

正当名利地位唾手可得的时候，德·瑞那夫人在她的忏悔师的逼迫下，给侯爵写了一封揭发于连的告密信。于连获悉后来到维立叶尔的教堂，对着正在祷告的德·瑞那夫人开了两枪，虽然并未命中要害，但依然被市长的政敌判处死刑。在受审期间，于连和德·瑞那夫人彼此宽恕，体验到了真正的幸福和爱情。德·瑞那夫人在于连死后三天去世，玛特尔则亲手埋葬了情人的头颅。

1827年，有个名叫贝尔德的家庭教师，与女主人偷偷地相爱，后来由于绝望而开枪打死了她，司汤达把这个案例改写成小说《于连》。后来他“设法把保王党的阴谋事件穿插到《于连》的故事中去，使它成为这本小说的核心，这样就把作为社会新闻的《于连》的简单情节转变成了《红与黑》这部政治小说”[②]。小说正是

---

① 纪德:《〈阿尔芒丝〉序言》，载《纪德文集》(文论卷)，王文融译，第198页。

② 《阿拉贡文艺论文选集》，盛澄华等译，人民文学出版社，1958年，第222页。

通过颂扬于连的自由个性和奋斗悲剧，描绘了法国复辟时期尖锐复杂的政治斗争，批判了封建势力以门第和出身对平民青年的压制，揭露了政府、教会的黑暗内幕和保王党的复辟阴谋。

关于“红”与“黑”的象征意义，传统的看法是“红”代表拿破仑时代的军装，“黑”代表教士的黑袍，这与司汤达本人的思想和经历是一致的。他在意大利追随拿破仑远征的时候，无疑正怀着 30 岁就当上将军的梦想，而在《意大利绘画史》里，他竟然给已被囚禁的拿破仑写了一篇献辞，更证明了他对拿破仑的崇拜：“在这部小说里，司汤达表达了自己对卑鄙无耻的（‘黑的’）复辟时期的全部蔑视，暗中将充满英雄业绩的革命和拿破仑战争的时代（‘红的’）同复辟时期作了一番对照。”[①]

于连虽然出身平民，却是一个体魄健壮、头脑聪明的青年，充满了雄心和抱负。在拿破仑时代，他有可能以英勇善战而升为将军；而在复辟时期，他只能脱下军装，穿上教士的黑袍，才有希望飞黄腾达。教会是专门搞阴谋和特务活动的地方，正直的青年为了前程，不得不与阴谋家们同流合污，成为一个伪君子。《红与黑》的现实意义在于揭露了社会的不平：正是封建的等级制度压制了平民青年的才华，才造成了于连的悲剧。

《红与黑》带有自传的性质。“没有一位浪漫派作家，像司汤达那样，把自己更多地写进作品里。”[②]虽然小城维立叶尔是虚构的，但是除了容貌之外，司汤达把自己的许多特点赋予了于连，例如他们都反抗和蔑视自己的父亲。书中的一些女性人物，也都有与他交往过的妇女的特征。

小说在艺术上注重刻画典型环境中的典型人物，尤其细致地揭示了人物的心理活动，例如于连和德·瑞那夫人的相爱，彼此都经历了一个复杂的心理过程。于连征服她本来并非出于爱情，而是为了证实自己的勇气，但是在误伤她之后，她的宽容使他备受感动，他在真正体会到她的爱情的同时也爱上了她。另外，于连在内心激烈斗争的时候，总会有一些内心独白，使读者了解他当时的想法。

《红与黑》是法国第一部真正意义上的现实主义小说，它的副标题《1830 年纪事》和卷首的题词“真实，严酷的真实”，表明它的目标就是反映社会现实。但是它出版的时候正逢浪漫主义文学的鼎盛时期，人们习惯于感情强烈的梦幻和色彩斑斓的描绘，对于小说中深刻的批判精神、冷静的思考和现实的态度都不以为然，因此在出版后备受冷遇，第一版只售出了 750 册，就连左拉也仅仅把它看

---

① 雅洪托娃等：《法国文学简史》，郭家申译，第 329 页。

② 马可斯·米勒耐：《司汤达及其创作》，易超译，载《红与黑》，罗新璋译，浙江文艺出版社，1994 年，第 507 页。

成是一部爱情小说。

《红与黑》对于复辟时期社会现实的深刻批判，塑造的典型人物和细致的心理分析，对后世小说的发展产生了巨大的影响。正如阿拉贡指出的那样："《红与黑》不论就其结构来说，或就其素材来说，都称得上是一部现实主义的作品。它是从现实中产生的。从来没有一部小说具有这样的科学意义和历史意义。《红与黑》是一种政治武器。这也就是我为什么把它看作是法国一切现实主义文学的根源。"[①]

1830 年 9 月，司汤达被任命为法国驻意大利的里雅斯特领事，由于奥国当局对这一任命不予认可，他于 1831 年改任驻教皇管辖的小城奇维塔韦基亚的领事。1836 年，他请了三年的长假从事旅行和创作，写出了他的另一部名著《巴马修道院》(1839)。

主人公法布里斯出身贵族，但是在姑姑吉娜的影响下，他从小就崇拜拿破仑。百日政变时期，他追随拿破仑参加了滑铁卢战役，在溃退时负了伤，也断送了自己的前程。定居巴马国的吉娜送他到那不勒斯学习神学，他回到巴马以后就谈情说爱、游戏人生，甚至因争风吃醋而闹出人命，被囚禁在一座巨大的圆塔里。

康梯将军负责看守圆塔，法布里斯早年见过他美丽的女儿克莱莉娅，进塔后仍与她在窗口遥遥相望。吉娜为了协助他越狱而麻醉了康梯将军，使克莱莉娅深感对不起父亲，因而发誓不再和他来往。后来在吉娜的努力下，法布里斯被判无罪，当上了巴马的副主教。克莱莉娅已经嫁人，但在他的追求下成了他的情妇，有了一个儿子。法布里斯设计把儿子劫走，但儿子因不适应新的环境而死去，克莱莉娅悲痛欲绝，不久去世。一年以后，法布里斯也在巴马修道院里忧郁而死。

小说通过法布里斯的经历，反映了从拿破仑时代到复辟时代的风云变幻，以及意大利北部地区反抗欧洲神圣同盟的统治、争取民族独立的斗争。司汤达对战争有亲身的体验，写起爱情来又得心应手，所以他仅用 52 天就写完了这部小说。他不像雨果那样使用华丽的辞藻，描绘气势宏大的场面，而是通过法布里斯的眼光，以准确的词句来描绘现实。所以小说出版后得到了巴尔扎克的称赞："贝尔先生写了一本书，每章都闪耀着崇高思想。"[②]

此后直到中风去世为止，司汤达继续从事创作，其中最重要的是未完成的长篇小说《吕西安・娄万》(1894)。主人公吕西安・娄万是大银行家的儿子，在父亲的安排下，他先入军界，后给内政部长当秘书，参与了卑鄙的阴谋活动。小说

---

① 《阿拉贡文艺论文选集》，盛澄华等译，第 223—224 页。

② 亨利・特罗亚：《巴尔扎克传》，第 311 页。

通过他在军界和政坛的经历，揭露了资产阶级政府的腐败内幕，谴责了资产者对工人的剥削和压迫，反映了七月王朝的金融资产阶级专政的本质。

司汤达继承和发展了拉法耶特夫人注重心理描写的传统，同时开创了现实主义小说的先河，在乐于表现多愁善感和描绘大喜大悲的浪漫主义时代，他的作品不被人们所理解，巴尔扎克的称赞也许是他生前得到的唯一赞誉，因为他的至交梅里美也只是在他死后才写了关于他的回忆和评论。司汤达有自知之明，他为自己撰写的铭文只有寥寥数字："亨利·贝尔，米兰人。活过、爱过、写过。"他对自己的才华深信不疑，在给巴尔扎克的回信中，他预言到 1880 年才会有人读他的作品，1935 年他才会被人理解。果然如此，他在文学史上的重要地位现在已经得到公认。

第四节　梅里美

普罗斯佩·梅里美(1803—1870)生于巴黎，父亲是巴黎综合工科大学的绘画教授、画家和美学家，在他的熏陶下，梅里美从小就爱好绘画，善于鉴赏艺术品。他在中学里成绩优良，喜爱英国的语言和文学。毕业后他进入巴黎大学学习法律，同时钻研西班牙语、意大利语、古希腊语和拉丁语等多种语言，以及古代的历史和文化知识，并且开始创作戏剧。故事《战役》已经显露出他后来小说的戏剧式结构和极其简洁的特色。

梅里美的命运不像其他作家那样坎坷，可以说是一帆风顺。从 1824 年开始，他出入巴黎文学界，结识了司汤达、雨果和缪塞等作家，自称为浪漫主义者。1825 年，他把《非洲人的爱情》《女人是魔鬼》《西班牙人在丹麦》《天堂与地狱》和《伊莱斯·芒多》等五个喜剧结集出版，取名为《克拉拉·加楚尔戏剧集》。剧本不仅伪造了作者的名字，即所谓的西班牙著名女演员克拉拉·加楚尔，而且内容幽默风趣，充满了异国情调，完全违反了古典主义戏剧的传统法则，实际上是为即将到来的浪漫主义戏剧潮流开辟了道路。

1826 年，梅里美到英国旅行，受到莎士比亚戏剧的影响，后来创作了历史剧《雅克团》(1828)。剧本写的是 1358 年的农民起义，共有 36 个表现封建社会的场景，包括贵族的暴行和农民的悲惨生活等。其中几乎没有什么心理刻画，主要是贵族的军队、成群的强盗、农民和冒险家等人群的活动，城堡、森林和战场等背景，适用于通俗的情节剧，没有给观众留下想象的余地。

1829 年，梅里美发表了历史小说《查理九世时代轶事》，初版时写明是"《克拉拉·加楚尔戏剧集》作者著"，从第二版开始才使用梅里美这个名字。小说描写的是 16 世纪法国宗教内战时期，天主教徒在圣巴托罗缪之夜屠杀新教徒的事件。主人公是一个名叫梅尔吉的贵族青年，是个勇敢而热情的新教徒。小说通过他的所见所闻，把查理九世刻画成了一个手段狠毒的阴谋家。

梅里美在小说的序言里，以及第八章的“读者与作者的对话”里，都表示自己不是在写法国史，而是在讲故事，所以书名里才用了“轶事”这个词。它在法语里有编年史、历史故事和传闻等多种含义，中文译成“轶事”非常贴切。其实梅里美只是把这段历史作为框架，来制造一种适于讲故事的气氛，以便叙述纵酒作乐的宴会、国王的狩猎以及化装约会和决斗等场面，塑造狂热的教徒和风雅的青年等形象。

但尽管如此，梅里美却并未像大仲马那样任意改写历史，而是尽量用真实的细节来再现昔日的时代气氛，同时塑造出真实可信的人物。也就是说，他是在利用史实虚构人物，以便讲述他们的风流奇遇或关于神学的争论，而其中包含的爱与恨、博爱与宽容等等，都是人类永恒的感情，因而使当代的读者感到亲切。总起来说，这部小说的现实主义成分包含在浪漫主义的色彩之中，出版后受到了读者的欢迎。

梅里美在文学史上以中短篇小说著称，他在 1829 年发表的一些短篇小说，已经显示出他的独特风格，其中以《马特奥·法尔戈纳》和《塔曼戈》最为出色。

《马特奥·法尔戈纳》叙述科西嘉岛上的故事。老猎人马特奥·法尔戈纳的独子多福，收了一个罪犯的五个法郎之后把他藏了起来，后来又经不住一只银表的诱惑，把他出卖给了追捕罪犯的官兵。马特奥回来后得知真相，毫不留情地用枪打死了多福。他在打死独子时几乎无动于衷，显示出刚直不阿的豪迈本性。

《塔曼戈》通过被贩卖的黑奴在船上造反的壮举，揭露了奴隶制的罪恶。黑人武士和人贩子塔曼戈贩卖黑奴，结果自己也被法国人抓住。他带领黑人造反，杀死了船上的白人，但是他们不会驾驶船只，最后只有塔曼戈一个人在奄奄一息时被救了出来。这篇小说是一出震撼人心的悲剧，反映了黑人牛马不如的悲惨生活。

梅里美认为《伊尔的爱神》(1837)是他的杰作。主人公德·佩雷奥拉德挖出了一座维纳斯的铜像。铜像似乎是有生命的，工人在挖掘时腿被她压断了，顽童向她扔石块也受到了她的回击。她的表情显得残暴，但是美丽非凡，因而被当地人视为偶像。佩雷奥拉德的儿子阿尔丰斯在结婚的时候，由于要打球而把戒指套在铜像的手指上，结果铜像把手指握紧，戒指拿不下来了；于是铜像成了他的妻子，夜里到床上来压死了他。小说将真实与奇迹相结合，弥漫着恐怖的气氛，留下了一些无法解释的谜团，显示出一种神秘莫测的美。

1830 年对梅里美至关重要。他对七月革命表示欢迎，七月王朝对他也委以重任。他先后在海军部、商业部和内政部任职，1834 年 5 月被任命为历史文物总监。他从此有机会周游法国和到国外旅行，为发掘和保护法国的古代文物不遗余力，先后出版了《法国南部旅行记》(1835)、《法国西部旅行记》(1836)、《奥弗涅旅行记》(1838)和《科西嘉岛旅行记》(1840),记录他在各地的考察结果,以及发现的古迹和典籍。梅里美因而成为一个杰出的考古学家和历史学家,并且在1844年当选为法兰西学士院院士。

这些旅行为梅里美提供了丰富的素材,使他写出了中篇小说的名作《高龙巴》(1840)和《嘉尔曼》(1845)。

与《马特奥·法尔戈纳》一样,《高龙巴》也取材于科西嘉岛,那是法国在本土之外的一个省份。女主人公高龙巴与村长巴里西尼家有世仇,她家的亲戚在拿破仑执政时当了村长,拿破仑下台后巴里西尼当了村长,百日政变时巴里西尼下台,到波旁王朝复辟后他又当了村长。两家人冤冤相报,高龙巴的父亲被人杀死,她怀疑村长就是凶手。她的哥哥奥尔索在外面当军官,受到外界文明的影响,回来探亲时本来不想再复仇了,但是高龙巴极力煽动他报仇雪恨。奥尔索终于在受到村长儿子袭击并且受伤之时,把对方打死了。

《高龙巴》是梅里美篇幅最长的中篇小说,他在写作时参考了口头传说、历史文献和司法档案等许多资料。高龙巴疾恶如仇,具有男子汉般的豪迈气概,但她虽然有仇必报、凶悍顽强,却又并非一味冒险,而是精心策划,深思熟虑,显示出女性的阴柔和细心,因而是具有鲜明个性的典型人物。

梅里美在1830年到西班牙旅行之后,首先在杂志上发表了四封《来自西班牙的信》,后来收入《杂文集》(1833)。这些信件中已经提到了斗牛、死刑、西班牙女巫和"强盗"何塞-玛利亚的故事。梅里美对波希米亚人的生活进行了仔细的研究之后,发表了中篇小说《嘉尔曼》。

小说叙述作者在西班牙旅行时,与有名的强盗唐何塞成了朋友,并且在向导要告发他的时候把他放走了。作者接着遇见了波希米亚女郎嘉尔曼,在她家里又见到了唐何塞。几个月之后,作者听说唐何塞已经被捕,于是前去探监,听他讲述了他与嘉尔曼的爱情经历。

唐何塞本来是骑兵营的班长,在押送斗殴伤人的嘉尔曼的时候,沉迷于她的美貌而放走了她。嘉尔曼为了报答他而与他幽会,但她的爱情只是逢场作戏,因为波希米亚人酷爱自由,不会长期受同一个人的束缚,而唐何塞却一心想保持他们的爱情,为了她不惜杀死情敌后加入了走私贩子的行列。其实嘉尔曼已有丈夫,唐何塞杀死了嘉尔曼的丈夫,想带嘉尔曼离开西班牙,一起去过正常人的生活。但是嘉尔曼只要自由,不断地更换情人,而且表示不再爱唐何塞,扔掉了他送的戒指。唐何塞在忍无可忍的情况下杀死了嘉尔曼,然后去自首了。

小说叙述了作者先后与强盗唐何塞和嘉尔曼的相遇,以及波希米亚人的性格和语言,尽管结构比较复杂,但主线则是唐何塞与嘉尔曼的爱情。作者认为嘉尔曼具有奇特而野性的美,而唐何塞却觉得她是魔鬼的女儿,自己只是她的猎物。他们两人的性格截然不同,所以爱情造成了他们的悲剧:正是为了嘉尔曼,唐何塞才变成了强盗和杀人犯。从某种意义上来说,《嘉尔曼》是对歌颂不同等级之间的浪漫爱情的反拨,这正是梅里美不同于浪漫主义者的地方。后来法国作曲家比才[①]把小说改编成歌剧《卡门》,更使嘉尔曼的形象传遍了世界。

在19世纪上半叶的作家中,只有梅里美以写中短篇小说著称。他的小说自然不如巴尔扎克和左拉那样气势雄伟,也不像浪漫主义作家那样充满热情或感伤,而是具有一种平静而精致的美。他在描写惊心动魄的事件时,始终与现实保持一定的距离,不使愤慨之情溢于言表,也没有议论和感叹,只是在平静的叙述中略带淡淡的讽刺。这种讽刺从不锋芒毕露,从而把主观色彩减少到最低限度,给人以客观真实的印象。这就是梅里美现实主义风格的特色。

与巴尔扎克描写典型环境的长篇小说不同,梅里美不注重细节的描写和心理的刻画,而是以与文明社会对立的蛮荒之地为背景,塑造性格鲜明和与众不同的人物。他擅长用简短的篇幅表现深刻的社会矛盾和问题,文笔流畅自然,情节简繁得当,结构层次分明。特别是他的语言可谓惜墨如金、凝练之极,绝无多余的细节或描述,既有古典式的明晰,又有浓郁的地方色彩,因而使小说读起来引人入胜、扣人心弦,在艺术上达到了炉火纯青的境界。

梅里美是法国文学从浪漫主义发展到现实主义这一时期的代表作家,作品的主题和典型的形象表明他是个现实主义者,例如高龙巴与巴里西尼家的仇恨并非只是私仇,实际上反映了科西嘉岛上资产阶级与封建势力的搏斗;但是强烈的异国情调又流露出浓郁的浪漫主义色彩,因此可以说他的作品兼有浪漫主义和现实主义的特色。他在语言、文学和历史方面的渊博知识,作品题材的新颖和文笔的简练精致,都使他的小说不同凡响,表明他无愧于小说史上的大师地位。

梅里美在西班牙旅行期间,在马德里与蒙蒂若伯爵成为知交。在20年之后的第二帝国时期,伯爵的小女儿欧仁妮成了法国的王后,他因此备受恩宠,得以进入参议院,过着轻松悠闲的生活,然而他的创作灵感也随之衰竭了。1870年第二帝国灭亡,梅里美也于同年去世。

第五节　福楼拜

居斯塔夫·福楼拜(1821—1880)生于鲁昂,父亲是鲁昂市立医院院长兼外科主任,他的童年就是在医院里度过的。福楼拜的兄妹都非常聪敏,兄长阿希尔是家里的模范,可是他这个老二却到7岁还不会看书。他的父亲认为事关家庭的荣誉,于是亲自强制性地教他识字,造成了他的自卑感。他嫉妒兄长的才能,

① 乔治·比才(1838—1875),法国作曲家,代表作除歌剧《卡门》外,还有根据都德小说改编的弦乐组曲《阿莱城姑娘》等。

兄弟俩关系不好。此外他的母亲也缺乏爱心，她的冷漠造成了他的孤僻、被动的性格和神经官能症。福楼拜感到人与人无法沟通，认为许多东西是不可言传的，所以他后来在写作中不习惯使用肯定性的语言。

福楼拜在中学里对戏剧产生兴趣，而且已经开始写作小说《圣安东的诱惑》，结果临近毕业时却因"不守纪律"被勒令退学，在家自修了半年才通过中学毕业考试。他遵从父亲的意愿学习法律，实际上却在写作小说《情感教育》。有一次福楼拜从马车上摔了下来，神经受了损伤，患了一种类似癫痫的怪病，稍有刺激就浑身发抖，因而不得不辍学，到父亲为他在鲁昂附近的克鲁瓦塞购买的别墅里去养病。

福楼拜毕生追求艺术的美，为此放弃了一切世俗的享受。他不善交际，也不屑于与庸俗的资产者来往。他的父亲于1846年去世，留下了丰厚的遗产，从此他和母亲一直住在克鲁瓦塞。福楼拜终身未婚，只是埋头写作，直至59岁去世。他说过宁愿被马车轧死也不要儿子，据萨特研究，这是福楼拜在父母的严格管制下，形成了被动的性格和同性恋倾向的缘故。

福楼拜注重收集资料，进行观察和分析，为此他曾到法国各地旅行，了解农村的生活。1849年10月，他与好友一起，用18个月的时间游历东方，到过马耳他、埃及、土耳其、希腊和意大利等国家，还到伦敦参观过博览会，为以后的创作积累了丰富的素材。他特别注意选择词语，要求读起来声调和谐、抑扬顿挫。他对写作的要求是精益求精，所以一生只发表了5部作品。

《包法利夫人》(1857)是福楼拜发表的第一部小说，也是他的代表作，讲述的是一个农村少女如何在不良的社会环境里日益堕落，最后不得不自杀的故事。

女主人公爱玛是一个富裕农民的女儿，从小在修道院里受教育，闭塞的环境使她变得昏昏沉沉、无精打采，有个老姑娘从外面偷偷地把小说带进来给她看：

> 书上无非是爱情、情夫、情妇、在僻静的亭子里晕倒的落难贵妇，站站遇害的驿夫，每一天都有倒毙的马匹、阴暗的森林、心乱、发誓、呜咽、眼泪和接吻、月下轻舟、林上夜莺，公子勇敢如雄狮，温柔如绵羊，品德高尚、衣冠整齐，哭起来泪如泉涌。①

这类小说显然属于当时流行的浪漫主义小说，正是它们的影响使爱玛对爱情和婚姻想入非非，由此也不难看出福楼拜对浪漫主义的反感。

查理·包法利是小镇上的医生，他来给爱玛的父亲治疗伤腿，对她很有好感，不久他的妻子去世了，他就和爱玛结为夫妇。包法利医生谈吐平庸、感情贫

---

① 福楼拜：《包法利夫人》，冯寿农译，海峡文艺出版社，1992年，第35页。

乏,爱玛对婚后的生活深感失望。她艳羡上流社会里的寻欢作乐,于是迫使丈夫迁居到了永镇。

爱玛在永镇接触到形形色色的人物,有个名叫赖昂的见习生对她颇有好感,但两人不敢越轨。后来赖昂到巴黎去了,爱玛非常苦闷。附近庄园的地主罗道耳弗乘虚而入,勾引她做了他的情妇。爱玛从此注重享受,不惜向高利贷者借钱购买时装,一心盼望罗道耳弗带她私奔。然而他只不过是逢场作戏,后来为了摆脱她的纠缠,他暂时到外地躲避,使爱玛大病了一场。

爱玛和包法利到鲁昂去看戏散心,却遇到了分别三年的赖昂。为了能经常与赖昂幽会,她以学钢琴为借口,每星期到鲁昂去一次,为此不惜债台高筑、典卖房产。她最后走投无路,不得已向罗道耳弗借钱,但是罗道耳弗尽管表白永远爱她,却冷酷地拒绝了她,迫使她在绝望之余服毒自杀。包法利医生一直蒙在鼓里,死后没有留下任何财产,他的女儿只好到一家纱厂里做工去了。

《包法利夫人》是一部现实主义的杰作,是福楼拜取材于他父亲医院里的一个学生的家庭悲剧,用了将近五年时间才写成的。爱玛本来算得上是一个窈窕淑女,憧憬着巴黎式的浪漫爱情,但是她的美妙幻想被婚后的平庸生活所窒息,于是她的梦想就导致她在堕落的道路上越滑越远,最终在无情的现实面前碰得粉身碎骨,所以爱玛是被社会毁灭的。小说通过她的堕落过程,反映了法国19世纪上半叶庸俗丑恶的社会环境,以及狭隘闭塞的现实生活,揭露了修道院的禁欲主义教育对人性的压抑和毒害,以及地主罗道耳弗等人的卑鄙行径,对资产者虚伪的浪漫情调和丑恶的感伤主义进行了严厉的批判。

现实与幻想的冲突给爱玛造成的不幸,恰恰体现福楼拜本人在思想和创作方面的矛盾:他既厌恶浪漫主义的抒情,又与丑恶的社会现实格格不入。正因为如此,一方面他要客观地反映现实,用准确贴切的语言和真实可信的细节,把包法利夫人塑造成一个典型环境中的典型人物,来反映当时妇女们普遍遭受的悲惨命运;另一方面他长期独居,不像司汤达或巴尔扎克那样有丰富的人生体验,主要依靠了解真实的事件和阅读大量的资料来进行写作,所以在表现包法利夫人受到浪漫主义的毒害时,就往往把自己对生活的绝望寄托在她的身上,从而使她与其说是一个来自现实生活的典型,不如说更是一个被社会窒息的浪漫女子。正因为如此,福楼拜才会既坚持认为《包法利夫人》纯属杜撰、与己无关,又发出了"包法利夫人,就是我"的感叹。

司汤达和巴尔扎克原来都是浪漫主义者,他们在转变为现实主义者的时候,未免仍然带有浪漫主义的痕迹,所以他们的作品中往往含有抒情的色彩,甚至直接发表评论,以增强作品的感染力。福楼拜与他们不同,他不在故事中加进抒情内容或政治意义,而只是尊重事实,让事实本身来说话,以便客观地反映现实,自己则完全退出作品,不流露任何主观的感情。例如关于农业展览会的著名情节,他只是如实地描写了会场的盛况和获奖老妇的外貌:她辛勤劳动了 54 年,得到的报酬是一枚奖章和 25 个法郎,即使是这一点钱她还要送给教堂。这时尽管作者没有说话,但是老妇枯瘦肮脏的外表,各色人等的种种丑恶表演,都无不在揭露颁奖的虚伪和穷人命运的悲惨。

《包法利夫人》发表后引起了轰动,受到评论界和读者的赞誉,但它的批判锋芒也触犯了当局,使福楼拜受到"有伤风化"的起诉,被指控为诽谤宗教和败坏道德,在 1864 年还被罗马教廷列为禁书。但福楼拜的成名主要还是在于这部小说的艺术成就,正如波德莱尔指出的那样:"不少人怀着一种不负责任、无意识的不满说这本书从打官司和宣告无罪中占了大便宜,我们不要这样说了吧。即使不经磨难,这本书也会引起同样的兴趣,也会产生同样的惊奇和轰动。"①

福楼拜厌恶由此引起的争论,在压力之下转向古代的题材。他在北非旅行时就对突尼斯的迦太基古战场产生了兴趣,于是开始收集资料,再次到突尼斯去考察古代遗址。经过五年的辛勤创作,终于在 1862 年发表了历史小说《萨朗波》。小说通过女主人公萨朗波的经历,描绘了大规模的雇佣兵和民众起义,生动地再现了古代迦太基人的内战历史。但它越是写得像一部历史著作,就越是不能像通俗的历史小说那样引起读者的兴趣,所以在出版后受到了圣伯夫等人的指责。

福楼拜因此又改变题材,找出了他早在 1845 年就完成的小说《情感教育》的旧稿,结合 1848 年革命前后的社会现实,也花费了五年时间彻底修改,于 1869 年发表。小说的主人公弗雷德里克·莫罗出身中产阶级,是个思想平庸、性格懦弱的青年学生。他追求阿尔努太太,而罗莎奈特、富有的唐布罗斯夫人以及老家的罗克小姐都在追求他;他在这几个女人之间犹豫不决,不知如何是好。他既和罗莎奈特有了一个孩子,也成了唐布罗斯夫人的情人,但归根结底得到的只是失望和气愤。莫罗在情场上屡遭挫折,在事业上一事无成。在社会发生激烈变革的时刻,他也是浑浑噩噩,像一块面团一样任人揉搓,不知道什么叫作自主,终于日益走上了堕落的道路,最后是鸡飞蛋打一场空。

小说描写了莫罗那一代人的失败,再现了 19 世纪 40 年代,特别是 1848 年革命爆发前后重要的历史场面,塑造了共和党人和投机分子等各种类型的人物;尤其是通过莫罗这个耽于幻想、无所作为的形象,生动地反映了中产阶级青年消极庸俗的处世态度,抨击了资产阶级淫糜享乐的社会风气。不巧的是《情感教育》的发表正值普法战争的前夜,不可能引起人们的关注,因此直到 10 年以后才开始获得赞誉。

福楼拜由于《情感教育》受到冷遇而郁郁寡欢,又转向古代的题材,把早年写出的小说《圣安东的诱惑》(1874)修改出版。这是一个中世纪埃及的传说,写圣

---

① 《波德莱尔美学论文选》,郭宏安译,第 52—53 页。

徒战胜魔鬼的种种诱惑，表达了作者对贪欲的厌恶。

《三故事》(1877)是短篇小说集，其中最著名的是第二篇《纯朴的心》，是福楼拜听从乔治·桑的劝告，专门为她写作的。故事描写了一个女仆平凡的一生。她为人纯朴善良、勇敢机智，永远在为别人操劳，然而闭塞保守的生活环境却使她从不顾及自己的幸福，实际上成了社会的牺牲品。

福楼拜从童年时代起就注意记录所见所闻的可笑言行，感叹傻瓜是如此之多，并且决定要写一部专门讽刺蠢人的小说，也就是最后未完成的《布瓦尔和佩居谢》(1880)。这部小说的原型是巴泰勒米·莫里斯的《两个抄写员》，内容是两个抄写员退休后定居乡村，虽然从事园艺、打猎和钓鱼，却总是感到百无聊赖，最后他们互相给对方做听写，心境才恢复了宁静。

经过福楼拜的改写，主人公布瓦尔和佩居谢成了两个学来学去一事无成的活宝。他们先后研究了农艺学、化学、解剖学、生理学、考古学、地质学、历史、文学、宗教、形而上学、教育学和法学，几乎包括了从自然科学到社会科学的一切学科，而且做过各种各样的实验。例如为了检验胃能消化食物，他们把肉块塞在玻璃瓶里，再灌进鸭子的胃液，然后把瓶子夹在腋下。过了半个月，除了腋下溃烂之外一无所得。为了试验肌肉的运动能否增加热量，他们跳进放满冷水的浴盆，拼命舞动手脚，结果冻得发抖，偏偏裤子又让狗叼走了，弄得狼狈不堪。他们还把小猫按在水里试验动物的呼吸，用做染料用的茜草喂鹅，结果小猫淹死了，把鹅杀了一看骨头仍是白色的。这类蠢事不胜枚举，总之他们学来学去一事无成，结果是大吃苦头、洋相百出，他们的科学研究就是学习—实验—失败的过程。在第二卷里，他们互相合作，一人口授，一人听写，内容全是愚蠢可笑的段落和章节。福楼拜过去塑造的大多是平庸乏味的人物，而这部小说却是专门讽刺蠢人的。可惜他在写第一卷时就因脑溢血去世，未能完成这部空前绝后的奇书。

为了写这部小说，福楼拜阅读了1500多册科学著作，做了大量的笔记，使小说里充满了各类科学术语，例如化学里的各种酸碱、分子、原子、蛋白质，解剖学里的掌骨、蝶骨、韧带直至松果体等，几乎包括当时所有的科学家和教科书，从而以渊博的知识和辛辣的讽刺形成了它的独特风格。自然主义主张像做科学实验那样来写作小说，然而《布瓦尔和佩居谢》涉及的科学知识，远远超过了任何一部自然主义小说，这显然与当时自然科学的迅速发展是分不开的。这部作品充分证明了福楼拜是介于现实主义与自然主义之间的桥梁，因此他被左拉等尊为老师也就在情理之中了。不过福楼拜在《布瓦尔和佩居谢》里既要展示全部科学知识，又要嘲笑学习科学的人，这本身就是一种矛盾。所以归根结底，读者弄不清他究竟是在嘲笑这两个白痴，还是在借他们之口大发议论。

除了追求真实、锤炼语言等特色之外，从《包法利夫人》到《布瓦尔和佩居谢》，福楼拜小说里的主人公都是弱者和小人物，与其他现实主义作家塑造的那些野心勃勃、精力充沛和出类拔萃的人物有了明显的区别，而是接近于龚古尔兄弟、左拉和莫泊桑等的自然主义小说。这一点是由社会环境决定的，经过 1830 年和 1848 年的革命，资产阶级已经丧失了浪漫主义的激情，习惯于第二帝国时期纸醉金迷或庸庸碌碌的生活，包法利医生和莫罗就是其中的典型。

福楼拜是现实主义的大师，真实和美是他在创作中遵循的准则。他抱着绝对客观的态度，描写平凡的生活和普通人，用白描手法再现环境和人物。他在写作时字斟句酌、反复推敲，用词准确明晰、一字千金，三言两语就能准确地抓住特征、烘托气氛，把环境与人物有机地结合起来。从这个意义上来说，福楼拜的作品是法语的典范，但是精致过分就未免有雕琢之嫌，这是福楼拜作品很少的原因之一。

福楼拜对莫泊桑的教诲众所周知，他的作品对后世的影响是毋庸置疑的。左拉认为散见于巴尔扎克作品中的现实主义手法，在《包法利夫人》里得到了集中的体现。纪德不仅非常喜爱《包法利夫人》，而且说过“长久以来我把福楼拜视作大师、朋友和兄长。他的书信集曾是我的枕边书。呵！我快满 20 岁时读了他许多作品！今天我只要读到他的一句话就能认出他来”[①]。

福楼拜的主要作品很早就由李健吾等译成中文，《包法利夫人》已有多个中译本。

第六节　都　德

阿尔丰斯·都德(1840—1897)生于法国南方普罗旺斯地区的尼姆城。父亲是一个丝绸厂的厂主，家境富裕。都德由于体弱多病，四岁时被寄养到乡下，普罗旺斯农村明媚的阳光和田园的芳香，给他留下了终生难忘的印象。后来父亲的工厂逐渐败落，全家迁居里昂。1857 年工厂破产，一家人各奔东西。都德虽然在中学里成绩优异，也不得不放弃学业，到南方小城阿莱斯去谋生，在一所中学里当学监。

都德在学校里勤奋工作，努力自学，却受到教师们甚至学生的嘲弄和欺凌，尝到了人生的辛酸。他不久就被校方辞退，只好到巴黎去投奔哥哥欧内斯特。欧内斯特在一家报社当编辑，收入很少，两人的生活十分清贫。但是他们刻苦自学，哥哥后来成了政治家和历史学家，都德则在哥哥的鼓励下走上了文学创作的道路。

都德的第一部作品是诗集《女恋人》，在几经周折之后于 1858 年出版，获得了文人们的好评，特别是王后欧仁妮的赏识。都德因此时来运转，在 1860 年当

---

① 纪德:《十本法国小说……》，载《纪德文集》(文论卷)，第 372 页。

上了德·莫尔尼公爵的办公室秘书。公爵是拿破仑三世的同父异母兄弟，在第二帝国时期任立法会议主席，作为他的秘书，都德不仅得以出入上流社会，而且有机会到普罗旺斯、科西嘉岛甚至阿尔及利亚等地旅行疗养，在欣赏风景的同时搜集趣闻和传说，为他的创作积累了丰富的素材。

1863 年的冬季，都德因肺结核在普罗旺斯疗养，与在巴黎结识的普罗旺斯诗人让·米斯特拉尔[①]重逢，两人一起在当地漫游，参观周围的磨坊。莫尔尼公爵于 1865 年 3 月去世后，都德不久就辞去了秘书的职务，专门从事写作。从 1866 年开始，他先后在《大事报》和《费加罗报》上陆续发表了一些关于普罗旺斯的短篇小说，在 1869 年以《磨坊文札》为名结集出版，到 1874 年又增补了三篇。

这些短篇都是怀乡之作，弥漫着普罗旺斯地区的芬芳，生动地表现了当地普通人的平凡生活。例如《阿尔勒的姑娘》写一个英俊的小伙子爱上了一个来自外地的姑娘，在结婚前夕听说她是个荡妇，但他仍然爱她，最后由于不能娶她而自杀，显示了对爱情的无比忠诚。《塞甘先生的山羊》写塞甘先生养的山羊渴望自由，宁可被狼吃掉也要到山里去，表现出诗人对自由的强烈向往。《繁星》写一个牧羊人爱上了东家的小姐，但是当小姐给他送饭，由于涨水而不得不留在山上和他一起过夜的时候，他却在月光皎洁的夜晚给她讲天上的星星，没有产生任何非分之想。《区长下乡》写一个平时忙于事务的俗吏，也情不自禁地醉倒在迷人的山林。这些小说描绘了如诗如画的美景，牧童或山民的朴实无华，他们对大自然的热爱和对美好爱情的向往，读来令人赏心悦目，会使读者深情地联想起自己的故乡。

与此同时，都德出版了他的第一部长篇小说《小东西》(1868)。小说分为两个部分，第一部叙述主人公达尼埃尔·埃塞特在外省的经历。他的父亲在破产后去当旅行推销员，他自己 16 岁就到山区一个学校里去当学监，刚到学校就因为个子矮小而被起了个“小东西”的绰号，受尽了上司、同事、学生和学生家长的羞辱，最后上当受骗，为同事代写情书，因而被学校开除，到巴黎投奔哥哥去了。第二部写他在巴黎的遭遇。小东西得到哥哥雅克的照顾，自费出版了诗集，也有了自己的爱情。但是他被一个风流女子诱惑，与她同居，跟随她参加了一个小剧团，扮演各种丑角，穷困潦倒。后来哥哥把他找了回去，昔日的女友也谅解了他，使他开始了新的生活。但是在生活的压力下，哥哥因劳累过度而去世，他也不得不放弃了创作。

《小东西》是都德带有自传性的作品，第一部主要是他的自传，第二部则有许

---

① 让·米斯特拉尔(1830—1914)，用奥克语写作的法国诗人，1904 年获诺贝尔文学奖，他的诗作都是对普罗旺斯的歌颂，主要作品有史诗《米莱依》(1859)、《黄金岛屿》(1876)和《收获橄榄》(1912)等。

多虚构的成分。小说描写了小东西一家人的不幸遭遇，通过日常生活展现了世态炎凉、尔虞我诈的人际关系，讴歌了亲情的真挚和高尚，加上语言幽默、讽刺适度，因而很能引起读者的共鸣。

普法战争爆发后，巴黎被普鲁士军队包围。都德应征入伍，参加了国民自卫军。战争的体验改变了他创作的题材。1873 年，他出版了短篇小说集《星期一的故事》（即《月曜日故事集》），其中《一局台球》写普鲁士军队发起进攻，而法国元帅却只顾打台球，任凭士兵们在枪林弹雨中纷纷倒下，讽刺了法国将领的昏聩和腐败；《柏林之围》里的老军人执着地认为法军已经攻入柏林，与德军正在进入巴黎的现实形成了残酷的对照，以悲剧的手法歌颂了法国人民的爱国主义精神。《最后一课》是都德短篇小说的代表作，也是脍炙人口的名篇。

《最后一课》写入侵的德军不准学校里再上法语课，而在上最后一课的那天，小学生弗朗兹还由于贪玩而迟到了。他发现老师的举止打扮与平时不同，村里的老人也都来听课，在明白这是最后一课之后，他才忽然感到法语课程是多么珍贵，对自己过去因嬉戏而耽误学习深感悔恨。小说情节平凡，叙述自然，然而一个不懂事的孩子的感受，却凝聚着人民崇高的爱国主义精神，流露出亡国之后深沉的悲痛心情。在 19 世纪的短篇小说中，《最后一课》是惜墨如金、以小见大的范例，是一篇感人肺腑、家喻户晓的经典之作。它曾被许多国家选进中学教材，在短篇小说发展史上具有重要的地位。

从 19 世纪 70 年代开始，都德致力于长篇小说的创作，第一部是《达拉斯贡的达达兰》（1872）。主人公达达兰是普罗旺斯的一个资产者，特别喜欢吹牛，明明干的是荒唐可笑的事情，却自以为在创造不朽的功绩。他梦想在北非建立殖民地发大财，最后上了骗子的当，身败名裂。小说以漫画的笔法和挖苦的诙谐语气，塑造了达达兰表面气壮如牛其实胆小如鼠的形象，讽刺了资产者一心大发横财的梦想，典型地体现了都德文笔幽默的风格，也蕴含着他反对殖民主义的民主主义思想。

《富豪》（1877）写一个在突尼斯做投机生意的暴发户，回到巴黎后却被人排挤，在遭到破产等一系列打击后一命呜呼；《努马·卢梅斯当》（1881）写一个政客本来默默无闻，却因善于钻营而成了议员和部长。

爱情、婚姻和家庭是最常见的小说题材，都德的《小弗罗蒙与大黎斯雷》（1874）是这方面的一部重要作品，讲述的是一个放荡女子给一个家庭里的两兄弟造成的危害。爱慕虚荣的平民女子西多妮答应了黎斯雷的求婚，却又与彩纸厂老板的侄子弗罗蒙勾搭，迫使黎斯雷远走高飞。但是弗罗蒙为了继承叔父的财产而娶了他的女儿，而黎斯雷的哥哥大黎斯雷成了弗罗蒙的合伙人，西多妮就宣布自己爱的是大黎斯雷，而在嫁给他以后却长期与弗罗蒙通奸，他们的奢侈享乐使彩纸厂濒于破产。黎斯雷闻讯赶回，却被西多妮的美色所迷惑，竟写了一封约她私奔的信，成了她要挟他的把柄，只得再次出走。大黎斯雷明白了妻子的所作所为后把她赶走，自己竭尽全力重新振兴了彩纸厂。可是西多妮已经成为下流的歌女，她为了进行报复，把黎斯雷约她私奔的信寄给了大黎斯雷，使他深受刺激而自杀身亡。

西多妮不是娜娜或茶花女那样的名妓，也不是曼侬·莱斯戈或嘉尔曼那样性格刚烈的女子，而只是一个普通的市民。在巴黎的小市民社会里，她从小就养成了贪图虚荣、自私自利和堕落放荡的恶习，竟能把几个颇有作为的男子玩弄于股掌之间，由此可见使男人一掷千金甚至破产已不再是名妓的专利，而是已经成为司空见惯的社会现象。这部小说是都德现实主义色彩较浓的作品，它虽然不像巴尔扎克和左拉的作品那样高屋建瓴，似乎只是在讲述风流情事，但实际上是在批判巴黎社会的堕落风气，只是笔调比较温和罢了。

在19世纪70年代，革命和政变已经成为往事，世纪末的德雷福斯事件尚未到来，正是普法战争以后相对和平的时期，人们渴望安宁和平静的生活，所以更加喜欢笔调温和的作品，这就是左拉往往遭到抨击，而都德却备受欢迎的原因。正因为如此，《小弗罗蒙与大黎斯雷》出版后获得了法兰西学士院小说大奖，使都德被公认为一位重要的现实主义作家。由于同样的原因，笔调温和的作家在当时更容易取得成功，例如以《茶花女》催人泪下的小仲马，在1874年当选为法兰西学士院院士；法朗士在1881年出版的小说《波纳尔的罪行》，也以温和的人道主义色彩获得了法兰西学士院的小说大奖。可见读者对小说的接受程度，与当时的社会环境是密切相关的。

《萨福》(1884)的男主人公是名叫若望的外省青年，他是个世家子弟，有着光明的前程。他来到巴黎以后结识了美女法妮，她以姿色和才情闻名于巴黎文化界，被人们誉为古希腊的女诗人萨福。她当时已经37岁，经历过各种各样的感情风波，厌倦了艺术圈内的乌烟瘴气，渴望纯洁的爱情，因此爱上了若望。若望患病时她悉心照料，在若望叔父丢失巨款时又解囊相助，在被若望遗弃后毫无怨言，最后终于感动了若望。然而就在若望下决心和她远渡重洋的时候，她却写信与若望诀别，因为她离不开自己的孩子。

法妮爱若望是出于真情，若望爱法妮无疑是出于肉欲，最后却出现了相反的结局：若望真正爱上了法妮，而法妮却主动离开了他。他们的感情经历了一个复杂的演变过程，根本原因就在于他们还保持着美好的人性。法妮堕落风尘，然而并非无耻的娼妓，她的内心始终向往着纯洁的爱情；而若望虽然留恋法妮的肉体，却也不是一个以玩弄女性为乐的纨绔子弟。正因为如此，若望想离开她又离不开她，而法妮则在可以实现梦想的时刻，却为了若望的前程离他而去。这是他们感情中的可贵之处，也是作品的价值所在。而都德对他们的心理活动的细致入微的刻画，便构成了这部小说的艺术特色。

就在出版《萨福》的同一年，都德被确诊为患有脊髓病，在经受13年的折磨之后于57岁时去世。但他即使在病中仍有小说发表，其中最著名的是《不朽者》(1888)。

法兰西学士院是法国最高的学术机构，院士们历来被称为"不朽者"。小说的主人公是一个平庸的学究，以伪科学的所谓论著混进了学士院，最终落得个身败名裂的下场。都德之所以揭露学士院里钩心斗角的风气，讽刺这个学术机构的虚伪和腐败，首先是由于学士院被一些思想顽固的老学究把持，有成就的作家难以成为院士的缘故。例如巴尔扎克和大仲马都申请了4次仍未能如愿，左拉不顾朋友们的嘲笑，一连申请了24次，均因一些老院士反对他的自然主义文学理论而告失败，所以福楼拜和莫泊桑等对学士院都不屑一顾。

都德本来就拒绝提出申请，而有个不学无术的所谓院士，却在报上傲慢地评论他配不配当院士，他不禁义愤填膺，与之决斗。1884年10月31日，法兰西学士院拒绝派代表出席乔治·桑雕像的揭幕仪式，都德在《费加罗报》上公开声明"我过去没有，现在没有，将来也永远不会当法兰西学士院的候选人"，而且把这句话用来作为《不朽者》的卷首题词①，因此这部小说改用辛辣的讽刺笔调也就并不奇怪了。

都德崇尚左拉的文艺理论，与龚古尔兄弟和左拉等过从甚密，因而通常被认为是自然主义作家。他与福楼拜也有交往，所以也有人认为他继承了现实主义的传统。综观都德的小说，可以发现他的作品对社会现实虽有批判却并不猛烈，而是充满了人道主义的温情，这种创作风格与他的经历是分不开的。他和左拉一样有过艰苦的青少年时代，但是不久就当上了公爵办公室的秘书，与大仲马一样时来运转，而左拉却长期在贫困中挣扎，在批评界的围攻中奋斗，所以他对社会的批判要比左拉逊色。

不过都德也有自己的创作特色，他既不像巴尔扎克那样重在揭露和抨击，也不像自然主义要求的那样进行无动于衷的客观描绘，而是把自己的感情倾注于细致的描写之中，以幽默的讽刺来缓解生活中的残酷和无情。即使是名篇《最后一课》，也没有战争中常见的流血场面，而只是通过中学里的一堂课来抒发爱国主义的精神；但是由于题材真实、视角独特和语言生动，却产生了极其感人的魅力，取得了更胜于战争小说的艺术效果。

第七节　小仲马

小仲马(1824—1895)生于巴黎，是大仲马的私生子。他的母亲是个缝纫女

---

① 《都德小说选》，郝运译，上海译文出版社，2000年，译本序第9页。

工。大仲马起初把他们母子安排到乡下居住。直到 1831 年才认领了已经七岁的小仲马，先把他送进了寄宿学校，后来养在自己的身边。小仲马在学校里备受歧视，甚至因不堪侮辱而与人打架。他对父亲的情妇们颇为厌恶，但是父子关系倒还融洽，而且久而久之，小仲马也适应了父亲那种一掷千金的豪华生活，自己也逐渐变成了一个花花公子，从 18 岁开始就有了情妇。

1842 年夏天，他遇见了绝色美女玛丽·杜普莱西，当时她已经染上肺结核，在接待客人的时候也在悄悄地咯血。小仲马对她的健康倍加关切，使她深受感动，他们很快就成为情侣。玛丽先后当过一些富有的贵族的情妇，在他们的供养下过着奢华的生活。小仲马对她爱情有余而财力不足，只能到处借钱，以致债台高筑。他对其他男人非常嫉妒，不准她和别的男人来往，而这是她显然不可能做到的，因此他们的结局只能是分手。

1846 年，玛丽身患重病，小仲马却和父亲一起去了西班牙。等他在第二年 2 月 10 日回到巴黎的时候，玛丽已经于 2 月 3 日去世了。小仲马看到的是人们正在拍卖玛丽遗物的场面。玛丽留下的遗嘱是拍卖财物还清债务，余下的钱赠送给乡下的外甥女，条件是她永远不能来巴黎。这份遗嘱无疑包含着她对命运的控诉和对巴黎奢华生活的谴责，使小仲马深受震动。他满怀深情、抚今思昔，仅用一个月就写出了小说《茶花女》，1848 年出版后获得了巨大的成功。

女主人公玛格丽特是一个酷爱茶花的妓女，人称“茶花女”。她本来是个缝衣女工，堕入风尘后由于美貌出众而成为名妓，达官贵人为她挥金如土。然而豪华堕落的生活使她感到厌倦，只有青年阿芒的一片痴情深深地打动了她，使她感受到真正的爱情。她把阿芒当成理想的情人，在爵爷们断绝经济来源的情况下，她不惜变卖一切与阿芒同居。阿芒的父亲为了儿子的前程，亲自来逼迫她离开阿芒，她迫不得已表示要和阿芒一刀两断。阿芒误认为她贪图富贵，当众羞辱她以图报复，使本来患有肺病的玛格丽特在 25 岁时就含冤去世。阿芒最后明白了真相，在看到她的家具、珠宝等被拍卖的时候，抚今思昔，追悔莫及。

《茶花女》以小仲马本人的经历为蓝本，描绘了茶花女与青年阿芒的动人恋情。但是与生活中的玛丽不同，经过作家的艺术加工，小说中的茶花女已经成为一个不朽的艺术形象，小仲马赋予了她超凡脱俗的美貌和纯洁高尚的心灵，使她即使在风尘之中也光彩照人。阿芒的父亲要求玛格丽特离开阿芒，以免影响他儿子的前程。她为此不仅要承受与阿芒分手的痛苦，而且在阿芒出于误解而羞辱她的时候，她也无法分辩，只能忍辱负重，直至孤独地死去。由此造成的悲惨命运，更使人对她产生无比的同情。

小说的开头写叙述者在拍卖的茶花女的遗物中，发现了普雷沃神甫的小说《曼侬·莱斯戈》，就把它买了下来，后来阿芒来访，才知道这本书原来是阿芒送给茶花女的，由此引出了阿芒讲述的他与茶花女的爱情故事。这个引子表明小仲马在创作的时候，无疑受到了这部名著的影响，也说明了《茶花女》在情节和描写上继承了《曼侬·莱斯戈》的风格。不过茶花女这个人物形象比曼侬有了新的发展，她们虽然都是妓女，而且心地同样善良，但是茶花女身上已经不再有曼侬和嘉尔曼的野性，社会的重压已经使她处于无力反抗的境地。

1851年，小仲马把小说《茶花女》改编成五幕话剧，但遭到禁演，直至1852年2月2日才首次上演，受到热烈的欢迎，成为法国近代现实主义戏剧的开端。意大利作曲家威尔第也被茶花女的故事感动，把它改编为歌剧，于1853年3月6日在威尼斯上演。后来又数十次被搬上银幕，产生了很大的影响。巴黎有些人甚至为茶花女的原型玛丽·杜普莱西修建了一座坟墓，上面用大理石雕刻了一束白色的山茶花。

小仲马是个私生子，跟随母亲度过了痛苦的童年，母亲的不幸给他留下了终生难忘的印象。他自己又和玛丽这样的风尘女子有过刻骨铭心的遭遇，所以他深刻地感受到社会的不平，立志用自己的笔来消除种种社会悲剧，以维护道德的完善，解决父子关系等家庭问题。他后来写了《百合的狄安娜》(1853)、《克雷孟梭事件》(1866)等小说，以及《半上流社会》(1855)、《金钱问题》(1857)、《私生子》(1858)、《阿尔丰斯先生》(1873)和《德尼斯》(1885)等剧本。虽然总的来说这些作品的成就都无法与《茶花女》相比，但有些剧本也相当成功，在当时很有影响，小仲马因此在1874年当选为法兰西学士院院士。

我国翻译家林纾在1899年翻译的第一部作品就是《巴黎茶花女遗事》，后来无论是小说还是戏剧都出版了多个中译本，在我国读者中有很大的影响。不过小仲马本人对中国并不了解，他在《离婚问题》中写道，中国女人如果与人通奸，就会被受过专门训练的大象处死："大象会用鼻子将那个女人抓起，举到半空再摔下来，然后用脚踏碎。"[①]这种不切实际的道听途说，遭到了中国早期留法学者陈季同(1852—1907)的驳斥。

第八节　瓦莱斯

于勒·瓦莱斯(1832—1885)曾任巴黎公社委员，在法国文学史上占有独特的地位。在第二帝国时期，作为对感情过于外露的浪漫主义的反拨，"为艺术而艺术"的观念非常流行；著名的小说家如龚古尔兄弟、福楼拜、都德和小仲马等大多脱离政治，因此当巴黎人民起义成立公社的时候，几乎所有的作家都持反对的态度，有的甚至主张坚决镇压，只有雨果出于人道主义的信念对公社社员表示同情。因此瓦莱斯作为坚定的公社战士坚持战斗，而且创作出反映巴黎公社英勇

① 李华川：《百年前，他批驳西方的偏见》，载《环球时报》2003年4月28日。

业绩的作品，就显得极为难能可贵了。

瓦莱斯生于法国中部的比伊城，父亲是中学教师，生有七个子女，只有两个活了下来，瓦莱斯就是其中之一。1845 年，父亲调到南特当中学教师，他也进南特的中学读书。他的父母信奉愚昧的教育方式，他尽管学习勤奋，经常获奖，在家里还老是挨打，在学校里则受到教师的虐待，因此他从童年起就形成了对社会的反抗心理。1848 年二月革命爆发的时候，刚刚 16 岁的瓦莱斯就投身到革命者的行列之中。父亲为此让他到巴黎去上学，但他在那里更加积极地参与政治活动。1851 年路易·波拿巴发动政变，他上街游行，在街垒的战斗中负伤，因而遭到迫害和监禁。

瓦莱斯在 19 世纪 50 年代末开始创作，1857 年，他出版了描写金融界的小说《金钱》，得以作为临时记者进入《费加罗报》，不久发表了他的第一篇著名文章《叛逆者》(1861)，后来他的第一部文集即以《叛逆者》(1865)为书名。1867 年，他和一些志同道合的人共同创办了《街道报》，由于刊登了《被出卖的猪》等评论，半年后即被取缔，但是这些文章为他以后创作小说奠定了基础。

普法战争爆发后不久，拿破仑三世于 1870 年 9 月 2 日在色当投降。瓦莱斯当即走上街头发表演说，而且参加了 10 月 31 日的布朗基[①]派的起义，担任了国民自卫军的营长。1871 年 2 月 22 日，他创办《人民呼声报》，受到巴黎人民的热烈欢迎，不久因参加过起义而于 3 月 11 日被捕。3 月 18 日巴黎公社成立，他在重获自由后继续办报，并且在报上欢呼："绝望者的孩子，你将成为一个自由人。"

作为一个热情而坚定的革命者，他被选举为公社委员，担任教育委员和外交委员等职务，是公社重要的社会活动家。他还亲自参加保卫公社的战斗，一直坚持到"浴血周"的最后一天，即 5 月 28 日的夜里才化装逃到比利时，接着流亡伦敦，1872 年被凡尔赛分子缺席判处死刑。1881 年获大赦后回国，继续参加工人运动，直至 52 岁时病逝。

瓦莱斯在流亡伦敦期间，曾为发表文章等向左拉求助。左拉表示："只要可能，我都十分高兴为您效劳。不存在什么胜利者和失败者，因为我只把您看成一位有才华的作家。我很遗憾您不在这里，使我们在自己的文学队伍中少了一名战士。"[②]而当左拉备受攻击的时候，瓦莱斯也挺身而出为他辩护："左拉是一个文学上的红色分子，一个握笔的公社战士……不论左拉的文章写得如何，我都举手站在他一边……左拉是条好汉。"[③]

---

① 布朗基(1805—1881)，法国革命家，空想共产主义者，多次组织秘密团体，领导起义和被捕，共入狱 33 年之久，被称为"革命囚徒"。

② 《左拉文学书简》，吴岳添译，第 212 页。

③ 瓦莱斯：《左拉先生搅乱了小说的家常琐事》，载谭立德编选《法国作家·批评家论左拉》，安徽文艺出版社，1994 年，第 24 页。

瓦莱斯的作品很多，包括诗歌，政论，中短篇小说《让·德尔贝纳》(1865)、《绅士》(1869)、《一个吹牛者的遗嘱》(1869)，以及真实反映公社革命过程的五幕 11 场大型剧本《巴黎公社》(1872)。他最重要的作品是带有自传性质的三部曲长篇小说《雅克·万特拉》，包括《孩子》(1878)、《中学毕业生》(1879)和《起义者》(1882)。

《孩子》写于 1876 年，是瓦莱斯对自己童年和青少年时代的回忆，一直写到 1848 年后在巴黎中学毕业，主要写主人公雅克·万特拉的家庭和学校。他家里只有三个人，一家之主名义上是父亲，实际上却是母亲，雅克天天都受到她的毒打和辱骂，却并不仇恨他的家庭，因为他的父母在社会上也同样经受着奴役和痛苦。

《中学毕业生》写的是从 1850 年到 1857 年发生的事情，嘲笑了学校的教育，说学校只会造成"书本的受害者"，指望靠教育生活下去是一个疯子，这实际上是对米尔热笔下诗意的波希米亚的批判。瓦莱斯早就想写一部政治小说，曾打算用《一个反抗者的回忆》作为书名，但是《中学毕业生》里没有多少历史事件，对路易·波拿巴的政变也只是间接地有所提及，表明瓦莱斯还不善于在作品中反映时代的现实。

《起义者》是三部曲中最重要的一部，它记录了从 1862 年末到 1871 年 5 月，也就是巴黎公社失败为止的历史进程，其中从 1870 年 9 月开始的关于巴黎公社和"浴血周"的内容，就占了全书一半篇幅，即 35 章中的 18 章。这部小说是瓦莱斯在伦敦构思，获大赦后回到巴黎写作的，被题献给"1871 年的死难者。他们在公社的旗帜下，拿起武器反抗不合理的世界，结成受苦者的伟大同盟，成为非正义的社会的牺牲者"。无论是在法国大革命还是 1848 年的革命之后，都没有出现过这样写实性的作品，因此《起义者》不仅是最早描写工人阶级及其英勇反抗的小说，而且具有非常珍贵的史料价值。

《起义者》的主人公万特拉不仅对统治者口诛笔伐，而且积极参加实际斗争，率领国民自卫军攻占区政府，巴黎公社成立后担任公社委员，为保卫公社战斗到"浴血周"的最后一刻，实际上就是瓦莱斯本人的写照。小说的结尾描写蓝色的天空中飘着红色的云彩，把它比作一件浸在血泊中的巨大的工作服，以这个富有象征意义的形象来表示对工人阶级的敬意和对巴黎公社的悼念。

《雅克·万特拉》通过一个孩子成长为革命战士的历程，揭露了第二帝国时期的黑暗和腐败，反映了促使他走上反抗道路的社会现实。小说对巴黎公社的赞颂，则显示了瓦莱斯对革命事业的信心。从小说发展的角度来看，如果我们把发表《共产党宣言》的 1848 年看成是现代左翼文学的起点的话，那么瓦莱斯就应该被视为法国第一位左翼作家，而《雅克·万特拉》则理所当然是左翼文学中第一部重要的作品。

第九章　左拉与自然主义小说

第一节　自然主义的形成和影响

19 世纪的法国在科学和技术方面取得了巨大的进步，巴黎城市的改造和扩建，铁路网的形成，电灯电报的使用，使得能源更新，交通和通信大为便利，有力地促进了资本主义经济的发展。爱因斯坦的相对论、达尔文的进化论和斯宾塞[①]的物竞天择理论等新学说，极大地改变了传统的观念和社会的面貌。科技的发展为实证主义哲学的产生创造了条件。哲学家奥古斯特·孔德[②]认为，人类的智慧在经过神学阶段和形而上学阶段之后，现在进入了第三个阶段，即实证阶段，它的任务不再是探索宇宙的奥秘，而是用科学的方法来研究社会事物。

19 世纪 50 年代以后，孔德的实证主义哲学在社会科学领域中占据了统治地位，社会上弥漫着一股唯科学主义的狂热。生理学家克洛德·贝尔纳[③]的《实验方法论》(1858)和《实验医学研究导论》(1865)，主张用物理、化学等科学手段来研究生物现象和人体，极大地促进了法国生理学和医学的发展。在这种科技背景下，法国文艺批评家泰纳[④]首先提出了他的实证主义文学理论，认为文学的发展决定于种族、环境、时代，主张把自然科学的理论和方法应用于文学的领域，从而为自然主义文学奠定了理论基础。

自然主义的文学思潮首先在龚古尔兄弟的小说中得到反映，由此开始绵延了数十年。不过自然主义作为一个文学流派只存在了短短的几年，梅塘集团成立后不久，成员们就程度不同地背离了自然主义的创作原则，因为只要作家还在构思故事和刻画人物，小说就不可能完全是自然主义的，自然主义的文学理论也不可能完全付诸实践。

左拉在他的《实验小说论》(1880)等论文集里，提出了自然主义的创作理论，

---

① 赫伯特·斯宾塞(1820—1903)，英国哲学家、社会学家。

② 奥古斯特·孔德(1798—1857)，法国哲学家，实证主义和社会学的奠基人，著有《实证主义哲学教程》等。

③ 克洛德·贝尔纳(1813—1878)，法国生理学家，法兰西学士院院士。

④ 伊波利特·泰纳(1828—1893)，法国哲学家、历史学家和文艺批评家，著有《英国文学史》和《艺术哲学》等。

但是他作为一个伟大的作家，没有也不可能完全贯彻他本人的主张，何况他从来都不是一个纯粹的自然主义作家。他早期写作的《给妮侬的故事》是浪漫主义小说，后来的巨著《卢贡-马卡尔家族》虽然明显地受到生理学和遗传学的影响，但基本上仍然是反映和揭露社会现实的现实主义小说。他后期的《四福音书》反映了对空想社会主义的信仰，重新具有了浪漫主义的色彩。因此归根结底，左拉是一位杰出的现实主义作家。这一观点在我国已经得到公认，例如蹇昌槐在《欧洲小说史》里就把左拉与巴尔扎克等相提并论，誉之为“现实主义的又一个伟大的开拓者”[①]。

左拉确实提出了自然主义的文学理论，但不能因此就理所当然地把他视为自然主义作家。作家的理论往往会被批评界加以夸张，其实与作品本身并不完全相符。正如纪德指出的那样：“巴尔扎克一直寻求一种关于激情的理论，但是始终未能找到，这是他的幸运。”[②]自然主义理论有一个形成的过程，而当左拉在《实验小说论》里正式提出这一理论并组织梅塘集团的时候，自然主义文学流派的衰落也就为期不远了。

1887 年，几个自称是自然主义作家的年轻人发表《五人声明》，对左拉进行人身攻击，导致了自然主义文学流派的解体。但是在这个流派解体乃至在左拉不幸早逝之后，自然主义文学却非但没有消失，反而逐渐遍及欧美乃至东方，成为一种世界性的文学思潮，波兰的现实主义自然主义，意大利的真实主义，美国学术界对德莱塞[③]等是否是自然主义作家的争论，都在这方面提供了最好的例证。

自然主义文学在日本尤其得到了充分的发展，日本的评论家和作家往往将现实主义与自然主义混为一谈，从而使日本的现实主义文学反而形成于浪漫主义文学之前。在中国也有类似的情况：“茅盾的现实主义，早期很少与他同样信奉的自然主义区别开来。”[④]另外，由于欧洲的现实主义和自然主义几乎是在 19 世纪末同时传入拉丁美洲的，多数拉美作家就对它们兼收并蓄、不加区别，这也说明了它们具有共同的特色。

卢卡契曾多次批判自然主义。他在《现实主义辩》(1938)里这样断言：“由自然主义一直发展到超现实主义的所谓先锋派文学……它的基本倾向是什么呢？这里我们暂且只说这么几句：其主要倾向是越来越露骨地远离现实主义，越来越有力地摧毁现实主义。”[⑤]卢卡契的批判使自然主义文学从此被视为“颓废文

---

① 蹇昌槐：《欧洲小说史》，第 294 页。

② 法国《费加罗报》1987 年 4 月 13 日。

③ 西奥多·德莱塞(1871—1945)，美国作家，著有小说《美国的悲剧》等。

④ 杨义、陈圣生：《中国比较文学史纲》，台北业强出版社，1998 年，第 278 页。

⑤ 《卢卡契文学论文集》第 2 卷，第 2 页。

艺”,使左拉长期受到不公正的评价。事实证明他的评价显然有失公允,因为自然主义是对现实主义的继承和发展,从创作方法的角度来看依然属于现实主义的范畴。

在《叙述与描写》(1936)中,卢卡契还把自然主义与形式主义等同起来,认为这些写作方式都是资本主义的残余,其实这恰恰表明了现代主义与自然主义的相通之处。左拉确实说过“我们应当像化学家和物理学家研究非生物及生理学家研究生物那样,去研究性格、感情、人类和社会现象”[①],这个主张在某种程度上为意识流小说开辟了道路,因为意识流小说的内化写作,本质上是人的自然机制对外界刺激的反应。新小说派主张作者退出小说,无动于衷地描绘自然,描绘事物,把人也当成物来描写,实际上是把主张客观求实的自然主义推向了极端,使自然与人成了两个互不相通的范畴。也就是说,新小说派不仅实现了左拉所向往的实验方法,而且有过之而无不及,把人等同于物,连左拉想要研究的性格感情等都排斥在外了。

第二节　龚古尔兄弟

自然主义作为文学流派产生于以左拉为首的梅塘集团,标志是该集团出版的中短篇小说集《梅塘之夜》(1880),但是自然主义文学的发端却始于龚古尔兄弟的小说。

龚古尔兄弟是合称,哥哥爱德蒙·德·龚古尔(1822—1896)比弟弟于勒·德·龚古尔(1830—1870)大 8 岁,由于终身都在一起创作,所以文学史上一向把他们相提并论。兄弟俩极为亲密,终身未婚,始终像双胞胎那样形影不离。正如他们在 1866 年 12 月 20 日的《日记》中所说的那样:“我们实际上不是两个人,都绝不是对方的伴侣。我们同时感受到同样的痛苦和烦恼……偏头痛也在同一天发生。”[②]

兄弟俩出生于洛林省的一个贵族军官家庭,虽然幼年丧父,但生活相当优裕。他们没有衣食之虞,因此有条件到国外游历,练习绘画和写艺术评论。兄弟俩共同创作的小说、剧本和《日记》数量众多,读起来却犹如出自一人之手。22 卷《日记》是了解他们和那个时代的珍贵资料,不过其中涉及不少作家的隐私,发表后引起了朋友们的不满。

兄弟俩在 1850 年先后染上了梅毒,这是当时作家和艺术家的通病。于勒由于病毒逐渐侵入大脑,到 1868 年出现明显的症状,以致无法说话,终于在 1870

① 柳鸣九主编:《自然主义》,中国社会科学出版社,1988 年,第 475 页。

② 《孪生兄弟龚古尔》,法国《读书》杂志第 213 期(1993 年 6 月)。

年 40 岁时过早去世。此后爱德蒙独自生活了 26 年。他在悲痛中一度搁笔，后来继续创作了《少女艾莉莎》(1877)、《桑加诺兄弟》(1879)和《亲爱的》(1884)等小说，但是在他的生活和作品中再也没有欢乐可言。

为了纪念弟弟，爱德蒙早在 1874 年就立下遗嘱，规定用他们的全部遗产和版权收入作为基金，建立龚古尔学院，并且指定福楼拜、都德和左拉等 10 人为首任院士，任务是评选和奖励当年最有独创性的小说或散文作品，所以又称龚古尔文学奖评选委员会。为了保证评选的公正性，每位院士在任职期间都享有一幢住宅，以及一份保障生活来源的年金。爱德蒙去世后，龚古尔学院从 1903 年成立并开始颁发，每年奖励一部小说，一直延续至今。龚古尔文学奖的奖金虽然只有 50 法郎，但是由于其权威性而历久不衰，已经成为法国声誉最高和最权威的文学奖。

龚古尔兄弟曾经指出："我们试图通过对这个社会各阶级的研究，写出这个时代的社会史。写出它的生活方式、一些重要的类别，即艺术家、资产者和人民大众。"[①]他们共同创作的小说有《夏尔・德马依》(1860)、《修女菲洛梅娜》(1961)、《勒内・莫普兰》(1864)、《热尔米妮・拉瑟特》(1865)、《玛耐特・萨洛蒙》(1867)和《塞尔维夫人》(1869)，描写的正是这几种类型。

《夏尔・德马依》和《玛耐特・萨洛蒙》是描写艺术家的。《夏尔・德马依》初版时名为《文人》，写的是记者和作家的生活；《玛耐特・萨洛蒙》则介绍了一些画家和他们的画室。

《勒内・莫普兰》起初曾取名为《资产阶级》，它和《塞尔维夫人》一样，描写的是资产阶级的生活。

《修女菲洛梅娜》和《热尔米妮・拉瑟特》写的是人民大众。菲洛梅娜从小在修道院里过着单调乏味的生活，长大后到医院里给实习医生巴尼埃当助手，两人实际上都爱着对方。当巴尼埃过去的情人罗梅娜来住院的时候，菲洛梅娜对她十分粗暴，后来罗梅娜伤重死去了。巴尼埃有一次想亲吻菲洛梅娜，却挨了她一个嘴巴，他回想起罗梅娜，更加感到痛苦，从此就借酒浇愁，最后他在解剖尸体时故意使自己受到感染而死去，剩下菲洛梅娜独自尝着自己酿成的苦果。

《热尔米妮・拉瑟特》写的是一个女子的悲惨遭遇。她从小父母双亡，15 岁到咖啡店当女仆，被一个男侍者奸污，怀孕后被迫堕胎。以后她多次更换主人，而且爱上了一个女主人的儿子朱比翁，先后两次怀孕，最终被骗光钱财并遭遗弃。她从此酗酒成性，后来与一个工人姘居，不久分手，最后精神失常，在追逐朱比翁时碰到大雨，受凉患病死在医院里。

龚古尔兄弟以家里的一个女仆为原型，如实地回顾了她历尽磨难的一生，并

---

① 米歇尔・莱蒙：《法国现代小说史》，徐知免、杨剑译，第 144 页。

且从遗传学、生理学和病理学的角度，把她的苦难归结为是她喜欢饮酒和纵欲导致，而根本不去探究造成这一悲剧的社会原因。正因为如此，《热尔米妮·拉瑟特》才被视为第一部自然主义小说，同时也是自然主义小说的代表作之一。

龚古尔兄弟追求最大限度的真实，为了写作《修女菲洛梅娜》，他们曾亲自到医院里去体验生活，对疾病的诊断和手术等进行了详尽的观察。他们最早把生理学引进了小说，旨在探讨疾病与情绪的关系，他们的描写虽然不如医学资料那么精确，但是他们用研究自然科学的方式来写作小说，无疑为自然主义小说的兴起开辟了道路。

龚古尔兄弟力图表现普通人的喜怒哀乐，然而他们不像巴尔扎克或左拉那样有过贫困的经历，而是始终过着贵族式的生活，因此在描写小人物的时候，就不免有一种居高临下的姿态，难以塑造出典型环境中的典型人物。他们注重的是轶闻趣事，对丑陋现象的描绘带有猎奇的性质，缺乏批判现实的勇气。他们总是担心自己的小说会被查封，爱德蒙在写完《少女艾莉莎》之后甚至故意拖延发表的时间，让左拉的《小酒店》先行出版，去抵挡一阵批评界的火力。正因为如此，龚古尔兄弟的小说就缺乏指点江山的魄力和引人入胜的魅力，这是他们不如巴尔扎克和左拉的一个重要原因。

第三节　左　拉

左拉是法国自然主义文学流派的领袖和理论家，以多达 20 卷的长河小说《卢贡-马卡尔家族》闻名于世。作为法国人道主义传统的继承者，他在 19 世纪末的德雷福斯事件中挺身而出，为昭雪冤案和伸张正义进行了英勇的斗争。

一　左拉的生平

埃米尔·左拉(1840—1902)生于巴黎，父亲是原籍意大利威尼斯的工程师，在马赛附近的埃克斯地区工作，在他 7 岁的时候去世。他随母亲靠外祖父生活，在南方的普罗旺斯度过了童年和少年时代。左拉 18 岁时来到巴黎，转入巴黎的圣路易中学。由于说话带南方口音，他在中学毕业后因法语欠佳而未能考上大学，加上家境贫穷，他只好独自谋生，经常到处奔波，过着忍饥挨饿的生活。但即使是被迫从事毫无乐趣的劳动，他也始终对前途充满信心，下班后热情地坚持阅读和创作。

值得指出的是，左拉在默默无闻的时候，就已经打算成立一个艺术团体。他刚满 20 岁，就在致中学里的朋友巴伊的信中说道：

> 这些日子来我头脑里产生了一种想法，就是等你和塞尚[①]来到巴黎以后，我们建立一个艺术团体，一个俱乐部。我们四个人是奠基人……这个团体的目的尤其在于为未来奠定一个坚实的基础，以便在无论什么情况下相互支持。我们是年轻人，宇宙属于我们，我们在向前冲锋之前就携起手来，在我们之间形成一种新的关系，一旦遇到斗争我们就会感到身边有个朋友……[②]

在法国文学史上，文艺团体或是由国家设立，如法兰西学士院；或是因势利导由名人组成，如浪漫派的文社。像左拉这样未出茅庐就有如此雄心，确实是个罕见的例外，由此可见他对未来怀着远大的抱负。

1862年，左拉进阿歇特书店当打包工人，由于写的诗受到了老板的赏识，他当上了书店的广告部主任，得以接触文学界的著名人士，同时开始进行创作。他在青年时代喜爱浪漫主义的作品，每天都要读几页缪塞的诗歌，甚至大胆地给流亡在国外的雨果写信请教。他的第一部中短篇小说集《给妮侬的故事》(1864)具有浓郁的浪漫主义色彩，他把它赠送给了仰慕的大师圣伯夫。

左拉从此更加勤奋地进行写作，第二年就出版了长篇小说《克洛德的忏悔》，结果该书被认为有伤风化。左拉不久就离开了书店，专门从事创作。

在孔德的实证主义哲学和泰纳的文艺理论的影响下，左拉逐步形成了他的自然主义创作理论。他在1868年发表的长篇小说《泰蕾丝·拉甘》和《玛德莱娜·菲拉》，就是对这种理论的实践。实际上，无论是在政治方面还是在文学方面，左拉都把一切思想区别为两种截然不同的思潮：理想主义思潮和自然主义思潮。他认为理想主义思潮只讲空头理论，是纯粹的空想，理想主义的政治必然会导致灾难；而自然主义思潮则立足于事实，关注民族的实际需要，他认为只有建立在科学基础之上的东西才是可靠的，自然主义代表着现代的智慧，扩大了文学的天地。

左拉刻苦钻研生理学、心理学和遗传学等科学知识，确信写作小说就和科学家做实验一样，都是为了认识真实。在此基础上，他以巴尔扎克的《人间喜剧》为榜样，制订了一个庞大的写作计划，来描绘第二帝国时期一个家族的自然史和社会史。如果说《人间喜剧》是在写作过程中逐渐形成和完善的宏伟工程，那么《卢贡-马卡尔家族》则是一座事先就设计好的巨型建筑，左拉为此制订了一棵系谱树，其中的人物都源自同一个祖先，带有种种遗传的特征。他孜孜不倦地严格按照计划写作，用了长达25年的时间，完成了20部长篇小说，其中最著名的有《小

---

① 保尔·塞尚(1839—1906)，法国印象派画家，是左拉在中学里的朋友。

② 《左拉文学书简》，吴岳添译，第34页。

酒店》《娜娜》《萌芽》和《金钱》等。

这套巨著的早期作品带有突出遗传性和生理本能等自然主义倾向，但是由于它的内容极其广泛，时空跨度很大，社会环境和作者的思想也在不断地变化，所以在漫长的写作过程中，现实主义成分所占的比重越来越大，实际上大多数作品都是优秀的现实主义小说，充分反映和揭露了法兰西第二帝国和第三共和国时期的社会现实。但尽管如此，他的小说依然受到广泛的抨击，对此左拉早有思想准备，他在1876年为俄国作家所写的自传中，就高瞻远瞩地说过：

> 对我来说，我的全部生活都可以概括在写作之中。即使再过10年或15年，我也不指望在法国会被人理解和承认。人们散布了各式各样关于我的荒唐流言。再说文学流派之间的仇恨是如此强烈，使人们不可能公正地对待我，现在的政界又是如此引得人们议论纷纷，即使书印出来也无人注意。管它呢！只要写出来就行。[①]

1877年，左拉在巴黎郊外的梅塘购买了一所僻静的住宅，经常与莫泊桑、于斯曼[②]、塞亚尔[③]、阿莱克西[④]、埃尼克[⑤]等5位具有自然主义倾向的作家在这里聚会。1880年，他们六人各写一篇小说结集出版，名为《梅塘之夜》，这是以左拉为首的梅塘集团，也就是法国自然主义文学流派成立的标志。

在《实验医学研究导论》的启发下，左拉发表了《实验小说论》(1880)，表示贝尔纳的实验方法为他提供了坚实的基础，促使他把生理学引入了小说，形成了自然主义的文学理论，即客观地描绘现实，像研究生物一样，用科学的方法剖析人的生理对性格和行为的影响。1881年，左拉又发表了《自然主义小说家》等论著，进一步完善了自然主义的理论体系，因而理所当然地成为这个流派的领袖。

左拉否定想象，强调真实："以前对于一个小说家最美的赞词莫过于说：'他有想象。'在今天，这一赞词几乎成了一种贬责了。这是因为小说的一切条件都变了……从来没有人把想象派在巴尔扎克和司汤达的头上，人们总是谈论他们巨大的观察力和分析力……从他们的作品开始，想象在小说里就无足轻重了。"[⑥]由此可见，他在主观上是自觉地继承现实主义的创作方法的。

---

① 《左拉文学书简》，吴岳添译，第192页。

② 若里-卡尔·于斯曼(1848—1907)，法国小说家。前期为自然主义作家，著有小说《浮沉》等。后期转向象征主义，著有小说《逆流》等。

③ 热拉尔·塞亚尔(1851—1924)，法国小说家，左拉的朋友。

④ 保尔·阿莱克西(1851—1901)，法国作家，左拉的中学校友和朋友。

⑤ 雷翁·埃尼克(1851—1935)，法国作家，左拉的朋友。

⑥ 左拉：《论小说》，李滨译，载《欧美古典作家论现实主义和浪漫主义》第二卷，第215页。

1887年，左拉在小说《土地》里用粗犷通俗的语言描绘了野蛮落后的法国农村，遭到了批评界的猛烈抨击，甚至连法朗士都认为他使用的不是农民的语言。“所有的报刊都发表了居斯塔夫·吉什、保尔·玛格丽特、吕西安·德卡夫、约瑟夫-亨利·罗斯尼和保尔·博纳坦先生的文学声明。大师的新小说《土地》，在声明里受到了这样的评价：‘不但观察肤浅、技巧过时、叙述平庸和没有特色，而且淫秽的笔调更是无以复加，不时堕落为如此下贱的垃圾，以至于使人以为是面对一部诲淫之作。大师堕落到了垃圾堆的深处。’”[①]由于左拉曾在《实验小说论》里对青年寄予厚望，这几个年轻人还自称曾是左拉的弟子，他们的声明就产生了分外强烈的影响，从而导致了梅塘集团的解体。但是左拉仍在积极创作，陆续出版了三部曲《三名城》。

19世纪末，犹太籍上尉阿尔弗雷德·德雷福斯被诬陷为向德国出卖情报的叛徒，被军事法庭判处终身监禁，囚禁于法属圭亚那的魔鬼岛，因而在法国激起了民族主义的反犹浪潮。1897年，案情真相逐渐暴露，但法国当局拒绝改正错误，让真正的罪犯逍遥法外，以致引起公愤。左拉不顾个人安危，挺身而出主持正义，于1898年发表了致总统的公开信《我控诉》，痛斥军方陷害无辜，使真正的罪犯得以开脱的不法行径。他为此经常受到侮辱和威胁，家门口甚至被放过一颗炸弹，但是他为平反冤案不遗余力，使法国为此分成了德雷福斯派和反德雷福斯派两大阵营，连整个欧洲都为之震动。

1898年2月和7月，左拉先后两次被法庭判处监禁和罚款，他为了逃避迫害而流亡英国，直到1899年6月才回到法国。他在梅塘别墅里完成了《四福音书》中的前三部《繁殖》(1899)、《劳动》(1901)、《真理》(1903)。它们宣扬了傅立叶的空想社会主义学说，对未来社会抱着乐观的态度，从而恢复了早期创作中的浪漫主义热情，在说教之中流露出动人的抒情色彩。

《萌芽》(1891)反映的是煤矿工人的黑暗生活，而《劳动》描绘的则是现代工业的标志：钢铁厂。工厂里火花四溅，空气污浊，噪音震耳欲聋，工人在高温中流尽汗水，熬干了身体，机器成了压榨工人的怪物，带给他们的只是悲惨的环境和恶劣的生活。小说如实地反映了工人的苦难，为工人阶级仗义执言，揭露和抨击了资产阶级的贪婪和残忍，形象地体现了傅立叶对未来社会的理想，因而在出版之后，法国工人协会曾经举行盛大宴会表示庆贺。

1902年9月28日，左拉和妻子一起回到巴黎，准备在这里过冬和写作第四部《正义》。第二天上午9点钟，仆人发现左拉已经死去，当时的结论是死于煤气中毒。由于德雷福斯事件中曾经发生一系列暴力行为，因此也有人怀疑是谋杀，于是左拉之死就成了一个千古之谜。不过归根结底，左拉的功绩已经得到公认，

---

① 《文学渴了——法朗士评论精选集》，吴岳添译，北京燕山出版社，2012年，第207页。

他的遗骸在1908年6月6日被迁入了先贤祠。

尽管左拉建立了堪与《人间喜剧》媲美的丰碑——《卢贡-马卡尔家族》,但是他提出的自然主义文学理论,却使他和自然主义文学长期受到蔑视和抨击。他的小说不断被批评界指责为有伤风化和猥亵,1889年的巴黎世界博览会不把他的小说列入图书目录,官方的图书馆和学校都拒绝收藏他的作品。直到20世纪上半叶,这种情况仍未改变:"左拉的名字,在他死后将近半世纪的今天,依然像一个在世的人的名字一样,古怪地成为愤怒、歧视、侮辱和诅咒的对象。"[①]但与此形成对比的是,左拉的作品始终深受工人阶级和广大民众的欢迎,《萌芽》等小说至今畅销不衰。

1888年,恩格斯在致玛·哈克奈斯的信中,给现实主义下了一个著名的定义,同时将巴尔扎克与左拉进行了对比:"巴尔扎克,我认为他是比过去、现在和未来的一切左拉都要伟大得多的现实主义大师。"[②]这个评价历来是文学评论的重要依据。不过恩格斯在进行评价的时候,巴尔扎克已经去世28年,而左拉才48岁,他的许多作品还没有问世,德雷福斯事件也尚未发生,他的比巴尔扎克的保皇党思想远为进步的空想社会主义倾向,也尚未得到充分的表现,因此恩格斯这段话无论如何也不应该被理解为对左拉及其作品的定评。

如果是为了赞扬和肯定巴尔扎克,这封信显然早就应该公之于众,但实际上"恩格斯的这封信压了40多年没有发表,直到一九三一年才在苏联的《文学遗产》上问世"[③]。因此从发表的时机来看,不能不令人怀疑是出于苏联文艺界的需要,因为随之而来的就是卢卡契对左拉和自然主义的猛烈批判。现在历史已经证明了这种批判的谬误,左拉的作品在世界上产生了巨大的影响,他最主要的小说几乎都被搬上了银幕。

正如阿拉贡指出的那样:"引证恩格斯——即恩格斯给巴尔扎克以正确地位的这篇文字,便足以压倒否定巴尔扎克的东西。一些因此而自命为马克思主义者的人,就这样在艺术作品中建立了一种批评不得的等级制度,同时却忘记了如果说恩格斯没有谈起过司汤达的话,那是因为没有读过他的作品。他们根本不懂得,恩格斯的榜样不在于这篇文字(即关于巴尔扎克的那段话),而是在于恩格斯对待巴尔扎克的态度;学习这个榜样,并不是背诵一段经文,而是能用恩格斯或马克思的智慧去分析一种现象。"[④]

---

① 《阿拉贡文艺论文选集》,盛澄华等译,第54页。

② 《恩格斯致玛·哈克奈斯的信》,《马克思恩格斯选集》第4卷,第683页。

③ 德·奥勃洛米耶夫斯基:《巴尔扎克评传》,刘伦振等译,中国社会科学出版社,1983年,第17页。

④ 阿拉贡:《〈论无边的现实主义〉序言》,载加洛蒂《论无边的现实主义》,吴岳添译,百花文艺出版社,1998年,第4页。

左拉的作品在我国早有译本，而且产生了巨大的影响。在经历了十年浩劫之后，巴金在晚年访问法国，他在接受《世界报》记者的采访时依然认为："至于法国作家，大家都知道莫泊桑和左拉在中国最有名气，拥有最多的读者……最近一位法文编辑送了一些七星诗社版的卢梭和左拉的著作给我，我非常高兴。"[①]

二　左拉的小说

左拉之所以能够取得杰出的成就，恰恰是因为他"违背自然主义理论，并且与大部分自然主义作家相反，他不是从微不足道的事实、偶然事件、零零碎碎的事情出发，他并不仅仅局限于直线条的描写，因而排除了伟大的思想。他是以一个哲学家和一个社会学家的立脚点来构思他的小说的"[②]。正因为如此，他才取得了如此丰硕的成果。

从中学时代写作的《爱情仙女》，到1899年发表的《昂热利娜》，左拉的短篇小说题材丰富、形式多样，在法国短篇小说的发展史上应该占有一席之地。这些短篇小说创作与他的长篇小说创作交替进行，几乎贯穿了他的一生。他早期的作品大多采用第一人称，与莫泊桑不同的是这些小说往往不以情节为重，而是类似于抒情的童话或散文。《给妮侬的故事》里的有些小说犹如优美的童话，充满了爱的温馨；有些则是浪漫的故事，它们显然都带有浪漫主义的烙印。《穷人的妹妹》的主人公是一个贫穷而善良的小女孩，她有了钱只想为别人谋幸福，最后作为圣母玛丽亚的使者成了上帝的化身。这个"穷人的妹妹"没有名字，其实表达了作者的美好理想。《铁匠》里通过描绘真实的细节来表现打铁的情景，左拉被打铁的壮观场面所感染，切身体验到了劳动的力量和伟大，从而热情地讴歌了铁匠孩童般的天真和男子气概，表明只有生活朴素、豁达开朗的劳动者才会有这种无私的快乐。

随着左拉对社会现实的认识越来越深刻，他的短篇小说发生了变化，较多地采用第三人称，也开始注重作品的情节和社会意义。例如《一个疯子的故事》和《自杀》鞭笞了爱情和婚姻中的罪恶，《我的邻居雅克》和《失业》揭露了工人的悲惨命运，《三次战争》和《小村庄》谴责了战争和殖民主义，都充分显示出强烈的人道主义精神。有些作品与他的长篇小说有着内在的联系，例如《一桩爱情婚事》就是长篇小说《泰蕾丝·拉甘》的雏形。

《为了一夜的爱》(1882)是充分体现左拉自然主义主张的短篇小说。主人公朱利安是个性格孤僻的青年，他没有亲人，离群索居，唯一的爱好是每天晚上吹

---

① 《中国当代文学研究资料　巴金专集Ⅰ》，第80页。

② 让·弗莱维勒：《自然主义文学大师》，载谭立德编选《法国作家·批评家论左拉》，第204页。

吹笛子。他暗恋着从对面府邸的窗户里看到的少女泰莱丝。正当他因可怜的单相思而苦恼不堪的时候，忽然有一天泰莱丝让他过去幽会，但条件是要他把房间里的一具尸体扔到河里去。那具尸体是泰莱丝的情人科隆培尔。朱利安本来就对他心怀怨恨，现在正是喜从天降、求之不得，立刻乘着夜色把尸体背到城外的河边，但是在扔的时候却被尸体的双手死死地缠住，以致精疲力竭，最后也沉入河中淹死了。

泰莱丝性格古怪，会突然像疯子般地蹬脚怪叫，把玩伴的耳朵咬出血来。她折磨和虐待情人，最终使他死于非命，原因在于她的家族中总是有一些患有精神病的成员，他们或是感情反常，或是口吐白沫，正是他们把这些病症遗传给了泰莱丝。而朱利安最后自己沉入水中，则是由于他本来就心理不健全，在被尸体的双手勾得筋疲力尽后心理失衡，只想一死了之，正如《泰蕾丝・拉甘》里的泰蕾丝和洛朗一样。小说用生理学、遗传学和心理学等自然科学来表现人物的性格，没有任何情调浪漫的想象或寓意丰富的议论，只有不动声色的叙述。从头至尾都是用简洁的语言平铺直叙，没有任何铺垫或枝节，只有详尽和真实的细节，这正是左拉自然主义小说的特征。

但尽管如此，《为了一夜的爱》客观地描绘了一个贫困青年的无奈，小职员的庸庸碌碌，小城生活的压抑，贵族府邸的死气沉沉，由此反映出当时沉闷的时代气氛，因此仍然不失为一篇优秀的现实主义小说。读者从中不难得出这样的印象：这种毫无生气的环境足以扼杀一切活泼的生命和健康动人的爱情。朱利安对泰莱丝的单相思只是虚幻的梦想，只有死亡才是他真实的命运和归宿，这就是为了一夜可望而不可即的爱情而付出的代价！正因为如此，《为了一夜的爱》出版以后被誉为法国情色小说的经典，并且被搬上银幕和改编为电视剧。影片对剧情做了改编：朱利安在丢弃尸体后吓得躲入了森林，最后被警察逮捕，而泰莱丝则与年轻的德・凡尔特伊伯爵举行了婚礼。这个结局使情节更加符合常人的逻辑，也更容易被当代观众接受和理解。

左拉的短篇小说犹如一朵朵浪花，从各个不同的侧面反映出生活这条河流的全貌，剖析不同阶层和人物的心理，从中反映出人们对爱情和幸福的向往，以及对自由和平等的渴望。它们体现了左拉从早期的浪漫主义到后期的现实主义的创作风格，因此可以说左拉的短篇小说就是他的全部作品的缩影。从艺术上来说，法国的短篇小说是到莫泊桑才完全定型的，所以左拉的作品是在短篇小说定型之前，最后一次展现了它类似于童话、寓言和散文等各种不同的形式。

左拉的主要成就是长篇小说，代表作有《泰蕾丝・拉甘》(1868)、《小酒店》(1877)、《娜伊丝・米科莱》(1880)、《娜娜》(1880)、《萌芽》(1885)、《金钱》(1891)和《三名城》等。

《泰蕾丝・拉甘》是他早期创作的重要作品。小说写拉甘太太有一个儿子卡米尔，还收养了弟弟的私生女泰蕾丝，两个孩子长大后结为夫妇。由于卡米尔身体虚弱，泰蕾丝自然感到不满，于是和丈夫的朋友洛朗勾搭成奸，甚至合谋在塞纳河上划船时害死了卡米尔。但是当他们结婚之后，他们始终忘不了卡米尔被淹死的形象，永远也无法结合，只感到痛苦和恐惧。最后两人为了得到解脱都想害死对方，在动手时都明白了对方的企图，于是抱头痛哭、双双自杀。中风的拉甘太太目睹了这一切。

《泰蕾丝·拉甘》是左拉的第一部自然主义小说，也是最有代表性的自然主义作品。他把这部小说作为自然主义理论的例证来创作，集中体现了他把遗传学、生理学应用于小说的创作方法。泰蕾丝是一个非洲部落女子的私生女，有着强烈的情欲，而卡米尔身体虚弱，洛朗却是个体魄健壮的放荡者，这种生理上的矛盾和需求就构成了情节发展的基础。

泰蕾丝和洛朗谋杀卡米尔之后无法拥抱在一起，圣伯夫指出这是违反现实的。左拉为自己辩护的理由，是他不愿意描绘一种无法满足的情欲。他笔下的主人公只有本能，从未相爱，他们的杀人是一种无法逃脱的命运，是一种机械地完成的狂暴行为，而结婚只是谋杀的必然结果，根本不是什么爱情。所以左拉认为应该使他们分开。他们之所以要推迟一年结婚，就是因为他们在杀人之后彼此感到恶心，是在心理上承担着放纵肉欲以致犯罪的后果。这说明左拉并未完全沉湎于描绘情欲，而是在强调生理本能的同时也考虑到了心理因素。这部自然主义小说的可贵之处，正在于细致地描绘了泰蕾丝和洛朗犯罪后内心从恐惧到崩溃的过程，对病态的心理有着深刻的剖析。

《小酒店》是左拉的代表作。女工伊尔维丝的丈夫朗第耶吃喝玩乐、不务正业，和另一个女工阿黛尔私奔了。她为了两个孩子不辞辛苦，坚强地活下去，并且得到了工人古波的爱情。婚后他们的生活逐渐改善，搬进了新居，与邻居顾舍母子成了好朋友。不料古波工作时从屋顶上摔了下来，在疗伤期间养成了喝酒的习惯。伊尔维丝虽然向顾舍借钱开了店，但是看到丈夫酗酒，自己也随波逐流，由于贪吃而越来越肥胖。

朗第耶与阿黛尔多次大吵以后分手了，他又回到伊尔维丝这里来，并且用大吃大喝的手段笼络了古波，重新占有了伊尔维丝，伊尔维丝也竟然习惯了这种三角夫妇的生活。朗第耶逐渐侵吞了家中的一切，最后把古波夫妇赶了出去。伊尔维丝的女儿被人拐走，她自己为了活下去只得卖身。最后古波死于酒精中毒，她也神志不清，不久就死去了。

左拉主张真实客观地描写生活。他所写的穷人因酗酒而堕落的过程，在今天看来也许无足轻重，但在一百多年前却是惊世骇俗，足以引起轰动，所以左拉特地对这部小说的宗旨做了解释："教育工人以提高他们的道德水准，使他们摆脱所受的贫困，克服空气污浊的郊区的拥挤和杂乱，尤其是防止摧毁人的身心、使居民大量死亡的酗酒。我的小说很简单，叙述了一个工人家庭在环境影响下的衰败和堕落：男人喝酒，女人丧失了勇气，到头来是耻辱和死亡。我不是写田园诗的人，我认为只能用烙铁才能有效地抨击罪恶。”①

左拉描写罪恶，目的是消除罪恶：“如果必须迫使我做结论的话，我可以说整部《小酒店》都可以概括为这一句话：关闭小酒店，开设学校。酗酒吞噬着人民……能够消灭酗酒的人，对法国的贡献会比查理大帝和拿破仑还要大。”②左拉不是以写恶为乐，他描写酗酒正是为了消灭酗酒，是在从事改造社会的伟大工程。小说里的人物原来都是本分的工人，他们不是被繁重的劳动累垮，就是被环境逼迫而堕落，这些罪恶都是社会造成的，所以左拉对酗酒等恶习的揭露，正是对黑暗的社会现实的批判。

左拉对穷人的生活有着切身的体会，所以《小酒店》虽然强调人的生理本能和遗传性，但是由于真实地描绘了工人的悲惨生活，再现了他们恶劣的生活环境，在文学史上是第一部为工人鸣不平的作品，因而出版后受到了民众的热烈欢迎。现在来读这部小说，仍然有着现实的意义，因为人们可以从中获得启示：人类与那时相比到底有了多少进步，是否还在受到酒精或者比酒精更可怕的东西的毒害。

《娜伊丝·米科莱》写农家女娜伊丝的父亲把女儿当成私有财产，把她的命运捏在自己手里。娜伊丝继承了父亲的性格，而且在野蛮落后的环境里青出于蓝而胜于蓝。单调的生活促使她不顾一切地爱上了少东家弗雷德里克，特定的环境造成了他们短暂的爱情。可怜的驼背托瓦纳爱着娜伊丝，却只能悄悄地跟踪他们。老爹虽然倔强但并不糊涂，他下定了杀死少东家的决心，并且一步一步地实现他的计划。他有意制造了一场海难，而且根本不会去救弗雷德里克，少东家能够死里逃生纯属侥幸。

娜伊丝必须在老爹和情人之间做出选择：要救情人，要让情人活着，同时也是为了自己不受压迫，甚至是为了自己和驼背的婚姻，唯一的办法就是要排除老爹这个障碍。她并未被爱情冲昏头脑，而是在进行激烈的思想斗争。她清楚自己的所作所为及其后果，她的想法只能出自真正的爱情。她和驼背定下了向老爹报复的计策，让父亲掉下了悬崖。她实现了报复的欲望，但是最终受到了良心的折磨。

《娜伊丝·米科莱》是一篇交织着爱与恨、血与泪的小说。与是非分明的现实主义小说不同，左拉只是按照事物本来的样子来写这个故事，保持绝对中立和客观的态度，没有主观地进行任何谴责或批判。小说中男女主人公的爱情基本

---

① 《左拉文学书简》，吴岳添译，第196页。

② 同上，第228页。

上来自他们生理上的冲动，娜伊丝对少东家的爱情是自发的、自愿的，事先就明知这种爱情不会有什么结果，因此这个故事不能归入贫家少女被少爷玩弄后抛弃的窠臼。而米科莱老爹的暴烈性格和娜伊丝决死的反抗，则是与遗传和落后的环境分不开的，并非由于他们当中谁是恶人：他们都不是坏人，但是在恶劣的环境里，他们出于生存或爱情的本能需要而成了仇敌，这些特色都是自然主义创作理论的典型体现。

左拉是在文艺思想渐趋成熟、自然主义文学团体成立的那一年写作《娜伊丝·米科莱》的，相比之下，它似乎比《卢贡-马卡尔家族》更好地贯彻了左拉的自然主义创作思想。这部为报刊撰写的中篇小说篇幅不长，一气呵成，情节的素材剪裁得当、有张有弛，细节的描写十分真实，因而在艺术上是一篇生动的作品。左拉对穷人生活的描绘，对花花公子的揶揄，使今天的读者也不难认识到当时法国社会的风貌。

《娜娜》是以妓女娜娜为主人公的小说。妖艳的娜娜在舞台上裸体演出，使巴黎上流社会的达官贵人为此骚动不安，从皇宫大臣到银行家，许多男人都想占有她。娜娜爱上了演员丰当，结婚后即使经常挨打也心甘情愿，但丰当却和别的女人同居。娜娜为了生活只得重蹈覆辙，把自己的家变成了一个吞噬男人及其财产的深渊，甚至到国外去攫取钱财，回到巴黎后因出天花而死去。

娜娜是《小酒店》里的伊尔维丝和古波的女儿，父辈酒精中毒的遗传种下了她堕落的种子。她既没有俄国女皇叶卡捷琳娜二世的雄才大略，又没有埃及艳后克娄巴特拉的绝代美貌，却能使整个巴黎上流社会都跪倒在她的石榴裙下，靠的就是她极为性感的肉体和近于疯狂的情欲。在第二帝国时期的上流社会里，有钱有势的人无论年龄大小，都陷入她色情的泥坑中不能自拔，为了她不惜倾家荡产，甚至毁掉自己的生命。

左拉表示："我认为这本书既非常粗俗又非常纯朴，我的用心是平静地、慈父般地表现妓女们的生活。"[①]可见小说的宗旨并非抨击妓女，而是揭露上流社会弥漫的淫靡之风，因为这种风气已经远远超出了正常性欲的范围，几乎成了这个社会的动力，这是不能归咎于娜娜的。左拉着重描写过晚会、宴会等盛大场面，以及舞台幕后的种种丑态，来表现上流社会的腐败，因此小说出版后立即引起了猛烈的抨击。

娜娜没有叱咤风云的能力，只是一个普通的女人，何况她还保持着善良的天性。其实美人或荡妇世代皆有，但只是在特定的时代里才会产生特殊的影响。资产阶级当初曾经有过反抗封建阶级、努力实现理想社会的雄心，而在第二帝国时期，它已经堕落到了不可救药的地步，以至于不顾最起码的尊严，把一个娼妓

---

① 《左拉文学书简》，吴岳添译，第 110 页。

奉为女神。左拉批判的锋芒所指是这个造成了娜娜悲剧的社会，等待这个社会的只能是毁灭和死亡，第二帝国的垮台就是明证。

《萌芽》是法国第一部描写工人罢工的长篇小说。21 岁的机器匠艾蒂安被铁路工场开除以后，只得到矿井里做工。他与国际工人协会取得了联系，在矿里成立了支部，率领工人与资本家进行斗争。在罢工期间，他动员工人加入国际工人协会，排除叛卖工人的酒店老板和无政府主义者苏瓦林的干扰，但是面对血腥的镇压和公司分化工人的阴谋，罢工还是失败了。苏瓦林破坏井下的排水设备，使井水淹没了巷道，使工人遭受更大的牺牲。艾蒂安在井下的搏斗中杀死了工贼沙瓦尔，自己也差点死去。他在久经考验之后成了一个坚定的革命者，对未来的胜利充满了信心。

文学作品历来歌颂的多是帝王将相或英雄好汉，对普通劳动者往往加以嘲笑或者表示怜悯。即使在现实主义和自然主义的小说里，劳动者也总是具有渺小和卑微的一面。与《小酒店》相比，《萌芽》的进步意义是显而易见的：在法国小说史上，它第一次如实地反映了矿工们的悲惨生活，揭露了资本家对工人的残酷剥削，同时把罢工场面描绘得如火如荼，热情地歌颂了工人阶级的英勇斗争，《萌芽》这个标题本身就预示着革命力量将茁壮成长。“只是在左拉的作品中，工人才第一次作为一个阶级出现。一个饱受压迫的阶级，是他们生活环境的牺牲品。”①

《金钱》也是一部重要的作品，写的是巴黎股票交易所里一场你死我活的斗争。萨加尔在投机事业中惨败后并不甘心，串通国会议员于赫创办了名为“世界银行”的股份公司，骗取了许多小股东的资金。1866 年，普鲁士和奥地利的战争使各种证券全部下跌，由于哥哥卢贡是第二帝国的大臣，萨加尔得知拿破仑三世将出面调解，战争即将结束，于是大量买进，第二天证券果然上涨，他大赚了一笔，成为交易所里的英雄。

萨加尔在此基础上继续扩大资本，同时以惊人的奢华来炫耀自己的成就，但实际上他是在买空卖空，是拿自己的股份进行投机。真正的金融巨头甘德曼选准时机，与萨加尔决一雌雄。在双方你死我活的关键时刻，萨加尔的情妇出卖了他，向甘德曼泄露了世界银行的底细，使他遭到彻底失败，而且因违反银行法而锒铛入狱。巴尔扎克也写过股票投机这个题材，但是与他笔下的金融家相比，萨加尔无疑更加贪婪和疯狂。

左拉提倡的自然主义注重写实，因此观察社会就成了写作的基础。由于写作的需要，他除了钻研有关的书籍之外，还经常深入社会底层，考察工人的生活状况，甚至亲自下井参加劳动，通过谈心等方式来进行实地调查和收集资料。他

① 米歇尔·莱蒙：《法国现代小说史》，徐知免、杨剑译，第 162 页。

常到菜市场、商店、交易所、车站和下等酒店里去体验生活，有时还找流氓和妓女了解情况，以观察和分析形形色色的性格和情感。他的小说之所以受到工人和民众的欢迎，与他使用的翔实资料和通俗生动的语言是分不开的。

弗莱维勒指出：左拉每写一部作品，事先都要“投身于调查和考证材料的巨大工作。谁查看过他的被保存在国家图书馆里的笔记，谁就会了解左拉为了收集他的材料所花费的苦心。这种能力、这种研究、领会的力量，使得他能够在几个星期里去吸收、概括如此广泛的知识……这至今还是一件令人惊异的事情”[①]。正因为如此，他的作品才显得真实可信，具有感人的艺术魅力。

《泰蕾丝·拉甘》出版以后，左拉后来在一封致路易·乌尔巴克[②]的信中，系统地阐释了自己的创作主张：

> 我要描写“第二帝国时代一个家族的自然史和社会史”。第一段插曲是刚刚出版的《卢贡家族的命运》，它叙述了拿破仑第三的政变、对法国的粗暴侵犯。其他插曲将是取自各个阶层的风俗画卷，叙述这个统治时期的政治、金融、法院、兵营、教堂、它的尽人皆知的腐败机构……三年来我收集了一些资料，主要部分是我经常见到的东西：下流的事情，耻辱而疯狂的、令人难以置信的冒险，被盗窃的金钱和被出卖的女人。这个由金钱和肉体构成的音符，由千百万枚金币的闪光和狂欢宴席上日益增强的噪音构成的音符，响得是如此洪亮和持久，使我决定要把它作为书籍出版……我难道应该沉默，对这种用可疑的光亮照耀第二帝国，使之成为藏垢纳污之所而置之不理吗？因此我要写的历史将是阴暗的……
>
> 显而易见，人们不能责备我夸大其词。我还不敢都说出来。人们责备我写起下流话来过于放肆，其实我不止一次在我拥有的资料面前望而却步。[③]

由此可见，左拉作为自然主义流派的创始人，他要努力表现的是纯客观的真实。不过左拉的描写虽然真实可信，却与巴尔扎克等的小说有所区别。他追求的真实在《小酒店》里是工人的酗酒和酒鬼的遗传，在《娜娜》里是上流社会的荒淫和腐败，在《萌芽》里是工人的愚昧和落后。左拉几乎不加掩饰地描绘了矿工

---

① 弗莱维勒：《自然主义文学大师》，载谭立德编选《法国作家·批评家论左拉》，第204页。

② 路易·乌尔巴克（1822—1889），法国作家。他曾在《费加罗报》上发表名为《腐败的文学》的文章，表示龚古尔兄弟和左拉的作品都不值一提，尤其是《泰蕾丝·拉甘》“使他的好奇心滑入了一个满是污泥和血泊的水坑”。

③ 《左拉文学书简》，吴岳添译，第82—83页。

们触目惊心的苦难生活，他们混乱的性行为，以及罢工时妇女们扯下坏蛋的生殖器等极端的举动。这些描写虽然旨在揭露现实，但是由于过分注重外部描写和突出生理的本能，缺乏必要的心理活动和分析，因此也引起了不少争论。

三部曲《三名城》包括《卢尔德》(1894)、《罗马》(1896)和《巴黎》(1897)，是左拉后期的主要作品。

“卢尔德”是一个城市的名称，传说圣母曾在那里显灵：当地有一个大山洞，据说只要在洞中的圣泉里浸几分钟，哑巴就会开口说话，盲人也能重见光明。因此每年都有 30 万至 50 万患了不治之症、身心深受创伤的信徒，从法国、欧洲各地甚至东方赶到这里求治。其实这只是教会的一个骗局。原来在 1858 年，有个名叫贝尔娜代特的小女孩，由于受到病痛和贫穷的折磨，放羊时经常在泉边祈祷，以至由梦想而产生幻觉，看到圣母来让她喝泉水解除痛苦。各地信徒闻风而来，教会一看有利可图，就把她终身囚禁在修道院里，霸占了这个山洞，在泉边修建浴池，利用个别病人的偶然康复来编造奇迹，招摇撞骗。

皮埃尔从小和邻居的女孩玛丽要好，但玛丽不幸在 14 岁那年从马上跌了下来，七年来一直瘫痪在床上，不可能做妻子和母亲了。皮埃尔出于对玛丽的忠诚而当了神甫。他不相信什么神灵，但是在玛丽的请求下，还是陪她来到了卢尔德。玛丽的病症系受伤后精神刺激所致，所以在信徒们高举火把围绕山洞游行的时候，在被壮丽的奇景所鼓舞的兴奋状态中，她竟然站了起来。但是其他病人却依然如故。皮埃尔从他们身上看到了世界上无数的痛苦和眼泪，他在为玛丽高兴之余也感到悲哀，因为他作为神甫已无法再娶玛丽为妻了。玛丽看出了他的心思，向他保证不嫁给任何人。

《罗马》写皮埃尔回到巴黎后，协助收容巴黎街头的流浪儿，更加深刻地体验到下层社会的悲惨生活。他逐渐失去了对天主教的信仰，但是还希望它能够与现代的民主运动相结合，于是出版了自己写作的《新罗马》，但是很快就遭到教会的禁止。为了捍卫自己的著作，他来到罗马要面见教皇。

皮埃尔在罗马不仅受到监视，而且在信徒们朝见教皇的仪式中，目睹了教皇如何贪得无厌、爱财如命。后来教皇接见了他，对他所讲的民间疾苦无动于衷，反而要他当众忏悔，把自己的书烧毁。他看清了罗马教会的黑幕，相信它一定会垮台，所以又回到巴黎去了。

《巴黎》写皮埃尔回到巴黎以后，在上流社会里看到的只是政界的争权夺利和情场的争风吃醋，而广大民众则过着饥寒交迫的生活。纪尧姆是皮埃尔的哥哥，是个思想激进的化学家。他让皮埃尔到自己家里去生活。他家里有一个姑娘也叫玛丽，是父亲的一个老友临终时托付给他家的。由于纪尧姆的妻子早已病故，玛丽已准备和纪尧姆结婚。

玛丽用自己的热情治愈了皮埃尔心灵的创伤，使他毅然脱去了神甫的黑袍，而且和他相爱了。纪尧姆虽然感到痛苦，但最终决定把玛丽嫁给皮埃尔。他自己要用炸药去炸掉大教堂。皮埃尔察觉后跟随着他，在关键时刻救了他的性命。皮埃尔和玛丽有了一个孩子，他们把对未来的美好希望寄托在孩子的身上。

左拉写作《三名城》的时候，正是法国的教权主义猖獗之时。左拉对教会黑幕和教皇无耻行径的揭露，实际上是在代表科学向教会宣战，是在为法国将在1905年实行的政教分离制造舆论。正因为如此，他后来在德雷福斯事件中才会成为反动势力攻击的目标，甚至可能正是为此而受到谋害。

不过从另一方面来说，左拉对超自然的神奇现象的描写，表明他的创作不但与自然主义学说已经有了距离，而且也改变了《萌芽》那种注重描绘和反映现实的写法。他力求图解空想社会主义的学说，使作品有了更多的浪漫主义色彩，但同时批判的力量也有所减弱，这是《三名城》和《四福音书》的影响不如《小酒店》和《萌芽》的主要原因。

第四节　莫泊桑

居易·德·莫泊桑(1850—1893)生于诺曼底地区滨海塞纳省米洛梅尼尔堡，据考证实际出生地为小城费冈。他的父亲是个没落的贵族，整天吃喝嫖赌，将家产挥霍一空之后，于1859年在巴黎谋得一个银行职务，全家迁居巴黎。父亲的婚外情导致父母分居，母亲就带着他和他的弟弟回到了家乡埃特勒塔镇。这里地处海滨，平原开阔，莫泊桑在美丽的自然景色中长大，熟悉了农村的人情世态，同时从小受到颇有文学修养的母亲的熏陶。

1863年，莫泊桑被送到教会学校去读书，他无法忍受学校里的阴郁气氛，开始练习写诗。1868年，他因为写了一首爱情诗而被学校开除，就到卢昂市去上中学，得到了帕尔纳斯派诗人路易·布耶[①]的指导。1869年中学毕业后，他到巴黎攻读法律，第二年普法战争爆发后应征入伍，担任文书和通讯工作。1871年9月退伍后，先后在海军部和公共教育部担任公务员。在此期间他参加过马拉美[②]的“星期二聚会”，同时开始创作。

莫泊桑姨母的教父正是福楼拜的父亲，所以福楼拜与莫泊桑的姨母和母亲从小就是朋友，而路易·布耶又是福楼拜的朋友，因此莫泊桑也受到了这位大师的严格指导。一个人所共知的例子，就是福楼拜要求他用一句话来说出一匹马与它前后五十来匹马的区别。由于他们关系密切，在文学上同样成就卓著，福楼拜又终身未婚，所以曾有关于福楼拜是莫泊桑的生父的传说。

---

① 路易·布耶(1821—1869)，法国诗人和剧作家，福楼拜的中学同学。

② 斯特凡·马拉美(1842—1898)，法国象征主义诗人，代表作有《牧神的午后》等。

1875 年，通过福楼拜的介绍，莫泊桑结识了左拉和屠格涅夫，后来成为以左拉为首的梅塘集团的重要成员。在该集团成员合作出版的短篇小说集《梅塘之夜》中，莫泊桑以其代表作《羊脂球》一举成名，成为法国文坛上的一颗耀眼的明星。

莫泊桑终身未婚，在做小职员空虚无聊的生活中，他继承了父亲的放荡习气，27 岁就身患梅毒，加上滥用麻醉药，健康受到损害，后来发展到偏头痛，视力不佳，直至因出现幻觉和精神错乱而企图自杀，最终在 43 岁时过早去世。

莫泊桑的写作生涯虽然只有短短的 10 年，却充分显示了他的勤奋和天才。他一共发表了 6 部长篇小说和 306 篇中短篇小说，其中短篇小说的成就最为突出。莫泊桑以精湛的艺术技巧被法朗士誉为“短篇小说之王”，与俄国的契诃夫(1860—1904)和美国的欧·亨利(1862—1910)一起被公认为世界短篇小说的大师。他的作品在艺术上达到了前所未有的高峰，也使法国的短篇小说进入了完全成熟的阶段。

从莫泊桑的经历中不难看出，他的小说题材都取自他最熟悉的三种社会环境。

首先是他青少年时代生活过的诺曼底农村，例如《瞎子》《绳子》《穷鬼》等写残疾人因备受欺凌而死去，反映了社会底层被压迫者的悲惨命运。《诺曼底人的玩笑》《一个诺曼底人》等描绘了当地的习俗，刻画了诺曼底人既风趣能干又善于欺骗的性格。《皮埃罗》讽刺了地主婆的吝啬，《流浪汉》谴责了把好人逼成盗贼的社会风气。《老人》中的夫妇为了不耽误农活，竟希望垂危的老人快点去世；《图瓦》中的丈夫因肥胖而中风，他的老婆却让他去孵鸡蛋，显示了农民的狭隘和自私。这些短篇小说犹如一幅幅画面，生动地呈现出农村的习俗和世态。

诺曼底农村中地主玩弄女佣的故事很多，不过除了《真实的故事》这样以女主人公之死为结局的悲剧以外，大多是混杂着爱情、情欲的平凡而又自然的悲喜剧。例如在《一个女雇工的故事》里，女雇工萝丝与健壮的男雇工雅克，在灼热的阳光下单独相对而相恋。她怀孕后雅克出走，她只得偷偷地回老家生孩子。壮年丧偶的农庄主人娶她为妻，但婚后一直没有生育，主人为此大发脾气，直到萝丝承认自己有个 6 岁的私生子才转怒为喜。整个过程都是那么自然，毫无夸张或雕琢之痕。莫泊桑确实把人的欲望作为构成情节的重要因素，但是这种合乎自然的本能却并不令人反感，反而在某种程度上表现了农民的质朴，不像资产者在婚姻方面往往显得卑鄙和虚伪，这正是农村与城市生活的区别所在。

其次是他亲身经历的普法战争。最著名的有表现普鲁士人的残暴的《女疯子》，反映敌军士兵宁可当俘虏也不想打仗的《瓦尔特·施那夫斯的奇遇》，讴歌法国农民英勇杀敌的《米隆老爹》和《蛮子大妈》，颂扬法国人民不屈服于敌人淫威的《两个朋友》《一场决斗》和《菲菲小姐》等。这些名篇热情地讴歌了法国人民特别是小人物的爱国主义精神，其中内容最丰富、意义最深刻的作品，要数他的成名作《羊脂球》。

《羊脂球》(1880)的故事发生在普法战争期间，一辆马车获准离开德军占领区，车上有工业家、伯爵和商人这三对夫妇，两个修女，一个民主主义者，一个因过早发胖而绰号为“羊脂球”的妓女。大家对这个妓女侧目而视，但是在由于沿途耽搁而饿得发昏的时候，却又厚着脸皮吃光了她的一大篮美味的食品。马车在路过一个小镇时被拦住了，占据该镇的普鲁士军官要求羊脂球陪他过夜，否则不予放行。自私的旅客们只顾各自的利益，千方百计地劝说羊脂球为他们做出牺牲，但事后又都鄙视她，任凭她陷于孤独和挨饿的境地。

小说里没有硝烟弥漫的战场，也没有刀光剑影的搏斗，只是通过妓女羊脂球被迫向敌人献身的遭遇，刻画了各具特色的人物，特别是勾勒了有产者们为了私利而不顾民族尊严的丑恶嘴脸。羊脂球自尊自强、不甘屈服，显示了爱国主义的凛然正气，结果却被那些伪善的同胞推入火炕。他们为了迫使她就范，个个巧舌如簧、软硬兼施，就连道貌岸然的修女也沆瀣一气。莫泊桑以真实的细节、精练的语言和炉火纯青的技巧，使这篇小说构成了一幅战争时期法国社会的缩影。其中的善与恶时时形成不露痕迹的对照，使读者自然而然地产生对战争的憎恨、对小人物的同情和对所谓上等人的蔑视，不愧为在思想性和艺术性两方面都堪称楷模的名篇、世界短篇小说中的精品。

最后是他有过长期体验的小公务员生涯。《项链》写小职员的妻子为了参加部长邀请的舞会，不但迫使丈夫用攒了很久的钱做了一套新衣服，而且向女同学借了一条钻石项链。不料舞会后项链不见了，夫妇俩只好借钱买了一条作为赔偿，在以后的10年里起早贪黑地拼命赚钱才还清了债务。有一天她遇见了女同学谈起此事，才明白那条项链原来是假的。小说嘲弄了小职员们为了出风头而弄巧成拙、自食其果，表现了他们可怜兮兮的虚荣心。《我的叔叔于勒》则讽刺了他们的寒酸相和势利眼：菲力普夫妇把无赖弟弟于勒送到美洲去谋生，后来听说他发财了又想把他接回来一起生活。他们每到周末就到海堤上去散步，想象着迎接富翁弟弟的归来。10年后他们偶然发现海滩上有个衣衫褴褛的流浪汉原来就是于勒，于是唯恐避之不及地躲开了。《勋章到手了》更是嘲笑为了名利宁肯戴绿帽子的小官吏，回家时明明看到上司和自己的妻子睡在一起，却赶紧主动回避，以此来换得龌龊的勋章。《散步》中的小职员数十年如一日，生活实在单调乏味，最后他意识到了这一点，不禁悲愤地上吊自尽。这些作品揭露了世态炎凉的社会现实，批判了腐败昏聩的官僚作风，既讽刺了小公务员的自私虚荣和尔虞我诈，又对他们的刻板生涯寄予了人道主义的同情。它们在艺术上各有特色、并不雷同，犹如宝石上的各个棱面，共同折射出灿烂的光芒。

《一家人》和《遗产》是这方面的代表作，从中可以看出这类小说的演变过程。

莫泊桑创作短篇小说的时间是从1880到1885年，《一家人》写于1881年2月，属于这个阶段的前期。那时莫泊桑刚刚退职，对小职员的可悲处境还有着切肤之痛，因此在刻画人物时虽然不无讽刺，但更多的还是怜悯和同情。其中的主人公卡拉望还不那么卑鄙无耻，而是和其他人一样显得寒酸和可怜。

《一家人》写的是卡拉望一家在一天里的日常生活，几乎没有什么情节。然而人物的形象和许多平淡无奇的细枝末节，却充分反映出小职员家庭里枯燥无味的生活。一家之主卡拉望见了人就低三下四、紧张口吃；他的太太又矮又瘦，毫无魅力可言；他的老母虽已90高龄，却天天吵架，乱发脾气；而他的两个孩子都像白痴，更使这个毫无乐趣的家庭失去了任何美好的希望。

莫泊桑的杰出之处，是以现实主义的笔法把卡拉望一家的变化置于现实的环境之中，并且指出了这种变化的社会根源。他的描写并未超出家庭的范围，有时甚至只是片言只语，却构成了社会的背景。例如这一段：

> 卡拉望先生一向过着标准的公务员的生活。30年来，他天天早晨上班，走的是相同的路，在相同的时刻、相同的地点，看见相同的赶着去办公的人；每天晚上，他循着相同的路线回家，又遇见那些他亲眼看着苍老下去的相同的脸。①

这与加缪在《西绪福斯神话》中的描写如出一辙。卡拉望只要对这种生活问一个"为什么"，他就会产生荒诞感，因此可以说莫泊桑的小说已经显露了现代派小说的端倪。

如果说《一家人》只是描写了卡拉望一家的空虚无聊的生活，那么写于1884年3月的《遗产》则以小见大，通过一个公务员家庭谋取遗产的丑闻，生动地再现了官僚机构中百无聊赖的情景，以及小职员们虚荣委琐的身心，进一步揭露了金钱是万恶之源，对资本主义社会进行了更为深刻的批判。

《遗产》写的是一个虽然荒唐却并不出奇的丑闻：主人公勒萨勃尔为了得到老小姐夏洛特的遗产，就娶了她的侄女科拉莉为妻。不料夏洛特在遗嘱规定，科拉莉必须有了后代才有继承权，但勒萨勃尔身体虚弱、子嗣无望，所以夫妻俩与岳父沆瀣一气，把年轻漂亮的玛兹引到家中，用妻子的肉体换来了遗产，成了富翁。

金钱是《遗产》的主题，也是资本主义社会里人际关系的基础，它决定了勒萨勃尔和科拉莉的婚姻，也改变了人的本性。当姑母病危的时候，亲人们都暗自窃

---

① 莫泊桑：《一家人》，郝运译，载柳鸣九主编《莫泊桑名作欣赏》，中国和平出版社，1995年，第51页。

喜；面对姑母冰冷的尸体，守灵的亲人却在呼呼大睡，前来哀悼的人其实是在表示祝贺。这种为了得到遗产而盼望亲人死去的心情，在金钱万能的社会里司空见惯。即使是美好的爱情，在金钱面前也难以保持纯洁：勒萨勃尔和科拉莉初次会面，在阳台上并肩眺望巴黎，憧憬着幸福的爱情，然而当勒萨勃尔听到姑母计算财产的声音时，他就突然撇下女伴去听个仔细。既然为了金钱，连亲情、爱情都可以弃之如敝屣，那么还有什么卑鄙龌龊的勾当干不出来呢？

除了以上三种主要的题材之外，莫泊桑还从爱情和情欲的角度，描绘了人们多姿多彩的感情生活。其中有不少作品赞美了劳动人民的正直和善良，如《西蒙的爸爸》和《马丹姑娘》；也有些表现了女人对爱情的渴望，如《修软垫椅的女人》和《在一个春天的晚上》等。《月光》是反对禁欲主义的名篇，写一个神甫在皎洁月光下理解了爱情；《幸福》歌颂了爱情的坚贞；《一个女人的供认》谴责了男人的嫉妒心理；《怪胎之母》揭露了病态的社会现象；《橄榄园》谴责了不负责任的放荡行为；《巴蒂斯特太太》则批判了歧视受辱女子的不良风俗。

值得指出的是，妓女的题材在莫泊桑的小说里占有很大的比重。例如《衣橱》《港口》《一个妓女的历险记》等，都反映了妓女的悲惨生活。不过名篇《戴家楼》虽然写的是妓院，主要的篇幅却是叙述妓女们到乡下去参加领圣体仪式的过程。小说描绘了田野的风光、农民的淳朴和闭塞的乡村生活，构成了一幅诺曼底农村的生动图画，同时也写出了妓女们的人性：她们也是人，也有各自的回忆、欢乐、痛苦和爱心。

莫泊桑是法国短篇小说的集大成者，他的作品题材极为广泛，大到一场战争，小到一条项链，都能作为生动的题材信手拈来。由于题材的丰富，写作的角度也就多种多样、不拘一格，尤其是他把真正的小人物作为主人公，而且大多采用了前人很少应用的第一人称，因而使故事听起来更加可信。他的大量引人入胜的作品，使法国的短篇小说形成了基本的结构：先以简洁的语言交代一下背景，再由作者或人物讲述故事，不带感情色彩地描绘动人的情节，最后以一个出人意料的结局，达到扣人心弦、令人回味的艺术效果。

在福楼拜的指导和帮助下，莫泊桑形成了逼真、自然的写作风格。他不追求离奇的效果，只描写那些司空见惯的平凡小事，叙述的笔调几乎到了白描的程度。不过他的叙述看似自然流畅、不着痕迹，其实都经过了精心构思，留下了一处处为情节发展所需要的伏笔。莫泊桑的天才在于他既叙述生动又惜墨如金，寥寥数笔就使环境的气氛跃然纸上，几句对话就使人物的形象活灵活现。他的描写用词准确、言简意赅，称之为字字珠玑决非过誉。正如法朗士所赞誉的那样：“他的语言有力、简洁、自然，有一种使我们深深地热爱它的乡土气息。他拥有法国作家的三大优点，首先是明晰，其次是明晰，最后还是明晰。”[①]

法国的短篇小说从中世纪以来不断发展，但是直到19世纪中叶，才得以随着报刊业的迅猛发展而成为一种体裁。当时的著名作家几乎都写短篇小说，奠定这一体裁的结构的正是莫泊桑。莫泊桑具有独特的视角，能见他人之所不见，以平淡的情节塑造人物，以真实的细节凸显性格，从而使小说既有反映现实的思想内容，又是引人入胜的艺术精品，因而具有极强的艺术感染力。法国的短篇小说在莫泊桑时代进入了全盛时期。

除了短篇小说之外，莫泊桑还创作了6部长篇小说:《一生》(1883)、《漂亮朋友》(1885)、《温泉》(1886)、《皮埃尔与若望》(1888)、《如死一般强》(1889)和《我们的心》(1890)。

《一生》写的是一个女人的一生。让娜的父亲为了使她永远纯洁，把她送到修道院里去生活了5年。她回到家里不久，就接受了彬彬有礼的于连子爵的求婚，可是婚后才发现丈夫极为粗鲁、吝啬和冷酷，与婚前判若两人。他在第一次到她家来的夜里，就占有了女仆罗莎丽，后来还和罗莎丽生了一个孩子。让娜的父亲只好给了这个女仆一个农庄，让她另外嫁了个丈夫。让娜在得知真相时想要自杀，但是自己又怀孕了。她生下了儿子保尔后，于连又与她的朋友伯爵夫人打得火热，结果被伯爵发现，他们幽会的小木屋被伯爵从山顶上推下来摔得粉碎。让娜把一生的希望寄托在保尔身上，可是保尔继承了父亲的恶习，吃喝嫖赌，弄得倾家荡产，剩给让娜的只是她的孙女，而孙女的母亲在生下孩子后就死去了。

小说通过对让娜的日常生活的描写，勾勒了她逐渐幻灭的一生。从丈夫到儿子，带给她的只是一次次越来越沉重的打击和绝望，命运终于把这个天真的少女改变成了一个万念俱灰的老妇，对她的父亲的幻想是一个尖锐的讽刺。

《漂亮朋友》是莫泊桑长篇小说的代表作。主人公杜洛阿是一个野心勃勃的小科员，从非洲服役回来以后当上了记者，不久就凭着圆滑的本性崭露头角。他靠着自己迷人的外表，勾引了一个又一个女人，她们的地位越来越高，使他也逐渐成了上流社会的名人。他为了向上爬不惜一切，竟然在勾引报社老板娘之后，又用卑劣手段迫使老板同意招他做女婿，并且升任总编辑。小说在婚礼中结束，这时的杜洛阿一边梦想成为议员，一边还在想与以前的情妇重叙旧情。

杜洛阿靠着勾引上流社会的妇女而飞黄腾达，而他的资本就是动人的外表，以及在殖民军里形成的卑劣无耻的习性。在巴黎恶浊的社会环境里，他从一个普通的恶棍变成了一个冒险家，这种刻画典型环境中的典型人物的手法，无疑接近于巴尔扎克的风格。小说通过杜洛阿的经历，暴露了巴黎上流社会的腐朽糜

---

① 《文学渴了——法朗士评论精选集》，第25页。

烂,特别是深刻地揭露了新闻界的黑暗内幕,因而是一部优秀的现实主义小说。

然而不容否认,莫泊桑在长篇小说方面的成就不如他的短篇小说。意大利小说家莫拉维亚(1907—1990)认为《漂亮朋友》"与其说是货真价实的长篇小说,倒更给人以膨胀了的、扩展了的和加水稀释的短篇小说的印象。这犹如当代画家的某些壁画,实际上只不过是把画架上的画幅加以过分的放大而已……莫泊桑则向我们展现了一系列互不关联的,仅仅由主人公的存在而连缀起来的画面"①。

米歇尔·莱蒙指出,莫泊桑对巴尔扎克和福楼拜"这两位19世纪的大师一直保持着敬佩之情,因此他得以免于自然主义的某些过火之处"。"从写《羊脂球》起,他就坚定地走一条现实主义的道路。他从接近的活生生的现实生活中觅取他故事的主题和细节,注重的是'平凡的真实',这后来构成了他主要的美学原则。"②实际上,莫泊桑钦佩左拉,正如他钦佩雨果一样,是尊重他们的艺术才华,而不是把他们当作文学流派的领袖。他在致友人的信中说过心里话:"我不相信浪漫主义,也不更相信自然主义和现实主义。我认为这些字眼儿毫无意义,只在性情相对立的人争论的时候才有用。"③因为莫泊桑创作的真谛在于观察,他注重的是进行观察的才能,而不是某个流派。

总起来说,在莫泊桑的一些为数很少的小说或段落里,或许包含着可以称之为自然主义的趣味或倾向,但也从来没有露骨庸俗的细节描绘,与通常的色情小说是不能混为一谈的。因此莫泊桑虽然是自然主义文学流派的重要成员,但是他注重观察,从现实生活中吸取和提炼素材。我们完全有理由认为他是一位杰出的现实主义小说家。

---

① 莫拉维亚:《短篇小说与长篇小说》,吕同六译,载钱善行主编《小说的艺术》,第208页。

② 米歇尔·莱蒙:《法国现代小说史》,徐知免、杨剑译,第179页。

③ 郭宏安:《莫泊桑:在福楼拜与左拉之间》,载林建华《莫泊桑短篇小说研究》,广西师范大学出版社,1995年,代序第4页。

第三编　小说的演变和创新

——20 世纪以来的小说

概　　述

19 世纪和 20 世纪之交，西方资本主义国家先后进入帝国主义阶段。法国作为列强之一，不仅参与了八国联军攻占北京等侵略行径，而且与英国、德国等为瓜分世界不断发生利害冲突，列强之间的矛盾愈演愈烈，使世纪之交硝烟弥漫、战火连绵，最后导致了第一次世界大战。与此同时，法国的科学技术在这一时期得到了迅速的发展，电力和蒸汽机得到了普遍的应用，从而使钢铁、铁路、纺织等工业部门取得了巨大的进步，农业开始实行机械化，银行、交易所等金融机构与商业也大为繁荣。1889 年落成的埃菲尔铁塔，1889 年和 1900 年的巴黎世界博览会，以及开始兴建的地下铁道等，都标志着法国已具有世界强国的地位。

德雷福斯事件对 20 世纪的小说产生了重要的影响。因为在法国的历史上，正是这一事件第一次把作家们分成了截然对立的两大阵营：德雷福斯派坚持正义，要求平反冤案；反德雷福斯派则认为国家和军队是神圣的、不容怀疑的。两派的争论已经超出了司法的范围，中心问题是知识分子是否有权利以真理和正义的名义来怀疑国家和军队。他们的斗争对文学的影响表现在以下几个方面：

首先是作家们的政治意识大为增强。19 世纪的作家队伍由于报刊业的发达而人数大增，加上世纪末共和制度下自由的政治气氛，极大地增强了作家们介入政治的集体意识，促使他们投身到德雷福斯事件的斗争中去。因此在回顾这一事件的时候，最值得注意的倒不是某个作家的具体立场，而是作家们集体介入政治的热情，因为它不仅促使法朗士、巴雷斯等许多小说家走上了各自的政治道路，而且形成了作家干预政治的可贵传统，在反法西斯等伟大斗争中被作家们加以继承和发展。

其次是对小说本身的影响。德雷福斯派组成的“人权团”有 8000 人，其中左拉和法朗士等都写过反映德雷福斯事件的小说。但实际上反德雷福斯派的势力更大，他们组成的“法兰西祖国团”有 10 万余人，其中包括法兰西学士院的 22 名院士、法兰西研究院的大部分成员，囊括了包括布尔热、洛蒂、凡尔纳等在内的绝大多数著名小说家。因此尽管德雷福斯是无罪的，德雷福斯派的立场是正确的，也不能简单地将反德雷福斯派一概斥之为保守反动。因为其中虽有莫拉斯那样一贯反对共和制度的右翼人物，但大部分作家在主观上都是出于爱国热情。例如巴雷斯在事件中采取了沙文主义和排犹的态度，然而他的基本立场是要唤起民族的魄力，所以他虽然是反德雷福斯派的重要人物，却在这一冤案平反后仍然具有极大的影响。

最后是作家们对这一事件的反应极为复杂。例如左拉虽然是德雷福斯派的领袖，他的弟子们却只有少数追随他，多数都成了他的反对派。又如罗曼·罗兰在他的名著《约翰·克利斯朵夫》里，既批评了德雷福斯派的左拉，也批评了反德雷福斯派的巴雷斯。德雷福斯派中还有一个值得注意的现象：除了左拉、法朗士等少数著名小说家以外，大多数人在当时还默默无闻，但不久以后就成了某个流派或某种风格的代表，例如普鲁斯特和纪德就是如此。因此似乎可以认为，德雷福斯派在向国家、军队、法律等传统价值表示怀疑的同时，也向传统的文学观念提出了挑战，从而对 20 世纪文学的多样化起到了重要的促进作用。

空前激烈的社会动荡和科学技术的巨大进步，既使现实主义小说保持着强大生命力，同时也导致了新的哲学思潮和现代派小说的产生。出版业的进步和繁荣，图书报刊的大量增加，外国小说的影响，都有力地推动了法国小说的发展和演变，因此世纪之交的小说异彩纷呈，标志着一个小说的新纪元已经到来。

德国哲学家尼采(1844—1900)是第一个非理性主义哲学家，他猛烈抨击基督教的教义，在《查拉图什特拉如是说》里宣称“上帝死了”，以此来摧毁一切建立在基督教信仰的基础之上的价值观念，他以优美的文笔宣扬“超人”哲学，对现代主义文学产生了深远而持久的影响。

法国哲学家柏格森(1859—1941)认为人类是一种持续的存在，只有在人类自身的意识中展现的时间才是真正的时间，这种时间是流动的，摆脱了理性活动的限制，人只有在这种时间里才有进行选择的自由意志，才能领悟自我的本质，创造性地表现人性。普鲁斯特的巨著《追忆似水年华》，其标题的意思就是追寻逝去的时光，实际上就是力图用持续时间来表现生命的永恒。这部作品虽然并不属于某个现代主义的小说流派，但是它的意识流的创作方法，却对整个 20 世纪的小说产生了极为重要和深远的影响。

奥地利医生弗洛伊德提出的精神分析学说，使人类发现了一向被忽视的潜意识领域，以及人要靠理性来压抑欲望和感情的心理现实。他对心理结构的划分(本我、自我、超我)和对人的性本能的强调，为现代派小说提供了前所未有的丰富题材，使人们对潜意识、心灵学和神秘现象的兴趣大为增强，甚至导致了法国神学思潮的出现，从而为现代派小说的兴起开辟了道路。

萨特利用小说来宣扬他的无神论存在主义哲学，不仅使存在主义哲学在世界上得到空前的传播，而且对小说本身也产生了直接和深刻的影响，使存在主义小说成为现代派小说中的一个承前启后的重要流派。

俄国十月革命的胜利，以及苏联成立后文化政策的演变，极大地影响了法国小说的发展过程。今天或多或少已经被人遗忘的民众主义小说和无产阶级小说，在 20 世纪二三十年代却是令人瞩目和引起激烈争议的文化现象。有趣的是，这两个小说流派就像后来萨特的存在主义小说一样，同时受到左翼和右翼势力的抨击，因而在小说发展史上几乎未能占据一席之地。不过归根结底，在超现实主义异军突起的情况下，它们毕竟是现实主义小说进行的一次抵制和反击。

两次世界大战是 20 世纪上半叶最重大的事件，这个时期最主要的作品当然就是战争小说。这些小说虽然不属于某个具体的流派，但是无疑都属于现实主义小说的范畴，而且是其中最优秀的部分。在获得诺贝尔文学奖的作家当中，罗曼·罗兰是以反战著称的人道主义作家，马丁·杜加尔则是由于写作了反战小说《蒂博一家》而获奖的。加上巴比塞、马尔罗等获得龚古尔奖或者没有获奖的战争小说，这类优秀的现实主义小说就更是不胜枚举了。战争小说丰富多彩、影响深远，它们是一幅幅悲壮和崇高的时代画卷，具有深刻的现实意义和深远的历史意义，是 20 世纪现实主义小说中最重要的组成部分。

20 世纪 50 年代以后，冷战的残酷现实沉重地打击了作家们的人道主义信仰，使他们失去了用鸿篇巨制来反映历史演变的雄心，于是导致了长河小说的衰落。例如阿拉贡的《共产党员们》写不下去，萨特的《自由之路》不了了之，马丁·杜加尔苦思多年仍未能完成他的《穆莫尔上校的回忆》。以革命小说家著称的马尔罗，战后也不再创作小说，而是到戴高乐政府里去当了部长。由此形成了现代主义的相对优势，20 世纪下半叶获得诺贝尔文学奖的加缪(1957)、萨特(1964)和西蒙(1985)都是现代派小说家。

但即使是现代派小说，其中也包含着现实主义的成分。许多现代派小说家都参加过战争和抵抗运动，萨特和加缪在抵抗运动中所写的小说，虽然采用了寓意的形式，是在宣扬存在主义的哲学思想，但它们是为反法西斯斗争的现实服务的，西蒙的《弗兰德公路》更是反映“二战”的著名小说。它们无疑都属于战争小说的范畴，当然也具有强烈的现实主义色彩。

从超现实主义小说到新小说，现代派小说注重描写人的意识和潜意识，不再重视描写外部环境和反映社会现实。然而现代派作家们虽然往往宣称反对现实主义，但他们的作品却并不一定完全符合他们的宣言。例如以描绘世界的荒诞为宗旨的新小说派，他们反对像巴尔扎克那样描绘社会环境，可是他们自己对物的描写却烦琐至极，实际上是把左拉主张的自然科学式的精确描写发展到了极端的程度。新小说派的领袖罗伯-格里耶声称自己追求的是一种“新的现实主义”[①]，他的说法不无道理。因为经过作家理性思考的世界不再是世界的本来面目，所以要表现荒诞的世界，就不应该采用理性的写作方法，而是应该用荒诞的手法来表现荒诞的世界，才能真正达到形式和内容的统一。

---

① 罗伯-格里耶:《为了一种新小说》，余中先译，湖南美术出版社，2001 年，第 78 页。

新小说在表现世界和人生的荒诞，以及革新文学的创作手法方面做出了重要的贡献，但同时也使大众本来喜爱的小说变得味同嚼蜡，所以只能轰动一时，却无法赢得大量的读者和观众。正因为如此，在20世纪70年代才出现了莫迪亚诺、勒克雷齐奥、佩雷克和图尼埃这样一批新型的作家，他们的特点是采用现代派文学的一些手法来反映社会现实。莫迪亚诺以第二次世界大战为背景，描写的是自己未曾经历过的回忆；勒克雷齐奥以寓言式的手法，表现现代人对都市生活的厌恶和对大自然的向往；佩雷克则是运用魔术般的语言技巧，来批判当代西方的工业化社会。他们的作品，实际上都是对新小说的反拨。

这几位小说家在20世纪70年代崛起于法国文坛并非偶然，他们的小说既不是已成强弩之末的现代派小说的延续，也不是对传统现实主义的回归，而是现实主义和现代主义相互影响和交融的结果。其实在他们之前的不少作家已经出现了这种倾向，例如弗朗索瓦·莫里亚克的小说，既以现实主义的创作方法揭露资产阶级的虚伪和贪婪，又以现代主义的艺术手段探索人的内心的隐秘；热内虽然是荒诞派戏剧的代表作家，但是他的剧作语言简洁明晰，具有古典主义的风格；杜拉斯因其独特的文体而一度被认为是新小说派作家，而小说的内容却反映了印度半岛的现实等。

新小说由于读起来枯燥无味，不可能长期引起人们的兴趣，随着长河小说与现代派小说的衰落，各种通俗小说、历史小说、传记小说、侦探小说就繁荣起来。长篇小说的篇幅越来越短，内容也越来越通俗化，总之在经过现代主义的兴衰之后，小说终于又恢复了讲故事的功能。

大众传播媒介的迅猛发展，也对小说的形式和内容产生了巨大的影响。小说是历史悠久的语言艺术，电影则是现代崛起的综合艺术，两者都是通过塑造形象来反映社会生活，表现作者的思想感情，所以电影从诞生以来就与小说结下了不解之缘。电影以及后来电视的普及，对小说的繁荣产生了深远的影响。电影编剧们把小说当作取之不尽的创作源泉，反过来又以影片促进了小说的畅销，为作家赢得大量的读者，因此把小说特别是名著搬上银幕，已经成为一种文化传统。

电影与小说之间的关系在当代日益密切，它们彼此交融、相互影响，影片中采用了许多新的文学手法，小说里也出现了电影镜头式的描绘。20世纪60年代以后，法国出现了一批小说与电影的两栖作家，这方面最有成就的是罗伯-格里耶和杜拉斯。在他们的影响下，当代年轻小说家涉足影坛已经成为一种趋势。

连环画也促进了小说的发展。连环画的源头是中世纪的画书，画书使故事变成了小说，而连环画则使小说大为普及，正如日内瓦人罗多尔夫·托普菲(1799—1846)指出的那样："没有说明文字的图画含义不明，没有图画的说明文字毫无意义，两者合在一起便形成了一种小说，但是又不像一部小说或别的什么，因而更为新颖独特。”[①]连环画的鼻祖是美国人利查德·奥特科尔特(1863—1928)，他在《纽约世界报》工作时，于 1896 年 10 月发表了连环画《黄娃》，使这个秃头大耳朵、穿着黄睡衣的小男孩成了家喻户晓的人物。

在 20 世纪上半叶，连环画创造了大力水手、人猿泰山、丁丁、米老鼠和蓝精灵等动人形象。它一向是以儿童为对象的。随着时间的推移，连环画的读者不再仅限于儿童，而是越来越受到成年人的喜爱。尤其是电视出现之后，连环画就和电视结合起来被制作成动画片，由此出现了超人、宇宙英雄巴特曼和外星人等形象。

连环画把图像和文字有机结合起来，是小说创作的一种重要手段。超现实主义者在作品中加入插图，新小说派作家对编排式样的革新，其实都是在进行这方面的尝试。在小说通俗化的潮流中，图文并茂的书籍更受欢迎就是明证。今天无处不在的电脑动画，正是连环画不断发展的结果。然而连环画继承了中世纪的骑士小说和市民小说的传统，具有神话般的色彩，现代的工业化却毁掉了产生各种冒险和奇遇的森林，代之以鳞次栉比的城市，作家们也接触不到愿意和连环画的主角一起欢笑哭泣的大众了，因此现在的电脑动画虽然紧张刺激，却已经失去了昔日淳朴自然的魅力。

还应该提到的是，各种文学奖的设立，对于文学特别是小说的发展也起到了巨大的促进作用。法国的文学奖不胜枚举，但最重要的有 6 项，按创立时间为序，依次是龚古尔奖(1903)、费米娜奖(1904)、法兰西学士院小说大奖(1914)、勒诺多奖(1926)、联合文学奖(1930)和梅迪希斯奖(1930)。这些文学奖都是奖励小说的，获奖者或是得到相应的报酬，或是可以增加作品的销量。由于它们的颁奖时间都在 11 月份，正是暑假以后开学不久，所以每年这时都会掀起一个出版和购买小说的热潮。

归根结底，世界是否荒诞是哲学家们思考的事情，大众想要的只是阅读的乐趣，而随着生活节奏的加快，新颖快捷的娱乐形式也越来越多。在电视、录像、体育竞赛、休闲旅游等种种消遣方式的包围中，只有特别有趣的小说才会引起读者的兴趣，这就是小说在世纪末走向通俗化和畅销书不断出现的原因。通俗小说属于传统小说和现实主义小说的范畴，当然在新的历史条件下也在不断变化和发展。例如结合当代的高科技知识，想象更加大胆，科幻与侦探等不同体裁相互交融，篇幅更加简短，更多地采用价格低廉和携带方便的袖珍本，等等，从而始终确保拥有最广泛的读者。

在通俗小说复兴的潮流中，特别需要指出的是以第二次世界大战为题材的小说至今仍长盛不衰，不断涌现出题材新颖、形式多样的佳作，表明传统的现实

① 《连环画 100 岁》，法国《读书》杂志第 242 期(1996 年 2 月)。

主义小说依然绵延不绝，而那些流亡法国的作家所描写的严酷现实，也无疑为法国小说注入了新的活力。

综上所述，可见现代派小说在20世纪风行之后，最终还是归于衰落。而现实主义小说不但没有衰落和消亡，反而从现代派小说里汲取了一些观念和手法，因而在21世纪里发展得更加繁荣和丰富多彩。

第十章　世纪之交的小说

20 世纪是现实主义和现代主义并存的世纪。现实主义小说源远流长，具有强大的生命力。它在 19 世纪以巴尔扎克的《人间喜剧》为代表，达到了前所未有的高峰。但是在 20 世纪，它在艺术手法上没有出现重大的革新，因此不像现代主义流派那样大起大落、花样翻新而令人注目。但尽管如此，在世纪之交和 20 世纪上半叶，现实主义小说依然充满活力，在小说领域里占有主导的地位。

第一节　法朗士

法朗士是世纪之交重要的现实主义作家，是维系从左拉到罗曼·罗兰的法国民主主义传统的纽带，法国现代进步文学的开拓者。他在长达 60 年之久的创作生涯中，共出版了近 40 卷小说、诗歌、评论、政论、戏剧和回忆录，并且把自己的创作和斗争汇入了社会主义的时代潮流，在当时的法国和欧洲产生了很大的影响。

一　法朗士的生平

阿纳托尔·法朗士(1844—1924)原名阿纳托尔-弗朗索瓦·蒂波，生于巴黎一个书商家庭，从小就养成了读书的癖好。他的父亲经营有关法国大革命的书刊，对他后来形成厌恶暴力的人道主义思想很有影响。

法朗士中学毕业后就业无门，在一些出版社做点校对之类的工作，靠着自学积累了丰富的知识。后来当普鲁斯特问他为什么如此博学的时候，他幽默地答道："这非常简单，亲爱的马塞尔：我在您这样年纪时，没有您这样漂亮，不讨人喜欢，也不去社交界，就待在家里看书，不停地看书。"[①]

法朗士参加过帕尔纳斯派，他的诗作《金色诗篇》(1873)表达了对弱小动物的怜悯和对幸福的渴望，三幕诗剧《科林斯人的婚礼》(1876)把基督刻画成毁灭人间爱情的元凶，被认为是帕尔纳斯派的杰作，他因此被推荐到参议院图书馆去担任职员。1881 年，他发表小说《波纳尔的罪行》后一举成名，得以进入上流社

① 莫洛亚：《普鲁斯特传》，徐和瑾译，浙江文艺出版社，1998 年，第 65 页。

会，出入贵妇们的沙龙，由此结识了他的终身伴侣——热情博学的卡亚菲夫人。

法朗士长期得不到晋升，他把早年发表的诗歌《圣女苔依丝的传说》改写成小说《苔依丝》(1889)，又遭到教权主义者的攻击。他不仅耳闻目睹了巴拿马运河公司的丑闻[①]，而且发现一度追随的布朗热将军竟是个野心家。种种矛盾促使他对国家、军队、教会、家庭和道德等貌似神圣的一切产生了怀疑，出于对社会现实的不满，他辞去了图书馆的职务，走上了专业作家的道路，以辛辣的文笔写出了哲理小说《鹅掌女王烤肉店》(1892)，富于怀疑论色彩的哲理性随笔《伊壁鸠鲁的花园》(1894)，并于1896年当选为法兰西学士院院士。

德雷福斯事件爆发后，法朗士始终和左拉并肩战斗，他带头签署《知识分子请愿书》，在法庭上为左拉辩护。左拉去世以后，他在悼词中对左拉的一生予以高度评价。此后他继续斗争，直至1906年德雷福斯被彻底平反。在长达10年之久的斗争过程中，他在饶勒斯[②]的影响下信仰社会主义，接近无产阶级和劳动人民，支持国内外一切反对帝国主义和殖民主义的革命斗争，成为国内外著名的进步人士。在从事政治斗争的同时，他还出版了唯一的多卷本小说《现代史话》。

在20世纪的头几年里，法朗士把他的创作和政治活动紧密地结合在一起。在国内，他为促成左翼联盟的执政不遗余力，为此发表长篇政论《教会与共和国》(1905)，为法国实现政教分离做出了重要贡献。在国际上，他在1905年担任了"俄国人民之友协会"主席，声援俄国人民的革命斗争，同时谴责殖民主义和种族主义的罪行，尤其可贵的是抨击了所谓的"黄祸"论，为中国人民仗义执言。

饶勒斯于1904年创办《人道报》，从创刊号开始就连载法朗士的小说《在白石上》。内容是几个在罗马休假的法国人的交谈，其中包括白种人奴役中国人和非洲人的种种阴谋，实际上是一本时事评论。它的主要意义在于明确无误地表明了法朗士的社会主义信仰，他甚至描绘了未来的欧洲联邦：在这个集体化的社会里，没有法院也没有战争，人们互称同志，各尽所能、按需分配，生产力高度发展，社会秩序一片和谐。

1906年，德雷福斯被彻底平反，以克雷孟梭[③]为首的左翼联盟上台执政。法朗士认为自己的理想终于实现了，于是开始写作准备了25年的历史巨著《圣女

---

① 1879年法国成立巴拿马运河公司，该公司贿赂政府要员，然后发行大量股票，聚集了15亿法郎的资金。1888年公司宣告破产，使几十万股票持有者蒙受重大损失。从此巴拿马这个名称就成为官商勾结行骗的代名词。

② 让·饶勒斯(1859—1914)，法国历史学家、哲学教授，法国社会党创立者。他多次当选为议员，经常发表鼓舞人心的演说，对法朗士影响很大。由于反对第一次世界大战，他在1914年7月31日被暴徒暗杀。

③ 乔治·克雷孟梭(1841—1929)，法国政治家，激进党领袖，曾两度担任总理职务。

贞德生平》(1908)。传说中的贞德[①]是在神的启示下走上战场的，具有浓厚的宗教色彩。法朗士用丰富的资料再现了当时的社会气氛，把她塑造成一个“人民的女儿”。他认为贞德听到的“启示”，乃是国王和军官们用来鼓动人民的手段，她实际上是按照军事专家们的意见来指挥战斗的。法朗士对贞德的行为做出了合理的解释，抹去了宗教传说加在她头上的灵光。

《圣女贞德生平》出版后遭到普遍的非议，因为天主教徒们从中看不到上帝对贞德的启示，自由思想家们又只看到她在为国王效劳，所以他们全都指责他把贞德变成了一个幻影，拒绝承认他是历史学家。更使法朗士失望的是，他支持的克雷孟梭上台后竟镇压工人的罢工，被称为“老虎总理”，不但成了饶勒斯的敌人，而且导致了左翼联盟的解体，从而彻底粉碎了法朗士的美妙梦想。

1908 年 4 月 16 日，法朗士在题为《先贤祠里的左拉》的文章中指出：“冷漠与厌倦已经征服了知识分子，他们曾普遍地投入到事件的旋涡中去……用瑰丽的幻想来自我安慰，现在却感到了残酷的失望……幻想家和思想家们希望德雷福斯事件能导致美好的社会复兴，这是过于乐观了。他们的梦想是美丽的，他们的觉悟是痛苦的。”[②]

法朗士在精神上深受打击，十分悲观。他尽管仍然信仰社会主义，甚至打算写一部社会主义的小说《维克多·曼维埃尔》，让主人公最后接受马克思主义，但终因出于对现实的失望而未能完成。作为一个人道主义作家，他只能把满腔的愤怒化为尖刻的讽刺，在幻想中用犀利的笔锋来扫除人间的不平。这是他创作道路上的又一个转折点，他开始运用幻想小说的体裁来批判现实，不久就出版了《企鹅岛》(1908)，后来又出版了另一部幻想小说《天使的叛变》(1914)。

第一次世界大战爆发的前夜，饶勒斯因呼吁反战而被暗杀，法朗士一度惊慌失措。在十月革命胜利的鼓舞下，他全力支持苏维埃政权，带头签名抗议帝国主义国家对苏联的封锁，并且表示了对马克思的敬仰。1920 年 12 月，法国统一社会党在图尔大会上发生分裂，他对新诞生的法国共产党十分同情。1921 年 1 月 11 日，《人道报》报道了他为党捐款的消息，并认为这是他加入法共的实际行动，他并未否认。他于同年获诺贝尔文学奖，在受奖演说中揭露《凡尔赛和约》“不是一个和约，而是战争的延续”，显示了不向反动势力妥协的崇高气节。

---

① 贞德(约 1412—1431)，法国历史上的女民族英雄。英法百年战争期间，英军围困巴黎南部的奥尔良城，她说服国王查理委派自己为总指挥，率军击退了英军，被人民称为“奥尔良女郎”。她使查理登上了王位，称查理七世，自己却在巴黎城下战败后落入敌手，被教会法庭以异端和女巫罪处以死刑，1431 年 5 月 30 日被烧死在鲁昂的火刑柱上，后来在 1456 年被正式恢复名誉，至 1920 年被封为圣女。

② 克洛德·阿维林：《走向美好时代的阿纳托尔·法朗士，社会活动三十年》第 2 卷，埃米尔·保尔出版社，1949 年，第 259 页。

法朗士未能实现自己的人道主义理想，大战的灾难又加速了他的绝望，所以在最后的10年里，他只发表了两部回忆录《小皮埃尔》(1919)和《如花之年》(1922)。《如花之年》的后记是用这样一句话来结束的："我只能说我是真诚的。我再说一遍：我热爱真理，我相信人类需要真理。但是毫无疑问，人类更需要谎言，因为谎言能欺骗和安慰他，给他以无限的希望。如果没有谎言，人类就会在绝望和厌倦中灭亡。"这句发自肺腑的话是法朗士全部思想和作品的总结，包含着他一生的坎坷与辛酸，既是对充满谎言的旧世界的鞭笞和控诉，也表达了他对真理的孜孜不倦的追求。

1924年10月12日，法朗士在巴黎去世，法国政府和人民为他举行了隆重的国葬。

二　法朗士的小说

法朗士是以长篇小说著称的现实主义作家，但也写了不少短篇小说。《巴尔塔萨尔》《珍珠盒》等短篇小说集中有不少属于宗教题材，例如《教士的木樨草》写修行的教士回避一切声色，只种了几株木樨草，但还是抵挡不住它的香气的诱惑；《丽丽特的女儿》说亚当有两个妻子，第一个是丽丽特，第二个才是夏娃；《幽灵的弥撒》写死者还想获得他们生前的爱情；等等。这些作品配合了当时法国争取政教分离的斗争，对基督教进行了尖锐的讽刺和嘲笑。此外还有取材于民间传说的《蓝胡子和他的七个妻子》，把传说中的杀妻魔鬼蓝胡子改写成一个善良的老实人。法朗士影响最大的短篇小说是《克兰比尔事件》(1901)，主人公克兰比尔是个卖菜老人，一天他卖了菜等着收钱，有个警察却说他阻碍交通，还硬说他骂人，以妨碍公务罪把他带上了法庭。法官只用6分钟就审讯完毕，判处他罚款50法郎，监禁15天。医生马蒂厄虽然是现场的目击者，证明克兰比尔没有骂人，但是不起作用，因为警察就是军队，而军队是不可侵犯的。克兰比尔出狱后备受歧视，穷困潦倒，借酒浇愁，最后被赶出了栖身的阁楼，在寒冷的冬夜里无家可归，消失在茫茫的黑暗里。小说通过克兰比尔的不幸遭遇，深刻地揭露了社会的黑暗和司法的腐败，实际上就是德雷福斯事件的缩影，因此出版后很快就被译成了许多种语言。

法朗士的长篇小说包括历史小说、幻想小说和现实主义小说等多种类型，主要有以下一些作品。

《波纳尔的罪行》(1881)分为两个部分。第一部分《圣诞柴》写戈格斯夫人分娩不久失去了丈夫，家境困难，在寒冷的冬季，楼下的老学者波纳尔给她送去了一些劈柴，其中有一块圣诞柴，后来她就不知去向了。多年以后，波纳尔到西西里岛去寻找一份《金色传说》的手稿，途中结识了俄国的特雷波夫亲王夫妇。他后来得知手稿正在巴黎拍卖，自己却因缺钱而苦恼不已。这时有个男孩给他送来了一个盒子，里面是亲王夫人送给他的一块由名师雕刻的圣诞柴，还有他40年来梦寐以求的手稿，原来王妃就是当年的戈格斯夫人。

第二部分《让娜·亚历山大》的主人公也是波纳尔，他年轻时爱着克雷蒙蒂娜，由于双方家长的政见不同而未能成婚，女友被父亲嫁给了一个富裕的农民。数十年之后，波纳尔到朋友家里去研究手稿，偶然发现让娜正是克雷蒙蒂娜的外孙女，她失去了所有的亲人，被监护人逼着在学校里做繁重的工作。波纳尔决心担负起“外祖父”的责任，冒着拐带幼女的罪名把她救出了虎口。让娜长大后与波纳尔的学生格里斯相爱，波纳尔决定卖掉全部藏书为她办嫁妆，但是有几份最珍贵的手稿实在难以割舍，他又在一天夜里去把它们从书堆里“偷”了出来，这就是善良的老学者唯一的“罪行”。

小说塑造了老学者波纳尔的感人形象，他是个心地善良、学问渊博，对社会现实却茫然无知的老学究。他多年前做的一件好事得到了出乎意料的回报，而他对昔日爱情的怀念竟使他成功地搭救了让娜。他自己通过接触社会也变得热爱生活，写出了关于鲜花和昆虫的著作。这两个故事是对人性的善和美的动人赞歌，洋溢着浓郁的人道主义气息，反映了法朗士当时向往美好生活的乐观恬静的心境。

《苔依丝》(1889)是一个修道士感化妓女的故事。古代埃及尼罗河畔的沙漠里有许多修道士，贵族子弟巴福尼斯也在牧师的感召下皈依了基督教，放弃家产来到这里苦修了10年。有一天他忽然想起从前在亚历山大剧场里，曾经见过美貌放荡的女演员苔依丝，决心把她从罪恶的深渊中拯救出来，于是昼夜兼程来到亚历山大城。苔依丝当时过着纸醉金迷的生活，得不到真正的爱情和幸福，由于无聊和空虚而常常回忆起悲惨的童年，感到世上只有穷人才善良，只有清贫的生活里才有安宁。巴福尼斯乘机说服她把珍宝付之一炬，然后把她送进了女修道院，过着只有面包、水和一支三孔笛的生活。

巴福尼斯回到沙漠之后，无论是读《圣经》还是做祈祷都不得安宁，时时都感觉到魔鬼的诱惑。他曾爬到石柱顶上待了一年多，因日晒雨淋而皮肤溃烂，也曾钻入阴森的古墓与蛇蝎为伍，却总是摆脱不了苔依丝的形象；他终于不得不承认是爱上了她。当苔依丝病危的消息传来时，他感到无比的悔恨和绝望，拼命赶到女修道院，声嘶力竭地向奄奄一息的苔依丝喊道：“我爱你，你不要死！我的苔依丝，我欺骗了你。我是一个可怜的疯子。上帝、天堂都算不了什么，只有人间的生活和爱情才是真的，让我们相爱吧！”

巴福尼斯是个狂热的基督教徒，他用苦行来压制卑鄙的邪念，以神圣的外表来掩饰丑恶的灵魂，指望以暂时的牺牲来换取永远的满足。“如果不是为了天堂的极乐，那我马上就回到尘世去，像有钱人那样拼命享受。”一旦幻梦破灭，他就像输光老本的赌徒那样露出了邪恶的本性。他的悔恨并非因为他爱上了苔依丝，而是要追回过去未曾享受的一切，是出于对尘世欢乐的嫉妒而进行的绝望挣扎。

法朗士以渊博的历史和宗教知识，栩栩如生地再现了古代埃及五光十色的风貌，使世俗生活的欢乐与修道士们的愚蠢形成了鲜明的对照：苔依丝放荡一生之后升入了天堂，巴福尼斯苦修一世却堕入了地狱。法朗士深刻地揭露了信仰狂们的卑劣和虚伪，无情地嘲弄了他们的苦行和忏悔，因此激起了教权主义者的狂怒和攻击，然而这恰恰证明了《苔依丝》是一部反对教权主义的杰作。

《鹅掌女王烤肉店》(1892)是一部哲理小说，类似于伏尔泰的《天真汉》。它借用 18 世纪的故事做框架，以烤肉店主的儿子雅克·烤肉钎回忆老师瓜纳尔长老的方式，辛辣地讽刺了当时的社会现实。瓜纳尔长老学问渊博，喜欢酒色，进过监狱，后来碰巧成了烤肉钎的老师。哲学家达斯塔拉克是个狂热的炼金术士，坚信火里有一种名为蝾螈的女精灵，会给人带来美妙的爱情。他正和犹太老人莫萨伊德合作，企图发现控制大自然的奥秘。他请长老和烤肉钎为他翻译古代文献，烤肉钎在按他的吩咐等待蝾螈的时候，遇见了莫萨伊德的侄女雅爱尔，两人产生了热烈的爱情。后来烤肉钎把参与斗殴的贵族唐克蒂尔藏在自己房间里，不料雅爱尔却和这个贵族私奔了，于是长老和烤肉钎也尾随而去。莫萨伊德其实霸占着雅爱尔，他错把长老当成情敌，在去里昂的路上刺死了长老。烤肉钎伤心地回到家里，成了一个本分的书商。达斯塔拉克的试验终于酿成火灾，他在大火中死于非命，莫萨伊德从火中逃脱后，也掉进塞纳河里淹死了。

小说情节生动但不紧凑，主要是为瓜纳尔长老的议论做铺垫之用。他是个有血有肉、诚实可亲的人，酷爱读书，同时也喜欢金钱、美酒和女人。他主持正义，却也是打架和赌博耍赖的能手。他笃信上帝，但是在偷了东西或者斗殴之后，总能从圣人的格言里找到自我安慰的依据。他谈吐高雅却放荡不羁，随时随地都能发表一通不无道理却又令人难堪的妙论。在他看来没有什么神圣的东西，因为“人都是自私、怯懦、放荡的”，“很难不犯罪”，而比起“骗子、流氓和一切坏蛋”来，“可敬的人物使人更不高兴”。总之人类一切活动的中心是“饥饿和爱情”。他的这些议论看似荒诞不经，其实是如实说出了生活的真相和人的本性，因而令人感到分外亲切和痛快淋漓。

《现代史话》是法朗士唯一的多卷本小说。《路旁榆树》(1897)抨击教权主义者，揭露教会内部争权夺利、钩心斗角的黑幕；《柳条模型》(1897)写贝日莱先生也就是法朗士本人夫妻反目的家庭生活；《红宝石戒指》(1899)写当时的德雷福斯事件，同情因主张正义而陷于孤立的贝日莱先生，谴责了鼓吹民族主义的公爵、将军、神甫，直至狂热无知的民众，从而积极地配合了现实的政治斗争；《贝日莱先生在巴黎》(1901)写贝日莱被调到巴黎当教授后的感想，他十分孤独，只能向他的小狗利盖大发议论。贝日莱先生的形象在当时的法国家喻户晓，实际上就是法朗士本人的写照。

《现代史话》总的来说结构松散、议论过多，而且这些议论也不像罗曼·罗兰的《约翰·克利斯朵夫》那样充满激情，而是为配合政治斗争而创作的，所以它作为小说并不成功。它的价值在于真实地记录了19世纪末法国社会的动荡生活，体现了法朗士本人的思想轨迹，反映了他从反对教权主义、不满社会现实发展到信仰社会主义，同情和支持劳动人民的历程。它虽然由于时过境迁而失去了重要的现实意义，但在法国现代文学史上却依然是一部不可忽视的作品。

幻想小说《企鹅岛》描写圣人马埃尔乘坐魔鬼帮他造的小船，飘流到冰洋彼岸的阿尔加岛，为岛上的无数企鹅举行了洗礼，把它们变化为人，还把阿尔加岛带到了不列颠海岸。企鹅人穿上衣服后就互相斗殴，争夺耕地，产生了贫富对立的土地私有制，建立了特拉哥王朝。历代国王都很好战，他们与鼠海豚人进行了百年战争，使一切艺术荡然无存。有个博学的僧侣用了30年的时间寻找和抄写古代希腊和拉丁文的手稿，进行宗教改革，引起了宗教战争。经过两个古典主义的世纪之后，国王被处死，共和国在混乱中诞生。僧侣和贵族图谋复辟，硬说犹太人比洛偷了8万捆干草，以此打击整个犹太阶层，只有作家克路朋主持正义，认为比洛无罪，最后真相大白。

企鹅国成了一个繁荣的工业国，富人贪得无厌，劳动者一无所有，饥饿和瘟疫夺去了无数人的生命。无政府主义者的破坏行动日益频繁，爆炸事件屡见不鲜，工商业逐渐衰落，城市凋敝、田园荒芜，企鹅国成了一片不毛之地。无数个世纪之后，覆盖着城市废墟的山冈上又出现了猎人和牧人，农民开始耕地，村子里堆满了财富，村庄又变成了城市，国家在疯狂地发展。

显而易见，法朗士是在用企鹅人的国家来比喻法国。他从第一个王朝、百年战争、文艺复兴，一直写到当代的德雷福斯事件和克雷孟梭政府，无情地嘲笑了法国的历史、宗教和传统。小说的结尾是村庄又变成了城市，人类历史又开始了新的循环。小说的片段在《纽约先驱报》上刊载时，标题就是“没有尽头的历史”，反映了法朗士在理想破灭之后，对人类前途的怀疑和失望。

《天使的叛变》是法朗士的最后一部长篇小说。它借用关于天使的传说做题材，叙述不少天使出于对上帝的不满来到人间，大天使齐塔成了俄国的无政府主义者，爱财如命的索法尔成了巴黎的金融家。魔王撒旦的军队被天主击败，失败的天使就去帮助人类获得文明。耶和华欺骗人类，说他们犯了原罪，是他把儿子派到世界上来为人类赎罪的。于是产生了基督教，教徒们到处纵火、战争不断，天主教会穷凶极恶地烧死异教徒。经过文艺复兴和宗教改革，爆发了大革命，10万天使在撒旦率领下打败了上帝的军队。

撒旦成为上帝之后，看到原来的上帝虽然被锁在地狱里，脸上却闪耀着智慧的光辉，不由得出了一身冷汗。他不想征服天国了，因为“战争孕育战争，而胜利孕育失败"，"战败的天主将变成撒旦，战胜的撒旦将变成天主"，既然上帝被打进了地狱，获胜的撒旦又成了新的上帝，那么改变世界又有什么用呢？这种循环论思想又一次反映了法朗士的悲观心情。

法朗士笔下的天使和人一样有七情六欲，有的善良，有的凶恶，有的爱财，有的好色，从而彻底粉碎了教会关于天使的神话。尤其使教会不能容忍的是他说上帝"不过是一个愚蠢而残忍的暴君"。所以《天使的叛变》虽然和《企鹅岛》一样讽刺了法国的历史和现实，但是对教会的鞭笞却更为彻底和深刻，因此罗马教廷在该书出版后就下令禁止天主教徒阅读。

法朗士在1912年还出版了他的名著《诸神渴了》，这是一部既对法国大革命感到失望，又对革命者深表同情的作品。小说展现了法国大革命失败前后动荡不安的形势：1793年下半年，雅各宾党人上台执政，当时法国四面受敌，人民生活困苦。主人公埃瓦里斯特·加默兰是一个富有同情心的正直画家，也是个热情的爱国者。只因为妹妹朱丽亚跟一个英国移民私奔了，他要照料母亲才没有参加义勇军，后来由于偶然的机会当上了革命法庭的陪审员。

加默兰起初注重证据，不轻易判人死刑。然而随着法军的失利和形势的恶化，审判也越来越草率和严厉。他每天参与处死很多人，变得冷酷无情。他的妹夫无辜被捕，朱丽亚向他求救，他却毫无怜悯之心，使得她在向法官求情时遭到污辱，以至于他在母亲和妹妹的眼里成了杀人的魔鬼。1794年6月，国民议会颁布新的法令，无须证人和审问即可将犯人处死，恐怖气氛大为加剧。加默兰一次将数十人送上断头台，深受良心的折磨，但他依然自认为是一个爱国者。最后雅各宾派垮台，他和罗伯斯比尔一起被处死，他的情人随即投入了别人的怀抱。

小说描写了雅各宾派的恐怖专政及其失败，因此引起了许多争议。实际上法朗士不是反对雅各宾派的恐怖手段，更不是嘲笑它的失败，而是"他看出雅各宾党人的社会目标中有着一种不可调和的矛盾性：他们之间最好的战士如此英勇、不怕牺牲地去争取'自由、平等和博爱'，只要资本主义经济基础毫不动摇，就会增加解放了的劳动人民的苦难"①。他反对把真正的叛徒与被诬陷的好人同样处死的所谓"平等原则"，指出宗教式的狂热和偶像崇拜必然会使革命走向失败，希望人民能从失败中吸取沉痛的教训。因此尽管"诸神渴了"的含义是嗜血，是用人血做祭品，暗示在大革命中有许多人无辜被害，但是小说里流露出来的却是一个人道主义者对大革命的强烈同情。

法朗士认为人类应该把宽容和仁慈作为自己的准则，正是出于这种人道主义的善良心愿，他才能在法国大革命过去一个多世纪之后，比较客观地总结用鲜血换来的辛酸的真理，使《诸神渴了》成为反映法国大革命的一部杰作，至今仍未

---

① 《卢卡契文学论文集》第1卷，第93页。

失去它的现实意义。

法朗士热爱生活，爱情自然是他作品中一个最重要的主题。从少年时的单恋到晚年的艳遇，他尝尽了爱的滋味，而从妓女到荡妇，从女演员到贵妇，他的作品也没有一部不写到爱情。《红百合花》(1894)是他在和卡亚菲夫人热恋之后创作的。女主人公泰蕾丝夫人是金融家的女儿，嫁给了一个贵族，但是丈夫野心勃勃，想的只是如何飞黄腾达，她因此备感孤独，只能靠情人勒梅尼尔来弥补生活的空虚，然而对情人却没有强烈的激情。直到遇见性格粗暴的画家德夏特尔之后，她一向被压抑的爱情才被唤醒和爆发出来，使她不顾一切地去追求自己的幸福。勒梅尼尔不甘心失去她，丈夫所在的上流社会也需要她装点门面，而德夏特尔又生性善妒，由此引出了一连串扣人心弦又令人心碎的爱情纠葛。越来越严重的误会终于变成了不可逾越的障碍，泰蕾丝最终只能与德夏特尔悲惨地分手。

《红百合花》淋漓尽致地描绘了爱情的欢乐和痛苦，以及嫉妒对爱情的伤害。他的另一部爱情小说《滑稽故事》(1903)也写了一个女演员和两个男人之间的悲剧，这些都充分表明他在追求欢乐的同时，内心对人性已经形成了否定的看法，认为人性的自私和背信弃义必然会破坏美好的一切，包括爱情。这与他同期创作的《鹅掌女王烤肉店》等小说里流露的思想是完全一致的。

法朗士继承了18世纪法国无神论者反对宗教的唯物主义传统，自称是百科全书派重要成员孔狄亚克的学生，他和狄德罗一样热爱科学，反对宗教和崇尚科学是他的小说的重要特征。他还善于学习民间口语，总是用最富特色的语言来刻画人物，是公认的语言大师。他的小说读起来总是明白生动、自然流畅，显示出古典主义语言明晰的特色。

法朗士具有无与伦比的讽刺天才，他认为“一个没有讽刺的世界就是一座没有鸟的森林”。在法国小说发展史上，拉伯雷、伏尔泰和法朗士是三位最杰出的讽刺作家，正是他们继承和发展了中世纪市民小说的传统。不过相比之下，法朗士更接近于伏尔泰的风格。他在改写基督教的传说的时候，往往像伏尔泰对待《圣经》那样反其意而用之，站在撒旦一边去反对上帝，而且都是信手拈来、风趣自然，在任何时候都不失其高雅的风度。他还善于把动人的故事和对现实的猛烈抨击巧妙地融为一体，以丰富美妙的想象来表现寓意深刻的哲理，使人们在优美的艺术享受中得到教益和鼓舞。正因为如此，法朗士才被认为是继伏尔泰之后最优秀的幽默大师，在法国小说史上占有重要的地位。

值得指出的是，除了在小说创作和政治活动方面的成就之外，法朗士还是法国现代著名的文学批评家，发表了约300篇对法国作家，特别是与他同时代的重要作家的评论。他虽然不是专门的批评家，却能以崇尚真善美的人道主义批评而自成一家。他的批评不受任何理论束缚，不拘泥于任何规则，而是凭自己的印象有感而发，灵活生动，因此或许可以归于印象主义批评的范畴。他的观点并非完全正确，例如他在出版帕尔纳斯派的文集时曾删去了马拉美和魏尔兰的诗作，他对左拉《土地》的猛烈抨击更是人所共知。然而他一旦认识到自己批评失当就会勇于改正。法朗士的评论是在可以对19世纪各种重要的文学思潮进行总结的时候发表的，具有对不同的文学观和批评观进行比较的能力，所以他的文艺评论是一份宝贵的文化遗产，其中许多观点至今仍然值得我们借鉴。

第二节　罗曼·罗兰

罗曼·罗兰是法国现代伟大的人道主义作家，他以自己反对战争的社会活动，和以《约翰·克利斯朵夫》为代表的杰出作品，继承和发展了雨果倡导的人道主义精神，在欧洲和全世界产生了深远的影响。

一　罗曼·罗兰的生平和作品

罗曼·罗兰(1866—1944)生于涅夫勒省的克拉姆西镇，从小在母亲的熏陶下养成了对音乐的爱好，1880年随父母迁居巴黎，在中学里醉心于托尔斯泰和雨果的作品，形成了主张非暴力的人道主义思想。1886年他考入巴黎高等师范学校，毕业后获得历史教师资格，赴罗马研究历史，并于1887年4月开始与他崇拜的托尔斯泰通信。1892年回国后，罗曼·罗兰在学校里教授音乐史，同时创作了《卡里古拉》《芒图之围》等几部历史剧，但未能上演。三部“信仰悲剧”即《圣路易》(1897)、《阿埃尔》(1898)和《理性的胜利》(1899)也受到冷遇。

德雷福斯事件爆发后，在人道主义思想的支配下，罗曼·罗兰没有投入这一事件的斗争中去，而是采取了虽然同情德雷福斯却置身于局外的立场。他在社会主义思潮的影响下参加“人民戏剧”运动，创作了一系列以法国大革命为题材的“革命剧”。《群狼》(1898)描写了被保王党围困在梅因兹城的共和派军队的内讧，以此来影射德雷福斯事件；《理性的胜利》写吉伦特派宁可死在雅各宾党人的手里也不接受保王党的援救，显示出对吉伦特派的同情和对雅各宾派的反感；《丹东》(1900)写的是这位革命领袖被逮捕和处死的过程，用他的话来表达罗曼·罗兰的博爱理想；《七月十四日》(1902)表现了巴黎人民攻占巴士底狱，推翻封建制度的斗争，剧中的革命英雄拉扎尔·奥什与《理性的胜利》中的亚当·吕克斯一样，都体现了人的价值，是罗兰讴歌的强者。

这些剧本反映了罗曼·罗兰厌恶暴力和实现全人类博爱的理想。它们具有史诗般的气息，但是在艺术上不大成功，因而很少上演。在创作戏剧的同时，罗曼·罗兰还在《戏剧评论》上发表了许多关于戏剧的评论，1903年结集出版，名为《人民戏剧》。

罗曼·罗兰认为世纪之交的欧洲腐败得令人窒息，需要自由的空气和呼吸英雄们的气息，因而是一个需要伟人的时代。于是开始为他崇拜的作家和艺术家写传记，其中主要有《贝多芬传》(1903)、《米开朗琪罗传》(1906)和《托尔斯泰传》(1911)。他的名人传记与众不同，我们固然可以从中看到名人的业绩，但更多地感受到的却是他们的内心，他们和常人一样的痛苦、挣扎和矛盾。

罗曼·罗兰认为人生是艰苦的，只有直面人生地与苦难搏斗，才能使人经受残酷命运的折磨，造就伟人的崇高品格。他景仰为了人类的幸福而奋斗终生的伟人，着重描绘他们的苦难和坎坷，赞美他们的高尚品格和在厄运中顽强奋斗的精神。但他认为伟人并非完人，所以能够如实地写出伟人们的痛苦和磨难、犹豫和彷徨，乃至他们的弱点和缺陷。从这个意义上来说，这几部名人传记是他一生的信仰和写作的基础，《约翰·克利斯朵夫》等其他作品，都是在这个基础之上的延伸和发扬。

许渊冲[①]先生在他编撰的《罗曼·罗兰精选集》的序言中指出："贝多芬通过痛苦，争取欢乐的一生，对后来的人具有典型的意义。"[②]他从更深的层次上分析了罗兰作品的意义：英雄不是为受难而吃苦，他们历尽艰辛是为了追求欢乐，痛苦只是手段，欢乐和美才是人生最高的目标。也许正因为如此，《约翰·克利斯朵夫》才会受到如此热烈的欢迎，成为不朽的名著。

从 1904 年起，在好友夏尔·贝玑[③]主编的《半月丛刊》上，罗曼·罗兰连载小说《约翰·克利斯朵夫》，每年汇成一卷出版，至 1912 年出齐。这部 10 卷本的巨著描绘了音乐家约翰·克利斯朵夫历经坎坷终于成名的一生，全书出版后荣获法兰西学士院小说大奖，使他从此成为职业作家。罗曼·罗兰在序言中说这部作品像一条长河，使小说发展史上从此有了长河小说这个名称。长河小说就是指通过某些人物或家庭反映某个历史时期的多卷本小说。

第一次世界大战爆发前夕，他在 1913 年春夏回到故乡克拉姆西镇小住，重新体验了古老的高卢乡村气息，一气呵成地创作了中篇小说《哥拉·布勒尼翁》，由于战争的原因推迟到 1919 年才出版。小说采用日记的形式，记叙了从 1616 年 2 月 4 日圣蜡节到 1617 年 1 月 6 日主显节期间的社会现实，塑造了木匠哥拉·布勒尼翁这个天性乐观的高卢人的形象。

在这个闭塞的外省地区，哥拉·布勒尼翁整天摆弄木头，刨光磨平，空下来就在小园子里翻翻土地，自得其乐。他会雕花，喜欢酒和女人，生于宗教战争的动乱时代，却以乐天主义的态度享受人生。他经历了种种不幸的遭遇，心上人莫

---

① 许渊冲(1921—)，江西南昌人，北京大学教授，翻译家。

② 许渊冲编选：《罗曼·罗兰精选集》，北京燕山出版社，2004 年，编选者序。

③ 夏尔·贝玑(1873—1914)，法国诗人、政论家，在德雷福斯事件中坚持伸张正义，他创办的《半月丛刊》是德雷福斯派作家的出版园地。1914 年大战爆发后，他入伍不久就在前线阵亡。

名其妙地被人夺走，婚后老婆吵闹难缠，儿子们长大后又钩心斗角，还面临战争、瘟疫、火灾，他却依然爽朗快活、俏皮幽默。他不会抽象的推理，但有他自己的哲学。例如在宗教战争期间，他认识到自己是夹在牧羊人和狼之间的羔羊。最后他组织平民起来反抗，因为“当你是个铁砧的时候要忍耐，而一旦成了铁锤，就狠狠地打吧”。

《哥拉·布勒尼翁》充分体现了法国民族文化的传统，反映了属于高卢精神的乐观的生活信念。从这个意义上来说，哥拉·布勒尼翁的性格与约翰·克利斯朵夫是一致的：他们都能清醒地面对痛苦和不幸，成为自己生活的主人。不过两部小说的风格截然不同，《哥拉·布勒尼翁》继承了拉伯雷的风格，充满了谚语格言、滑稽故事，以日常生活中的生动形象体现出崇高乐观的人道主义精神，与法朗士的《鹅掌女王烤肉店》如出一辙。它不仅在罗曼·罗兰的作品中独具一格，而且因为完稿和出版于第一次世界大战前后而具有特殊的意义。正如高尔基所说：“这是当代文明的一本最令人惊叹的书。需要有一颗善于创造奇迹的心，方能在经历了种种悲剧之后的法国，创造出这样一本朝气蓬勃的书——对自己的亲人法国人充满着毫不动摇和勇敢的信心的书。”[①]

大战前夕，不仅民族沙文主义甚嚣尘上，就连各国社会民主党人也和资产阶级一起鼓吹战争，德国作家霍普曼[②]竟然认为：“……我们的证人就在我们的前线；社会党人跟资产阶级一起，农民跟学者一起，王子跟工人一起，大家都充分明白为了什么目标在作战——为了高贵而丰富的民族宝藏，为了帮助人类进步和向上的精神和物质的财富。”[③]罗曼·罗兰在 1914 年 8 月 29 日发表了致霍普曼的公开信，抗议他为德国的战争罪行辩护。《日内瓦日报》于同年 9 月 2 日刊登了这篇文章，接着到 1915 年 8 月 2 日为止，又发表了罗曼·罗兰的《超越于混战之上》等一系列反战文章，后来结集为《超越于混战之上》(1915)，出版后引起了极大的反响，立即被译成除德语之外的欧洲各国文字。

在这些文章中，罗曼·罗兰对各国青年在战场上互相残杀深感痛惜，企图用人道主义的博爱精神来唤醒人类的良知，团结各个民族来制止战争。他的理想虽然是不可能实现的，但是在普遍的战争狂热中独树一帜，砥柱中流，却需要无比坚强的勇气和信心。他的反战态度激怒了民族主义者和沙文主义者，就连他的朋友们和同行都把他当成了“人民公敌”，骂他是“卖国贼”。报刊拒绝登载他的申辩，甚至有人捏造材料，想把他诬蔑为德国的奸细。

罗曼·罗兰杰出的文学成就，以及在大战爆发后表现的崇高的人道主义精

---

① 高尔基：《论罗曼·罗兰》，载高尔基《论文学》(续集)，冰夷等译，人民文学出版社，1979 年，第 215 页。

② 葛哈特·霍普曼(1862—1946)，德国自然主义剧作家，著有《织工们》和《沉钟》等。

③ 《罗曼·罗兰文钞》，孙梁辑译，上海译文出版社，1985 年，第 14 页。

神，使瑞典文学院不顾法国政府的阻挠，授予他 1915 年度的诺贝尔文学奖，表彰“他文学创作中高度的理想主义以及他在描写各种不同人物典型时所表现出来的同情心与真实性”。由于战争的原因，罗曼·罗兰直到 1916 年 11 月 13 日才得到奖金，并把它分赠给了日内瓦国际红十字会和一些救济战争难民的民间团体。

罗曼·罗兰在前期主要从事文学创作，而从 1914 年开始则是政治活动与创作并重。他始终毫不退却地坚持人道主义立场，继续发表《致各国被杀害的人民》(1916)和《精神独立宣言》(1919)等文章，后来收集成《超越于混战之上》的续集《先驱者》(1919)。除此之外，他还身体力行，参加了瑞士红十字会的战俘服务处，为战俘和难民们做了许多切实的工作。值得注意的是，他尽管在《精神独立宣言》中号召全世界的知识分子重新建立友爱的联盟，但是从他在 1917 年致俄罗斯和高尔基的信中，就已经可以看出他的思想开始“左倾”了。

大战以后，罗曼·罗兰在 1919 年参加了巴比塞创立的“光明社”，因主张精神独立而与巴比塞产生了分歧，后来巴比塞本人也被一些宗派主义者从编辑部里排挤出去了。经过长期的内心矛盾与斗争，罗曼·罗兰在 1931 年发表了《与过去告别》，从此站在苏联的一边，积极投身于政治活动，例如担任国际反法西斯委员会主席，声援西班牙人民的正义斗争，主持世界保卫和平大会等。多卷本长篇小说《欣悦的灵魂》(1921—1934)，充分反映了他在这一时期的思想历程。

《欣悦的灵魂》(一译《母与子》)包括《安乃德和西尔薇》《夏季》《母与子》和《女信使》等四卷。

《安乃德和西尔薇》写一个女子安乃德在 20 岁时继承了父亲的大笔遗产，但在整理父亲的书信时，却发现他与情人生有一个女儿西尔薇。安乃德找到了她，两人十分亲密。《夏季》写安乃德在大学里爱上了注重名利的洛瑞·勃里索，两人因性格不合而分手，她成了未婚母亲。这时她的经纪人输光了她的财产，使她变得一贫如洗。但是她顽强地靠双手艰难谋生，养活儿子玛克，不接受包括西尔薇在内的任何人的帮助。《母与子》写第一次世界大战爆发后，安乃德反对战争，同情负伤的军人，甚至帮助奥地利战俘弗朗兹逃跑，使他与她的情人——法国人介曼之间产生了友谊。这时玛克正在成长为一个青年，他的思想尚未成熟，与母亲常有矛盾和隔阂。他逼着母亲说出父亲是谁，这时洛瑞已经是个有名的政客了。他听了洛瑞的好战演讲之后非常反感，离开他回到了母亲的怀抱。经过了 20 年代的迷惘和彷徨，他逐渐克服了虚无主义和无政府主义倾向，积极投身于反法西斯斗争和反战运动。

罗曼·罗兰在完成以上三卷后，因其他事情而中断写作。过了三年，也就是发表了《向过去告别》之后，才开始写第四卷《女信使》。这一卷分为两个部分：《一个世界的死亡》写玛克与俄国姑娘阿霞结为夫妇，一起揭发法西斯党准备发动侵略战争的阴谋。在一次群众集会上发生的冲突中，一个特务因与玛克扭打而被摔死，玛克就带着阿霞离开法国到了瑞士。跟踪而去的特务诱骗他去意大利，不久他就在佛罗伦萨被法西斯分子刺死了。《诞生》写玛克死后，安乃德继承儿子的遗志，积极参加反法西斯的斗争，直到病逝。

《欣悦的灵魂》这个标题，意思是指安乃德的心灵一次又一次因受到外界的诱惑而欢欣，但随后幻梦就化为泡影。小说体现了罗曼·罗兰本人在20世纪20年代至30年代初的思想演变过程。在前三卷里，他坚持反战的人道主义精神，但是依然信仰非暴力主义，直到第四卷里才明确地改变了立场。《诞生》有着双重的意义：一方面是指一个新时代由于玛克这一代人的牺牲而诞生，另一方面是意味着母亲由于儿子的牺牲而获得了新生。

这部作品反映了罗曼·罗兰对个人与人类融合、对世界大同的憧憬，表达了他从哲学和宗教的角度对世界和生活的思考。小说具有鲜明的社会主义倾向，从政治角度来看要比《约翰·克利斯朵夫》更为进步，这正是罗曼·罗兰本人倾向于苏联的表现。不过从艺术性方面来说，由于他对革命者的生活缺乏直接的体验，小说在人物的塑造上不够丰满，缺乏发自内心的激情，加上议论过多，往往显得烦琐沉闷，所以影响也就不如《约翰·克利斯朵夫》那样深远了。

1935年夏天，罗曼·罗兰应高尔基的邀请，到苏联访问了一个多月，留下了一本《莫斯科日记》，日期是6月17日至7月28日。他在苏联看到了人民建设国家的热情，但更以一位大作家的洞察力，看到了隐藏在表象下的个人崇拜、贪污腐败、残酷清洗等种种严重问题，并且进行了义正词严的批评和谴责，因此具有极其珍贵的史料价值。但是为了顾全大局，他没有像纪德那样公开表明态度，而是在扉页上亲笔写了一段话："这本东西不得发表——不论是其全文，抑或其片段——没有我的特别的准许，在50年内都不得发表。"[①]

罗曼·罗兰内心的痛苦和矛盾是不难想象的，以后他几乎没有再创作反映现实的作品。第二次世界大战期间，在祖国沦陷的情况下，他经常手持《福音书》陷入深思。但他仍然以顽强的毅力抱病写作，完成了《内心旅程》(1942)等回忆录，以及《贝玑传》(1945)，特别是七卷本的巨著《伟大的贝多芬》。1944年12月30日，罗曼·罗兰在故乡去世。

二 《约翰·克利斯朵夫》

《约翰·克利斯朵夫》的前3卷《黎明》《清晨》和《少年》，叙述了克利斯朵夫的童年和少年时代。他出生在德国莱茵河畔的一个小城里，祖父和父亲都是当地有名的音乐家，但父亲是个酒鬼，每天用戒尺逼着他练琴，使他的童年充满苦

① 罗曼·罗兰：《莫斯科日记》，周启超译，漓江出版社，1995年，第10页。

难，幸而祖父给了他一架修理好的旧钢琴，给他带来了极大的快乐。祖父死后家庭陷入困境，父亲酒醉后掉在沟里淹死，两个弟弟离家出走，只有克利斯朵夫与母亲相依为命。他在担任宫廷乐队的第一小提琴手以后，仍然不得不到富人家里去当钢琴教师以补贴家用。爱情上的几次挫折使他心灰意冷，几乎走上了父亲酗酒的老路，听了当乡村货郎的舅舅高烈弗特的教诲才振作起来。

第 4 卷《反抗》和第 5 卷《节场》，写克利斯朵夫终于摆脱了青春期情欲的骚动，冷静地审视自己的作品，感到它们是多么愚蠢和可笑。从此他敢于正视过去受人崇拜的一切，看到了德国艺术的虚伪，因而开始与小城里的人处于敌对的地位，最后由于顶撞大公爵而被赶出了宫廷乐队。法国少女安多纳德为了供兄弟上学，到德国来当家庭教师，由于偶然和他一起看戏而被解雇，回到法国去了。

克利斯朵夫决心离开这座闭塞的小城。有一天他在乡下看到大兵们在舞会上捣乱，在混乱中把为首的班长打成重伤，只得逃往巴黎。然而他发现法国的文艺现状同样虚伪和庸俗，文坛上弥漫着铜臭和精神卖淫的风气，艺术成了社交界和官场捞取资本的手段，总之整个巴黎文艺界就像乱糟糟的集市。克利斯朵夫感到无比失望，他批评了法国当代的一些著名作家，重新陷入了孤立的境地。只有跟他学琴的小女孩葛拉齐亚同情他和爱他，但是她后来回到意大利去了。

接下去的 3 卷是《安多纳德》《户内》和《女朋友们》，着重描写了克利斯朵夫的友谊和爱情。安多纳德的弟弟奥里维考取了巴黎高等师范学校，她的健康状况却日益恶化，最后她把一封未写完的信夹在书里后去世了。奥里维从信中了解到她对克利斯朵夫的爱情，就设法到音乐会上同他结识，两个崇尚自由的年轻人结下了深厚的友谊。

出版商买断了克利斯朵夫的全部作品，然后将它们篡改出版，他决心把作品赎回来，结果引起了报刊的猛烈攻击。可是攻击忽然停止了，原来葛拉齐亚的丈夫是奥地利驻法国使馆的随员，继承了父亲的伯爵头衔，她利用自己伯爵夫人的地位来使他走红。克利斯朵夫兴奋之余，又为得不到人们的理解而痛苦。

第 9 卷《燃烧的荆棘》写克利斯朵夫经受了最后的考验。在五一节的群众集会上，奥里维为了救护一个孩子而被警察和人群踩在脚下，愤怒的克利斯朵夫抓住敌人的刺刀，扎进了对方的胸部，事后只得逃往瑞士，寄居在当医生的同乡勃罗姆的家里。勃罗姆的妻子阿娜出身教规极严的新教家庭，然而克利斯朵夫的琴声唤醒了她长期被宗教信仰所压抑的情欲，他们在音乐的魔力下发生了关系。他为此感到无比痛苦与羞愧，在自杀未遂之后，来到汝拉山上的一个小山村里埋头创作，在一个孤独的农家隐居了 10 年之久。

第 10 卷《复旦》写他在 10 年之后举世闻名，他的创作达到了恬静的境界。他把晚年的爱给了奥里维的儿子乔治和葛拉齐亚的女儿奥洛拉，慈父般地促成了他们的婚姻。他最后在病榻上回顾了自己的一生，对一切都表示忏悔和宽恕，认识到只有人道主义的博爱精神才是人类欢乐和幸福的源泉。他的灵魂已被一生的痛苦所净化，直到临终都在心里谱写着一曲生命的颂歌。他做了最后的祈祷："主啊，我曾经奋斗，曾经痛苦，曾经流浪，曾经创造。让我在你为父的臂抱中歇一歇罢。有一天，我将为了新的战斗而再生。"

《约翰·克利斯朵夫》是20世纪初最重要的现实主义巨著。罗曼·罗兰把主人公命名为克利斯朵夫，这个词在德语里的意思就是力量。因为他要表现的是一位能够驾驭内心感情的音乐家，一个能够以个人奋斗来控制生活的英雄。所以小说应该是一曲《欢乐颂》：英雄毫无自私之心，只有仁慈和智慧，在与他人的交往中安详而从容。可是当他把这个人物置于社会现实之中的时候，不禁对欧洲的麻木状态感到震惊，因此先后揭示了德法两国和意大利的社会现状，鞭笞了文化界的庸俗和虚伪。他在向读者指出西方文明的危机的同时，提出了一种超越国界的人道主义理想，呼吁用博爱的精神来团结各个民族，从而使这部作品在世界上产生了广泛而深远的影响。

从小说发展史的角度来看，"如果说于连是19世纪个人奋斗失败的英雄，那么，克利斯朵夫则是20世纪个人奋斗成功的奇才。这也可以说明罗兰和司汤达之间的继承关系"[①]。通常讲继承都是指相似之处，而许渊冲先生以失败与成功的对比作为例证，以独特的观察角度和富于启迪的比较，说明了罗曼·罗兰的小说与批判现实主义的传承关系。由此可见，尽管批判现实主义作为一个流派早已消失，但是现实主义文学却依然长存，而且在新的历史条件下不断地发展和演变。

这种演变的特征之一，就是20世纪的现实主义文学，往往是与浪漫主义融合在一起的，《约翰·克利斯朵夫》就是一个突出的例子。早在1890年，罗曼·罗兰就梦想写一部抒情的音乐小说，即重在表达情感而不是分析情感。他要打动的不是读者的理智而是心灵，所以要像雨果那样随时进行评论和抒发感情。《约翰·克利斯朵夫》不只是由资料构成的小说，它不仅在叙事，而且在热情奔放地评论，在倾诉作者发自内心的感情，因此极富浪漫主义色彩。这部传记式的作品不像批判现实主义小说那样以情节的生动见长，也不像自然主义小说那样以细节的真实感人，它描绘的生活犹如一条向大海流去的长河，充满了浪漫的诗情画意。

应该指出的是，早在巴黎高等师范学校读书的时候，罗曼·罗兰就开始构思这部小说，它从酝酿到完成，前后长达20余年，可以说或多或少就是他的自传，只是他的个性体现在不同的人物身上，因此不易察觉罢了。

该书最早的中译本出版于1926年的《小说月报》，傅雷先生的译本也在

---

① 许渊冲编选：《罗曼·罗兰精选集》，编选者序。

1937年就已问世，正如他在《译者献词》里指出的那样：

> 《约翰·克利斯朵夫》不是一部小说，——应当说：不止是一部小说，而是人类一部伟大的史诗。它所描绘歌颂的不是人类在物质方面而是在精神方面所经历的艰险，不是征服外界而是征服内界的战绩。它是千万生灵的一面镜子，是古今中外英雄圣哲的一部历险记，是贝多芬式的一阕大交响乐。[1]

第三节　布尔热

保尔·布尔热(1852—1935)生于亚眠市的一个知识分子家庭，在外省度过了勤奋好学的童年时代。中学毕业后进巴黎大学学习，获文科硕士学位，毕业后担任文学教师。他上大学时正逢巴黎公社起义，曾一度倾向于公社战士，不久走上了文学创作的道路。

布尔热起初创作了诗集《不安的生活》(1875)、《埃代尔》(1878)和《表白爱情》(1882)，它们分别具有现实主义或象征主义的风格，表明他紧紧地追随着时代的潮流。他后来从事文学批评，发表了《当代心理学论集》(1883)和《当代心理学论集续编》(1885)，力图通过作品来了解作家的心理。他评析了同时代的波德莱尔和福楼拜等许多作家，分析了颓废派的现代性，肯定了司汤达在文学史上的地位，因而在评论界享有很高的声誉。

布尔热最重要的成就是小说。他虽然是评论家泰纳的弟子，欣赏的却是司汤达和巴尔扎克。对左拉的自然主义理论则持批评态度。他对心理学和道德问题极感兴趣，连续发表了四部与自然主义相反的心理分析小说：《残酷的谜》(1885)、《爱之罪》(1886)、《安德雷·科内里》(1887)和《谎言》(1887)。他力图用精神分析来解释人物的行为，因而细致地描写人物的心理活动。例如《残酷的谜》写一个青年与有夫之妇索福夫人相好，但是他们的感情风波不断，使他的母亲既嫉妒又不安。《安德雷·科内里》写科内里幼年时父亲被人刺杀，随后母亲再嫁银行家戴尔蒙德，引起了科内里的怀疑。他最终弄清了凶手就是自己的继父，为了杀死他又不让母亲伤心，科内里在逼迫继父写下要自杀的遗书之后刺死了他，并且伪造了他自杀的现场。

布尔热最著名的小说是《弟子》(1889)，主人公是决定论哲学家亚德里安·西克斯特，他有一天忽然接到法庭的传票，原来他不大了解的一个“弟子”——青

---

[1] 罗曼·罗兰：《约翰·克利斯朵夫》，傅雷译，商务印书馆，1937年，第1页。

年罗贝尔·格勒斯卢被控毒死了一个少女。罗贝尔的母亲请求西克斯特予以帮助,同时给了他罗贝尔在狱中所写的一份手稿。罗贝尔在手稿中回忆了自己的童年和成长的经过,叙述自己在一个贵族家里当家庭教师,为了实现观察人的心理的“科研计划”,诱惑了贵族待嫁的女儿夏洛特,他们在一起共度良宵,但是夏洛特在知道真相后自杀了。西克斯特发现这个“弟子”的行为是受了自己著作的影响,于是决定出庭为他辩护。罗贝尔在离开法庭时被夏洛特的哥哥杀死,西克斯特在守灵时默默祈祷,对自己唯科学主义的思想和非道德的无神论学说产生了怀疑。

罗贝尔的经历与布尔热的青少年时代十分相似,因此小说具有自传的性质。布尔热在小说里运用了心理学的最新研究成果和无意识的概念,揭露了决定论的有害影响,并且提出了作家的道德责任问题,引起了广泛的讨论。当时作为流派的自然主义已经开始衰落,布尔热的小说无疑在文坛上开创了一代新风,从而确立了他作为小说家的重要地位,在流派纷呈的文坛上令人耳目一新。

布尔热于1894年当选为法兰西学士院院士。他在19世纪90年代接连出版了多部以旅行为题材的小说:《国际都市》(1892)揭露和批判了罗马上流社会的伤风败俗;《海外》(1895)写他在美国的旅行,显示出对君主专制政体的同情。另外他还出版了《一个女人的心》(1890)、《希望之乡》(1892)、《悲惨的牧歌》(1896)和《蓝色的公爵夫人》(1898)等长篇小说。德雷福斯事件爆发后,他转向保守主义的立场,站在反德雷福斯派一边,并在1901年皈依了天主教,从此开始写作维护民族主义和天主教意识形态的小说和评论。小说《阶段》(1903)写一个农民的儿子当了中学教师,后来有了一定的社会地位,但是他和他的子女无法适应上层社会的生活,因此遭受了一系列的挫折,最后都皈依了天主教。《离婚》(1904)写一个家庭由于离婚而导致的有害后果,维护了罗马教会反对离婚的立场。《中年魔障》(1914)写天主教作家萨维扬人到中年,与过去的未婚妻重逢后成为她的情夫,结果萨维扬的情书被她的丈夫发现,儿子雅克为了夺回这些情书死于非命,无比悔恨的萨维扬终于与情妇分手,重归天主教的信仰。

布尔热的小说在心理分析方面有所创新,但是为了阐明意识的复杂性而分析过多,而且依然遵循法国的传统,把知识分子当成挽救社会的良方,这就使他的小说虽有现代主义色彩,却不能成为现代派小说的楷模,陷入了既非传统小说又非现代派小说的尴尬局面。当人们对小说中提出的作家的责任问题不再感兴趣的时候,这些作品的影响自然也就随之消失了。

第四节　巴雷斯

在第一次世界大战爆发之前,巴雷斯可以说是法国影响最大的作家。他既积极从政、评论时事，又笔耕不辍、著作等身，被称为社会问题小说家和青年教育小说家，在很长时间里被一代青年奉为偶像。

莫里斯·巴雷斯(1862—1923)生于法国孚日地区的夏姆城，具有曾被割让给德国的洛林省的血统。普法战争中法军的惨败，给幼年的巴雷斯留下了极为深刻的印象。他在南锡中学寄宿，备受德国同学的欺凌，在孤独中发愤阅读波德莱尔、戈蒂埃和福楼拜等的作品，决心到大城市去做一番事业，终于在20岁那年以学习法律为由到了巴黎。

巴雷斯在大学里与帕尔纳斯派和象征主义诗人们交往密切，并且创办《墨迹》杂志，自己担任唯一的撰稿人和编辑，以表达一种世纪末的情绪。杂志虽然只出版了四期，却已经显示出他桀骜不驯的一面。在法国战败后一片颓丧的气氛中，他主张向德国复仇，鼓吹法国是伟大的民族以提高士气，甚至写文章向青年们的偶像，也是他敬爱的大师泰纳和勒南[①]进行挑衅，以显示好斗的冒险精神。

巴雷斯的作品主要是表现自我崇拜和民族主义的三组三部曲。其中《自我崇拜》三部曲包括《在蛮子的眼皮底下》(1888)、《自由的人》(1889)和《蓓蕾妮丝的花园》(1891)。

《在蛮子的眼皮底下》里的蛮子，不仅是指因循守旧的资产者，而且是指异己的一切。巴雷斯通过一个敏感的大学生菲力普的内心日记，来表现自己反对蛮子和对自我完善的追求。他在认识世界的过程中经历了种种矛盾、失望和挫折，反映出一个患有“世纪病”的青年的痛苦和彷徨，进而逐步感受到自我完善的重要性和自我的力量。

《自由的人》写菲力普离开巴黎，到洛林、米兰和威尼斯等地去旅游。他通过在乡村的幽居、对先哲著作的思考、对意大利艺术的欣赏和在精神上的刻苦修炼，决定要在完善自我的同时面对现实。

在《蓓蕾妮丝的花园》里，菲力普认识到只有把自己的思想与现实结合起来，才能有一种值得骄傲的生活。所以他到外省去组织了一场选举运动，力图实现布朗热的民族主义纲领。菲力普在花园里遇见他在巴黎结识的舞女蓓蕾妮丝，感受到了生活的欢乐。后来蓓蕾妮丝去世了，他在悲痛之余仍然勇敢地接受生活的挑战，决心为实现自己的人道主义理想而奋斗。这组表现自我的逐步完善并且与世界和谐相处的三部曲，对包括纪德在内的青年人很有影响。

巴雷斯是布朗热主义者，《自我崇拜》三部曲的成功，使他当选为南锡地区国民议会议员。他在议会里代表极左翼，是一个真正的“青年之王”。1892年，他

---

① 欧内斯特·勒南(1823—1892)，法国作家，著有《科学的未来》和《基督教起源史》等，显示出他对科学和理性主义的信仰。

发表《法律之大敌》，鼓吹个人主义，以致在后来的议会选举中遭到失败。然而他的政治热情丝毫不减，不但出版了唯一的剧本《议会的一天》(1894)，还主办《帽徽》报来抨击当时的政治风气。德雷福斯事件爆发以后，他出于民族主义的立场，采取了沙文主义和排斥犹太人的态度，甚至认为从德雷福斯的种族和出身就能认定他有罪。这种狂热使他与以左拉为首的德雷福斯派相对抗，成为反德雷福斯派的右翼势力的领袖之一。

巴雷斯在政治上先是追随野心家布朗热，结果布朗热在阴谋败露后自杀；后来他又反德雷福斯，结果德雷福斯在1906年被彻底平反。事实证明他一错再错，但他我行我素，后来甚至反对把左拉的骨灰迁入先贤祠。有趣的是，尽管如此，他在法国人尤其是青年人当中却依然享有很高的威望，原因就在于他不像教权主义者那样争权夺利，不像保王党人那样企图复辟，而是出于爱国主义的激情，致力于民族主义的社会主义，他的行动特别是他的作品充分表明，他是在真诚地努力激起法兰西民族的魄力，振奋法兰西民族的精神。

巴雷斯的第二组三部曲是《民族魄力小说》，包括《背井离乡的人》(1897)、《对士兵的号召》(1900)和《他们的面貌》(1902)。主人公是七个在南锡读中学的洛林青年，追随他们的哲学教师来到巴黎。经历了布朗热事件前后的社会动荡之后，他们逐渐失去了乡土的本色，有的求职谋生，有的杀人犯罪。其中最有政治头脑的弗朗索瓦·斯居勒尔成了律师，他立志报国，向德国人复仇，因此和同学们怀着爱国之情，访问了被割让给德国的阿尔萨斯和洛林，竭力支持布朗热将军上台；直到布朗热自杀以后，他还在为实现布朗热的民族主义纲领而不遗余力，勇敢地揭露议员们的腐败行径，决心把斗争坚持到底。

这组三部曲鲜明地体现了巴雷斯的民族主义思想和爱国主义精神，他认为青年人应该热爱家乡，到家乡的传统和民族的历史中去汲取养分，把民族主义作为复兴法国的精神力量。

第三组三部曲是《东方壁垒》，包括《在德国服军役》(1905)、《科莱特·波多什》(1909)和《莱茵之神》(1921)，都是以洛林为主题的。法国虽然在普法战争中失败了，但是被割让的阿尔萨斯和洛林依然保持着法兰西文化的传统。一位阿尔萨斯青年在德国军队里服役，他向往法国，却在德军中顽强地坚持下去，以自己的存在来体现法国的精神。女主人公科莱特是法国文化的代表，一个德国青年甚至与她相爱，但是科莱特想到在普法战争中牺牲的法国人，终于用民族主义精神战胜了对这个德国青年的爱情，表明阿尔萨斯和洛林在地理上和精神上都是抵抗德国人的壁垒。

巴雷斯的小说是反映和揭露社会现实的"意识形态小说"，被阿拉贡称为"现代第一部政治小说"。它们不同于注重客观叙述的自然主义小说，而是类似于象征性的叙事，为了宣扬作者的理想而把内心日记、随笔、诗意的叙述等各种体裁，以及对伦理的思考混杂在一起，同时像布尔热的小说那样继承了注重心理描写的传统，因而在世纪之交流派纷呈的文坛上显得别具一格、颇有新意。

巴雷斯的其他作品还有《受神灵启示的山冈》(1913)，这是他研究了大量的历史资料，酝酿了六年才写成的小说。内容是三个洛林教士，即巴亚尔三兄弟眷恋家乡的山冈和宗教，以至与罗马教会对抗的故事。巴雷斯一生酷爱旅行，写下了许多优美的散文和游记。另外，从1896年起直到去世为止，他的日记从不间断，共有14卷之多，从1929至1951年分卷出版，是研究巴雷斯和法国社会的珍贵资料。

巴雷斯念念不忘的是向德国人复仇，以民族主义精神来对抗德国的威胁。1906年，他当选为巴黎地区议员和法兰西学士院院士，在进入学士院的仪式上讲演时，还不忘记攻击已经去世的左拉。但是就在这一年，德雷福斯被宣告无罪，巴雷斯不得不承认德雷福斯派具有法国人的侠义精神，进而鼓吹两派为了民族友爱而团结起来。第一次世界大战爆发时，年过半百的巴雷斯大为振奋，认为复兴法兰西的伟大时刻已经来临，他时而视察前线慰问将士，时而发表演说鼓舞士气，还在报刊上写了大量的文章。他于1923年12月4日病逝后，法国政府为他举行了国葬。

第五节　纪　德

安德烈·纪德(1869—1951)的父亲是法学教授，母亲继承了经商的外祖父的财产，家境富裕。父母都是新教徒，母亲尤其虔诚，父亲在他11岁时去世之后，母亲对他的管教尤其严格，使他形成了内向的性格。他在20岁时爱上了表姐玛德莱娜，但是只和她保持着柏拉图式的爱情。1893年10月，他到北非游历了将近一年，染上了同性恋的癖好，1895年重游北非，结识了放荡不羁的爱尔兰作家奥斯卡·王尔德(1854—1900)，从此走向与新教思想相反的极端，公开主张满足人的本能，反对传统道德。

纪德于19世纪90年代登上文坛，起初参加象征主义文学运动，发表了阐述象征主义理论的《那喀索斯论》(1891)和诗集《安德烈·瓦尔特的诗歌》(1892)。他到北非旅行后，写出了一系列惊世骇俗的作品，其中最为著名的是他的散文集《人间食粮》(1897)，是他在北非旅行期间动笔的。它看起来没有什么结构，只有一些片段的感想，纯粹是抒情的作品。实际上它贯穿着主人公梅纳尔克的教诲，要求人们不怕犯罪、尽情享乐，否则时光如水，青春易逝，徒然令人惆怅。

在《人间食粮》的最后，梅纳尔克对弟子纳塔纳埃尔说："抛掉我这本书吧，须知对待生活有千姿百态，这只是其中的一种。去寻求你自己独特的生活方式吧。别人能做得跟你同样好的事情，你就不必去做；别人能写得跟你同样好的文章，你就不必去写。凡是你感到自身独具、别处皆无的东西，才值得你眷恋。啊！既要急切又要耐心地塑造你自己，把自己塑造成为无法替代的人。”[①]纪德主张摆脱任何束缚。不过他的本意并非教人们只顾自己，他在30年后谈到这本书时指出，仅仅从中看到欲望和本能是不够的，正如卷首的《告读者》所说的那样：“但愿本书教你关注你自身胜过这本书，进而关注一切事物超过你自身。”[②]这本书显示了与世俗社会的戒律背道而驰的特色，但是由于结构奇特、形式新颖而没有得到读者的理解。

1908年，纪德发起创立了《新法兰西评论》杂志，对后来法国的文学生活产生了很大的影响，在评论界占有举足轻重的地位。

纪德从20世纪20年代中期开始介入政治活动，1925年发表《刚果纪行》，揭露白人公司对黑人的残酷剥削，以及黑人家庭里的悲惨生活。1929年夏天，纪德结识了26岁的英俊青年埃尔巴尔(1903—1974)，把他视为唯一的伴侣和知己，从此他们就再也没有分开。埃尔巴尔反对殖民主义，加入了法国共产党，曾任布列塔尼地区抵抗运动的负责人，创办了自由法国的第一份日报《捍卫法兰西》，也就是后来的《法兰西晚报》，战后他应加缪的要求成为《战斗报》的主笔。他是纪德在与马克思主义和苏联的复杂关系中的引路人，纪德在他的影响下真诚地表示赞成共产主义，发表反对资本主义的演说和文章，担任了国际反纳粹大会主席，还到柏林去要求释放被囚禁的共产党领袖。

1935年，埃尔巴尔被法共派到莫斯科去接替尼赞担任《国际文学》杂志的主编。1936年，埃尔巴尔为纪德安排了著名的苏联之行，同去的有达比和吉尤等。纪德极为关注社会问题和苏联革命后的现实，埃尔巴尔竭力把这种感情上的赞同变成真正的政治介入。对于苏联和法国共产党来说，纪德是声望卓著的知识分子，而这次旅行则是他公开归附左翼阵营的标志。他一路上如英雄般受到热情的接待、欢呼和精心的照顾，使访问获得了巨大的成功。

然而纪德在受到隆重接待的同时也被严密地监视，他并未被苏联的宣传所蒙蔽，而是敏锐地感觉到了苏联社会现实中的种种缺陷，而且准备揭露它们，不想像罗曼·罗兰那样保持50年的沉默。以阿拉贡为首的法国共产党人，极力劝说他放弃这种尴尬的见证，但是他我行我素，发表了《访苏联归来》，甚至敢于这样写道：“今天，在苏联，人们所说的‘反革命’恰恰正是革命的精神……哪怕一丁点反对意见，一丁点批评都会招致最严重的惩罚，人们立刻就噤若寒蝉了。我想今天在其他任何国家，哪怕在希特勒的德国，人们的思想也不会比这里更不自

① 纪德:《人间食粮》，李玉民译，载《纪德文集》(散文卷)，花城出版社，2002年，第118页。

② 同上，第5页。

由，更遭受扭曲，更胆战心惊，更唯唯诺诺。”[①]对纪德而言，访问苏联标志着他的政治介入的结束，埃尔巴尔则因此与法国共产党决裂。

纪德态度的转变自然引起了抨击，他从此陷于孤独，在“二战”期间闭门读书，后来定居突尼斯。他于 1947 年获得诺贝尔文学奖，1951 年去世。由于他的小说大多发表在 20 世纪 20 年代以前，唯一被他称为长篇小说的《伪币制造者》发表于 1926 年，以后他主要从事政治活动，所以从文学的角度来看，他是世纪之交的一位重要作家。

纪德的第一部小说是《安德烈·瓦尔特的笔记》(1891)，叙述他和表姐玛德莱娜的爱情。《背德者》(1902)也是一部自传性的小说，主人公米歇尔向四个朋友忏悔自己的所作所为。他生长在一个主张禁欲主义的家庭里，精神长期受到压抑，又被迫娶了他不爱的女人，以致到突尼斯结婚旅行时患了肺病，差点死去。但是他不仅恢复了健康，而且在北非尝到了人生的乐趣，因此回到巴黎后决心重新做人，从此无视一切道德的束缚，奉行及时行乐的伦理。后来他不顾妻子怀孕仍带她去北非，在她病重时还收养了一个阿拉伯少年来寻欢作乐，致使她患病去世。米歇尔的不道德造成了妻子的死亡，而他在她死后感到解脱的同时，却觉得失去了生存的意义和坚定的信念，需要向老同学倾诉自己的经历以寻求帮助。因此就结局而言，这部小说是对不道德的批判。这种不道德不仅是指他的自私，而且也包括不道德的即没有爱情的婚姻。他和妻子本无爱情，而妻子却逆来顺受，直至死去，这种悲剧性的结局虽然令人同情，在纪德看来却违反了人的本性，是虚伪的道德观念造成的后果。

与《背德者》相反，日记体小说《窄门》(1909)塑造了一个自我牺牲的少女阿莉莎。主人公热罗姆到舅父家里去避暑，爱上了大表妹阿莉莎，他们的爱情得到了家长们的允许，但阿莉莎担心尘世的情欲会影响她日后进入纯洁的天堂之门，所以不敢尽情地享受人间的幸福。后来她发现妹妹朱丽埃特暗恋热罗姆，于是极力撮合，但热罗姆不改初衷，朱丽埃特痛苦地嫁给了一个她不爱的男人。阿莉莎最后身心交瘁而病逝，热罗姆在她的日记里发现了她内心热烈的爱情，以及她为克制这种感情而付出的沉重代价。

阿莉莎恪守清教徒的戒律，企图以苦行来换取通过天堂的窄门的权利，然而她不但没有得到她希望的永生，反而过早地断送了自己的一生，也使别人失去了本来可以得到的幸福，酿成了一个令人心碎的爱情悲剧。阿莉莎是个被宗教扭曲了的灵魂，纪德通过她有力地鞭笞了毒害心灵、束缚天性的宗教道德，但对阿莉莎本人却倾注了满腔的同情。她虽然是个可悲的人物，却具有自我献身的精

---

① 纪德：《访苏联归来》，朱静译，由权校，载《纪德文集》(游记卷)，花城出版社，2001 年，第 32 页。

神。她的禁欲不仅是出于信仰，更是为了热罗姆的利益，想让他纯洁地接近上帝。她虽然禁欲克己，成了宗教的牺牲品，但她表现出来的坚强意志却令人钦佩。

《梵蒂冈的地窖》(1914)以讽刺的笔法写了一则真实的社会新闻：1893年，传说教皇被一帮歹徒劫持，有人冒充教皇登上了宝座，真正的教皇利奥十三世却被关进了梵蒂冈的地窖。一些骗子以营救教皇为借口，乘机向资产者和贵族们骗取钱财。勇敢的阿梅德受骗上当，去保卫所谓被绑架的教皇，但主人公拉弗卡狄奥为了表现自己的绝对自由，竟然把他推下火车摔死，于是成了"无动机行为"的英雄。这个行动引起了一连串悲惨的事件，拉弗卡狄奥深感后悔，想去警察局自首。他的命运尚在未定之中，纪德也并未表明态度，但是由于该书讽刺了宗教而引起了激烈的争论，克洛代尔[①]为此与纪德绝交，并且禁止他在书中引用《向玛利亚传报》的题词。

与《背德者》和《窄门》构成三部曲的是日记体小说《田园交响乐》(1919)。它描写瑞士汝拉山脉的一个乡村里，新教牧师拉布雷维纳收养了一个生来就失明的孤女瑞特吕德，在养育她时不知不觉对她产生了爱情。他的儿子雅克也爱瑞特吕德，但牧师阻挠他们，他的妻子阿梅莉为此十分伤心。瑞特吕德经过手术恢复了视力，发现自己爱的是雅克而不是牧师，应该皈依的是天主教而不是新教，而且还给牧师的妻子带来了痛苦，于是绝望地投河自尽。纪德早就想写名为"反对基督的基督教"的文章，但是从未写成，而小说中牧师的悲惨结局，正是表明了他要表达的观点，即对福音书不能随意解释，同时这部小说也是对自我欺骗的批判。

纪德最重要的作品，也是唯一的长篇小说，是1926年出版的《伪币制造者》。主人公贝尔纳是个中学生，有一天他翻出了17年前一个男人给他母亲的情书，发现自己是个私生子，遂离家出走，住在朋友奥里维家中。奥里维的舅父爱德华是个小说家，第二天来到巴黎，贝尔纳偶然得到了他的手提箱，里面有他的日记，并从日记中知道他正在创作一部名为"伪币制造者"的小说。经过一番周折，贝尔纳当了他的秘书，跟着他来到了瑞士。

奥里维的哥哥文桑有个情妇叫罗拉，原来曾与爱德华相爱。她被文桑抛弃后，想和爱德华重温旧情，但爱德华是个同性恋者，罗拉在他的劝说下嫁给了杜维埃。婚后两人不睦，爱德华又出于友谊把罗拉带到了瑞士，他们与贝尔纳同住一室；贝尔纳爱上了罗拉，但罗拉却回到丈夫身边去了。爱德华爱着外甥奥里维，与他团聚后文思泉涌，创作十分顺利。贝尔纳有了文学士的学位，但不知该

---

① 保尔·克洛代尔(1868—1955)，法国诗人、剧作家，笃信天主教，曾在中国任外交官多年，剧作有《向玛利亚传报》和《缎子鞋》等。

走什么道路，最后顺从良心的引导，回到了养父的身边。

纪德通常在一部作品里提出一种宗教或道德观念，例如《背德者》里的米歇尔因沉湎于同性恋而不顾妻子的健康；《窄门》中的阿莉莎为了上帝牺牲自己的爱情等。《伪币制造者》不仅集中体现了纪德的创作特色，而且概括了他在其余作品中提出的问题，其中的人物都有各自的道德观念，而思想成熟、为人正直，但由于同性恋的癖好而放弃爱情的小说家爱德华，实际上就是纪德的化身。

除了爱德华与奥里维同居后感到心旷神怡之外，小说中其他人物的结局都是悲剧性的：陷入歧途的文桑沦为杀人犯，见异思迁的莉莉安被文桑推入水中淹死，罗拉不得不过着毫无乐趣的夫妻生活，贝尔纳反抗不成只好回家，等等。这无疑是纪德为同性恋所做的又一次辩护，但除此之外，小说更表现了一代青年的不安和苦闷，因而有着丰富的社会内容和深刻的现实意义。

纪德在这部小说中提出了“纯小说”的观念，借助爱德华的日记叙述了这一理论，而且采用“小说套小说”的笔法，以摆脱传统的现实主义的影响，显示出小说既不是现实又离不开现实的特色。《伪币制造者》的结构环环相扣，有别于巴尔扎克式的传统小说，然而它的语言明晰流畅，又使它不同于现代派小说。纪德处于这两种小说交替的时代，这正是这部作品的特色，其中包含着当时人们熟悉的各种小说形式。书中的人物和情节相互交叉，似乎没有重点，没有主题，其实主题就是现实与观念的斗争，是现实与理想中的现实的交战。

“伪币制造者”这个标题的含义，就是像爱德华所说的那样：一枚伪币只要不被人发现是假的，它的价值就和真的一样。小说里的种种矫揉造作和哗众取宠的行为，其实都是在制造伪币，而这样做的人实际上都是伪币犯。这种含义无疑是对一切传统观念的挑战，因为纪德正是要用笔来揭穿他认为是虚伪的观念和价值，他作品中的某些段落才像卢梭的《忏悔录》那样无所顾忌。从艺术上来说，“小说套小说”的笔法非常独特，它使得《伪币制造者》不只是一部本义上的小说，而是孕育着多部小说，犹如《水浒传》里的人物都可以抽出来单独成篇一样。

纪德是一位像多棱镜般熠熠闪光、像万花筒般变化无穷的作家。他时而教人尽情享乐，时而教人纯洁无瑕；他在政治上忽左忽右，作品也处于宗教信仰和无神论、道德和藐视道德、介入和非介入的十字路口，所以他一向是个颇有争议的作家。一方面，他的作品的艺术性受到公认，其内容和文体的多样性为现代文学的发展开辟了道路；另一方面，他的作品提供的是双重的道德标准和审美观，尤其是他的同性恋倾向始终受到非议。但是随着时间的推移，他的作品的意义已经超越了作品本身，因为他的贡献首先在于使现代文学脱离象征主义的窠臼。后期象征主义者曾经相信，作家只能处理为数极少的、极为高雅的主题，而纪德却以他惊世骇俗的独特风格，告诉我们什么都可以作为题材。

人生来是追求快乐而不是追求痛苦的，所以纪德要保持人的天性，要像孩子那样永远好奇地探索生活的乐趣，决不走别人为他规划好的道路。他在《日记》里为循规蹈矩的父母感到悲伤："我们多么亲爱的父母，现在显得如此平静，当年恐怕同我们一样，也有过反抗和神魂颠倒的日子。然而，时间多能让人平静下来！时间多能摧毁，多能伤害啊！我们不能容忍时间肆意妄为，要从时间手中夺取胜利。"他不愿意在痛苦中消磨自己的生命，要真正地享受生活的快乐，因此始终保持着青春的热情，永远处在生命的冲动之中，永远处在变化之中。

纪德是个同性恋者，这本来就犯了忌讳，他还要鼓吹享乐，因此通常被认为是一位个人主义作家，其实同性恋本来是由于脑部构造的差异而造成的异常心理，与同性恋者本人的品质并无必然的联系，但是处在社会的禁忌之下，像蒙泰朗和于连·格林那样著名的作家，也只能毕生默默地忍受着痛苦，甚至以自杀来了结自己的生命。而纪德却公然宣扬这一癖好，声称应该满足自己的同性恋欲望，当然要受到人们的非议了。

然而他如果只顾自己享乐，就不必冒西方世界之大不韪，在殖民主义风行之时跑到非洲去为黑人鸣冤叫屈，在 20 世纪 30 年代初声言自己信仰被西方深恶痛绝的共产主义，更不必在他受到苏联和欧洲知识界赞扬的时候，发表《访苏联归来》，使自己陷于"背信弃义"的尴尬境地。实际上他的多变只是表象，他的不变才是本质。归根结底，他心中的理想和向往从未改变，那就是追求快乐，这一点从未因世事的变幻而动摇。

纪德不愿受任何束缚，他要追求和保持的是真实，所以一生都童心未泯，对一切也都抱着一种"童言无忌"的态度，而任何特立独行的做法，通常都会引起人们的惊讶、怀疑乃至反对。在《访苏联归来》里，纪德描写了苏联社会的贫困，商店里货物匮乏，工人生活不如西方工人等真实情况，但是他的话触犯了禁忌，于是他说的即使是真相也成了错话。

不仅如此，纪德还要用笔来揭穿一切他认为是虚伪的观念。在法国小说史上，《忏悔录》是一部奇书，把卢梭一生的善恶赤裸裸地暴露在世人面前。相比之下，纪德的作品有过之而无不及：因为卢梭写《忏悔录》的目的是为自己辩护，往往会不自觉地掩饰自己的缺点；而纪德则既不辩护也不掩饰，对别人和自己都同样进行揭露，包括烧毁自己认为写得不够坦率的日记。所以在《人间食粮》里，他才会宣称"要行动，就不必考虑这行为是好是坏。要爱，就不必顾忌这爱是善是恶"①。

纪德的多变正是他不受任何束缚的证明。不过话虽如此，他的本意却并非叫大家都去为非作歹，而是要尽力去探寻生活的不同层面。他的所谓"藐视道德"，不是一味地为堕落行为辩护，而是希望人的灵魂从理性的压抑下解放出来，

---

① 纪德：《人间食粮》，李玉民译，载《纪德文集》(散文卷)，第 8 页。

去获得符合人性的真正的自由。他不可能亲身经历各种各样的生活，凡是他自己体验不了的，就让他笔下的人物去探索。他心目中的自由也许为世人所不齿，但这种追求自由的精神却有着独立于内容的意义。正因为如此，人性、信仰、爱情及性欲等种种问题，才愈来愈鲜明地构成了西方现当代小说的主题。

无论在政治、写作或其他方面，纪德从来都抱着坦率和真诚的态度：他认为正确的就公开拥护，知道自己错了就公开承认错误。例如他在拒绝普鲁斯特的投稿之后非常后悔，亲自写信向普鲁斯特道歉："拒绝了这本书会是《新法兰西评论》最严重的错误——也是我一生最灼痛的遗憾与悔过之一（因为我可耻地对此负有重大责任……）"[①]正因为如此，他的作品才充满了种种道德观念和审美观念的冲突，却没有任何虚伪的掩饰，并且以"对真理的大无畏的热爱和敏锐的心理洞察力表现了人类的问题和处境"，从而获得了 1947 年的诺贝尔文学奖。

纪德的作品很早就被陆续译介到我国。在纪念纪德去世 50 周年的时候，人民文学出版社和花城出版社同时推出了《纪德文集》。人民文学出版社的文集包括 3 卷小说，花城出版社的文集包括"散文卷""传记卷""日记卷""游记卷"和"文论卷"等 5 卷，由此表明纪德已经成为公认的经典作家。

---

① 涂卫群：《普鲁斯特评传》，浙江文艺出版社，1999 年，第 8 页。

第十一章　意识流小说

法国的意识流小说发端于爱德华·杜雅尔丹[①]的短篇小说《月桂树已被砍尽》(1887),讲述的是一个花花公子与一位女演员的爱情故事,全篇都是他通过内心独白来表达的感受。这篇小说在当时并未引起注意,后来乔伊斯[②]在写作《尤利西斯》时曾借鉴了这种意识流的创作方法。不过把这种方法推向顶峰的,却是在世纪之交还没有什么名气的普鲁斯特。他虽然不属于任何现代主义的小说流派,却是现代派小说的先驱,而且对法国的现当代文学产生了极为重要的影响。

第一节　普鲁斯特的生平

马塞尔·普鲁斯特(1871—1922)的父母住在巴黎,父亲阿德里安·普鲁斯特是天主教徒、医学教授,担任过卫生总监,母亲让娜·韦伊是一个富有的犹太经纪人的女儿。他出生在巴黎西郊的小城奥特伊,当时正逢巴黎公社成立后被敌军围困,城里生活十分艰难,怀孕的母亲就躲到外叔祖父家里去了。后来他常到奥特伊和父亲的老家伊利埃镇去度假,那里的乡村生活给他留下了深刻的印象,以后成为他的《追忆似水年华》第一卷的内容。

普鲁斯特小时候是个优秀的学生,在爱好文学的母亲的影响下,他从小就对文学产生了兴趣,早在孔多塞中学里就和同学创办过《丁香杂志》等刊物。可惜的是他健康状况不佳,九岁就开始犯哮喘病,而且不断恶化,所以他比普通人敏感得多,能够感觉到常人视而不见或听而不闻的事物。

1889 年中学毕业后,普鲁斯特当了一年志愿兵。1890 年他在法学院注册,同时在政治学院听课,还在巴黎大学进修过柏格森的课程,受到很大的影响,后来柏格森和他还成了亲戚。1892 年 3 月,他和几个朋友创办了《宴会》杂志,发表一些故事和随笔,一年后停刊。1893 年从法学院毕业,1895 年获巴黎大学文

---

① 爱德华·杜雅尔丹(1861—1949),法国诗人、剧作家,以他的意识流短篇小说《月桂树已被砍尽》著称。

② 詹姆斯·乔伊斯(1882—1941),爱尔兰小说家,以写作意识流小说《尤利西斯》著称。

学士学位，被马扎里纳图书馆[①]录取为职员，但几周后就因健康状况欠佳而不断请假，最后于 1900 年辞职。

普鲁斯特有着优越的家庭条件，而且兴趣广泛，喜欢交际，所以成了上流社会的时髦少年。他 15 岁就在曾是作曲家比才遗孀的施特劳斯夫人的沙龙里当小侍从，后来把她作为《追忆似水年华》里的盖尔芒特夫人的原型。他起初喜欢乔治·桑、缪塞，后来喜欢法朗士、洛蒂、波德莱尔和维尼，总之他喜欢上流社会所喜爱的一切文学。他从 20 岁开始忙于拜访、接待、旅行和度假，其实这就是他的观察和学习，是在为他的巨著《追忆似水年华》积累资料。

1896 年，普鲁斯特把早期发表的文章结集出版，名为《欢乐与时日》，由法朗士作序。这些文章篇幅短小、形式精致，描绘的是对儿童时代的回忆、上流社会中优雅的游手好闲、百无聊赖的微笑，充斥着死亡、忧郁、嫉妒和痛苦，弥漫着魏尔兰式的象征主义气氛。其中已经包含着《追忆似水年华》的基本要素，但是要把它们扩充为一部巨著，还需要积累丰富的资料和经验，还要付出极大的努力。

1895 年 9 月，普鲁斯特开始写作自传体小说《让·桑德伊》，实际上放弃了象征主义的形式，去寻求另一种方式来表现他真实的生活。然而这种真实依然是通过虚构来表达的：小说开头是一篇导言，叙述者介绍了作家 C，说他在去世时留下了一卷未曾发表的手稿，随后就转入了另一部由 C 写的小说，主人公是让·桑德伊。小说虽然采用第三人称，却完全是一部自传，而且由于内容相同而令人想起《追忆似水年华》：让·桑德伊 7 岁时，母亲为了使他变得坚强，不再到他的床上来向他说晚安；接着是他的童年、上学、假期和对大自然的印象；然后是中学、哲学课，踏入社交界以后的友谊、爱情和嫉妒；等等。小说还用许多篇幅描绘了德雷福斯事件，使现实的人物与虚构的情节交织在一起，最后以父亲的死来结束，意味着有生有死，然而时间并未停止。

普鲁斯特用了 4 年时间来写这部小说，力图用传统的手法来再现自己的身世，但是并不成功。因为他既要自传的诚实，又要虚构的技巧，总之是在各种已有的表现手法之间犹豫不决，小说因而缺乏统一的结构，他没有写完就放弃了，直到 1952 年才有人将它整理出版。其中暴露的许多问题，要到写作《追忆似水年华》时才得以解决。

普鲁斯特的母亲是犹太人，他与法朗士又交往密切，所以德雷福斯事件爆发以后，他很自然地站在德雷福斯派一边，在知识分子请愿书上签名，要求重新审理这一冤案。

与此同时，普鲁斯特还在报刊上发表了一些评论，包括翻译和介绍英国艺术

① 马扎里纳图书馆位于巴黎，是根据马扎兰的命令建造的，1643 年向公众开放，1930 年并入法国图书馆。

批评家罗斯金[1]的《亚眠的圣经》(1904)和《芝麻与百合》(1906)。罗斯金认为艺术不是爱美者的一种消遣,而是一种宗教、一种哲学,它告诉我们世界的真相;美不是一种快乐的对象,而是一种重要得比真实的生活更无可比拟的现实。普鲁斯特深受这些观点的启发。同时罗斯金对建筑和花草树木等的描绘细致入微,用回忆来表达思想的写作风格,也对普鲁斯特产生了决定性的影响,使他懂得了只要描写童年时代的花园、房间、村庄和家庭,就能够写出一部杰作。

母亲的宠爱使普鲁斯特怀有强烈的恋母情结,也许正是这一点造成了他的同性恋倾向。1905 年 9 月母亲去世后,他在精神上深受刺激,在医院里住了六个星期。他在给友人的信中叹息"我的生活从此失去了唯一的目的,唯一的温馨,唯一的爱,唯一的安慰",他甚至觉得自己"不再拥有任何活下去的理由"。[2]以后他的健康状况每况愈下,失眠日益严重,到 1910 年,他为了隔绝噪音,不得不把卧室的墙壁都加上了软木贴面。

普鲁斯特从 1908 年开始写作《驳圣伯夫》,至 1909 年末遭到出版商的拒绝而放弃,手稿到 1954 年才经人整理出版。在这些评论中,他指责圣伯夫搜集有关作家的信件等资料,向作家的亲友了解情况,采用"科学的"方法去观察作家,是在把作品与写作的人混为一谈。普鲁斯特反对这种方式,认为产生作品的是内心的自我,与作家显示给别人看的外在的自我不同。因此问题不在于叙述作家的生平,而是必须读他们的作品,这样才能更好地理解他们,例如对奈瓦尔、波德莱尔或巴尔扎克都是如此。圣伯夫只涉及问题的表面,并未真正谈及作品,归根结底是使文学成为一种消遣,所以他的文学评论并非楷模。

普鲁斯特要写一部作品来表现自己的真实生活,这就是从 1909 年开始写作的《追忆似水年华》。他由于从小患病,加上在 1903 年继承了父亲的遗产,不用为谋生而操心,所以几乎没有从事任何社会职业。他在写作这部小说时已经无法正常生活,忍受着病痛的折磨;为了避免声音、光线和气味等的刺激引起哮喘,不得不长年生活在紧闭的房间里,拉上厚厚的窗帘坚持写作;有时甚至为了保持思想的活跃而不吃不喝,可以说为写作这部作品付出了生命的代价。在曲折漫长的出版过程中,他呕心沥血、反复修改,直至 1922 年 11 月 18 日 51 岁时去世。《追忆似水年华》是他尽毕生之力完成的巨著,也可以说他是为了完成这部杰作才坚持活下去的。

---

① 约翰·罗斯金(1819—1900),英国政论家、艺术批评家,主张用道德和审美教育建立理想的社会制度。

② 涂卫群:《普鲁斯特评传》,第 22、34 页。

第二节 《追忆似水年华》

柏格森的直觉主义和生命哲学，在世纪之交有着巨大的影响。在《试论意识的直接材料》(1889)里，他提出了“持续时间”的观念，指出了它与科学时间的区别。科学时间既不流动也无活力，只适于空间形式，是可以借助于太阳或钟表来确定的，所以不是真正的时间，人在科学时间里没有选择的自由。他认为人类是一种持续的存在，只有在人类自身的意识中展现的时间才是真正的时间，这种时间是流动的，摆脱了理性活动的限制，人只有在这种时间里才有进行选择的自由意志，才能领悟自我的本质，创造性地表现人性。

柏格森在《创造进化论》(1905)里指出，用进化论来解释生命，是无视创造性和否定了持续时间，是忽略了生命的意义和人类的自由，只有表现为不间断的生活、行为和自由的“超意识”，才是生命冲动的起源。《追忆似水年华》这个标题的意思就是追寻逝去的时光，实际上就是力图用持续时间来表现生命的永恒。因此这部作品虽然并不属于某个现代主义的小说流派，但是它的意识流的创作方法，却对现当代文学产生了深远的影响。

《追忆似水年华》是法国20世纪最重要的长篇小说，但是普鲁斯特起初被人当成附庸风雅的花花公子，没有出版社愿意接受他的书稿，甚至连纪德也只看了几句就表示拒绝，所以普鲁斯特只得在1913年自费出版了第1卷。后来纪德追悔莫及，认为这是自己一生中最大的失误，其余6卷因此才得以分别在1919、1920、1921—1922、1923、1925和1927年出版。在去世前不久的一次谈话中，纪德在谈到这次失误时明确表示：“我重新读了《追忆似水年华》的最后部分。……这是一部重要的、空前的、独一无二的作品”，甚至连巴尔扎克都“绝对比不上”。①

《追忆似水年华》分为7卷，写主人公马塞尔在童年和青少年时代的生活和爱情，以及他在上流社会里的经历。

第1卷《在斯万家那边》，写马塞尔回忆童年时居住的乡镇贡布雷，以及他的姨祖母、外祖父母、父母亲，还有常来拜访的邻居斯万。他很受娇惯，临睡前一定要妈妈来吻他，向他道晚安，妈妈还给他读乔治·桑的小说《弃儿弗朗索瓦》。他印象最深的是有一次吃泡在茶水里的点心，已经消逝的往事竟随着点心的味道而重现在他的心中。还写到斯万在上流社会中的交往，他与妻子奥黛特的爱情和由此产生的嫉妒，以及马塞尔爱上了斯万的女儿希尔贝特。

---

① 《安德烈·纪德谈话录》，陈占元译，载《纪德文集》(传记卷)，花城出版社，2002年，第406、407页。

第 2 卷《在少女们身旁》，写马塞尔继承了姨祖母的财产，他和希尔贝特来往并感到幸福。他常到斯万家去拜访，听善于交际的奥黛特弹奏钢琴，和他们一起喝茶、出游、参观展览或看戏。希尔贝特外表温顺，其实固执任性，两人终于分手。两年后他跟外祖母去巴尔贝克海滩进行海水浴治疗，在那里见到了从亲王夫人到钓鱼少女的形形色色的女人。他结识了盖尔芒特公爵的侄儿圣卢，也就是后来希尔贝特的丈夫，还通过画家埃尔斯蒂尔认识了少女阿尔贝蒂娜，并且热烈地爱上了她。该卷在 1919 年由加里玛出版社出版后获龚古尔奖，普鲁斯特因此一举成名。

第 3 卷《盖尔芒特家那边》，写马塞尔一家迁居巴黎，与盖尔芒特公爵是紧邻。马塞尔在圣卢的引导下进入了贵族的社交界，甚至爱上了公爵夫人。外祖母病故，阿尔贝蒂娜来到巴黎，马塞尔恢复了对她的热情，平息了对公爵夫人的感情。德雷福斯事件爆发，各种人物对此表示了不同的态度。盖尔芒特公爵仇视犹太人，斯万则主张重审这一案件。

第 4 卷《索多姆和戈摩尔》，借用《圣经》里这两座罪恶之城的名称，描绘了上流社会中寻欢作乐的男女私情和同性恋，索多姆代表男子同性恋，戈摩尔代表女子同性恋。除此之外，沙龙里谈论的话题就是德雷福斯事件。盖尔芒特公爵在三位迷人的女士的劝说下，改变了反德雷福斯的立场。马塞尔再次来到巴尔贝克海滩，阿尔贝蒂娜到了距他很近的英国疗养地，他虽然与她相会，却又怀疑她是个同性恋者，所以对于是否娶她为妻一直犹豫不定。

第 5 卷《女囚》写马塞尔与阿尔贝蒂娜在巴黎同居，他的母亲大为反感。他对阿尔贝蒂娜也始终百般猜疑，嫉妒到了偏执狂的地步。他不让任何朋友知道他们同居，以免某个朋友会迷恋她，但同时在生活上供她享受，给她做最时髦的服装，使她成了一个风雅的女人，其实她的生活如同女囚。维尔迪兰公馆里举行晚会，几位大人物竟是同性恋者。

第 6 卷《女逃亡者》，写阿尔贝蒂娜终于离开了马塞尔。他痛苦、思念、写信，但内心的怀疑与嫉妒仍未消除，可是这一切都失去了意义，因为她已在一次出游时从马上摔下来死去了。马塞尔百感交集，派仆人去海滩进行调查，结果证实阿尔贝蒂娜果然是同性恋者。他后来逐渐忘却了痛苦，另寻新欢，又遇见了希尔贝特。他随母亲去威尼斯小住，得知希尔贝特嫁给了圣卢，圣卢却是个同性恋者。

第 7 卷《重现的时光》写第一次世界大战期间的情景。圣卢上前线战死了，但沙龙里一切照旧，依然在接待客人和寻欢作乐。德·夏吕斯暗中希望德国不被打败，成了亲德派。战争结束了，有些人年老死去，女士们失去了魅力，马塞尔感受到了时光的流逝。盖尔芒特公爵夫妇也衰老了，他们看似不可动摇的地位有了变化，公爵夫人也像普通的交际花那样，向已经成为作家的马塞尔讲述她生平的风流韵事。为了追寻逝去的时光和似水的年华，他要抓紧时间完成这部作品。

这部小说虽然分为七卷，却是一个完整的整体。只是由于篇幅太长，不可能将这个整体同时展现出来，普鲁斯特才不得不将它分割成若干块分别描绘，最后呈现出整体的全貌，其实它的结构是完全统一的："主人公随着年龄的增长，穿过地狱般的世界，艺术上的失败期和爱情的荒漠，终于通过艺术作品而重新获得了童年时的乐园，摆脱了尘世的困扰。"[①]普鲁斯特写完这部巨著，也就完成了他的人生使命和目标。

正如西班牙画家毕加索(1881—1973)是在精通了传统的画法之后，才进行立体主义的探索一样，普鲁斯特不仅对于他欣赏的拉辛、法朗士和福楼拜等经典作家，而且对于夏多布里昂、龚古尔兄弟和巴尔扎克等风格大不相同的作家，都曾轻而易举地写过成功的仿作，表明他完全有能力迎合读者的趣味，也说明了他能够写出《追忆似水年华》绝非偶然。这是他在完全了解其他风格的基础上写成的一部新颖的小说，一部前所未有的杰作。

《追忆似水年华》以追忆的方式改变了人们习惯的传统叙事模式。它最主要的题材就是时间，时间可以摧毁一切，但是无法摧毁人的记忆。现实世界永远变幻不定，但往日的岁月却能够随时浮现在我们的眼前。普鲁斯特要借用回忆把他往昔的生活固定下来，所以小说里没有传统的情节和故事，也没有刻意塑造的人物，而只有作者的回忆。这种回忆别具一格，不是回忆值得大书特书的事件或经历，即使写战争也没有战场或打仗的场面。它只是回忆从前的日常生活，通过回忆来再现昔日的时光，也就是追寻并且重新拥有已经消逝的年华。

与传统的现实主义相反，这部小说的任务不是描写和反映现实，而是对个人日常生活的流水账式的记录："普鲁斯特完全意识到他的作品的独创性：他不愿叙述一个故事或是抒发某一主题。他想说出全部蕴藏在他心里的话。他的书就是他一生的总结，在书中他阐述了他本人的全部经历。"[②]而它又并不等于自传，马塞尔并非普鲁斯特。书里的一切人物、景色和情节，不是像传统小说那样由全知全能的作者来决定，而是随着主人公的回忆陆续展开的。

《追忆似水年华》不像传统小说那样塑造人物，而是由马塞尔来回忆他随时碰到的邻居和亲友。尽管普鲁斯特本人经历过战争和德雷福斯事件，小说却并不评论时事政治，从不涉及意识形态的是非，至多只是记录沙龙中的一些谈话。如果说有主题的话，这个主题就是作者的一生，他在上流社会里的交往，特别是和女人的种种感情。这些事情在社会生活中并无奇特之处，或者可以说司空见惯，但是由作者毫无保留地袒露内心的一切，艺术效果却显得非同寻常。

---

① 史忠义：《20世纪法国小说诗学》，第51页。

② 米歇尔·莱蒙：《法国现代小说史》，徐知免、杨剑译，第224页。

小说中对爱情和同性恋的描绘充满了诗意。“读者如果想在他的作品中寻找淫秽的描写或纵欲的场面，将会感到失望。普鲁斯特的小说虽然论述了这些题材，却要比卢梭的《忏悔录》之类的作品不知要纯洁多少倍。”[①]普鲁斯特不仅具有诗人的气质，而且是个身体虚弱的同性恋者，他的爱情实际上只能是一种柏拉图式的精神恋爱，没有肉欲的成分，因此他对爱情的描写才与众不同。

《追忆似水年华》可以说是柏格森的思想的文学化，它既是作者一生的心理活动的记录，又是那个时代的精神气质的组成部分。这种记录不像传统小说那样受到理性的限制，因而十分真实，但同时又不像乔伊斯的《尤利西斯》那样杂乱无章，而是经过选择的，记录的都是作者感受最深、最值得回忆的东西，所以非常感人。这部小说不是本义上的回忆录，不是回顾主人公的丰功伟绩或非凡经历，而是对人生的沧桑、情欲的变化、男女的悲欢等一切看似平凡却又永恒的现象，进行富于哲理而又毫无学究气的回想和评说，因而连嫉妒和恶习也叙述得娓娓动人，令人感到作者的回忆具有超越时间的特性：这部作品已经动态地录入了他的一生，随时可以再现昔日的时光，实际上就是征服了转瞬即逝和虚无缥缈的时间。

限于普鲁斯特的经历，特别是他在写作期间几乎处于完全封闭的状态，小说不可能涉及广阔的社会现实，对当时的世界大战也没有什么反映，而是只限于马塞尔所在的上流社会。它从普鲁斯特的独特视角出发，通过近千个人物的日常活动，不仅在客观上点出了贵族社交界的衰落，贵族与资产者从对立到融合的过程，以及世纪末沙龙里种种人物的心态，而且描绘了人们的衣食住行、七情六欲，乡村的自然景象，社会的五光十色，科学的进步与艺术的发展，总之描绘了存在于人的意识中的真正的生活。普鲁斯特常年卧床，心无旁骛，起床的唯一目的就是核实社交生活中的某个细节，因此他的回忆是以真实的生活为基础的。以往的生活在反复的回忆中越来越清晰，现在与过去在回忆中融为一体，使读者感到分外真实。

普鲁斯特崇尚从拉辛到司汤达的心理描写，因此与巴尔扎克不同，他注重描写的不是客观环境，以及这种环境对人的影响，而是描写人的主观感受和心理活动，所以马塞尔的性格不会像高老头或葛朗台那样鲜明，不可能成为典型环境中的典型人物，甚至连姓氏都没有。小说能够给人留下印象的，都是他回忆所及的情景而不是他本人。不过这种方式也有它的好处，就是容易得到读者的认同：“《追忆似水年华》的叙述者有名无姓。这种匿名现象有利于读者的广泛认知，任何读者都可以进入这个以我自称的陌生人的情境，都可以变成小说中的这个

① 莫洛亚：《普鲁斯特传》，徐和瑾译，第218页。

'我'。"[①]

尤为重要的是，普鲁斯特以他近于病态的敏感，在视觉、听觉、触觉、嗅觉和味觉等各个方面，都善于捕捉和把握生活中最微小的细节和最细腻的感受，并且通过这些感受来引起一层又一层的丰富联想，以意识流的笔法来烘托出气氛和背景，在艺术性方面开了 20 世纪现代派小说的先河。小说中细致入微的心理描写、崭新的时空概念、宏伟的结构和行云流水般的长句，对后来的一切小说创作尤其是现代派小说产生了巨大的影响，为 20 世纪小说的创新做出了卓越的贡献。所以莫洛亚才会做出这样的评价："对于 1900 年到 1950 年这一历史时期而言，没有比《追忆似水年华》更值得纪念的长篇小说杰作了。"[②]

① 史忠义：《20 世纪法国小说诗学》，第 306—307 页。

② 安德烈·莫洛亚：《〈追忆似水年华〉序》，载普鲁斯特《追忆似水年华》，徐继曾等译，译林出版社，1989 年，第 1 卷，第 1 页。

第十二章　超现实主义小说

超现实主义是法国现代主义文学中历时最久、影响最为广泛的流派，它在政治上不甘寂寞，在艺术上标新立异，以反传统精神和自动写作法著称于世。它在绘画、雕塑、建筑、戏剧和电影等艺术领域里成就卓著，也产生了一些风格独特的小说。

第一节　超现实主义发展概况

第一次世界大战期间，欧美的一些青年知识分子出于对现实的不满，形成了一种否定传统价值、破坏既定秩序的精神状态。1916 年，诗人特里斯当·查拉(1896—1963)在瑞士苏黎世发起成立了一个文艺团体，以在辞典上任意指定的“达达”一词作为该团体的名称，达达主义即由此而来。它的宗旨是反对一切传统和常规，否定一切、打倒一切，甚至连达达主义本身也不例外。表达愤怒的理想形式是诗歌，因此达达主义的作品只有诗歌，而且这些诗歌不是宣言就是谩骂和挑衅。

1919 年，查拉来到巴黎，与布勒东等一拍即合，使得达达主义看起来似乎是超现实主义的前身。其实早在 1916 年，诗人阿波利奈尔就首先使用了“超现实主义”这个词，而在查拉来到巴黎之前，布勒东已经创办了《文学》杂志，还与诗人菲力普·苏波(1897—1990)合作写完了《磁场》，用不合逻辑的词句表达了战后青年一代的绝望心情，这是第一部真正的超现实主义小说。阿拉贡也于 1918 年在战场上写完了《阿尼塞或西洋景，小说》的头两章。因此尽管《文学》杂志一度成了达达主义的喉舌，但达达主义和超现实主义这两个流派几乎是平行发展的。

不仅如此，这两个流派即使在合作时也貌合神离。达达主义要摧毁包括文学在内的一切，而布勒东等却是要在摧毁传统文学的同时创立超现实的文学，所以它们到 1922 年就公开决裂、分道扬镳了。1924 年 10 月 15 日，布勒东发表了《超现实主义宣言》，正式成立了事实上已经存在的超现实主义小组，创办了刊物《超现实主义革命》。《宣言》否定了现实主义与传统小说，明确地提出了超现实主义的定义，指出超现实主义追求“纯精神的自动反应，力图通过这种反应，以口头的、书面的或其他任何形式表达思维的实际功能。它不受理智的任何监督，不考虑任何审美或道德方面的后果，将这思维记录下来”[①]。

总起来说，与只想破坏旧世界的达达主义不同，超现实主义者们有着旺盛的创作热情，在精神上有所追求，在艺术上不倦探索，正因为如此，超现实主义才存在了半个世纪之久，在艺术方面产生了深远的影响，而达达主义却一事无成，似乎只是大叫大嚷了一通就销声匿迹了。

超现实主义小组从成立伊始就存在分歧，而且愈演愈烈。1926年11月，布勒东开除了苏波和安托南·阿尔托(1896—1948)。1927年初，布勒东与阿拉贡、保尔·艾吕雅(1895—1952)、勒内·克勒韦尔(1900—1935)等先后加入了法国共产党。他们入党后得不到信任，除了阿拉贡之外，其他人都在1933年被开除出党。1935年6月，“革命作家和艺术家联合会”[②]正在筹备一次反对法西斯主义的国际作家代表大会。克勒韦尔与“联合会”联系，表示超现实主义者要求在讲台上捍卫他们关于作家的自由的立场。但是一天布勒东遇见了苏联作家代表团成员伊里亚·爱伦堡(1891—1967)，由于爱伦堡在刚刚出版的一部作品里把超现实主义者写成鸡奸者和靠妓女养活的人，布勒东愤怒地打了他一个耳光，结果被剥夺了在大会上发言的权利，使完全忠于布勒东的克勒韦尔极为失望地用煤气自杀了。

超现实主义小组内部总是分歧不断，因而政治影响十分有限，所谓革命或政治斗争只是出版一些小册子或公开信，其中只有一部分是反对法西斯主义、西班牙内战或慕尼黑协定的，大多是成员之间的互相攻讦，有些甚至指责罗曼·罗兰和巴比塞的“和平主义态度”，预言人民阵线[③]必然要失败。大战爆发以后，超现实主义者们各奔东西、如鸟兽散，超现实主义运动也就一蹶不振了。

超现实主义小组虽然在政治上无所作为，但在文艺方面却产生了很大的影响。它的成员都是颇有才华的作家和艺术家，他们需要也乐于用作品来表现自己在精神上的追求。他们不受任何纪律的约束，因而与小组的关系如何并不影响他们的创作。另外，超现实主义还扩展到了绘画的领域，从1925年起在世界各地举行画展，与布鲁塞尔、伦敦、贝尔格莱德、布拉格、哥本哈根，甚至东京、纽约和拉丁美洲都保持着联系，有时一年要进行几次。这些绘画尽管惊世骇俗，但毕竟引起了人们的好奇和兴趣。

从1922年开始，布勒东等就与安德烈·马松(1896—1987)、马克斯·恩斯特(1891—1976)、萨尔瓦多·达利(1904—1989)、若恩·米罗(1893—)等著名

---

① 安德烈·布勒东：《超现实主义宣言》，巴黎萨吉泰尔出版社，1924年，第42页。

② 1932年由巴比塞、瓦扬-古久里等发起成立的“革命作家和艺术家联合会”，促使许多作家转向苏联，投入反法西斯的斗争中去，会员达5000余人之多。

③ 法国反法西斯主义的统一战线，由共产党、社会党等左翼政党于1935年5月成立。1936年6月组成人民阵线的第一届政府，不久因内部分裂而消亡。

画家交往，就连毕加索也在 1926 年以后参加过超现实主义运动。顺便指出，布勒东本人是一个艺术品的爱好者，毕生收集了大量民间的原始艺术品，以及文学和绘画方面的杰作。2003 年 4 月，他生前收藏的艺术品在巴黎公开拍卖，其中包括书籍、杂志、绘画、摄影、雕刻、玩偶等等。仅书籍就有 500 份手稿，3500 部作品，包括布勒东本人作品的原版，以及弗洛伊德、托洛茨基（1879—1940）和达利等名人的赠书，总价值高达 3000 万欧元。

让·路易·贝杜安在《超现实主义的二十年，1939—1959》（1961）中指出，超现实主义运动在“二战”之后依然存在，不过已经衰落、今非昔比了。老一辈的超现实主义者相继去世，当时还在世的阿拉贡等已成为法共的重要作家，就连查拉也在抵抗运动时期加入了法共。布勒东于 1966 年去世之后，超现实主义小组很快就自行解体了。

超现实主义是个有着世界性影响的文艺流派，随着它向世界各地的传播，这个名称的含义也变得越来越广泛和抽象，涉及主观性、客观性、精神自动性、想象、非理性、梦幻、反抗、革命等一系列概念，几乎无所不包、无所不容，成了非现实主义的同义词，所以在其他现代主义文学流派中都能或多或少地发现它的痕迹。作为一个文艺流派它虽然已经成为历史，但是作为一种美学观点、一种风格，它还将继续存在下去。

与其艺术方面的成就相比，超现实主义在文学方面确实相形见绌。除了诗歌之外，只有布勒东和阿拉贡的几篇散文式的小说。不过在他们的影响下，特别是在超现实主义运动的后期，却出现了巴塔耶、格诺、格拉克、维昂和芒迪亚格等小说家，其中除了芒迪亚格之外都不是小组的成员，但是他们的小说却带有超现实主义的色彩。

第二节　布勒东

安德烈·布勒东（1896—1966）是超现实主义的创始人和理论家，也是唯一将这个运动贯彻始终的人物。他不断抛开意见相左的同伴，自始至终处于运动的中心地位。

布勒东是独子，他的母亲专横褊狭，对他疑虑多端，使他从小就感到孤独和压抑。上学以后，他觉得学校的生活又是新的压抑，只有靠诗歌才能摆脱苦闷，因此特别喜爱象征主义诗人兰波（1854—1891）的诗歌。阿波利奈尔是 1918 年 11 月去世的，布勒东非常崇拜这位超现实主义的先驱，从 1916 年 10 月开始几乎每天都去看望他。

布勒东从 1913 年开始学医，大战爆发后应征入伍，1916 年进入第二军精神病中心医院，开始研究精神病学的经典著作。当时法国人对弗洛伊德几乎一无所知，因为他的著作尚未译成法文，而正是他的学说为布勒东提供了一条通向“超现实”的道路。布勒东认为人们不自觉地继承了在学校里被培养起来的“批判意识”，而在逻辑、道德和审美等范畴里，恰恰是这种意识造成了种种限制语言发展的障碍，因此人只有在下意识的状态中，才能避免思想清醒时受到的种种限制。也就是说，超现实主义者认为梦幻比理性更能真实地反映世界，所以他们才用毒品来麻醉自己，在意识蒙眬的状态中运用所谓的“自动写作法”。

布勒东有一句名言：“马克思说改造世界，兰波说改变生活，这两个口号对我们来说是一回事。”这说明超现实主义要进行的是个人革命而不是社会革命，他们的政治活动至多只是捍卫个人的自由，而且往往不顾客观条件的许可一意孤行，在无情的现实面前只能一再碰壁。布勒东最后众叛亲离，几乎成了光杆司令。“二战”爆发后他去美国避难，1946 年回到法国。当时存在主义哲学空前普及，布勒东虽然不改初衷，率领一些新成员继续活动，但毕竟大势已去。他于 1966 年去世之后，超现实主义运动到 1969 年实际上已经结束了。

布勒东一贯反对现实主义。早在 1914 年，他就“经常宣称现实主义作品在艺术上十分低劣”，认为莫泊桑的小说“毫无生气，枯燥、平庸、不完整和没有深度”。[①] 他在《超现实主义宣言》中指出，现实主义在精神上是平庸和仇恨的根源，在艺术上迎合最低级的趣味，并且嘲笑以自己的认识去推论别人的认识是一种不正当的文学投机。他本来是反对小说这种艺术形式的，但后来也想尝试写出一种与现实主义作品不同的小说，即不像传统小说那样描绘司空见惯的日常事务，而是以第一人称来讲述自己生活中的种种巧合。他力求使整部作品的结构出乎读者的意料，结果却只是使读者觉得凌乱不堪和难以卒读。

布勒东发表了《娜嘉》(1928)、《连通器》(1932)、《狂爱》(1937)和《秘方 17》(1944)等小说。这些小说不同于故事情节完整、旨在描绘荒诞世界的存在主义小说，也不同于纯客观地描写物的世界的新小说，而是有点类似于意识流小说的叙事体散文。其中除了运用自动写作法进行下意识的描绘之外，也夹杂着关于超现实主义运动的经验的评论，有时甚至直接贴上照片或图片来代替描写，也就是所谓的粘贴法。这些夹叙夹议的作品，表达的是清醒意识与朦胧的欲念或梦幻交织的状态。

《娜嘉》写他在街头偶然遇见衣衫褴褛、孤苦无依的娜嘉，她自称是游荡的灵魂，满脑子都是幻觉，能想象出开花的星、蓝色的风、像水一样的火，而且具有预言的功能，总是自言自语地说着怪诞的故事，结果被关入精神病院。他认为娜嘉是一个自由的精灵，不该受理性的束缚，对她被拘禁极表愤慨。这似乎是一个爱情故事，其实娜嘉只是他在幻觉中看到的形象，因为全书只有三分之一的篇幅描

① 玛格丽特·博内：《安德烈·布勒东》，约瑟·科尔蒂出版社，1975 年，第 27 页。

写娜嘉，而且以“我是谁”这个问题开始，以一架遇难飞机的电报结束。布勒东把这段电文比作美，全书的最后一句话是“美将是痉挛性的，否则就没有美”，似乎是在宣扬超现实主义的审美观。

同样，《狂爱》里的女主人公雅克琳显得隐隐约约，可望而不可即，而书里的各章写的是不同时代的不同主题。《秘方 17》也有个无从把握的女主人公艾丽莎，布勒东热烈地爱着她，把颂歌献给她。

布勒东在这几部小说里评述了超现实主义的审美观，它所崇尚的美和爱情是一种朦胧的感受。这三个女主人公实有其人，与布勒东都有交往，其中艾丽莎还成了他的妻子。这些小说或多或少地带有自传的性质，但是必然会使读者感到模糊朦胧、不知所云，从而失去阅读的兴趣。不过布勒东晚年发表的短篇小说《荒诞的故事》(1953)，对于穿越时空、星际大战、未来世界、有智力的机器人等科幻小说的发展倒是起到了促进的作用，当然这些科幻小说的性质也发生了变化：它们以未来的背景为框架，旨在反对资本主义、军国主义和核战争，揭露和批判西方社会的政治和现实。

第三节　阿拉贡

路易·阿拉贡(1897—1982)生于巴黎，是个私生子，父亲是当过巴黎警察局长的律师路易·安德里欧。为了避免丑闻，母亲装成他的大姐，父亲装成他的教父和监护人，祖母则装成他的养母。阿拉贡从小聪慧，六岁就会虚构故事，九岁以前就学着写了几十本所谓的小说。第一次世界大战爆发时他正在医科学校学习，两年后应征入伍，在陆军医院当助理医生，先后结识了布勒东和苏波。阿拉贡后来在《法国文学》杂志的同事、法共评论家皮埃尔·戴克斯(1922—)指出，这种没有父母的孤独处境，使他一向渴望有人能为他指明人生的道路，而首先担任这个角色的人就是布勒东。

1918 年，阿拉贡因作战勇敢获十字勋章，与艾吕雅成为好友。1919 年与布勒东等创办《文学》杂志，1920 年复员后结识查拉，但第二年就与达达主义产生了分歧。1924 年，他和布勒东等创立了超现实主义小组，为了向否定小说的达达主义挑战，他故意写作了《阿尼塞或西洋景，小说》(1920)。

这篇作品可以勉强概述为一个爱情故事：阿尼塞同七名戴面具的男子一起爱上了美女迷拉陪尔，都成了她的情人。阿尼塞为了征服她不惜放弃一切物质享受，制造偷盗名画等轰动事件，但她却为了金钱嫁给了奇丑的银行家贡扎莱斯。阿尼塞向迷拉陪尔求爱，杀死了另一个前来求爱的男子，然后去杀银行家，其实这个亿万富翁已经破产，被迷拉陪尔抛弃后深感绝望，所以拿起阿尼塞的手枪自杀了。阿尼塞被捕后遭到众人的谴责，以前的同伙都在法庭上证明他有罪，他却坦然承认一切罪行，认为这是生活对他的审判。

据阿拉贡自述，爱上美女的七个男人的原型都是当时的诗人和艺术家，例如保尔·瓦莱里(1871—1945)、毕加索、布勒东、科克托和英国电影艺术家卓别林(1889—1977)等人。他们都爱现代美，而美女迷拉陪尔则是现代美的化身。她不顾艺术家们的追求与富翁结婚，象征着现代美会落入商人的控制之下。

小说语言怪异，充满幻觉，例如阿尼塞喜欢的女人露露转眼之间老了50岁，博物学家的店铺变成了无法摆脱的丛林，蠕虫在他的脸上爬行，人体胸像被老虎吃掉了一半，国立图书馆的书籍淹没了在马路上闲逛的人，沥青在旅游者的脚下沸腾，等等，看起来似乎荒诞离奇，但是只要认真阅读，就能发现其中贯穿着关于现代美的观念，因而得到了纪德的赞赏并被推荐出版。

《巴黎的乡下人》(1926)以《现代神话序》作为引言，包括两个部分：《歌剧院街市》写乡下人第一次从农村来到巴黎，他面对五光十色的大都市眼花缭乱，每天都有新的发现和感受。他东看西看，胡思乱想，觉得歌剧院街市是一口大玻璃棺材，像"梦幻歌剧院街市"那样充满了疯狂、死亡和梦想……到处是色情和妓女，所谓美、善、真、正义等种种抽象的字眼在这里都不存在。《舒蒙岗的自然感》写乡下人和布勒东等来到城外的舒蒙岗，这个大公园里道路崎岖难行，他们像流浪者一样到处碰壁，同时对一路上看到的雕像、女人和爱情等种种景象大发议论。

《巴黎的乡下人》是一篇关于思维的梦想：对哲学、理性、感觉、爱情、肉欲等进行了评述，认为靠理性的抽象思维获得的知识只是一种幻觉，只有培育感官才能使人获得真知。每个人、每件物品都包含着无数奥秘，应该依靠感官使思想摆脱理性，激发想象力，进入超现实的境界以获得新知。从艺术上来说，小说中不时插入一幅广告或一页报纸，类似于超现实主义的黏贴画，这种手法后来被西蒙等新小说作家所继承。

第四节　维　昂

鲍里斯·维昂(1920—1959)是超现实主义传统的继承者，在小说方面取得了出色的成就。在短短几年的创作生涯中，他写出了9部长篇小说和若干短篇小说，其中《流年的飞沫》堪称超现实主义的杰作。

维昂是一个波德莱尔式的奇才。波德莱尔既推崇浪漫主义大师雨果，赞美现实主义巨匠巴尔扎克，也尊敬唯美主义的才子戈蒂埃，正因为他兼收并蓄，保持着相对的独立性，才被后来的各种流派尊为先驱者。维昂可以说是20世纪的波德莱尔，他曾一度崇拜萨特，追随存在主义，主持过《现代》杂志上的专栏，还把萨特和波伏瓦作为《流年的飞沫》中的人物的原型，但他认为本质并不存在，所以否认自己是存在主义者。他与加入过超现实主义小组的格诺更是情深谊长，然而他并未加入这个小组，目的在于保持文学上的自由射手的身份。

维昂生于上塞纳省的维尔达夫雷镇，在那里度过了幸福的童年。他的父亲多才多艺，擅长各种机械工艺，通晓英文和德文。父亲在世时家境不错，家里时常举行舞会，可惜他在1944年被人杀害。维昂尽管健康状况不佳，体弱多病，但是天资聪颖，喜欢读书，19岁时考入了巴黎中央高等工艺制造学校，1943年毕业后担任标准化协会的工程师。

维昂继承了父亲的才华，在孔多塞中学里就迷上了爵士音乐和小号，后来与朋友成立了法国第一支爵士乐队并担任小号手，曾经获得国际比赛的大奖。他还当过演员、记者和翻译，一生中共写了《逃兵》等400多首歌词。他从1942年开始文学创作，第1部小说《安丹动乱》(1966)是在他身后才出版的。接着他写了《中年人阅读的神话故事》，以及《配角》《蚂蚁》等短篇小说。

维昂以韦尔农·苏利万为笔名，模仿美国的侦探小说，出版了几部引起轩然大波的作品。《我要到你们坟墓上吐唾沫》(1946)写一个混血儿替黑人哥哥报仇，骗取了两个富裕的白人姐妹的爱情，然后将她们折磨至死，最后自己也被警察打死。小说抨击了种族隔离制度，但是暴力和色情描写过多，因而虽然畅销却备受抨击。维昂因此被人告到法院，在1949年以有伤风化罪被判处10万法郎的罚金。《把丑人杀光》(1948)写一个博士用美貌的少年男女做试验，企图杀光所有的丑人，结果美女都选择丑人，他的试验由于违反了自然规律而遭到失败。另外还有《死人都是一个模样》(1948)和《她们被蒙在鼓里》(1953)，这些匆忙写成的小说虽然各有特色，但是都充满了色情。

维昂的其他长篇小说有《脑包虫和浮游生物》(1946)、《北京的秋天》(1947)、《红草》(1950)、《揪心》(1953)，这些用真名发表的小说都是关于友谊、爱情和死亡的故事，显示出一个个梦幻般的世界，例如孩子会飞翔，物体会变形，动物会玩游戏、与人和谐相处等等，形式荒诞、讽刺辛辣，表现了现代人面对战争和死亡的焦虑和思考。

维昂的代表作是《流年的飞沫》(1947)，写的是3对年轻人的爱情故事。

一对是高兰和克洛埃。高兰生活优裕，还发明了能调制鸡尾酒的钢琴。他和克洛埃一见钟情，婚后到南方去度蜜月。由于高兰打破了旅馆的一块窗玻璃，克洛埃受了凉，咳嗽越来越严重。经医生检查，发现她的肺里长了一朵睡莲，必须不停地闻鲜花的香气才能止痛。高兰由于不断买花而经济拮据，想去做工又无法胜任，最后终于耗尽了财产。克洛埃死去了，教士还要敲诈丧葬费，连耶稣也想向他要钱。高兰注视着她墓地旁边的池塘里盛开的睡莲，感到万分痛苦。

另一对是希克和阿丽丝。他们因热爱作家让-萨尔·保特而相爱，希克把钱全部用来购买这位作家所写的书籍，导致破产，阿丽丝为了救他就去杀保特和书商,烧毁书店后自焚而死,但她的一头金发却得以保留下来。

还有一对是尼古拉和伊西丝。尼古拉是高兰的厨师,技艺高超,但克洛埃患病后他做的菜肴就没有味道了。高兰破产后,他只得到别人家里去做厨师,后来在书店的大火中冒险取出了阿丽丝的金发。

小说中没有什么情节,却从头至尾都充满了荒诞不经的细节,例如肺里长出睡莲、枪筒上开放玫瑰、用钢琴配鸡尾酒等。其中的时间和空间能够任意改变,房屋、家具会随着人的命运的不同而变形,人与物之间完全平等,动物可以改装,人会下蛋,月票和鞋子等物体都有生命。这些奇特的想象使小说成为一部前所未有的荒诞作品,充满了象征和超现实的成分,其荒诞程度胜过了任何一部现代派小说。

然而小说却并非荒诞无稽,它塑造了不同的人物形象,例如慷慨大方的高兰,自私自利的希克,善良高雅的阿丽丝,庸俗乏味的克洛埃,等等,并且通过他们的行为揭示了一个由金钱主宰的、充满压迫的世界。维昂在小说中把现实与超现实融为一体,使读者明知其不可信也不感到荒诞,所以它不像奥地利小说家卡夫卡(1883—1924)的《变形记》那样令人感到沉重和压抑,反而使人觉得幽默和亲切。除此之外,小说中对宗教的讽刺,人用体温去种出枪筒来自相残杀等荒诞的象征,也显然留有萨特的无神论存在主义哲学的烙印。

维昂在这部小说的前言中指出:"生活中只有两件事情,即爱情与音乐。当然,是和美丽的姑娘们谈情说爱,而音乐则是新奥尔良的音乐和艾灵顿公爵的音乐。"[①]小说的内容无论看起来多么光怪陆离,主题却是十分清楚的,这就是维昂的人生观。布勒东和阿拉贡都想写出传世的超现实主义小说,《流年的飞沫》这部杰作也许实现了他们的梦想。

维昂的短篇小说同样具有超现实主义的特色,《蚂蚁》(1949)是他的代表作。他用荒诞滑稽的笔调描绘了战场上的恐怖场面,例如一个士兵和他的反坦克炮弹一起射了出去,一个士兵的脸被炸飞了四分之三以后还走去就医,两个飞行员跳伞时在空中大打出手,在有水的炸弹坑里连鱼都吓傻了,而主人公面对死亡还有心调侃,踩上了地雷还在冷静思索。小说以一连串看似滑稽实为悲壮的画面,证明了死亡是士兵们的家常便饭,战争是人类最该诅咒的行为。

《回忆》(1962)是维昂的遗作,写主人公从大厦顶上跳下去自杀,居然还能几次停留下来回忆昔日的生活,最后因遭到姑娘的拒绝才摔死在马路上。这些构思荒诞之至却又合乎情理,充满了黑色幽默的色彩。

维昂后期转向戏剧创作,在歌剧和音乐剧方面都卓有成就,1953年8月曾

---

① 维昂:《流年的飞沫》,段慧敏译,江苏人民出版社,2013年,前言第1页。维昂是新奥尔良派爵士乐的小号手,艾灵顿是美国黑人爵士乐作曲家和钢琴家。

担任冈城戏剧节的艺术总监和编剧，代表作有《帝国的缔造者》和《将军们的点心》等。可惜他从小就患有风湿性心脏病，得过伤寒症，留下了终身未愈的病根，因而不幸早逝，未能写出更多的杰作。

第五节　巴塔耶

乔治·巴塔耶(1897—1962)是诗人、小说家和评论家，他生于多姆山省，父亲是个瘫痪的盲人。他年轻时皈依了天主教，进入巴黎文献学院。由于健康状况不佳，大战期间没有去打仗。1920 年，他放弃了宗教信仰，在尼采等的哲学的影响下，他与超现实主义作家们交往，后来领导《文献》杂志(1929—1930)，集结被开除的超现实主义者，揭露布勒东的唯心主义，到 20 世纪 30 年代成为最著名的“异端分子”。

巴塔耶在政治方面的态度非常复杂：他研究黑格尔哲学和法西斯主义，加入了批评斯大林的“民主共产主义俱乐部”，又创办具有存在主义色彩的杂志《无头畸胎》(1936—1937)。1942 年患病后，他专心思考和写作，1946 创办《评论》杂志，还当过卡尔邦特拉图书馆和奥尔良图书馆的馆长。

巴塔耶是以研究色情著称的作家。在他早期的小说《眼睛的故事》(1928)里，就充满了关于眼睛、鸡蛋和小便等影射性器官或性行为的描写，他承认这些描写都来自儿童时代的幻想。《爱德瓦达夫人》(1941)中的爱德瓦达夫人是一个淫荡的女人，叙述者和她一起出走，她竟然当着他的面与出租汽车的司机做爱。《C 神甫》(1950)里神甫与沙尔是双胞胎，爱波妮娜是沙尔的情人，却要勾引神甫，被神甫拒绝。后来神甫被德国人抓去，把爱波妮娜和沙尔当成抵抗分子供了出来，但还是被打死了。

巴塔耶小说中的荒诞梦幻和联想，显示出超现实主义对于色情想象的兴趣。他的小说几乎都采用第一人称，内容都是色情，女人则往往在其中起着主导和传授的作用。他的故事违反常规，追求极端的心醉神迷，但是没有性虐狂的狂喜。这种色情描写并非诲淫下流，而是将色情与幻觉和超现实融为一体，显示出对待色情的严肃态度。他关注人的兽性，目的是探索这种兽性可以达到什么程度。

巴塔耶认为人体里蕴藏着兽性，为了满足情欲就要纵欲，最后精疲力竭地走向死亡。“在性欲高涨的时刻……我们不假思索地耗费我们的力气，无节制无益处地丧失大量的能量。享乐与毁灭极为相像。”[①]所以色情是一种苦行，是肉体和心灵的冒险，它带来的快乐总是伴随着死亡的阴影。

---

① 巴塔耶：《色情史》，刘晖译，商务印书馆，2003 年，第 151 页。

第六节　格　诺

雷蒙·格诺(1903—1976)生于勒阿弗尔,获巴黎大学哲学学士学位。他在1925年参加超现实主义小组,1929年与布勒东决裂,但他的作品仍然带有超现实主义的痕迹。格诺于1932年去希腊旅行,碰到了同时使用两种语言的问题,为此写出了第一部小说《麻烦事》(1932),写助产士克洛什太太寻找宝库的故事,获得了当年设立的双猴奖。1938年他进入加里玛出版社任英语审稿员。1951年担任龚古尔奖的评委。

格诺是一位风格怪异的作家,一向醉心于文体实验和句法结构的革新。早在1930年,他就曾决定把自己的小说《麻烦事》分为7章91段,因为91是前13个数字之和,又是13与7的乘积。1947年,他又在《文笔练习》中玩弄文字游戏,把一件微不足道的社会新闻,用99种方式叙述了99遍。1960年,他把10多个智力超群、性格诙谐的作家和数学家组织起来,成立了名为"潜在文学工场"的小团体,每月轮流在一个成员家里进行一次创作比赛:先由一个人或几个人提出一种附有限制条件的写作方式,然后让大家比赛以检验智力,胜利者当然是提出的限制难度最大,使其他成员望而却步的人。参赛的作品被收入《潜在文学工场文库》,而且在专门的剧场里朗诵。

格诺的作品中有一类是诗化的小说,例如《田园诗》(1937)、《橡树和狗》(1937)、《齐奥一家》(1943)、《便携的小宇宙》(1950)、《如果你想象》(1951)和《致命的瞬间》(1956)等。这类小说采用散文化的诗体,既描绘现实又滑稽可笑。

另一类是本义上的小说,如自传体小说《最后的日子》(1936),以及《柠檬的孩子们》(1938)、《严寒的冬天》(1942)、《我的朋友皮埃罗》(1942)、《圣格兰格兰》(1948)、《生活里的星期天》(1952)等,这类小说继承了超现实主义嬉笑怒骂的风格。

格诺的成名作是小说《扎齐在地铁里》(1959)。主人公扎齐是个来自外省的女孩子,她在乡下野惯了,随母亲到巴黎来的几天里,满嘴脏话,到处乱逛,见了人就信口开河、胡说八道,例如对陌生人说父亲要强奸她,所以被母亲劈死了。小说运用大量来自生活的口语、俚语,有点像痞子文学,还有不少色情描写,具有黑色幽默的风格。扎齐在巴黎如鱼得水,正说明了巴黎街头的环境是多么恶浊。实际上格诺是把现实生活中的悲剧转化成了小说中的喜剧,所以小说出版后引起轰动,大为畅销。

《蓝花》(1965)是格诺晚年的代表作,两个主人公分别是生活在1264年的奥日公爵和1964年的西德罗兰。奥日公爵每隔175年就穿越历史来拜访西德罗兰,雄心勃勃地经历了各个时期血腥的战争,而西德罗兰却什么都不做,静思冥想地等待公爵的到来。他们拥有许多共同的特点，而且相互依存，一个人出现另一个便睡去，两人分别成为对方的梦境，以至于最终就像庄周梦蝶一样，由此可以看出庄子清净无为的思想对格诺的影响。

格诺的《典型的历史》(1966)最为神秘莫测。这本小书罗列了96个“章节”，有的只有几行字，却探讨了历史和宗教等问题，极像一本儿戏之作。其实它不是一部小说，而是为了纪念几何学家德扎格(1591—1661)写于1639年的《试图处理圆锥与平面相交情形的草稿》，这部书稿最初取名为《试图处理历史绝对科学的草稿》，并且借用了函数分析的创始人、意大利数学家沃尔泰拉(1860—1940)的研究成果来考察人类的历史，出版时才改名为《典型的历史》。

第七节　格拉克

于连·格拉克(1910—2007)是小说家、诗人、剧作家和评论家，原名路易·普瓦里埃。他生于曼恩-卢瓦尔省的圣弗罗朗-勒维耶尔，童年在农村度过。11岁时离开家乡到南特上了七年中学，不仅成绩优异，而且特别爱好文学。他20岁时进入巴黎高等师范学校，24岁获得历史学士学位，以后一直在中学教历史和地理。大战爆发后他应征入伍，在第137军任步兵中尉。1940年被俘后关进集中营，后因被怀疑患有肺结核而被释放。

格拉克曾一度加入法国共产党，也是超现实主义者们的朋友，在写作手法上深受他们的影响，特别是与布勒东常有交往，后来还发表了论著《安德烈·布勒东》(1946)。他拒绝给自己贴上任何标签，所以没有加入超现实主义小组，只认为自己曾经是个新超现实主义者。

格拉克的第一部小说是《阿尔戈城堡》(1938)，写主人公阿尔贝买下了建筑奇特的阿尔戈城堡，他的朋友带着女友爱德来看他，爱德喜欢阿尔贝，三个人碰到一起时颇为尴尬，无话可说。小说继承了黑色小说和早期浪漫主义的传统，在描绘城堡、森林和鬼魂时充满了神秘的气氛，因而受到布勒东的赞扬，称之为超现实主义的第一次自由自在的回潮。

战后他发表了《阴郁的美男子》(1945)，写几个要好的年轻男女外出度假，住在同一个饭店里。忽然来了一个很有魅力的神秘男子，吸引了其中的两个女人，使他们平静的生活激起了波澜，因此大家都希望他早点离开。

格拉克的代表作《西尔特沙岸》(1951)是一个虚构的故事，描写奥尔塞纳城市共和国与法尔盖斯共和国之间的斗争。由于数百年没有战争，加上贵族之间的争权夺利，奥尔塞纳共和国的人民已经失去战斗的热情，国势日衰，面临着灭亡的命运。年轻的阿尔多是奥尔塞纳共和国的贵族子弟，在失恋后要求调往西尔特沙岸，担任这一地区海军指挥所的观察员。他在那里无所事事，与显贵之女瓦内莎相恋后，在她的授意下整修要塞，并且驾船驶向法尔盖斯坦，使两国陷入重新开战的危机，以此来唤醒麻木的人民。小说利用象征主义的手法，借用中世纪的历史来影射法国与德国的战争，反映了冷战时期的社会现实和人们焦虑的精神状态。小说出版后获得了龚古尔奖，但是格拉克拒绝接受。

格拉克的小说还有《林中阳台》(1958)，描写主人公格朗热准尉在森林碉堡里的生活。他陶醉于对现实的幻想和与寡妇莫娜的爱情，但是大战的炮火使一切都化为泡影；短篇小说集《半岛》(1970)包括三个短篇，主要是对风景的描写；《涓涓细流》(1986)记叙的是卢瓦尔河的一条支流旁边发生的故事。

格拉克性格高傲，从来不在电视上露面，也很少接受采访。他不愿意参加社会活动，不想给自己贴上任何标签，除了写作不打算做任何别的事情，还拒绝用袖珍本来发行自己的作品，所以令人感到颇为神秘，无法捉摸。他的小说犹如他的为人，里面没有什么动人的情节，而且词汇怪僻，含义深奥，初看的读者甚至会感到厌倦，因而就连获得龚古尔奖的《西尔特沙岸》，当时也才售出了 20 本。

但是他的小说里有一种神秘色彩和梦幻般的气氛，以模糊朦胧的氛围呈现出虚幻的独特意境，给读者留下了充分想象的余地。这些小说展示荒漠和废墟等衰败的景象，描写梦幻、孤独、焦虑和死亡，实际上是在探索生存的奥秘，蕴含着宿命的哲理，集中体现了超现实主义的创作观念。

格拉克认为自己的作品在不断地演变，他在 20 世纪 80 年代末接受采访时说过："第一，开始时我的作品荒诞色彩比较浓，离现实很远，但慢慢地，荒诞的东西少了，现实的东西多了；第二，自然风景在我的作品中所占的比重越来越大，到今年出版的这一部，几乎全是写风景；第三，越来越喜欢小段小段地写……第四，我的写作手法也在变，开始时抒情成分重，现在变得严肃多了，有时喜欢加进点带音乐色彩的东西。"①

第八节　芒迪亚格

安德烈·皮埃尔·德·芒迪亚格(1909—1991)生于巴黎一个富裕的家庭，早年对考古感兴趣，青年时代在欧洲和东方旅行。战后他与布勒东结识，加入了超现实主义小组，受到了一些画家的影响，成为超现实主义运动后期的重要小说家。

芒迪亚格早年写作了许多诗歌，后来发表了《黑色博物馆》(1947)、《狼的太阳》(1951)和《大理石》(1953)等短篇小说集，长篇小说有《海百合》(1956)、《月规》(1958)、《摩托车》(1963)和《边缘》(1967)等。

① 廖星桥：《荒诞与神奇——法国著名作家访谈录》，海天出版社，1998 年，第 120 页。

《摩托车》写 19 岁的少女蕾贝卡刚刚出嫁,丈夫是个平庸的中学教师。她的情人达尼埃尔送给她的结婚礼物是一辆最新型的摩托车,意思是让她经常驾驶摩托车去和他幽会。有一天早晨,她悄悄起床,开着摩托车到 130 公里以外的海德堡去看情人。一路上她时而开车赶路,时而停下来休息,同时回想着她从前与情人度过的时光,最后在车祸中丧生。

小说的题材并不新颖,类似于古代的骑士小说,只是用高速公路代替了黑暗的森林,用摩托车取代了骑士的马匹。但是小说不仅继承了超现实主义耽于梦幻的风格,而且显然受到了时空交错等新小说手法的影响,同时也有着明显的寓意。蕾贝卡喜欢用自己的双腿夹住摩托车,把它称为"黑色的公牛",无疑具有性的意味。她骑着摩托车去看情人,不时回味起和情人做爱的情景,实际上在进行一场感情上和速度上的冒险,而摩托车则同时是爱情和死亡的象征。

《边缘》也是一个奇特的故事。主人公西吉斯蒙·蓬斯在经商途中来到巴塞罗那,打算休息三天。他收到妻子的一封信,发现信是别人代写的,他知道情况不妙,于是在一个妓女的陪伴下过了三天。最后他从信中知道儿子死于事故,妻子也已自杀,于是开枪自尽。

这部小说初看之下令人难以理解,常人总以为知道家里出事应该立即赶回去。其实小说或许是在歌颂不朽的爱情,因为既然妻子死了,回去已没有任何意义,而自己不死,也就永远无法解除思念的痛苦,于是只有以死来殉情了。在接近性解放的 20 世纪 60 年代,《边缘》可谓是一出振聋发聩的爱情悲剧,这也许是它获得龚古尔奖的原因。

除了《边缘》之外,芒迪亚格的小说都是以妇女或少女为主人公的,她们具有独立的性格,为了爱情不顾一切地进行冒险,但是其中总有一种宿命的预感。对爱情、女人、梦幻和怪异的兴趣,都是超现实主义的特征,芒迪亚格是超现实主义小组的成员,因而被视为最后一个超现实主义作家。其实与布勒东和阿拉贡在 20 世纪 20 年代的小说相比,芒迪亚格的创作风格已经有了新的变化,手法更加丰富,意义也更容易理解了。

超现实主义和象征主义的共同之处,是注重源自奈瓦尔等浪漫主义者的感觉、梦幻和下意识写作,信奉波德莱尔提出的感应理论。但是象征主义注重诗歌内在的旋律,使诗歌具有和谐的音乐美,意在通过对万事万物的描绘,去感知隐藏在客观世界深处的更为真实永恒的世界,所以比较容易理解。而超现实主义则是力图下意识地感知事物背后的无穷尽的奥秘,因而信笔所之,随心所欲,充满了朦胧的梦幻。事实证明,这种感应"既可以走向象征,也可以走向超现实。这种走向及其结果如果是可以理解的,可以领会的,往往就是象征;而这种走向及其结果如果是难以理解的，难以领会的，往往就是超现实”[①]。

不过从以上小说家的作品中可以看出，始于布勒东和阿拉贡的超现实主义小说，本身也在不断地演变，格拉克和芒迪亚格的小说，就是小说从超现实主义到存在主义，又到新小说的发展过程中的产物，它们都带有其他现代派小说的痕迹。存在主义的哲学思潮尽管在战后有着巨大的影响，但是就小说而言，它只是在萨特、加缪和波伏瓦的作品中有所体现，而超现实主义却在以后的一切小说里都留下了痕迹。所以从小说发展史的角度来看，“存在主义所起的作用远不如第一次世界大战后超现实主义所起的作用大”[②]。因为超现实主义小说不仅起到了为现代派小说开辟道路的作用，而且对其他现代派小说，乃至一切现当代小说都产生了深刻的影响。

① 柳鸣九：《现实与超现实之间》，载《世界文学》1994年第3期，第249页。

② 雅克·贝尔萨尼等：《1945至1968年的法国文学》，孙恒等译，湖南人民出版社，1999年，第6页。

第十三章　战争小说

两次世界大战造成的特殊环境，特别是反对法西斯主义的斗争，为现实主义小说的繁荣创造了极为有利的条件，更使战争小说成为其中最为重要的部分。法国20世纪的战争小说不可胜数，至今绵延不绝，本章介绍的只是其中影响最大的作家和作品。

第一节　战争小说概况

两次世界大战造就了许多战争小说家，其中少数出现在第一次世界大战期间，例如巴比塞和瓦扬-古久里。以剧作《特洛亚战争不会发生》(1935)著称的让·季洛杜(1882—1944)在第一次世界大战中曾两次负伤并获得勋章，他根据亲身经历写出了三部关于战争的小说:《给鬼魂的读物》(1917)、《美国友谊》(1919)和《令人羡慕的克里奥》(1920)。他在这些作品里回忆战友，颂扬和平，庆幸战争结束使他远离了死亡。

1929年，资本主义世界爆发了规模空前的经济危机，开始了大萧条时期。总起来说，从1930年到1945年，是希特勒在德国上台和法西斯势力猖獗、发动战争直至灭亡的时代，也是法国人民团结一致，投入反法西斯的斗争和战争，最终获得胜利的时代。大多数描写战争的小说都出现在20世纪30年代和40年代，这一时期的小说在形式上可以分为反法西斯小说、存在主义小说和抵抗运动小说，基本上是以反法西斯斗争为中心的。其中抵抗运动本身就是反法西斯战争中的一个阶段，抵抗运动小说当然也是反法西斯小说的一个组成部分。

战争小说的范围其实还要广泛得多，影响也要深远得多。西蒙、莫迪亚诺、杜拉斯等当代小说家的作品，有许多仍然以第二次世界大战为题材。在世纪之交，杜甘[①]发表的《军官病房》(1998)和《幸福得如同上帝在法国》(2002)，也都是以战争为题材的优秀作品，因此可以说战争小说至今仍绵延不绝，只是在1930—1945年之间得到了最为集中的体现。

---

① 马尔克·杜甘(1957—　)，法国当代小说家，著有《军官病房》和《英国战役》等。其《幸福得如同上帝在法国》获我国颁发的“2002年度法国最佳小说奖”。

战争小说紧密地配合了反对法西斯主义的现实斗争。罗曼·罗兰发表了《向过去告别》，与巴比塞一起主持了在阿姆斯特丹举行的世界反战大会，他的小说《欣悦的灵魂》已经反映了法国知识分子反对意大利法西斯主义的斗争，主人公玛克就是被意大利的法西斯党徒刺死在街头的。当时纪德也表示赞同共产主义，开始读马克思和列宁的著作，曾与马尔罗共同发起成立了“全世界争取德国反法西斯政治犯无罪释放委员会”，还担任了反纳粹大会的主席。

除了本书中评析的名著之外，战争小说主要还有让-路易·居尔蒂斯（1917—1995）的《夜森林》（1947，获龚古尔奖），它通过一位护送抵抗运动战士过境的中学生被出卖遇害的过程，揭露了法国沦陷时的人世百态；弗朗索瓦·布瓦耶（1920—2003）的《禁止的游戏》（1947），揭示了战争在孩子们心中留下的阴影，被译成17种文字，1951年被改编成影片，先后获威尼斯电影节金狮奖和奥斯卡电影剧本奖；以及贝尔纳·克拉韦尔（1923—　）描绘沦陷区人民的多卷本小说《冬天的果实》（1968，获龚古尔奖）等。不过数量更多、出版也更及时的则是中短篇小说，例如埃迪特·托马（1909—1970）的《奥克索瓦的故事》（1943）、罗布莱斯的中短篇小说集《世界之夜》（1944）等。

这一时期创作的一个重要特色，是许多作家亲自参加了战争或者抵抗运动，在前线的炮火或者地下斗争的洗礼中写出了他们的小说。仅以空军而言，就有组织和率领志愿空军中队支援西班牙人民的马尔罗，到英国参加空军并担任队长，经常在法国上空执行特殊任务的凯塞尔，英勇牺牲的飞行员圣埃克苏佩里。瓦扬也参加过抵抗运动，他的第一部小说《滑稽的游戏》就是以抵抗运动为题材的；就连天主教作家弗朗索瓦·莫里亚克也参加了反法西斯斗争和抵抗运动，化名出版了宣传抗战的《黑色笔记本》；莫洛亚当时是法兰西学士院的院士，55岁时还投笔从戎，参加过北非、科西嘉岛和意大利等地的战斗。

法国的战争小说不仅生动地反映了当时的社会现实，而且普遍带有高于现实的哲理色彩。萨特的《自由之路》和加缪的《鼠疫》固然是为了体现存在主义的哲学观念，但即使马尔罗、圣埃克苏佩里等的长篇小说，着重反映的也不是某一次战役或战斗，而是旨在通过描写革命来探索人类的命运和生存的意义，或者通过对具体航行的记述来表现人如何战胜环境和向命运发起冲击。又如韦科尔的《海的沉默》，其中未曾涉及任何战斗的场面，却充分反映了民族尊严高于一切的哲理，与都德的杰作《最后一课》可谓异曲同工。正因为如此，马尔罗本人是否参加过中国革命，对于他反映中国革命的小说而言并非必不可少，因为战争小说给人的印象，不仅是枪林弹雨和流血牺牲的具体场面，更是一幅幅悲壮而崇高的时代画卷。

总起来说，战争小说揭露了侵略者的残酷与战争造成的灾难和痛苦，歌颂了法国人民在反法西斯斗争中的爱国主义精神和勇敢顽强的崇高品质，具有深刻的现实意义和深远的历史意义，对后人永远有着启迪的作用，因而是20世纪现实主义文学中最重要和最优秀的部分。

在肯定和赞扬战争小说的同时，也不能不看到在大战期间，有极少数作家为德国效劳，在法国解放以后受到了镇压，落得身败名裂的下场。有些作家支持与德国的合作，因而在战后被清洗，玷污了自己的声誉。

第二节 巴比塞

亨利·巴比塞(1873—1935)是20世纪初期的进步作家、评论家、历史学家和社会活动家。在第一次世界大战以后，他与罗曼·罗兰一起，被左派奉为精神上的领袖。

巴比塞生于阿斯尼埃尔，父亲是记者。他在洛兰上中学的时候，英语教师是象征主义诗人马拉美，哲学教师是哲学家柏格森。他从小爱好文学，先后获得了文学士和哲学硕士学位。中学毕业后他参加了象征主义诗人们的活动，所写的诗歌和短篇小说屡屡获奖。在第一次世界大战之前，他担任过社会党的《人道报》的编辑，出版了诗集《泣妇》(1897)。他的长篇小说《哀求者》(1903)写一个青年对生活的绝望，《地狱》(1908)中的主人公不与他人来往，只从旅馆的墙缝中偷看别人的生活。这些作品描绘了人生的孤苦无依，流露出对现实的不满和强烈的人道主义激情。

1914年大战爆发的时候，巴比塞已经41岁了，而且身体不好，但是他主动作为一个战地记者上了前线，为了反对军国主义去进行实地观察。他像普通的步兵那样躲在战壕里，染上了肺病和痢疾，体验到了士兵们在泥泞和血泊中的悲惨生活，并且做了详细的记录。他在战火中保存下来的唯一的东西，就是一本又脏又破的笔记。因为有着切身经历，所以从1915年末开始，他只用6个月就写出了成名作《火线——一个步兵班的日记》，书前的题词是"纪念在克鲁伊和一一九号山上在我身旁倒下的同志们"。

《火线》以描绘宣战景象的楔子"幻影"开始，以士兵们大骂战争的最后一章"曙光"结束，如实地记录了贝特朗步兵班在16个月里的战争生活。这些人当中有小农、矿工、车夫、船夫、门房、店员、伙计等，总之都是工人、农民和社会底层的人。他们来到国境线上已经一年半了，受尽了地狱般的折磨。在倾盆大雨下面泥泞寒冷的战壕里，他们不得不披着一块块油布，套着一件件绒线衫，或者穿着兽皮，裹着毯子，紧紧地挤在一起取暖，古怪的样子活像一群大猩猩或者生活在洞穴里的猿人。

打起仗来炮火连天，血肉横飞，尸体遍野，血流成河。伤员们为可能被疏散到后方而兴高采烈，但战地医院里的情景也惨不忍睹，以致使人觉得死去才是幸福。偶然有机会回乡探亲的士兵，看到的却是妻子在与德国士官打情骂俏。他无法责怪她，只能盼望战争早日结束，过上安宁和平的生活。

太多的苦难和危险使他们变得蛮横和麻木，毫无幻想和激情，像机器人一样听到命令就盲目地冲锋，在战壕里疯狂地搏斗，结果大多惨死沙场，最后连班长贝特朗也死了。然而幸存者们在经过一个城市的时候，发现后方却是世外桃源，那些觉得“冲锋很有趣”的富人们平安地活着，而且越来越有钱。

士兵们终于从残酷的现实中得到了启示：人与人之间有一种区别，比种族之间的区别更加深刻，这就是每个国家里都有发财的人和终日劳苦的人，劳苦的人受尽磨难牺牲一切，发财的人则踏在他们身上趾高气扬。他们开始发出疑问：我们为什么要打仗？然后，他们认识到要打仗的少数人是各国士兵们的共同敌人，从此再也不应该有战争了。这些活着的弟兄终于睁开了眼睛，一致认为最要紧的是全世界人民的翻身。

《火线》中没有滔滔不绝的评论，基本上是客观的描写，而且都是巴比塞本人的经历，由于运用了士兵们的口语，读起来分外感人。小说并未剖析人的心理活动，而是通过每个人的形象来反映集体的苦难。在最后的洪水中，他们终于觉醒过来，认识到了战争的根源。巴比塞通过这群士兵的革命化的过程，深刻地揭露了帝国主义战争的罪恶本质，得出了必须消灭人剥削人的制度才能根除战争的结论。

巴比塞是个热爱和平的人道主义者，但《火线》的出版表明，他已经成为一个反对帝国主义侵略战争的斗士。在当时普遍鼓吹战争的沙文主义狂热中，在战争激烈进行的时刻，这部小说无疑像炸弹一样起到了振聋发聩的作用。它虽然被政府查禁，却大受人民群众的欢迎，不仅获得了1916年的龚古尔奖，售出了数十万册，而且在20世纪始终是印数最多的小说之一。

巴比塞从此致力于揭露侵略战争的革命活动，于1917年发起成立了“老战士共和协会”，1919年又与罗曼·罗兰一起，创办了国际进步艺术家的反战团体“光明社”，成员中有德国小说家托马斯·曼(1875—1955)、英国小说家托马斯·哈代(1840—1928)、奥地利小说家斯蒂芬·茨威格(1881—1942)和美国小说家厄普顿·辛克莱(1878—1968)等进步作家，他们反对帝国主义对苏联的干涉，为保卫欧洲的和平贡献了自己的力量。

同年巴比塞发表了小说《光明》，主人公西蒙本是维维耶城工厂里的小职员，是个典型的庸人。他每天记记单调的账目，过着小市民的空虚日子，却自以为比干粗活的工人高一头。大战爆发后他上了前线，经受了战争的磨难，逐渐认识到要“打碎锁链，消灭一切特权，争取平等”。它的主题虽然与《火线》一样都是反战，却有着更加明确的政治意义，因为它指出了人类的敌人就是资本主义。列宁对这本书给予了高度的评价，认为它“非常有力地，天才地，真实地描写了一个完全无知的，完全受各种观念和偏见支配的普通居民、普通群众，恰恰因受战争的影响而转变为一个革命者”①。

巴比塞早在1920年就公开表示拥护共产国际，只是为了更加有利于党的事业才留在党外。1923年，在白色恐怖加剧、法共全体政治局委员被捕的严重关头，他毅然加入了法国共产党。但是一些热衷于所谓无产阶级文化的年轻人加入光明社之后，逐渐把持了编辑部的大权，竟然在1924年末出了一期专号来诽谤刚刚去世的法朗士，使备受排挤的巴比塞不得不退出编辑部以示抗议。

巴比塞接着创作了小说《锁链》(1925)，通过阐释社会发展的历史，揭示了剥削制度是万恶之源。他也写了《力量》(1926)、《社会新闻》(1928)等一些短篇小说，其中《十字勋章》写法国殖民军在非洲滥杀无辜，当地人民奋起反抗，主人公的同伴全都被当地人杀死，只有他一人被援军救出而侥幸逃生。他回国后获得了十字勋章，但是当记者问他建立了什么功勋时却无言以对，最后良心发现，自己把勋章摘了下来。

巴比塞从1926年起任《人道报》的文学主编，是法共在文化方面的马克思主义权威。他发表了一些历史和社会评论，如《耶稣的犹大们》(1927)和《俄罗斯》(1930)等。特别值得一提的是他的专著《左拉》(1932)，他反对把左拉看成是彻头彻尾的自然主义者，认为左拉继承了法国现实主义的优秀传统，在社会活动中起到了巨大的进步作用，这种远见卓识在当时无疑是极为难能可贵的。

1932年8月，巴比塞与罗曼·罗兰一起主持了在阿姆斯特丹举行的世界反战同盟大会，成为作家们为保卫世界和平而斗争的先驱者。1935年，他在访问苏联并参加共产国际第七次代表大会期间病逝。

第三节　马丁·杜加尔

罗杰·马丁·杜加尔(1881—1958)出生在塞纳河畔纳伊的祖父母家里，父亲是巴黎塞纳区法院的诉讼代理人，在乡村置有产业，所以他童年时常在巴黎和外省小城之间来往，上学后也能在假期里接触农民的生活。他在中学里爱好戏剧，喜欢读左拉和托尔斯泰的小说，这对他后来的作家生涯有着重大的影响。

1898年，马丁·杜加尔进入巴黎大学文学系，两年后文学士学位考试不及格，他转入巴黎文献学院，由此养成了对历史的浓厚兴趣和建筑师式的工作方法。他数十年如一日地记日记，积累素材，而且通常都以日记的形式，即按时间的顺序进行创作。1902年，他到鲁昂服役一年，其间和一些朋友组织了业余剧团，1905年从文献学院毕业。1908年，他自费出版了第一部小说《变化》，内容是

① 《列宁全集》第29卷，人民出版社，第465页。

男主人公与几个女人的感情纠葛。

在德雷福斯事件期间，马丁·杜加尔密切注视事态的发展，积累了丰富的资料。1913年春天，他写出了反映这一事件的对话体小说《让·巴鲁瓦》，巴鲁瓦坚决站在左拉一边，在自己办的杂志上为德雷福斯辩护。小说运用戏剧的对白来刻画人物的性格，生动地反映了人们在大战前夕的精神状态，因而得到了纪德的赞赏，得以在《新法兰西评论》上发表。

马丁·杜加尔不是马尔罗式的传奇英雄，不像罗曼· 罗兰那样活跃于政治舞台，也没有萨特那样的哲学体系，如果不是由于他的小说《蒂博一家》获得诺贝尔文学奖的话，他也许会默默无闻地度过辛勤笔耕的一生。人们通常认为他的作品都像《蒂博一家》那样严肃，没有华丽的辞藻，没有浪漫的抒情，以为只有这样才符合他的不慕虚名、甘于淡泊的性格。

他的作品其实是风格独特和丰富多彩的。在继承中世纪笑剧传统的基础上，他创作并上演了两出令人捧腹的农民笑剧《勒鲁老爹的遗嘱》(1913)和《大肚子》(1928)，还自称为了“谋生”而写过一些小说，例如因住房拥挤而造成姐弟乱伦的《非洲秘闻》(1931)，以极其通俗的语言描绘法国农村风俗人情的《古老的法兰西》(1933)等。所以如果仅仅是为了“谋生”的话，马丁·杜加尔是完全可以成为一个优秀的通俗小说家或剧作家的。

第一次世界大战爆发的第二天，马丁·杜加尔就被征召入伍，在第一骑兵军团当下士军需兵，直到战争结束。1915年，他改编了契诃夫的《樱桃园》和《三姐妹》，复员后与妻子一起，协助“老鸽舍”剧团在1920年重新开业。

1920年5月，马丁·杜加尔开始构思《蒂博一家》，至1940年出版《尾声》，这部多卷本的巨著耗费了他20年的时间。他曾因为发表这部作品而被列入德军的黑名单，不得不躲避追捕。写完《蒂博一家》之后，他用了几年时间来写作《穆莫尔上校的回忆》。但是由于战后形势的变化，他难以处理主人公与现实的关系，因而数易其稿，终因年老体衰而功败垂成。

1951年5月，他守护垂危的纪德，后来发表了《关于纪德的笔记》。从1955年起，他的健康状况日益恶化，在1957年立下遗嘱，把日记和部分信件交给法国国家图书馆，规定在他死后30年才能阅读这些资料。1958年8月22日，马丁·杜加尔因心肌梗死去世。

《蒂博一家》包括7卷正文和《尾声》。第1卷《灰色笔记本》写两个14岁的中学同学雅克·蒂博和达尼埃尔·德·丰塔南，他们有着异乎寻常的友谊。

雅克的父亲蒂博先生是个强硬的天主教徒，为人骄傲专横。他从事慈善教育事业，建立了一所模范教养院。雅克的母亲已经去世。哥哥安托万是住院实习医生，因不满父亲的家长作风，决心脱离家庭而献身医学事业。他们家里还收养了一个孤女，名叫吉丝，兄弟俩把她当成小妹妹。

达尼埃尔家信奉新教，他的父亲热罗姆生活放荡，母亲丰塔南太太却温柔善良，忍辱负重地抚养他和他的妹妹贞妮。雅克和达尼埃尔背着学校的神甫偷看卢梭和左拉的小说，还用一个灰色的笔记本互通谈论情爱的书信，被神甫发现后面临退学的威胁，于是两人一起出逃到马赛，最后在旅馆里被警察抓住。安托万去把他们接回巴黎，蒂博先生为了维护自己的尊严，把雅克送进了教养院。

第 2 卷《教养院》写雅克在教养院里待了九个月，由于孤独而变得迟钝和麻木。安托万求助于蒂博先生的忏悔师韦卡尔神甫，终于把雅克接回家来。兄弟俩还不顾父亲的禁令，一起去看望达尼埃尔。

在第 3 卷《美好的季节》里，雅克和达尼埃尔已经成为 20 岁的青年。雅克考取了巴黎高等师范学校，但不想去上学。他对吉丝有着超越兄妹的感情，对贞妮更是又爱又恨，终于离家出走了。安托万为蒂博先生的秘书沙斯勒抚养的小女孩动手术，狂热地爱上了来照料小女孩的邻居拉雪尔小姐。但是她却丢下安托万到非洲的情人那里去了。达尼埃尔为厚颜无耻的艺术品商人吕德韦格松作画和办杂志，领取丰厚的报酬，过着悠闲的生活。

第 4 卷《诊断》写安托万在三年后成了名医，他业务繁忙但心地善良，常常免费为穷人治病。蒂博先生已经病入膏肓，失去了昔日的威严，不过安托万始终隐瞒着他的病情。部长的代表吕梅尔为了医治花柳病来到诊所，大谈他的外交活动，并且推断不久就要爆发世界大战。安托万想让吉丝留在家里，实际上是在向她求爱，然而吉丝早在三年前就和雅克相爱了。后来雅克出走，大家以为他自杀了，吉丝却收到了他从伦敦寄来的信，决心去找他。安托万虽然感到失望，但还是把精力投入了繁忙的工作。

第 5 卷的标题《小妹妹》是一篇小说的名称，安托万在从瑞士寄来的一份杂志上看到了这篇小说，并看出是出于雅克的手笔，于是亲自到洛桑找到了他，把他带回了巴黎。雅克到过突尼斯、意大利和德国，最后在瑞士定居。他经历了许多困苦，在洛桑与一批国际革命者生活在一起，主要的工作是采访，写文章评论时事，工作之余写些诗歌和小说。

第 6 卷《父亲的死》写蒂博先生奄奄一息，感到自己坠入了虚无的深渊，心里充满恐惧。他清楚自己不是基督徒，从来都不知道爱别人，而只是渴望有钱和主宰别人。他在生命的最后一刻祈求上帝的恩惠，请求别人原谅他的过去。安托万和雅克赶回巴黎时，蒂博先生的抽搐越来越频繁，安托万只得注射吗啡来减轻父亲的痛苦。他在翻阅父亲的遗嘱、信件和札记的时候，发现了父亲的一些不为他所知的品质，深感父子之间互不了解。

第 7 卷《1914 年夏天》描绘了大战爆发前夜的气氛。雅克等父亲的葬礼结束就回到瑞士，奉命到各国去了解情况。他配合同伴盗取了奥地利特使携带的秘密文件，但是国际革命者组织的领袖梅奈斯特雷尔只重视流血革命，不想用这些文件来制止战争,独自把它们销毁了。安托万把整座住宅改建成实验室,他不问政治,对雅克所说的战争危险表示怀疑。丰塔南先生开枪自杀,贞妮与雅克相逢,相互吐露了埋藏在心中的爱情。雅克带她参加群众集会,在会上发表号召总罢工的演说,受到人们的热烈欢迎。

巴黎的气氛日益紧张,社会党领袖饶勒斯被暗杀,政府和报刊借此煽动狂热的民族主义情绪,打破了雅克对正义和真理的幻想。他想带贞妮去瑞士,但她到车站后又决定再陪伴母亲一段时间,结果他们就此永别。雅克决定单枪匹马地制止战争,独自驾驶飞机到前线去散发传单。飞机坠毁了,他遍体烧伤,由于不能说话而被法军当成德国间谍一枪打死了。

安托万在接到动员令后上前线中了毒气,来到南方治疗。他从老师菲力普怜悯的目光中知道自己病入膏肓,没有治愈的希望。他在大堆的邮件中发现了拉雪尔的项链,原来她已经病死在非洲。他去看望贞妮,发现达尼埃尔被炸断大腿后丧失了性能力,不愿再活下去。贞妮抚养雅克的儿子让-保尔,与吉丝生活在一起。

安托万想娶贞妮,以便使她和雅克的儿子能姓蒂博,但是被贞妮拒绝了。他就在记录病情的日记里给让-保尔写了一些信,信中充满了对往事和战争的回忆,以及对未来的希望。在写完最后两个字"让-保尔"之后,他给自己打了一针,结束了无法忍受的痛苦和 37 岁的生命。

《蒂博一家》是一部结构严谨、布局完整的长河小说,它以左拉的《卢贡-马卡尔家族》的笔法,描写了两个资产阶级家庭的历史和它们的没落过程,反映了第一次世界大战爆发前后动荡不安的社会生活,讴歌了青年一代的反抗精神。

从内容上来说,小说的前 6 卷基本上属于家史的范围,第 7 卷则由家史发展成为视野广阔的政治小说。它自始至终表现的不仅是个人的命运,而更是环境即社会对人的影响。马丁·杜加尔按照现实主义的创作原则,塑造了典型环境中的典型人物,进而通过这些人物的命运,流露出自己对人生和社会的看法。

马丁·杜加尔继承了从巴尔扎克到罗曼·罗兰的现实主义传统,塑造了以蒂博一家为中心的性格坚强的人物群像。他们以各种形式极力维护资产阶级的价值观念,但是由于资本主义制度的没落,他们都未能逃脱悲剧的命运。小说由此对资本主义制度进行了无情的批判,而《蒂博一家》也正是因此而有了深刻的社会意义和政治意义,以及不同于当时其他文学作品的独特价值。

蒂博先生是个顽固的保守派。他生活严肃,性格刚毅,不是一个花天酒地的荒淫无耻之徒,从主观上来说不能算是个坏人。然而正因为他有着崇高的社会地位,受到人们的尊敬,他才盲目地坚信压制个性的教育方式完全正确,才会像个暴君那样为所欲为。他在临终时面对死亡的恐惧,才发现自己的信仰是多么虚伪,于是做了真诚的忏悔。这种人性的突然流露,充分表明他的悲剧命运是社会造成的。

雅克与父亲及其维护的资产阶级价值观有着极为尖锐的冲突，然而他本身却是一个无政府主义的个人反抗者，企图单枪匹马地制止已经爆发的世界大战，结果付出了无谓的牺牲，被当成间谍死在同胞的枪下。没有什么比这种结局更为严酷的悲剧了。作者的讽刺绝非指向他钟爱的雅克，而是指向这个世界：雅克的浪漫主义倾向与现实世界是水火不相容的。

马丁·杜加尔细致地描写了雅克个性的发展过程，表现了他经历的种种磨难和悲剧。不过应该说他对革命者们的刻画并不成功，因为他缺乏对革命活动的直接体验，只是像左拉那样根据资料来塑造人物。他真正熟悉的人物是雅克的哥哥安托万，这个心地善良、工作勤奋的医生从来不问政治，只热衷于自己的职业，但是在历经沧桑之后，也终于认识到了人类的苦难和自己的局限性。这个转变过程无疑比雅克的突变要缓慢得多，却更符合逻辑，也包含着更为丰富的人生哲理。马丁·杜加尔在安托万身上注入了自己的思想感情，实际上是把他作为自己的代言人，所以安托万是《蒂博一家》中最为生动的人物，也是真正的主人公。

小说对法国在大战前夕的社会状况进行了反思，揭露了大战的罪魁祸首，谴责了第二国际的叛卖政策，这种揭露在第二次世界大战前夜具有特殊的意义。马丁·杜加尔并未大声疾呼，但是安托万和雅克在战争年代都变成了和平主义者，而且都死于战争，这就清楚地表明了他的反战情绪，从而突出了小说反对战争、呼吁和平的政治意义。

除此以外，小说也涉及了马丁·杜加尔关注的一些重大主题，或者说是永恒的主题。

首先是代沟的主题，这个问题贯穿于小说的始终。蒂博先生属于法国七月王朝那一代人，他与下一代人、与他的儿子们的冲突，一直到死都未能和解。两代人之间的对抗是永恒的，然而作者在描写对抗的同时，也在呼吁一种人道主义，即两代人之间应该加强相互了解和沟通，避免因对抗而造成追悔莫及的痛苦。

其次是死亡和疾病的主题，这是人类不可避免的悲剧，现代派小说常常以此来表现世界的荒诞和人生的无常。马丁·杜加尔对这两个主题极感兴趣，经常描写医生治病的情景和病人临终时的痛苦，但是他的描写与现代派小说不同，他固然也表现了人在肉体和精神上所受的折磨，但同时也指出人可以赋予死亡以不同的意义。他把死亡作为死者一生的总结，让其回首自己走过的道路。蒂博先生并未给人们留下什么，死后也几乎无人问津，而雅克的壮举给亲朋好友留下了美好的回忆，鼓舞他们去建功立业。安托万临终前还在进行科学研究，用自己的牺牲来为医学做贡献，他是勇敢地面对死亡的，他的死标志着人类对死亡的胜利。

最后是性爱的主题。性爱是表现人生的悲欢离合，反映人和生活的复杂性的一个重要方面，在现代派小说中可谓司空见惯，但在当时却是写作的禁忌。《蒂博一家》中没有直接和露骨的性爱描写，但通过对雅克和达尼埃尔的暧昧友谊等的记述，以或隐或现的方式暗示了同性恋和乱伦等问题，实际上起到了打破禁忌的作用。“作为一个真正的艺术家，他并没有把性生活如实地描述下来，而是通过间接的手法写出了性生活应该是什么样的。”[①]正因为马丁·杜加尔“是他同一代作家中唯一可以列入托尔斯泰体系的文学家，可能也是唯一一位能预示着当代文学到来的人”[②]，加缪才把这位现实主义作家视为现代派小说的先驱，并欣然为《罗杰·马丁·杜加尔全集》作序。

第四节　瓦扬-古久里

保尔·瓦扬-古久里(1892—1937)不像马尔罗那样功勋卓著，也没有什么经典之作，然而他为反对战争贡献了毕生的精力。

瓦扬-古久里的父母都是国家歌剧院的歌唱家，他从小受到艺术的熏陶，爱好音乐和绘画，20岁就发表了第一部诗集《牧人的访问》(1913)。第一次世界大战爆发时，他刚从巴黎大学法学系毕业，取得了律师资格和历史学硕士学位。他怀着青年人的爱国热情上了战场，由于作战勇敢而多次立功，受过七次嘉奖，并晋升为坦克部队的军官。但是战争的残酷却孕育了他的反战思想，在巴比塞的《火线》的影响下，他为反战刊物写稿，结果受到军法处的监禁。

1919年，瓦扬-古久里发表了中篇小说《休假》(1919)，还与雷蒙·勒菲弗尔(1891—1920)合著了短篇故事集《士兵的战争》，这些作品描绘了士兵们在前线战壕里的痛苦生活，与后方资产阶级的悠闲自在形成了鲜明的对比。

瓦扬-古久里在战后参加了法国统一社会党，在社会党分裂后立即加入了新成立的法国共产党，1921年当选为法共首届中央委员，任法共《人道报》的编委。1923年，他当选为国民议会议员，曾因发表革命演说而多次入狱。他从1928年开始担任《人道报》的主编，直至去世。他的许多很有价值的报道，后来结集为《我们要使旭日东升》(1948)和《朝着凯歌高唱的明天》(1962)出版。

瓦扬-古久里在撰写大量的新闻报道和政论的同时，发表了短篇小说《盲人的舞会》(1927)，揭露了资产阶级阔太太们的丑恶嘴脸，她们所谓的慈善行为就是戏弄在战争中负伤后双目失明的老兵。《头等车厢》(1927)写一个共产党员律

① 加缪:《罗杰·马丁·杜加尔》，李玉民译，载《加缪全集》第4卷，第414页。

② 同上，第411页。

师乘坐头等车厢旅行，与车厢里的一个逃亡的俄国贵妇人关系暧昧，揭示了知识分子的弱点。此外，他还写过以法国大革命为题材的剧本《七月老爹》(1927)和《公社万岁》(1933)。

1933年9月，瓦扬-古久里作为第三国际的代表来到上海，参加“全世界反对帝国主义战争委员会”召开的远东反战会议。他利用短短的一个半月时间，会见了鲁迅先生和中国各界进步人士，调查了上海以及附近农村里劳动人民的生活情况，写出了《一只苍蝇被压死了》《二妹和三妹的故事》和《农民陈大怎样当了红军》等几篇小说体的报道。

《一只苍蝇被压死了》的主人公姓于，是住在长江以北的苏北人，上海人看不起这些赤贫的劳动力，蔑视地称他们为“江北人”。于靠家里的三亩地无法谋生，就带着妻子儿女来到上海，住在闸北区江边的一个窝棚里。他体格健壮但头脑简单，只能当一个人力车夫。但就在他拉车的第一天，他在车水马龙之间不识路径，跑得满头大汗又碰上倾盆大雨，还要躲避军警的盘查。他饿了不敢花钱吃东西，却抱着侥幸的心理去赌博，结果输光了所有的钱，昏头昏脑地被一辆日本军车轧死了。

《二妹和三妹的故事》写的是冯家庄的一户农民，家里有10个人，由于离上海较远，连卖菜或糊火柴盒这样的事情也做不了，因此尽管辛苦种地也难以维持生活，二妹和三妹这样的女孩就显得是个负担了。这时有个叫尤林富的胖子来到冯家，说可以让她们到城里去做学徒，以后能挣很多的钱。其实尤林富是个掮客，专门为丝绸厂招收廉价工人，从中牟取暴利。

城里灯红酒绿、热闹非凡，但是二妹和三妹却只能住在极为污浊的环境里，每天干12小时艰苦的缫丝工作，眼睛被蒸汽熏得通红，双手皮肤皲裂，还要经常挨打，有的女工甚至中毒死去。漂亮的三妹坚决不肯再干下去，结果被尤林富骗去，12岁就当了妓女，患了性病。最后尤林富被反抗者打死了，二妹则走上了革命的道路。

《农民陈大怎样当了红军》写陈大所在的乡村闹水灾，江河决堤，政府只顾征收捐税，土豪劣绅乘机抬高米价和廉价买进土地。陈大上有老父，下有子女，患病的妻子又即将分娩。在全家面临饿死的情况下，夫妻俩不得不用小船把女儿送到城里去卖给一个商人，用所得的两个美元换了些粮食。但是就在他们划船回去的时候，大水已经淹没了村庄，他的老父亲和儿子都淹死了，妻子又因难产死在小船里。绝望的陈大遇到了几个红军战士，他加入了红军，指望着有朝一日重新获得他的女儿和土地。

小说的内容并不复杂，但是对于仅仅在上海地区生活了一个多月，而且不懂汉语的法国作家来说，要写得如此真实生动实非易事。小说准确地描述了农村的困难年景和农民的沉重负担，工厂里的悲惨生活和艰苦劳动，城里从洋人到苦力等各色人群，以及江北人在上海当各种苦力，人力车夫的平均工龄只有五年，农民到城里卖菜，再从城里买粪便回来肥田等许多细节。瓦扬-古久里满怀同情地反映了中国人民的苦难，揭示了他们备受剥削和压迫的悲惨命运，赞扬了他们之中先进分子的英勇斗争，显示了他作为一个国际主义者的崇高品格。

瓦扬-古久里最重要的作品是自传体小说《童年》(1938)。保尔是个独生子，深受精于艺术的父母的宠爱。他最喜欢到农村去度假，自由自在地在花草树木间漫游。然而当他学着一个巴黎商人的样子，把女佣叫作土包子的时候，却被她塞了一嘴牛粪，从而懂得了靠着土地才有饭吃的道理。他在中学里受人欺负，在忍无可忍时奋起反抗，终于维护了自己的尊严。他爱好艺术、体育、考古和文学，是个全面发展的好学生，因成绩优秀多次获奖。到中学毕业的时候他开始关心世界形势，研究马克思主义，并且在大战的炮火中锻炼成长为一名战士。他决心用自己的行动和笔杆，永远为正义的事业进行不懈的斗争。

瓦扬-古久里以自己的童年生活为素材，以温和亲切的语调、自然感人的真诚塑造了保尔的动人形象，描写了他从幼儿成长为一个革命青年的过程，显示了孩童般纯洁的心灵和革命者的坦荡胸怀。瓦扬-古久里毕生为反对战争、忠于革命理想而身体力行，在西班牙内战期间曾两次亲临前线慰问国际纵队，直到去世前一天还在伏案工作。正因为如此，他在生前深受人民的热爱，去世后有无数的人为他送葬。

第五节　马尔罗

安德烈·马尔罗(1901—1976)生于巴黎，四岁时父母分居，他随母亲跟开杂货铺的外祖母生活。他从小爱好书籍，常在塞纳河畔的旧书摊前流连，久而久之也从事倒卖书籍的行当。1918年中学尚未毕业，他就给出版商当了助手，同时对考古产生了浓厚的兴趣。与此同时，他也读了许多名著，从20岁开始发表评论和出版诗集，他关于纪德的论文受到纪德的赞赏，两人从此结下了深厚的友谊。

马尔罗早期的作品带有荒诞的色彩。《纸月》(1921)里的世界是月光照耀下的一个湖，被一个形状如猫的精怪统治着，这就是整个社会的象征。月光在湖面上映成了一个城堡，一些进攻城堡的气球，实际上就是不遵守习俗的作家，也就是达达主义者和超现实主义者。他们被湖精用一桶白兰地灌醉了，最后双方同归于尽。《西方的诱惑》(1926)是一个游历欧洲的东方知识分子与一个生活在中国的西方知识分子的通信，指出了西方文化和中国文化的危机。

《奇特的王国》虽然出版于1927年，但是有一部分写于1920年。这个王国实际上就是死神的王国，其中有卷发的魔鬼，在火里再生的凤凰，庙宇里被烧黑的神像，一座被废弃的城市先后由鸟儿、蜥蜴和蝎子统治，曾经有过的一切都不再存在，象征着价值的普遍消失。这三部作品里的形象神奇怪诞且富于寓意，显示出当时流行的超现实主义对他的影响。

1923 年，马尔罗和妻子一起去柬埔寨探险，在丛林里发现了几座古代的雕塑，想把它们运到美国去出售，不料刚到金边就被捕入狱，审理了七个月，才以“盗窃文物”罪被判处三年徒刑。他的妻子回国后呼吁各方营救，在纪德、阿拉贡等文化界著名人士的声援下，西贡法庭受理了他的上诉，将他改判一年徒刑，缓刑一年，使他得以回到法国。

马尔罗在此期间目睹了这块法国殖民地的黑暗现实，接触过“青年安南”运动的成员，受到了反殖民主义思想的影响，尤其是切身体验到了被迫害的痛苦，因此开始走上反殖民主义的道路。1925 年，他重返印度支那，参加“青年安南”运动，先后创办过《印度支那报》和《锁链中的印度支那》，揭露法国在印度支那的殖民统治，但不久都因受到查禁和缺乏经费而停刊。

为了购买印刷设备，马尔罗夫妇于 1925 年去过香港，对中国国共两党合作的革命形势有所了解。他虽然只是在 1931 年与妻子环球旅行时来过中国，但是这些经历为他的创作提供了富有东方色彩的题材。他回国后陆续发表了三部以中国革命和亚洲为背景的长篇小说:《征服者》(1928)、《王家大道》(1930)和《人类的命运》(1933)。

《征服者》写 1925 年 6 月，作者应友人加林之邀前往广州，正逢当时的省港工人举行大罢工。瑞士人加林是罢工的领导人之一，是个征服式的革命者和冒险家，他投身革命的目的是摆脱人生的荒诞，寻求个人存在的价值。另一位领导人是苏联顾问、职业革命家鲍罗廷。洪是恐怖分子的领袖，他们接连暗杀了英国殖民政府的一些官员，以及几个支持罢工的银行家和富商，使几十万罢工工人的生活陷于困境，结果被鲍罗廷下令处死，由此导致了加林与鲍罗廷的分裂。国民党元老程泰被称为“中国的甘地”，他不赞成第三国际的强硬路线，极力阻止签发摧毁香港经济的禁运法令，也要求加林制止恐怖分子的暗杀活动，但后来自己也被暗杀了。最后形势趋向稳定，但是加林健康恶化，心力交瘁，已经病入膏肓，不得不离开了中国。他在回国的前夜，向作者畅谈了世界和人生的荒诞，以及行动对于他的生命的意义。

《王家大道》里有两个主人公:法国青年克洛德到印度半岛的密林里去寻找古代寺庙的遗迹，试图发现古代的浮雕，运到欧洲去高价出售。他在船上结识了丹麦冒险家佩尔肯，佩尔肯已经在那个蛮荒地区生活了很久，在当地土著部落中建立了自己的独立王国，现在正需要钱来买机关枪。他们不仅都需要钱，而且都是征服者，于是一拍即合，决定合伙进行这次冒险。两人来到柬埔寨古老的丛林里，沿着早已荒芜的王家大道，在酷热和蚊群中艰难跋涉，历尽千辛万苦，终于把一些浮雕运了出来。但是佩尔肯却与当地的土著产生了矛盾，被他们埋下的竹尖桩刺伤后感染化脓，在最后一段路途中死在牛车上。

小说的主题是人与死亡的搏斗。他们在荒山野岭里跋涉，冒着炎炎的烈日，这里不仅野人成群、蛇虫出没，还要对付当地政府的军队，所以随时都有死亡的危险。佩尔肯为了与死亡做斗争，就通过对男人的统治和对女人的征服来证实自己的存在。克洛德就是马尔罗，小说既反映了当年他在印度支那的冒险，也体现了他信奉的哲理：人生就是与死亡搏斗的战场，人必将超越和战胜死亡。

《人类的命运》描写了1927年3月上海工人的第三次武装起义，蒋介石发动的"四一二"反革命政变，反映了当时激烈的阶级斗争。二月暴动失败以后，中共中央派乔到上海重新组织起义，革命者陈暗杀了一个军火买办，使起义工人获得了一批枪支，攻占了市政府等要害部门。上海金融界向蒋介石提供5000万美元，促使国共合作趋于破裂，北伐军进入上海以后，奉蒋介石的命令要工人交出武器。陈醉心于恐怖活动，执意要刺杀蒋介石，结果因双腿被汽车轧断而开枪自杀。夺取军火的事情败露，领导起义的乔与俄国人卡托夫等被捕，蒋介石对工人进行大屠杀。被捕的共产党员被分批扔进一辆机车的炉火里活活烧死，卡托夫在最后关头把毒药让给了别人，自己走向了火车头。乔和一些人吞下了随身携带的毒药，他的妻子梅在他死后继续从事革命斗争。

这部小说描绘了中国革命的一个关键阶段，即国民党和共产党从合作到分裂的过程。马尔罗没有参加过中国革命，当然不可能塑造出中国革命者的典型，所以小说里的革命者大多是外国人，例如乔是法国人和日本人的混血儿，他的妻子梅是德国人。即使是中国人洪与陈等，也带有西方恐怖分子的特征。但是在现当代的法国小说中，他的《征服者》和《人类的命运》几乎是唯一以中国革命为题材的作品，因而是西方人了解中国的一个重要途径。

戈尔德曼①在评论这部小说时指出："在谈到中国的同时，马尔罗既不想陷于异国情调，也不想描绘一种具体的环境，而是谈普遍的人，而且不言自明地是谈西方人、他自己和他的一切同事。从这个角度来看，中国、广州和反英斗争代表着历史性的和普遍的革命行动，是使人对自己的存在和尊严有一种新意识的解放行动。"②小说的宗旨不在于描写中国的革命，而是要通过这些外国人及中国人在这一时期的经历，来探索整个人类的命运，正因为如此，它不仅在法国小说史上有着创新的价值，而且具有普遍的哲理性，具有重要的现实意义和历史意义。小说出版后获得了龚古尔奖，在短短的时间里连续再版了25次。

---

①　吕西安·戈尔德曼(1913—1970)，法国哲学家、文学社会学家。他提出了"发生学结构主义"的学说，被认为是新马克思主义批评家，著有《隐藏的上帝》和《论小说的社会学》等。

②　戈尔德曼：《论小说的社会学》，吴岳添译，中国社会科学出版社，1988年，第56—57页。

这三部小说里都有一些色情描写，这是出于塑造人物性格的需要，因为在马尔罗的作品中，男女关系是人与世界的关系的再现。加林和佩尔肯在疾病加重，也就是与社会和世界的关系出现问题的时候，都需要通过对女人的占有来感觉到自己的存在。但是这种占有只是暂时的，女人在被占有之后必然逃避，实际上象征着历史最终也必然要摆脱他们的控制。

希特勒上台以后，马尔罗积极投身于反法西斯的斗争。他在1934年担任世界争取无罪释放季米特洛夫[①]委员会的主席。同年夏天他和阿拉贡等访问苏联，出席了第一届苏联作家代表大会。1935年发表小说《可鄙的时代》，写德国共产党的领导人卡斯纳被捕入狱以后，另一位同志为了党的利益冒名顶替，用自己的生命换取了卡斯纳的自由。但卡斯纳必须立即逃出德国，于是又有一个同志冒着生命危险，在暴风雨的天气里驾驶飞机，把他送到了捷克。马尔罗在这部作品里歌颂了德国共产党人的英勇斗争和自我牺牲精神，第一次明确地表示自己赞成共产主义。

1936年，佛朗哥发动西班牙内战，马尔罗作为反战反法西斯委员会主席，亲自到马德里进行调查，并且在法国募捐和征集了20多架飞机，组织了志愿的“马尔罗飞行中队”。他自任队长，数十次驾机执行轰炸任务，两次负伤，为挽救马德里做出了重要的贡献，被西班牙共和国政府授予上校军衔。《希望》(1937)就是他率领飞行中队参加西班牙内战的写照，反映了西班牙人民英勇抗战的顽强精神。

小说描绘1936年夏季，西班牙各地的法西斯军队发动武装叛乱，企图颠覆共和国，民众起来对他们进行反击，但是因不会打仗而伤亡惨重。后来警察也参加了正义的战斗，人民终于取得了胜利。德、意法西斯在8月里对西班牙进行武装干涉，派去了一批批新式战斗机和训练有素的飞行员，临时组成的国际纵队飞行中队却由于人员复杂而受到很大的损失。

中队的领导人马格宁解除了所有雇佣飞行员的合同，依靠共产党员为骨干来重新组织队伍，建立了严格的纪律。在马德里被法西斯军队三面围攻的严重形势下，国际纵队在市郊进行顽强的抵抗，军事委员会不得不下令凡是逃跑者立即枪决。1937年2月，意大利军队突破了共和国军队的防线，飞行中队奉命偷袭敌军的一个临时机场。加尔代的飞机在空战时被击中，机组人员全部受伤，飞机在雪山中迫降，山民们把他们抬到山下的小镇上救治。第二年3月，面对意大利法西斯军队的攻势，飞行中队全体出动决一死战，掩护了地面部队的进攻，终

① 季米特洛夫(1882—1949)，保加利亚共产党人，国际共产主义运动活动家。在1933年希特勒制造国会纵火案后被捕，后被释放，1946年起任保加利亚共产党总书记和部长会议主席。

于迫使敌人开始退却。

小说没有连贯的情节，而是通过血与火交织的悲壮场面和简洁的对话，塑造了一批舍生忘死团结战斗的英雄。为了扩大宣传效果，马尔罗在1938年亲自把《希望》改编成影片《特鲁埃尔山》，并且动员了一些专业人员，到西班牙战场上去冒着炮火实地拍摄，因此影片里有许多珍贵的实战镜头，具有重要的史料价值。它拍摄完成后曾被法国政府禁映，但在战后上映时引起了强烈反响，获得了1945年的路易·德吕克奖。

第二次世界大战爆发后，马尔罗参加了坦克部队，1940年6月受伤被俘，五个月后逃出了战俘营，到了法国南方。1944年，他又潜入敌后，组织了一支游击队，由于受伤再次被捕，后被盟军救出。他立刻又出任阿尔萨斯-洛林独立旅的指挥官，参加了解放阿尔萨斯的战役，在1945年的斯特拉斯堡的保卫战中击退了德军的反攻。这些出生入死的经历，使马尔罗成为一个传奇般的英雄。

《苏德互不侵犯条约》签订以后，马尔罗对苏联感到幻灭，转而信仰以戴高乐为代表的法兰西民族主义，1945年11月被任命为戴高乐内阁的新闻部长。其间他还发表了带自传性的小说《与天使的斗争》的第一部《阿藤堡的胡桃树》(1943)，叙述贝尔热父子的生平。他们是阿尔萨斯人，由于战争引起的归属问题，父子俩的国籍分别为德国籍和法国籍。儿子被俘后，在集中营里撰写回忆录，实际上写的是一部揭露集中营的反法西斯小说。

20世纪的三四十年代，正是以萨特和加缪为代表的存在主义文学兴起之时。然而并非只有存在主义文学才描绘世界的荒诞。马尔罗在1932年就结识了德国哲学家海德格尔(1898—1976)，他的小说也早于萨特和加缪的作品，而且已经涉及了荒诞的概念。他在描绘荒诞世界的同时，主张用冒险、革命和艺术等行动来战胜死亡，战胜生存的荒诞性。当萨特邀请他加入“社会主义与自由”这个由知识分子组成的团体时，他婉言拒绝，因为他需要的是行动而不是言论。与萨特的自由选择和加缪的抽象反抗相比，马尔罗的作品以及他传奇般的经历，充分显示出他面对人生的坚强乐观的态度，无疑具有更为积极的现实意义。

综观马尔罗的创作，可以看出在早期的《纸月》《西方的诱惑》和《奇特的王国》与后来的《征服者》《王家大道》和《人类的命运》之间，有一个质的飞跃。从思想上来说，这种飞跃不仅表现在作品形式和写作技巧的变化上，更重要的是表明他从一个无信仰的青年变成了反法西斯的斗士。

从小说发展的角度来看，他的作品标志着从现代派小说向现实主义小说的演变，正如阿拉贡的创作从早期的超现实主义小说发展到20世纪三四十年代的题为《现实世界》的四部小说一样。以往关于中国的小说往往只追求异国情调，而马尔罗却出于政治家的敏感，特别关注社会现实，在描写时抓住了中国革命和国共合作等根本问题，因而具有远为进步的政治意义。

法国解放后，马尔罗脱离了党派活动，潜心钻研艺术，出版了《艺术心理学》三卷（1948—1950）、《想象中的世界雕塑博物馆》三卷（1953—1955）和《诸神的变异》（1957），重新显示出他早年对艺术品的爱好。1958 年，戴高乐再次上台组阁，他先后担任文化部长和国务部长，为收集和保护文物做出了重要的贡献。1965 年 7 月，马尔罗作为戴高乐总统的特使，对我国进行了 15 天的访问。戴高乐引退以后，他也退出政坛，出版了长达 600 多页的《反回忆录》（1967）等散文和回忆录，至 1976 年去世。1996 年 11 月 23 日，在马尔罗去世 20 周年的时候，他的遗骸被迁入了巴黎的先贤祠。

第六节　圣埃克苏佩里

圣埃克苏佩里（1900—1944）生于里昂一个贵族家庭，他四岁丧父，但在很有艺术修养的母亲抚养下，他在父亲留下的古堡和亲戚的庄园里度过了幸福的童年。他起初受到天主教教会的教育，后来到巴黎进圣路易中学就读，毕业后投考海军学校，但未被录取。他很早就对飞行产生兴趣，童年时常到附近的一个机场去看飞机，甚至被创造世界速飞纪录的飞行员维特里纳带到天空去飞了一圈。1921 年，圣埃克苏佩里终于如愿以偿，进入空军服役，虽是当地勤人员，他却学会了飞行技术，获民航驾驶执照。1923 年复员后，他于 1925 年发表了短篇小说《飞行员》。1926 年，他进入拉泰科埃尔航空公司，即后来的法国邮政航空公司，驾驶从图卢兹到达喀尔的邮机，第二年春天被任命为朱比海峡中途降落站站长。

这个所谓的降落站地处毛里塔尼亚的沙漠之中，方圆不足 500 米。他作为站长的工作就是住在一间木屋里，随时准备寻找和救援在沙漠里出事的飞机。因为驾驶邮机相当危险，不少飞行员迫降后，由于干渴或被扣为人质而葬身在沙漠之中。为此他不但要冒着被强盗打劫的危险，还要与撒哈拉沙漠西部的西班牙人和当地的摩尔人打交道，而且要忍受无比的寂寞和孤独，过着苦行僧一样的生活。

圣埃克苏佩里的第一部中篇小说《南方邮航》（1928），就是根据这段 18 个月的艰难经历创作出来的。在地面有热风、飞机出现危机的情况下，主人公贝尼斯仍然要求继续飞行，由沙丘、星星、月亮和海面等构成的广袤而又寂静的背景，也因此带有着慷慨悲壮的色彩。小说赞美了飞行员高度的责任心，但也受到了当时流行的超现实主义的影响，有些章节晦涩难懂，所以“我只卖出去三本，一本卖给我姨妈，一本卖给我姐姐，还有一本卖给我姐姐的一个女友。只有三本……”[①]但是它毕竟体现了圣埃克苏佩里的独特风格，后来在1937年被搬上了银幕。

圣埃克苏佩里的代表作《夜航》(1931)，是他到阿根廷担任法国邮政航空公司经营部主任后写作的。当时夜间的导航仪表尚未问世，每次夜航都是一场搏斗，飞行员经常会碰上意想不到的危险。《夜航》写的是一天晚上，三架飞机从三个方向同时飞向布宜诺斯艾利斯，法比安从巴塔哥尼亚起飞后就遇上了暴风雨，没有一个机场可以降落，在汽油只够用20分钟的时候，他发现自己被暴风刮到了大海的上空，已经来不及返航了。尽管机毁人亡，下一班邮机却仍然按时起飞。小说歌颂了飞行员不怕牺牲、英勇顽强地开辟新航线的精神，出版后获费米娜奖，于1939年被改编成影片。纪德为这部小说写了序言，并且鼓励他写作充满激情的散文式的作品。

1932年以后，圣埃克苏佩里成为法国航空公司的试飞员，历尽艰险并多次负伤，但是他顽强地活了下来。1936年，他想创造从巴黎直飞西贡的远程飞行纪录，结果坠落在利比亚的大沙漠里，幸好被一个阿拉伯人救了出来。他受到这段经历的启发，后来写出了《小王子》这篇优美的哲理童话。1938年，他从纽约长途飞行到火地岛合恩角，又坠毁在危地马拉，几乎丧生。

圣埃克苏佩里在治疗期间，按照纪德的要求创作了小说《人的大地》(1939)。全书分为八章，以人和大地为主题，漫谈他在苏联、德国和南美各地的见闻，以及对星球、文明、绿洲、沙漠、生命、航线等的种种感想，追述了他和同伴们遇险的经历，阐明了他靠奋斗来实现人生价值的哲理。小说受到萨特的赞赏，获得了法兰西学士院的小说大奖。

第二次世界大战爆发后，圣埃克苏佩里以上尉军衔应征入伍，他虽然已经40岁，而且多次受伤，但他坚持要服现役，被编入空军的侦察机组，多次去被德军占领的地区上空执行侦察任务。开战不久法军全线崩溃，空军也损失惨重，最后撤到了阿尔及利亚。由于在法国无事可做，他应一位美国出版商的邀请，于1940年到达纽约，开始了流亡生涯。

当时纽约的法国流亡者分为两派：贝当的维希派[②]主张与德国媾和，戴高乐派主张抵抗。但是戴高乐派的一些头目早早逃到美国，对失败后被迫撤到北非的法国军队横加指责，使圣埃克苏佩里感到不快。他当然是主张坚决抵抗的，但他认为维希政府向德国妥协，也未尝不能使法国获得了一个喘息的机会。因此他与两派都不接近，处于孤独的境地。

---

① 龚苏萝·德·圣埃克苏佩里：《玫瑰的回忆》，黄荭译，上海译文出版社，2002年，第13页。

② 1940年6月，德军占领巴黎后，以贝当(1856—1951)为首的法国政府向德国投降。7月1日，政府迁至法国中南部城市维希，故称维希政府，1944年8月垮台。

1942年1月，在苏联和美国先后参战的形势下，圣埃克苏佩里在法国和美国同时出版了中篇小说《空军飞行员》，叙述了他在1940年德军进攻时所做的一次侦察飞行，表示反对纳粹主义，对法国人的最后胜利充满了信心。由于书中流露出法国将要失败，而他不知为谁牺牲的疑虑，所以无论是在维希政府控制下的法国地区，还是在戴高乐派控制的北非都遭到查禁，他为此一直郁郁寡欢。

1943年3月，圣埃克苏佩里辗转到了北非，参加了盟军的空军，但由于年龄太大而无法参战。1944年3月，他来到意大利，在美国友人协助下回到了原来的空军大队。7月31日，为了准备普罗旺斯登陆战，他驾驶侦察机从科西嘉岛的博尔戈起飞，执行空中侦察和照相任务，在地中海上空不幸失踪。法国解放后，他受到国防部的嘉奖，在巴黎荣军院旁的公园里也建有他的纪念碑。法兰西银行还在1993年发行了一套印有他的头像的钞票。

1998年，一个渔民在马赛外海捕鱼时用渔网捞起了一个刻有圣埃克苏佩里名字的表链。2003年，他的飞机残骸被打捞出来，并于2004年6月交给布尔热的航空和航天博物馆保存。2007年，88岁的德国老飞行员霍尔斯特·里波特承认是他击落了圣埃克苏佩里的座机。

《小王子》(1943)是一篇著名的童话，写圣埃克苏佩里由于飞机故障迫降在撒哈拉沙漠，遇见一个来自别的星球的小王子。小王子讲述了自己的生平和经历，对旅途中碰到的有形形色色怪癖的人表示不可理解，最后为了对他的一朵玫瑰花尽责而重返他小小的星球。正如小说中的狐狸对小王子所说的那样，"你应该永远对你驯养过的动物负责"，这篇作品歌颂的是人的责任心，符合儿童喜欢和爱护动物的心理，因此始终能够引起他们的兴趣。

这部别出心裁的作品除了赞美了儿童天真纯洁的心灵之外，也嘲笑了成人的肤浅与虚荣，指出物质的丰富无法弥补精神的匮乏，人们需要友谊和互相依存，为此应该保持善良淳朴的本性，珍惜地球这个唯一居住着人类的星球，所以实际上是一篇教育大人的童话。《小王子》在大战之中出版，反映了人类和睦相处的愿望，体现了法国传统的人道主义精神，因此备受人们的欢迎，至今已经发行了5亿册之多。

圣埃克苏佩里的作品还有《致一个人质的信》(1943)，讲述他经过葡萄牙的首都里斯本时的感想。他的遗作有《要塞》(1948)、《笔记本》(1953)、《青年致虚构的女友的信》(1953)、《致母亲的信》(1955)和《生活的一种意义》(1956)等。其中《要塞》是他从1936年以来的思想札记，通过沙漠中的一个酋长教育王子的形式，表达了他对人生和社会的种种看法，是一部夹叙夹议的哲理小说。他自己说过："这部书将在我的身后出版，我的其他著作与它相比只是习作而已。"[①]但是

① 圣埃克苏佩里：《要塞》，马振骋译，海南出版社，2003年，译者序第34页。

他在生前只完成了部分章节，留下了大量的草稿，他自己也认为这是一部写不完的作品，因此未经整理的原稿出版后引起了不同的评价。

圣埃克苏佩里的一生虽然只有短暂的44年，但他既是一位伟大的战士和英雄，也是一位出色的作家。在法国小说史上，以往对天空的描写只是幻想，浪漫主义作家对大海的描绘也大多出于想象。如果说洛蒂的小说描绘了他所穿越的海洋的话，那么圣埃克苏佩里的作品，则是第一次为读者描绘了他亲历其境的天空。

作为注重行动的实干家，圣埃克苏佩里的作品具有与众不同的特色：没有冗长的描绘，没有感伤的抒情，只有简明的叙述和思索，由此形成了一种简朴的沙漠文化。他笔下的主人公是一批新颖的人物，他们勇气非凡，然而又对现实世界感到失望，所以宁愿从飞机上来观察世界，因为他们在飞机上看到的只是世界的雄伟和壮丽，从而摆脱了生活中的平庸的一面。他们驾驶飞机履行着自己的职责，同时又在飞机上实现着自己的梦想，这两个方面的融合就构成了他作品的风格。

归根结底，圣埃克苏佩里的小说不同于塑造人物、描绘情节和抒发感情的现实主义小说，也不同于视世界为荒诞、不厌其烦地描写物的新小说，而是类似于哲理小说，是以反映现实为主，兼有哲理思考和丰富想象的报告文学。这些作品描绘的都是他的亲身经历，因此具有既令人信服又引人入胜的魅力。

第七节　凯塞尔

约瑟夫·凯塞尔（1898—1979）出生在阿根廷克拉拉的犹太移民区，父母都是俄国人，后来迁至法国定居。他的外祖父母在俄国，父母在法国，他的童年时代是在这两个国家里轮流度过的。凯塞尔在俄国读中学时转学到法国尼斯，1914年到巴黎路易大帝中学继续学习，他早就爱好新闻事业，同年成为《辩论报》的编辑。1915年，他在巴黎大学获得古典文学学士学位后，又转入巴黎音乐戏剧学院，而且成为奥德翁剧院的演员。1916年他进入空军服役，担任中尉，多次出色地完成危险的侦察和战斗任务，小说《机组》（1923）描述的就是他和飞行员们的友谊和战斗生涯。

凯塞尔从21岁起多次周游世界。1920年，他来到爱尔兰，帮助与英国交战的爱尔兰起义者，并以此为题材创作了小说《科克郡的玛丽》（1925）。他在1936年参加了西班牙内战，“二战”期间投身于抵抗运动，到英国参加空军并担任队长，经常到法国上空执行特殊任务，小说《影子部队》（1946）记述了这段经历。同时作为一个出色的战地记者，他写过《伦敦随笔》（1942—1944）等反映法国大溃退和盟军反攻德国等大量新闻报道。例如其中的《贝当元帅之死》，以短短的篇幅揭露了贝当(1856—1951)欺骗人民、向德国投降的丑恶嘴脸,公开表示贝当只是行尸走肉,在法国人的心目中已经死去,从而以大无畏的精神赢得了“行动文学先驱”的名声。

凯塞尔共出版了85部作品,仅长篇小说就有14部之多,这些作品都取材于他的亲身经历。其中最著名的是他在晚年创作的以肯尼亚为背景,描写人与野兽的感情的《狮王》(1958),以阿富汗为背景的历史小说《骑士们》(1967),这两部作品被译成了几十种文字,并且被搬上银幕。凯塞尔多次获得文学大奖,1963年当选为法兰西学士院院士。不过他作为法国文学史上罕见的几位飞行员作家之一,最大的特色是关心时事、喜欢冒险,发表了许多以战争为题材的报道和作品,尤其以短篇小说最为出色。

《乘船前往直布罗陀》是他发表于1945年的短篇小说。主人公让-弗朗索瓦在费利克斯领导下从事地下活动,担任秘密携带武器、发报机和文件的交通员。他有一个哥哥在巴黎,叫圣吕克,整天穿着厚厚的衣服躲在家里,是个性格稳重的老好人。兄弟俩感情很好,但是让-弗朗索瓦没有把自己的秘密告诉圣吕克,因为他只有与战友们才有共同的语言。

有一次,费利克斯要他负责用船把英国和加拿大等国的一些战士运到直布罗陀去,一个老太太让这些战士在自己的农场里隐藏了一个星期,用自己饿了一个冬天才积攒起来的食物招待他们,最后把他们送上了潜水艇。这时费利克斯出于安全考虑,要让-弗朗索瓦单独用小艇送一位“大老板”,也就是抵抗运动的领导人上潜水艇。到了潜水艇的旁边,他借助一个火炬的亮光,才认出了这位领导人原来就是他的哥哥。

这篇小说虽然字数不多,看起来也没有什么惊险之处,但是深刻地反映了法国人民反抗敌人的勇气和信心。让-弗朗索瓦机智勇敢,经常化险为夷,有一次竟然把装有发报机的手提箱让一个德国兵拿着,躲过了宪兵的检查。国外的抵抗战士,包括被击落的英国的飞行员,在法国到处都能受到热情的接待,民众都以能够承担这类风险而自豪。尤其是在小说的结尾处,让-弗朗索瓦意外地发现自己从不出头露面的哥哥竟是“大老板”,不禁喜出望外,自言自语地说:“神圣的圣吕克!……多好的家庭啊!……”这充分说明了抵抗运动无处不在,人民的斗争终将获得最后的胜利。

凯塞尔忠于犹太人的传统,在战后多次访问以色列,写成了报告文学集《爱与火的土地》,其中的《审判》描述了纳粹军官阿道尔夫·艾克曼灭绝犹太人的罪行,以及他被捕和审讯的过程。他在“二战”时期是杀害犹太人的主犯之一,德国战败后他逃到阿根廷隐居了15年,但还是被抓获归案,由以色列的法庭进行审讯。艾克曼尽管垂死挣扎,但最终逃脱不了被惩罚的命运,在1962年5月31日被处以死刑。

第八节　抵抗运动小说

一　韦科尔

韦科尔(1902—1991)生于巴黎，原名让·布吕勒，最初从事绘画，也写过一些随笔。他在大战期间与友人一起秘密创办了午夜出版社，并且以韦科尔为笔名，先后发表了《海的沉默》(1943)、《那一天》(1943)和《凡尔登的印刷所》(1945)等短篇小说。战后他参加了法国共产党，在匈牙利事件后退党，转向了戏剧和童话的创作。

《海的沉默》写于 1941 年，写德军占领时期的一个法国家庭，除了老人和他的侄女，还住进了一个德国军官，名叫凡尔奈·封·艾勃雷纳克。他在战前是个音乐家，知识渊博、彬彬有礼，而且本性善良，他本来爱着一个德国姑娘，只是因为姑娘残忍地拔掉了小虫的爪子，就不惜与姑娘分手。他确实为法国文化感到骄傲，在内心里真诚地相信德国可以与法国合作。

在长达半年的时间里，艾勃雷纳克始终用微笑面对房东的沉默，保持着非凡的耐心。他没有丝毫野蛮的举动，事事处处为房东着想，不给他们增添任何麻烦，甚至从来没有坐过随时可以坐下的安乐椅。每天晚上，他在向房东说完他关于德法合作的美好理想之后，总是不忘说一句"我谨祝你们晚安"。房东老人对他不无好感，当他不在的时候会不由自主地惦记他，而侄女和他更是互有爱意。

艾勃雷纳克到巴黎去休假两个星期，回来之后却判若两人。他浪漫的幻想受到了同伴们的嘲笑，他们根本不尊重法国文化，相反地要摧毁法国的灵魂，把它变成一条俯首帖耳的狗。他感到十分痛苦，人变得苍白消瘦，但是无法违背德国的利益，只能要求上前线，到"地狱"里去平息内心的苦闷。他在与房东告别的时候，目光与房东侄女的目光牢牢地相互吸引，几乎不能分开。与平时的沉默唯一的不同之处，是他们互相说了一声"再见"。他走后生活又恢复了常态。

《海的沉默》是一篇独具特色的中篇小说。它与通常描写侵略者残暴的小说截然不同，但也有别于莫泊桑笔下把普鲁士人杀死的蛮子大妈，或者拉夫列尼耶夫[①]的使两个敌对男女相爱的《第四十一》。小说里的德国军官不是一个残暴的法西斯分子，他很有文化修养，而且对侵略法国感到内疚。他彬彬有礼，甚至可以说是高尚，以至于房东对他恨不起来，房东侄女更是在内心里爱上了他。但无论如何，他毕竟是敌人，是德国占领者。出于法国人的自尊，他们对他始终保持

① 鲍里斯·拉夫列尼耶夫(1891—1959)，苏联作家。《第四十一》写的是一个红军女战士与一个白军军官在荒岛上独处时相爱的故事。

沉默;这种沉默不是意气用事,而是出于对祖国的无比热爱,因而像大海一样深沉,是任何感情都无法动摇的。小说以平静的笔调,动人地表现了法国人民的爱国主义精神,具有不同凡响的特色,所以初版虽然只有300余册,但立即流传开来,被誉为反映抵抗运动的经典之作,韦科尔这个笔名也因此传遍了世界。

二 特里奥莱

艾尔莎·特里奥莱(1896—1970)是阿拉贡的妻子,原籍俄国,名叫艾尔莎·卡冈。她早年在高尔基的鼓励下从事文学创作,发表了第一批小说,后来成为诗人马雅可夫斯基[①]的要妹。1917年与法国驻莫斯科军事代表团成员安德烈·特里奥莱结婚,1920年移居法国,开始用俄语创作。与丈夫离异后,她于1928年与崇拜的阿拉贡结识,随即成为他的终身伴侣。她努力学习用法语写作,把阿拉贡的《巴塞尔的钟声》和塞利纳的《茫茫黑夜漫游》译成俄语,又把马雅可夫斯基的诗集译成法语,还发表了评传《俄国诗人马雅可夫斯基》(1939),自己也出版了小说《晚安,黛莱丝》(1938)、《万分遗憾》(1942)和《白马》(1943),成为法国文坛上的双语作家,为促进俄法两国的文化交流做出了贡献。

法国沦陷以后,特里奥莱在法国南方积极参加了抵抗运动,与阿拉贡、萨特和莫里亚克等其他作家秘密建立了全国作家委员会。1944年,她秘密出版了中短篇小说集《第一个窟窿赔偿二百法郎》,被视为法国社会主义现实主义的经典之作,其中包括《阿维尼翁的情侣》和《私生活或艺术家画家阿列克西·斯拉夫斯基》等小说,反映了占领时期法国的社会现实。小说出版后的第二年被补授龚古尔奖。战后她继续创作了反对冷战的《谁也不爱我》(1946)、《武装的幽灵》(1947)、《废墟巡视员》(1948)和《纪念碑》(1957)等小说。

《阿维尼翁的情侣》塑造了抵抗运动女战士朱丽叶的动人形象。她是航空工厂老板的秘书,非常漂亮,但是生活严肃;她收养了一个孩子,战争爆发后逃难到了里昂,在一家报社当速记员,实际上是抵抗运动的交通员。组织上安排她住在偏远的山里,条件很艰苦,冬天房子里很冷,还有很多老鼠。她几乎每天都要出门,经常坐火车到各地去联络,传送经费和情报,或者通知即将被捕的同志及时逃跑,连圣诞节都无法休息。她有时会碰到情人塞勒斯坦,但是塞勒斯坦是抵抗运动的领导人,忙得没有时间和她谈情说爱。有一次密探跟踪并抓住了她,企图押着她去找到塞勒斯坦,但是她机智地麻痹了敌人,使他们放松警惕,然后一下子钻进小胡同跑掉了。

《私生活或画家阿列克西·斯拉夫斯基》的主人公阿列克西是个画家,他和情妇亨利埃特在占领时期逃出巴黎,躲到里昂去度过了1940年的冬天。尽管亨

---

① 马雅可夫斯基(1893—1930),苏联(俄罗斯)诗人。

利埃特对他照顾备至，但是战争的环境加上不断的搜查，使他的脾气越来越急躁，甚至不再绘画了。他们的私生活也大受影响：阿列克西与少妇卡特琳有了私情，与亨利埃特感情破裂后借酒浇愁，而卡特琳也觉得心灵受到了创伤，就像这座被战争蹂躏的城市一样。亨利埃特独自到乡下去避难，阿列克西找到了她，在一所破房子里艰难度日。在战争就要结束的时候，他们遇见了路易丝，路易丝向他们讲述了在抵抗运动中自己为维护自由和尊严而进行的斗争。她后来再次被捕，然而抵抗战士的鲜血没有白流，画家终于又开始作画了。

特里奥莱早期的《在塔希提岛》(1925)和《林中草莓》(1926)等都是自传体小说，具有理想化的倾向。战争的经历使她看到了残酷的现实，改变了她作品的风格。正如她在《私生活或画家阿列克西·斯拉夫斯基》的前言中所说的那样："我想说说玫瑰和夜莺，迷人的夜晚，生动的白天和美好的生活，说说幸福，说些不难编写和容易忘却的故事……可是生活抓住了我的手腕，我掉下去，掉下去，就像脖子上拴着一块石头，一直掉到现实的深处。"她的小说揭露了占领时期的流放、酷刑等不人道的罪行，是敌人残暴统治的见证；同时歌颂了抵抗运动，特别是妇女们的勇气，表明人民虽然处境艰难，但是对胜利都充满了信心。

三　罗曼·加里

罗曼·加里(1914—1980)生于立陶宛的维尔诺，原名罗曼·卡瑟沃。他7岁随父母到波兰，14岁时移居法国，先在尼斯上中学，后到巴黎学习法律。他在1938年应征入伍，1940年6月加入伦敦的自由法国部队，担任洛林空军中队的上尉，参加过非洲、诺曼底等地的战役，获得过荣誉勋章。1945至1961年，他在外交部工作，先后在法国驻多个国家的使馆任职，其中从1952至1956年担任法国驻联合国的代表。后来他专事创作并周游世界，1980年12月2日自杀身亡。

加里是个颇有传奇色彩的小说家。他的第一部小说《欧洲的教育》(1945)，写的是一个波兰少年在母亲被德国兵抓去当妓女、父亲为报仇而牺牲以后，加入游击队进行复仇的故事。加里此后陆续出版了30多部作品，其中比较重要的有《天的起源》(1956，获龚古尔奖)，描写一个探险家深入非洲，与猎杀大象的人做斗争，生动地反映了非洲的法属殖民地的生活。《黎明的许诺》(1960)写他的母亲，是一本自传体小说。此外，他还用假名发表了《带鸽子的人》(1958)和《斯特法尼亚的头颅》(1974)，这些小说都很受好评。

加里在《白狗》(1970)里写自己养了一条"白狗"，为了改掉它专咬黑人的毛病，就把它交给动物园的一个黑人去训练。不料那个黑人也是个种族主义者，把它训练成了一条专咬白人的"黑狗"。当这条狗又见到加里的时候，不知应该咬黑人还是白人，因无所适从而发了疯。小说辛辣地讽刺和鞭笞了种族主义，体现了人道主义的精神。

加里成名之后，故意用假名埃米尔·阿雅尔发表了几部小说，其中《生活展现在面前》(1975)竟又一次获得龚古尔奖，从而成为唯一获得两次龚古尔奖的小说家。他虽然起初并不承认，但是最后真相大白，在法国文坛上引起了轰动。

《生活展现在面前》描写的是犹太妇女罗莎太太和一个阿拉伯孩子毛毛相依为命的故事，展现了20世纪70年代巴黎社会底层外籍移民的艰难生活。罗莎太太原籍波兰，年轻时流落到法国当了妓女，备受欺凌，曾被关进集中营，险些丧命。年老色衰之后，她只能靠收养一些妓女的孩子生活。其中有一个孩子叫毛毛，是个小穆斯林，贫穷使他成为早熟的儿童，陪伴罗莎太太度过艰难的日子，两人结下了至死不渝的深厚感情。

罗莎太太和毛毛身上有着各自的缺点，例如罗莎太太为留下毛毛而故意气死他的父亲，毛毛则时有偷窃等不良行径。但是作为犹太人和阿拉伯人，他们之间超越宗教的纯洁感情，他们与其他贫苦人之间的朴实友谊，以及通过毛毛的眼睛看到的悲惨生活，都使这篇小说成了一部感人至深的现实主义作品。

罗曼·加里还出版了短篇小说集《鸟儿飞往秘鲁寻死》(又名《光荣属于我们著名的先驱》,1962)，并于1968年搬上银幕。其中的《我渴望天真无知》写一个人为了摆脱金钱至上的当代社会而跑到一个偏僻的小岛上去，结果还是逃脱不了上当受骗的命运。总起来说，他的作品大都反映“二战”期间和战后的社会现实，叙述清晰但富于象征，带有神秘的色彩。

罗曼·加里一生有过无数艳遇，却从未得到真正的爱情。他唯一爱过的伊罗娜·格斯玛依是个出身高贵的匈牙利美女，他们在尼斯相识并成为情人，但是在女方家庭的阻挠下最终分手。加里在晚年的小说《夜晚将是宁静的》，尤其是《欧罗巴》里描绘了他们的恋情，在《巫师》和《风筝》里流露出他因从未找到爱情而绝望，最后终于开枪自尽。

四　罗布莱斯

埃马纽埃尔·罗布莱斯(1914—1995)是小说家、剧作家和诗人，生于阿尔及利亚奥兰市的一个工人家庭。父亲是原籍西班牙的泥瓦工，在他出生前就去世了，母亲是洗衣妇。家庭的贫困使他从小就反对压迫和剥削，同情社会底层的劳动人民。他从阿尔及尔师范学校毕业后在中学当教师，从1936年开始参加工人运动，为《社会主义播种者》和加缪主编的《阿尔及尔共和报》等进步刊物撰稿，并到世界各地采访。

罗布莱斯的第一部小说《行动》(1938)抨击了殖民主义，呼吁各国工人的团结，他在西班牙内战期间拥护共和派。战争迫使他停止学习，他在“二战”期间积极参加反对纳粹的斗争，曾担任军队的翻译官，被北非空军司令布斯卡特将军任命为战地记者，参加了轰炸德国占领的意大利北部地区的战役，荣获军功勋章。

他几次从飞机失事中侥幸逃生，甚至差点被当成德国伞兵枪决。他在战争期间还在《阿尔及尔共和报》上连载长篇小说《天堂之谷》(1941)，发表了以修建一条水坝为内容的长篇小说《人的劳动》(1942，获阿尔及利亚文学大奖)，中短篇小说集《世界之夜》(1944)反映了抵抗运动，以及他对 1934 年到苏联、1935 年到印度支那和中国南方采访的回忆。

大战结束后罗布莱斯在巴黎复员，为多家报刊写稿。1947 年他返回阿尔及尔，创办了文学杂志《锻炉》。1945 年 5 月，阿尔及利亚人民在各大城市举行反帝游行示威，法国派出海陆空三军部队进行镇压。罗布莱斯根据这一事件写作的小说《城市的高地》(1948)获得费米娜奖，同年他发表了第一个剧本《蒙塞拉》，谴责西欧宗主国继续奴役殖民地人民，歌颂拉丁美洲的民族解放斗争。该剧于同一天在阿尔及尔和巴黎上演，立即引起轰动，后来被译成包括中文在内的 20 多种文字。

罗布莱斯勤于笔耕，作品不断。他在法兰西喜剧院上演《真理死了》，还发表了根据他在意大利战役期间的经历所写的代表作《这就叫作黎明》(1952)，内容是戈尔佐涅大发战争财，把工人桑德罗逼上绝路而触犯了刑法，主人公瓦列里奥大夫面临着要不要保护他的问题。后来罗布莱斯还参与把这部小说改编为影片。小说《刀》(1956)反映了 1954 年他在墨西哥的生活，《四月的人》(1959)则是他在 1957 年访问日本之后所写的故事。剧本《为造反者申辩》(1965)声援阿尔及利亚人民争取独立的武装斗争。《艰难岁月》(1974)是他的自传体小说，其中他勤劳朴素的老母亲的形象尤为动人。《威尼斯的冬天》(1978)写米兰的记者拉斯奈尔偶然在街上拍摄了共和国检察官被人杀害的照片，因而受到恐怖集团的威胁。他的作品歌颂为正义而斗争和牺牲的人们，情节扣人心弦，具有强烈的戏剧性。

罗布莱斯是巴黎的"人民和文化"运动的领导人之一，他非常关注民众的教育问题，曾发起成立"街头剧团"，还专门为剧团写了一个三幕滑稽剧《波尔菲利奥》。他还担任北非笔会主席，为发展北非进步文学做出了贡献。他为瑟意出版社主编了一套《地中海文集》，因此发现了费隆和狄布等阿尔及利亚左翼作家。罗布莱斯于 1973 年当选为龚古尔文学奖评委会委员。他对中国很友好，1980 年应邀来我国指导中国青年艺术剧院演出《蒙塞拉》，以后多次来华访问。中国文联出版公司在 1984 年出版了他的小说集《这就叫作黎明》，收入了他的七篇作品。

第九节　集中营小说

1933 年希特勒上台以后，德国建立了第一批集中营，用来关押反对纳粹的共产党人和进步人士。随着对犹太人迫害的加剧和战争的推进,集中营越来越多,最后遍及整个欧洲,成为第二次世界大战中的一种特有的建筑。关押的人包括战俘、犹太人直至普通的平民,无数的人在集中营里惨遭折磨、酷刑和屠杀,甚至被大规模地用毒气室处死后,再用焚尸炉毁尸灭迹,以至于奥斯威辛和毛特豪森等集中营的名称,令人听起来都毛骨悚然。在战争期间,法国共有 250 万人被作为战俘运往德国关入集中营,其中 20 多万人被处决或被折磨致死,其他人即使幸存下来也身心受到严重的摧残。他们当中有些作家用耳闻目睹的残酷现实,以及自己亲身经历的悲惨遭遇,控诉法西斯的罪行,由此形成了一种体裁——集中营小说,其中最著名的作家是加斯卡尔和拉菲特。

一　加斯卡尔

皮埃尔·加斯卡尔(1916—1997)生于巴黎,原名皮埃尔·富尔尼埃,童年在法国西南部的农村度过。他从事过多种职业,后在军队服役八年。1940 年他被德国人俘虏,在乌克兰的拉瓦卢斯卡集中营关押到 1945 年,由于懂德文而被指定为公墓队的翻译。战争结束后他回到法国担任记者,在周游世界的同时开始创作。他的作品都是写在集中营里的经历,例如中短篇小说《家具》(1949)和《阴沉的面孔》(1951)等,内容大多是令人毛骨悚然的回忆。

加斯卡尔的第一部长篇小说《死者的时代》(1953),通过集中营管理人的所见所闻,以及每个囚徒的悲惨经历,描绘了他们所受的痛苦与屈辱,出版后获得了龚古尔奖。

故事发生在 1942 年。主人公"我"名叫彼得,实际上就是加斯卡尔本人。他所在的集中营是德国兵迫使犹太人修建的,用来关押多次越狱未成的战俘。他由于懂德语而被派作掘墓人,就是为死去的囚犯挖掘坟墓。他们本身的境遇也很悲惨,以至于只能用垃圾堆里的罐头盒和花盆等喝汤。监视他们的哨兵恩斯特是一个德国牧师,他反对战争,认为这里的一切太可怕了。恩斯特爱上了犹太姑娘莉迪,每天把自己的面包分给她。集中营里的战俘不断死亡,掘墓时意外挖出的无名尸体散发着恶臭。火车不断地把犹太人带走,带到离他们 30 公里的地方用瓦斯处死。恩斯特想救那个犹太姑娘,但是他受到了处分,被送进了惩戒连,莉迪等当地的犹太人也被火车运走了。逃跑者被开枪打死。列鲍维奇躲在空的墓穴里。彼得给他送点吃的,后来他失踪了。彼得爱上了波兰姑娘玛丽亚,但她吻了他一下就跑开了。

短篇小说集《兽类》(1953)通过动物来反映战争和人类的暴力,它们以不解的目光,默默地注视着加害于它们的残暴行为,例如小牛犊被屠夫切成碎块,马群在飞机轰炸时四散奔逃,但有时也把横行的老鼠比喻为侵略者。其中有一个题为《在狗和狼之间》的中篇,这个题名的本义是一句成语,意为"狼狗不分之时”，也就是指黄昏时分。内容是写德国国境附近的森林里的一座军犬训练所，那里训练着130条军犬，有个充当“人体模特”的人专门穿着训练服让狗撕咬，这样做的目的是要让人们体验到战争的恐怖，但是在忍无可忍的情况下他也会用木棒痛打这些军犬。

这篇描写狗在人的训练下恢复狼性过程的作品，对日本作家大江健三郎有着特别深刻的影响，大江因此写出了他的处女作《奇妙的工作》，描写一个大学生被雇去杀狗的故事。大江作为打工者去杀的狗，正是被美军训练成军犬的牧羊犬，它们因美军赴朝作战而被抛弃，成为流浪犬后被东京大学附属医院收留，以便随时被打杀供实验之用。从这个意义上来说，《在狗和狼之间》也可以理解成狗性和狼性难以分辨的时代：狗的祖先是狼，经过人类千百年的驯养，变成了人类的朋友，但是它们在军犬训练所里很快就恢复了狼的本性。加斯卡尔和大江的小说似乎都说明了一个道理：人生来都是善良的，是爱好和平的，但正如通过训练能使狗恢复狼性一样，战争也能把人变成杀人的机器。作为个体的人无法战胜冷酷的现实，由此才产生了世间的一切悲剧。因此归根结底，他们的小说都体现了反对战争的人道主义精神。

加斯卡尔还发表了两部自传体长篇小说《种子》(1955)和《街边车》(1956)，描写了社会底层的痛苦生活。《种子》的主人公是一个出身工人家庭的孤儿，从小忍饥挨饿，艰辛备尝，但是小说毫无悲天悯人的情调，而是表现了他在共产党员的影响下逐渐走上革命道路的过程。

《逃跑者》(1961)的故事发生在混乱的德国，主人公保尔被俘后，在盟军进入德国时打倒看守逃进森林，被德国姑娘莱娜藏在家里。战争结束了，保尔从战俘变成了占领者，但是莱娜和他之间的爱情却淡漠了。他在法国已经没有亲人，所以只能在德国漫无目的地流浪。

加斯卡尔还写作了《魅力》(1965)等回忆青少年时代的小说，以及《诺亚方舟》(1971)等描绘自然界的哲理小说。他在20世纪50年代初访问过中国，写了《开放的中国》(1955)和《今日中国》(1956)等报告文学，以及剧作《车站大厅》(1958)，1969年获得法兰西学士院文学大奖。

二 拉菲特

让·拉菲特(1910—)出生于法国南部农村，父母本来有一个小磨坊，后来在大战期间沦为雇工。他由于家庭贫困没有读完小学，14岁就来到波尔多城做学徒，当过做糕饼的技工和面包师，靠自学积累了丰富的知识。1932年，罗曼·罗兰和巴比塞在阿姆斯特丹主持世界反战同盟大会，拉菲特深受影响，立即参加了当时成立的反战委员会。接着他在1933年加入了法共，因参加反法西斯示威而被老板开除。从1936到1939年，他在法共中央书记处工作，曾任世界和平理事会总书记。

1939年,29岁的拉菲特被征入伍,1940年6月法军溃败时被俘,当年11月他逃出战俘营,回到巴黎参加了地下的抵抗运动,在法共领导下指挥一支游击队。1942年5月,他在被法国警察逮捕后引渡给德国,1943年先后被押解到毛特豪森集中营和爱本塞集中营。在极其严酷的环境里,共产党人成立了地下组织,恢复了与外界的联系。1945年集中营被苏联红军解放,他才得以回到法国。

拉菲特在繁忙的政治活动之余创作了几部小说:《活着的人们》(1947)这个标题来自雨果的诗句:"活着的人们,就是斗争的人们。"这部自传体的小说按时间顺序叙述了巴黎的抵抗运动,揭露了集中营里地狱般的黑暗生活,党卫军的残忍,囚徒们的悲惨遭遇,以及地下党领导的不屈不挠的英勇斗争。拉菲特满怀深情地刻画了他在集中营里的难友、俄国人科索莫尔的英雄形象。

拉菲特的第二部小说是《我们一定去采水仙花》(1948),它描写在德国占领时期的1942年夏天,一些游击队员成功地炸毁了离巴黎50公里的一个德国电台,不久被盖世太保逮捕入狱。小说真实地记述了法国人民的抵抗运动,生动地塑造了游击队长雷蒙的英雄形象。他的另一部小说《法国玫瑰》(1950)描绘了抵抗运动中的法国妇女,女主人公玛丽·韦尔依是个年轻而默默无闻的小学教师,她参加了抵抗运动,丈夫成了叛徒,她在经受了长期的考验之后成为游击队长,并且得到了"法国玫瑰"这个绰号。

拉菲特的其他小说还有《马尔索营长》(1953),叙述纳粹的失败和游击队的活动。《春天的燕子》(1956)写的是法国民众保卫和平的运动。他的小说往往是真人真事,而且带有自传性,例如《春天的燕子》的主人公是一个面包师,其实就是拉菲特自己的经历。

三　其他作家

雅克·佩雷(1901—1992)生于伊夫林省的特拉普,从小在巴黎上学,受到要向德国复仇的爱国主义教育。20岁时作为下士狙击手赴摩洛哥,1923年复员后从事新闻业,在西班牙内战中他站在佛朗哥分子一边。1939年他加入义勇军,获得军功勋章,于1940年被德军俘虏。成功逃脱后,他在一个游击队基地参加了抵抗运动,后来根据自己的经历写出了两部他最著名的小说《被抓住的下士》(1947)和《特殊的团伙》(1951),幽默地描绘了抵抗战士的日常生活。

弗朗西斯·昂布里埃尔(1907—1998)的《暑假》(1940),收入了他在大战初期和被俘后关押在德国期间所写的短篇小说,描写了1600名囚犯的命运,出版后获得了龚古尔奖。

罗贝尔·梅尔勒(1908—2004)生于阿尔及利亚的泰贝萨,获英语教师学衔和文学博士学位,曾在巴黎第十大学等校任教。大战时他应征入伍,在敦刻尔克战役中被俘,逃跑后被抓回去关进了集中营,1943年被遣返回国。战后他发表了小说《周末在徐德科特》(1949,获龚古尔奖),以亲身经历再现了敦刻尔克法军大撤退的悲壮场面。这个周末是在1940年6月,35万英法军队冒着德国飞机的轰炸撤退,损失惨重,最后以英军为主的30万士兵回到了英国。小说中的人物反对战争,但是无法反抗,最后都被打死了。他的其他小说还有描写德国集中营和一个纳粹军官命运的《死亡是我的职业》(1953),以及反映殖民地人民受奴役的《岛屿》(1962),把海豚用于军事的《一种有理性的动物》(1967)等。梅尔勒为大量揭露战争、种族主义、专权和酷刑等暴行的小说作序,明显地流露出他对革命者的深切同情。他还写过一部报告文学:《蒙卡达,菲德尔·卡斯特罗的第一次战斗》(1965)。

让·凯罗尔(1911—2005)生于波尔多,学习文学和法学后在图书馆任职,与莫里亚克等作家来往并开始发表诗歌。大战期间他参加抵抗运动,1942年因被人出卖而被盖世太保逮捕,10个月后被押送到奥地利的毛特豪森集中营,他靠着写作坚持活了下来。他的小说《我将体验别人的爱》(1947)包括两部分——《有人对你说》和《头几天》,连同1948年发表的《燃烧的火焰》,共同勾勒了身心备受摧残的主人公阿尔芒的流放生活,以及他与同伴们在集中营里的遭遇和斗争,出版后获得勒诺多奖。

达维德·鲁塞(1912—1997)在获得哲学士学位后担任新闻记者,到过欧洲各国和北非。1936年参加西班牙共和政府的军队,大战爆发后参加抵抗运动,1943年被德国秘密警察逮捕,在集中营里受尽酷刑,到1945年才获得自由。出狱后他立即发表了《集中营的天地》(1946),获勒诺多奖,接着发表的《我们死亡的日子》(1947),对这段悲惨经历进行了更加催人泪下的记述。关于集中营的生活,他还发表了文章《小丑不笑》(1948),并与萨特等合著了《政治对话录》(1949)。他本来与法共比较接近,但是由于分歧越来越大,最终在1949年因揭露苏联存在集中营而与法共决裂。

罗杰·伊科尔(1912—1986)是犹太人,生于巴黎,毕业于巴黎高等师范学校,获得教师资格后长期在中学任教。早期发表了两部历史著作《1848年6月的工人起义》(1936)和《圣茹斯特①生平》(1937)。他于1940年被俘,在波美拉尼亚被关押到1945年,后来他根据自己的经历写出了小说《穿越我们的沙漠》(1950)和《巨额的资财》(1951)。伊科尔在1955年任《费加罗报》的记者,最著名的作品是系列小说《阿弗洛姆的儿子们》,其中的《混合水》(1955)获龚古尔奖,描写了一个犹太家庭的三代人的命运,以及他们来到法国后融入法国社会的过程。

---

① 路易·德·圣茹斯特(1767—1794),法国政治家。法国大革命期间是雅各宾派专政的理论家,与罗伯斯比尔同时被处死。

他的小说还有六卷本的《如果时光……》(包括《播风者》(1960)和《战争的怨言》(1961)等),以及《一位良心不安的教授》(1965)和《无辜者的军事法庭》(1972)等。《我控诉》(1980)写的是他经历了一场家庭悲剧之后,积极地投入了反对毒品的激烈斗争。

塞尔日·格鲁萨尔(1920—)在1939年志愿从军,后来参加了抵抗运动,被秘密警察逮捕后关进了集中营。他在《活人的黄昏》(1945)中叙述了这段经历。后来他作为记者跑遍世界各地,记述了许多令人瞩目的事件,例如在《大屠杀》(1948)中描写了发生在的黎波里的种族迫害;《无足轻重的人们》(1949)通过一个侦探故事反映了卡车司机的生活,获民众主义小说奖;《来历不明的女人》(1950)表现了海员们的生活天地,获费米娜奖。他的小说继承了现实主义的传统,具有报告文学的简洁风格。

特别值得一提的是当代作家菲力普·克洛代尔(1962—)的小说《布罗岱克的报告》(2007)。克洛代尔虽然写作时间不长,但是他的小说却屡屡获奖,尤其是《布罗岱克的报告》不仅获得了中学生龚古尔奖,而且在译成英语后又获得了英国独立外国小说奖。小说描写在德法边境的一个偏僻小镇里,有个神秘的异乡人被杀害了。主人公布罗岱克是小镇里唯一的大学生,奉命向上级行政机构写一份关于这个案件的报告。布罗岱克也不是本地人,他在写报告的过程中发现了小镇的许多怪事和秘密,包括自己对集中营生活的痛苦回忆。他在被小镇居民出卖后遭受非人的虐待,侥幸归来时妻子已经被折磨成了傻子。而镇长却要他忘却过去的一切,所以他在完成报告之后永远离开了小镇。小说采用意识流和虚实相间的艺术手法,揭露了"二战"时期的社会现实,谴责了侵略者的冷酷和战争的罪恶,对人性进行了严肃的拷问,是一部优秀的反战小说。克洛代尔并未参加过战争,也没有进过集中营,但是小说对集中营的描写却给人留下了刻骨铭心的印象,由此显示出集中营小说的深远影响。

第十节 附逆小说

1944年11月6日,法国政府颁布了赦免多列士的命令,他一回国就表示支持国家的统一,主动解散了共产党领导的武装,并且发起了大规模的清洗法奸运动。有一些政客乘机公报私仇,造成了运动的扩大化。在这次清洗中,有三万人被捕,大多被枪决,其中包括一些著名的作家,凡是与德国人有染的妇女都被剃光头发示众。有些作家对此感到不满,波朗[①]还写了《致抵抗运动领导人的信》,

① 让·波朗(1884—1968),法国小说家、评论家,曾任《新法兰西评论》的总编辑,抵抗运动期间是《法兰西文学报》的创立者之一,1963年当选为法兰西学士院院士。

但也不能否认确有莫拉斯和布拉西亚克等少数作家采取了与德国合作的态度，用自己的作品来鼓吹法西斯主义，散布要由法西斯主义来统一欧洲的幻想，因而受到了应有的惩罚。

夏尔·莫拉斯(1868—1952)是法国20世纪上半叶右翼势力的代表人物和理论家。他生于普罗旺斯，在花园和书本中度过童年，后来曾发表过《普罗旺斯的四个夜晚》(1931)、《海边的果园》(1937)等文笔优美的小说。中学毕业后他来到巴黎，不久就在报刊上发表文章，而且开始著书立说。他与莫雷亚斯[①]一起创立了罗曼派，在《威尼斯的情人:乔治·桑与缪塞》中抨击了浪漫主义。他在政治上鼓吹君主主义，因而在德雷福斯事件中与他曾经仰慕的法朗士分道扬镳。他在1908年创办的《法兰西行动报》，把反犹太主义变成了法国的政治斗争，加上他的《关于君主政体的调查》(1900—1909)和随后发表的大量著作和小册子，使他理所当然地成为保王派的领袖，并于1938年当选为法兰西学士院院士。他在占领时期拥护维希政府，1945年法国解放后被判处终身监禁，当然也被法兰西学士院开除，先后被关押在里翁和克莱沃，1952年因病被赦免，后来死于图尔附近的医院里。

阿尔丰斯·德·夏多布里扬(1877—1951)生于一个艺术家家庭，早年因描写乡村的小说《德卢迪纳先生》(1911)获得龚古尔奖而闻名，后来他的《拉布里埃尔》(1923)又获得法兰西学士院小说大奖。1935年以后他多次旅居德国，颂扬希特勒的纳粹主义，并且在《力量的集成》(1937)中阐述了他的观点。在占领时期，他毫无保留地与德国合作，在1940年7月创办并主持《集成》周刊。1945年，为了躲避法国的审判，他逃到奥地利的基茨布埃尔修道院避难，1951年病故。

皮埃尔·德里厄·拉罗舍勒(1893—1945)是诗人、小说家和评论家，在第一次世界大战中曾英勇作战，战后发表过一些抨击资产阶级的论著。1934年，他出版《法西斯社会主义》一书，公开站在法西斯一边，并出版了《吉尔》和《迪克·拉斯贝的回忆》等带有自传性的小说。他在大战期间狂热地与纳粹合作，发表反犹文章。1945年法国解放后，他在被判决之前自杀。

罗贝尔·布拉西亚克(1909—1945)出身军官家庭，父亲在1914年战死，他由母亲和继父养大，1928年考入巴黎高等师范学校，毕业后从事文学评论，写过《维吉尔》(1931)、《高乃依》(1938)等论著，成为当时最出色的文学批评家之一，还与内弟莫里斯·巴尔代什合著了一部出色的《电影史》(1935)。与此同时，他

① 让·莫雷亚斯(1856—1910)是法国象征主义诗歌流派的创立者，他于1886年9月18日在《费加罗报》上发表了一篇《文学宣言》，把当时的颓废派诗人称为象征主义者。但不久他就在1891年另外创立了“罗曼派”，要求与象征主义决裂，恢复古希腊罗马的传统。

参与了右翼的《法兰西行动报》的编辑工作，在西班牙内战期间站在佛朗哥一边，从1936年6月开始为法西斯化的报纸《我无处不在》撰稿，战争期间担任《我无处不在》的主编，还在小说《七种颜色》(1939)和与莫里斯·巴尔代什合著的《西班牙战争史》(1939)里狂热地颂扬法西斯主义和反犹太主义，后来又到德国纽伦堡去参加了纳粹党的代表大会，无条件地赞同希特勒，因而于1945年2月6日在红山碉堡被枪决。

第十四章　民众主义小说

概括地说，20世纪是现实主义小说和现代派小说并存的世纪，从小说流派的角度来看，二三十年代是超现实主义小说与民众主义小说和无产阶级小说并存的时代。

第一节　民众主义小说的社会背景

俄国十月革命的胜利，以及苏联文化政策的演变，对法国小说的发展产生了重要的影响，也使大战以后20世纪20年代的社会文化背景变得更为复杂。

十月革命前后，无产阶级文化派思潮在俄国曾经风靡一时，请看当时的盛况：

> 俄国无产阶级文化协会成立于十月革命前的1917年10月，是无产阶级最广泛的群众性的文化组织，同时也是苏联无产阶级文艺运动中最早的团体。它在鼎盛时期，其成员曾达40万之众，其中百分之八十是工人。十月革命后在苏联各地的基层组织，最多的时候有1381个；此外还有自己的工人文化宫、工人大学、工人剧院及《无产阶级文化》（中央机关刊物）、《未来》、《汽笛》、《熔炉》等20种左右的期刊和好几个出版社；协会并设有国际局，在英、德、捷等国家里也建立了无产阶级文化协会。①

1920年7、8月间，俄国无产阶级文化协会国际局成立以后，制订了一个在各国建立相应协会的计划。雷蒙·勒菲弗尔代表法国出席会议，他乘船回国时在海上遇难，致使法国未能像英国和德国那样建立无产阶级文化协会，这就使法国文坛出现了特别复杂的局面：刚刚成立的法共在文化方面保持着相对的独立性，超现实主义者积极靠拢法共却得不到信任，最后是产生了具有法国特色的民众主义小说和无产阶级小说。

① 吴元迈：《苏联文学思潮》，浙江文艺出版社，1985年，第1页。

法国虽然没有成立无产阶级文化协会，却未能避免无产阶级文化派思潮的影响。巴比塞主办的《光明》杂志从1921年开始，逐渐被一些年轻人变成了一份“无产阶级文化杂志”，它派遣维克多·塞尔日作为常驻列宁格勒的记者，定期发回关于苏联文学，特别是无产阶级文学的文章。1924年，《光明》杂志社与巴比塞、瓦扬-古久里和罗曼·罗兰决裂，与鼓吹革命的超现实主义者走到了一起。

无产阶级文化派思潮在受到列宁批评后走向衰落，代之而起的是1925年成立的“拉普”(俄罗斯无产阶级作家协会)，它鼓吹工人运动需要“百分之百的无产阶级作家”，排斥一切同路人，采取的依然是宗派主义的极左立场。1927年，“拉普”成立了“国际革命作家联合会”，要求在各国建立工人作家队伍。巴比塞受法共委托落实这个任务，为此在1928年创办了期刊《世界》(1928—1935)，就无产阶级文化问题进行调查。

超现实主义者们野心勃勃，一心想在法共中占据无产阶级作家的地位，于是布勒东等五人在1927年加入了法共。其实法共根本不信任这些非党的造反派，1928年，《光明》杂志的两个主编把杂志改名为《阶级斗争》，被法共作为“托洛茨基分子”开除出党。超现实主义者中除了阿拉贡之外，布勒东等也都在1933年遭到了开除的命运。

自从左拉在1902年去世以后，现实主义的小说流派销声匿迹。而在20世纪20年代方兴未艾的意识流小说和超现实主义小说，必然会受到小说传统的反对和抵制，从而刺激现实主义小说流派的形成。当时法共刚刚成立，无暇顾及文化问题，对无产阶级文化派思潮也并不支持，因而这些流派只能产生在党外，这就是民众主义小说和无产阶级小说产生的背景。

无产阶级小说的发起人是亨利·普拉伊，从1920至1922年，他曾在《人道报》为孩子们写了一些故事，后来结集为《新的灵魂》(1925)出版。当时《人道报》的主编马塞尔·马蒂内(1887—1944)鼓励他从事无产阶级文学，让他在巴黎和外省寻找工人作家，成立一个无产阶级作家小组。缝纫工加斯东·德普莱斯勒发表的《工人作家作品选》(1925)，介绍了各地区的工人作家，巴比塞为这本书写了序言。

1929年，莱昂·勒莫尼埃(1890—1953)发起成立民众主义文学团体，8月27日在《事业报》上发表了《民众主义宣言》，1930年又出版了《民众主义小说宣言》。其宗旨是主张脱离一切社会的和政治的观点，以平民百姓作为小说人物，以现实主义手法描绘他们日常生活的情景，以此来反对一切“坏的文学”。接着成立了民众主义美术家和作家协会，1931年设立了民众主义文学奖金。

普拉伊领导的无产阶级作家小组，对描写小人物而不是工人阶级的民众主义嗤之以鼻，他们认为无产阶级文学来自法国的文学传统，否认自己受到了苏联的影响。1930年，普拉伊发表评论《文学的新时代》，宣布要继承卢梭的遗产，批判资产阶级的美学和民众主义的做作,迎接无产阶级文学的新时代。他在评论中提出了无产阶级作家的标准:首先是要出身无产阶级;教育方面必须是自学成才(或者靠助学金读书);职业必须是从事体力劳动的工人、雇员或小学教师,当然他们的作品也必须反映无产阶级的生活。一言以蔽之,“无产阶级的文学是出身于无产阶级的作家所描写的无产阶级的生活”[①]。

普拉伊的评论在今天已鲜为人知,然而在红色的20世纪30年代却具有不可忽视的现实意义。1932年9月2日至9日,第一届无产阶级文学展览会在巴黎举办,展出的大量书籍、报纸、杂志、手稿和照片,表明工人文学不仅在法国,而且在德国、比利时、西班牙、保加利亚和匈牙利等欧洲国家,以及墨西哥、秘鲁等拉美国家和美国,都具有旺盛的生命力,而且与超现实主义在世界各地的展览形成了对照。

普拉伊提出的标准显然过于严格,例如作家让·盖埃诺(1890—)出身鞋匠家庭,很早就在工厂里劳动,靠自学通过了中学毕业会考和巴黎高等师范学校的入学考试。他在第一次世界大战后通过教师学衔的考试,当上了大学教师,最后获得了国民教育部名誉总督学的称号,在1962年当选为法兰西学士院院士。他早期就发表过《转向人类》(1931)等重要论著,称得上是无产阶级文学的理论家和先驱之一,但是竟由于是大学教师而未被列入无产阶级作家的名单。

巴比塞认为无产阶级文学并非来自十月革命,而是来自工人运动的传统,而且这种文学只有将来才有可能产生。他主编的《世界》为此尽量扩大文学题材,力图吸引更多的党外作家,实际上并未真正执行“拉普”的路线。1930年11月,在哈尔科夫召开的苏联无产阶级作家代表大会上,除了民众主义和普拉伊受到批判之外,因病缺席的巴比塞也由于“折中主义”受到严厉批判,被斥为异端。但是法共对执行决议持消极态度,使巴比塞的威望未受损害。

综上所述,可以看出在民众主义、普拉伊的无产阶级作家小组和巴比塞倡导的无产阶级文学之间,其实并不存在根本的区别。

首先,普拉伊提出的无产阶级作家的严格标准是很难达到的,就连普拉伊小组里的成员也并非纯粹的工人,而且即使个别作家符合这些标准,也不可能形成一种有影响的文学潮流。1931年1月,普拉伊创办了月刊《新时代》,为了有别于民众主义者和马克思主义者,在1932年6月3日发表了“无产阶级派宣言”,签名的有普拉伊和达比等30余人,其中有记者、律师、教授和海军军官,其实就连普拉伊和达比也已经不是严格意义上的工人作家了。

其次是作品的内容,各派之间有许多共同之处:巴比塞主编的《世界》杂志刊

---

① 让-皮埃尔等:《法国共产党和文学问题,1921—1939》,莱勒诺布尔大学出版社,1972年,第24页。

登了普拉伊和吉尤等许多党外作家的作品，普拉伊主编的《新时代》也发表了季奥诺、马雅可夫斯基、马尔罗和茨威格等的作品，以及西班牙、墨西哥、埃及等国的民谣。民众主义小说的范围比前两者更为广泛，获奖的作品有达比的《北方旅馆》(1929)、特罗亚的《虚假的日子》(1935)和萨特的《墙》(1939)等。达比曾在"无产阶级派宣言"上签名，但不是无产阶级小组的成员，反而成了民众主义小说的代表作家。后来"'书友'俱乐部发起成立了一个名为'亨利·普拉伊之友和表现平民的文学'的协会"[①]，就是说明两者没有根本区别的一个例证。

最后一个最令人信服的证据，就是它们同样受到"拉普"的批判。1932 年 3 月 22 日和 29 日，国际革命作家联盟在《人道报》上发表声明，正式批判巴比塞的"折中主义"和普拉伊的无产阶级作家小组："一些资产阶级出版商要抛出无产阶级的文学。一份具有法西斯倾向的杂志《新时代》，被用来担当此任。一些出身于工人阶级的文人被聚集起来，但是他们中的大多数早就与革命的无产阶级断绝了一切联系。这种所谓的无产阶级文学描绘工人的贫困，但是在总体上掩盖了阶级斗争的现实。"法国也有人写文章相呼应："期刊《世界》的反革命路线，1930 年已经被国际革命作家联盟在哈尔科夫所揭露，它站在这种'无产阶级文学'一边，与它合作，完成同样的任务，在文学和政治方面都为资产阶级的利益服务，《世界》在客观上采取了一种反革命的解决办法。"[②]

法共抨击的主要对象是民众主义者和普拉伊的小组，当时担任《人道报》文学主编的让·弗莱维尔，抨击民众主义者"走向人民就像别人走向毒品"，还有人攻击达比"放弃了本阶级的命运"。普拉伊则被斥为起到了"纳粹党的代理人的作用"。瓦扬-古久里刚刚担任国际革命作家联盟法国支部的秘书长，他在批判《世界》时给巴比塞留有余地，说这份期刊是"以亨利·巴比塞的名字为掩护的托洛茨基分子和纳粹分子的杂志"[③]。

巴比塞、普拉伊和民众主义同时受到"拉普"的批判，而普拉伊和民众主义则像后来萨特的存在主义小说一样，同时受到左翼和右翼势力的抨击。在普拉伊的小组因受批判而分裂的时候，民众主义者又联合在他的周围。这还不包括它们与超现实主义的对立，所以当时的文坛可以说是乱作一团。幸好不久以后形势发生了变化：苏共中央在高尔基的影响下突然改变了文化政策，1932 年 4 月 23 日解散"拉普"，成立了面向所有作家的"苏联作家联合会"。苏联放弃了无产阶级文学的框框，把肖洛霍夫[④]和他的小说《被开垦的处女地》树立为新的典范。

---

① 米歇尔·拉贡：《法国无产阶级文学史》，第 207—208 页。

② 同上，第 182 页。

③ 同上，第 183、184 页。

④ 米哈依尔·亚历山德罗维奇·肖洛霍夫(1905—1984)，苏联(俄罗斯)作家，代表作有小说《静静的顿河》和《被开垦的处女地》等。

到 1937 年，苏联为巴比塞恢复名誉，于是轮到哈尔科夫代表大会的领导者们被斥为“托洛茨基匪帮”了。

法共紧跟苏联开放文化的新政策，建立了“革命作家和艺术家联合会”，它不仅吸引了纪德和马尔罗这样的资产阶级作家，而且吸引了季奥诺和达比等许多已经加入或同情普拉伊小组的作家。1933 年，巴比塞还在《世界》上为普拉伊的无产阶级作家小组开辟了一个版面。法共这样做实际上只是实现了巴比塞的主张，从而为 1935 年将要成立的“人民阵线”奠定了基础。

最后应该指出，无论是民众主义小说还是普拉伊的无产阶级小说，作为流派都几乎未能在小说发展史上占有一席之地，它们的发起人普拉伊和勒莫尼埃，连一些法语作家词典里都没有提及。除了当时的社会和政治背景之外，它们在艺术手法上没有什么革新也是一个重要的原因。就规模和艺术性而言，它们远远比不上 19 世纪的批判现实主义和自然主义小说，没有塑造出典型的人物和形成独特的风格，而在手法上又不如现代派小说那样怪诞和新颖，因此在当时虽然颇有影响，但随着时间的流逝就很快被人遗忘。不过无论如何，在超现实主义异军突起的 20 世纪 20 年代，它们毕竟是现实主义小说的一次跃动，是与现代派小说的一次较量。

第二节　民众主义小说家

综上所述，可见民众主义小说与普拉伊主张的无产阶级小说并无实质性的区别，因此可以放在同一节里加以评述。它们作为小说流派没有取得重要的成就，例如民众主义的发起人勒莫尼埃的小说《心地单纯的情妇》(1924)和《无罪的女人》(1927)等均非杰作，所以公认的民众主义小说家并非这两个流派中的成员，而是获得民众主义小说奖的达比和吉尤。

一　达　比

欧仁·达比(1898—1936)生于巴黎，父亲是送货的马车夫，母亲是门房。他 14 岁辍学给铁匠当学徒，后来当过电工、机械制图员。大战爆发后，父亲被征入伍，他自己也在 1916 年被提前征召，参加了炮兵部队。1920 年复员后回到巴黎，先是在地铁里开电梯，后来父母开了一家“北方”旅馆，在经济上资助他，使他得以从事绘画。

绘画无法使达比摆脱战争留给他的阴影，他在绘画之余就从事写作。不言而喻，战争和“北方”旅馆自然成了他最常用的主题。1926 年，他发表了回忆战争的自传体小说《小路易》。他的代表作是《北方旅馆》(1929)，描写了一个工人在获得遗产后开了一家旅馆，形形色色的人来来往往，他们从外省和国外来到巴黎谋生，整天忙忙碌碌地工作、娱乐和恋爱，过着单调和没有希望的生活，他们的欢乐和痛苦给他留下了深刻的印象。达比结合自己以往从事各种职业时的感受，真实生动地描绘了工人区的贫困生活和各种人物的形象。

小说出版后获得了首次颁发的民众主义小说奖，在1938年被搬上了银幕。在纪德和马丁·杜加尔的支持下，达比放弃了绘画专门从事写作，发表了一系列色彩相同的小说，例如《巴黎郊区》(1933)、《一个刚死的人》(1934)、《绿色地带》(1935)和《生活的排场》(1936)等。

达比是真正的无产阶级作家，始终过着俭朴的生活，他的周围都是工人、到城里打工的农民等贫困的劳动者。他感受到他们的忧虑和痛苦，把他们作为人物写进了自己的小说。法共的知识分子对他很有好感，但是他对政治不感兴趣，讨厌政客，每年从5月到11月，他都在一个名为米诺尔克的岛屿上，在渔民的窝棚里生活和写作。他的小说《岛屿》(1934)生动地描绘了岛上渔民们的艰苦生活。

1936年，达比陪同纪德和吉尤访问苏联，在归途中死于猩红热。他的遗著有《西班牙绘画大师》(1937)等。《内心日记》(1939)记录了他在西班牙、布拉格、布达佩斯、维也纳和苏黎世等地的旅行。他在动身去苏联之前所写的一段话，似乎带有不祥的预感："我不知道是否有希望再活上20年。我希望能活下去……因为我喜欢阳光、树木、海洋，那么多永远也看不够的美妙景象……所以我多么想活下去。"①

二 吉 尤

路易·吉尤(1899—1980)生于布列塔尼地区圣布里厄的一个鞋匠家庭，从小生活困苦，靠助学金读完中学，受到罗曼·罗兰和瓦莱斯的作品的影响，14岁就开始写作。1916年，他在原来的中学里当学监。1918年，他当过会计、旅行推销员，最后在巴黎获得了一个中学学监的职务。与此同时，他在报刊上发表作品，也当过记者，从1924年开始从事写作，他的小说都是以家乡为背景，与他的回忆交织在一起的。

《平民之家》(1927)以优美的文笔描绘了父亲的形象，以及建设"平民之家"的过程。他的父亲是个鞋匠，是个积极地为社会主义而奋斗的战士，创立了圣布里厄的社会党支部"平民之家"。小说明显地流露出社会主义的色彩，支持被压迫阶级的斗争。加缪说过："我每读这本书心情都沉痛，因为它引起我许多回忆。它不断地向我讲述着我所了解的那些事实。这个事实便是，人始终像摆脱不了死亡那样，被贫困所折磨……我常常读这本书，以致使我觉得类似的话始终在我

---

① 米歇尔·拉贡：《法国无产阶级文学史》，第212页。

耳边回响。”[①]

《伙伴们》(1931)描绘了一个极为贫困的家庭，有三个开采石膏的工人，其中一个人患病死去了，小说以简练的文笔写了他的死亡和另外两个工人的反应，从头至尾都没有呼天抢地的痛哭或怨天尤人的不平，但正因为如此，其中包含的痛苦却使人如临其境，感受至深。

《安瑞丽娜》(1934)描写的是吉尤的爷爷奶奶生活的阶层，以同情的笔调描绘了织布工、洗衣工、女仆等劳动者，充满了人道主义的温情。安瑞利娜出生在这个阶层里，实际上就是吉尤的母亲。她的哥哥由于参加工会斗争而被关进了监狱，全家在城里受到排斥，各奔东西。只有她留在家乡当了学徒，嫁给了一个鞋匠。

吉尤的代表作是《黑色的血》(1935)，写教授们对战争的反应，塑造了克里普勒这个愤世嫉俗的教授形象。他头脑清醒，但是由于言语尖刻和脾气粗暴而受到排斥，被人们当成疯子，备受折磨和冷遇，最后自杀身亡。

吉尤拒绝加入法共或任何政党，但是积极地参加政治活动，担任了第一届世界反法西斯作家代表大会的秘书。1936年与纪德和达比一起访问苏联，但是访问的结果却使他和纪德一样感到幻灭，辞去了法共《今晚报》的文学编辑职务。

吉尤在大战期间发表的小说《梦中的面包》(1942)获民众主义小说奖，是根据对自己童年的回忆写成的。内容是一个贫困的家庭，母亲被父亲抛弃，为了养活女儿和女儿的四个孩子，老祖父重操旧业，当了裁缝，因劳累过度而去世。

获得勒诺多奖的小说《七巧板》(1949)既是内心日记，又是故事和小说，也是报道。主人公是西班牙的共和主义战士帕布罗，小说通过他写的回忆，叙述了从1912年到1943年之间形形色色的传闻，再现了吉尤家乡的历史，包括他过去小说中的一些人物，流露出吉尤对人类的同情，似乎是对他以往作品的总结。

吉尤的小说还有篇幅冗长的《败仗》(1960)，写布列塔尼地区的老教士、农民、失足少女等平民的故事；《对照》(1967)则以侦探小说的形式，写一个人寻求自我和追忆往昔的过程，或许对莫迪亚诺的创作有所启迪。

吉尤的小说反映了当代的历史，采用了带有时代特色的口语。他的现实主义不仅是一种风格，而且是小说的全部内容。在《平民之家》再版的时候，加缪在为它写的前言中指出，专家学者对笔下的无产者不是奉承就是蔑视，令人反胃，而吉尤则像瓦莱斯和达比一样，从来不把别人的痛苦作为晋升的阶梯或者消遣的主题。他还精辟地指出了吉尤作品的特色：“吉尤并没有把任何事情理想化，他始终坚持用恰如其分的笔触描写事情，从不故意制造残酷或刻意寻求苦涩，他善于赋予他的作品一种腼腆的风格。那种平淡而清纯的语调，那种低沉的声音，

① 加缪：《为路易·吉尤的小说〈平民之家〉写的前言》，王殿忠译，载《加缪全集》第4卷，第398、399页。

那种似回忆般低沉的声音，这一切都表明了叙述者那种风格的品位，这也是人的品位。”①

三 普拉伊

亨利·普拉伊(1896—1980)生于巴黎，父亲是木匠，母亲是修藤椅的女工。他起初干体力劳动，给药剂师刷瓶子，在弹簧厂和化学工厂里做工，在车站里当搬运工，卖过报纸。1923 年进入格拉塞出版社做新闻工作，创作了一系列现实主义的长篇小说。他是无产阶级作家小组的奠基人，主张写作无产阶级的小说，但是小说不可能只写工人，必然还要涉及与工人有联系的其他阶层和人物，所以尽管他本人对民众主义不以为然，他的小说却应该列入民众主义小说的范畴。

《他们是四个人》(1925)是一部描写战争的小说，是题献给瑞士法语小说家拉缪的，在写法上受到了拉缪的影响。《每天的面包》(1931)以他的父母为原型，讲述了 20 世纪初巴黎郊区的一个工人家庭的日常生活，鲁鲁·马涅是一个小男孩，但已经看得出他将来会是个战士，他的原型就是普拉伊。

《世上的受苦人》(1935)题献给“纪念在战前阶级斗争的英勇时刻里死去的战士”，反映 1906—1910 年间的工人斗争，其中巧妙地穿插着饶勒斯的演说，社会党人和工会主义者的呼吁等各种历史事件，是研究这一时期历史的珍贵资料。小说叙述了木匠亨利·马涅的死亡和他的被结核病折磨的妻子，他们就是普拉伊的父母。

《士兵的面包》(1937)写的是 1914 到 1917 年的第一次世界大战，鲁鲁在一个药剂师那里工作，后来上了前线。《幸存者》(1938)接下去从 1917 年写到 1920 年。鲁鲁负了伤，被撤到了后方的一个军医院里。和平来临了，随之而来的却是苦恼和反感。

普拉伊的小说在很大程度上是自传，叙述了 20 多年来的工会斗争，日常的贫困、希望和失望，以及第一次世界大战，它们只是忠实地反映日常生活，不做任何文学上的加工和修饰。“二战”以后，他主要从事对古代民歌等民间艺术的研究。

普拉伊生活俭朴、不修边幅，是一个不知疲倦的鼓动者，先后创办了《无产阶级》(1933)、《逆流》(1935—1936)、《现在》(1945—1948)和《民间传统杂志》(1949—1950)等报刊，对唱片和电影等现代媒体也很感兴趣。他在格拉塞出版社里做了许多重要的工作，出版了许多工人作家的作品，因此他虽然现在似乎已被人遗忘，但是在两次世界大战之间却有着广泛的影响。

① 加缪:《为路易·吉尤的小说〈平民之家〉写的前言》，王殿忠译，载《加缪全集》第 4 卷，第 397 页。

第十五章　乡土小说

第一节　季奥诺

让·季奥诺(1895—1970)生于普罗旺斯中央的马诺斯克。他的祖父是意大利的烧炭党党员,1831 年被流放到法国。他的父亲是个富有人情味的鞋匠,母亲是普罗旺斯的熨衣女工。季奥诺在马诺斯克上学,特别爱读古典主义作家的作品。他 16 岁时由于父亲患病,中学尚未毕业就不得不辍学谋生,进马诺斯克银行当听差,后任职员。第一次世界大战爆发后,19 岁的季奥诺应征入伍当步兵,参加过凡尔登战役等战斗,1918 年在战场上中过毒气。他的战友大多死去,他的心灵受到严重的创伤,从此他厌恶战争、屠杀和野蛮行为,成为一个坚定的和平主义者。

季奥诺于 1919 年复员后回到马诺斯克当银行职员,在 20 世纪 20 年代勤奋写作,发表了《笛子伴奏曲》(1924)等诗歌和散文。1927 年写完小说《奥德修斯的诞生》。1929 年为出版《山冈》到巴黎,结识纪德等作家。《山冈》出版后大获成功,纪德专门到马诺斯克去看望了他,从此他辞去银行职务专门从事写作。在纪德的鼓励下,他开始写作“潘神三部曲”的其他两部小说:《一个博米涅人》(1929)用一个证人代替了第一人称的叙述,同样受到好评;《再生草》(1930)写下阿尔卑斯省的一个被村民们抛弃的村庄,老寡妇玛麦什让野蛮的巨人潘图里结识了被男友虐待的女人阿尔苏勒,他们即将出生的孩子象征着村庄的复兴。小说在 1937 年被帕尼奥尔改编为电影。

普罗旺斯地区位于法国南方,风景优美,民风淳朴,是一片古老而神奇的土地,在历史上孕育了许多抒情的作品,其中最著名的是中世纪的普罗旺斯抒情诗、都德的《磨坊文札》和米斯特拉尔的诗歌。就小说而言,从中世纪的拉萨勒到 19 世纪的左拉,都是出自普罗旺斯地区的小说家,而当代最著名的普罗旺斯小说家则是季奥诺。“潘神”就是希腊神话里的畜牧神,是一个在山林峡谷里游荡的神灵,季奥诺以他为小说的主人公,让他披着树皮来来往往,以此来衬托故乡普罗旺斯的景象。

《山冈》是一个富有诗意的故事,描写一个小村庄的衰败景象。这个村子里只有几所房屋和 12 个人,呈现出大自然的原始风貌。村民们为生存而斗争,甚至要杀死年老无用的巫师，反映了农村古老而淳朴的习俗。《一个博姆涅人》写一个农村青年看上了一个姑娘，却没有勇气求爱，反而让一个坏朋友去勾引了她，结果酿成一场悲剧。《再生草》相反地描写了一个小村庄的复兴，那里非常荒僻，没什么出产，最后只剩下三个人，但是其中一个农民找到了一个女人，他们成家立业，努力耕种，终于使村庄恢复了生气。

“潘神三部曲”反映了季奥诺对大自然的眷恋，以及他关于人与自然和谐相处的主张。这一形象在后来得到了加强。《大羊群》(1931)揭露了第一次世界大战的屠杀，把上前线打仗的人比作被驱赶到屠宰场去的羊群，体现了季奥诺热爱和平的反战思想。小说描写了战争对农村的破坏，不仅使土地贫瘠、牲畜减少，而且夫妻等人际关系也在残酷的环境中被扭曲和摧毁。《愿我的欢乐长存》(1935)是季奥诺的代表作之一，写诗人波比来到上普罗旺斯的莫纳高原上的一个与世隔绝的小村庄照料麻风病人，村民们生活清苦，但只要有饭吃就心满意足，不想去多挣金钱。后来波比同时被肉感的约瑟芬和年轻的奥罗尔所爱，这里平静的生活与欲望和激情发生了冲突，奥罗尔的自杀使他在一个暴风雨的夜晚离开高原，结果被雷电击死。小说描写原始生活与城市繁华形成的明显对照，出版后受到年轻人的热烈欢迎。

1935 年 9 月，五十来个年轻人和季奥诺一起，在上普罗旺斯的孔塔杜尔高原上度过了半个月。他成了一代青年的思想大师。这个酷爱自然的作家，在 1939 之前在这里举办过九次这样的活动。1936 年还创办了刊物《孔塔杜尔》，共出版了七期。

《真正的财富》(1936)是《愿我的欢乐长存》的续篇，揭露了资本主义的工业化社会和都市化的弊病，重新肯定了他对大自然的信念和乡村的传统，呼吁反对破坏真正财富的“机械化”。

季奥诺的小说还有《人世之歌》(1934)和《生命的凯歌》(1942)等，他的作品弥漫着浓郁的乡土气息，他也几乎从未离开过家乡，所以他也被称为乡土小说家或农民作家。17 世纪杜尔菲的小说《阿丝特莱》，孜孜不倦地叙述着牧童与牧羊女的田园诗般的爱情；19 世纪乔治・桑的田园小说，则描绘了农村中男耕女织的和谐生活，寄托着她对未来社会的美好理想。而在季奥诺的笔下，如此美妙的乡村已经一去不返，他笔下的农村充满了艰难困苦，人们为了活下去必须与大自然搏斗，这种变化既反映了战争对农村的破坏，也流露出他对当代文明的不满。

季奥诺曾参加革命作家艺术家联合会，属于左翼集团，是共产主义的同路人，但他首先是一个和平主义者。当法共主张重新武装的时候，他疏远了共产党人，但是为左翼的反法西斯周刊《星期五》写稿。1937 年，季奥诺发表和平主义宣言《拒绝服从》。《天的分量》(1938)同样是维护自然的宣言、反对战争和专政的政治小册子，概述了他反对战争，同时反对法西斯主义和共产主义，在发生冲突时拒绝服从的观点。他认为这是他个人的立场，不要别人模仿。

第二次世界大战爆发后，季奥诺接到了动员令，但是因发表宣扬无条件和平及失败主义言论的小册子而于 1939 年 7 月被捕，在纪德的干预下才被免予起诉，于 11 月回到马诺斯克。1942 年 3 月和 12 月，他两次在德国文化官员的陪同下去巴黎，他的住所因而遭到攻击。他在德国的杂志上发表过作品，因此被指控为与德军合作。法国解放后，季奥诺于 1944 年 9 月 9 日被捕后拘禁五个月，罪名是他的作品有助于形成维希政府保守的意识形态，由于证据不足而未被判罪。但法共控制的全国作家委员会把他列入黑名单，使他在几年内被禁止发表作品。

季奥诺在战后继续创作，但与战前不同，他放弃了寓意和抒情的故事，撰写了《一个没有娱乐的国王》(1947)、《坚强的灵魂》(1949)、《波兰磨坊》(1952)、《狂热的幸福》(1957)和《埃纳蒙德》(1968)等一系列历史小说，其中《屋顶上的轻骑兵》(1951)是他最为出色的代表作。小说叙述普罗旺斯地区霍乱流行，人们惊恐万状，充分暴露出自私贪婪的本性。25 岁的骑兵少校安吉罗·帕尔迪是一位公爵夫人的私生子，他在流亡中发现了被霍乱蹂躏的普罗旺斯，来到了马诺斯克，遇到了年轻的侯爵夫人波丽娜·德·泰乌丝。他不顾一切地努力抢救病人，为此受到坏人的攻击和威胁，以至于不得不躲在被废弃的房屋里，成了屋顶上的轻骑兵。这些充满传奇色彩的作品，结束了他被法国文学界排斥的局面，使他在 1953 年获得摩纳哥文学大奖，1954 年当选为龚古尔学院院士。他曾在 1961 年抗议建造卡达拉什核电站，1970 年 10 月 8 日夜间死于心肌梗死。

第二节　科莱特

西多尼-加布里埃尔·科莱特(1873—1954)生于勃艮第大区的一个军官家庭。父亲是上尉，受伤截肢后当了家庭教师；母亲热爱大自然。他们对科莱特不加管束，让她在田野园林里跑来跑去，自由自在地生活和成长，所以她从小就形成了热爱花草、动物和自由生活的性格。

1893 年，科莱特嫁给了比她大 14 岁的戈里叶-瓦拉尔，当时他以维里为笔名，写些关于音乐和轻佻小说的评论，已经小有名气。他喜欢沽名钓誉，在把她引入上流社会之后，竟将她写作的四部手稿窃为己有，以维里的名字发表了名为《克罗迪娜》(1900—1905)的四部曲。她用自己的名字发表的第一部作品是《动物对话七则》(1904—1905)，连同后来的故事集《葡萄藤的卷须》(1908)，都是描写农村的日常生活和对动植物的热爱，表现了农民热爱家乡一草一木的乡土之情，但是笔调不再像乔治·桑那么乐观，而是表现了妇女的不幸和对现代文明的否定。

1906年她与丈夫离婚后,曾有四年时间陷于同性恋的感情纠葛。她为了谋生而成为流浪艺人,在舞台上演了七年戏,在哑剧和自己创作的戏剧里担任演员,深刻地体验到了女演员们的艰难和痛苦,为此创作了小说《流浪女伶》(1910)、《剧场背后》(1913)。《剧场背后》只有短短数千字,描写剧院里的排练,但是简洁的对话和精确的细节,却创造了一种令人如临其境的气氛。读者从演员的疲倦和咳嗽中,从老板的狂叫中,从女演员3个路易的工资与阔太太价值200路易的狐皮大衣的对照中,都不难想象演员的地位是何等低下,生活是多么悲惨。

1912年,她与《晨报》主编德·儒弗内尔结婚之后,主要为报刊撰写戏剧评论和短篇小说。当时长篇小说先要在报上连载,这就使她的作品形成了简洁生动的风格。从1920年开始,她创作了《亲爱者》(1920)、《麦苗》(1923)、《亲爱者的结局》(1926)、《西朵》(1930)、《母猫》(1933)、《二重唱》(1934)、《朱丽·德·卡尔尼姆》(1941)和《吉吉》(1944)等一系列长篇小说。

科莱特受过丈夫的欺骗,饱尝了女人的感情波折与生活的艰辛,因此她的小说大多以女人的不幸为主题。例如《流浪女伶》写一个女演员婚后被无行的丈夫遗弃,已经离婚三年,感到无比的孤独,然而当另一个青年男子真正爱上她的时候,她虽然无比渴望幸福和爱情,却毅然离开他远走高飞,因为她意识到了青春不再,和他的婚姻不可能白头偕老。小说采用第一人称,叙述生动,加上一些表露心迹的书信,使读者得以充分理解她内心的复杂感情。

《亲爱者》的女主人公名叫勒娅,她虽然年近半百却显得年轻,而且感情丰富,竟然爱上了女友的儿子,一个外号"亲爱者"的纨绔子弟。她的爱是真诚的,但她也明白和这个年龄可以做她儿子的情人不会有什么结局,何况"亲爱者"只是逢场作戏,使她感到无比的痛苦。后来"亲爱者"果然又爱上了一位少女,把她无情地抛弃了。

1924年,科莱特再次离婚。在续集《亲爱者的结局》里,"亲爱者"一直过着荒唐的生活,连妻子都离他而去,他终于意识到只有永远爱着他的勒娅才是真正的女人,然而为时已晚,勒娅已经老了,于是他以自杀结束了自己的生命。科莱特发表《亲爱者》时是47岁,发表《亲爱者的结局》时已经53岁了。她无疑在勒娅身上寄托着自己的感情,为自己年过半百而没有得到美满的爱情而遗憾,同时也谴责了男子的负情。

《西朵》是科莱特的自传体小说,描写她的母亲和故乡的风物,回忆了她的童年时代。她的母亲西朵在丈夫去世后,又再嫁给残疾军官科莱特上尉,两人互敬互爱,过着男耕女织的幸福生活。小说生动地描绘了家中花园里的花草树木,农村的田园景色和淳朴生活,表现了科莱特在离婚之后,对白头偕老的美满婚姻的向往。

《母猫》写主人公阿兰喜爱家里的母猫，引起妻子的嫉妒，最后为了使它避免被害，不得不带着它离家而去。《二重唱》写妻子一时失足，丈夫因此痛苦得自杀，总之仍然表现了夫妇生活的不和谐。

1935 年，科莱特与作家古德凯特结婚后，终于获得了美满幸福的生活，晚年创作的小说《长庚星》(1947)和《蓝灯》反映了她宁静愉悦的心态。

科莱特一共创作了 40 多部作品，这些小说中的女主人公有少女、成年妇女和老妇，其实都是她自身的写照。她经历过三次婚姻和形形色色的爱情，所以讲述的几乎都是她自己的故事，全都带有自传的性质。正因为她只写土地和自己的生活，所以文笔优美自然、富于诗意，具有古典主义的风格，被称为田园诗。

科莱特不像巴尔扎克和左拉那样有描绘历史变化的雄心，却擅长观察日常生活，描绘大自然的景色和人的心理状态，尤其是继承了法国的人道主义传统，对社会底层的小人物充满了深切的同情。她在作品中从不义愤填膺地大声疾呼，只是以细腻的笔触来揭露和抨击社会的现实。她一生写作了许多红颜薄命的动人故事，在文坛上具有独特的地位。

科莱特与季奥诺一样，是 20 世纪最擅长描绘农村生活的作家，因此也被称为乡土小说家。她由于经常被卷入桃色事件，受到了世人不同的评价。法兰西学士院拒绝接纳她为院士，龚古尔学院却在 1944 年选她为主席，这是法国文学史上第一位女作家获此殊荣。科莱特去世之后，教会拒绝为她举行宗教葬礼，但法国政府为她举行了隆重的国葬。

第十六章　社会小说

社会小说是个含义广泛的概念，几乎一切与社会有关的小说都可以包括在内，但是作为一种小说类型，它应该是指不属于具体小说流派的、反映社会现实的小说。

第一节　杜阿梅尔

乔治·杜阿梅尔(1884—1966)生于巴黎，父亲是园艺工人。他在大学医科和生物系毕业后成为医生，但是非常爱好文学。1906 年他和一些志同道合的人成立了“修道院文社”①，其间发表了《传奇、战斗》(1907)等一些表现一体主义的诗集。1909 年获得医学博士学位。

大战爆发后，杜阿梅尔应征入伍，在野战医院工作，救治过数千名伤员，对战争造成的痛苦有着深刻的体验和认识。他根据自己的切身经历写作了小说《受难者》(1917)及其续集《文明》(1918)，揭露了战争的罪恶，显示出渴望和平的人道主义精神。《文明》这个标题是一种讽刺，实际上是对不公正的社会现实的控诉，小说出版后获得了龚古尔奖。

从 1920 年开始，杜阿梅尔弃医从文，创作了第一部长河小说《萨拉万的生平与遭遇》(1920—1932)，全书分为五卷：《午夜的忏悔》《两人》《萨拉万日记》《里昂人俱乐部》和《感同身受》。萨拉万是个温和朴实的青年，他本来是个小职员，后来失去了工作。他感觉得到生活的荒诞，但是由于为人胆怯多疑，所以总是逆来顺受、碌碌无为。他处处受人欺负，经常做噩梦，连看电影也会碰上失火，总之是一个永远被命运捉弄的可怜虫。

在《里昂人俱乐部》中，萨拉万看到书店老板用怀疑的目光盯着他，就惊慌不安地把手里的书放进了橱窗，其实那本书确实是别人借给他的，但是他害怕做出解释；他在家里和妻子谈心，表示要改变心灵，妻子根本不理解他在说什么；他在俱乐部里听别人大谈女人和革命，结果稀里糊涂地和别人一起被抓进警察局。

---

① 修道院文社的成员主张以日常生活为题材来写作诗歌，他们在巴黎东南郊过着集体住宿的生活，靠做印刷工来维持该社的经费，后于 1908 年解体。

他在反复思考了人类的生存环境之后，决定和妻子暂时分居，在给她的信里写道："我见过人们。你无法想象他们是多么不幸，尤其是多么不可理解。"

《萨拉万的生平与遭遇》反映的是1920至1930年的法国社会，通过萨拉万这个平庸的小人物来反映社会的荒诞。把这个时期的小说稍做比较，不难看出作家们对生活已经产生了一种荒诞感，实际上是存在主义哲学即将在法国盛行的先声。他们只是在表现方式上有所不同，例如马尔罗用行动来体现生命的意义，塞利纳以荒唐的经历来嘲弄混乱的世界，他们的共同之处是真实地反映了人类的困境，从而为描绘荒诞世界的存在主义小说开辟了道路。

1927年，杜阿梅尔访问苏联，回国后发表了《莫斯科之行》，抨击了苏联社会里的专制集权。1933年，他当选为法兰西学士院院士，同时开始写作10卷本的长河小说《帕斯齐埃家族史》(1933—1945)。这是生物学家雷蒙·帕斯齐埃的自传，通过他的一家在50年里的奋斗历程，反映了法国从1880年至1930年的社会现实。

第1卷《勒阿弗尔的公证人》写雷蒙一家的困境。全家靠雷蒙半工半读维持生活，十分困难，妻子的姑母有一笔遗产，却因为公证人的拖延而拿不到手。妻子向邻居借了一万法郎，被雷蒙拿去投资，结果上当受骗，只好卖房度日。

第2卷《动物园》写雷蒙另有情妇，被小儿子洛朗发现。洛朗直接去找她，要她离开自己的父亲，但是父亲依然故我，母亲只得逆来顺受，使洛朗在精神上受到打击。这时他的大妹妹塞茜尔举行音乐会取得成功，小妹妹苏珊娜有演戏的才能，给全家带来了希望。

第3卷《希望之乡》写雷蒙获得了医学文凭，当上了医生，但是诊所经营不善。他买了汽车，带家人旅游时出了车祸，自己还与寄居在他家里的侄女私通，弄得全家鸡犬不宁。洛朗毕业后到一个生物研究院的实验室工作。塞茜尔爱上了瓦尔德马尔，但是他发疯后自杀了。

第4卷《圣约翰节之夜》写约瑟夫开始发迹，在圣约翰节那天邀请全家人到他新买的别墅里去。洛朗与女同事罗尔相爱，她是导师雷诺·桑西埃的助手，桑西埃也爱着她，但是眼看爱情无望就去了远东。

第5卷《比埃弗尔的荒漠》写洛朗和同学朱斯丹等为了争取自由，在乡下办了一个"荒漠印刷所"，企图过自食其力的生活，不久由于矛盾重重而散伙了。

第6卷《导师们》写洛朗在幻想破灭后安心读书，写作生物学的博士论文，他的两个导师夏尔格兰和罗内互相嫉妒，弄得法国生物学界分成了两派，最后夏尔格兰因脑溢血瘫痪了。洛朗的同事福维追求塞茜尔，引起了朱斯丹的嫉妒。

第7卷《塞茜尔在我们中间》写塞茜尔被瓦尔德马尔的自杀所刺激，嫁给了平庸无能的福维。后来她生的孩子病死了，她与丈夫离了婚，信仰了宗教。约瑟夫在巴尔干战争中靠卖军火发了财，在国际上引起矛盾。福维与妻子不和，朱斯丹与他决斗时受了伤。

第 8 卷《与影子搏斗》写洛朗在生物研究院工作，与女同事雅克琳相爱。他赶走了无能的助手，因此得罪了院长。他写了一篇反对任人唯亲的文章，结果又得罪了政府要员，从此陷于党派纷争之中。最后大战在即，他辞职上了前线。

第 9 卷《苏珊娜和小伙子们》写苏珊娜成了明星，由于受到老板的调戏，她应邀到年轻画家菲力普在乡下的家里去，过了两个月安静的日子。但是老板来求她去演戏的时候，她还是出于对职业的热爱，离开爱她的菲力普三兄弟，随剧团一起到南美洲演出去了。

第 10 卷《约瑟夫·帕斯齐埃的追求》写约瑟夫利用各种手段大发横财，同时附庸风雅，经营绘画古玩等艺术品，还挤进了艺术研究院。最后他企业破产、名誉扫地，妻子不忠、众叛亲离，连女儿也进了修道院。

小说以放荡的父亲、顺从的母亲和几个儿女的关系为主线，描绘了一个家族的历史，进而通过家庭成员的经历去描写社会。从家庭到研究院，从商界到艺术界，小说涉及了社会的各个方面。从第二卷开始，家庭的困难就与世界上的激烈冲突交织在一起，从这个角度来看，杜阿梅尔的创作方法继承了现实主义和自然主义小说的传统。人物的性格也是由天性和环境决定的，例如约瑟夫的冒险和野心、洛朗的渴求知识、费迪南的平庸无能等等，这就注定了他们的职业。

杜阿梅尔注重环境对人的决定作用，从萨拉万到洛朗，他笔下的人物渴望纯洁和自由，都在反抗世界的荒诞和残酷，努力创造幸福的生活。但是他们无论多么努力也改变不了与生俱来的命运，最终都不得不屈服于社会的压力，成为社会的牺牲品。从艺术上来说，与野心勃勃的于连、心狠手辣的伏脱冷等典型人物相比，这些小人物只能令人同情，显然缺乏强烈的个性和引人的魅力。

杜阿梅尔力图在传统写法的基础上有所改变，例如前三卷是洛朗的回忆录，另外几卷有的是札记，有的是书信，时态和人称也经常变化，往往采用无人称或中性的第三人称。他尤其重视挖掘人物内心的潜意识和复杂的心理活动，洛朗就无情地解剖过自己的弱点。在《圣约翰之夜》里，他把自己与父亲等同起来，承认他指责父亲的风流韵事，其实在潜意识里是希望亲自去做这些事情。《午夜的忏悔》更是一篇冗长的自我起诉，表明杜阿梅尔受到了弗洛伊德和陀思妥耶夫斯基的影响。他采用内心独白的方式进行自责，这种写作手法也影响了后来的作家，例如加缪的《堕落》就是如此。

自从左拉创作《卢贡-马卡尔家族》系列小说以来，家族的演变就成了现实主义小说的重要题材，马丁·杜加尔的《蒂博一家》和特罗亚的《埃格勒蒂埃尔一家》都是著名的例子，但前者可归于战争小说的范畴，特罗亚则属于历史小说家和传记作家。杜阿梅尔固然在战争小说方面很有成就，但他尤其以家族史的写作而闻名于世，他在小说中关注当代人的幸福，其中呈现的世界因大战而充满了危机。

杜阿梅尔的讽刺总的来说比较温和，类似于都德的风格，他的愤怒从来没有达到粗暴的程度。这是因为他既是一个满怀同情的人道主义者，又是一个对未来抱有幻想的理想主义者。但正因为如此，他的小说不如罗曼·罗兰的《约翰·克利斯朵夫》那样深刻，笔锋也不如法朗士的小说那样犀利，这是他虽然著作等身但声望却不如他们的原因。

在第二次世界大战期间，德军销毁了杜阿梅尔的著作，禁止他发表作品，但是他不顾德军当局的禁令，先后出版了《苦难岁月史》(1940—1943)、《安魂曲》(1944)等多部小说，在战后出版了五卷回忆录《照耀我一生的光辉》(1944—1953)。杜阿梅尔于 1962 年获得法国荣誉军团勋章，1966 年去世。

第二节　于勒·罗曼

于勒·罗曼(1885—1972)生于上卢瓦尔省的圣于连-夏特伊，原名路易-亨利-让·法里古勒。父亲在巴黎当小学教师，因此，他很小就到巴黎上学。1904 年，他用于勒·罗曼的笔名发表了诗集《人的灵魂》，接着在《思想者》杂志上发表了宣言《一体主义观点与诗歌》(1905)。服役以后，他在 1906 年考取巴黎高等师范学校，与杜阿梅尔等创立的“修道院文社”交往密切。1909 年毕业后获得哲学教师资格，在以后的 10 年里，他先后在巴黎和尼斯等地的中学里任教。

第一次世界大战期间，于勒·罗曼呼吁欧洲的统一。1919 年他辞去教职后专事创作，发表了长篇小说《普赛克》三部曲《吕西安娜》(1922)、《人体的守护神》(1928)和《当船只……》(1930)，内容是少女吕西安娜和在船上工作的皮埃尔的爱情故事。

于勒·罗曼在戏剧方面很有造诣，14 岁就创作了历史剧《沙皇》。他最著名的剧作是《克诺克或医学上的胜利》(1924)和《特罗哈代克》三部曲(1923—1930)，前者讽刺了骗人的医生和轻信的市民，后者嘲笑了想入非非的学者。他的喜剧继承了莫里哀的传统，语言幽默，富于哲理。

1933 年，于勒·罗曼呼吁反对法西斯主义，他从 1941 年起先后在纽约和墨西哥生活，战后回到法国，1946 年当选为法兰西学士院院士。

于勒·罗曼的代表作是长河小说《善意的人们》(1932—1946)，就篇幅而言，它远远超过了罗曼·罗兰的《约翰·克利斯朵夫》和马丁·杜加尔的《蒂博一家》。其情节之复杂，人物之众多，足以与巴尔扎克的《人间喜剧》和左拉的《卢贡-马卡尔家族》相媲美，堪称法国 20 世纪长河小说史上的一座丰碑。

于勒·罗曼在创作《善意的人们》的时候，曾把巴尔扎克的《人间喜剧》和雨果的《悲惨世界》作为楷模，但是他的目的是表现“一体主义”，所以在创作方法和艺术效果上，都与传统的现实主义和浪漫主义有所区别。他不是致力于描写一个人或一个家族的命运，而是通过描写各种人物来表现使某个团体一致的精神。他试图从整体上来描绘社会，让读者同时进入几个不同的阶层，让不同的情节平行发展，相互交错，以展示一幅完整的时代壁画。

小说的主人公是现实主义者热尔法尼翁和幻想家雅莱兹，他们是在巴黎高等师范学校的同学。小说通过他们的爱情观和对理想的追求，来展现1908年后的法国社会形势，例如：德国威胁下的战争气氛，工人罢工，内阁改组，饶勒斯的演说；上等人和下等人的不同命运；宗教界的黑幕，枢机主教与波兰主教的明争暗斗；列宁流亡瑞士，奥地利大公在萨拉热窝被刺，大战爆发；法军初战即败，贝当指挥凡尔登战役；俄国革命使热尔法尼翁等人看到了“东方的曙光”，他后来参加了社会主义激进党；雅莱兹等人在目睹意大利法西斯主义的猖獗后也去了俄国；雅莱兹与弗朗索瓦丝的结合；德国国会大厦纵火案，法西斯的阴影笼罩着欧洲，善意的人们则抱着同样的理想，认为有理由生存下去。

这部长篇小说共分27卷，从第一次世界大战前的巴尔干危机开始，一直写到1933年希特勒上台为止，包括30多个故事情节，涉及法国、英国、德国、意大利、摩洛哥、突尼斯和苏联等许多国家，尤其是法国社会的政界、商界、科学界、文艺界、宗教界以及大资产阶级、贵族、军队、警察、平民等各个阶层，塑造了金融家、议员、法官、诗人、医生、画家、演员、学者、建筑师、工人和大学生等1000多个人物形象，其中包括贝当元帅等真实的历史人物，描绘了从1908年到1933年的法国社会和世界的变迁，构成了一幅反映这一时代生活的壮丽画卷。

《善意的人们》有两个最突出的特点：一是以前所未有的广度表现了第一次世界大战带来的焦虑，反映了善意而又无能为力的人们所经历的悲剧；二是不像其他小说那样多系虚构，而是描绘了一些真实的历史人物和事件，具有重要的文献价值。但是它篇幅浩繁，人物众多，没有统一的情节，某些情节前后不连贯或过于烦琐，显得冗长、凌乱，令人难以卒读，几乎无法进行概述和分析。归根结底，这部篇幅浩繁的巨著总的来说是一个整体，但是它的每一卷却不像其他长河小说那样可以单独成篇，而要从总体上把握这部作品的意义和艺术特色，首先必须理解于勒·罗曼的一体主义思想。

在美国作家爱默生①和惠特曼②的直觉主义、法国社会学家迪尔凯姆③的群体精神学说的影响下，于勒·罗曼一直希望互相冲突的混乱世界变得安宁和谐。1903年10月的一个晚上，他在巴黎街头漫步，突然感到行人、街道、车辆都仿佛

① 拉尔夫·华尔多·爱默生(1803—1882)，美国诗人、思想家和散文作家。

② 沃尔特·惠特曼(1819—1892)，美国诗人，代表作有《草叶集》等。

③ 埃米尔·迪尔凯姆(1858—1917)，法国社会学家，著有《论自杀》等。

构成了一个有生命的整体。在这种瞬间灵感的启示下，他把自己的思想表达为“一体主义”，即认为个人之间、人与自然之间都具有精神上一致的直觉性。他呼吁作家们唤起人们意识里的“一体主义感情”，建立一个超越一切的精神整体，并在创作中力求表现某一团体的一致精神和心理状态。他在1908年发表的诗集《一体生活》，实际上就是一体主义的宣言。

于勒·罗曼一方面在某种程度上仍然采用传统的写作方法，以热尔法尼翁和雅莱兹这两个与他生活经历相似的年轻人为主人公，以大量的史实为依据，展现了一系列人物和故事；另一方面为了从整体上表现一体主义，他又与传统的写作方法保持距离，使众多人物同时出场，各种故事齐头并进，以此来宣扬他的一体主义思想。但是这样一来，不仅使主要人物被淹没在无数的人物和情节之中，而且对他们既无深层的心理刻画，又无详尽的细节描绘，只是把他们作为连接故事情节的轮廓，使这些人物缺乏活力和激情，只有活动而没有个性，因此他们不可能成为高老头和葛朗台那样的典型人物，不会给读者留下深刻的印象。

不过从另一方面来说，这种多角度的写作方法，类似于美国小说家多斯·帕索斯[①]的《曼哈顿中转站》(1925)，体现了个人命运的分散性，可以使人从不同的角度来观察世界。从这个意义上来说，《善意的人们》是法国50年代的新小说的先声。人所共知，新小说里的人物都进一步淡化，以至于完全丧失个性而沦为物化的人了。

全书的核心是第15卷《凡尔登前奏曲》和第16卷《凡尔登》，于勒·罗曼在这两卷里成功地表现了他的一体主义，从一个国家而不是从个人的角度来描写这场战役。在这场特殊的战役中，个人的命运与千百万人的命运结合在一起，一个人的悲剧也就是所有人的悲剧。面对历史的严峻考验，个人和集体完全统一了，因此只有这两卷才真正体现了一体主义的创作思想，其余部分只是这两卷的铺垫或续篇。

第三节　塞利纳

路易-费迪南·塞利纳(1894—1961)生于上塞纳省的库尔布克，原名路易-费迪南·奥古斯特·德图什。他在小学毕业后被父亲送到德国去学习德语，两年后又到英国去学习英语，1910年回到巴黎，在贸易公司里当学徒。1912年他进入骑兵团服役，大战爆发后不久就右臂负伤，后来调到法国驻伦敦总领事馆工作。1918年，他参加洛克菲勒[②]结核病考察团，周游英国。退役后他在雷恩医科

---

① 约翰·多斯·帕索斯(1896—1970)，美国小说家，

② 洛克菲勒(1839—1937)，美国资本家，美孚石油公司的创办者。

大学读书,1924 年获得医学博士学位,毕业后到日内瓦国际联盟的卫生部工作,去北美、欧洲和西非进行调查。1926 年与结婚七年的妻子离婚,并结识了美国姑娘伊丽莎白·克雷格,回到巴黎开设诊所后与克雷格同居,小说《茫茫黑夜漫游》(1932)就是题献给她的。1933 年,克雷格回美国处理父亲的遗产,从此一去不返。

他以外婆塞利纳的名字作为笔名发表的《茫茫黑夜漫游》,采用第一人称,是名为费迪南·巴尔达缪的主人公的自述。他是学医科的大学生,战争前夕稀里糊涂地加入了一支队伍,在与德国人遭遇时几次负伤,也有过一些风流韵事。他不能打仗了,就到了非洲的殖民地。他被派到一个荒僻的办事处去,因为无法生存,就放火把办事处烧掉了。他渡海逃到纽约,在福特汽车厂当小工,靠一个名叫莫莉的女人卖淫为生,后来回到了法国。他完成学业后开始行医,可是人们无钱看病,他只好到一个疯人院去干活。多亏他学会了阿谀奉承,得到了院长的信任,院长要长期出国,把疯人院交给他负责,他就在这种疑神疑鬼的气氛中不知所措地生活下去。

《茫茫黑夜漫游》堪称是一部流浪汉小说,而主人公的到处流浪,与塞利纳动荡不安的一生是分不开的。小说通过主人公巴尔达缪的自述,回顾了他到处流浪、打仗负伤和谈情说爱的荒唐经历,以近于荒诞的内容、粗俗的口语和俚语,塑造了一些由于战争、贫困、疾病和偏见而被扭曲的人物形象,无情地嘲弄了这个异化的世界。他们的经历是对世态炎凉的人际关系的揭露,也是对传统的伦理道德的批判。小说描绘了战争中的疯狂残杀,工人的悲惨生活,准确地反映了那个时代的混乱和罪恶,对社会现实抱着完全否定的态度,呈现出来的是一个永远黑暗的异化世界。

在艺术上,它以无情地自我嘲弄的笔法,几乎是恶毒地表现了人类对现实的绝望,对现存社会里的一切都尽情地挖苦和嘲笑,从而创造了一种不同于传统小说的独特风格,因此出版后受到普遍欢迎并获得勒诺多奖。从小说发展史的角度来看,它实际上是介于传统小说与存在主义小说之间的桥梁,似乎可以称之为前存在主义小说,因此也理所当然地受到了萨特和波伏瓦的欢迎。但小说同时也引起了广泛的争议,托洛茨基把他视为左翼成员,高尔基则认为他可以接受法西斯主义了。

塞利纳边行医边创作,1936 年发表《缓期死亡》,描绘了他在少年时代学徒时的悲惨生活,这个道德沦丧的世界,使他饱受了欺凌和屈辱。《茫茫黑夜漫游》由艾尔莎·特里奥莱译成俄文在苏联出版后,塞利纳应邀访苏。他回来后发表了反苏小册子《我的罪过》(1937)。他接着又发表了抨击性的小册子《屠杀琐事》(1937)、《尸体学校》(1938)和《困境》(1941),发表反犹太主义的言论,表现出亲希特勒的倾向,煽动种族主义。这些作品受到广泛的谴责,只有纪德为他辩护,认为他是在开玩笑，他描绘的不是现实，而是现实引起的幻觉。

1944年6月，盟军在诺曼底登陆，塞利纳先后逃到德国和丹麦。丹麦的德军投降后，法国政府以叛国罪要求引渡他，但遭到拒绝，于是对他进行了缺席审判。后来巴黎军事法庭按照关于战争伤员的规定对他予以赦免。塞利纳1951年回国后，在巴黎西南方的默东开设了私人诊所，写作了一些关于他在占领时期的行为和在丹麦生活的回忆录。

塞利纳至今仍是人们争论的对象，评论界公认他是20世纪法国最伟大的作家之一，但是对他的罪行依然十分反感。1993—1994年度，《茫茫黑夜漫游》被列为法国大中学教师学衔考试的必读书，然而当法国文化部要把塞利纳在默东的旧居列为纪念性建筑物的时候，却由于犹太人社团和抵抗运动成员代表们的反对而未能成功。

法国出版了多种关于塞利纳的传记，其中最权威的是弗朗索瓦·齐博[①]在1977年出版的三卷本《塞利纳传》。人们以为与塞利纳同居的美国舞女伊丽莎白·克雷格已经去世，但是斯坦福大学的教授阿尔丰斯·朱兰却在长期查阅资料的基础上，于1988年在加利福尼亚的一座别墅里找到了克雷格，并且由此写出了传记《伊丽莎白和路易》(1994)。

《茫茫黑夜漫游》已有中译本，书名被译为《长夜行》。

第四节 蒙泰朗

在法国文学史上，具有同性恋倾向的作家不计其数。就20世纪而言，从普鲁斯特到纪德，从波伏瓦到尤瑟纳尔，许多著名的小说家都是同性恋者。同性恋当然不是一种创作手段，但是小说家与普通人不同，他们无论承认与否，都必然会在作品中流露出同性恋的情结，这就是为什么同性恋小说家显得特别多的原因。他们对同性恋的态度因人而异，有的公然赞扬，有的痛苦挣扎，因而小说的形式也各不相同，但是无论如何，同性恋都必然是他们小说里的一个中心主题。在这些小说家当中，最有代表性的要数蒙泰朗。

亨利·蒙泰朗(1895—1972)生于巴黎的一个信仰天主教的贵族世家。他从小喜欢读书，9岁就写出了一些故事。1912年上中学时被开除，次年靠单独补课得以毕业。他于1916年服预备役，第二年作为志愿兵参战，1918年负伤，腰部中了七块弹片。复员后于1920年被任命为杜奥蒙尸骨埋葬处秘书长。

蒙泰朗酷爱体育，青年时从事各项运动，曾当过法国足球队的守门员，在百米赛跑中获得过11秒8的好成绩，同时在作品里颂扬人体的力量和阳刚之美。

---

① 弗朗索瓦·齐博(1932—)，法国著名律师，研究塞利纳的专家。

1924 年，他发表《奥林匹克竞技场》，包括两卷：《剑影下的天堂》和《金色大门前的 11 个人》，采用诗歌、散文、短篇小说和对话等各种形式，赞美了田径、体操、拳击和足球等体育运动。但他也把体育比喻为战争，认为其中包含着死亡的气息。

在中学里放暑假的时候，蒙泰朗到西班牙学会了斗牛，以后一直乐此不疲，直到 1925 年 11 月 7 日，他在西班牙的阿尔巴塞特城附近斗牛时身负重伤，才不得不退出了斗牛场。后来他发表了小说《斗牛士》(1926)，颂扬了斗牛士大无畏的英勇气概。

从 1926 年到 1929 年初，蒙泰朗到北非旅行，1930 年 7 月又到阿尔及利亚，1933 年回到法国后，8 月份又去了阿尔及尔。1934 年以后，他不断地来往于巴黎与阿尔及尔之间。他如此频繁地到北非去，不禁令人联想起著名的同性恋作家纪德在北非的经历，实际上他是在寻求满足自己的同性恋欲望。在此期间，他发表了小说《给欲望之泉》(1927)和《卡斯蒂利亚的小公主》(1929)，其中对狂热爱情的描写也带有纪德的风格。

蒙泰朗曾于 1927 年订婚，不久破裂。1934 年，他与一位少女有染，10 月 15 日订婚，11 月 4 日又告破裂。他终身未婚，同性恋癖好显然是最重要的原因。

1934 年，蒙泰朗发表小说《独身者》。主人公是银行家和男爵奥克塔夫，以及他的狡猾而狠毒的兄弟艾里。他们自私自利、庸俗可笑，在现代社会里无所适从，晚年时只能穷愁潦倒，显示出贵族阶级没落的命运。在此之前，他的小说都是自传式的，而这部小说却有意运用自然主义的笔法，由于抨击了贵族而受到读者的欢迎。

蒙泰朗接着发表了四部曲《少女们》(1936)、《给女人的怜悯》(1936)、《善良的魔鬼》(1937)、《麻风女》(1939)。从这些小说的名称中，不难看出他对女人的反感。他笔下的女性全都处在疯狂的矛盾之中，她们不是狂热地渴望享受性的乐趣，就是绝望地想冲破社会规定的性观念。小说的内容更明确地流露出他的痛苦和挣扎。主人公科斯塔是个放浪形骸的青年作家，他为人既诚实又冷酷，既善良又凶狠，身上充满了矛盾，却受到三位女子的爱慕，并且和她们通信。从主人公的放荡和错综复杂的情感来看，小说显然带有拉克洛的《危险的关系》的痕迹。

科斯塔自己创作了一部小说，这部小说里又产生了另一部小说。他在小说里刻画了索朗热这位女性，她在生活里变成了安德莱，而安德莱认为科斯塔是纪德的弟子，由此显示出纪德的《伪币制造者》的“小说套小说”的手法的影响。在《少女们》里，科斯塔想和索朗热结婚，但结婚之前却逃跑到意大利、摩洛哥，甚至想杀死她。“科斯塔看起来有点儿像搞错了时代的唐璜那样的人物，他身上带有一点儿反常的东西。”[①]这种看法无疑是正确的，因为蒙泰朗正是由于欲望的煎熬，才把自己的仇恨转移到了女人身上。

第二次世界大战前夕，蒙泰朗发表演说反对慕尼黑协定，出版了《无用的效劳》(1935)、《九月秋分》(1938)和《六月夏至》(1941)等评论集，揭露法国的社会现实和德国的军事占领，为此德军曾在1944年搜查他的住宅。

蒙泰朗在戏剧方面也取得了杰出的成就，代表作有《死去的王后》(1942)、《无父无母的儿子》(1943)和《圣地亚哥的团长》(1954)等。

蒙泰朗一向以自己的出身为荣，生性孤傲，不屑与其他作家来往。他在1934年拒绝接受颁发给他的殖民地文学大奖，甚至一向拒绝成为法兰西学士院的候选人。直到1960年，他才在院士们的请求下同意当选为院士，但依然没有对学士院进行礼节性的拜访。

1963年，蒙泰朗发表了小说《混乱与黑夜》，主人公塞莱斯蒂诺是一个年老的西班牙无政府主义者，他在内战时期逃亡法国，在他的妹妹受审的时候回到了马德里。他是个堂吉诃德式的人物，在巴黎十分孤独，与仅有的朋友都闹翻了，只和女儿生活在一起，两人也无话可说。他与社会格格不入，始终不讲法语，在法国流亡了20年也未能融入法国社会。回到西班牙之后，他才发觉法国不是自己的祖国，西班牙也变得陌生了。他像堂吉诃德一样，实际上生活在另一个世界里，只是自己幻觉的牺牲品。他在马德里以为受到了追捕，见到了幽灵。他去看了一场斗牛，公牛向舞动的红布冲去，其实就是人类被幻想所折磨的象征。

蒙泰朗一生都在寻求满足自己的同性恋欲望，他成名之后常在大街上追逐青少年，多次触犯刑律，全靠他大作家的名声和法兰西学士院院士的头衔才得到宽恕。1968年左眼失明后，74岁的蒙泰朗发表了小说《少男们》(1969)，揭示了自己是同性恋者的秘密。他认为这本书写出了他毕生的主题，此后再也无话可说，所以于1972年9月21日下午4点钟自杀了。

《少男们》是蒙泰朗早在1929年就构思的小说，而且在《善良的魔鬼》(1937)的序言里做了预告。小说叙述了神甫对上帝的爱，母亲对儿子的爱，以及阿尔邦与塞尔日之间的特殊友谊，也就是同性恋。蒙泰朗承认这部小说几乎包括了他的一生，标志着“爱的胜利”。

第五节　阿拉贡

路易·阿拉贡(1897—1982)的一生经历了从超现实主义到社会主义现实主义，最后又转向现代主义的过程，是文学史上风格最为多变的作家，不过他的小

---

① 米歇尔·莱蒙：《法国现代小说史》，徐知免、杨剑译，第300页。

说主要是反映社会现实的。

早在 1921 年，阿拉贡就想加入法国共产党，但未获批准。以后他虽然发起和参加了超现实主义小组，但是向往革命，阅读了马克思、恩格斯和列宁的许多著作，发表鼓吹无产阶级革命的文章，并在 1927 年 1 月先于其他超现实主义者加入法共，由此可见他后来的转变并非纯属偶然。

1926 年，阿拉贡爱上了英国船王的女儿南希。1928 年夏天，他们到威尼斯度假，他因南希另有新欢而自杀未遂。同年 11 月，他遇见了苏联诗人马雅可夫斯基，第二天结识了诗人的妻妹艾尔莎·特里奥莱，他们的相遇改变了他一生的道路，从此两人形影不离，并于 1939 年结为夫妇。

1930 年，国际无产阶级作家代表大会在哈尔科夫召开，阿拉贡作为法共的代表，在大会上以超现实主义者的名义表现出亲苏的态度，因而受到伙伴们的指责。他自己也承认："1930 年我曾到苏联去，而且回来以后，我就再不是从前的那个人。"①第二年他再度访苏，回国后发表诗集《有迫害狂的受迫害者》，其中有一首名为《红色阵线》的诗鼓吹打死警察，实行无产阶级的暴力专政，因而受到指控。布勒东对这首诗也极为不满，认为是应时之作，但还是发布了传单《阿拉贡事件》，征集了 300 个知识分子的签名来为他辩护。然而阿拉贡继续写作歌颂苏联和法共的诗歌，致使他们之间的关系恶化，最后阿拉贡于 1932 年 3 月正式退出了超现实主义小组。

1933 年，阿拉贡担任法共《人道报》记者，与瓦扬-古久里一起创办《公社》杂志，并结识了他后来的领路人、法共总书记莫里斯·多列士(1900—1964)。在艾尔莎的影响下，阿拉贡多次访问苏联，1934 年发表了歌颂苏联的诗集《万岁，乌拉尔!》，同年发表以《现实世界》为总题目的第一部现实主义小说《巴塞尔的钟声》。

小说的主人公是格鲁吉亚姑娘卡特琳·西蒙尼茨，她随放荡的母亲来到巴黎后，同情罢工的工人，接近无政府主义者，也一度沉溺于感官的享乐，最后患了严重的肺病，企图跳入塞纳河自杀，结果被出租汽车司机维克多拉住了。卡特琳跟随他参加了劳工联合会，支持司机们的罢工。但时间一长，她又和无政府主义成员来往，最后被驱逐出境，来到巴塞尔。1912 年 11 月 24 日，全欧社会党代表大会在巴塞尔大教堂里召开，德国革命家克拉拉·蔡特金(1857—1933)等发表演说，号召各国人民起来制止战争，教堂内排钟齐鸣，教堂外面的群众在举行反战的示威游行，象征着人民的觉醒与维护和平的决心。

这部小说结构比较生硬，显然是为了迎合社会主义现实主义的创作原则。第一部分关于法国贵族荡妇迪安娜的故事，几乎与卡特琳的故事没有什么关系。

① 《阿拉贡文艺论文选集》，盛澄华等译，第 26 页。

卡特琳从堕落到革命的变化过程，也缺乏令人信服的依据。最后让蔡特金出场则有雕琢之痕，主要是为了树立一个与迪安娜和卡特琳形成对比的、新型和伟大的妇女形象。但苏联《文学报》为此发表了评论，认为小说反映了大战前夕欧洲的社会现实，用马克思主义的观点完美地描写了历史，因此阿拉贡得以被认为是法共最伟大的社会主义现实主义作家。

1934 年，苏联作家协会召开第一次代表大会，日丹诺夫(1896—1948)在会上提出了社会主义现实主义的口号。尽管有关的文件直到 1948 年才被译成法文，但是阿拉贡在 1935 年就发表了《作家的任务和自我改造》和《明日的文学》等论文，宣传社会主义现实主义的创作原则。与此同时，他参加各种革命活动，领导革命作家和艺术家联合会，与马尔罗等创立国际保卫文化作家协会，因而在党内的地位逐渐上升，在巴比塞于 1935 年去世以后，他成为法共在文化方面的代言人。1937 年，法共创办了《今晚报》，阿拉贡是两主编之一。

繁忙的政治活动并未影响阿拉贡的创作，他继续写作和发表了《现实世界》中的另外三部小说：《富贵区》(1936)、《双层车上的旅客》(1942)和《奥雷利安》(1944)。

《富贵区》写兄弟两人的不同命运，哥哥埃德蒙本来是个埋头读书的青年，但是在社会环境的熏陶下见利忘义、自甘堕落，混迹于上流社会。由于财迷心窍，他几乎成为杀人嫌疑犯，最后为了金钱和美色，他竟然同意与风烛残年的大富翁分享同一个情妇。弟弟阿尔芒起初为了谋生，曾充当资本家破坏罢工的工具，但他在艰苦的劳动中幡然悔悟，揭露了黄色工会的阴谋，决心靠劳动自食其力。小说通过他们的不同命运，反映了不同阶层在大战前夕的生活和精神状态，着重批判了金钱对社会的主宰，而且摆脱了《巴塞尔的钟声》的矫揉造作的笔调，既有思想深度又有艺术感染力，出版后获得了勒诺多奖。

《双层车上的旅客》刻画了一个虚构的历史教员皮埃尔·梅卡迪埃，他把人类分为天才和芸芸众生两部分，好比双层车上的旅客。他自以为了不起，梦想出人头地，结婚不久就对妻子感到厌倦，不断地追求别的女人。但是他先后爱上的女人却不是妓女就是间谍的情妇，使他的爱情遭到一次又一次的失败和嘲弄。他还醉心于投机和赌博，最后穷途潦倒，在获得一个咖啡馆老板娘的诚挚爱情后不久就中风死去了。小说通过他的荒唐堕落的一生，谴责了他对金钱的膜拜，说明脱离现实和自以为是的人是注定要失败的。

《奥雷利安》讲述青年奥雷利安在第一次世界大战后回到巴黎，靠父亲的遗产度日，生活虽不困难却空虚孤独，不能安心工作和学习。他与外省一位药剂师的妻子贝蕾尼丝相爱，但是当贝蕾尼丝来到他家的时候，他却在酒吧里和舞女过夜，于是断送了他们的“爱情”。他由于悔恨而进了工厂，“二战”爆发后赞成与德国合作，加入了维希政府的军队。小说结尾时写到了法军在 1940 年的溃退，奥雷利安在经过贝蕾尼丝的家乡时，终于明白他们之间在各方面都大不相同，不可能产生真正的爱情，他的经历和爱情象征着一代人的悲剧。

1939 年 7 月，阿拉贡在《今晚报》上发表文章，对苏联与德国签订互不侵犯条约表示赞同，为此与尼赞闹翻；后来尼赞被诬陷为叛徒，他出于对党的信任对此深信不疑。这个条约的签订导致了法国共产党人的孤立，他们受到威胁和追捕，阿拉贡不得不转入地下活动。1940 年 1 月，他应征入伍担任军医，发明了一种可以打开被炸坏的坦克的工具，受到国防部的嘉奖，获得军功勋章。法国投降后他参加抵抗运动，先后筹办《法兰西文学报》《星星》《武装的德龙省》等地下刊物，组建了地下文化工作网。与此同时，他创作了《断肠集》(1941)、《蜡像馆》(1943)和《法兰西号角》(1945)等一系列充满爱国主义激情的诗歌，在抵抗运动中产生了很大的影响。

大约在 1941 年，地下党的领导人送给阿拉贡一大包材料，都是牺牲了的共产党员的家信和笔记。阿拉贡据此写了《共产党人》第一卷(1946)，歌颂烈士们的英勇事迹。1953 年发表的第二卷是介绍法共总书记多列士等领导人的。

阿拉贡最重要的小说是《共产党员们》(1949—1951)，原计划写作三个部分，从 1939 年大战开始一直写到 1945 年大战结束，准备写成一部大规模的史诗。由于战后国际形势的变化，他只写了第一部分的五卷，到 1940 年 6 月为止，因此是一部未完成的巨著。

《共产党员们》描写了共产党人在战争爆发后进行地下活动，得到了人民的支持和同情，但受到政府的镇压。政界人士钩心斗角，尔虞我诈、争名夺利，法军将领昏庸无能，各军兵种互相拆台，以至于官兵士气低落，作战时全线崩溃，敌军长驱直入。这时政府又拿共产党人当替罪羊，其实正是共产党人在英勇战斗，他们或是在前线奋战，或是在后方从事抵抗。德军所到之处烧杀抢掠、死尸狼藉。资产者只顾逃命，不顾工人死活。贝当上台后下令停战，实际上是向德国人投降。主人公蒙塞在经历了这一切之后，决心永远和共产党站在一起。

《共产党员们》的人物多系虚构，所以它并不注重描写主人公的命运，而是以历史事实为依据，通过松散的情节来恢复历史的本来面貌。它的中心思想是为《苏德互不侵犯条约》辩护，揭露大资产阶级对共产党人和工人阶级的镇压，反映人民群众在战火中的悲惨遭遇，同时表现他们在共产党人影响下的斗争和觉醒。这部长篇小说正面表现了共产党人的活动与斗争，一向被认为是社会主义现实主义文学的代表作。即使只以艺术性为标准，第四卷和第五卷也是出色的战争小说，仅仅这两卷就足以使它在小说史上拥有一席之地了。

1958 年，阿拉贡发表历史小说《受难周》，描写拿破仑从流放地厄尔巴岛突然回到法国，率领重新归顺他的部队向巴黎进军，路易十八仓皇出逃，乱发命令，弄得从上到下乱作一团，惊恐万状。当拿破仑到达巴黎的时候，从王后、大臣到元帅都在恭候，民众高呼皇帝万岁，倒戈的部队反过来去追击国王的近卫军。在这个关键时刻，从王公贵族到普通人都纷纷选择自己的道路。

画家吉里科本来是御林军里的火枪手，在王室贵族逃往比利时的关键时刻，他听到了共和党人的议论，认识到这场战争的荒谬，毅然脱去了军装。他被拿破仑的军队俘虏了，幸亏抓住他的军官是他的老朋友，坎坷的经历终于使他明白了艺术的意义和价值。小说强调每个人都有选择道路的权利和自由，表明阿拉贡受到了当时流行的存在主义哲学的影响，已经背弃社会主义现实主义，重新接近了超现实主义，因而受到法国文学界的热烈欢迎。

此后，阿拉贡的思想和创作发生了重大的变化。1962 年 9 月，他在捷克查理第四大学接受荣誉哲学博士称号的时候，第一个站出来向传统的现实主义定义发起了挑战：

> 理论开始于假设，而假设是对于事物的一种解释，如果假设切合表现出来的全部事物时，它就具有法则的形式。但是法则也只是暂时的解释，当其他事物出现，而法则不能加以说明时，需要修正的不是事物，而是法则。为什么在艺术中，而且唯独在艺术中，法则却像宗教上的经文一样，具有绝对的一成不变的性质呢？……
>
> 所以我要求一种开明的现实主义，一种非学院式的、不僵硬的、能够演进的现实主义。这是一种有助于改造世界的现实主义，一种不求使我们安心，但求使我们清醒的现实主义。这样的现实主义只有通过不断地将理论与实践相比较才能够生存下去，它以新事物为养料，它是现实的先驱，而不是现实的机械的记录器。[①]

1963 年，加洛蒂[②]发表《论无边的现实主义》，对传统的现实主义定义，特别是社会主义现实主义提出了挑战，阿拉贡为之作序，公开责问："人们经常向我们提起的却正是这种教条主义的现实主义。明天的现实主义，即能适合那些将要来评判我们的人的现实主义，难道是一种对旧现实主义、对一些僵化的典型的模

① 阿拉贡：《布拉格演说》，载《现代文艺理论译丛》第一册，人民文学出版社，1963 年，第 128、133 页。

② 罗杰·加洛蒂(1913—2012)，法国哲学家、政治家和文艺理论家，法国共产党领导人之一，曾长期主持法共创办的"马克思主义学习研究中心"，1970 年 2 月被开除出党后从事伊斯兰教的研究。著有《马克思主义的人道主义》《二十世纪的马克思主义》和《论无边的现实主义》等。

仿吗?”[①]他大力反对教条主义的文艺批评,背离了社会主义现实主义的道路,因而受到了苏联评论界的猛烈抨击。但他并未因此而动摇,不仅赞扬新小说,而且自己也吸取了一些现代主义的手法,创作出一些风格新颖的作品。

《处死》(1965)是一部没有什么情节的小说,从头至尾都是叙述者的议论。其中谈到现实主义作家的责任和命运,揭露了苏联对现实主义小说的曲解,以及对反映现实的作家的镇压。他也谈到了各种各样的镜子,充满了通过各种镜子反映出来的支离破碎的形象,显示了生活和人性的复杂,谴责了那些两面派的人物。他还谈到了爱情在20世纪小说中的重要地位,以及小说体裁的变化。最后叙述者表示在小说里发议论的三个人物都是他自己,也就是路易·阿拉贡。

《布朗什或遗忘》(1967)也是一部虚实相间的小说,主人公盖菲埃是个语言学家,他和妻子布朗什参加过大战和抵抗运动,但不知出于什么原因,妻子在战后离开了他。盖菲埃担心自己会因年老而忘却一切,于是请人写了一部关于他们夫妇的传记。传记写好之后,布朗什忽然出现在他的面前,向他证明其中所写的一切,包括他的过错都是真实的。然而他却不敢正视和承认他们夫妇生活的真相,宁可用遗忘来欺骗自己。

他们的分歧来自布朗什年轻时背着他进行写作,以摆脱他的控制,由此引起了他的猜疑。现在盖菲埃想忘却过去却办不到,于是干脆阅读这部传记,来摆脱回忆的苦恼。其实这部传记的作者也是他假设的,人都要靠假设来克服种种困难,因为小说中的世界总是比现实更美好。小说中涉及了“文本”等当时开始流行的文论术语,甚至在对话中插入剪报的内容,这是他早年在《巴黎的乡下人》中采用过的手法。

阿拉贡的最后一部作品是《戏剧/小说》(1974),是一个演员的内心独白:他借用一个老人给他写信的形式,幻想着自己逐渐衰老的过程,觉得自己既是在自身的舞台上演出的演员,又是以幻想为生的小说家,在幻想破灭后感到分外孤独。这部告别文坛的作品,实际上是阿拉贡的自传,是他的内心独白。在经历了色彩斑斓的生活和爱情的一生之后,剩下的只有孤独和忧伤,证明了名利是过眼烟云、时光犹如流水的哲理。

综观阿拉贡小说的创作历程,可以看出他始终密切地追随着时代的潮流,接受当时的哲学思潮和文艺风尚的影响,实际上反映了20世纪小说的演变过程。在20年代现代派文学兴起的时候,他是超现实主义运动的主将;在红色的30年代,他倒向苏联,是最著名的社会主义现实主义作家;在40年代的抵抗运动中,他是最杰出的爱国主义诗人;在50年代的冷战形势下,他成为法共领导人之一,

---

① 阿拉贡:《〈论无边的现实主义〉序言》,载加洛蒂:《论无边的现实主义》,吴岳添译,百花文艺出版社,1998年,第6页。

先后获得列宁和平奖和列宁文学奖；在经历了匈牙利事件之后，他的文艺思想在晚年发生了变化，可以说重新回到了现代主义的道路上。

阿拉贡的一生看起来一帆风顺，实际上他极为孤独，备受仇视和嘲笑。超现实主义者们痛恨他的背叛，托洛茨基派骂他是斯大林的流氓；法共党员们对他的亲苏态度表示反感，左翼知识分子则要他对尼赞受到批判一事做出交代，甚至还有人说他有同性恋倾向，却故作姿态地大写献给妻子艾尔莎的情诗，把自己打扮成最忠实的男人；等等。但是人们也许只看到了他接近苏联的一面，而没有注意到在1968年的“五月风暴”中，他是法共领导层中唯一支持学生运动的中央委员。而在苏联坦克开进布拉格的时候，他在《人道报》上发表抗议书，而且为昆德拉的小说《玩笑》作序，更显示出了他大无畏的勇气。

第六节　巴　赞

埃尔韦·巴赞(1911—1996)生于昂热市一个经营地产的家庭。母亲为人冷酷，父母在他六岁时就丢下他去了中国，家庭教师是个无情的天主教徒，中学里的教师也使他备受压抑，因而使他形成了反抗母亲和教师的叛逆性格，甚至因此被关进了精神病院。

巴赞长大后就读于巴黎大学文学院，随即与家庭决裂，靠打零工谋生，艰辛备尝，以写作诗歌作为抒发郁闷心情的手段。他从1932年开始写诗，1947年发表诗集《白昼》，获得了当年的阿波利奈尔诗歌奖。但是在著名诗人瓦雷里的劝说下，他放弃了诗歌从事小说创作。

巴赞最早的四部小说均未出版，直到发表《毒蛇在握》才一举成名。他创作的第一个阶段包括《毒蛇在握》(1948)、《头撞墙》(1949)和《树倒猢狲散》(1950)，以及作为《毒蛇在握》续集的《小马之死》(1950)和《枭啼》(1972)等小说。他在这些作品里向资产阶级社会和家庭宣战，清算自己在童年和少年时代受到的不公正待遇，对绰号叫“疯猪婆”的母亲、对监狱般的教养院和精神病院进行了猛烈的抨击。

巴赞在1949年参加了世界主义运动，他的创作也进入了第二个阶段，即逐渐抛开早年与家庭的积怨，更多地关注被压迫者和不幸者的命运。这方面的小说有《站起来向前走》(1952)、《我敢爱谁》(1956)、《以儿子的名义》(1961)等。

《我敢爱谁》讲的是一家四代女人的情感矛盾和痛苦经历：外祖母终身守寡；母亲离婚再嫁，不久患病死去；女儿生下了继父的孩子，但不能与继父结婚，不知到底应该爱谁。《以儿子的名义》是一个真实的故事：一个小学教员的妻子去世了，留下了三个孩子。他含辛茹苦，和小姨子一起把孩子养大，后来孩子都离他而去了，好在他和小姨子长期同甘共苦，终于幸福地结成了夫妇。

巴赞第三阶段的小说更进了一步,不再仅仅是对穷苦人的同情,而是反映了主人公与整个社会的不可调和的矛盾。例如哲理小说《荒凉岛的幸运者》(1970),讲述在这个属于英国的小岛上火山爆发,迫使岛上的各国移民到英国避难,但是他们无法适应现代的文明生活,最后还是回到荒凉的岛上去了。

《绿色的教堂》(1981)写一个无名无姓的人自愿生活在大森林里,被猎人误伤后进了医院,人们的误解和怀疑使他与社会格格不入,他终于在抛下最初发现他的姑娘后不知去向。小说再现了乡村和森林的美丽风光,同时提出了一系列发人深省的问题:人是什么?是文明化了的动物还是一种身份?人在现代社会里到底有没有自由,是不是孤独?小说揭示了社会对人的种种压抑,对当代文明表示怀疑,体现了卢梭回归自然的理想,在感人的故事中寓有深刻的哲理。

巴赞生逢各种文学流派交汇的时代,特别是面对流行的现代派小说,他始终不渝地坚持巴尔扎克式的现实主义创作方法。"是的,我是一个现实主义者,十足的现实主义者……说我喜欢现实,是说我不喜欢幻想而喜欢真理,不喜欢荒诞而喜欢每天实实在在发生的事情。像巴尔扎克、福楼拜或左拉一样。文学一定要反映社会。"①

巴赞一生笔耕不辍,除了长篇小说之外,还发表了描绘普通人的恋爱、婚姻和家庭生活的《婚姻介绍所》(1951)和《脱帽致敬》(1963)等短篇小说集。其中《婚姻介绍所》写一对同母异父的大龄兄妹,分别用化名在婚姻介绍所登记,看中了对方的介绍材料,在不知对方详情的情况下互相通信,直到约会时才真相大白,令人啼笑皆非,在发笑的同时也感受到了辛酸的滋味。《正直的行为》写一个小偷想改邪归正,但他在把拾到的钱包归还失主的时候,却发现钱包的主人虚伪庸俗,所以又去把钱包偷了回来。由此可见巴赞善于捕捉日常的生活场景,以冷峻的笔调加以剖析,使普通的题材产生震撼人心的效果。

巴赞对大自然无比热爱,是最善于描绘农村生活的作家之一。他笔下的森林田野风光如画,形形色色的动植物都栩栩如生。他的小说语言简洁,而且擅长运用大量的口语和俗语,在现代派小说风行的时代里始终保持着现实主义的特色。

巴赞早年猛烈地抨击过他的家庭,但他身为人父之后,却把孩子视为灵感的源泉和创作的动力。他一生结婚四次,有七个孩子,最小的儿子是他 75 岁时出生的。他在 80 岁时还发表了小说《父亲的学校》,大谈如何做一个好父亲。他认为家庭的变化就是社会变化的反映,文学的本质就是反映人与人之间、人与社会之间的冲突,所以他才写关于家庭的小说。

巴赞在 1957 年获摩纳哥文学大奖,1958 年当选为龚古尔文学奖评委会委

---

① 廖星桥:《荒诞与神奇——法国著名作家访谈录》,第 154 页。

员，从1973年起担任该评委会主席直到去世，1980年还获得了列宁文学奖金。

第七节　德吕翁

第二次世界大战结束以后，传统小说尽管层出不穷，但优秀的作品却并不多见，而德吕翁的《大家族》则堪称其中的杰作。

莫里斯·德吕翁(1918—2009)生于巴黎，曾在政治科学院学习，1940年以准尉军衔毕业于索米尔骑兵学校，参加了卢亚尔河的战役。1942年来到伦敦，与他的叔叔约瑟夫·凯塞尔一起，参加了英国电台的《荣誉和祖国》节目的广播，并在1943年合作了《游击队之歌》的歌词。这首歌曲秘密发表后广为流传，成为抵抗运动的战歌。德吕翁作为战地记者，在1946年发表了《最后一个旅团》，从此在关注政治的同时致力于文学创作。在战后长河小说一蹶不振的情况下，德吕翁依然遵循巴尔扎克和左拉的传统，创作了《人的结局》三部曲，这是一幅反映社会现实的宏伟画卷，《大家族》(1948)是其中的第一部。

《大家族》的主人公诺埃尔·舒德雷男爵是法兰西银行的董事长，拥有矿山、糖厂和报社，是巴黎最有权势的人物之一。他的父亲是奥地利帝国的老男爵西埃弗里埃德，活到96岁仍然健在。他的儿子弗朗索瓦男爵有一子一女。全家人丁兴旺、四代同堂。但是舒德雷家虽有爵位，却只是有钱的资产者，他的儿媳雅克琳娜的娘家才是真正的贵族，门第更为显赫。她的父辈是德·拉蒙内利兄弟四人：父亲是个大诗人、法兰西学士院院士；伯父是侯爵；两个叔叔都是伯爵，一个是全权公使，一个是将军。这两个家族的联姻无疑是锦上添花，它们合并成一个大家族，其权势和财富无人能够匹敌。

然而曾几何时，这个大家族就由盛而衰。从第一次世界大战到20世纪20年代，仅仅十来年的时间，这两个家族都一蹶不振了。舒德雷的父亲死了；最有前途的儿子弗朗索瓦，在祖父和父亲设下的金融圈套中自杀；拉蒙内利家的诗人和将军也先后去世。小说以现实主义的笔调，反映了老一代贵族行将就木、唯利是图的资产者必然灭亡的命运。德吕翁运用独特的艺术手法，生动地表现了这个现实主义小说里常见的主题。小说出版后获得了龚古尔奖，受到了读者的欢迎。

长河小说在战后的衰落，与当代社会生活的紧张节奏是分不开的。人们对内容烦琐的多卷本小说失去了耐心，巴尔扎克式对人物和环境的细致描绘，显然已经不适合当代读者的口味。德吕翁正是适应了时代的需要，不再像巴尔扎克那样在作品里滔滔不绝地议论，或者像左拉在《三名城》和《四福音书》里那样大发悲天悯人的感想，而是以简洁明快的笔调来描写重大的题材。他虽然被认为是自然主义作家，但是笔下的人物基本上都是健康和正常的。左拉描绘的酗酒现象，以及酒精中毒在遗传方面的影响等等，在《大家族》里已荡然无存。

德吕翁摒弃了一切多余的描写，使每一个句子、每一个词汇都不可或缺。例如在写雅克琳娜对弗朗索瓦的爱情的时候，既没有刻画她的心理活动，也没有描写弗朗索瓦的英俊外表，而是只用一句话做了高度的概括："雅克琳娜爱弗朗索瓦的一切：敦实的外表，体魄，荣誉感。"又如妇女们对弗朗索瓦的评价："10 年来弗朗索瓦·舒德雷曾依次是被争夺的舞伴，令人垂涎的结婚对象，英雄，最后是可能巴望到的情人。"寥寥数语，弗朗索瓦的英俊潇洒、奋发有为、家财万贯等便跃然纸上，省去了许多笔墨。正因为如此，小说才显得轻快明晰，不会给人以冗长和滞重之感。

《大家族》的另一个重要特色是高度的讽刺技巧。在法国小说史上，从拉伯雷、伏尔泰到法朗士，形成了讽刺小说的传统，德吕翁可以说是个出色的继承者。他放弃了一切多余的细节，却从不放过一个具有讽刺意味的字眼，从而使《大家族》里的几乎每一句话都包含着讽刺的意味。例如舒德雷从美国回来的时候，妻子只问了他一句话"你欺骗我了吗？"，读者由此可以了解到，他并非只是个热衷于事业的金融家。又如大诗人的葬礼上名流云集，小说里只用一句话嘲笑了这些人的尊贵显赫和老朽无能："在这些人物中至少有 20 位将会享有同样豪华的葬礼，而他们也深知这一点，其中几位只消等几个月即可。"对这些人的妻子也一言以蔽之："个个都戴着别出心裁的帽子，她们中难得有人不是具有半打恶习的大家。"这类例子比比皆是、不胜枚举。

德吕翁的讽刺有着不同于前人的特色。首先是讽刺的范围极广，几乎涉及每一个人物。其次是无情地嘲笑一切，没有什么不可嘲笑的东西。德吕翁本人就是法兰西学士院的院士，但是他的笔锋也毫不留情："院士们一批接一批地来到，他们有的气喘吁吁，有的佝偻着，有的在圆形铺路石上像耗子似的小步疾跑，也有的让侍者帮着从汽车里出来，紧紧地依在侍者的胳膊上，几乎是被架着走。"短短一段话，就活现出院士们的老态龙钟和虚弱不堪。

不但达官贵人尔虞我诈，兄弟之间钩心斗角，就连贫穷的农村青年西蒙也不择手段地向上爬，被人玩弄的小歌女西尔韦娜也会敲诈勒索，这些讽刺看似随手拈来，其实都独具匠心。因此《大家族》虽然没有反映什么惊天动地的历史事件，却呈现了纷繁复杂的人际关系，是一幅淋漓尽致的讽刺画。

《大家族》的另一个重要特色，就是以前所未有的广度和深度，揭露了人在性爱方面的卑劣。巴尔扎克对资产者的通奸，左拉对妓女和贫妇的卖淫都有过许多描绘，但是在《大家族》里，不正当的性关系已经成为一种普遍的社会现象。年轻的西蒙喜新厌旧，小歌女西尔韦娜成了性欲狂，大诗人在 68 岁时有了一个年仅 35 岁的情妇，96 岁的老男爵去世前还梦见"周围有六个裸体女人"。诗人去世后，他的情妇勾引崇拜他的西蒙，而他的妻子的老情人则娶了被西蒙抛弃的伊莎贝尔。总之男男女女全都乌烟瘴气，所以出席诗人葬礼的除了各界人士之外，竟有一群“从前同死者同居过而现在终还感到心里有点难受的太太”，也就不足为怪了。

小说里没有淫秽或色情的描写，不过涉及性行为的文笔却相当深刻和大胆。例如道貌岸然的医生拉尔杜瓦在写病历的时候，突然“两眼发出两道怔怔的目光，亮晶晶的，很古怪”，原来是伊莎贝尔的“胸脯透过毛线外衣清楚地露出轮廓”，于是他在看病时乘机猥亵；患有阳痿的吕西安以玩弄小歌女为乐；年迈的丈夫奥利维埃死于年轻妻子的温柔乡中；歌女阿尼搞同性恋；等等。这在关于性的题材尚属禁区的20世纪五六十年代，无疑也是吸引读者的原因之一。

福楼拜出版《包法利夫人》之后被控“有伤风化”，左拉在发表《小酒店》之后受到评论界的围攻，而德吕翁的《大家族》却荣获龚古尔奖，被译成多种文字，还被搬上了银幕，受到广泛的欢迎，这与时代的发展和社会的演变是分不开的。勒萨日写了讽刺包税人的剧本《杜卡莱先生》，包税人就对他进行威胁利诱，以阻止该剧的上演；拉伯雷、伏尔泰、法朗士都因讽刺宗教而受到教会的迫害，启蒙思想家们的作品都受到封建王朝的查禁，可见作品若有特定的讽刺目标，就会引起某一部分人的不满。而《大家族》的讽刺对象从贵族、资产者、部长、院士、将军、诗人、医生，直到妓女、乞丐和精神病患者，看起来面面俱到，几乎无人幸免，但既然人人都在其中，大家也就彼此彼此，不会有一部分人为此而愤愤不平了。何况在通俗小说和现代派小说占据文坛的20世纪50年代，用小说来讽刺社会现实已是老生常谈，现实主义小说除了艺术上的创新能引人注目之外，不会再有人去注意它们到底在讽刺什么对象了。

《大家族》是在新的历史条件下，对传统的现实主义和自然主义创作方法的继承和发展。德吕翁的写作动机不是出于与社会的对立，他的绝妙讽刺固然是对现实的揭露，但更是一种艺术手法。实际上，他身为法兰西学士院院士，在讽刺名流权贵的同时，内心深处依然对他们怀有好感和同情：舒德雷体魄健壮、精明能干，他对儿子的死虽然负有责任，但主要还是想用残酷的斗争来训练弗朗索瓦。诗人重视名声，将军不愿解甲，医生要当院士，歌女想发大财，这些似乎都是人之常情。所以德吕翁的讽刺不是出于内心的仇恨，而是为了使小说生动而采用的手法，它没有明确的目标，不会给任何人造成伤害。

归根结底，资本主义社会在战后进入了一个新的历史时期，此时再来讽刺资产阶级乃至名存实亡的贵族，这类小说虽然还属于现实主义的范畴，但是它的批判性已大为减弱。在现实主义与现代主义相互影响甚至交融的情况下，德吕翁的《大家族》可以说是长河小说中最后一部现实主义的杰作，是一朵看起来全身长刺实际上供人观赏的玫瑰。正因为如此，这部讽刺资产阶级社会的小说，才会在当代的法国受到一致的欢迎。

德吕翁还创作了七卷本历史小说《该死的国王》(1955—1977)。他于1966当选为法兰西学士院院士。在1968年"五月风暴"期间,他发表《混乱的未来》,把学生运动说成是"高举黑旗的瘟疫",在担任文化部长(1973—1974)期间依然如故,因此受到广泛的批评。

第八节 斯 蒂

安德烈·斯蒂(1921—2004)生于法国北方诺尔省小镇埃里尼的一个贫困的矿工家庭,从小就熟悉矿工的苦难生活。他努力学习,1940年成为小学教师,从1941到1944年担任中学的哲学教师,同时积极地参加抵抗运动并加入法共。战后他投身新闻业,为法共的报刊写稿,起初在里尔的《解放报》,后来在巴黎的《今晚报》担任记者至1949年。

斯蒂在阿拉贡影响下开始创作,第一部短篇小说集《矿工这个名字,同志们……》(1949)主要写他在童年和少年时的经历,以及对当时矿工的生产运动的回忆,不久应阿拉贡之邀担任《今晚报》主编。1950年4月,他在法共第二次代表大会上当选为中央候补委员,5月份即被任命为《人道报》主编(1950—1959),同时发表了大量的小说和剧本,并且把自己的作品改编为电视剧。斯蒂是法共著名的活动家,在20世纪50年代初曾三次被监禁,在毕加索带领知识界进行抗议之后才获得释放。

斯蒂的第二部短篇小说集是《塞纳河流入大海》(1950),收入了一些保卫和平的故事,反映了占领时期法国人民的苦难和反抗。其中《另一场战争里的两个故事》分为两部分:《凶手》写一个年轻矿工为了谋生而被迫登上高压线铁塔去刷漆,触电两天后死去了,因为他不愿成为一个被截去手脚的残疾人;《复兴桥之上》记叙了矿工们的罢工,当局开来架着机枪的装甲车进行威胁,有些人在饥饿的逼迫下复工了,最后矿工们的示威遭到了残酷的镇压。《钢花》写老板收买工人干活,但是工人在发现制造的产品是鱼雷之后拒绝工作,他们不愿为战争制造武器;《一堂法语课》描述占领时期的流血事件等。

斯蒂接着发表了三部曲《第一次冲突》,包括《在水塔旁》(1951)、《大炮事件》(1952)与《巴黎和我们在一起》(1953)。《在水塔旁》的背景是大西洋岸边的一个法国港口,码头工人拒绝从货船上卸下美国的大炮,而且把它们抛进了大海,因此失去了工作。小说真实地描绘了战后法国工人住在漏雨的破屋里,过着没有面包和柴的贫困生活,但是他们团结一致,反对法国侵略越南,反对美国在法国建立军事基地和作威作福,有着无坚不摧的力量。小说揭露了法国资本家为美国效劳的丑恶面目,歌颂了法国人民在法共领导下捍卫自由和独立的斗争,以现实主义的笔法塑造了共产党人,特别是主人公勒罗伊的动人形象,显示出对保卫和平的事业必然取得胜利的信心。小说出版后被誉为法国第一部反对美国侵略的作品，斯蒂也于 1952 年 3 月 15 日获得斯大林文学奖金。同年 3 月 25 日，他因发表文章抗议在朝鲜发动细菌战的美国将军李奇微访问巴黎而被捕，他在狱中给《新批评》的主编让·卡纳帕写了一封信，指出他的被捕也与小说《第一次冲突》有关，并且呼吁消灭这种“文学里的恐怖”。

斯蒂接着发表了短篇小说集《埃及的麦子》(1956)，小说《我们将在明天相爱》(1957)、《崩落开采法》(1960)和《最后一刻》(1962)等，都是描写他所熟悉的矿工、码头工人和钢铁工人的生活和斗争的。斯蒂笔下的主人公都是工人，描写的都是工人阶级的斗争，而且采用工人的口语，因此受到广大工人群众的欢迎。在阿尔及利亚战争期间，《崩落开采法》曾遭到查禁，在萨特等人的抗议下才被解禁。

阿拉贡在 1935 年发表过演讲集《为了社会主义现实主义》，无独有偶，斯蒂也在 1952 年出版了小册子《走向社会主义现实主义》，然而两者有着非常明显的区别。斯蒂的《走向社会主义现实主义》，除了他在狱中写给《新批评》主编的信《文学里的恐怖》，以及把法共中央委员会书记杜克洛[①]写自狱中的信作为序言之外，主要包括他的以下四篇演说和文章。

《瓦齐埃，我一生的幸运》(1950 年 4 月 24 日)是他在纪念法共总书记多列士 50 寿辰的晚会上的演说。他回忆起在 1945 年 7 月 21 日，在法国北方瓦齐埃的矿工代表大会上，当时担任内阁副总理的多列士向因缺吃少穿而精疲力竭的矿工们发表演讲，号召他们为法国的复兴而努力生产。这次演讲深刻地影响了他的一生，使他成长为一个共产主义作家，而且使他认识到“热爱法国不但不排除而且需要无条件地、毫无保留地热爱苏联的事业，毫不动摇地信仰斯大林”[②]。

《前进吧，富热隆》(1951 年 1 月)是为画家安德烈·富热隆的画展所写的序言。富热隆用六个月的时间在矿井里体验生活和进行创作，他的画展的名称就是《矿区》，参观者达 25000 人之多。

《我们文学中的几个问题》(1951 年 7 月 7 日)是对信仰共产主义的大学生们的演说，内容是对阿拉贡刚出版的小说《共产党员们》第五卷的评价。他在演说中多次提到“斯大林、日丹诺夫、莫里斯·多列士”，断言：“毫无疑问，站在腐朽的资产阶级立场上的作家，从此再也写不出一部关于现代史上任何一个时期的像样的小说了，他们肯定资产阶级，指责工人阶级，怎么能够创造真实的人物和环境呢？”[③]

---

① 雅克·杜克洛(1896—1975)，法共领导人之一。

② 斯蒂：《走向社会主义现实主义》，巴黎新批评出版社，1952 年，第 28 页。

③ 同上，第 68 页。

《战士和作家》(1952 年 3 月 15 日)是他在获得斯大林文学奖金之后，在法共塞纳省省委庆贺他获奖的晚会上发表的演说。他以自己的作品为例来说明党与他的创作的关系："对于那些不理解党怎样帮助作家的人来说，我要说明的是党的领导人对《钢花》的赞同，导致了对《第一次冲突》的主题和整体构思的选择。"[①]他还认为"必须反复强调，我们能够写出一些好作品都要归功于我们的党……我的一切都来自于党"[②]。

作为一个出身工人家庭的作家，斯蒂对法共及其总书记多列士的感情是毋庸置疑的。但是也不难看出，他对社会主义现实主义的论述，显然已经归结为对法共和多列士的热爱和忠诚，反过来说，他也把法共和多列士的思想作为他创作的源泉。这样一来，他自然就会把自己的小说作为宣传法共政策的工具，从而忽视了典型人物的塑造和文学手法的特色。

斯蒂在 20 世纪 60 年代发表的《来跳舞吧，维奥丽娜》(1964)、《安德烈》(1965)、《像一个人那样美》(1968)等小说，显得更加注重心理分析，更有人情味。《谁》(1969)用口语表现了平民的世界，《上帝是一个孩子》(1979)、《我是矿区的孩子》(1981)、《仁慈的人》(1982)等则力图继承以左拉的《萌芽》为代表的 19 世纪法国进步文学的传统。其他作品还有《痛苦》(1961)、《蓝天里的鸽子》(1967)等短篇小说集，《小拳击手》(1973)、《最后一列火车》(1979)等电视剧，以及随笔集《装饰鲜花的矿车》(1981)和诗集《爱情这个词》(1991)等。

不过总的来说，斯蒂晚年的作品不再像 20 世纪 50 年代时那样反映现实，他 71 岁时发表的短篇小说集《另一个世界……》(1992)，副标题就是"虚构的短篇小说"，扉页上还这样写道："下列故事纯属虚构。以为能从中认出真实的人物或事件的任何人都会弄错，而且只能归咎于他的想象力。"这些短篇小说的内容也确实如此。例如《小路》写的是一个 90 岁的老妇去世前的片段回忆。《底片》是有具体日期的记录，可是与社会现实毫无关系：1970 年 2 月 5 日，他记叙了夜里做的梦，他和女友分手了，女友嫁给了英国爵士，他则娶了苏联女人。1978 年 1 月 18 日，他在开往巴黎的火车上梦见自己乘坐一架大飞机，在非洲上空差点失事，幸亏及时醒来，发现自己在卧铺车厢里。1984 年 5 月 18 日，他在森林里散步时看到了一些野鸡窝，其他还有梦见儿子被谋杀，在梦里为孩子们写故事，等等。最后一个梦是在 1990 年 3 月 28 日，他在突尼斯的邮局里寄明信片，其中一张可能是寄给巴赞的。

在封底对该书内容的介绍中，说明这些虚构的短篇小说写出了某些我们自己不了解的现实，实际上是反映了那些被历史遗忘或蔑视的小人物的世界，因为

---

① 斯蒂：《走向社会主义现实主义》，第 83 页。

② 同上，第 90 页。

其中的主人公是北非的清扫工或法国北方的矿工，小说写了他们的梦想，也就是他们的生活。由此可见，斯蒂晚年仍然致力于反映劳动人民的现实生活，不过他的作品显然已经受到了现代派文学的影响。

斯蒂担任法共中央委员至1970年，他在1967年获得了民众主义小说奖，1977年成为龚古尔文学奖评委会委员，2004年以83岁的高龄去世。他精力旺盛，作品丰富，创作持续了半个世纪之久，尤其是长篇小说数量很多。他的作品都是战斗的文学，具有共同的地域特色，也就是限于法国北方地区，内容则是描绘工人阶级，反映他们面临的问题。他以现实主义的手法表现矿工和高炉工人的生活，通过社会冲突来描写阶级斗争，旨在从社会主义中发现一种新的人道主义。他描写艰苦的劳动、贫困的生活和乐观主义的精神，塑造了一些积极的、投身于行动的人物，结局往往是取得正义事业的胜利。因而在20世纪50年代有着很大的影响。

然而在回顾斯蒂的作品的时候，应该承认，几乎没有一部称得上是具有世界影响的杰作，原因也许正是在于他在注意为政治服务的同时忽略了文学的特色。法国文学史上的许多例子证明，如果作品只是为了反映当前的政治和社会事件，那么可能会轰动一时，但事过境迁之后就会失去影响。例如法朗士的《苔依丝》和《鹅掌女王烤肉店》等许多作品，以语言优美和文笔流畅而流传至今，但是他篇幅最长的、反映德雷福斯事件的多卷本小说《现代史话》，以及议论当时人们关心的社会问题的《在白石上》，都早已被人遗忘。斯蒂的作品也同样如此，他的小说反映了当时工人的罢工，无疑会受到工人阶级和劳动人民的欢迎，这是他获得斯大林文学奖的重要原因，但是现在他的小说恐怕没有人再提起了。

第九节　其他小说家

一　新古典派

在萨特大力鼓吹“介入文学”的时候，文坛上出现了一股与之对立的思潮，即一批被称为“轻骑兵”的作家。他们玩世不恭，以幽默调侃的语调创作一些滑稽的作品，以此来嘲弄占据正统地位的文学，因此也被称为“右翼文学”。这些作品具有丰富的想象力，或许可以被视为浪漫主义小说的回响，也被称为新古典派，主要成员有尼米埃、洛朗和布隆丹。

1. 尼米埃

“轻骑兵”中为首的是年轻的小说家罗杰·尼米埃(1925—1962)。他原名罗杰·德·拉佩里埃尔，生于巴黎。1942年以优异成绩毕业于巴斯德中学，接着进巴黎大学攻读哲学，1945年因服兵役参加轻骑兵二团，1962年死于车祸。

在尼米埃的小说《剑》(1948)及其续集《蓝色轻骑兵》(1950)里,主人公是个名叫桑德斯的青年,他 17 岁时入伍,被俘虏后逃了出来,参加了抵抗运动,但后来却当了与德国侵略者合作的维希政府的保安队员。在“二战”胜利结束、骑兵团进驻德国的时候,他竟然穿上了占领德国的联军的军装。小说以粗俗的口语,把严肃的战争描绘成一场可笑的闹剧,对传统的价值进行了嘲弄。由于尼米埃喜欢让反动的保安队员作为主人公,所以他的小说也被称为右翼文学。

《忧郁的孩子》(1951)也是一场闹剧。主人公奥利维对家里人都看不惯,因此故意挑衅,结果母亲反而去找了个情夫。他长大后也总是像个孩子,干了不少蠢事。他爱上了多米妮克,却娶了另一个姑娘卡特琳,结果多米妮克死于飞机失事,他自己也死于车祸。小说反映了战后一代青年的精神状态,他们反对一切传统的价值,在人们眼里总是一些长不大的孩子,因此故意做出一些惊世骇俗的怪异行为,然而得不到人们的理解,往往落得可悲的结局。小说《爱情的故事》(1953)文笔优美,堪称浪漫主义小说的余声。

尼米埃去世后两个月发表的遗著《热恋中的达达尼昂》,是大仲马的《三个火枪手》的续集,写主人公爱着玛丽,却和野蛮的朱丽睡觉,最后从肚脐上才分清了她们。这些作品笔调幽默,带有夸张和荒诞的浪漫色彩,受到了广泛的欢迎。

2. 洛朗

雅克·洛朗(1919—2000)生于巴黎,在大学里学习哲学,1939 年应征入伍。法国解放后他办过报纸和杂志《巴黎妇女》,同时从事创作,是一个惹是生非的作家。他是一个多面手:他的历史著作《当法国占领欧洲的时候》(1948)对戴高乐大加诽谤;他极力抨击介入文学,在《保尔和让-保尔》(1951)等随笔里刻毒地挖苦了萨特;他在文学传记《戴高乐时代的莫里亚克》(1964)里与莫里亚克进行论战。他也介入政治现实,在“五月风暴”后发表了《致大学生的公开信》(1969)。他还写过《小说的传奇》(1979)等文学评论,主张小说要摆脱一切束缚性的规则,这样才能表现千变万化的生活。

洛朗认为小说是一种出乎意料的奇遇,所以反对表态性的小说:“如果我要表达一些政治见解,我就写一篇文章或评论,不存在政治小说。政治要以一种小说之外的立场为前提……一部政治小说不是一部小说,而是一则寓言。”[①]他用塞西尔·圣-洛朗的笔名发表了《亲爱的卡罗琳》(1947)以及《亲爱的卡罗琳的儿子》《卡罗琳的一次任性行为》等畅销的通俗小说,又用雅克·洛朗为笔名发表了《安静的躯体》(1948)和《小鸭子》(1954)等文笔优美的严肃小说。

洛朗的代表作是小说《蠢事》(1971),讲述士兵居斯坦的冒险和艳遇。他拒绝吃作为伙食的臭猪肉,因为他的舅舅是上校,所以上尉没有惩罚他,反而让他

---

① 让-皮埃尔·博马舍等主编:《法语文学词典》第 2 卷,第 1242 页。

休假。小说的其他部分讲的是叙述者在世界各地与一些女性的交往，总之是一部玩世不恭的作品。洛朗经历过战争，从中汲取了丰富的素材，加上笔调幽默、叙述生动，小说出版后获得了龚古尔奖。

3. 布隆丹

安托万·布隆丹（1922—1991）生于巴黎，母亲是诗人。他在中学里成绩优异，获得会考第一名。大战爆发后，他被送到德国去服劳役，后来写出了反映这段苦难生活的长篇小说《灌木丛里的欧洲》（1949，获双猴奖）。中学毕业后，他由于爱好自行车运动，担任了一家报社的体育记者，报道环法自行车竞赛的情况。他还和朋友们创立了一个名为“轻骑兵”的文学团体，因为“作家的任务就是要运用一种明快而活泼的风格，运用一些简明扼要的词汇，唤起读者的惊奇与兴奋”①。他们采用挑衅的笔法，反对萨特主张的“介入文学”，原因是“萨特的存在主义宣称为自由而斗争，却不准小说家按自己的意愿创作……生活总有着积极的一面，可萨特的小说和戏剧却把世界看成是令人恶心的”②。

布隆丹以小说《上帝的孩子》（1952）一举成名，以后不断发表作品。《流浪者的脾气》（1955）写一个青年外出游玩，回家后正和妻子亲热，不知情的母亲却以为是媳妇在与情人幽会，就闯进门去，弄得彼此都十分尴尬。

《一只过冬的猴子》（1959）的主人公是一个嗜酒成性但充满柔情的父亲。布隆丹选择这个题材，与他的经历是分不开的。他从小就喜欢喝酒，每天都离不开酒杯，以致后来身体状况越来越差。他晚年由于酒精中毒而无法创作，却依然认为如果不喝酒就什么也写不出来。这部小说写的是巴黎随处可见的流浪汉酒鬼。两个酒鬼好像在忏悔，其实是在怀念酒的好处，例如可以逃避孤独和赢得友谊等。

《雅蒂斯先生》（1970）写警察没有抓到一个逃跑的嬉皮士，却把正巧路过的雅蒂斯先生抓住了。他被释放后反而对嬉皮士产生了同情，后来在书店里碰到了那个人也不去报警。

除此之外，他的短篇小说集《四季集》（1975）还获得了龚古尔短篇小说奖。这些小说采用半自传半虚构的方式，运用许多双关语，文字清晰流畅，具有幽默风趣的风格。例如《夜间小曲》写一个老打字员，因为总在夜间打字而被邻居讨厌，但最后他熟练的打字声却被当成了优美的乐曲。《孔雀翎毛》写一个崇拜名人的乡下姑娘，由于表兄的眼睛斜视，竟把无名的叙述者当成了名作家，而名作家在接到姑娘的电话去约会时，又阴差阳错地把一个寂寞的阔太太当成了崇拜者，结果闹出了一连串的误会，导致了皆大欢喜的结局。

布隆丹一共写了13部小说，获得了19项文学奖。他的小说以华丽的文笔

---

①② 廖星桥：《荒诞与神奇——法国著名作家访谈录》，第142页。

和挑衅的语气来反映社会现实，内容大多是名声不好的客栈、嫁得过早的姑娘、不断的流浪、短暂的爱情，弥漫着放荡的气息。但主人公都是饱受痛苦的小人物，或多或少地处于社会的边缘，他们的屈辱具有一种值得同情的魅力。

二 莫 朗

保尔·莫朗(1888—1976)是一位很有成就的中短篇小说家。他出生在巴黎一个富裕的家庭里，父亲是巴黎装饰艺术学校的校长。莫朗毕业于牛津大学政治学专业，24 岁就进入外交界，到过欧亚各地，仅非洲就去过 28 个国家，是一个老资格的外交官。他在诗歌、小说、戏剧、新闻和历史等各个方面都颇有建树，尤其善于随时记录在各国上流社会里的所见所闻，然后写成《温柔的储备》(1921)、《风雅的欧洲》(1925)等篇幅不长的小说，其中描写战后混乱局面的《夜间营业》(1922)和《夜间歇业》(1923)为他带来了国际声誉。在罗马、马德里和曼谷等地任职之后，他请假周游世界，发表了《活佛》(1927)、《纽约》(1929)、《伦敦》(1929)、《世界冠军》(1930)和《布加勒斯特》(1935)等中短篇小说集。这些作品充满异国情调，揭露了政界和商界的种种内幕，并且以富人中的老夫少妻等现象为题材，嘲讽了上流社会中达官贵人的丑陋的一面，因此很受读者的欢迎。

第二次世界大战前夕，莫朗赞成慕尼黑条约，反对抵抗德国的侵略，还到与德国合作的维希政府中任职，先后担任驻罗马尼亚公使和驻瑞士大使。1945 年法国解放后退出外交界，继续从事中短篇小说的写作，例如《宗教裁判所的末日》(1946)、《埃卡特和他的狗》(1954)、《辛特拉的囚徒》(1958)等。他的最后一部作品是游记《威尼斯》(1971)。

1958 年，莫朗打算竞选法兰西学士院院士，但是他名声不佳，戴高乐总统要求撤回他的候选人的资格。直到 1968 年，尽管还有不少人反对，但毕竟已时过境迁，他才以 80 岁的高龄当选为院士。为此他心怀芥蒂，从 80 岁开始到 89 岁去世为止，写出了厚达 1700 多页的《无用的日记 1968—1976》。他知道自己看不到日记的出版了，所以毫无顾忌地对法国政界人士和法兰西学士院院士等进行了极为尖刻的嘲讽。他指责戴高乐是一个报复心很强的独裁者，院士们都是死气沉沉、爱慕虚荣的无名之辈。尤为刻毒的是把和他上过床的许多贵夫人都写了进去，给当年反对过他的达官贵人都戴上了绿帽子。

三 列那尔

儒勒·列那尔(1864—1910)是小说家、散文家、戏剧作家。生于法国马恩河畔夏龙。父亲是个公共工程承包人，性情粗暴、反对教会。母亲则是个虔诚的宗教徒，严厉苛刻，喜欢体罚。父亲和母亲偏爱哥哥莫里斯和姐姐阿茉莉，儒勒老是被罚和挨打。列那尔后来到巴黎读书，中学毕业后当过铁路职员和家庭教师。

列那尔早年热爱文学，1886 年出版诗歌《玫瑰花集》，后来自费出版了《乡村的罪行》（包括八个短篇）、《冷冰冰的微笑》等短篇小说集。1889 年他还与友人共同创办了文学期刊《法兰西水星》。他先后出版了自传体小说《胡萝卜须》（1892），讽刺混饭吃的文学青年的《食客》，以及《寒灯》《葡萄地里的种葡萄人》，散文集《自然记事》（1896）等。这些作品都以他故乡的农村生活，甚至就是他自己的经历为题材。

1896 年以后列那尔转向戏剧写作，如《破裂的乐趣》（1897）、《家常面包》（1899）、由《食客》改编的《凡尔奈先生》（1903）等。他的《胡萝卜须》也被改编为剧本，1900 年在安托万剧场上演，后来还被搬上银幕。

列那尔在 1900 年当选地方议会议员，后来还当过西特里市长。1907 年当选为龚古尔学院院士。但是他身体不佳，1910 年 46 岁时就死于动脉硬化。1925 年出版的遗著《日记》和《书信集》，对同时代的作家和艺术家进行了有趣的评析，是了解当时文坛动态的珍贵资料。

《胡萝卜须》的主人公是个备受虐待的儿童，由于他的头发是棕红色的，母亲就给他取了这个绰号。小说是由一个个可以独立成篇的故事组成的，实际上就是记述列那尔童年的经历。列那尔是在父母的拳脚下长大的，挨打成了家常便饭。他渴望得到母爱，但尽管吃苦挨打，却没有享受到父母的慈爱和家庭的温暖，反而受尽委屈和折磨。作者的愤怒中包含着幽默，令人感到格外的不平和同情。小说在 1900 年改编为独幕喜剧，深受欢迎和好评。

列那尔的《自然记事》（1896）别具一格，把鸟类等各种动物的神态描绘得惟妙惟肖。他的《日记》（1887—1901）记述了他的日常生活和与各界人物的交往。他对社会和自然都有着独特的观察，写作的特色则是简洁明快，可以说是一种现代的古典主义风格。

四 科克托

让·科克托（1889—1963）生于巴黎附近的拉非特，10 岁丧父后随母亲定居巴黎。他多才多艺但性格放荡，由于违反纪律而于 1904 年被孔多塞中学开除。他之后发表了一些诗歌，与毕加索等先锋派艺术家来往。大战爆发后应征入伍，在比利时前线驾驶救护车，战后以这段经历为题材，创作了小说《骗子手托马斯》（1923）。他深受拉迪盖的影响，1923 年拉迪盖去世后他非常苦闷，开始吸毒，后来努力戒毒，在《鸦片烟》（1930）里记叙了这个痛苦的过程。他没有从拉迪盖去世的哀伤中恢复过来，而鸦片和私生活的放纵又使他遭受创伤，因此经历了一次神秘主义的危机，为了摆脱内心的纷乱而转向了宗教。

科克托是法国文学史上最著名的杂家，他一生共创作了 27 本诗集、17 部剧本、17 本散文集和 7 部长篇小说，另外，还有几十部影片剧本和大量画作，可谓硕果累累、无所不通，因而于1955年当选为法兰西学士院院士。

科克托的小说有《一字开》(1923)、《波托马克》(1924)、《白皮书》(1928)等，他的小说以娱乐为主，没有给人留下深刻的印象，不过他的代表作《可怕的孩子们》(1929)却具有超现实主义的色彩。孩子们居然玩施虐—受虐的游戏，伊丽莎白的丈夫在举行婚礼后被勒死，她阻挠女友与自己弟弟保尔的婚姻，结果弟弟服毒，她自己也开枪自杀了。他们的行为亦真亦幻，好像是一场噩梦。

五 尼 赞

保尔-伊夫·尼赞(1905—1940)家境富裕，父亲是个铁路工程师。他思想激进，房间里总是挂着一幅很大的列宁像。他在巴黎高等师范学校里学习哲学，毕业后取得了哲学教师资格，在1927年参加了法国共产党。从中学到大学，他和萨特都是形影不离的好朋友，他在大学里就结了婚，萨特是他的证婚人。

尼赞在20世纪30年代一直与阿拉贡合作，先后在《人道报》和革命作家联合会的刊物《公社》的编辑部里担任记者。他是“革命作家和艺术家联合会”的成员，参加过苏联第一次作家代表大会。他虔诚地信仰马克思主义，创办了《马克思主义杂志》，批判过柏格森等现代哲学家的唯心主义学说，以及侦探小说等“逃避文学”。

尼赞的第一部作品是自传体小说《阿登·阿拉比》(1931)，写的是他在高师时感到空虚而辍学，以及当教师和加入法共的经历。在为这部小说写的序言里，萨特说:“我们始终在一起，以至于别人常常把我们互相认错。……从1920年到1930年，从中学到大学，别人对我们都难以分辨。”

1933年，尼赞发表了小说《安托尼·布卢埃》，写一个工人的儿子靠着顽强努力和善于妥协的本领，成功地获得了一个铁路工程师职位。小说开头写了主人公的死，然后从他背叛工人阶级开始，以倒叙的形式逐步讲述了他的一生。在当时苏联的小说里，叛徒都是要被枪毙的，这部小说显然不符合这种写作模式，但是它受到了阿拉贡的赞扬，因此得以成为社会主义现实主义小说的典型。1935年，他发表了小说《特洛伊木马》，其中有个人物很像萨特。

尼赞在1938年出版的小说《阴谋》，描写了20世纪20年代的一批大学生。他们学业优秀、思想激进，面对严峻的社会现实，他们向往革命，厌恶自己的资产阶级家庭。但是他们思想幼稚、好高骛远，只会夸夸其谈，经不起任何挫折。他们先是办刊物，后来又想入非非地要刺探军事情报，结果“阴谋”败露，不了了之。他们在私生活上的态度也同样如此:罗桑塔尔与嫂子通奸，私奔不成就开枪自杀;西蒙因刺探所谓军事情报而被捕，不仅情报毫无价值，这件事本身就如同一场闹剧;平民出身的普吕维纳日为了出人头地而加入法共，结果成为叛徒。

尼赞是法共党员，他写的都是熟悉的人，也就是和他一样思想左倾的青年。

他并未美化他们，而是真实地描写了他们的缺点，这一点正反映了尼赞本人的成熟。小说出版后获得了联合文学奖，称得上是一部社会主义现实主义的作品，尼赞因此成为法共杰出的知识分子之一，担任过《今晚报》的副主编和国外政治栏目的主笔。

1939 年，苏联和德国签订《苏德互不侵犯条约》，在西方左翼知识分子中引起了极大的混乱。法共对这个条约表示赞同，尼赞为此与阿拉贡闹翻，并且以退党表示抗议。不久他就奔赴战场，于 1940 年 5 月 23 日因头部中弹而牺牲。法共随即对尼赞进行批判，将他开除出党，从此他就被当成一个叛徒，不断地遭到污蔑。萨特对法共的做法深为不满，坚决主张为尼赞恢复名誉，1947 年曾撰文为尼赞伸冤，这就是战后左翼集团与法共分裂的根源。

六　埃　梅

马塞尔·埃梅(1902—1967)生于法国东部汝拉山区的儒瓦尼镇，父亲是铁匠，两岁时母亲去世，由外祖父母抚养。他读中学时因病辍学，服役后来到巴黎，当过小工、小贩和银行雇员。他从 1925 年起开始创作，发表了 17 部长篇小说，1933 年发表的长篇小说《绿色牝马》使他一举成名，从此成为专业作家。

《绿色牝马》写的是农村里的故事。克拉克比村的村民欧杜安家里生了一匹绿色的马驹，使他的家庭和全村都交了好运。村里有 95 户人家，虽然各有不同的政治观点和宗教信仰，但是在性的方面却大同小异，都是乱七八糟，父亲甚至奸污女儿，即使表面规矩的人心里也想入非非。小说中充满了关于肉欲的描写，不过这些描写并非诲淫或色情，而是旨在制造一种似真似假的怪异气氛，由此反映了法国工业化时期农村的混乱与矛盾。这篇小说有点类似于马尔克斯①的《百年孤独》，其中亦真亦幻的情节，也似乎具有魔幻现实主义的色彩。

埃梅成就最高的作品是他的短篇小说和故事。他的三部童话集《捉猫故事》(1934)、《捉猫故事续编》(1950)和《捉猫故事末编》(1958)，曾被选入法国中小学的教材，在世界儿童文学中享有盛誉。而《矮人集》(1932)、《在马尔丹家后院》(1938)、《穿墙集》(1943)、《巴黎之酒》(1947)、《向后》(1950)等九部短篇小说集，则以题材的怪异、笔调的幽默和讽刺的犀利著称，表明埃梅是非现实题材的短篇小说大师。

《穿墙集》中的《穿墙记》是脍炙人口的名篇，写一个名叫杜蒂耶尔的小职员，由于生病而获得了穿墙过壁的本领，因此得以报复上司，任意盗取珠宝和金钱，有时甚至故意被捕，然后从容地穿越牢墙越狱。他从一个默默无闻的小人物变

---

①　加西亚·马尔克斯(1927—2014)，哥伦比亚小说家，代表作有《百年孤独》和《霍乱时期的爱情》等，1982 年获诺贝尔文学奖。

成了拥有巨大荣誉和财富的大盗，最后却由于贪恋与一个美人的约会，被永远地卡在墙壁里。这样一个看似荒诞无稽的故事，在埃梅笔下却成了讽刺社会上种种恶俗习气的有力武器。

他的其他短篇如《征妻》写税务官把征税变成了征妻；《侏儒》写马戏团的侏儒小丑长成英俊青年后却丢了饭碗；《铜像》写一个发明家被人塑像纪念，自己却沦为乞丐；《生存卡》写人们按照配给的生存卡生活，富人活的时间长，穷人活的天数少，由此引起了种种荒唐可笑的事情。这些题材都是非现实的，然而在荒诞之中蕴含着对现实的反映和嘲弄，这是埃梅独特的艺术风格。

七　瓦　扬

罗歇·瓦扬(1907—1965)生于瓦兹省，先后在兰斯和巴黎上学，获哲学学士学位。他参加过超现实主义运动，1928 年和人合办过《大游戏》杂志，后来成为记者，在近东做采访。大战爆发后他参加了抵抗运动，在 1942 年加入了法共，成为战地通讯员。他批判过布勒东和超现实主义，但在匈牙利事件后脱离了法共。他的小说大多是在战后发表的，主要有《滑稽的游戏》(1945)、《坏事》(1948)、《一个孤独的青年》(1951)、《博马斯克》(1954)、《325000 法郎》(1955)和《法律》(1957，获龚古尔奖)等，此外他还写过一些剧作和评论。

《一个孤独的青年》写主人公得不到别人的理解，连妓女都不嫁给他，后来他帮助一个人逃脱德国兵的追捕，结果自己进了监狱，但由此得到了大家的信任。

《博马斯克》的背景是法国南方的一个纺织厂，写的是在美国的经济侵略下，工人之间、工人与农民以及老板之间的复杂关系。法共年轻的女党员皮埃勒蒂·阿马布尔领导纺织厂工人罢工，她对意大利侨民博马斯克一见钟情。“博马斯克”在法语里的意思是“漂亮的面具”，说明他是个具有两面性的人物。他思想狭隘、性格粗暴，没有什么文化，但是他在抵抗运动时期参加游击队，在罢工冲突中与警察战斗直至牺牲，在关键时刻显示出了一个工人的优秀品质。

《滑稽的游戏》以抵抗运动为题材，贯穿着瓦扬本人的经历，小说中虽然没有枪林弹雨或出生入死的场面，但其中的人物却都是真实的。他们在从事斗争的同时，也具有形形色色的弱点和缺陷，例如安妮参加了共产党，但是改不了小资产者贪图享受的弱点，把一切严肃的斗争都视为“滑稽的游戏”，表现出玩世不恭的人生态度。即使是身为领导的马拉，在坚持战斗的同时也不忘与女人寻欢作乐。这可能反映了抵抗运动的一个方面，其实正是瓦扬本人的心态和经历的真实写照。

中篇小说《325000 法郎》(1955)的背景是塑料制品中心汝拉山区，主人公是青年工人贝尔纳·普沙。1954 年那里举行了一场自行车赛，他虽然受伤却赢得了比赛的胜利，获得了穷姑娘玛丽-让娜的爱情，但是他们无钱结婚。普沙想购买国道上的一家快餐店，为此需要325000法郎，他就到当地的工厂里工作了六个月，每天在一台压模机上干三次，每次四小时。就在眼看要挣到这笔钱的时候，他由于疲劳过度而被轧碎了右手，最后锯掉了一只手臂，成了残疾人，他们的梦想也随之破灭了。小说描绘了20世纪50年代初工人的艰苦劳动和悲惨生活，揭露了资本家对工人的剥削。普沙虽然具有坚强的意志，但是他由于想发财而逃避与资产者的斗争，最后成了资本主义制度的牺牲品。

《法律》的背景是意大利南部最贫困的地区，封建领主唐·凯撒追求享乐，临死时还要摸女仆的乳房。警察局长布里冈特勾搭了法官的妻子，让她卖淫，自己则强奸处女，横行霸道。他们的话就是法律，民众不得不忍受他们的压迫。这些描写固然暴露了统治者的堕落，但是乐于描写放荡也是瓦扬小说的特色。

第十七章　心理小说

在法国小说史上，心理小说始于拉法耶特夫人的《克莱芙王妃》。经过卢梭和浪漫主义小说家的发展，心理描写的技巧在司汤达的《红与黑》里达到了前所未有的深度。随着现代心理学的创立，布尔热把心理学引入了小说，用心理分析来解释人物的行为。而在20世纪，由于精神分析学说的流行和意识流写作手法的普及，心理小说又发展到了一个新的阶段。

第一节　弗朗索瓦·莫里亚克

弗朗索瓦·莫里亚克(1885—1970)生于波尔多一个富裕的资产阶级家庭。人们在提到他的名字时，往往要把他的名字和姓氏都写出来，这是为了与他的长子、当代作家克洛德·莫里亚克(1914—1996)加以区别。他的父亲是个庄园主，爱好文艺，在他一岁多时就病故了。母亲笃信天主教，让他在教会学校读书，接受严格的教育，所以莫里亚克既继承了父亲的文人气质，从小就喜欢读书写作，又在母亲的熏陶下成了一个虔诚的天主教徒。

1906年，莫里亚克毕业于波尔多文学院，获文学士学位，1908年进入巴黎文献学院，但第二年就退学从事文学创作。1909年发表第一本诗集《双手合十》，巴雷斯在《巴黎回声报》上撰文赞扬，使他很受鼓舞。此后他接连发表了诗集《告别少年时代》(1911)和小说《戴锁链的孩子》(1913)。第一次世界大战爆发后，他先是参加抬担架，后来入伍当医护助理，1917年因病退役。

20世纪20年代是莫里亚克小说创作的高峰时期，《肉与血》(1920)描写了宗教、爱情与社会偏见的冲突；《优先权》(1921)讽刺了上流社会中某些人冒充高雅的虚荣心。继成名作《给麻风病人的吻》(1922)之后，他连续发表了《火河》(1923)、《热尼特里克斯》(1923)、《恶》(1924)、《爱的荒漠》(1925，获法兰西学士院小说大奖)、《苔蕾丝·德斯盖鲁》(1927)和《命运》(1928)等优秀作品，以及一些诗歌和文艺评论集。

1932年，莫里亚克担任了法国文人协会主席，1933年当选为法兰西学士院院士。此后他积极投身于政治活动，参加反法西斯的抵抗运动，化名出版了宣传抗战的小册子《黑色笔记本》(1943)。他还在报刊上发表了许多支持西班牙共和派的文章，后来收集成四卷《日记》(1934—1951)。其中记载了许多历史事件，有不少是写得非常优美的散文，因而具有珍贵的史料和文学价值。

莫里亚克在20世纪三四十年代继续创作小说，由于致力于政治活动，除了第一部小说《蛇结》(1932)堪称杰作之外，其他如《弗隆特纳克家的秘密》(1933)、《夜尽头》(1935)、《黑天使》(1936)、《海之路》(1939)和《伪善的女人》(1941)，以及战后出版的《脏猴儿》(1951)、《加利加伊》(1952)和《羔羊》(1954)等小说，与20年代的作品相比都要略逊一筹。

法国解放以后，莫里亚克积极支持戴高乐总统维护民族独立的政策，支持摩洛哥和阿尔及利亚等法国殖民地的独立运动，于1958年获得荣誉勋位团的大十字勋章。20世纪50年代，他作为《费加罗报》和《快报》的记者，不断发表评论时事的文章，支持北非国家的独立，这些文章收集成四卷《杂记集》(1953—1971)。他还出版了三部重要的回忆录:《内心的回忆》(1959)、《新内心的回忆》(1965)和《政治回忆录》。莫里亚克去世后，法国政府为他举行了国葬，戴高乐总统在唁电中将他誉为"嵌在法国王冠上的最美的一颗珍珠"。

莫里亚克的创作生涯长达60年之久，作品多达100卷以上。其中有26部小说，4个剧本，5本诗集，其他是各种评论、日记、随笔和回忆录，不难看出小说在他的创作中占有最重要的地位。他在1952年获得诺贝尔文学奖，原因就由于他在小说中"深入刻画人类生活的戏剧时所展示的精神洞察力和艺术激情"。他的杰作都是在20世纪二三十年代初发表的。其中最著名的是《给麻风病人的吻》《爱的荒漠》《苔蕾丝·德斯盖鲁》和《蛇结》。

《给麻风病人的吻》写的是女主人公诺埃米的悲剧。她年轻漂亮，但是父母贪图财产，使她在教士的劝说下，嫁给了既身体衰弱又奇丑无比的让·佩罗埃尔。夫妻之间不可能有任何肉体上的亲密关系，她的吻就像给麻风病人一样，纯粹是迫不得已。佩罗埃尔无比悔恨，离家出走到巴黎去了。这时诺埃米爱上了年轻的医生，教士赶紧把佩罗埃尔叫了回来。他回来后决定进行慢性自杀，每天去看护一个垂死的结核病人，最后自己染上了结核病，悄无声息地死去了。诺埃米不得不为他守寡，照顾他的与他同样丑陋和衰弱的父亲。

诺埃米的悲剧是金钱至上的资产阶级社会造成的，她嫁给佩罗埃尔就意味着死亡，只有在他离开家庭时才恢复了活力，开始追求自己的爱情。然而丈夫一回来，她就重新陷入了孤独无助的命运，过着生不如死的生活，这种处境即使在丈夫死后也无法摆脱。莫里亚克因这部小说而成名，从此揭露资产阶级家庭的悲剧就成了他的主要题材。

《爱的荒漠》的主人公是库雷热医生，他功成名就，但是家庭生活并不美满，与妻子没有什么感情。他爱上了漂亮的寡妇玛利亚·克鲁斯，而他的放荡的儿子雷蒙也爱上了她，父子之间因此关系紧张。但是玛利亚对他们谁也不爱，觉得最温馨的家庭也填补不了她内心的孤独。小说描绘了人与人之间，以及人的内心里都犹如一片荒漠，反映了资产者精神的萎靡和思想的空虚。小说出版后获得法兰西学士院小说大奖，奠定了他在文坛上的地位。

《苔蕾丝·德斯盖鲁》写荒原上长大的姑娘苔蕾丝，嫁给了朋友的哥哥贝尔纳，进入了这个外省的地主资产阶级家庭。她的丈夫自私傲慢、庸俗不堪，根本不懂得什么是爱情。丈夫一家人饱食终日、灵魂空虚，使她十分讨厌。她虽然已经有了一个女儿，却还是下意识地想不惜一切摆脱这个家庭的桎梏，所以涂改了丈夫有毒性的胃药的剂量，使他慢性中毒，结果被医生发现后告上法庭。

贝尔纳为了挽回家族的声誉，决定不予起诉，事后还跟她装得像一对恩爱夫妻。苔蕾丝本来打算向丈夫忏悔，求得他的宽恕，然而他们没有共同的语言，因此无法沟通。她想自杀，但没有成功，于是一直过着寂寞的日子，只能靠幻想来消磨时间。最后丈夫终于放了她，但不是离婚，只是让她到巴黎去独自生活。苔蕾丝独自面向那漫漫长夜般的未来，感到一切都索然无味。小说又一次揭露了资产阶级家庭的悲剧，夫妻之间的互不理解，对女主人公的心理活动做了细致深刻的描绘，揭示了人的内心里存在着善与恶的冲突、理智与激情的斗争。

《蛇结》是莫里亚克的代表作，主人公路易是个68岁的律师，也是个猥琐的老守财奴。他出身贫贱，靠着投机钻营获得了财富，为了进入上流社会而娶了一个贵族小姐。妻子对他没有什么感情，40年来一直对他保持沉默，儿女则等着争夺他的遗产。他自知死期不远，所以给他的妻子和儿女写了一封旨在报复的信。他在信中讲述了自己的生平，他虽然事业有成，却从未享受过人间的温情。即使在家里，他也把妻子和儿女都当成敌人，感到自己的心如同在“蛇结”底下跳动。当他听到全家人准备摆布他的时候，他觉得这些毒蛇已经包围了他，所以他日夜守着自己的保险箱，并且动身到巴黎去，要把财产留给他从未见过的私生子罗贝尔。

不料罗贝尔为人怯懦，暗中向他家告发了他的行径，以换取一份微薄的年金，使路易极为失望。就在这时他的妻子忽然中风死去，使他打消了复仇的欲望，明白了自己一生的错误：他一辈子都成了欲望的俘虏，生活的痛苦都是自己造成的。于是他决定把大部分财产赠给孩子们，帮助孩子们克服了经济上的困难，还领养了被女儿的丈夫遗弃的外孙女。他终于不再感到孤独了，在死亡来临时从对外孙女的同情中获得了爱和信仰。

小说通过路易的内心独白，对资产阶级社会的家庭和婚姻等进行了辛辣的讽刺。与巴尔扎克笔下的葛朗台相比，路易这个20世纪的资产者不仅同样爱财如命、没有人情，而且显然更为卑鄙。但是路易的冷酷也是社会包括他的家人造成的，他在使别人痛苦的同时，别人也在使他痛苦，所以他才会感到生活在蛇结之中。

莫里亚克善于描绘资产阶级家庭的悲剧，以犀利的笔触揭露资产者的堕落，指出这类悲剧正是他们对财产的贪婪造成的。在他的小说里，主要的冲突都是来自夫妻之间、父子之间对财产的争夺。甚至在去世前一年发表的自传性小说《昔日一少年》(1969)里，他描绘的仍然是母子之间在争夺对土地的控制权。至于婚姻和生育子女等等，目的都是获得、保存和扩大财产。归根结底，他的小说无情地撕开了笼罩在资产阶级家庭上的面纱，暴露了家庭成员各自的阴暗心理。

与此同时，莫里亚克出于天主教徒的信念，也给罪人指出了一条超脱罪恶的出路，例如路易具有复杂的性格，最后终于摆脱了由于自私和贪欲而造成的重负。莫里亚克本人与他的作品一样具有双重性。他是个有正义感的作家，又是个虔诚的天主教徒；他笃信宗教，却与虚伪的教会和信徒们决裂；他是个资产者，却无情地揭露本阶级的缺陷；他是记者，却常常与昨天或明天的盟友论战。也许正因为如此，他的作品才具有与众不同的魅力。

在《弗朗索瓦 · 莫里亚克先生与自由》一文中，萨特对莫里亚克的创作方法提出了尖锐的批评："苔蕾丝应该与之斗争的这个'宿命'，是否仅是她的习性对她的决定力量呢？莫里亚克先生把这叫作命运。我们不应把命运和性格混为一谈。"[①]萨特的不满首先在于他们思想上的分歧：他不能同意让苔蕾丝屈从于宿命而没有选择的自由；其次是写作的技巧，即莫里亚克时而从外部、时而从内心来描写她，实际上是以作者万能的姿态出现，赋予了她一种无法逃避的命运。

莫里亚克受到这种批评的原因，是他的作品兼有现实主义小说和现代派小说的特色。他生长在资产阶级的家庭环境里，熟悉资产者的虚伪和贪婪，所以采用传统小说的写法，如实地反映了这类家庭里的种种矛盾和冲突，揭露起来往往入木三分、毫不留情。他的小说虽然不大涉及当时的社会斗争，却依然有着鲜明的现实主义色彩，这就是萨特后来对他的笔法加以嘲讽的原因。

但是另一方面，早在 1928 年，莫里亚克就在论文《小说》中提出了"现代小说"的概念，认为应该突破巴尔扎克小说的框框，所以他对人物的心理活动的刻画不仅极为细致，而且能从卑鄙的心灵中发现善良的萌芽，从而给罪人一条出路，这种致力于探索和反映人的本质的描写，显然比传统的心理描写更为复杂。他还通过大量的内心独白触及了灵魂深处的奥秘，乃至下意识的活动。例如苔蕾丝对丈夫下毒，她这样做的动机连她本人也并不完全清楚，是一种下意识的行为，这就使作品有了现代派小说的特征。

① 萨特：《弗朗索瓦 · 莫里亚克先生与自由》，施康强译，载沈志明、艾珉主编：《萨特文集》第 7 卷，第 21 页。

第二节　贝尔纳诺斯

乔治·贝尔纳诺斯(1888—1948)生于巴黎一个天主教徒的家庭,从小在耶稣会学校读书,形成了自己的宗教信仰。长大后他进巴黎大学学习法学和文学,1913年起担任右翼的《法兰西行动报》记者,同时主办一份保王党的周刊《诺曼底前卫报》。大战期间他志愿参战,战后到一家保险公司工作。战争的经历改变了他的思想,后来他在1932年与《法兰西行动报》断绝了关系。

从1918年到1923年,他完成了小说《在撒旦的阳光下》,1926年出版后一举成名,从此成为专业作家。

小说分为三个部分。楔子《穆歇特的故事》写外省少女热尔梅娜·马洛蒂(即穆歇特)向父母承认自己已经怀孕。父亲知道她是受了卡迪尼昂子爵的诱惑,打算找子爵要求赔偿,但未成功。父亲的一系列愚蠢行为迫使穆歇特离家出走,躲到子爵家里,但是她感到如此绝望,以至于杀死了子爵。后来她成了医生加莱的情妇,却发现这个拒绝为她堕胎的新情人胆小如鼠。在一次歇斯底里症发作之后,她不得不去疗养了一个月。

第一部《绝望的诱惑》写神甫多尼桑向议事司铎表示自己过于脆弱,什么事情也做不成,流露出一种神秘的悲痛,其实他是在与内心的恶魔撒旦搏斗。议事司铎相信他的能力,不同意他退休,保留了他的职务。在一次夜间散步的时候,撒旦变成一个马贩子袭击了多尼桑,他进行反抗,接着遇见了穆歇特。她刚刚自杀,但是在临终时突然获得了宗教信仰。于是多尼桑力排众议,把垂死的少女抱上了教堂的台阶。他在退休五年之后,被任命为兰布尔的本堂神甫。

第二部《兰布尔的圣人》写多尼桑残酷地鞭打自己,过着苦行的生活。迪普卢伊师傅由于幼小的儿子生命垂危而来找他,希望能够出现奇迹。他去看望病孩,与疾病做斗争并且最后战胜了撒旦。人们从四面八方来到兰布尔朝见这位圣人,其中包括法兰西学士院的院士。但是人们最后发现了多尼桑的尸体,他是在自己的忏悔室里因心脏病发作而死去的。

小说描绘了两种不同寻常的命运。穆歇特为了对苦难和卑鄙的现实进行反抗,不得不出逃和说谎,甚至在杀死第一个情人之后自杀,以致在恶的道路上越走越远,但是她在最后一刻获得了信仰。多尼桑则相反,他积德行善,却由于苦行而死于心肌梗死。这种对比是对传统道德的深刻怀疑。穆歇特犯罪的根源在哪里?多尼桑的苦行有没有价值?这些问题没有明确的答案,只是反映了贝尔纳诺斯本人的不安和焦虑。

贝尔纳诺斯在20世纪20年代还发表了两部小说:《欺骗》(1927)和《欢乐》(1929)。《在撒旦的阳光下》出版的时候,他就开始构思一部名为《黑暗》的小说,后来因故耽误了一些时间，他不得不放弃最初的计划，把这部小说分成两部来写。

《欺骗》描绘了一个智力超群的神甫塞纳布尔，他的原型其实就是当时著名的耶稣教徒和法兰西学士院院士、杰出的文学评论家布雷蒙神甫(1865—1933)。与多尼桑不同，塞纳布尔在骄傲和虚伪的道路上越走越远，最后竟丧失了信仰。除此之外，小说还讽刺了形形色色的冒险家、怀疑主义者和花言巧语的人。

《欢乐》的主人公是修女克莱热利娅，她生活在一个充满敌意和暴力的世界里，周围的人们都愚蠢和粗暴，连父亲都是那么平庸，但她还是在神甫的帮助下，拯救了一个被害者及谋害他的凶手的灵魂。这部笔调乐观的小说出版后受到了欢迎，获得了费米娜奖。

贝尔纳诺斯后来还发表了五部小说。《一桩谋杀案》(1935)是一部侦探小说，写一个少女在谋杀一个靠年金生活的老太太的时候，被刚派到这个教区来的年轻教士撞见，她就杀了教士，穿上他的黑袍，代替他行使职务以避人耳目。这部小说虽然是他出于经济原因而赶写出来的，实际上却是最优秀的侦探小说之一。由于它不符合贝尔纳诺斯的一贯风格，发表后并未引起注意。

20 世纪 30 年代初，他以同样的题材写了《一个噩梦》，直到 1950 年才发表。当时他还写了另一部小说《乌伊纳先生》，也是迟至 1955 年才正式出版。这部作品原来要以《死亡的教区》为标题，充满了幻觉、埋葬和垂死的场面，弥漫着厌倦、仇恨和绝望的气氛，类似于陀思妥耶夫斯基的小说。

《一个乡村教士的日记》(1936)是贝尔纳诺斯十分成功的作品，获得了法兰西学士院小说大奖。主人公是教士安布里古尔，他有过苦难的童年，在冷漠的教区里感到寂寞无聊。与成为圣人的教士多尼桑相反，他的幼稚和脆弱的天性，非常虚弱的身体，充满热情却显得笨拙的举止，使他成了一个屈辱、牺牲，甚至是受难的形象。他面对的是可怕的敌人：贵族的厚颜无耻，一个不要脸的姑娘，物质上的贫乏，别人恶毒的嘲笑。他只能靠自己的爱心来对抗这一切。小说的用意在于以教士的受难来救赎一切邪恶的灵魂，挽救社会道德的沉沦。

贝尔纳诺斯最后的一部小说是《穆歇特新传》(1937)，它描写年幼的穆歇特放学回家时，因遇到风暴而在树林里迷了路。英俊的偷猎者阿尔塞纳碰到了她，让她躲在一个偏僻的窝棚里。他喝醉了酒，听到远处的两声枪响，就向穆歇特承认他在前一天晚上与猎场看守人马蒂厄争吵，并且把马蒂厄打成重伤，说完就冲到门外的风暴之中。其实他是癫痫发作。穆歇特尽力照料他，却被他强奸了。她回到家里时发现母亲已经气息奄奄，就代替母亲照顾最小的孩子。她无法入睡，想起了阿尔塞纳，不能设想他是个残忍的人，反而希望让马蒂厄死去。她想把心里的秘密告诉母亲，但是母亲死了；父亲和兄弟们都醉醺醺地回来，于是她逃出了家门。

一种不可抗拒的力量把她带到了看守人的房屋面前:他没有受伤,只是与阿尔塞纳有过一次轻微的口角。可是警察在搜寻阿尔塞纳,为了救他,提供他不在现场的证明,穆歇特宣布他是自己的情人。然后她拒绝了看守人妻子的庇护,继续流浪,去见一个神秘的残疾女人——负责管理死者的菲洛梅娜。在向菲洛梅娜吐露了心中的秘密之后,她就自杀并静静地沉入了一个荒僻的池塘。

主人公除了名字之外,与《在撒旦的阳光下》里的穆歇特毫无共同之处,但是这部小说被认为是贝尔纳诺斯最完美和最动人的作品。它描写了穆歇特的苦难的一生:挨打,出逃,被强奸,直至自杀。故事的魅力不在于叙述,而在于描绘神秘的苦行,因而在最残酷、最悲惨的现实里也流露出抒情的意味。穆歇特渴望在这个世界上不可能得到的幸福,她时时刻刻都在努力摆脱这个污浊的世界,向着美好的目标前进。小说的文笔朴实无华,描写的一些物品都具有象征的意义,例如可怜的穆歇特穿的套鞋太大,有一只陷在泥泞中拔不出来了。可以说这部作品里的一切都有意义,同时又非常神秘,这正是小说的魅力所在。

贝尔纳诺斯是一个真正的宗教作家。雨果的《巴黎圣母院》表现的是人的形体与品质方面的美丑对照,而贝尔纳诺斯的小说反映的则是灵魂中善与恶的冲突,题材都与宗教和教士有关。“在创造受原罪折磨甚至被摧毁的人物方面,在创造人物那种神学性质的负罪感方面,无人可以与他比拟,是他在法国小说中引入了宗教玄学式的负罪情感;他之前,只有陀思妥耶夫斯基在俄罗斯小说中表现过同类情感……玄学式负罪情感所涉及的过错、意识的检讨、人物之间的关系、危机等,全都与撒旦和上帝相关。”①

除了以写作小说来对道德问题进行探索之外,贝尔纳诺斯还是一位出色的论战家。他在1931年发表了《正统思想者的巨大恐惧》,揭露第三共和国在政治上的无能。他的《月光下的大坟场》(1938)谴责了佛朗哥分子的罪行,表明他已经与莫拉斯的右翼集团分道扬镳。他从此被人们怀疑为“左派”,而在慕尼黑协定之后,他更是与教权主义者彻底决裂了。

大战爆发前夕,贝尔纳诺斯于1938年7月迁居巴西,撰写了《真理的愤怒》(1939),为自己属于一个堕落的民族而感到羞耻。他在大战期间发表了一系列战斗文钞,抨击纳粹和维希政权,支持戴高乐领导的“自由法国”运动。他预言法国正死于一种普遍的癌症,但同时也坚信“明天的法国将前所未有地成为新人类的头颅和心脏”,并且在去世之前写完了最后一部杰作《加尔默罗会修女的对话》(1949)。

① 史忠义:《20世纪法国小说诗学》,第404—405页。

第三节　于连·格林

于连·格林(1900—1998)生于巴黎,父母都是美国人。他在美国中学毕业后,在1918年参加了法国军队。从1919到1921年,他在美国弗吉尼亚大学学习文学,其间遇到了一个名叫马尔克的小伙子,并且默默地爱上了他。1922年他到法国定居,1923年又见到了马尔克,他们在塞纳河畔一起漫步,但是他没有勇气表明这种同性恋的爱情。格林后来把内心的痛苦寄托在自己的作品里,他的小说都带有自传的性质。除了最初在美国用英语写作的短篇小说《精神病见习医生》(1920)之外,他定居法国以后都用法语写作,并成为一个著名的小说家、剧作家和评论家。

格林从26岁开始发表作品,第一阶段的小说有《西内尔山》(1926),写一个美国家庭的悲剧,母女俩争夺一处名为"西内尔山"的产业。母亲是个守财奴,女儿则挥霍成性,后来女儿被丈夫欺骗,绝望之下放火烧毁了这份产业。

《阿德里安·莫叙拉》(1927)写女主人公莫叙拉年轻漂亮,但是在家里只能过着平庸单调的生活,身心都深受压抑。她爱上了当医生的邻居,却因此受到父亲的威胁,她一气之下,在下楼时不由自主地用力把父亲撞下楼梯摔死了。医生胆小怕事,拒绝了她的爱情,使她在精神上承受着巨大的压力和痛苦,以至于发了疯。

《怪兽》(1929)中的男主人公盖雷爱上一个女工,企图施以强暴,为此他不但打伤了女工,而且杀死了一个撞见他们的老人。格罗戈日太太起初由于爱他而收留了他,不久却让女工去报警,结果又因后悔而自杀。总之人的欲望一旦被唤醒之后,就变成了怪兽,表明人的内心里都蕴含着兽性。这些小说表现了强烈的情欲和极度的焦虑,弥漫着阴郁的气氛,被称为忧郁小说。

第二阶段的小说有:《失魂落魄的人》(1932)写生性怯懦的巴黎市民菲力普·克莱里。他见死不救,坐视妻子外遇,不敢接受小姨子的爱情。《幻觉者》(1934)里的主人公马尼埃尔是个虚弱丑陋的孤儿,姑妈对他倒有非分之想,可是他爱的是表妹。他在现实生活中做不到的事情,只能在幻觉中去实现。他进入了梦中的古堡,子爵夫人在和他拥抱之后死去了。《子夜》(1936)写少女艾莉莎从小被人收养,长大后回到父亲身边,发现家里的人都白天睡觉、晚上活动,过着古怪的生活。实际上是她的父亲有催眠的本领,以此控制了罪恶累累的一家人。《如果我是你……》(1947)是一部幻想小说,写主人公法比安获得了进入别人皮肤的魔力,体验了形形色色的人的生活,了解了各种人的弱点。这些小说表现了人的烦恼和梦幻,所以被称为梦幻小说。

第三阶段的小说有:《莫伊拉》(1950)写一个备受肉欲折磨的清教徒,他占有少女莫伊拉之后又杀死了她。《罪人》(1956)写的是一个同性恋者的故事,钟情于他的少女在得知真相后自杀。《人各有自己的黑夜》(1960)里的安古斯,终于承认了自己的同性恋癖好,而在格林以往的小说里,这种癖好都被人物压抑在内心深处。这些小说的主人公都是英俊漂亮的青年,他们在邪恶的情欲折磨下挣扎,显示出社会的冷漠与残酷。

格林的作品一共有60多部,涉及小说、戏剧、散文和评论等各个领域,主题都是宗教的召唤和肉欲的折磨,充满了灵与肉的斗争。他笔下的人物都是宗教狂和性欲狂,其中的主人公不是狂热地信奉宗教,就是不顾一切地反抗社会的禁忌,最后往往因放荡堕落而不能自拔,在灵与肉的搏斗中毁灭了自己。

格林是个虔诚的天主教徒,终身未婚。作为一个同性恋者,他的性倾向为社会所不容,而他又没有纪德那样的勇气,因此只能压抑自己的欲望,年轻时常因苦闷而深夜徘徊在巴黎街头,内心永远充满着痛苦和绝望。正因为如此,他的小说注重刻画人物的心理活动,尤其是涉及同性恋婚姻中的种种不正常的心理,从而使他的作品成为当代著名的心理小说。

在《人各有自己的黑夜》里承认了自己的同性恋癖好之后,格林终于可以面对这种终身都挥之不去的重负了。他在自传体小说《天亮前出发》(1963)、《道路畅通千万条》(1965)和《远方的土地》(1966)中,通过对童年和青少年时代的回忆,探索着是什么把他引向了同性恋。这些小说写于他的晚年,文笔简洁、语言流畅,是他作品中优秀的部分。

格林在59岁时发表的自传《青年时代》里,坦率地诉说着内心的痛苦:“秘密地、默默地和自己斗争,多么离奇的生活!残酷的斗争,无休无止,我如果能哭,我会哭得眼睛流血……今天,我可以说出我在20岁时就已经背负的十字架了。我在内心深处一直拒绝它,我宁愿背负另一种不那么屈辱的十字架,一种能保持我的自尊的十字架,可是没有……我对此无能为力,难道说成为像我这样的人是一种罪孽?”①

格林于1972年当选为法兰西学士院院士,他的《日记》有16卷之多,具有重要的文学价值,被称为文学史上的奇迹,因为他在这些日记里无情地解剖了自己的灵魂。

第四节　雷蒙·拉迪盖

雷蒙·拉迪盖(1903—1923)生于马恩河畔的圣莫尔,父亲是个漫画家。他小学毕业后到巴黎上中学,是一个早熟的少年,15岁就在报刊上发表画作和诗

① 《同性恋是不是一种文学手段?》,法国《读书》杂志第206期(1992年11月)。

歌，还与崇拜他的科克托合作了一部诙谐的歌剧。他活跃于巴黎的先锋派文艺界，与立体派画家来往。他的诗歌深受布勒东等的赞赏，而小说只有两部：17 岁时创作的《魔鬼附身》和 19 岁时创作的《德·奥热尔伯爵的舞会》，但是它们却代表了一种风格。

《魔鬼附身》(1923)描写的是主人公 15 岁时的爱情经历，他小小年纪就萌发了情欲，好比是魔鬼附身。战争时期，玛尔特的丈夫上了前线，他与玛尔特相爱，竟有了一个私生子。他面对责任不敢承担，于是一走了之，以致玛尔特在产后不久死去了。小说的内容不是他由于年幼而被少妇勾引，相反地却是他在复杂的三角关系中起着主导的作用，甚至向玛尔特口授给丈夫的信。不过他的早熟却不等于玩弄女性的卑劣，而是揭示了一个少年在本能的指引下，在性方面走向成熟的过程。

《德·奥热尔伯爵的舞会》(1924)着重描写上流社会里各种人物的心理活动。富家子弟塞里厄兹与老伯爵的年轻妻子玛奥相爱，他们在内心里进行着痛苦的斗争。他把手塞到玛奥的手臂下面，这个细节可能是对《红与黑》中于连的模仿，而小说在总体上显然带有《克莱芙王妃》的烙印，这正是拉迪盖最喜爱的名著之一。

拉迪盖因患伤寒而早夭，只活了短短的 20 年。他笔下的主人公都很年轻，他们在爱情方面的成熟心理，显然超过了他本人所能具有的生活经验，因此他才否认这两部小说是他的自传。他的小说中有一些色情描写，这固然是源于他青春的冲动，但也是战后现实生活的反映；另一方面则有大量世故的心理刻画，这显然是由于他在中学里阅读大量的文学名著的缘故，他为此甚至荒废了学业。

拉迪盖塑造的人物都有骚动不安的情绪，这种情绪与作品创作的年代是分不开的。当时第一次世界大战刚刚结束，人们在灾难之后普遍乐于放纵自己，以追求精神的解脱，这些人物的行为可以理解为对自由的渴望。更为难得的是，作者就像魔鬼附身一样，具有洞穿人的心灵的魔力，这种在道德松弛时代里的心理描写，表达了当时读者最隐秘的感情，显然要比以往的心理小说更进一步，因此才受到普遍的欢迎，后来更被搬上了银幕。

第十八章　历史传记小说

历史小说与传记小说是两种文类，它们都有着悠久的传统。法国的历史小说可以追溯到17世纪的女小说家斯居代里，后来浪漫派作家的历史小说更是层出不穷，而以大仲马的通俗历史小说最为出色。传记小说中以卢梭的《忏悔录》最为著名。值得指出的是这两种文类都在19世纪达到了鼎盛时期，到20世纪依然数量众多。不过也许是由于两次世界大战的缘故，这些小说不再通俗滑稽，而是变得严肃起来，史料也更为真实可信。

历史小说与传记小说虽然属于两种文类，实际上往往很难区分。因为要写历史就要写具体的人物，像斯居代里的长篇历史小说《居鲁士大帝》，难道不就是居鲁士大帝的传记？尤瑟纳尔的《哈德良回忆录》，其实就是在写古罗马的历史。

传记可以分为人物传记和自传。例如普鲁塔克的《希腊罗马名人传》是人物传记，《我的生平》则是乔治·桑的自传。在传记中加上一些虚构和想象的成分，就成了传记小说，例如莫洛亚的《拜伦传》等许多传记小说，以及小说史上大量的自传体小说。因为从夏多布里昂的《勒内》到缪塞的《一个世纪儿的忏悔》，从都德的《小东西》到杜拉斯的《情人》，小说家的创作离不开自己的经历和体验，因此严格说来，他们的小说或多或少都带有自传的性质。

与自传体小说类似的体裁是回忆录，形形色色的回忆录似乎也可以列入自传体小说的范畴。这类回忆录在20世纪末达到高峰，一个重要原因是著名作家大多已进入老年阶段，开始怀念昔日的荣光和回忆自己的一生，例如马尔罗的《反回忆录》、娜塔丽·萨洛特的《童年》、罗伯-格里耶的《重现的镜子》、西蒙娜·波伏瓦的《告别的仪式》、萨冈的《我的美好回忆》等。

由于许多作家作品丰富，包括各种不同的文类，因此很难归于某一类型的作家之列。例如波伏瓦虽然写了5部回忆录，我们也不能把她归为传记作家。正因为如此，包括马尔罗的《反回忆录》、西蒙的《百年槐树》、瓦扬-古久里的《童年》、巴赞的三部曲《勒佐一家》、萨特的《文字生涯》、杜拉斯的《情人》等在内的许多优秀作家及其作品，都无法列入本章，所以本章只选取了莫洛亚、特罗亚、尤瑟纳尔和热内这四位主要以历史小说和传记小说著称的作家。

第一节　莫洛亚

安德烈·莫洛亚(1885—1967)原名埃米尔·赫尔佐,生于诺曼底省埃尔伯夫城。第一次世界大战期间,他由于会说英语而被派到英军的苏格兰第九师,担任与法国炮队联络的翻译官,战后以安德烈·莫洛亚为笔名,发表了《布朗伯尔上校的缄默》(1918)和《奥格拉蒂博士言谈录》(1922),以对话的方式描绘以布朗伯尔为主人公的英国军队在战时的人物和事件,不过布朗伯尔上校在后一部小说里成了将军。这两部小说以幽默的笔调获得成功,他从此成为专业作家。战后莫洛亚潜心创作长篇小说,如《非神非兽》(1919)描写工程师维尼埃斯的经历;《贝尔纳·盖斯奈》(1926)写盖斯奈经营和管理工厂的故事;《氛围》(1928)写菲力普不幸的爱情和婚姻,他娶了奥蒂尔却不相信她,导致她离婚后自杀,后来他另娶了忠实的伊莎贝尔,却又怀念前妻,变得轻浮放荡,最终使伊莎贝尔患病死去;《家庭圈子》(1932)写一个家庭里曲折的爱情故事,埃尔班夫人对丈夫不满,与情人生了一个女儿德尼丝,德尼丝长大后厌恶母亲的不忠,但她的爱情之路却更为曲折,最终她理解了母亲;《幸福的本能》(1934)、《乐土》(1945)和《九月的玫瑰》(1956),也大多是描写资本主义社会里的家庭纠纷和爱情悲剧。

莫洛亚在短篇小说方面成就卓著,出版了短篇小说集《幻想世界》(1929)、《不可能的世界》(1947)、《栗树下的晚餐》(1951)和《钢琴独奏曲》(1960)等,其中多为笔调幽默的佳作。例如《天国大旅馆》写设备完善的旅馆专门助人自杀,即使来要求自杀的人改变了主意,老板为了赚钱也照样把他送上天国;《栗树下的晚餐》写一个看起来文明的黑帮头目打死了情敌,本来想饶恕情妇,但是为了逃避起诉而把她也打死了;《传记》写一个贵族家庭的夫人与拜伦偶有交往,她的后人竟传说她是拜伦的情妇并以此为荣;《大师的由来》写画家刻苦作画却无法成功,而乱画一气倒成了大师;《矿山的魔鬼》抨击帝国主义对殖民地的侵略;《辨认思想的机器》揭露了人际关系的虚伪;等等。这些作品题材广泛、形式多样,讽刺了资本主义社会的政治、经济、文化和家庭等各个方面,具有进步的现实意义,是现当代短篇小说中的精品。

莫洛亚还是著名的传记作家,作品有《雪莱传》(1923)、《拜伦传》(1930)、《屠格涅夫传》(1931)、《伏尔泰传》(1932)、《夏多布里昂传》(1938)、《普鲁斯特传》(1949)、《乔治·桑传》(1952)、《雨果传》(1954)、《三仲马》(1957)、《巴尔扎克传》(1965)等。与着重评析作家生平的传统写法不同,莫洛亚从分析作品入手去解释作家的生活,而且写得人物生动、富有小说情趣,以翔实的资料和生动的文笔再现了伟人的面貌,因而被誉为世界三大传记作家之一。他还是一位出色的历史学家,著有《英国史》(1937)、《美国史》(1943)、《法国史》(1947)等多种历史著作。

莫洛亚著作等身、硕果累累，早在1938年就当选为法兰西学士院院士，1965年戴高乐总统颁令授予他荣誉军团一等勋章，以表彰他一生在文化艺术方面的贡献。

第二节　特罗亚

亨利·特罗亚(1911—2007)生于莫斯科，原名列夫·塔拉索夫。他的父亲是个富商，十月革命爆发后，他们全家逃出莫斯科后辗转流浪，在1920年初定居巴黎，过着贫困不堪和备受屈辱的生活。特罗亚从帕斯特中学毕业后，在巴黎大学取得了法学士学位，被塞纳省政府录用为书记员，加入了法国国籍。他深受托尔斯泰、陀思妥耶夫斯基、巴尔扎克和左拉的影响，热衷于写作篇幅浩繁的历史小说。

1935年，他发表小说《虚假的日子》。为了使作品容易被法国人接受，他在出版商的建议下，把自己姓名的字母重新组合，最后采用了亨利·特罗亚这个法国式的笔名。这部作品获得了民众主义小说奖，他当时正在服役，特地回到巴黎去领奖，并结识了担任该奖评委的于勒·罗曼等著名作家。

1943年，特罗亚辞职成为专业作家，从此不断发表作品，在50年里写了63本书，而且都是站着写作的，这是他与众不同的习惯。他的作品主要有以俄国为背景的长篇小说《只要地球存在》(3卷，1947—1950)，描写了俄国一家人从日俄战争直到十月革命后的不同经历；《义人之光》(5卷，1959—1963)通过一个俄国军官与一位法国小姐的爱情，反映了法国民主思想对俄国十二月党人的影响；《莫斯科人》(3卷，1973—1975)描写了拿破仑1812年远征俄国，直到被欧洲联军击败的过程。以法国为背景的长篇小说有《春华秋实》(3卷，1952—1956)，反映法国南方一家三代女性在两次世界大战之间的经历；《埃格勒蒂埃尔一家》(3卷，1965—1967)从巴黎一个资产阶级家庭的角度，揭露了20世纪60年代资本主义社会里的生活方式。

在"二战"结束后的冷战形势下，长河小说开始衰落和消失。而特罗亚却正是在这一时期接连推出了六套长河小说，几乎是独一无二的奇迹。这些多卷本的巨著描绘了俄国从18世纪末到19世纪上半叶的重大历史事件，歌颂了俄国革命者英勇奋斗的精神，记述了法国与俄国之间的交往，揭示了法国当代社会的危机，是反映时代面貌的宏伟画卷。

特罗亚也是著名的传记作家，主要为俄国作家写了不少传记，有《陀思妥耶夫斯基》(1940)、《普希金》(1946)、《莱蒙托夫的奇特命运》(1952)、《托尔斯泰》(1965)、《果戈理》(1971)、《契诃夫》(1984)、《屠格涅夫》(1985)和《高尔基》

(1986)等。除此之外,他还为俄国沙皇们作传,例如《叶卡捷琳娜大帝》(1977)、《彼得大帝》(1979)、《亚历山大一世》(1981)、《可怕的伊凡》(1982)等。

特罗亚是俄裔法国人,懂得俄语,热爱俄国的历史和文化,而且能够充分利用法国图书馆里丰富的俄文资料,所以具备为俄国作家和帝王作传的有利条件。这些传记的重要特色是能够当成传记小说来阅读。这不是说他的传记不真实,而是说他在充分掌握资料的基础上把传记写活了:

> 特罗亚写传记并不是采用编年史的形式将有关材料一一罗列,去写死传记。由于特罗亚本人是小说家,他特别重视传记人物应在他心中先"活"起来,他要先把握着被传人物的心理和性格,抓住人物一生最动人的那些事,然后才开始写作。他在写《陀思妥耶夫斯基》之前,将有关材料全收集到了……但还是写不下去……有天夜里,他在朦胧中突然看见陀思妥耶夫斯基走到他的床前:这是一位老人,弯腰驼背,花白蓬乱的头发,满脸凄楚,对特罗亚审视良久,然后滔滔不绝地讲起了自己的生平,讲了很多很多。特罗亚激动万分。[①]

当然这并不是说陀思妥耶夫斯基真的来到了他的面前,而是说长时间的专心思考,使这个人物在他的心里形成了清晰的形象,正如罗曼·罗兰在写《约翰·克利斯朵夫》之前,也见过克利斯朵夫的高大形象一样。普希金为了妻子与人决斗,因而遭到误解,特罗亚在写《普希金》的时候,在夜里曾见到他来请自己为他鸣不平。这些现象其实并不奇怪,都是日有所思、夜有所梦的结果,但无疑也证明了特罗亚的创作态度是多么认真。

特罗亚曾经表示,如果有时间他也能写法国名人的传记。后来他果然写了《福楼拜》(1988),这样他就在 48 年里写了 13 部传记。传记是记录伟人的生平事迹的,在某种意义上也反映了历史的变迁,只是以传主为中心罢了,所以特罗亚的传记既被视为传记小说,又能列入历史小说的范畴。他继承了巴尔扎克和托尔斯泰的现实主义传统,把历史小说写得活泼生动,描绘的人物栩栩如生,给人以亲切和真实之感,尤其在传记方面取得了文学史上前所未有的杰出成就,因而在 1959 年就当选为法兰西学士院院士。

特罗亚在短篇小说方面也很有建树,共出版了 5 个短篇小说集:《拱顶石》(1938)、《公共墓穴》(1938)、《上帝的审判》(1939)、《从慈善家到穷鬼》(1945)和《夏娃的动作》(1964)。1966 年,他从这 5 个集子中选出 26 篇结为一集,取名为《魔鬼的翅膀》。

---

① 张成柱:《特罗亚评传》,陕西旅游出版社,1999 年,第 54 页。

特罗亚在巴黎的贫困生活,使他形成了同情穷人和弱者的人道主义思想。他的小说中有许多可怜的小人物,例如:《试验品》里的阿尔贝因活不下去而自杀,被医院救活后却成了医院的试验品。《绿皮本》写富人故意丢下一个夹着钱的小本子,而且在本子里故弄玄虚地涂涂抹抹,最后又重金悬赏拾到本子的人,似乎里面隐藏着重大的秘密,以至于马塞尔拾到这个本子后整天胡思乱想,最后落得妻离子散的悲惨结局。其中最著名的是曾选入我国初中语文课本的《最好的顾客》,写一个70岁的老人巴罗丹,他孤苦无依,渴望人间的温情,但在生前无法满足这种愿望,便省钱购买了一大堆花圈,以安慰自己死后的寂寞。这个令人心酸的故事,揭露了资本主义社会的冷酷,流露出特罗亚对穷苦人的怜悯。

在特罗亚的短篇小说中,有的对人性的弱点进行了善意的讽刺。例如在《凡尔赛归来》里,一个普通人出于虚荣心与人斗富,在拍卖会上花巨资买了一幅普通的油画,弄得自己债台高筑,急得心脏病发作而死去。有的以改写传说的方式,抨击了人间的不公,例如在《上帝的审判》里,无赖作恶多端却不受惩罚。这些小说往往通过描写人的变态心理和怪异行为来反映现实,体现了特罗亚构思奇特的现实主义创作风格。

第三节　尤瑟纳尔

玛格丽特·尤瑟纳尔(1903—1987)生于布鲁塞尔的一个望族,原名玛格丽特·德·克莱扬古尔。母亲是比利时人,生下她10天就去世了,父亲带着她回到了法国北部里尔地区的老家蒙-诺瓦尔庄园。父亲生性好动,经常迁徙,直到她10岁时祖母去世,才卖掉庄园到巴黎去定居。第一次世界大战爆发后,她跟随父亲辗转于比利时、法国和英国,靠着母亲留下的大笔遗产,度过了一个虽然动荡不安却生活优裕的童年。

父亲米歇尔酷爱文学,很有文化修养,尤其善于朗诵。玛格丽特从未上学,在父亲和家庭教师的指导下,她坚持自学,从小就掌握了英语、拉丁语、希腊语和意大利语等多种外语,阅读了大量的古典文学作品。她跟随父亲在欧洲各地参观游览,积累了丰富的历史和文化知识,为日后的小说创作奠定了基础。

玛格丽特的处女作是长诗《幻想的乐园》(1921),是由父亲出资自费出版的。他们把克莱扬古尔这个名字的字母拆开,重新组合成“尤瑟纳尔”,从此她就用这个名字作为笔名。尤瑟纳尔人小胆大,竟把这首长诗寄给了印度著名诗人泰戈尔(1861—1941),而泰戈尔也慧眼识人,给她写了一封热情的回信。接着她又发表了诗集《众神未死》(1922)。她也运用过其他体裁,例如散文集《火焰》(1936)、评论集《梦境与命运》(1938),不过她的主要成就是小说。

尤瑟纳尔继承了父亲乐于漂泊的性格,特别喜爱旅行,1929年1月父亲去世，为了收回母亲家族的遗产，她奔波于欧洲各地。当时正值两次世界大战之间，欧洲社会风云变幻，促使她创作了一些反映社会问题的小说。1939年，她应美国女友格雷丝·弗里克的邀请，到美国纽约东北部的荒山岛长期居住，因此她的作品充满了异国情调和神奇的色彩。

顺便指出，尤瑟纳尔和格雷丝都是同性恋者，格雷丝直到去世都和尤瑟纳尔生活在一起。尤瑟纳尔不想永远隐瞒这一点，但是她规定要到2037年才能公开她们之间的通信。了解这一点，可以更好地理解尤瑟纳尔作品中的同性恋题材："如果说男子同性恋使玛格丽特·尤瑟纳尔着迷，以至成为她作品里的一个几乎总是出现的主题，这并非是为了隐瞒她对女人们的爱情，而是表明她梦想成为一个男人。"①

尤瑟纳尔的第一部长篇小说是《阿莱克西或徒劳的搏斗》(1929)，主人公阿莱克西有同性恋倾向，他虽然很爱妻子莫尼克，而且他们已经有了一个儿子，但是在婚后两年，他不得不离开妻子，给她留下了一封信后不辞而别。他在信中回顾了自己的成长过程，以及在婚后的苦闷心情。同性恋的现象当时虽然相当普遍，有许多作家本身就是同性恋者，但是这个题材仍然是创作上的禁区，只有纪德和普鲁斯特等极少数作家敢于涉及，由此也可以看出尤瑟纳尔具有超人的勇气。她的第二部长篇小说《新欧里狄克》(1931)，描写的也是一个男人在婚后的复杂心理。

尤瑟纳尔热爱东方文明，她根据希腊、巴尔干和亚洲等地的民间传说，写作了短篇小说集《东方奇观》(1938)，显示出她对东方文化的浓厚兴趣。中篇小说《一弹解千愁》(1939)，写的是三个青年人在战争中的感情悲剧。在第一次世界大战中，德国青年贵族埃里克的父亲阵亡，他从此居住在俄国青年贵族贡拉的家里，后来成为俄国白军的头目。贡拉的妹妹索菲爱上了埃里克，但是埃里克并未把她放在心上。在兵荒马乱的环境中，因爱情而苦闷的索菲开始自暴自弃，变得淫荡堕落。她与白军军官沃尔克马打得火热，埃里克打了她一个耳光。索菲厌恶了自己的生活，决心投奔红军。后来被白军俘虏，埃里克应她的要求，亲手开枪打死了她。

尤瑟纳尔的代表作是历史传记小说《哈德良回忆录》(1951)。古罗马皇帝哈德良(76—138)热爱希腊文明，是艺术的保护人。1924年，她在意大利参观哈德良别墅的遗址时深受感动，由此开始构思和写作关于这位皇帝生平的小说。1927年，她在福楼拜的一卷通信集中读到一句话："从西塞罗②到马克·奥里

---

① 《同性恋是不是一种文学手段?》，法国《读书》杂志第206期(1992年11月)。

② 西塞罗(前106—前43)，古罗马政治家、演说家和哲学家。

略[1],这是一段独一无二的时期,诸神已不复存在,耶稣尚未降生,唯有人的存在。"这段时期正是哈德良生活的时代,所以尤瑟纳尔说:"我生命中的一大部分时间,将用于努力去理解,然后去描绘这个孤独而又与一切相联系的人。"[2]

尤瑟纳尔曾两次写出初稿,都因为不满意而销毁了,后来一度放弃了写作计划。直到1949年1月,她在美国收到一只从瑞士寄来的箱子,从中偶尔发现了她早年写的关于哈德良的初稿片段,才决心把这本书写出来。经过反复的酝酿和思考,她选定了最能体现哈德良个性的小说形式,即采用第一人称,让他给将要执政的皇孙马克写信,以便在临终之前回忆和审视自己的一生。

哈德良60岁时疾病缠身,已经失去了骑马狩猎和享受美食与爱情的能力。他回顾了自己的身世:他的祖籍在西班牙,12岁时父亲去世。他16岁到雅典学习各种知识,回到罗马后在军队中不断晋升,得到了当皇帝的堂兄图拉真(52或53—117)的信任,而且得宠于皇后。图拉真去世后,哈德良登上了皇位,努力恢复了和平。他采取一切措施来争取民心,禁止奴隶决斗和男女同浴等不良风俗,尊重奴隶的人格,提高妇女的地位,实施人道的统治。他建设罗马和雅典,修建神庙,对基督教采取宽容的政策。后来由于失策,他与犹太人进行了一场长达四年的战争,使几百万人死于非命。犹太人从此失去了家园,到处流浪,他下令把犹太人聚居的一个地区改名为巴勒斯坦。

哈德良崇尚希腊文化,也受到希腊追求身心完美的同性恋习俗的影响。在东方巡视期间,他见到了年仅12岁的希腊美少年安蒂诺乌斯,从此对其无比钟爱,一直带在身边。安蒂诺乌斯20岁时在尼罗河溺水身亡,哈德良无比悲痛,下旨将他封为神祇,建立纪念他的神庙,这座带有喷泉和雕像的建筑,已于2002年末在罗马附近被发掘出土。

哈德良在一生中积累了观察人生和社会,以及如何进行统治的种种经验,例如不醉心于个人的荣誉,为了顾全大局而让忠实于他的人做出牺牲,正确对待死亡等。他的回忆实际上体现了尤瑟纳尔对人类文明的思考。小说出版后获得法兰西学士院小说大奖,被译成了各种文字,奠定了尤瑟纳尔作为一流小说家的声誉。

她的第二部长篇小说《熔炼》(1968),叙述16世纪时炼金术士芝诺的遭遇。他出生于1510年,是一个私生子,生父不承认他是自己的儿子,母亲改嫁,他只得逃到叔父家里,拜教堂的议事司铎为师学习神学,以求改变自己的处境。他通过艰苦的自学获得了丰富的知识,但是对以往的书本知识产生了怀疑,视古人如

---

① 马克·奥里略(121—180),古罗马皇帝(161—180),哈德良的近亲。

② 段映虹:《尤瑟纳尔与〈哈德良回忆录〉》,载黄宝生主编:《文学大师的故事》,解放军文艺出版社,2002年,第280页。

粪土，甚至连上帝也不相信，对哥白尼等科学家则非常崇拜。他发明了织布机，却受到叔父纺织厂里工人的误解，于是愤而离开叔父家，四处漂泊，济世行医，成了一个传说中的神秘人物。

新教徒发动叛乱，受到天主教会的镇压，芝诺的母亲也死于非命。在国王与封建领主开战的时候，他的表弟亨利到巴黎从军，转战南北，最后中弹身亡。芝诺寻找一位炼金术士做自己的弟子，因为他要追根溯源地探索万事万物。他发现人的思想都是人脑的产物，相信炼金术会使人类轻而易举地制造出各种机器。

芝诺晚年在瑞典、德国和法国等地都受到排挤，回到家乡过着隐姓埋名的生活。他花了一生的代价，才成为一个自由思想者，达到了没有欲望的地步，正如在炼金过程中经过煅烧和分解后已经炼成金子一样。他深刻地反思人类的缺陷和社会的不公，最后连自己也受到诬陷，被告上法庭后处以火刑。他放弃了向教会投降以获得生存的希望，自己用刀片切开了四肢的大动脉，在 60 周岁时结束了自己的生命。

芝诺是一个虚构的历史人物，与古希腊哲学家芝诺（约前 488—前 430）同名。这一人物蕴含着尤瑟纳尔对历史进行深入思考的哲学意义。芝诺处在巨人辈出的文艺复兴时期，意大利画家达·芬奇（1452—1519）和天文学家哥白尼等都是他的同代人。尤瑟纳尔阅读了大量的历史资料，综合当时一些人文主义者的性格特征，塑造出芝诺这个炼金术士、医生和哲学家的形象，使他显得真实可信。小说描写的虽然是 16 世纪的社会（例如处死犯人的细节取材于当时一些真实的案例），其实都是在影射当代的现实，围绕先进思想与旧势力斗争这个永恒的主题，反映了当代人对命运和前途的焦虑。

《虔诚的回忆》（1974）是一部自传体小说，是尤瑟纳尔对母亲的回忆。她出生于 1903 年 6 月 8 日，10 天后母亲就去世了。“虔诚的回忆”是当时流行的一种悼念死者的方式，即在死者去世后发给亲友小纸片，上面写着死者去世的时间和一段祈祷词。尤瑟纳尔在 53 年后才回到故乡，看到母亲和亲友们的墓地，翻阅户籍记录和相册等家庭档案，她开始回忆母亲的家世。小说采用倒叙手法，从母亲死于难产写起，直到母亲和父亲结婚为止。

《北国档案》（1977）与《虔诚的回忆》相似，是尤瑟纳尔对父亲家世的回忆。父亲的家族源自 16 世纪的一个叫克利纳维克的人。尤瑟纳尔结合从 1848 年革命、巴黎公社直到 19 世纪末的时代背景，详尽地回忆了祖父和父亲的生平，一直写到她的出生为止。她未完成的小说《找回永恒》也是记叙父亲的，与《虔诚的回忆》和《北国档案》构成了以《世界的迷宫》为总标题的、回忆尤瑟纳尔家族的三部曲。

尤瑟纳尔的《东方奇观》包括 10 个短篇，其中《王佛脱险记》取材于我国汉代的一个传说，写画家王佛靠着神奇的画技死里逃生的故事，赞美了中国山水画的艺术魅力。《源氏亲王的最后一次爱情》，是根据日本的《源氏物语》写成的。《源氏物语》的最后一卷没有正文，表明源氏亲王看破红尘、不知所终，而尤瑟纳尔则写他到山里隐居，双目失明，他往昔的一个情人特地赶到他的身边，想方设法地重新成为他的情人。《被砍去头颅的加丽》来自印度的传说，貌美无比的加丽女神被一些嫉妒她的神灵砍下了头颅，头颅落到地狱里，后来安在一个妓女的身体上，从此她就到处诱惑男人，最后遇到智者而大彻大悟，得到解脱。《死者的乳汁》歌颂了母爱的伟大，写的是阿尔巴尼亚古代的故事，一个母亲被关在塔里死去，她的尸体已经腐烂，但是乳房里的乳汁却源源不断，直到两年后孩子断奶才停止。《燕子圣母院》写天主教修士迫害仙女，后来仙女们变成了燕子。《马尔戈的微笑》是一个希腊人叙述的故事，写塞尔维亚的民族英雄经受酷刑不动声色，但是见到少女的优美舞姿却露出了微笑。

尤瑟纳尔所说的东方是指法国以东的广大地区，特别是中国、印度和日本，由此可见她对异国文化具有浓厚的兴趣。这些短篇小说取材于世界各地的传说，和她的历史小说一样充满了异国情调，反映了她对不同文化和信仰的关注。

尤瑟纳尔的作品从古希腊写到当代，从欧美写到东方，从历史写到她的家族，唯独没有她自己的身影，甚至连与她的生活有关的背景也极少提及。由此可见，她不是凭经验来写作她熟悉的事件，而是善于在远离自身的题材中发挥才华。越是遥远的题材，就越能显示出她作品的独特风格：既资料翔实又富于想象，既有古典主义的严谨又有浪漫主义的情感。“说到底，尤瑟纳尔作品中的风格及其变化是无与伦比的。使读者从高雅转到粗俗，从讽刺到神话，从现实主义到寓意，从直接的和间接的叙述到戏剧性的对话，有时甚至是抒情的咏叹调的语调、时态、体裁的突然改变，由于从叙事到内心独白的角度不断变化而更加复杂。”①

尤瑟纳尔的创作素材极为丰富，而且文笔优美、富于哲理，具有很强的感染力。晚年她还翻译了古希腊的诗选《王冠与竖琴》(1979)。1970 年，她当选为比利时皇家学院法语文学语言院士。1977 年获法兰西学士院文学大奖。1980 年，她当选为法兰西学士院院士，也是学士院成立三个半世纪以来的第一位女院士。

第四节　热　内

让·热内(1910—1986)生于巴黎，生来不知父亲为何人，又被母亲送进了育婴堂，后来被一户农民收养，直到 21 岁才拿到自己的出生证。他 10 岁时被这个

① 让·勃洛特：《尤瑟纳尔论》，吴岳添译，载柳鸣九编选：《尤瑟纳尔研究》，漓江出版社，1987 年，第 580 页。

农民当作小偷，送进了少年犯教养所，尝尽了卑贱污秽的滋味。20岁时他逃了出来，曾经为了获取一笔酬金而从军，但不久就开了小差。以后他在欧洲各地流浪，从事盗窃和当男妓，与小偷、同性恋者为伍，多次因行窃入狱。严格说来，他不是一个纯粹的同性恋作家，因为他曾是一个什么坏事都干的流浪汉，而且不以为耻，反以为荣。

热内在狱中创作了一些诗歌和小说，主要描写同性恋者的囚徒生活，还有一部剧作《女仆》(1947，获七星诗社奖)，均由萨特和科克托协助出版。1948年，热内再次触犯刑律，被判处终身流放，在萨特、科克托等知识分子的呼吁下，他获得总统特赦。在出版了长篇小说《小偷日记》(1949)之后，他专门从事戏剧创作，先后发表并上演了《高度监视》(1949)、《阳台》(1956)、《黑人》(1959)和《屏风》(1961)，成为荒诞派戏剧的代表作家。

1968年，热内表示对西方社会及其价值不感兴趣，因此放弃写作，转而支持第三世界被压迫人民的斗争，特别是巴勒斯坦解放运动。但尽管如此，他的作品已经奠定了他在文坛上的重要地位。热内于1983年获得法国国家文学大奖，成为受人尊敬的作家，1986年在巴黎中风去世。

《小偷日记》是热内对自己前半生的总结，他开门见山地说出了写这本书的宗旨，就是要颂扬罪恶和囚犯：

> 苦役犯身穿红白相间的浅色条纹囚衣。如果说我真心地选择了我自鸣得意的囚犯囚衣世界，那是因为我至少有权从中发掘我追求的意义：簇簇鲜花与众多囚犯居然存在着一种密切的联系。鲜花的脆弱柔嫩与囚犯的粗暴冷漠彼此竟是一样的性质。若问我将如何表现一个囚犯或罪犯，我必用诸多鲜花来加以装扮，让他在花团锦簇里消失，而后在万花丛中化作另外一朵巨大的新花。朝着有人称为罪恶的方向，我却恋恋不舍地不断进行冒险，最终锒铛入狱。那些委身罪恶的人并非个个英俊潇洒，但却具有男子汉气派。[①]

《小偷日记》是一曲对罪恶的赞歌，热内用优美的文笔来写这样一本书，与波德莱尔的《恶之花》可谓异曲同工。他从被宣布为小偷的那一刻开始，就已经被社会拒之门外。除了监狱，他只能去乞讨、盗窃或者当男妓："在这本日记里，我也无须讳言自己做小偷的其他原因，其中最简单的原因是人要吃饭。"[②]在屈辱的绝境之中，为了获得心理上的平衡，他只有努力锻炼自己偷盗的胆量和技巧，

① 让·热内：《小偷日记》，杨可译，海天出版社，2000年，第19页。

② 同上，第7页。

以及勾引和勒索嫖客的本领，甚至在必要时不惜充当叛徒和凶手。小说展现的无疑是一幅社会底层的卑劣混乱的可怕景象，然而其中压抑着多少欲哭无泪的悲愤！从小偷扭曲的精神世界里，发出了多少对社会现实的嘲笑和抗议！小说通过一个灵魂的展现，对社会的鞭笞达到了触目惊心的程度。

《小偷日记》名为日记，实际上是热内的自传体小说，因为很难设想在漂泊不定的流浪生涯里，在随时可能被捕的危险之中，还能有真正的日记保存下来。热内以回忆的方式，记述往昔岁月留给他的最为深刻的印象，正因为如此，他才得以不受日记体裁的限制，集中刻画对他影响最大的人物，例如史蒂利达诺、阿尔芒和罗贝尔等等，淋漓尽致地表现他们之间的友情、背叛和变态的性爱。在看似混乱的情节之中，他随时慷慨陈词，使小说始终贯穿着反抗社会的伦理观。同时他也不受传统的现实主义创作方法的束缚，采用回忆、倒叙、联想、颠倒时空等现代主义的文学手法，使小说更具异国情调和神秘魅力。

在法国文学史上，这类行为卑劣而又文采斐然的作家，可以一直追溯到中世纪的诗人维庸，但是维庸曾经在巴黎大学艺术系攻读，他的犯罪主要是个人的原因，而热内的犯罪则主要是社会环境造成的。他与社会的对立不是党派斗争式的反抗，而是出于对现实和世界的绝望，因而成为一个荒诞派作家似乎是他的必然归宿。

由此也不难理解，热内为什么要把《小偷日记》"献给萨特和海狸"，这是因为他的思想与存在主义哲学确有相通之处，所以也有人把热内列为存在主义小说的边缘作家。萨特投桃报李，应邀为他的全集写一篇简短的序言。法国 17 世纪有个名叫让·罗特卢(1609—1650)的剧作家，在他流传下来的剧本中，有一个名为《真正的圣徒热内斯特，异教的喜剧演员》(1647)。萨特模仿这个剧本的名称，把这篇序言取名为《圣徒热内，喜剧演员和殉道者》(1952)，不料越写越长，结果写成了一部专著，构成了《热内全集》的第一卷。

萨特在序言里叙述了热内幼年的遭遇，认为他在儿童时期就被人称为小偷，这两个字决定了他的命运。既然热内在别人眼里只是一个小偷，他就自暴自弃，执意要当一个名副其实的窃贼，这种反常的心态把他引向了同性恋和背叛，使他皈依了恶，因此他是在社会的压力下成为罪犯的。热内是一个存在主义的英雄，他没有屈服于社会的重压，而是在最不利的环境中进行了自主的选择，赢得了个人的自由。他在用语言来颂扬恶的时候，他就在反抗世界的同时使自己成了一个大作家。萨特分析了热内的惯偷兼作家的双重人格，赞扬了他的叛逆精神，把他的自暴自弃比作圣徒的行为，把这个源于罪恶的作家写成了当代的英雄。

萨特说过："《圣徒热内》也许是我阐述我所理解的自由最详尽的书。热内被迫成为小偷，他就说：'我是小偷。'这二者之间最细小的差别则是使他成为诗人的过程的开端，然后，总而言之，他不再是一个真正脱离社会的人，只是不知道自己处在什么地位，因而默不作声而已。像他这种情况，自由不可能是幸福的，自由不是一种胜利。对热内来说，自由只不过为他打开了某些道路，而这些道路在他的生涯开始时对他是封锁的。”①

在描写囚犯的作品中，陀思妥耶夫斯基的《死屋手记》(1861—1862)堪称名著，它根据作者的亲身经历，再现了苦役犯的可怕处境，但宗旨是强调以温顺和容忍来求得道德上的新生。而《小偷日记》则从囚犯的角度，深刻地揭示了囚犯们善恶兼容的心理和美丑并存的性格，在客观上揭露了资本主义社会逼良为娼的本质，因而具有重要的现实意义。

《小偷日记》是一本前所未有的作品，如果追溯它在法国小说史上的源头，或许可以把萨德的小说作为它的先驱之作。他们的小说都描写和颂扬恶行，而且都具有哲学的意味。但萨德的作品多系虚构，是以恶作为反抗上帝和社会的手段，而热内却如实地描绘了自己的卑贱生活，把切身的罪恶经历暴露无遗，并且由此形成了一套与社会对抗的伦理。萨德的虚构作品一向受到非议，而写实的《小偷日记》却受到欢迎和好评，从两者的对比中不难看出时代的差别，以及社会对同性恋等行为越来越宽容。

---

① 萨特:《萨特谈萨特戏剧》，沈志明译，载《萨特文集》第6卷，第578页。

第十九章 萨特与存在主义小说

第一节 存在主义小说的哲学背景

古代的世界是由神主宰、人神合一的世界，人与世界是和谐统一的。人对世界没有疑问，也无须对世界做出解释，所以古代只有文学而没有哲学，只有叙事而没有问题。荷马史诗就是这个和谐统一的古代世界的产物，史诗里的英雄出场时说自己如何勇敢，连他的敌人都不会怀疑。人一旦对世界产生了怀疑，开始思考并且问"为什么"的时候，人与世界之间就产生了裂痕，哲学也就随之产生了。这种裂痕一旦产生就不再消失，只会随着人对世界认识的深化而越来越扩大，所以史诗也就随着产生它的那个和谐的古代世界一起，像马克思所说的那样"永不复返"了。

哲学是认识和解释世界的学说，它的出现晚于文学，但产生之后却处于支配地位，对包括文学在内的其他意识形态具有指导的作用，决定着文学创作的形式和内容。也就是说，每个时代的文学从形式、内容到技巧，都必然与当时的哲学思潮相适应，例如小说就是小说家自觉不自觉地信仰的哲学观点的反映。

西方的哲学虽然源远流长，两千多年以来却只是一切科学和智慧的代名词，直到 19 世纪上半叶，它才与自然科学和其他社会科学有了明确的区别。自古以来，唯心主义与唯物主义这两大哲学派别的斗争从未中断，它们往往与宗教等其他学科结合起来，形成种种哲学思潮和流派，对文学产生十分复杂的影响。

存在主义是 20 世纪兴起的一种危机哲学。早在 19 世纪上半叶，资本主义社会的发展造成了种种矛盾和灾难性的后果，使人们越来越无法掌握自己的命运，感到自己的生存受到越来越大的威胁，于是一些思想家首先对人的存在产生了疑问。存在主义哲学的先驱是丹麦哲学家克尔凯郭尔(1813—1855)，他出生在一个信仰基督教的家庭里，从小患有佝偻病，童年时备受困苦，成年后又与未婚妻分手，再加上丹麦先后受到英国和普鲁士的打击，使他在精神上成了一个绝望的孤独者。但是他聪敏过人、才华超群，最终成了一个著作等身的哲学家。

克尔凯郭尔把孤独个体视为世界上的唯一实在，认为哲学应该把孤独的个人作为研究对象。以往的科学研究几乎与个人无关：自然科学研究宇宙中从星空到微生物的一切事物，社会科学则把人作为物体来研究，即使是人文主义，也是把人类作为一个集体来与神来进行对抗的。所有的科学都唯独没有研究作为个体的人、孤独的个人，从这个意义上来说，存在主义哲学首先表现了对个人的关注，所以萨特后来把存在主义称为一种人道主义是不无道理的。

克尔凯郭尔从基督教传统中吸取了“存在”这个概念，把个人的主观体验看作是人的真正存在，而“孤独个体”的存在状态是恐怖、厌烦、忧郁和绝望，是悲剧性的，从而为“存在”这个概念奠定了理论基础。他把人类的生活分为美学阶段、道德阶段和宗教阶段，认为只有在宗教阶段这个人生的最高境界里，人的精神世界才能与上帝的意志达到和谐与统一，因此他的学说具有神秘的宗教色彩。

存在主义哲学的诞生地是德国，尼采被认为是存在主义哲学的先驱之一。他在大学里当过教授，后来跑到山林里去过隐居生活，在孤独中写下了《查拉图斯特拉如是说》《偶像的黄昏》等文笔优美但惊世骇俗的著作，后来因患上了严重的精神病而去世。尼采认为个人是一种奇妙的、在永恒中只此一回的存在，哲学应该研究生命的意义，应该是一种研究个人的哲学，哲学家应该像艺术家那样关心人生和热爱生命。

尼采反对传统的理性主义统治，是现代第一个非理性主义的哲学家。他认为科学没有任何感情，不关心人生的苦难，不能为人生提供目标和意义。由于科学使人成为奴隶，高等教育把人变成机器，他才辞去教职跑到山里去。不仅如此，他还第一次借一个疯子之口喊出“上帝死了”，表明以信仰上帝为基础的价值观念已经崩溃，从此以后人就自由了，要由人来为自己负责了，这正是存在主义哲学中“存在先于本质”的观念。

德国另一个哲学家胡塞尔(1859—1938)创立的现象学，为存在主义哲学的产生提供了思想资料和理论方法。胡塞尔认为哲学不像数学和自然科学那样严格，不能算是一种科学。为了使哲学成为一门严格的学科，就要有一种严格的科学方法，这就是他提出的现象学方法。他认为世界是由现象组成的，呈现在意识中的一切都是现象，本质也是一种现象，观察者只有凭直觉才能在现象中发现本质。这种把主观与客观统一起来的一元论是唯心主义的，但是作为一种方法对后来的存在主义哲学家有所启迪。

存在主义哲学在19世纪未能形成哲学流派，因为当时资本主义社会的危机尚未全面爆发，启蒙思想家们崇尚的理性主义、科学主义和乐观主义，在西方哲学中依然占据着主流的地位，因此这种以阐释人的存在的意义为目标的哲学并未受到应有的重视。德意志民族素以善于思考著称，在第一次世界大战后又处于战败国的屈辱地位，存在主义哲学由此具备了充分发展的条件，代表人物是海德格尔和雅斯贝尔斯(1883—1969)。

海德格尔曾是胡塞尔的学生和合作者，被认为是存在主义哲学的创始人。他发表过题献给胡塞尔的《存在与时间》(1926)等著作，但他反对像胡塞尔那样以主体、主观的概念去规定人。他认为最重要的问题是研究人的存在，并且提出了“此在”的概念，意思是“在世界之中”，也就是只能从人同世界的关系去规定人。希特勒上台之后，他曾表示拥护，在 1933 年参加了纳粹党，交纳党费直至 1945 年。[①] 他还担任过弗赖堡大学的校长，鼓吹种族主义，因而受到后人的非议。

雅斯贝尔斯也是存在主义的代表人物之一，他由于妻子是犹太人而被免去教授职务，著作也受到查禁，不得不迁居瑞士。他一生出版了《哲学》(1932)等 30 部著作，主要探讨人的生存方式，试图解决人的生存问题，因此他把自己的哲学名之为“生存哲学”。他认为只有人是可以接近的实在，任何实在的事物只有透过人才能存在，不属于人的一切全是虚无。所以面对现代人类可怕的生存状况，他提出了注重教育的“新人道主义”。

这些大师都有许多大部头的著作，涉及大量艰深的术语和复杂的概念，远非普通人所能窥其堂奥，因此要使这种深奥的哲学越出哲学家的范围，被人们广泛了解和接受，就必须有一种通俗的方式来推而广之，这种方式就是在法国兴起的存在主义文学。

早在 18 世纪末的法国大革命之后，法国社会就弥漫着一种“世纪病”，即对人生感到苦闷和绝望的情绪，这在当时的浪漫主义文学中被表现得淋漓尽致。第一次世界大战结束之后，战争的创伤和经济危机的阴影威胁着人们的生存，使人类犹如生活在一个“破碎的世界”里。这种形势所造成的忧郁不安的气氛，为存在主义哲学在法国的形成和发展提供了非常有利的社会环境。

法国哲学家加布里埃尔·马塞尔(1889—1973)是天主教徒，他在大战中曾负责寻找失踪者的下落，由此体验并分担过他人的痛苦，认为人与人之间在精神上可以交流，并且在 1925 年发表了法国第一部存在主义哲学著作《存在与客观性》。与此同时，他创作了《他人的心》(1920)、《破碎的世界》(1932)和《山顶之路》(1935)等大量剧本，形象地表现了 20 世纪初叶西方人的惶惑和不安，是第一个用作品来体现存在主义哲学的作家。

在国内外形势激烈动荡的 20 世纪 30 年代，克尔凯郭尔的著作被译成法文在法国出版。在马塞尔的影响下，有些人开始研究海德格尔和雅斯贝尔斯的著作，使存在主义哲学由此在法国得到了进一步的发展。萨特、加缪和波伏瓦都是小说家和剧作家，这显然并非偶然的巧合，因为正是他们的存在主义文学作品的流行，才使概念艰深、术语晦涩的存在主义哲学得到了广泛的传播，在世界上产生巨大的影响。

---

① 阿兰·吕本斯:《海德格尔，一个狂热的纳粹分子》，法国《读书》杂志第 314 期(2003 年 4 月)。

只有在哲学与文学关系最为密切的时代里，才会出现直接反映哲学观点的文学作品。法国文学史上有过两个这样的时代：首先是 18 世纪启蒙运动时期的哲理小说，其次就是 20 世纪的存在主义文学，包括存在主义戏剧和存在主义小说。存在主义小说与哲理小说的共同点是表现哲学观念，但是它们由于时代不同也有着明显的区别。

总起来说，哲理小说属于传统小说，传统小说也有《巨人传》和《堂吉诃德》等看似荒诞的作品，但它们只是借用荒诞的形式来揭露社会的黑暗和人间的不平，以及人与人之间的矛盾和斗争；而存在主义小说虽然继承了哲理小说的传统，表现的却是克尔凯郭尔、海德格尔和耶斯贝尔斯等人的存在主义哲学，描绘的是世界的荒诞和人的焦虑，因而属于现代派小说，也就是自卡夫卡以来的荒诞小说的范畴。

具体地说，存在主义小说与哲理小说的区别，主要在以下几个方面。

首先是作家对世界的看法不同。启蒙作家们看到的是不合理的社会现象，为了伸张正义和普及启蒙思想，他们以小说的形式做掩护，淋漓尽致地揭露社会现实，讽刺教士、贵族甚至国王，公开提出“黄金国”之类的美好理想。存在主义小说家所看到的则是异化和荒诞的世界，这个世界就是如此，无所谓公正或合理，更没有迎合读者的理想，甚至连生与死、爱与恨都没有什么意义，要表现的只是人与环境的隔阂和人与人之间的无法交流。

其次是写作技巧不同。例如在人物和情节的选择方面，哲理小说往往用滑稽的语言来塑造人物，描绘离奇的情节，以此来引起读者的兴趣。读者虽然理解小说家的言外之意，但由于置身局外而只会一笑了之，决不会为伏尔泰笔下受苦受难的人物一掬同情之泪。相反，存在主义小说描绘的都是偶然发生的事情，不厌其烦地描绘细枝末节，甚至刻意追求枯燥乏味，因为只有枯燥乏味的生活才是荒诞的生活。但是读到对这类平凡琐事的描写，读者却不会有置身局外的感觉，相反地倒会联想起自己周围的人和事，产生存在主义小说家所期待的荒诞感。

又如语言、时态和人称的运用。哲理小说里的人物是作家的传声筒，一切对话的内容、时态和人称均由小说家来安排。存在主义小说里的人物是荒诞的人，时间对他来说只是一连串没有因果关系的瞬间，世界在他眼里只是一幅幅互相脱节的图画，所以存在主义小说里的句子大多是意思互不连贯的短句。

最后是小说家与异化的关系。伏尔泰等哲理小说家虽然因身受迫害而痛恨社会的不公正，但是由于时代的局限，还不可能对世界形成“异化”的概念。而存在主义哲学是在西方资本主义社会高度发展，特别是两次世界大战的浩劫之后普及开来的，萨特、加缪和波伏瓦都经历过战争，他们的异化感比普通人远为强烈，所以只有他们能够用小说把异化感表现出来。

第二节　萨　特

萨特是杰出的哲学家、文学家和社会活动家，他建立了无神论存在主义的哲学体系，用文学作品形象地表现了关于自由和自由选择的理论，从而使他的存在主义哲学在战后产生了极大的影响。他不仅提出"介入文学"的主张，促使作家干预政治，而且身体力行，积极投身政治活动，为反对帝国主义、殖民主义等不人道的行为进行了不懈的斗争，因而被人们誉为20世纪的伏尔泰和雨果。

一　萨特的生平和著作

让-保尔·萨特(1905—1980)生于巴黎，父亲是个海军军官，在驻印度支那时患上了疟疾，1906年9月去世。2岁的萨特跟随母亲到默东的外祖父家里生活。外祖父夏尔·施韦泽是德语教师，颇有文化修养。他本来已经退休，但是为了养活萨特母子，又在巴黎创办了一所实用语言学校，1911年全家迁居巴黎。

外祖父家里人人都会弹钢琴，两个舅舅更是出色的钢琴家。萨特在爱好音乐和文化的氛围中长大，尽管3岁时右眼患了角膜翳，以致引起斜视而逐渐失明，但他四岁就能读书，8岁开始练习写作，不仅因聪明好学而被视为神童，而且能弹会唱，为他以后的文学创作和浪漫爱情增添了丰富的色彩。

外祖母信仰天主教，外祖父却是新教徒，他们总是意见不合，每天在吃饭的时候都互相嘲笑。外祖父宠爱萨特，萨特也懂得如何讨外祖父的喜欢，所以外祖母嘲笑萨特是鸡胸驼背的木偶，是装腔作势的小丑。有一天外祖父带萨特去理发，结果弄巧成拙，挡住斜眼的卷发剪掉以后，萨特丑陋的相貌第一次暴露无遗，母亲和亲友们为此惊慌失措。外祖父喜欢萨特剪发，而剪了发又使得别人讨厌，小萨特不知该如何是好，他第一次感受到了人生的荒诞，对自己存在的价值产生了疑问。

萨特不明白为什么只有外祖母说的是实话，外祖父和其他人都对他赞赏备至，一直隐瞒他长得丑的真相，原来都是在欺骗他。他由此发现成年人是在跟他演戏，他们动听的话往往并不一定出自真心实意。所以他悟出了一个道理："没有无缘无故的事物，事必有因，从最大的到最小的，在宇宙中人人都有他的位置。"[①]同时他对外祖父母的两种宗教都不相信了，他从11岁开始就坚信上帝并不存在，成了一个无神论者。

正因为如此，萨特从小就感受到了他人的目光，学会通过成年人的目光来观

---

① 阿兰·吕本斯:《海德格尔，一个狂热的纳粹分子》，法国《读书》杂志第314期(2003年4月)。

察自己。他感觉到“即使他们不在我的眼前，他们依然在看着我，他们的目光和目光交织在一起，我每跑一步，每跳一下，都遵循着他们用目光所规定的模范孩子的标准，并继续由他们的目光来确定我的玩具和天地。在我漂亮而清澈的小脑袋里，在我的心灵深处，我的思想在转动，但无一不受到他们的牵制，连一点躲藏的地方也没有”①。

萨特具有哲学天赋，关于存在的意义、他人的目光等概念，在他幼小的心灵里已初露端倪，表明他从小就有进行哲学思考的兴趣，从而为他后来的无神论存在主义哲学奠定了思想基础。

1915年10月，萨特进亨利四世中学读书，结识了同学尼赞，从此开始了他们的友谊。母亲在1916年改嫁给造船厂工程师芒西先生，萨特于1917年11月转学到继父工作的所在地拉罗舍尔。继父对他非常冷淡，因此继父要他学数学，他偏要学哲学。父母担心他会学坏，就在1920年把他送回亨利四世中学。回想起来，萨特觉得这是他一生中最坏的几个年头。

萨特在准备报考巴黎高等师范学校期间，阅读柏格森、叔本华(1788—1860)和尼采等哲学家的著作，对哲学产生了浓厚的兴趣。1924年，他考入巴黎高等师范学校学习哲学，毕业后到勒阿弗尔中学任教，经常进行关于德国哲学和文学的讲演。1933年9月，他获得了公费留学机会，到柏林的法兰西学院进修了一年哲学，师从胡塞尔研究现象学和海德格尔的学说，为他日后形成自己的无神论存在主义哲学奠定了基础。

大战爆发后，萨特立即被征入伍，在图尔附近的气象站工作了一段时间，不久就开赴法国著名的马其诺防线。1940年6月21日，他在35岁生日那天被俘，在集中营里被关了10个月。这反倒使他不像以前那样对存在感到恶心了，残酷的现实使他体会到个人不是孤立的，而是社会的一分子，因此必须介入现实。

在集中营的恶劣环境中，萨特编写和导演了第一个剧本《巴里奥纳或雷之子》(1940)，在圣诞节由几个法国战俘演出。剧本通过罗马人占领巴勒斯坦的悲剧，号召教徒和非教徒起来抵抗外国的侵略。观众都是法国战俘，剧本表现的正是俘虏的处境，因此上演时全场鸦雀无声，使萨特体会到戏剧具有震撼人心的力量。

战争改变了萨特不问政治的态度，1941年，他靠着冒充文职人员和视力不佳的假证明得以获释，回国后与哲学家梅罗-庞蒂(1908—1961)等人建立了一个知识分子的抗战组织，名为“社会主义与自由”，但是不久就解体了。萨特由此认识到社会主义只有通过共产党才能取得胜利，所以在1943年参加了法共的外围

① 萨特:《文字生涯》，沈志明译，载《萨特文集》第1卷，第459—460页。

组织全国作家协会。他除了创作配合反法西斯斗争的戏剧和小说之外，还与抵抗运动成员保持着非常友好的关系，经常为法共领导下的地下刊物《法兰西文学报》撰稿，号召人民参加抵抗运动。由此可见，萨特是从参加战争和被俘以后，才开始从事政治活动的。

1943 年，萨特出版了哲学巨著《存在与虚无》，表明他在海德格尔和胡塞尔学说的影响下，形成了自己的无神论存在主义哲学体系。他的哲学主要探讨关于自由的问题，因此也被称为“自由哲学”。

《存在与虚无》包括导言、“虚无的起源”“自为的存在”“为他”和“有、做和是”等四个部分和结论。萨特在导言中探索了自在的存在，所谓自在的存在就是与意识无关的客观存在。书中论述了偶然性、意识和虚无等重要的存在主义概念，认为自为的存在与自在的存在不同，能够使人获得绝对的自由，而且强调人在受到奴役时有权选择反抗的道路。

用现在人们熟知的术语来说，萨特哲学的基本内容就是“存在先于本质”论和“自由选择”论。他认为存在先于本质，把人生看成是一系列自由选择的总和，也就是说，人生来是没有什么本质可言的，只有在存在的过程中不断地塑造自己，才逐渐造就了自己的本质。与克尔凯郭尔以来的存在主义哲学不同，他认为世界和人生虽然荒诞，但是人生的意义在于选择，只有在自由的情况下进行的选择，才能确定人的本质，而放弃选择也就是放弃自由。人不仅要对自己负责，而且要对整个世界负责，人在选择自己的自由的同时也选择了别人的自由，因此应该做出积极的、进步的选择，所以他的存在主义哲学具有激励人们奋发向上的作用。

萨特主张通过自由选择进行积极的“介入”，用行动来赋予人生以意义和确定人的本质。从这个意义上来说，他的存在主义是一种行动的哲学，是传统的人道主义在新的历史条件下的新发展。它强调了人的尊严和价值，指出在受到奴役时不反抗就意味着放弃自由，因而被誉为“反附敌思想的宣言书”，在当时无疑有着进步的意义。即使以批判资产阶级意识形态著称的卢卡契，也认为“他的存在主义是战后唯一比较新颖的资产阶级世界观，这种世界观的影响极其广泛，早已越出了经院哲学的范围，在存在主义之后，资产阶级的思想意识就不能再创造出影响这样大的世界观了”[①]。

萨特的存在主义哲学产生于人道主义传统十分强大的欧洲，尤其是产生于反对法西斯主义侵略的时期，不是一种偶然的现象。当人们面对硝烟弥漫的世界，对传统的价值观念和人生的意义产生疑问的时候，它以独特的方式寻求存在的意义，主张用自由选择的行动来对抗不人道的现实，由此给了人们一种摆脱苦

---

① 《卢卡契文学论文集》第 1 卷，第 478—479 页。

闷的希望。

萨特几乎运用过所有的体裁，除了哲学之外，他在文学、新闻、评论等各个方面都卓有成就。他的存在主义哲学是他进行文学创作的指导思想，他的文学作品则是体现和普及他的艰深的哲学观点的工具。他在战前发表了小说《恶心》和《墙》，在文坛上崭露头角，不过他真正成名却是在战后40岁的时候。如果说《恶心》是与政治保持距离的话，那么萨特在抵抗运动期间所写的剧作，充分表明反法西斯的斗争已经深刻地改变了他的思想，改变了他对现实的旁观态度，从此他就开始用笔来介入政治斗争了。

萨特最有代表性的剧作是《苍蝇》(1943)和《隔离审讯》(1944)。《苍蝇》是根据古希腊神话改编的故事，以寓意的方式强调了自由的可贵，激励人们起来反抗德国法西斯的统治。独幕剧《隔离审讯》(亦译《禁闭》《密室》《禁止旁听》或《门关户闭》)是萨特最著名的剧作之一，被视为法国现代戏剧的经典。它通过三个恶人下地狱之后永远睁着眼睛互相监视和折磨的故事，体现了"地狱即他人"的哲理。不过它并不意味着萨特对人与人之间的关系完全绝望，而是告诫人们要用行动来追求人的价值，要对自己的行动完全负责。恶人将永远受到道义上的谴责，也就是永远生活在地狱里。

法国解放以后，萨特为了普及他的哲学思想，发表了名为《存在主义是一种人道主义》(1946)的演说，产生了巨大的影响，从而成为整整一代人的精神导师，与加缪一起处于法国知识界的领袖地位。他还与梅罗-庞蒂、雷蒙·阿隆(1905—1983)和波伏瓦等创办了《现代》杂志，并且在《什么是文学》(1947)里全面阐述了他的"介入文学"的主张，表明了他决心介入政治和现实的坚定立场。从此以后，他的剧作不再采取神话或寓意的形式，而是直接反映大战及战后的社会现实，例如《恭顺的妓女》(1946)批判了美国的种族主义，《脏手》(1948)反映了共产党内部的斗争，《涅克拉索夫》(1955)批判了帝国主义的反苏反共政策等，在当时产生了很大的影响。

萨特的作品往往为左翼和右翼的势力所利用，使得他无所适从。特别是在匈牙利事件之后，他的"介入文学"观念显然难以适应激烈动荡的政治形势。因此随着时间的推移，他把越来越多的精力投入现实斗争中去，一方面利用《现代》杂志等大众传播媒介进行宣传，另一方面亲自参加示威游行、演讲等政治活动，逐渐淡化直至放弃了文学创作，变成了一个以"介入"为主的社会活动家。

萨特在20世纪50年代站在法国共产党一边，在加缪发表《反抗者》以后与其进行论战，导致两人关系破裂。他后来访问了苏联和中国，当选为法苏友协副主席。但在匈牙利事件爆发后辞去了这一职务，转而对斯大林进行批判。

1960年，萨特发表《辩证理性批判》，认为马克思主义是当代不可超越的哲学，而存在主义则是一种寄生在哲学上面的思想体系，是一种与现实保持着密切联系的意识形态。存在主义需要在马克思主义的框架里保持自己的独立性，而马克思主义本来是一种真正的人道主义，是可以包容存在主义的。这两种哲学是互相补充的，因此他力图把两者结合起来，以存在主义来补充和融合马克思主义。

但是归根结底，萨特的存在主义哲学实际上是行不通的。它一方面承认世界是独立于意识的客观存在，另一方面却又认为存在并不决定意识，因而是一种调和唯物主义和唯心主义的哲学。它强调由人通过自己的自由选择来赋予世界以意义，其实任何自由都脱离不了社会的制约，"自由选择"的意义只是指某人承担了历史提供的一种可能性。人只能在客观条件许可的范围内发挥主观能动性，不可能离开社会和历史去获得孤立的和抽象的自由。英雄不会无缘无故地变成懦夫，懦夫也不可能在一夜之间变成英雄。由此可见，人不能抛开社会历史条件去随意进行自由选择，所以萨特的存在主义哲学只流行了 10 多年，就被新兴的结构主义取代了。

1964 年 1 月，萨特发表了自传《文字生涯》。这篇回忆录虽然只写他在 12 岁之前的生活，但是具有独特的风格，即主要不是写趣闻逸事，而是剖析自己的内心。他以一个大哲学家和文学家的经验和文笔，回过头来写自己的童年，寓深刻的哲理于天真的童趣之中，以儿童的目光来观察成人的世界，使得这部篇幅简短的回忆录成为厚积薄发的典范之作。正因为如此，它出版后受到了一致好评，使他被瑞典诺贝尔文学奖评选委员会提名为候选人，但他闻讯后立即表示谢绝。

瑞典文学院仍然宣布授予他诺贝尔文学奖，理由是"因为他那思想丰富、充满自由气息和探求真理精神的作品已对我们的时代产生了深远的影响"。萨特立即发表声明拒绝接受，因为他一向谢绝来自官方的荣誉，而且认为介入现实的作家必须保持独立自主，不应该受到任何荣誉和授予某种荣誉的机构的影响。他同时尖锐地指出，诺贝尔文学奖事实上已经成为给予西方作家和东方叛逆者的一种荣誉，他清楚地认识到如果接受该奖，就会为右翼势力所利用。在东西方文化的矛盾和冲突中，他要保持客观的立场，决不能为了这笔奖金而放弃原则。

1966 年 7 月，萨特应英国学者贝特朗·罗素(1872—1970)的邀请，共同组织了审判国际战争罪犯的法庭，揭露美国侵略越南的罪行，并在瑞典开庭时担任庭长。1968 年，他在"五月风暴"中支持学生运动，公开谴责苏联入侵捷克，与苏联彻底决裂。从此萨特在政治上转向了极左的激进力量，甚至亲自上街分发极左派的报纸《人民事业报》。直到去世前一年，他还到电视台去发表讲话，谴责苏联对阿富汗的侵略。

1980 年 4 月 15 日，萨特因病去世。葬礼于 4 月 19 日举行，约有 5 万人前来为他送葬。德斯坦总统发表谈话，认为"萨特的逝世使我感到人类智慧的一盏明灯熄灭了"。

二　萨特的小说

从大学毕业到战争爆发，萨特几乎没有参加过什么政治活动。1933年希特勒上台，法西斯主义的阴影笼罩欧洲，萨特在当年秋季赴德国留学，在柏林待了一年，却埋头于哲学研究，对危险的时局视而不见。1935年，法国的进步作家几乎都参加了人民阵线，他虽然是拥护的，但是没有做任何表示支持人民阵线的事情。他最早发表的小说《恶心》和《墙》，都是表现存在主义的荒诞概念和自由选择理论的作品，由此也能证明他对现实并不关心。

1.《恶心》

1931年，萨特到勒阿弗尔中学任教，开始创作他的第一部小说《陈述偶然》，后来改名为《忧郁》。从这个书名和《墙》《自由之路》等小说的名称中，可以看出他的小说是具有哲理性的作品。也许是当时人们还不习惯于这种风格的小说，所以《忧郁》曾遭到加里玛出版社的退稿。经过修改和删节，并且改名为《恶心》之后，才得以在1938年出版。小说问世后大受好评，使萨特一举成名。

《恶心》是用第一人称写成的日记体哲理小说。主人公安托万·罗冈丹是一个30岁的法国人，他在印度待了六年，感到无比厌倦，于是回到法国，到布城的图书馆收集18世纪探险家罗勒邦侯爵的资料。三年来他在这座小城里孤零零地活着，无所事事，有时想捡起地上的一张废纸，有时注视一个军官的皮靴，晚上则到咖啡馆消磨时间，听一张名为《在这些日子里》的唱片。

他和饭店的老板娘睡觉，可是和她没有共同语言。他在图书馆里认识了一个自学者，却发现这个人原来是一个猥亵男孩的鸡奸者。他觉得这种单调的生活无聊透顶，以至于看到别人的穿着和言谈举止都觉得恶心，就连看到啤酒杯等物品也会产生这种感觉，而且永远无法摆脱。甚至连罗勒邦侯爵都使他烦得要命，他没有兴趣工作，什么也做不下去。

在咖啡馆、餐馆和博物馆等地方，罗冈丹白白地消磨着时间，只是通过身体的动作才感觉到自己的存在。他和情人安妮分别四年了，收到了她的信却只感到失望，见面后也无话可说，即使将她抱在怀里也弥补不了彼此的孤独。他写完了关于罗勒邦的书，不知道该如何利用自己的生命，总之一切都乱七八糟、毫无意义。他终于明白了存在本身就是荒谬，是没有理由的：

> **荒谬**这个词此刻在我的笔下诞生了……我没有形成明确的语言，但是我明白自己已经找到了**存在**的关键、我的恶心及我自己生命的关键……其实任何必然的存在都无法解释存在。偶然性不是伪装，不是可以排除的表象，它是绝对，因此就是完美的无动机。一切都无动机，这个公园，这座城市，我自己。当你意识到这一点时，你感到恶心，于是

> 一切都漂浮起来……一切存在物都是毫无道理地出生，因软弱而延续，因偶然而死亡……对这个巨大而荒谬的存在，我愤怒得喘不过气来。你甚至无法想象这一切是从哪里来的，怎么会存在一个世界，而不是虚无。这毫无道理。[1]

《恶心》中没有发生任何重大的事件，唯一的内容是罗冈丹发现了存在的荒谬，所以他在布城的生活结束之后，连他自己也不明白在这里干了些什么，甚至连记忆也没有留下。罗冈丹确实是自由的，但他不过是行尸走肉，所以他的自由类似于死亡，他的正常状态就是恶心。小说通过主人公的所见所闻来表达恶心的感受，可以看成是一个疯子的日记，但是其中充满了哲理的思考。

《恶心》是萨特的第一部小说，它最初的标题是《陈述偶然》，因为罗冈丹遇到的一切人物，都是偶然出现在他面前的；书中发生的一切事情，都是纯属偶然、毫无意义可言。萨特之所以选取这个小说史上前所未有的题材，是因为在他的生活和哲学中，偶然性占有极其重要的地位。

早在童年时代，萨特就感觉到了存在的偶然性，他自己不过是父亲的几滴精液造成的。他小时候偶然捡到一份药物广告，上面的词语按字母排列，他由此对字母之间的对应关系产生了兴趣，也开始了对偶然性理论的构思。在参加中学教师资格考试的时候，第一次他没有及格，第二次考试的题目恰恰是《自由与偶然》，写起来得心应手，得了第一名。波伏瓦又恰巧得了第二名，正是这次偶然的考试，为萨特一生的辉煌事业和奇特爱情提供了千载难逢的机遇。萨特还承认在他成名以后，人们几乎把所有的出版物都寄给他，他就随手拣一些感兴趣的书报来读，很少有什么阅读的计划。

在萨特的其他作品里，关于偶然性的描写比比皆是。例如：《墙》的主人公帕勃洛为了嘲弄敌人而胡乱招供，不料弄巧成拙，成了出卖同志的叛徒。在《脏手》里，雨果在即将被处死之前说道："其实杀人的不是我，是偶然性。要是我早两分钟或是迟两分钟开门，我就不会出其不意地看到他们俩拥抱在一起，我也就不会开枪了……完全是由于偶然……由于偶然……如果我当时在栗子树前多待一会儿，如果我一直走到花园的尽头，如果我回到自己住的小楼里去……这是一桩没有杀手的谋杀案。"[2]。

在《存在与虚无》的第二部分"自为的存在"里，对偶然性更有专门的论述。萨特指出意识既是对物的意识，又是自我意识，而自我意识就是自为，意识具有不断的超越性。自为者起初介入的存在纯属偶然，就像人被偶然地生到这个世

---

① 萨特：《恶心》，桂裕芳译，载《萨特文集》第7卷，第155、157、160、161页。

② 萨特：《脏手》，林秀清译，载《萨特文集》第5卷，第389、390页。

界上来一样，他会觉得存在的环境是荒谬的。但是他一旦出现，却能够把意义赋予世界。意识认识了世界，存在的一切就有了质，也就是有了种种规定的特性。关于这一部分内容，波伏瓦早在刚认识萨特的时候就预料到了："在和萨特交谈时，我隐约发现，他所称之为'偶然性理论'，很丰富，其中已经有了关于生命、存在、必然、自由等思想的萌芽。我敢肯定，有一天，他会写出一部了不起的哲学著作。"①

由此可见，《恶心》的成功并非偶然，而是萨特从小就不断地对"偶然性"进行思考，在写作时又经过多年酝酿和修改的结果。罗冈丹的存在是自在的存在，不是自为的存在，所以他对生活的目的发生了疑问，感到了世界的荒诞。他在这个世界上是多余的，对于自己和世界是怎么回事都不知其所以然，于是就产生了恶心的感觉。然而这种恶心感正是觉醒的表现，因为人们对日常生活里这种普遍状态往往视而不见。也就是说，罗冈丹是在通过自己的"恶心"来评论这个异化的世界，以启发现代人的荒诞感。

罗冈丹一方面把写作视为生命，另一方面对生活感到焦虑，其实反映了萨特本人的精神危机。他当时正在注射麦斯卡林，时常产生幻觉，所以通过塑造罗冈丹这个人物来发泄焦虑，使这部小说体现了他的存在主义哲学观念，即着重表现世界和人生的荒诞。小说出版时正值大战的前夜，因而在客观上写出了许多人的苦闷和彷徨，从而使萨特声誉鹊起，被评论界誉为法国的卡夫卡。

加洛蒂可谓一语中的："萨特的第一部小说《恶心》，是以否定和荒诞的哲学为起点，反对肯定论和价值论的古典哲学。这部小说是一份真正的哲学宣言。小说的主题是：一旦我失去了目的，世界便没有任何意义可言了。"②人既然没有了目的，就用不着为了达到目的而采取任何手段，因此包括词语在内的一切事物也就不再有意义，而是像人一样只是毫无理由的存在。

《恶心》在一定程度上就是萨特的哲学著作《存在与虚无》的图解。萨特认为从纯文学的观点来看，《恶心》是他写得最好的书。从艺术上来说，《恶心》确实摆脱了法国传统小说的模式，它没有讲述引人入胜的故事，而是展现了世界的荒谬的存在。所以它与其说是小说，不如说是一种哲理性的陈述。正如加缪在评论《恶心》时指出的那样："它不像是小说，倒更像是一席滔滔不绝的独白。一个人对自己的一生进行评判，并以此来对自己做出评价。"③

① 波伏瓦：《一个良家少女的回忆》，陈筱卿译，载李清安、金德全选编《西蒙娜·德·波伏瓦研究》，中国社会科学出版社，1992年，第454页。

② 罗杰·加洛蒂：《萨特的戏剧与小说是我们时代的见证》，徐家顺译，载柳鸣九编选《萨特研究》，中国社会科学出版社，1981年，第330页。

③ 同上，第303页。

2.《墙》

短篇小说集《墙》(1939)包括五个短篇,其中《墙》在1937年由《新法兰西评论》发表,受到纪德的好评。小说集于1939年2月出版,1940年4月获民众主义小说奖,萨特当时在南锡兵营服役,特地赶到巴黎去接受了这项民间的荣誉。

《墙》写的是西班牙内战期间,三个人在即将被佛朗哥分子枪决之前的感受。帕勃洛·伊比埃塔是共和党人,汤姆是国际纵队成员,儒昂只是一个孩子。佛朗哥分子迫使帕勃洛说出他的朋友格里斯的下落,他虽然知道格里斯躲在表兄家里,但不愿出卖朋友,于是三个人都被判处死刑。夜里有个比利时医生来到牢房里,观察他们的精神状态和身体反应。小儒昂非常害怕死亡,汤姆强作镇定地嘟囔着枪毙时的情景,帕勃洛则万念俱灰,连遗言也不肯留下。

天亮之后,佛朗哥分子先枪毙了汤姆和儒昂,然后继续审讯帕勃洛。他认为格里斯比自己重要得多,所以拒不招认,审讯官宣布他只能再考虑一刻钟,然后就要被处死。为了嘲弄敌人,他故意说格里斯藏在墓地里。不料事有凑巧,格里斯恰恰为了避免连累他人而已经躲进了墓地,结果被审讯后赶来的敌人抓住了,帕勃洛因此没有被枪决,他在得知真相后真是欲哭无泪,说不出是什么滋味。

小说用的是第一人称,通过帕勃洛的眼光和心理活动来描绘他们临刑前的情景,反映了三个人面对死亡的不同态度。其实面对死亡,人在生理上的反应是大同小异的,小儒昂固然怕得要命,汤姆也吓得尿了裤子,就连坚强的帕勃洛在听到枪毙他们的枪声时,也禁不住发抖。他们的区别在于即使都要死去,也可以做出不同的选择,即英勇就义还是被可怜地处死。但是人的选择也有偶然性,帕勃洛就是不由自主地成了出卖朋友的叛徒。

《卧室》的女主人公夏娃嫁给了精神病患者皮埃尔,整天守着丈夫闭门不出,连窗户也不打开。她的父母得知皮埃尔三年后会精神错乱,尽力劝她把丈夫送进精神病院,但她拒不同意。夏娃企图了解丈夫的思想,可是皮埃尔的幻觉越来越严重,最后使她也受到了感染。她终于明白丈夫的那个世界是虚妄的。为了防止产生无法弥补的恶果,她决心在他变成痴呆之前把他杀死,也不把他送到精神病院里去。

《厄罗斯忒拉特》这个名字本来是指古希腊的一个无赖,他为了千古留名而放火烧毁了狄安娜神庙。小说的主人公是一个无名青年,是一个崇拜厄罗斯忒拉特的心理变态者。他对人类怀着极大的仇恨,为了能够扬名后世,他竟然效仿遗臭万年的厄罗斯忒拉特,跑到大街上去向行人胡乱开枪,结果被人抓住。

《床笫秘事》写吕吕的丈夫亨利有生理缺陷,她的女友丽蕾特劝她离开亨利去和皮埃尔同居。她优柔寡断、犹豫不决,无法做出明确的选择。她的弟弟被亨利打了一个耳光,她一气之下离家出走。最后经过反复的思想斗争,还是回到了丈夫的身边,但是要求丈夫给予她更多的自由。

《一个企业主的童年》的主人公吕西安出生在一个企业主的家庭里，从小受到家人和亲友的宠爱。他天性慵懒，精神空虚，结果被一个有同性恋癖好的超现实主义者玩弄，接着又做了一个风尘女子的情夫，自己也成了一个无耻的反犹太主义者，指望有一天能因此而出名。最后他盼望父亲早点死去以继承家业。小说通过吕西安的一生，描写了他在资产阶级家庭和资本主义社会的环境里，逐渐变成一个伪善的资产者的过程。

萨特在介绍这些小说时说过，帕勃洛虽然不怕死，但是结局却弄巧成拙，使自己成了出卖战友的叛徒；夏娃的丈夫已经不可救药了，她的愿望再好也无济于事；厄罗斯忒拉特的胡思乱想并未实现，他不但没有扬名，反而被抓了起来；吕吕不离开性无能的男人，其实是她自己患有性冷淡症，所以她关于家庭责任和义务的思考纯粹是自欺欺人；吕西安有时也有一些悔恨的感觉，但是在资本主义的社会环境里只能与坏人同流合污。

这些小说都是写在大战之前，着重宣扬了存在主义哲学中的荒诞和自由选择的观念。《墙》这个书名具有双重的意义：它一方面代表实在的墙，即囚禁犯人或精神病人的围墙；另一方面代表无形的墙，即人与人之间不可沟通的隔阂。萨特认为这些人物都不敢正视存在，企图逃避存在，因此他们的人生道路虽然不同，却必然会在墙上碰得头破血流。

在后来发表的《什么是文学》中，萨特曾经讽刺超现实主义者“向人群开枪射击”的简单行为：“他们显然偏爱为自己的反抗选定这种形而上的和抽象的表现方式。不过这也是不损害世界一根毫毛的表现方式。他们确实也阵发性地加上一些暴力行动，但是这些分散的表现充其量只能起到惊世骇俗的效果而已。”[①]所以厄罗斯忒拉特上街胡乱开枪，吕西安被一个超现实主义者玩弄，很可能是萨特对超现实主义的嘲弄。不过总的来说，这些小说和《恶心》一样，显示了世界和生活的荒诞，因为这些主人公都受着偶然性的制约，他们的一切思考只能是枉费心机、徒劳无益。

加缪在评论这部小说集时指出，这些人物都是死囚、疯子、色情狂、阳痿患者和同性恋者，萨特为了阐明自己的哲理，给他们安排了如此荒诞的生存状态，他把世界描绘得既紧张又悲惨，既忧郁又黯淡，这正是他的作品的特色和魅力。然而他对世界的描绘和说教，固然能使人清醒地认识荒诞，却也可能使人转向虚无。

3.《自由之路》

萨特最重要的长篇小说是三部曲《自由之路》，包括《理智之年》(1945)、《缓期执行》(1945)和《痛心疾首》(1949)。

---

① 萨特：《什么是文学》，施康强译，载《萨特文集》第 7 卷，第 232 页。

第一部写的是1938年6月13日前后48小时之内的事情。35岁的马蒂厄是巴斯德中学的哲学教师，他不爱相好七年的情妇玛赛儿，却爱着学生鲍里斯的姐姐伊维什，可是下不了进行“选择”的决心。他不想和已经怀孕的玛赛儿结婚，想让她打胎又没有钱，后来偷了歌女洛拉的钱，但玛赛儿不想打胎，并且与马蒂厄分手了。被歌女洛拉纠缠的鲍里斯不爱洛拉，而伊维什则谁也不爱。

小说通过这些人的爱情纠葛，表现了人生的荒诞和不幸，反映了大战前夕法国社会的混乱局面，人们无所适从的精神状态，以及他们对西班牙内战的冷漠态度。马蒂厄不满现状、渴望自由，甚至想到西班牙去参战，但是并不付诸行动。他羡慕老同学布吕内是共产党员，自己却不愿入党。他爱伊维什又不敢表白。总之马蒂厄精神空虚、优柔寡断，他拒绝介入，因而得不到真正意义上的自由，最终陷于十分孤立的境地。

第二部《缓期执行》写慕尼黑协议签订前夜的社会动荡和人们的焦虑，描写了英国首相张伯伦(1937—1940)、法国总理达拉第(1884—1970)和希特勒等历史人物。战争就是世界荒诞的证据，而战争是不可避免的，人类是注定要打仗的。这时候人们不再在个人的小天地里追求抽象的自由，而是全部被卷入了枪林弹雨的现实生活。但与此同时，人们还是抱着侥幸的心理，指望法国能避免战火。马蒂厄虽然应征入伍上了前线，却不知道为什么要打仗，认为战争与和平反正是一样的。英国和法国向希特勒让步，签订了慕尼黑协定，居然受到了人们的欢迎，其实这个协议只能延缓而不可能消除战争。

第三部《痛心疾首》写战争爆发后的1940年夏天，法国军队一触即溃，大败而逃。马蒂厄觉得自己从来都一事无成，没有理由再活下去，于是参加了敢死队。6月18日早晨，德军侵入他们所在的村庄，最后只剩下他一个人在钟楼上坚守。他射击的每一颗子弹，都是对从前由于顾虑而没有做成的事情的报复，以此来补偿他过去的犹豫怯懦和苟且偷生:他死守了规定的15分钟，才倒在血泊之中。这种向过去、向世界的射击虽然荒谬，但他终于通过选择和行动获得了自己的自由，从而成了一位存在主义的英雄。共产党员布吕内被俘后押送到德国，他在战俘中组织了抵抗活动。

萨特本来还要写作第四部《最后的机会》，让马蒂厄找到自己的归宿，能够自由地介入他认为有意义的事业，然而这个计划未能实现，只是留下了一些片段，实际上他在写完前三部之后就放弃了小说创作。小说未能完成有两个原因:首先是他的存在主义学说本身的矛盾，因为任何“自由选择”都不是个人的成果，而是由社会的内部矛盾事先决定的，个人只是这种选择的承担者，所以马蒂厄的命运脱离不了社会的制约。二是在战后的冷战形势下，萨特本人的处境进退两难，还在走介于左翼和右翼之间的第三条道路，因此无法安排马蒂厄的命运。布吕内是以尼赞为原型而塑造的人物，尼赞受到法共的批判，布吕内这个人物自然也就写不下去了。

萨特的小说具有存在主义的独特风格。它们不像超现实主义小说那样云山雾罩，不像新小说那样描绘烦琐，也不像侦探小说那样追求惊险和出人意料。它们刻画的只是迫使人不得不做出种种选择的困境，描绘的是他们在做出选择之前内心的冲突和矛盾，所以被称为“处境小说”。由于它们描写的都是当时的社会现实，因而能引起同时代人的共鸣，在当时产生了很大的影响。

萨特只有《恶心》和《自由之路》这两部长篇小说，但是它们足以反映他在战争爆发前后的思想变化。《恶心》的主人公逃避历史，寻找一种抽象的自由。而《自由之路》的人物则逐渐参与历史，追求的是与历史责任联系在一起的自由，战争的考验使他从相信个人的绝对自由转变为投入现实的斗争，从对世界和人生的冷漠转变为对法国和世界大事的积极介入，从创造个人存在的价值转变为对于国家和民族的巨大责任心。主人公马蒂厄是当时法国知识分子的典型，他的思想和行为充满了矛盾。他从犹豫观望到勇敢战斗的转变过程，反映了萨特本人的思想历程，同时也是法国知识阶层向往自由、进行积极的自我选择的过程。

第三节　西蒙娜·德·波伏瓦

萨特在准备哲学教师资格考试的时候，有个参加考试的女同学不但长得漂亮，而且同他有着共同的兴趣和爱好，她就是萨特的终身伴侣西蒙娜·德·波伏瓦。

一　波伏瓦的生平和作品

西蒙娜·德·波伏瓦（1908—1986）生于巴黎，父亲是一个学识渊博、思想保守的律师，母亲信仰基督教。她似乎应该是一个循规蹈矩的良家少女，却从小就生成了一副从不妥协的叛逆性格，是一个不信上帝的无神论者。她聪明好学，喜欢读书，七八岁就练习写作，一向成绩优异，19岁就获得了巴黎大学的哲学学士学位。

1929年，她在哲学教师资格考试中获得了第二名，考试后与获得第一名的萨特结为终身伴侣，萨特的第一部小说《恶心》就是题献给她的。她庆幸自己找到了一位理想的老师和密友，感到和他在一起永远可以分享一切，但是他们的结合与众不同。萨特不喜欢一夫一妻制，不想年纪轻轻就把自己的一生束缚在一个女人身上。波伏瓦的想法与他不谋而合：他们之间的爱情是必不可少的，但是他们也想体验一下其他偶然的爱情，于是订了一个为期两年的契约。他们将永远情投意合，不惜一切代价维护这种亲密的关系，但同时保证各自在生活、感情和性的方面享有充分的自由，条件是什么都告诉对方，永远不隐瞒和撒谎。他们就这样按照相互的约定度过了既是甚于友人的伴侣，又不是夫妻的一生，在文坛上被传为佳话。

20 世纪 30 年代，波伏瓦在马赛、卢昂和巴黎等地的中学里教哲学，假期里和萨特一起到国外去游历。萨特在勒阿弗尔中学里写作的时候时常产生幻觉，看到的都是奇形怪状和吓人的东西，例如秃鹫、骷髅、鬼脸和章鱼，由于焦虑而疲惫不堪。他担心自己会发狂，就来到卢昂治疗，由波伏瓦照料他。波伏瓦要上课的时候，就让和她极其亲密的女学生奥尔嘉·科萨基埃维茨去护理他。

他们不久就形成了一个“三人小团体”，但是奥尔嘉虽然年轻漂亮却脾气不好，经常吵嘴怄气，最终使得三个人全都非常烦恼，无法维持下去了。这时 19 岁的雅克·波斯特成了萨特的学生，他为人随和、风度翩翩，和奥尔嘉的关系很快就变得非常密切。后来波伏瓦也爱上了波斯特，这个“三人小团体”自然就彻底解体了。萨特曾以奥尔嘉为原型，在《理智之年》和《缓期执行》里塑造了伊维什这个人物形象。

萨特和波伏瓦不久与女学生比安卡组成了新的“三人小团体”，比安卡·朗布兰是犹太人，是随父母从波兰逃到巴黎来的。她在 17 岁上中学的时候，与哲学教师波伏瓦相爱，不久又被萨特所征服，于是他们三人组成了第二个“三人小团体”。但是大战爆发以后，萨特与波伏瓦断绝了和她的关系。比安卡在晚年出版了《一个被勾引的姑娘的回忆》，揭露萨特和波伏瓦对她的玩弄和欺骗，造成了很大的影响。由此可见，萨特和波伏瓦的爱情协议只能是一个特例，是不能适用于其他人的。

在第一部小说《女宾》(1943)获得成功之后，波伏瓦放弃教职专门从事写作，和萨特一起参加了抵抗运动。法国解放以后，他们积极投身国内外的政治活动，出访了许多国家，而波伏瓦则对女权主义运动做出了特别重要的贡献。

波伏瓦的作品主要是小说，唯一的剧本是《白吃饭的嘴巴》(1945)。剧情的背景是 14 世纪的意大利，沃塞尔城的居民为了争取独立杀死了勃艮第公爵的大法官，结果被勃艮第公爵的军队围困和封锁，陷入了弹尽粮绝的境地。全城人民面临着严峻的选择：要么牺牲一半人，也就是让老弱妇孺饿死，以便节省粮食让男人坚守下去，等待法国国王的救兵；要么集体冒死突围，让部队与人民共存亡。

市长认识到他的选择不仅要对自己负责，也要对全体人民负责，他终于顺从民意，选择了集体突围以求生存的道路。这种在关键时刻不得不做出重大选择的题材，体现了主张自由选择的存在主义哲学观念。由于场景转换的时间太长，对白也不生动，剧本上演后没有获得成功，这是波伏瓦以后不再创作戏剧的原因。

1947 年 1 月，波伏瓦单独出访美国，回国后发表了《得过且过的美国》(即中译本《波伏瓦美国纪行》)。她的《自序》只有寥寥数语，因为这本书没有任何确定的宗旨，只是她在四个月的访美期间对所见所闻的忠实记录，主要是谈她对美国的印象。从纽约、华盛顿、旧金山到洛杉矶，从美国式的自由、种族歧视到两性关系，从摩天大楼、尼加拉瀑布、大峡谷到沙漠，从好莱坞到赌场、监狱和死囚。波伏瓦全面客观地描写了当时美国社会的各个方面，甚至还有她亲自抽大麻的场面。这本书实际上是一幅描写客观、见解独特的导游图，读者甚至可以按照书的内容在地图上标出她的行程，因此对了解美国的政治、地理和习俗都大有裨益。在《得过且过的美国》中，已经可以看出波伏瓦对两性关系和男女平等问题的关心。其时，波伏瓦结识了日后相爱多年的美国作家艾格林。

波伏瓦影响最大的著作是《第二性》(1949)，这是一部长达 1000 多页、全面分析妇女问题的论著。女权运动在 20 世纪 50 年代尚未出现，所以波伏瓦本来只是想客观地研究妇女的现状。她从“主体”与“他人”等存在主义哲学的基本概念出发，论述了妇女附属于男人、被男人所压迫的命运。她从理论上证明了男女两性的不平等，对于与文化压迫相联系的法律、宗教、习俗和传统，对于结婚、离婚、流产、卖淫、性平等、无痛分娩、生活自由等问题都提出了质疑。

在写作过程中，随着研究的深入，波伏瓦逐渐成了一个女权主义者。她批判了千百年来对妇女形成的种种偏见和陈规陋习，认为妇女本来是独立的，后来在爱情和婚姻中逐渐丧失了自我，变成了被动的客体，由此提出了“女人不是天生的，而是变成的”这个著名的命题。波伏瓦号召妇女通过行动来解放自己，重新获得与男人一样的主体地位，正符合了即将兴起的女权运动的需要，因此《第二性》出版后大为畅销，很快被译成了近 20 种语言。

《第二性》也不可避免地受到了广泛的抨击，甚至连法共和左派都对这部著作横加指责。但是半个世纪以来妇女运动的历史，充分证明了这部论著的重要意义。也正因为如此，它不仅奠定了波伏瓦在法国思想界的地位，而且使她成了国际女权主义运动的领袖人物。

1955 年 9 月，她和萨特一起访问了中国。她漫步在北京、上海和沈阳的街头，亲眼看到了新中国的巨大进步，尤其是中国众多的人口，使她对远东、印度、非洲、拉丁美洲的人的观念有了新的看法。她回国后发表的长篇纪实报道《长征——中国随笔》(1957)，详尽地回顾了中国的悠久历史和古典文化，客观地分析了中国的古老文明与现代革命的关系，把旧中国的悲惨状况与新中国的现实做了鲜明的对比，高度赞扬了中国革命的胜利和社会主义建设的成就，生动地反映了中华人民共和国成立初期中国人民朝气蓬勃的精神面貌，充分表现了对中国人民诚挚友好的感情。同时也善意地指出了她所觉察到的错误，例如对镇压所谓的胡风集团表示异议。

波伏瓦支持阿尔及利亚的独立，在声援反战青年的《121 人宣言》上签名。她和萨特一起访问革命后的古巴，到巴西去进行宣传。在 1968 年的“五月风暴”

中，她支持学生运动，在政治上保持着激进的态度，担任妇女解放组织的领导职务，亲自参加女权主义的示威游行。萨特去世之后，她接替了《现代》杂志的领导工作。

波伏瓦写了五部回忆录，详细地记录了她的生活和思想的历程。《一个良家少女的回忆》(1958)从童年时代写起，记述了幼年的生活，少女时期与父母的陈旧观念的对立，对去世的女友“扎扎”的怀念。接着从大学时代写到哲学教师资格考试，回忆了她与同学们的交往，以及和萨特结为终身伴侣的过程。《年富力强》(1960)从 1929 年写到 1944 年，回顾了她步入社会和人生的过程，叙述了她和萨特的相处，他们对婚姻和爱情的一致看法，他们和奥尔嘉形成的第一个“三人小团体”，她的小说创作，以及大战前夕法国知识分子的精神状态。《时势使然》(1963)记叙了战后包括萨特、加缪等知识分子在内的法国思想界的动向，《现代》杂志的创办，存在主义哲学的影响，她和萨特对苏联和中国的访问，以及他们成名后的处境，直到阿尔及利亚战争结束。《了结一切》(1972)叙述了萨特拒绝诺贝尔文学奖的经过，她与文学的关系，她的小说，她参加妇女解放运动的情况，她对女权主义的见解，以及对于死亡和年龄的思考。《告别的仪式》(1981)写萨特晚年的政治活动，以及患病住院直至去世和举行葬礼的过程。

在萨特和波伏瓦先后去世之后，他们的私生活逐渐被公之于众，并且引起非议而成为众矢之的。萨特被描绘成一个玩弄女性的好色之徒，而波伏瓦则是替他拉皮条的帮凶。在现实生活中，无数人因为模仿他们而付出了惨重的代价。这些指责并非空穴来风，例如随着萨特的完全失明和日益衰弱，他的秘书维克多和养女阿尔莱特加剧了对波伏瓦的排挤。由此可见，完全没有嫉妒的爱情是不可能存在的。

萨特和波伏瓦在一生中分别有过许多爱情和艳遇，但是任何时候都没有抛弃对方，他们在爱情和事业方面都相辅相成、珠联璧合，永远保持着深厚的情谊。这种亲密主要是精神上和思想上的一致。他们都能充分理解对方的喜怒哀乐，在思想、事业和生活方面相互默契，是心有灵犀一点通的知音。所以波伏瓦于 1986 年 4 月去世之后，与萨特合葬在蒙巴纳斯公墓里，简朴的墓碑上只刻着他们的姓名和生卒年份。这是他们必然的归宿，因为他们尽管不是夫妻，但在人们的心目中却已经融为一体了。

二 波伏瓦的小说

波伏瓦的小说主要有以下几部。

《女宾》的女主人公是个名为弗朗索瓦兹的女作家，她与导演皮埃尔·拉布鲁斯同居，同时与一个比她小 10 岁的女学生格萨维埃尔保持着亲密的关系。拉布鲁斯对格萨维埃尔也有好感，于是把她接来，三个人在一起生活。格萨维埃尔性格变态、喜怒无常，不能与他们和睦相处，甚至为了摆脱这种尴尬局面，故意投入年轻演员热尔贝的怀抱，引起弗朗索瓦兹的嫉妒，尽管她仍然爱着拉布鲁斯。1939 年大战爆发后，拉布鲁斯上了前线，弗朗索瓦兹与热尔贝相爱了。她虽然获得了爱情上的胜利，却无法忍受格萨维埃尔的存在，最后两个女人大吵一场，弗朗索瓦兹一怒之下，在杀死了格萨维埃尔之后自杀身亡。

波伏瓦把格萨维埃尔写成一个非理性的人，逼得理性的弗朗索瓦兹采取了极端的手段。这个故事除了自杀的结局不同之外，实际上就是波伏瓦本人的经历。拉布鲁斯就是萨特，弗朗索瓦兹就是波伏瓦，热尔贝就是波斯特，而格萨维埃尔就是奥尔嘉·科萨基埃维茨。波伏瓦写这部小说，目的是宣扬存在主义哲学，即人与人之间的关系不可能沟通，要想获得自由就必须进行正确的选择。同时她似乎想要证明，这种“三人小团体”式的自由爱情是不可能成功的。

《他人的血》(1944)讲述的是 20 世纪 30 年代的工人运动和战争爆发后的抵抗运动，在《女宾》发表时已经完成，但是直到战争结束后才出版。主人公名叫布罗马，他与自己的资产阶级家庭决裂，加入共产党投身革命。在与警察的冲突中，他把枪给了雅克，雅克却被警察打死了。布罗马认为是使他人流了血，所以退出了共产党，只从事为工人谋利益的工会工作，这时朋友保尔的未婚妻爱伦娜爱上了他。

德国法西斯侵入了法国，布罗马入伍后到前线去作战，因为不能只流他人的血。爱伦娜设法把他调回巴黎，使他大为不满，两人因而分手。后来布罗马负伤退役，建立地下组织，袭击盖世太保，结果使得人质被打死了。他发现凡是要做的事情都必须以他人的鲜血为代价，因此曾犹豫彷徨，但是他最终认识到个人利益必须符合社会和民族的利益，所以还是做出了正确的选择。

爱伦娜本来只想浑浑噩噩地活下去，曾经想接受一个德国企业家的邀请到柏林就业，甚至与一个德国军官有了关系，然而血淋淋的事实终于使她觉醒过来，她做出了正确的选择，最后也参加了斗争，单独到集中营去把保尔救出来，自己却因胸口中弹而牺牲，就在这时布罗马真正爱上了她。

小说阐发了存在主义哲学的基本观念，即无论是国家还是个人，都在随时随地进行选择，做自己决定的事情，同时也充分肯定了人们所做的正义选择，展现了法国人民抵抗法西斯侵略的业绩。与萨特的《自由之路》和加缪的《鼠疫》一样，《他人的血》探讨的是个人经历与社会现实的关系，也是一部宣扬存在主义哲学，赞扬人在战争的考验中做出正确选择的小说。

《人总是要死的》(1947)写女演员雷吉娜成名后害怕死亡，羡慕长生不老的福斯卡，于是与男友分手，和福斯卡共同生活。福斯卡却用自己几个世纪以来的经历证明，人正是因为要死去才是幸福的。他出生于 13 世纪，服用了一瓶长生不老药，可是他血战和漂泊了多少世纪，发现他的不死给人类和自己带来的只是痛苦，从而揭穿了“长生不老”对人类的诱惑，最终他离开雷吉娜不知所终。她终于明白人总有一死，期望的东西应该到生活中去寻找，这也正是波伏瓦要表达的人生观。

题献给美国小说家尼尔森·艾格林（1909—1981）的《一代名流》（1954）获龚古尔奖，是波伏瓦最重要的长篇小说，描写了法国左翼知识分子在冷战时期的精神危机。法国解放之后，他们有的关心政治，有的闭门创作，有的激进，有的右倾，有的成为恐怖分子。他们的“左派运动”在国内受到左派与右派的夹击，在国际上又夹在苏联与美国之间，终于因内部分裂而解体。

小说表现了在冷战的形势下知识分子们所做的艰难选择，其中穿插着大量男女之间的感情纠葛，实际上都是萨特和波伏瓦的经历。女主人公安娜嫁给了比她大 20 岁的左翼知识分子罗贝尔，她在精神上依恋他，但是在情欲方面却得不到满足，因此在访问美国的时候与芝加哥作家刘易斯坠入了爱河，其实就是波伏瓦与艾格林的爱情的写照。不过小说并非完全是自传性质的作品，而是作者对人物和事件进行艺术加工的结果，因而更加生动地反映了战后的社会现实。

第四节　加　缪

存在主义文学不是一个自觉的文学流派，也不是一个实在的文学团体，而是人们给萨特、加缪和波伏瓦贴上的一个标签。1942 年，马塞尔首先把萨特的文学创作称为“存在主义”，萨特虽然起初拒绝这个名称，但是后来人们硬把这个标签贴在他的身上，他也就接受了，而且成了这个流派的领袖。然而加缪却始终否认自己是存在主义者，自认为是一个不属于任何派别的作家。

一　加缪的生平和作品

阿尔贝·加缪（1913—1960）的祖上在阿尔萨斯，是被法国政府移民到阿尔及利亚的。他的父亲在孤儿院里长大，后来当了一个管理酒窖的农业工人。母亲原籍西班牙，漂泊到非洲做了女佣。加缪是他们的次子，1913 年生于阿尔及利亚的蒙多维。父亲在大战爆发后应征入伍，不久就在马恩河战役中身负重伤死去。母亲因深受刺激几乎失聪，她带着加缪兄弟俩和他们的外祖母，在阿尔及尔的贫民区里艰难度日。战后两年，加缪兄弟被确认为战争孤儿，应由国家抚养，才得以上学读书。

加缪在小学里学习勤奋，成绩优秀，靠着奖学金读完中学，但不幸染上了肺结核，终身都在与病魔进行斗争。他从上中学开始就打工挣钱，生活的贫困很早就使他懂得关注社会现实，去做有益于穷人的事情。加缪在 1933 年进入阿尔及尔大学，攻读哲学和古典文学。1934 年，他曾与一个时髦女郎结婚，巧的是女郎的名字和萨特的伴侣一样，也叫西蒙娜，不过这个西蒙娜已经吸毒成瘾，加缪尽力挽救她也无济于事，一年多后只好分手。

1935 年，法国左翼力量成立了人民阵线，著名作家马尔罗和纪德等都积极投入了这场关系人类命运的斗争。加缪也在秋天加入了法国共产党阿尔及尔支部，他积极从事戏剧活动，先后组织过“劳工剧团”和“队友剧团”，到各地为劳动者免费演出。

加缪从 1937 年开始创作，发表了散文集《反与正》(1937)和《婚礼集》(1939)。他曾把马尔罗的小说《可鄙的时代》改编成剧本，上演后获得极大的成功。但是他与穆斯林作家和伊斯兰宗教领袖来往，对党在阿尔及利亚的政策有不同看法，因而于 1937 年 11 月被开除出党。

大学毕业后，加缪因健康不合格未能参加教师资格考试。1938 年，他经人介绍，担任进步的《阿尔及尔共和报》的记者，到阿尔及利亚北部山区卡比利进行调查。当地美丽的风光和少数民族极端贫困的生活，使他的思想得到了升华：“对我来说，贫困从来不是一种不幸：光明在那里散播着瑰宝。连我的反叛也被照耀得光辉灿烂。我想我可以理直气壮地指出，这反叛几乎始终是为了大家而进行的，是为了使大家的生活能够升向光明。”[①]

1939 年该报改为《共和晚报》，加缪任主编。1940 年 1 月，《共和晚报》被查封，他于 3 月份来到法国，任《巴黎晚报》编辑部秘书，因不满该报的投降路线，他于 1941 年 1 月回到阿尔及利亚的奥兰市，参加了抵抗运动组织“北方解放运动”，主持地下的《战斗报》的出版工作。1942 年，他因肺病复发赴法国疗养，由于盟军在阿尔及利亚登陆而滞留法国，在此期间发表了第一部小说《局外人》，受到广泛的好评，同年又发表了哲学随笔《西西弗神话》。

1943 年 4 月，加缪结识了萨特和波伏瓦，在哲学和戏剧等方面的共同爱好，使他们立即成了亲密的朋友。当时萨特正在创作独幕剧《隔离审讯》，就准备由加缪担任导演和扮演男主角加尔森，萨特和波伏瓦的学生奥尔嘉及其妹妹旺达分别扮演两个女主角。后来加缪虽然未能主演该剧，但是他们交往密切，在戏剧方面互相切磋，还经常在一起聚会狂欢，结下了深厚的友谊。

1944 年，加缪发表了剧本《卡里古拉》和《误会》，1945 年获得抵抗运动勋章。他于 1947 年退出《战斗报》，不久出版了小说《鼠疫》，获得极大的成功，接着又发表了剧本《戒严》(1948)和《正义者》(1949)。他的剧作着重体现了存在主义哲学中的荒诞和反抗等基本观念，例如：《卡里古拉》写暴君卡里古拉实行荒诞的统治，随意杀人，想改变世界的秩序，因为如果自由有限制的话，他的权力还有什么

---

① 加缪：《〈反与正〉作者序》，丁世中译，载柳鸣九，沈志明主编《加缪全集》第 3 卷，第 4 页。

用呢？但是面对一个充斥着尸体的帝国，他也会明白“杀人不是办法”，他的自由“不是正确的自由”。《正义者》是关于刺杀大公爵的时候是否可以把他的两个无辜的侄儿一起炸死的争论，也就是目的与手段的关系，与雨果的《九三年》有异曲同工之处。

加缪认为荒诞是由人与现实世界的不和谐造成的，剧本《误会》最典型地体现了这一点。主人公在外面发了财回到家乡，要把母亲和妹妹接到富裕的海边去。为了给她们一个惊喜，他故意不露声色地住进了母女俩开的旅店。不料渴望去海边生活的母女俩为了筹集路费而见财起意，在夜里杀死了他，更为可怕的是她们竟然毫无悔恨之意。这就说明人人都在希望获得幸福，由于事实永远无法与希望一致，理想总是要落空的。这种误会不仅显示了剧情的荒诞，而且成了日常生活的一种象征。

1951 年，加缪发表论著《反抗者》，受到了左翼集团的猛烈抨击，导致了他与萨特的论战和决裂。此后他只出版了小说《堕落》(1956)和短篇小说集《流放与王国》(1957)。他于 1957 年获得诺贝尔文学奖，当时年仅 44 岁，是颁奖以来最年轻的获奖者，引起了文学界的轰动。但是除了马尔罗曾向他表示祝贺以外，同时受到了来自左翼和右翼的抨击，他从此保持沉默，不再创作，只是改编了美国小说家福克纳(1897—1962)的《修女安魂曲》和陀思妥耶夫斯基的《群魔》。

加缪和出版商米歇尔·加里玛是老朋友，早在 1945 年就曾和加里玛全家到戛纳度假。1958 年 11 月，他在普罗旺斯农村购置住宅，准备长期住在乡下。1959 年底，他邀请加里玛全家到乡村过元旦。1960 年 1 月 4 日，他乘坐加里玛的汽车返回巴黎，途中遇车祸去世，驾车的加里玛也在几天后不治身亡。加缪一生研究荒诞，最终却以最荒诞的形式结束了自己的生命，不禁令人感叹命运的荒诞。

二　加缪的小说

加缪最有代表性的小说是《局外人》和《鼠疫》。

《局外人》的主人公莫尔索是阿尔及尔一家法国公司的职员。他接到母亲去世的电报后，到养老院去平静地参加了她的葬礼。然后由于天气炎热而去海湾游泳，遇见过去的女同事玛丽，他们去看了一场喜剧片，一起共度良宵。邻居雷蒙被自己情妇的弟弟打了一顿，他也打了情妇一顿，结果闹到警察局。雷蒙要莫尔索去做证人，他同意了。玛丽想和他结婚，他觉得一定要结婚也可以，因为他对一切都抱着无所谓的态度。

有一天，雷蒙邀请他和玛丽去玩，在海滩上碰到了一伙由雷蒙情妇的弟弟纠集来寻衅的阿拉伯人。雷蒙被打伤，莫尔索在令人眩晕的强烈阳光下，用雷蒙给他的手枪打死了一个阿拉伯人，结果被捕入狱。法官们根据他在埋葬母亲时没有流泪，而且去寻欢作乐等事实，认定他没有人性，是一个预谋杀人的罪人，一个与社会格格不入的人。莫尔索拒绝说谎、拒绝悔过，也不愿见指导神甫，因为既然要死，怎么死和什么时候死也就无所谓了。他只希望在行刑的那天有许多观众用仇恨的喊声来迎接他，这样他就不会感到孤独了。

莫尔索是一个普通的职员，在单调枯燥的日常生活里，他按照本能的需要生活，对一切都抱着无所谓的态度，看起来麻木不仁，实际上却是个正面人物。他一向与世无争、实话实说，与女友和邻居都保持着良好的关系，无害于社会和他人。当神甫要他努力从牢房的墙壁上看出上帝的神圣面孔时，他坦然承认已经看了好几个月，不过他想看到的是“一张充满了阳光色彩与欲望光焰的面孔，那就是玛丽的面孔”，这本来是热爱生活的表现，无可厚非，可是这样的人却为世俗观念所不容，最终被社会置于死地。

直到临刑的前夜，莫尔索向神甫发泄出满腔的怒火，才表明他并非浑浑噩噩：

> 现在面对着这个充满了星光与默示的夜，第一次向这个冷漠的世界敞开了我的心扉。我体验到这个世界如此像我，如此友爱融洽，觉得自己过去曾经是幸福的，现在仍然是幸福的。[①]

莫尔索并非不珍惜自己的生命，而是懂得在荒诞的生活中，连未来的岁月都吹过来一种阴暗的气息，使得现在的一切都不那么重要了。面对荒诞的命运，为了鸡毛蒜皮的事情吵吵嚷嚷有什么意义呢？他对什么都无所谓，实在是大智若愚的表现，是看破红尘后淡化七情六欲的结果。与沉迷于争权夺利的芸芸众生相比，他对世界的认识倒显得格外清醒，所以他相信自己掌握着真理。

莫尔索拒不接受社会强加于他的价值观念，因此被社会的统治力量视为异己。面对社会的不公正，他没有大声疾呼，然而他的沉默却正是对社会的蔑视和反抗：一切传统价值都在他的沉默面前崩溃了，读者从他身上认识到了世界的异化和人生的荒诞。加缪随后发表的《西西弗神话》，副标题就是《论荒诞》。这是一篇关于荒诞的论文，西西弗的神话只是其中的最后一小段，但可以被看成是对《局外人》的诠释。

加缪在论文中指出，现代人的生活单调之极：“起床，有轨电车，四小时办公或工厂打工，吃饭，有轨电车，又是四小时工作，吃饭，睡觉；星期一、星期二、星期三、星期四、星期五、星期六，同一个节奏，顺着此道走下去……”[②]直到有一天产

---

① 加缪：《局外人》，柳鸣九译，载《加缪全集》第 1 卷，第 62 页。

② 加缪：《西西弗神话》，沈志明译，载《加缪全集》第 4 卷，第 75 页。

生了“为什么”的疑问，荒诞感也就随之产生了。西西弗认识到自己命运的荒诞，用无休止的努力默默地进行反抗，用成功的希望支持着自己，在痛苦之中成为荒诞的英雄。而现在的工人天天从事同样的劳动，实际上也是同样荒诞。

正如萨特笔下的罗冈丹对存在感到恶心，而通常人们对此却毫无感觉一样，工人们当然不可能像加缪那样怀疑自身的生存状态。加缪的目的正是要通过这个神话，来启示现代人的荒诞意识，使人们接受他的哲理思考。《局外人》使人感觉到荒诞，《西西弗神话》则通过西西弗的推巨石上山，从对荒诞的意识发展到了对荒诞的反抗。

萨特早就被《局外人》吸引，后来写过题为《〈局外人〉的诠释》的著名评论，正确地指出：“《局外人》不是一本提供解释的书，因为荒诞的人不做解释，他只是描写。这也不是一本提供证明的书。加缪先生仅做提示，他无心去证实本质上无法证实的东西。《西西弗神话》将告诉我们应该以什么方式看待作者的这部小说。我们果真在《西西弗神话》里找到了荒诞小说的理论。”[①]

萨特揶揄了加缪在哲学方面的弱点，认为“加缪先生不无卖弄地引证雅斯贝斯、海德格尔、克尔凯郭尔，虽说他似乎并不每次都对他们理解得很透”[②]。但是他肯定了小说的风格和叙述技巧，指出加缪区分了荒诞的感觉和荒诞的概念，“我们可以说《西西弗神话》旨在提供这个概念，而《局外人》企图启发我们产生这个感觉。两部作品的发表次序似乎证实了这个假设；先发表《局外人》，不容分说把我们投入荒诞的‘氛围’；论著后出版，照亮了这片景色。荒诞即是脱节、差距。《局外人》因此是一部关于差距、脱节、置身于异域他乡之感的小说”[③]。

在《鼠疫》这部寓言式的哲理小说里，加缪的哲理有了进一步的发展。20世纪40年代，在阿尔及利亚的奥兰城里，忽然出现了许多死去的老鼠。鼠疫的流行打破了市民们平庸的日常生活。城市里死气沉沉，每天要烧掉的死鼠就有几千只之多。死去的人来不及掩埋，被匆忙地扔进大坑；城门被封锁了，人们恐惧焦虑、逃避挣扎，过着与外界隔绝的生活。

在这个危难的时刻，也有人奋起抵抗，医生里厄就挺身而出，不顾因病在外地疗养的妻子，日夜抢救病人，坚持战斗了七个多月，结果妻子病逝了。一些道德高尚的人组成了志愿防疫队，和他一样加入了斗争的行列，有的也染上鼠疫而死去。但是他们最终获得了胜利，尽管这个胜利是暂时的。小说最后的结论是：“鼠疫杆菌永远不会死绝，也不会消失，它们能在家具、衣被中存活几十年；在房间、地窖、旅行箱、手帕和废纸里耐心等待。也许有一天，或是再来上一次教训，

---

① 萨特：《〈局外人〉的诠释》，施康强译，载《萨特文集》第7卷，第61页。

② 同上，第58页。

③ 同上，第65页。

鼠疫会再度唤醒它的鼠群，让它们葬身于某座幸福的城市，使人们再罹祸患，重新吸取教训。”①

小说出版后大受欢迎，获得了批评家奖，它的进步意义是毋庸置疑的。奥兰城象征着占领时期的法国，也可以说是人类社会的缩影。“鼠疫”本身具有暗指法西斯主义的寓意，人民像囚徒一样被任意蹂躏，随时都有生命危险。面对灾难的严重威胁，人们感到恐惧和痛苦，并且做出了不同的反应：有些人逃避挣扎，有些人奋起抗争。医生里厄是加缪笔下第一个富于人道主义精神的人物，他的命运不再是个人的命运，而是集体的命运，他对病人的抢救也不再是西西弗式的个人的反抗、纯意识的反抗，而是集体的反抗、行动的反抗。

从这个意义上来说，正如萨特是从《恶心》的荒诞感转变为由《苍蝇》《隔离审讯》等剧本所体现的个人反抗一样，加缪是从《局外人》的荒诞感转变为以《鼠疫》为代表的集体反抗的。尽管小说的结尾是人类依然无法彻底战胜荒诞的命运，说明加缪仍然是在用这部杰作来表现人类处境的荒诞性，但是人毕竟战胜了鼠疫，表明他对反法西斯斗争的胜利充满了信心。

由六篇小说组成的《流放与王国》，说明人的现实生活如同流放，只有拒绝奴役他人才能获得自由。这些小说看似描绘现实，宗旨却在于表现人生的哲理。例如《不贞的妻子》并非说妻子红杏出墙，而是写她在单调生活的重压下的暂时觉醒，对陌生世界的向往，是她对丈夫的精神上的而不是肉体上的背叛。《叛教者》的副标题是《或一个精神错乱的人》，是对社会的控诉，类似于《狂人日记》。《来客》写一个小学教师违反命令，放走了一个阿拉伯犯人，而犯人却独自向监狱走去，显示出人道主义精神的感染力。

《堕落》是其中最重要的一篇，记述主人公克拉芒斯对一个顾客的谈话，从头至尾都是他的独白，其实就是自我起诉。他本来是巴黎的著名律师，一天晚上被人在背后嘲讽，使他发现了自己真实的灵魂：他做好事是为了显示自己，博得别人的赞赏，其实他是个懦夫，甚至看到别人落水也见死不救。他因此受到良心的折磨，于是离开巴黎来到荷兰，在一个酒吧里忏悔自己堕落的一面。小说揭露了同时代人普遍的伪善，显示了人的双重性，被萨特认为可能是加缪最美的、也最难理解的作品。

小说蕴含的哲理是要表明：克拉芒斯不是别人，就是小说的读者，因为我们每个人都既是罪人又是审判者，无论多么著名的人，在内心深处都有堕落的一面。《堕落》是加缪在与萨特论战之后写作的，他在剖析自己内心的同时，也是在暗示那些批判他的人并非那么高尚。由于小说“极大地表现了现代社会惶惑不安的情绪和他本人精神上的痛苦”，所以有评论家认为“《鼠疫》并不是加缪的最

① 加缪：《鼠疫》，刘方译，载《加缪全集》第 1 卷，第 242 页。

佳作品。1956年发表的《堕落》才堪称他的最高成就”。[①]

加缪在车祸中去世之后，人们在他的挎包里发现了一部小说手稿，这就是基本上已经完成的《第一人》。这部小说写主人公雅克·高麦利寻找阵亡父亲的过程和自己的童年生活，以及成为这个赤贫家族里第一个读书人的经历，实际上就是加缪的回忆录，是他对被迫离乡背井来到阿尔及利亚谋生的祖先的怀念，是对法国移民不畏艰险的勇敢精神的赞扬，是对移民后代的坎坷命运的同情。值得注意的是，其中虽然也有哲理的思考，但是语言通俗、明白易懂，具有写实和抒情的风格。不难想象，如果天假以年，他一定能为人类贡献出更多的传世之作。

加缪曾在一张纸上“列出他心爱的词：世界、痛苦、大地、母亲、人类、沙漠、荣誉、苦难、夏日、大海”[②]。这些正是他作品的关键词。尽管世界充满了苦难，但人类有大地和母亲，有夏日和大海，因而就有希望。归根结底，加缪认为人生的荒诞性虽然是永恒的和无法改变的，但是人的本性给人生带来了一线光明。人渴望美好的生活，追求自由和爱情，这就是人生的全部意义。从坚持推巨石上山的西西弗，到为了大众奋不顾身的里厄医生，都充分显示了人类对美好理想的向往。

三　萨特与加缪的分歧

萨特和加缪都是20世纪出类拔萃的哲学家、思想家、小说家、剧作家和评论家，都是诺贝尔文学奖的获得者，他们都参加过抵抗运动，进行过反对殖民主义和专制统治的正义斗争，现在同样受到人们的怀念和尊敬。然而在他们本该亲密合作的时候，却在公开论战后势不两立，令人感到无比惋惜。随着存在主义哲学思潮的衰落和他们的去世，他们之间的恩恩怨怨似乎已经被人遗忘，然而这两位伟人之间的分歧，涉及历史、社会、政治、文学乃至小说风格等各个方面，因此有必要弄清其中的来龙去脉。

萨特从小博览群书，而且是正宗的科班出身。他毕业于大师迭出的巴黎高等师范学校，接着到德国留学，师从大哲学家胡塞尔，写出了《存在与虚无》和《辨证理性批判》这样的皇皇巨著，在继承前人成果的基础上形成了自己的哲学体系。加缪出生在非洲的阿尔及尔，家境贫寒，只靠抚恤金过着极为贫困的生活。他上学以后需要打工挣钱，不幸又患了肺结核。好不容易进了阿尔及尔大学，又因健康不合格而无法参加教师资格考试。他在大学里主要学习古典哲学，毕业论文是《基督教的形而上学和新柏拉图主义》，其他哲学知识都是靠自学积累获得的。

① 米歇尔·莱蒙：《法国现代小说史》，徐知免、杨剑译，第331页。

② 《加缪生平与创作年表》，罗新璋编译，载《加缪全集》第4卷，第451页。

相比之下，萨特的哲学修养无疑要高于加缪。不过他们各有所长：萨特注重于哲学理论，强调自由和选择；加缪注重于生活实践，强调的是荒诞和反抗。萨特在写《恶心》的时候，他本人也像罗冈丹一样，对危机四伏的社会现实漠不关心。而加缪在写作《局外人》的时候，本人却正在积极地介入现实斗争。他不仅因参加过抵抗运动而获得勋章，而且在战后进行过许多支持国内外正义事业的斗争，例如抗议法国政府镇压马达加斯加岛的起义，呼吁声援希腊等国被判死刑的共产党人，资助匈牙利事件中被杀害的作家的家属等。

萨特和加缪在成名之前互不相识，然而出于对哲学的爱好，他们相互都关注对方的作品。在法国沦陷的情况下，两人有着共同的爱国情怀，曾经有过亲密的合作，还经常与波伏瓦等一起狂欢，所以萨特称加缪"是个活宝，我们在一块儿很开心……实际上他有一面是阿尔及尔的小流氓，很无赖和逗乐"[①]。

在萨特创办《现代》杂志的时候，加缪已经担任了《战斗报》的主编，由于工作太忙而没有参加杂志的编委会，但他不仅热情地请萨特为《战斗报》撰稿，而且推荐萨特作为《战斗报》的特派记者出访美国。后来加缪于 1950 年到外地养病，萨特也去看望过他，由此可见他们的感情之深。

但实际上他们对世界的看法是极为对立的。在从"二战"开始的政治风浪中，萨特和加缪总的来说都属于中间派。如果严格区分的话，萨特的立场是中间偏左，倾向于共产党和马克思主义；而加缪则出于对斯大林专制的不满，属于中间偏右，他谴责任何破坏人类幸福的行为，倾向于传统的人道主义，因此他们之间的矛盾是必然的和不可避免的。

从他们的作品中也可以看出彼此的不同：萨特是存在主义的哲学大师，他对世界的看法非常复杂，笔下的人物大多是精神病人、同性恋者或者叛徒恶棍，相互之间充满了冲突。而加缪生长在阿尔及利亚，他的作品里映照着地中海明媚的阳光，笔下的人物都是团结的。即使是推巨石上山的西西弗，内心深处也是幸福的。《局外人》中的莫尔索与《恶心》中无精打采的罗冈丹不同，他的身上充满了生命的活力。

在《评让-保尔·萨特的〈恶心〉》(1938)一文中，加缪充分肯定了萨特的才华，独具慧眼地把它与卡夫卡的作品相提并论。但是他认为萨特仅仅描绘荒诞是不够的："看到生活的荒诞，这还不能成为目的，而仅仅是个起点。这是一个真理，几乎所有的伟大思想都由此起步。令人感兴趣的不是发现(荒诞)，而是人从其中引出的结论和行动准则。"[②]这正是加缪与萨特的区别所在。萨特通过《恶

① 《七十岁自画像》，施康强译，载《萨特文集》第 7 卷，第 427—428 页。

② 加缪：《评让-保尔·萨特的〈恶心〉》，杨林译，载《文艺理论译丛》第三册，中国文联出版公司，1985 年，第 305 页。

心》体现了他的哲学观念，令人感受到生活的荒诞，而加缪认为只把生活看成一场悲剧是错误的，徒然的焦虑没有任何意义，关键在于要反抗荒诞。

萨特从不相信一成不变的人性，认为每个人的本质是要由自己的存在来决定的；而加缪信仰共同的人性，认为反抗在行动之前就有了意义，所以是本质先于存在。这种哲学上的分歧当然会引起他们的争论，不过归根结底，根本原因还是在于他们不同的政治态度。在抵抗运动时期，民族矛盾掩盖了阶级矛盾，人们无论是否同情共产党，都能和共产党站在一起，为解放祖国进行共同的斗争。但是法国解放以后，随着战争的结束和冷战时代的开始，苏联与美国的对立日益明显，萨特和加缪的关系也开始出现微妙的变化。他们的友谊出现了裂痕，而且越来越深，他们的冲突实际上反映了当时政治舞台上的风云变幻。

1951 年 10 月 18 日，加缪发表了论著《反抗者》，对从古至今形形色色的反抗进行了全面的考察，提出了一套关于反抗的理论。他把反抗分为两类：一类是“形而上的反抗”，另一类是“历史上的反抗”。

加缪认为反抗不但是否定和拒绝，而且也是肯定。反抗行动不仅能产生意识的觉醒，而且“反抗并不仅仅产生于被压迫者身上，当人们看到他人成为压迫的受害者时，也会进行反抗……这仅仅是由于有共同的命运。个人所捍卫的价值因而不仅属于他个人，这种价值是由所有的人所形成的。人在反抗时由于想到他人而超越了自己”①。它捍卫的是超出个人命运的权利，反对的是暴力、恐怖和复仇，追求的是人道主义的理想，所以它是适度的，只要求别人承认他的尊严和自由。

“形而上的反抗”源自普罗米修斯，也就是个人起来反抗他的命运和整个世界，它反抗的不是具体的剥削和压迫，而是反抗违反人的尊严和价值的生存状态。像否认和反抗上帝的萨德侯爵，鼓吹“上帝死了”的尼采，从象征派诗人洛特雷亚蒙(1846—1870)、兰波到否定一切、进行绝对反抗的超现实主义诗人等，都是这类反抗的表现。这类反抗应该有个限度，超过限度就会走向虚无主义。

“历史上的反抗”就是指一切革命，它们都奉行自由的原则，但始终伴随着恐怖和暴力，因而必然会走向专制。斯巴达克思领导的奴隶起义，是为了使自己成为主人，而让以前的主人沦为奴隶。法国大革命从处死国王走向恐怖行动，法西斯主义不配被称为革命，希特勒实行了无理的恐怖。加缪认为反抗强调人的尊严和价值，而革命则忽视人性和人的尊严，所以反抗高于革命，一切革命都是失败的，反抗者最终必然反对革命。

加缪触及了苏联的社会现实，揭露了斯大林时代的专制统治，把它与法西斯主义相提并论，他在主观上是要提倡一种新的人道主义，即反对以革命的名义来

---

① 加缪：《反抗者》，吕永真译，载《加缪全集》第 3 卷，第 159 页。

行使暴力的强权法则，反对斯大林的个人独裁，但尽管如此，由于《反抗者》是在美国和苏联的冷战时期发表的，他的观点在当时的形势下，必然会染上强烈的政治色彩。因此这篇论著在受到《世界报》等右翼报刊广泛赞扬的同时，也受到了超现实主义者的抨击，而共产党和左派力量对它更是如临大敌。

1952年5月，萨特的信徒和朋友、《现代》杂志的编辑弗朗西斯·尚松（1922—2009）在《现代》杂志发表文章，批判了加缪只谈形而上学的"纯反抗"思想，指责加缪站在右派一边，断言加缪的反抗实际上就是反对革命。加缪于是写了《致〈现代〉杂志主编的信》，萨特在8月号的《现代》杂志上刊登了加缪的信，同时也刊登了自己的《答加缪书》，由此引发了一场大论战，导致两人的彻底决裂。

大战以后，萨特处在资产阶级与共产党之间，小心翼翼地走第三条的道路。他当时越来越积极地介入政治，正在抗议法国政府进行的殖民战争，尽管也揭露过苏联的集中营，但是总的说来还是站在苏联和共产党一边。因此毫不奇怪，在他与加缪的论战中，当时法国的左翼知识界几乎全都站在他这一边。

匈牙利事件以后，萨特改变了对苏联的态度。也许是改变了立场的缘故，当加缪在1960年1月4日因车祸去世之后，萨特在1月7日就发表了感人的悼念文章：

> 我与他曾经失和、反目，即使双方永远不再见面，也算不了什么，这无非是另一种在属于我们的那个窄小的世界里一起生活的方式，并且谁都知道谁的近况。这不妨碍我想念他，感到他的目光停在他阅读的书页和报纸上，并且对我自己说："他又会说些什么？此刻他会说些什么？"……
>
> 我们一直在期待。必须期待，必须知道：不管他后来会做什么决定或者决定做什么，加缪永远是我们的文化场的主力之一，永远会以他的方式代表法国和这个世纪的历史。[①]

由此也可以看出，存在主义小说不是一个统一的流派。萨特和加缪的小说是当时政治形势下的产物，都在随着时代的发展而不断变化，因此是后人无法模仿的。正因为如此，当时虽然有许多人崇拜萨特或加缪，但是存在主义小说作为流派却只能是后继无人，这就是存在主义小说家只有萨特、加缪和波伏瓦三个人的原因。

我国从20世纪40年代起开始译介萨特的作品，在60年代初出版过一些译著，例如《存在主义简史》《存在主义哲学》和萨特的《存在与虚无》等。上海作家

---

① 《阿尔贝·加缪》，施康强译，载《萨特文集》第7卷，第347—348页。

出版社以“内部读物”的方式出版过萨特的选集《厌恶及其他》。“文革”以后，柳鸣九主编的《萨特研究》(1981)曾在思想界引起过一些争议，随后我国开始掀起译介存在主义作品的热潮。

20世纪80年代中期以后，萨特的剧作、小说和哲学著作等被大量翻译过来，有的剧作还被搬上了舞台。与此同时，各种研究存在主义哲学和存在主义文学的专著、编著也纷纷出版。1994年8月，中国法国文学研究会和西安外国语学院联合举办了专题学术讨论会，会后出版了论文集《“存在”的文学与20世纪文学中的“存在”问题》，标志着存在主义哲学思想和文学作品在我国已经到了相当普及的程度。由沈志明、艾珉主编的七卷《萨特文集》(人民文学出版社，2000年)和柳鸣九、沈志明主编的四卷《加缪全集》(河北教育出版社，2002年)，似乎可以看成是我国对存在主义文学进行译介的总结。

第二十章　新小说

第一节　新小说派的形成

社会的发展和时代的演变，必然带来思想观念的变化和创作手法的革新。两次世界大战使人们认识到了世界和人生的荒诞，表现荒诞的现代派小说便应运而生。从超现实主义小说、存在主义小说到新小说，表现荒诞的手法经过了三个阶段。

第一个阶段是达达主义和超现实主义，其特征是以荒诞的形式表现传统的主题，即用荒诞的作品来反抗异化的世界。达达主义否定传统、否定一切，甚至否定自身，其反抗精神固然彻底，但反抗的方式却只是破口大骂。超现实主义则在积极投身于“革命”的同时，企图通过自动写作法来颠覆语言，摆脱逻辑、道德、审美等方面的一切束缚，最终与传统决裂。最能表达愤怒的体裁是诗歌，所以它们的主要作品就是诗歌。然而实践证明，达达主义的大叫大嚷和超现实主义的“革命”手段都无济于事，因为当时人们无法理解这些青年诗人的好斗精神和怪异风格。

要使民众具有荒诞感，必须有哲学家的引导，而且引导的方式要得到民众的认同，这就是荒诞文学的第二个阶段：存在主义文学阶段。要表现人的荒诞处境，最形象化的艺术手段是戏剧和小说，所以存在主义哲学家都是出色的剧作家和小说家，他们就是利用这些传统的形式，使人们联想起世界和人生的荒诞。

存在主义文学使人们认识了世界的异化，而第二次世界大战和战后的冷战局面，更使人们深刻地感受到人生的荒诞，于是真正的荒诞文学便应运而生。这时候无须大喊大叫地反抗世界，也不用向人们揭示异化，只要把世界的本来面目呈现在观众和读者面前就够了。这就是荒诞文学的第三个也是最后一个阶段，即新小说和荒诞派戏剧。与前两个阶段不同，它们是用荒诞的形式来表现荒诞的主题，这就使荒诞文学达到了形式与内容统一的完美境界。

传统小说无论写什么题材，总是要叙述故事、塑造人物，反映现实、描绘世界，引起读者的喜怒哀乐等种种感情。而新小说作家则意识到了世界的荒诞，进入了娜塔丽·萨洛特所说的“怀疑的时代”。既然传统小说里的人物都是作家的传声筒，那么就应该把小说从人物中解放出来。他们要求小说家忘掉自己，甚至消灭自己，把小说变成记录纯客观世界的一张清单，这个世界“在我们的周围，事物无视我们的泛灵的或日常的形容词的围捕，存在于此。它们的表面清晰而又平滑，完整无损，不带骗人的光彩，也不透明”①。新小说不但不再以人物为中心来展开情节、叙述故事，而且抹杀了人与物的本质区别，人物被逐渐剥掉了之所以作为人的一切，变成了一种没有个性、没有感情、和物一样简单的存在，一个会说话的幽灵，所谓思想也就是气味、声音、物以及对于物的回忆等混乱感觉的总和。

新小说的出现是现代派小说发展到顶点的标志，它不仅采用颠倒时空、内心与外界重叠、现实与回忆交叉、对细节的烦琐描绘和大量的内心独白等艺术手法，对传统小说的创作方法进行了彻底的革新，而且“远离社会问题，避免对社会问题表示自己的态度、观点和见解”②，不再像萨特那样介入现实。新小说里的人物只是物，被当成物来描写，要通过物来表现。新小说里没有任何人为的痕迹，一切纯属偶然，事物没有任何特色，语言没有任何色彩，甚至成了中性的科学语言。这种对世界的所谓“纯客观”的描绘，是要把世界表现为不以人的意志为转移的永恒的荒诞。

韦科尔于1941年创立的午夜出版社虽然只有11个人，却成了这样一批青年作家尝试革新小说的试验场所。特别是在罗伯-格里耶成为它的文学部主任之后，更成了新小说派的出版阵地。

所谓新小说派主要是指20世纪50年代初崭露头角的四位作家，它的领袖和理论家是罗伯-格里耶，年纪最大和创作最早的是娜塔丽·萨洛特，还有布托尔和1985年获得诺贝尔文学奖的西蒙。贝克特也属于新小说家之列，不过他更以荒诞派剧作著称。此外还有一些追随者，如罗伯特·潘热(1919—)和索莱尔斯等。这些小说家都在午夜出版社出书，然而他们的创作道路和写作风格有着很大的差别，所以他们并不构成一个自觉的流派。

“新小说派”的名称是在1971年的一次讨论会上才正式确定下来的。通常认为新小说派反对巴尔扎克以来的传统小说，是反现实主义的。然而罗伯-格里耶并不承认这一点。他不仅指出小说从巴尔扎克以来一直在不断地变化，而且明确表示现实主义并非某些作家的专利：

> 所有的作家都认为自己是现实主义的。从来没有一个作家自称是抽象的、幻术的、幻象的、异想天开的、凭空作假的……现实主义不是一

① 罗伯-格里耶：《未来小说的道路》，载《快照集，为了一种新小说》，余中先译，湖南美术出版社，2001年，第83页。

② 柳鸣九编选：《新小说派研究》，中国社会科学出版社，1986年，第7页。

种理论，被定义得毫无歧义，能用来把某些小说家跟其他小说家对立起来；正相反，它是一面旗帜，在它的麾下，聚集起绝大多数的——假如不能说是全部的话——今日小说家。毫无疑问，在这一点上，我们必须相信他们全部。他们感兴趣的是现实的世界；他们每个人都孜孜努力地创造着现实。①

在《论小说的社会学》里，戈尔德曼指出文化创作的主体是社会集团，不是孤立的个人，并且着重分析了社会经济生活结构与小说结构之间的同源性。例如在自由竞争的资本主义社会里，小说的主人公往往是努力奋斗的个人主义者，而到了垄断机构高度发展的帝国主义时代，个人奋斗的价值日益丧失，主人公也就越来越失去其作为个人的特性，从而出现了卡夫卡式的荒诞小说。正因为如此，他才得出了与众不同的结论："如果现实主义一词的意义是创造一个其结构和产生作品的社会现实的基本结构相类似的世界的话，娜塔丽·萨洛特和罗伯-格里耶就处于当代法国文学的最彻底的现实主义作家之列。"②

尽管如此，新小说毕竟彻底破除了传统小说的规则，因而理所当然会受到现实主义作家的抨击。巴赞就直言不讳地宣称："我不喜欢新小说……我看不出新小说派对法国的小说创作有什么贡献。我始终反对新小说。因为新小说不关心社会，而社会问题正是一个小说家应该涉及的。我们写作就是为了改变社会。我反对新小说，还因为它没有任何新东西，因为它回避社会，因为它为艺术而艺术，因为它不是为了文学创新而是为了赶时髦……他们没法继续下去了，所以消亡了，读者也不喜欢。"③他的话虽然有点过火，却直截了当地说明了新小说的实质和必然衰落的命运。

新小说派的兴起不是偶然的现象。尽管新小说作家有着各自的风格，但是他们都反对传统小说家的万能，要求得到读者的合作，让读者自己去体会小说的意义，这种对传统艺术手法进行大胆改革的尝试，是与现当代文学批评的发展密切相关的。但是他们在继承意识流小说和卡夫卡荒诞小说的传统时，抛弃了其中合理的现实主义成分和清晰的哲理思想，只是把新颖的手法集中发展到了极端的程度，以至于情节过于简单，有时甚至连人物都没有，只有连篇累牍的物，这种写法是不可能成功的。物的世界与人类社会密不可分，要想用人类的语言去反映一个脱离人的主观性的纯客观世界，要在人创造的作品中去掉人的色彩，只能是一种幻想，所以新小说派的理论从根本上来说是行不通的。这就是新小说

---

① 罗伯-格里耶：《从现实主义到现实》，载《快照集，为了一种新小说》，余中先译，第 227 页。

② 戈尔德曼：《论小说的社会学》，吴岳添译，第 223 页。

③ 廖星桥：《荒诞与神奇——法国著名作家访谈录》，第 156 页。

尽管在文坛风行一时，却最终未能赢得广大读者的原因。

第二节　罗伯-格里耶

阿兰·罗伯-格里耶(1922—2008)生于法国的布雷斯特，1945 年毕业于国立农艺学院，任国立统计与经济学院特派员，1949 年离开该院，1950 年在“殖民地水果和柑橘类研究所”任农艺师，到过非洲的摩洛哥、几内亚等地区。1951 年，他由于患病被迫从安的列斯群岛返回法国，归途中在船上构思了第一部小说《橡皮》，1953 年由午夜出版社出版，由此开始了他早期小说的创作，并且与午夜出版社的社长热罗姆·兰东结下了友谊。罗伯-格里耶讨厌为挣钱写作畅销小说，而是致力于革新小说的创作手法，从而成为新小说的领军人物。

《橡皮》看起来像一部侦探小说，写的是一桩谋杀案。杜邦是某个城市里有重要影响的经济学家，一天晚上遭到恐怖分子暗杀，逃跑时受了轻伤。内政部长让他待在医院里，故意散布他已经死去的消息，实际上派密探瓦拉斯去调查这桩案件。瓦拉斯白天在街上闲逛，几次到文具店里去买一块绘图用的橡皮，晚上埋伏在杜邦家里等候凶手。杜邦不放心家里的文件，打算回来取出文件后再到内政部长家里去避难，结果当他戴着墨镜、拿着手枪，走进漆黑的房间里的时候，却阴错阳差地被瓦拉斯当成凶手打死了。

《橡皮》是一部为新小说开路的作品，其中有许多关于橡皮的描写，看来似乎是新小说注重写物的表现，其实它与后来的新小说有所区别。它描绘的往往是瓦拉斯在侦察时看到的情景，而不是纯客观的描写。小说中多次出现的橡皮，倒是含有抹去某些情节的寓意，即不再由作家安排一切，而是需要读者的参与，把不连贯的情节想象成一个完整的故事。所以《橡皮》是介于传统小说与新小说之间的作品，或者是写新小说的尝试，因此有点非驴非马，出版后没有引起注意。

1955 年 1 月，罗伯-格里耶成为午夜出版社的审读员，同年出版了《窥视者》。小说写推销员马蒂亚斯到故乡的小岛上去推销手表，奸杀了一个牧羊女，他竟然没有丝毫的恐惧或悔恨，第二天到出事地点取走了女孩被撕破的衣服和行凶的绳子，若无其事地走了。小说充斥着关于岩石、推销员的行踪和回忆等无数片段的描写，却看不出是谁在犯罪，就连牧羊女的情人看到马蒂亚斯犯罪也无动于衷，周围的人更是毫无反应。

小说出版后引起了轰动，在巴塔耶等的推荐下获得了当年的批评家奖，成为罗伯-格里耶的成名作，也是新小说的代表作。批评家们当时谈够了萨特和加缪，于是转向罗伯-格里耶，大谈他的作品如何新颖奇特和晦涩难懂，结果反而使他的小说引起了人们的注意，尽管会受到一些指责。后来兰东邀请他担任午夜出版社的文学顾问，对于他本人和新小说派的发展起到了重要的作用。

《嫉妒》(1957)是一部采用意识流技巧的典型作品。主人公是某殖民地国家里的一个香蕉种植园主，他在小说里没有姓名，只用“他”来表示。但他一直隐蔽在幕后，出场活动的只有女主人公A和邻居弗兰克。一天A搭乘弗兰克的汽车到城里去，据说车出了故障，他们只好在旅馆里过了一夜。小说里没有什么情节，只是写“他”躲在百叶窗后面窥视他们的行动，不厌其烦地记录物与物之间的距离，阴影在不同时间里的移动，反复描写同样的姿态和语言，以及一条被弗兰克捺死的蜈蚣的痕迹等微不足道的细节，使小说看起来就像一个动作的万花筒，似乎是在用尺子测量“他”在A和弗兰克走了之后的嫉妒之情。

小说的名称在法文里同时具有“百叶窗”和“嫉妒”这两种含义，罗伯-格里耶独具匠心地选择这个标题，正是为了用百叶窗来表现嫉妒的意义。对于这个题材，现实主义小说会如实叙述丈夫的嫉妒心理，以及造成嫉妒的种种因素及其后果，作者甚至会直接加以评论。但新小说的特点恰恰在于让作者完全退出小说，只是客观地描写“他”通过百叶窗所看到的事物的细微变化。他的任何难以觉察的心理活动，都是通过影子移动和蜈蚣的痕迹之类的细节表现出来的。

中文本将书名译为“嫉妒”，有学者认为并不妥当：“也许译者或出版社试图以一语道破的方式抓住小说的实质内容，并进而吊读者的胃口，岂不知这种开门见山的传统方法恰恰与新小说的美学主张相违背，罗伯-格里耶苦心营造的神秘和深奥气氛被一针见血的直白破坏了。”①有的学者更进一步认为：“《嫉妒》的文本实际就是：我们能够感受到嫉妒者的存在，至于其身份，我们不仅在小说中找不到答案，而且还找不到关于答案的任何一种暗示。既然如此，我们怎能接受嫉妒者就是丈夫这种说法呢？难道只有丈夫才能产生嫉妒之情吗？”②

《在迷宫里》(1959)写溃军中的一个逃兵，受托把一包书信等遗物交给死去的同伴的父母，他到过咖啡馆、军营，在这座迷宫般的陌生城市里迷了路。他只得把遗物扔在沟里，结果被人当成间谍，在一个街角被追来的人开枪打中，最后死在医院里。小说大量描写了城市里类似的房屋、路灯、走廊、楼梯，陷脚的积雪和梦一般的夜，可是根本不写主人公有什么心理活动，是否心情焦虑和想逃出去。

罗伯-格里耶的创作经历了一个逐渐发展和成熟的过程。在《嫉妒》里，主人公没有姓名，只用A来代替，甚至根本不出场，也没有什么情节，已经体现出新小说的特色。可见罗伯-格里耶不是先提出理论再创作小说，而是在作品成熟的前后才发表他的论文，显然不是偶然的现象。

罗伯-格里耶的论文集《为了一种新小说》(1963)，收入了被称为新小说派理

---

① 史忠义：《20世纪法国小说诗学》，第77页。

② 张维嘉：《罗伯-格里耶新小说研究》，湖南人民出版社，2002年，第89页。

论宣言的《未来小说的道路》(1956)和《自然·人道主义·悲剧》(1958),他因此被视为新小说派的领袖和理论家。其实他一向反对理论体系和确定的意义,所以萨特才指责他“想通过摧毁一切预定的意义来消除我们的小说观的影响”①。但是在驳斥以往各种理论的过程中,他不自觉地使自己的零散观点形成了某种理论,其中最重要的就是反对作家的主观介入。罗伯-格里耶认为,传统的人道主义主张一切从人出发,使客观事物从属于人,这就混淆了人与物的界限。传统小说里对物的形容和描写,实际上反映的不是客观世界,而是人对客观世界的主观认识和评价。

在新小说派看来,传统小说的作家以造物主的姿态出现,按照自己的意志来构思情节,支配人物的思想和行动,从而反映现实的做法是不能接受的。因为作家受到本身条件的限制和种种社会因素的影响,不可能用自由的眼睛来看周围的世界。而从人的观点出发来描绘世界,就是把人类的观点强加于物之上,掩盖了事物的本来面目,使读者不能自由地认识世界。所以新小说派提出要打倒巴尔扎克以来欧洲现实主义小说的传统,随着时代的变化建立新的小说体系。

罗伯-格里耶认为,故事只是描写客观的现实,不追求任何寓意的价值。在颠倒混乱的时间和空间里,根本不可能表现思想或情节,剩下的只能是对物的烦琐描绘。新小说里的一个细节往往能写上一章,一件小事就能一连写上几十页,这样就把对物的描写提到了首要的地位。这种小说当然不可能包含通常所说的现实意义或历史意义,也就是说不再像萨特主张的“介入文学”那样具有倾向性。归根结底,新小说写的都是生活中的表面现象,而“罗伯-格里耶是最早把现象学的基本原则贯注到小说创作之中的作家之一”②。

世界既然是异化的和非理性的,那么要忠实地描绘这个世界,作品自然也应该是非理性的。“事实本无意义,是理性的叙述赋予事物以意义”③,如果小说家进行理性的叙述,无意义的世界就会变得有意义,读者感受到的就不再是异化的世界,而是小说家本人的体验。新小说派作家们当然都是头脑清醒、思想敏锐的人,他们深刻地感受到世界的异化,但又不能在小说中流露出任何主观的感情和见解,这正是新小说的出色之处。它看起来无法卒读,却绝非胡言乱语,而是小说家精心安排的严密结构,是把无数看似杂乱无章然而无一多余的细节,构成一幅异化世界的缩影。新小说是无须任何解释的,其中的人物本身就是异化世界的组成部分。

需要指出的是,新小说对世界的描绘固然令人悲观失望,但是并不等于作家

① 安娜·西莫南:《被历史控制的文学》,吴岳添译,湖南美术出版社,1999 年,第 34 页。

② 张维嘉:《罗伯-格里耶新小说研究》,第 66 页。

③ 《萨特文论选》,施康强译,第 3 页。

对荒诞现实的认同。恰恰相反，罗伯-格里耶是个热爱生活的人，他几乎周游了整个世界，而且参加过许多活动。他虽然反对萨特的“介入文学”，却曾在萨特发起的《121 人宣言》上签名，反对法国征服阿尔及利亚的殖民战争。即使就新小说本身而言，它表现的异化世界也是对社会现实的揭露。

20 世纪 60 年代是罗伯-格里耶小说创作的中期。他唯一的短篇小说集《快照集》(1962)像一架摄影机，几乎是静态地记录了舞台、海滩、地铁走廊和密室等场景。即使有人物活动，例如《归途》中的人回来时遇到涨潮，《海滩》中的三个孩子在海滩上走路，《在地铁的走廊里》的人乘自动扶梯上下，等等，从中也看不出任何情节和结局，也没有作者的虚构或想象。总之小说里写的是叙述者看到的一切，而这一切的意义是什么，则要由读者去见仁见智了。

除此之外，他还出版了《幽会的房子》(1965)、《纽约的革命计划》(1970)、《一座幽灵城的拓扑学》(1976)、《金三角的回忆》(1978)等长篇小说。这些小说不像早期小说那样注重物的描写，而有了更多的情节，但是充斥着谋杀、吸毒、色情和暴力的场面，犹如梦幻般凌乱不堪。

与此同时，他开始了电影方面的创作。其中影响最大的是《去年在马里昂巴》(1961)，写某处休养地的一位少妇遇见了一个陌生的男子，男子坚持说他们早就相识，并且约好了今年在这里相会，最后说服她一起出走，该片曾在威尼斯电影节上获得金狮奖。其他影片还有《不朽的女人》(1963)、《横跨欧洲的快车》(1966)、《说谎的人》(1968)、《伊甸园及其后》(1971)、《欲念浮动》(1974)等。他的影片曾被称为“电影小说”，由此可见他的小说与电影创作之间的密切关系。

学院式的影片把情节交代得一清二楚，罗伯-格里耶讨厌这些过时的东西，他认为影片的叙事单位应该是镜头，而不是由一组镜头组成的段落，也就是说不是由编导者来安排一切，而是像思想活动那样是跳跃性的。例如《去年在马里昂巴》里的三个人物都没有名字，只有代号：M 可能是丈夫，A 是女主角，X 则是陌生人。他们是什么人，作者没有交代，因为他也不知道。他所能做的就是表现他们现在的活动：陌生人一再说他和女主角去年就已经相爱，今年是应约来把她带走的。她以为他是说着玩的，但是他非常严肃，一点一点地回忆往事，出示证据，使她逐渐产生了幻觉，最后终于让步了。

罗伯-格里耶在摄制这类影片的时候，总是插入大量倒叙的闪回，也就是把新小说的颠倒时空的手法运用到影片之中，用看似杂乱无章的镜头粉碎了时空的连续性。他认为摄像机的作用不是揭示现实，而是利用侦探、色情、冒险、革命等司空见惯的画面，通过匠心独运的剪辑来激发起内在的冲突，从中得出一种能引起观众想象的创造力。所以在他 20 世纪 60 年代以后写的小说里，色情与暴力的场面也大为增加。

罗伯-格里耶的自传体小说《重现的镜子》(1984)，记叙了他童年的故事和家庭生活，时代的大事和内心的种种感觉，不再像新小说那样难以卒读，但仍然是由一个个片断的画面组成的，显示了他自身存在的不确定性和当代文学的不确定性。他后来发表的《昂热丽克或迷醉》(1988)和《科兰特的最后日子》(1994)，与《重现的镜子》并称为《传奇故事》三部曲，充满了虚实相间的回忆和想象。

罗伯-格里耶晚年仍然坚持创作，在2001年发表了小说《反复》，以第二次世界大战之后的柏林为背景，写主人公陷入了重重的陷阱，看起来像一个间谍故事，表明他依然具有创作的活力。2004年，他以81岁的高龄当选为法兰西学士院院士。

第三节　娜塔丽·萨洛特

娜塔丽·萨洛特(1900—1999)生于莫斯科附近的伊凡诺夫-沃兹涅先斯克，原名娜塔莎·切尔尼亚克。她两岁时父母离婚，随再婚的母亲侨居巴黎，四年后返回彼得堡，1909年又随再婚的父亲去巴黎定居。她于1920年获巴黎大学英语学士学位，接着赴牛津大学学习历史，到柏林学习社会学，再回到巴黎大学攻读法律，获法学士学位。1925年，她与学法律的同学雷蒙·萨洛特结婚，生有三个女儿，以后除了到一些国家去短期任教之外，一直潜心创作。

萨洛特从小往返于法国与俄国之间，通晓法、俄、英、德等多种语言，为她后来对语言的革新奠定了基础。她在父母离异的家庭环境中长大，对家庭成员之间紧张微妙的关系特别敏感，因而形成了少说多写的习惯。她认为对一个作家来说，重要的是看他写的东西。所以她从不谈论自己，也不接受采访。加上她的作品虽然丰富，但晦涩难懂、读者不多，所以她在创作方面的甘苦鲜为人知。

萨洛特一生笔耕不辍，出版了12部小说、6个剧本和3卷评论集。她写小说不是为了塑造人物或反映现实，这些概念对她来说是不存在的。她很少参加社会活动，甚至对经历过的第二次世界大战也从未提及。与新小说派的其他作家相比，她的作品具有完全不同的特色：她并非致力于描绘物的世界、回忆历史或仅仅改变小说的形式，而是自始至终在进行一场向传统小说挑战的革命。从《向性》到《这里》和《打开》，在长达半个多世纪的漫长过程中，萨洛特以她的全部作品开辟了新的创作领域，探索着语言的影响，在描写潜意识方面取得了独特的成就。

探索小说的新的表现领域，彻底革新传统小说的创作方法和语言，这是萨洛特作品中相辅相成的两个方面。她之所以探索人的潜意识，是受到了意识流作家们的影响："我是在1924年读了普鲁斯特的作品，以后，1926年、1927年又读了伍尔夫[1]与乔伊斯的作品，他们对我都有很大的影响，使我发现了自己。”[2]因此她要表现的是从小就敏锐地感觉到的、存在于人们意识底层的心理活动，即探索隐藏在日常生活的表象下的事物，寻根究底地搜索它们最隐秘的秘密。

传统小说掩盖了这一秘密，其中的“约翰说……”“雅克说……”之类的对话，以及对人物特征的描绘，都只是出于作者的安排，表达的是作者的想法而不是人物内心深处的隐秘。读者由于完全习惯了传统小说的阅读方式，形成了思维定式，拿起小说就想了解情节，看到人物就记住了某些外貌特征和性格，这样很容易陷入一些陈词滥调的俗套，例如贼眉鼠眼者多半不是好人，满脸横肉者必定心狠手辣，其实这大多是作者描绘的结果。因此人物越生动，读者就越信以为真，也就更加不会去注意人物内心真实的思想活动了。

在萨洛特看来，所有这些外貌和性格特征以及一切轶闻趣事，都是误导读者的细枝末节，没有任何文学价值。小说家必须尽量不提供与人物有关的标志，以免读者不由自主地从中得到对人物的错误印象，也就是不真实的假象。举例来说，她若是描写巴尔扎克笔下的葛朗台的话，就不会写他的生活环境和外貌特征，而是力求洞悉他的内心，从他乱哄哄的潜意识中去发掘他吝啬的本质。

既然人们已经习惯于识别人物和记住情节，那么她首先要打破的就是读者对传统小说的盲从，使他们对小说的内容和人物产生怀疑。具体做法是用人称代词代替人物的姓名，直至使人物都消失在“他们”和“她们”之中，使读者难以辨认；同时不断地用省略号来减缓阅读的速度，使由句子构成的情节趋于解体，使读者对作者的叙述无法坚信不疑。为了做到这一点，萨洛特用了20多年的时间。从1932年开始，她陆续写了18篇小故事，其中没有人名，只用第三人称代词来称呼；也没有情节，只有最平常不过的言语和动作。她试图以这种写法来揭开人际关系的面纱，揭示出被言语和姿态掩盖的，内心深处转瞬即逝的心理活动。

1939年，萨洛特把这些小故事结集出版，取名为《向性》，这是一个生物学的词汇，指植物在外因的刺激下朝某个方向生长的特性，用来说明人在受到外界的刺激时内心做出的反应，而言语和动作只是其外在的表现，然而这部作品并未引起注意，评论界和读者对它几乎视而不见。

但萨洛特并不气馁。“二战”以后发表了长篇小说《陌生人肖像》(1948)，她故意模仿巴尔扎克的《欧也妮·葛朗台》，在小说里也写了一个吝啬的父亲和他的女儿。但她不像传统小说那样写父亲的财产或女儿的爱情，只是写父女之间

---

① 弗吉尼亚·伍尔夫(1882—1941)，英国女作家、文学评论家，代表作有小说《到灯塔去》等。

② 柳鸣九：《巴黎对话录》，湖南人民出版社，1983年，第152页。

既互相吸引又互相排斥的心理，而且是通过“我”的眼睛来观察他们的：“他们关在家里面。他们相互不能分离……这是两只大昆虫，两只大屎壳郎之间盲目的、不能缓和的斗争……”小说里没有可供读者们欣赏或评论的情节，只有一对虽是同一家人却互相敌视，就像陌生人一样的父女。萨特为《陌生人肖像》作序，认为它是一部“反小说”，但它出版后仍未引起注意。

直到荒诞派戏剧产生广泛影响之后，新小说才引起评论界的重视。萨洛特也由此认识到只写小说是不够的，必须发表文章论述对小说的看法，表明自己的创作意图。因此她把自己从1947年开始写作的《鸟瞰》《对话与潜对话》等论文结集出版，取名为《怀疑的时代》(1956)。这部论文集被公认为新小说派的理论纲领，比罗伯-格里耶的论文集《为了一种新小说》还要早七年，所以无论从理论还是作品方面来说，萨洛特都理所当然是新小说派的先驱。

在写作论文的同时，她先后发表了小说《马尔特洛》(1953)和《行星仪》(1959)。前一部小说里的人物是“我”“叔叔”“婶母”“表妹”，只有一个人物有名字，叫马尔特洛。马尔特洛的姿态和动作都很清晰，但小说里常常出现“一切都像演戏”“像在雾中一般”“一切都是梦”之类的句子，说明这个人物并非真实可信。《马尔特洛》受到了较多的注意和评论，被看成是新小说的发轫之作。

《行星仪》是与《向性》和《陌生人肖像》一脉相承的小说。从表面上看，其中的人物都有名字，如贝特、阿兰、吉赛尔、热曼娜·勒迈尔夫人等，而且还有侄子企图占有婶母的房子等情节。但是萨洛特后来说明，《行星仪》这个书名本身就是对读者的暗示，即他在书中看到的人物和情节，就像通过行星仪看到的行星那样只是表象，而关键恰恰在于应该看到行星内部的真相。小说从头至尾充满了省略号，使叙述的内容断断续续，不能给人以完整的印象。

萨洛特一向认为，小说自巴尔扎克以来毫无变化是不正常的，它应该像绘画等艺术一样走向抽象，所以她要写其他作家未曾感受到和没有表现过的东西，也就是写自己脑海里涌现的种种感觉，只要她的感觉没有停止，她就要一本接一本地写下去。她不打算教育任何人，所以不在乎读者是否理解她的作品。她明白自己的作品与众不同、难以理解，但她写作不是为了让读者看懂，也没有必要帮助读者理解，因为她的作品是无法解释的。

从20世纪60年代开始，萨洛特的创作进入了一个新的阶段。她彻底抛弃了人物和情节，力图直接反映人的潜意识，这就需要把读者置于与意识的空间相同的水平上，而做到这一点的唯一途径就是探索语言的影响。也就是说，人的意识就像一个精神空间，其中充斥着无数转瞬即逝的词语和句子，人在对话时每说一句话或一个词，都会伴随着一种感觉，即使是看起来无关紧要的问话，例如“这有什么用?”“您喜欢旅行吗?”，也会在意识的空间里留下一种往往难以觉察的痕迹。

在传统小说里，对话都经过作家的整理，表达的是作家的观点和想法，萨洛特则反其道而行之，要在话语刚出口的刹那间，捕捉人的下意识的感觉，这种创作方法显然比描写心理活动更进了一步。萨洛特认为，乔伊斯和普鲁斯特的作品属于已经过去的时代，因为他们的意识流虽然是片断和零碎的，但读者看完之后回想起来，仍然能够把这些碎片组合在一起，清晰地辨认出小说中的人物。而萨洛特所要描绘的却是真正杂乱无章的潜意识活动，是一团无法理清的乱麻。

1963年，萨洛特出版了小说《金果》，里面不再有"叔叔""婶母"之类的人物，只有"他""她"和"她们"，而且只闻其声不见其人，是一群人对一部名为《金果》的作品的议论。有的说好，有的说坏，有的见风使舵、态度多变。读者弄不清他们的身份，却可以洞悉他们内心深处对这部别开生面的作品的看法。小说出版后获得了1964年的国际文学奖，说明它受到了评论界的重视。接着她又发表了小说《生死之间》(1968)，其中没有任何情节，只有"你""我""他"在议论一本书的出版，使创作领域显得就像生死搏斗的战场。这两部小说用对话代替了人物和情节，显然比她从前的作品更为抽象，也显得更加杂乱无章、无法概述。

萨洛特虽然独树一帜，却并未摆脱创作的普遍规律，即作品就是作家对生活的体验。从《向性》到《行星仪》，是写她对人与人之间微妙关系的切身感受，《金果》和《生死之间》则是写她的创作体会。例如，《金果》中有许多这样的句子："这本书，怎么断开都行。每一段、每一句，甚至每个字、每个音节都有无尽的含义……它把我带到一个不真实的世界、一种梦境，但又是一个大概最真实的世界……刚开始有些看不下去，慢慢地就被吸引住了……有的人属于《金果》以前，有的人属于《金果》以后，我们是后一种人，《金果》的一代。"这类话看似荒诞无稽，其实是萨洛特把她的《金果》出版后可能引起的种种指责、议论和赞扬，都提前写在小说之中了。同样，《生死之间》里所写的稿件和出版，也是她有过的经历和感受。

她的小说《您听见他们吗?》在语言的探索方面又进了一步。两个少年在欣赏一只石雕的"异兽"，从一扇关着的门后传来他们的笑声，是天真还是放肆？是快乐还是嘲笑？由于是声音而不是说话，读者无法判断，那种对传统小说内容的确信已经消失殆尽。1980年，她写了一组短文，名为《语言的用途》，认为词语是心理活动的基础，力求以流动的语言描绘转瞬即逝的感觉。

1983年，83岁的娜塔丽·萨洛特一反自己的创作习惯，出版了回忆录《童年》，回忆她从六岁到小学毕业的经历，以及在离异的父母之间奔波时的痛苦和辛酸。这部回忆录与她的其他作品不同，语言明白易懂，但是在艺术上仍然独具特色，即采取了对话的形式。小说从头至尾，几乎每句话后面都有省略号，而且让老年的娜塔丽时时反问幼年的娜塔莎："这是真的吗?""你真的相信吗?""你有把握吗?"总之以种种方式来留住读者的注意力，把他留在"这里"，也就是小娜塔莎的意识里。

萨洛特以毕生精力探索和研究的就是“这里”，就是我们都被关闭于其中的世界，就是由我们自己的意识构成的空间。早在《生死之间》里就有了这样的对话：“我小的时候认为有两种人：这里的和那里的……您是这里的。那里的人总是不知不觉地通过某种捉摸不定的东西而突然暴露自己。这种东西从他们所用的词汇和发音方式中渗透出来。”这段话的意思似乎表明，作家对世界的描绘可以分为三个层次，一是像传统作家那样描写外部世界，即再现环境和塑造人物；二是描写人的心理活动，即通过“词汇和发音方式”来探索“那里的人”“不知不觉地”“暴露”出来的心理活动，乔伊斯和普鲁斯特的作品就是如此；三是描写“这里”，就是人的潜意识本身，只有这样才能准确地表达最短暂的感觉。

在萨洛特看来，世界是一个令人眩晕的虚空。人们在世界上所说的话，除了在“这里”留下了一种极为轻微的痕迹之外便一无所有，永远地消失了。只有她才敏感地注意到这些微不足道的痕迹，在人们认为毫无意义的老生常谈、声调高低甚至沉默中去发现和揭示意义。她认为“这里”是被词语的表面意义掩盖着的现实，是“向性”的诞生之处，所以她千方百计地把我们引向“这里”，而写作和出版《这里》(1995)就成了她创作过程的必然结果。

《这里》包括20个短篇，描写一些内容贫乏、引起错觉的句子在意识内部的行程。萨洛特说：“我在头几本书里总是说‘我’，在《你不爱自己》里是‘我们’。这一次，是‘这里’。既不是‘我’也不是‘我们’，而是‘这里’。”也就是说，萨洛特曾用人称代词来代替人物，使读者不再分辨人物的特征，从而开始注意人的内心，现在则更进一步，连人称代词也不用了，她把读者从需要用词语和声调来表现心理活动的“那里”拉了过来，拉到了意识世界，即我们共同的精神空间之中。

1997年，萨洛特以97岁的高龄发表了新作《打开》，这部小说清新得令人惊讶，充满了智慧、快乐和幽默，展示了一个既现实又神奇的世界，里面的词语都有了生命，在一出诙谐的滑稽剧里扮演着叙述者的角色。一方面是彬彬有礼的、文明的词语在进行通常的谈话；另一方面是被排斥和关闭在一块玻璃隔板后面的“说不出口的”词语，不过这些词语并非永远躲在里面，其中有些就试图不合时宜地闯出来，要求把隔板“打开”，这就是小说名称的由来。

在各类词语中，有些天天都说却毫无意义，有些到处通用却平淡无味。有些最熟悉的词语，使用不当也会失去原义，例如过于强调“再见”，就有不想再见的意思。这部小说由于语言的隔阂而无法翻译，但是它无疑已经证明，萨洛特经过毕生的探索，终于在我们的一切话语、姿态的出发点上，在我们的潜意识里打开了词语的牢笼。

新小说是一种大胆的然而并不成功的尝试，它的某些技巧可以被小说家们广泛采用，但它并未带来法国当代文学的繁荣，因为它不可能赢得希望从阅读中获得乐趣的读者。但尽管如此，娜塔丽·萨洛特的精神还是值得景仰的。她为探索新的小说技巧而奋斗终生，而且试验本身并未失败，因为她终于探索出了一条直接描写潜意识的道路，实现了她预期的目标，在法国小说发展史上揭开了新的一页。

第四节　西　蒙

克洛德·西蒙(1913—2005)是新小说派的成员，1985年获得诺贝尔文学奖以后声名卓著，这是他长期辛勤笔耕的结果。

西蒙生于法属殖民地马达加斯加的塔那那利佛。父亲在他出生几个月后就阵亡了，他随母亲回到法国南方的故乡佩皮尼昂度过童年，后来到巴黎、英国的牛津和剑桥等地上学，学过绘画，曾想当一个画家和摄影家。1936年起在欧洲游历，到过巴塞罗那，当时激烈的内战给他留下了极为深刻的印象。“二战”期间他在骑兵团服役，在梅茨战役中头部受伤后被德军俘虏，不久逃出集中营。战后隐居于比利牛斯山的葡萄种植园。这些经历为他写作战争小说奠定了基础。

西蒙最初的几部作品受到传统小说的影响。《作弊者》(1945)是对加缪的《局外人》的模仿，尝试用一些重要场面来代替传统的叙事；《格列佛》(1952)这个名称来自斯威夫特的《格列佛游记》，像福克纳那样用几个故事重叠而成，这是他对古典作品的模仿，但是并不成功；《春之祭》(1954)则是模仿福克纳的断断续续的叙述方式。不过这些小说发表后都没有引起什么反响。

从《风》(1957)开始，西蒙的创作风格发生了明显的变化，有了新小说的特色。《风》是根据主人公的见闻拼凑起来的，还有一点传统小说的情节，写的是一个继承遗产的故事，通过善良的主人公被逼得走投无路，最后不得不卖掉遗产的过程，表明世界像一个支离破碎的迷宫，人无法掌握自己像风一样变幻不定的命运。小说有一个副标题“重建巴洛克式装饰屏的尝试”，显示了他在小说技巧方面所做的试验，就是用一幅幅有立体感的重叠画面，来构成变化无常的现实世界。《草》(1958)不再有连贯的情节，只是通过路易丝与情人的对话，来反映姑母一生的艰苦生活，说明人的命运无法控制，人的努力也毫无意义。

《弗兰德公路》(1960)是西蒙的代表作，写法军在1940年被德军击败后溃退的情景，这是他亲身经历过的战争场面。小说里没有系统的情节，只有乔治在战后的一个晚上回忆起来的一幅幅琐碎的画面。骑兵队长雷谢克出身贵族家庭，他的曾祖父是一位将军，在大革命时期投票赞成处死国王，在波旁王朝复辟后被迫自杀。这种命运又降临到他的头上，他全军覆没，只剩下四个人：他、他从前雇用的骑师伊格雷齐亚、堂弟乔治和犹太小店员布鲁姆。而更使他痛心的是，他年轻的妻子高丽娜对他的背叛，她从前就一直与骑师私通，他为了顾全面子佯装不知。爱情的失意和战败的命运，迫使他故意把自己暴露在敌人的枪口面前，达到了体面地死去的目的。

小说内容是乔治在与高丽娜睡觉时产生的种种不连贯的印象、联想和回忆，从他刚入伍时与堂兄雷谢克见面开始，以雷谢克的死亡结束，充斥着瘟疫、焦土、死马、死尸等悲惨场面，也表现了骑士们对战马的热爱，使读者感受到战争的悲惨和人性的扭曲。小说用电影手法代替了传统的叙述，一幕幕场景犹如各种色彩多变的画面，既充满诗情画意又杂乱无章，给人的印象是生活和命运的荒诞。

当罗伯-格里耶转向电影创作的时候，西蒙一直坚持写作新小说，主要有：《豪华旅馆》(1962)是对他目睹的西班牙内战的片断性回忆。小说列举了旅馆里的种种设施，对物进行了详细的描写，通过主人公的回忆和几个人的议论，来推测杀害圣地亚哥司令官的凶手，但最终也没有得出明确的结论，说明人对事物的看法总是不全面的。《历史》(1967)是一个人在一天之内活动的记录，表明世间的一切都在随着时间的流逝而消失。《法萨尔战役》(1969)写恺撒大帝与庞培(前106—前48)在希腊法萨尔进行的战斗，穿插着叙述者对第二次世界大战的回忆。《三折画》(1973)包括三个故事，用新郎为了情妇而抛弃新娘，女人去和情夫幽会而使孩子淹死在河里，女人为了儿子的前途向政客出卖肉体等三组场景，反映了生活中被掩盖的现实，这些情景都是像七巧板那样用画面拼凑而成的。《农事诗》(1981)是三个人物对三次战争的回忆，把法兰西第一帝国时期的战争与20世纪的西班牙内战相提并论，突出了战争的悲剧性。西蒙为此运用回旋式的小说框架，超越了时空的限制，使三个不同时代的军人的命运相互交织，显示出悲惨的命运是何等相似。《百年槐树》(1989)通过两个家族在百年间的兴衰，同样描写了战争的残酷。在生长着一棵百年槐树的古宅里，百年前住着拿破仑麾下的一位将军。他在战败后自杀了；他的孙女嫁给了一个军官，军官在1914年战死了；25年后，他们的儿子又坐上了开赴前线的列车，预感到死亡的来临。

西蒙的全部创作都是在贯彻新小说的宗旨，他在否定传统小说的创作方法，不断对文体革新进行探索的同时，始终认为世界是荒诞的。他认为过去的小说是老一套的道德说教，而他的小说则要反映世界的无意义，这当然也是与他的经历分不开的。正如他在接受诺贝尔文学奖的演说中所说的那样："我的前半生经历坎坷：我曾是一场革命的见证人，我在极其残酷的条件下作过战……我当过俘虏，挨过饿，干过令人衰竭的苦役，我逃出俘虏营后得了重病，几次险些死于非命……然而，活到72岁，我还没有发现这一切有什么意义。"①

西蒙本人参加过战争，作品中以战争场面居多。他在描写战争时大量运用

---

① 西蒙：《受奖演说》，张容译，引自吴岳添主编：《诺贝尔文学奖辞典》，敦煌文艺出版社，1993年，第1000页。

了新小说的手法，例如颠倒时空的跳跃性的叙述，取消人称和情节的连贯性，运用回旋式的结构，不分段落的句子，绘画式的场面，等等。正因为"西蒙在对人类生存条件的描写中将诗人和画家的创造力与对时间的深刻意识结合在一起"，所以在1985年获得了诺贝尔文学奖。

1997年，84岁高龄的西蒙发表了小说《植物园》，其中的文字排成长短不等的块块，类似于巴黎植物园的形状，然而内容却是讲述他对童年和少年时代的回忆、经历的战争和当战俘的日子，以及获得诺贝尔文学奖之后的生活片段，实际上是他的自传或回忆录。这些回忆是由一个个残片构成的，而每个残片又都是不可或缺的组成部分。

2001年，西蒙已经是一个88岁的老人，只能靠护士推着轮椅活动。然而在生命的暮年，他却回忆起在东比利牛斯省的佩皮尼昂度过的童年时代，想起了那里从海滩通向城里的、要行驶15公里的有轨电车，并因此出版了回忆录式的小说《有轨电车》。小说里的西蒙是个九岁的男孩，他的父亲死于第一次世界大战，母亲在失去了"她爱过的唯一的男人"之后，从此身穿丧服、疾病缠身，变得心如死灰、冷酷无情。她对西蒙的教育极为严厉，要他做一个无愧于自己名字的人，不久她就追随父亲而去了。家里只有一个暴虐的女仆，她把老鼠扔进火里，让西蒙看它们垂死挣扎的惨状。外面的世界也并不美好，在驶过的有轨电车的车厢里，可以看到一些在战争中受伤几乎被断成两截的残疾人。而叙述这些可怕景象的人此刻正躺在地狱般的医院里，这里的病人都像得了痴呆症一样，被人突然从家里拖出来，飞快地推进了这个阴森可怕、深不可测的地方。童年的种种印象与在医院里治疗时的一切感觉，在叙述者的脑海里相互交织，在小说里混杂在一起。

在逃离这个地方的时候，西蒙确切地描绘了自己最细微的感觉。他回想起在有轨电车的路途中瞥见的别墅，其中大多像它们暴富的主人一样千篇一律、单调乏味。幼年的西蒙是富人区的孩子，同时也是有轨电车的司机们的孩子，电车的车厢是他唯一有机会接触体力劳动者的地方。这部小说不是西蒙擅长创作的多声调的作品，而是一个未成年人的独唱。在单调的背景里，小说描绘的是已经过时而变得模糊的、正在消失的人和事。种种业已褪色的图像和医院里苍白的气氛融合在这幅单色画里，就像这辆消失在沙滩里的、滑稽的有轨电车。这种新颖的文体表明，西蒙在革新文体方面又有了新的进展。

第五节 布托尔

米歇尔·布托尔(1926—2016)是新小说的代表作家之一。他出生在蒙桑巴勒尔，三岁时随父亲到巴黎，1950年获巴黎大学哲学学士学位，然后到埃及、英国、希腊、瑞士等地任教，同时进行文学创作，也撰写了许多艺术评论。

1954 年，布托尔发表了第一部小说《米兰巷》，叙述在一栋位于巴黎米兰巷 15 号的楼房里，各层居民从早晨 7 点到晚上 7 点的 12 个小时里的生活，每一章代表一个钟点，这是布托尔利用时间和结构的重叠，对描写同时、同地的情景所做的探索。1956 年出版的《日程表》，仍然是在探索时间问题。小说分为入场、预兆、意外事故、两姐妹和告别五个部分，描写在英国布莱斯顿的麦休父子公司里，法国青年雅克·勒凡尔的一年实习生活。每一部分写一个月的事情，但是各部分之间又相互交错，打乱了时间顺序，另外加入了一些关于谋杀案的情节，使故事变得更有吸引力。

为了使作家退出小说，布托尔的小说《变》(1957)在形式上进行了大胆的改革，出版后获勒诺多奖。主人公莱翁·戴尔蒙是意大利贝利打字机行巴黎分行的经理，他在巴黎有妻子和四个孩子。他经常出差到罗马去，在那里养了一个情妇塞西尔。出于想过幸福的新生活的冲动，他要到罗马去把塞西尔调回巴黎。在旅途的火车上，看到眼前的人和事，他不禁联想到自己的过去、现在和未来。反复的思考与混乱的回忆和梦想，在不知不觉中改变了他的计划，他最后还是决定保持现状，不去接塞西尔，在罗马独自过了一夜之后就回家了。

戴尔蒙发现自己是在认识塞西尔之后才爱上罗马的，如果她到了巴黎，罗马的美梦也就不复存在，何况他的妻子决不会同意离婚。整个故事都用第二人称来进行，例如"您从哪里来?""您要干什么?""您到哪里去?"，这就使作家从主人公的创造者退居到了主人公的证人的地位，从而失去了对时间和空间的控制，使过去、现在和将来发生及可能发生的事情同时出现在戴尔蒙的脑海里，形成了一个和谐的整体。这样故事就不再出自作家的编排，而是在自然而然地进行，其间的次序和因果关系等就不是靠作家解释，而是要靠读者自己去弄清楚了。

1960 年，布托尔发表小说《度》，描写了在泰纳中学高一文科班上课的一小时里，通过两个教师和一个学生的讲述，呈现了教师们及其亲戚、学校，以及 32 个学生的生活片段，大量精确而丰富的材料就像堆砌在笔记本里的符号，特别突出了一个个由教室形成的空间。

此后布托尔长期停止小说创作，发表了许多游记、评论、随笔和其他作品。其中主要有广播剧《航空网》(1962)，全剧分成许多小节，每节六句话，由男女演员各五名分别朗诵，以表现五对游客在不同的航线上飞行的情景；以及描绘尼亚加拉大瀑布的《每秒钟 681 万公升水》(1965)等。他从 20 世纪 70 年代开始生活在尼斯，直到 1996 年才重新发表小说《陀螺仪》，让自己在小说中穿上工装裤，像飞艇一样在行星之间飞翔，以探索地球的奥秘。

第六节　贝克特

在新小说派的队伍当中，萨缪尔·贝克特(1906—1989)是一个比较特殊的作家。他是从爱尔兰移居法国的，先用英语后用法语写作，是法国荒诞派剧作家的主要代表之一，所以他的小说并未引起人们的注意。荒诞派戏剧和新小说只是形式不同，他的剧作实际上是为新小说开辟了道路。

贝克特生于爱尔兰都柏林的一个新教家庭里，1923 年进入都柏林的三一学院学习法文和意大利文，1927 年毕业，获文学士学位。第二年他被选派到巴黎高等师范学校担任为期两年的英语助教，结识了已经是意识流小说大师的同乡乔伊斯，并且与人合作把乔伊斯的一些作品译成了法文。

任教期满，贝克特回到三一学院任拉丁语讲师，1932 年辞职后专事创作，同时到法国、爱尔兰、英国和德国漫游，1937 年在纳粹主义的威胁下返回巴黎定居。他在“二战”期间参加了抵抗运动，替一个为英国收集情报的支部翻译资料和打字。结果支部被人出卖，他躲过了盖世太保的追捕，逃到普罗旺斯的一个村庄里当雇工。和平刚刚恢复，他又志愿到诺曼底的一个红十字会的医院里去当了几个月的翻译。

贝克特早在 20 世纪 20 年代末就开始文学创作，用英语写作了评论《普鲁斯特》(1931)，长篇小说《莫尔菲》(1938)和《瓦特》(1942)。“二战”以后，他把《莫尔菲》译成了法文，并且改用法文写作了三部曲《莫洛瓦》(1951)、《马洛纳正在死去》(1951)和《无名的人》(1953)。他的小说与传统小说的写法截然不同，没有什么故事情节，大多是人物的内心独白，具有现代派小说特别是新小说的风格。

这些小说里的主人公都是孤独的流浪者，例如莫尔菲从爱尔兰来到伦敦，找到的工作是在精神病院里当看守。他没有财产，也不愿活着，只希望自杀死去。瓦特则把自己封闭在城堡里，过着经常改变面容的神秘生活。贝克特后来把小说译成法文，在 1947 年出版。

《莫洛瓦》包括两个部分。第一部分是主人公莫洛瓦的内心独白，他是个半瘫痪的流浪汉，拄着一双拐杖，在内心声音的指引下去寻找母亲，结果迷失在森林深处，偶然用拐杖打死了一个老人，最后在到达森林边缘时精疲力竭地死在深沟里。第二部分的主人公是莫朗，他奉命去寻找莫洛瓦，结果重复了莫洛瓦的经历，逐渐变得瘫痪，而且也打死了一个人，似乎自己变成了莫洛瓦。

《马洛纳正在死去》里的马洛纳是一个孤独的老人，除了一个女人定时给他送点食物之外，完全封闭在一个监狱般的房间里。他眼看自己的身体逐渐消瘦和麻痹，只能用仅有的力气在纸上涂抹一些与他本人同样可怕的画像。

《无名的人》的主人公不知在说些什么，甚至连名字都没有。

这些作品虽然是新小说的先驱之作，但是很难被人们理解，因此在当时影响不大，倒是后来的荒诞派剧作为他带来了巨大的声誉。他写于1948年的两幕剧《等待戈多》(1952)，历来被认为是荒诞派戏剧的经典之作，1953年1月5日在巴黎先锋派小剧院“巴比伦”首次上演，取得了成功并引起强烈反响，以后他又创作了一系列更富有荒诞色彩的剧本。

与此同时，贝克特并未停止小说创作。1961年，他发表了小说《这是怎么回事》，写人们在烂泥塘里没完没了地爬来爬去，互相折磨。这种情景与他的荒诞剧如出一辙。

贝克特的创作与他的经历是分不开的。他不仅长期过着颠沛流离的流浪和逃亡生活，而且1938年他在巴黎街道上散步的时候，还莫名其妙地被一个陌生人一刀刺穿肺部，幸亏当时有个女学生，就是后来成为他妻子的苏珊叫来了救护车，才保住了他的性命，使他由此对人生的荒诞有了更加深刻的切身体验。更为重要的是他的作品反映了时代的悲剧，表现了大战在西方人心灵上留下的创伤，以及他们在冷战中对社会现实的绝望。

贝克特在1969年获得诺贝尔文学奖，一个重要原因就是他的剧本和小说一样，用完全荒诞的手法来表现世界和人生的荒诞，在形式和内容上达到了完美的统一，因而能够引起观众内心的震撼，像希腊悲剧那样起到了净化的作用。

第七节　索莱尔斯

菲力普·索莱尔斯(1936—　)是法国当代最活跃的先锋派作家，生于一个信仰天主教的资产阶级家庭，毕业于巴黎高等经济与商业学校。他从1957年开始创作，发表短篇小说《挑战》。1958年发表的小说《奇特的孤独》，以传统的笔法讲述了他和一个西班牙女护士的爱情，受到莫里亚克和阿拉贡等的好评。

在新小说派的影响下，索莱尔斯在1960年创办了《原样》杂志，自任主编。杂志的宗旨是文学先于一切，要保持世界原来的样子，用文学作品来表现世界的本来面目。他一反传统的创作方法，发表了标新立异的小说《公园》(1961)，写一个男人坐在阳台上观察对面房间里的一对男女，不厌其烦地描绘种种琐碎的细节。他的小说《戏剧》(1965)和《数量》(1968)创造了被称为“文本书写”的风格，小说里没有人物，只有人称代词，文本也支离破碎，是分割成片段以后根据几何学的原理重新排列的，实际上是把小说变成了复杂的数字游戏，以至于他一度被认为是新小说派的追随者。

他并不满足于追随新小说派，因此以《原样》编委会的名义发表了论文集《总体理论》(1968)，提出了“新新小说”的主张，要使创作成为一门文字科学，在语言革新上大做文章。在“五月风暴”影响下，《原样》杂志采取了越来越左倾的立场。

索莱尔斯不断地超越自己，在语言革新的道路上越走越远。1983 年，他和瑟意出版社分手，《原样》杂志改由加里玛出版社出版，改名为《无限》，经常发表克里斯特瓦等结构主义评论家的文章，并且和她结为夫妇。

索莱尔斯在 20 世纪 80 年代发表了一系列风格不同的小说。《天堂》(1981)从头至尾不分段落，也没有一个标点，实际上只是一句话，完全取消了传统的句法结构和语法规则，足以与佩雷克的文字技巧相媲美。《妇女们》(1983)改变了以往的风格，涉及了大量的社会问题，例如战争、革命、女权主义运动、同性恋等，反映了当代的社会现实。《法国女人的爱情》(1988)写一个法国男子和一个美国女人生了一个女儿，女儿长大后才和他见面，因为互不认识竟然相爱了。《金百合花》(1989)写 40 岁的中文教师西蒙与 28 岁的富姐翁雷娜的爱情故事，其中夹杂着关于中国哲学和文学的议论，表明他又从提倡极端的语言革新逐渐回归到传统的小说创作。

第二十一章　70年代小说家

新小说的衰落、大众传播媒介的普及，以及1968年的“五月风暴”，促进了小说形式的演变，使20世纪70年代的文坛上涌现了一批新型的小说家，他们在反映现实、革新文体和创作手法方面各自形成了独特的风格。

第一节　莫迪亚诺

帕特里克·莫迪亚诺(1945—　)出生在巴黎西南郊的布洛涅-比扬古，父亲阿尔贝·莫迪亚诺是意大利的犹太商人，经常在外面走私；母亲路易莎·科尔帕安是比利时籍喜剧演员，1942年到巴黎拍电影时与阿尔贝结识，1944年结婚后也不时外出演戏。犹太人在“二战”期间备受虐待，为了减少“莫迪亚诺”这个犹太姓氏给孩子带来的麻烦，路易莎为莫迪亚诺兄弟俩进行了洗礼，使他们成了天主教徒。

然而弄巧成拙，莫迪亚诺从此被天主教徒视为犹太人，又被犹太人看成天主教徒，实际上成了卡夫卡那样没有身份的人。父母常年不在家，唯一的弟弟又过早夭亡，使他在童年时备感孤独，从小就养成了好幻想的习惯。他性格坚强，在母亲的作家朋友们特别是格诺的影响下，很早就走上了文学创作的道路，决心成为继蒙田、普鲁斯特和塞利纳之后法国最伟大的犹太作家。

为了形成自己的独特风格，莫迪亚诺开辟了一条与注重烦琐描写的新小说相反的，兼顾文体和可读性的道路。他的一系列小说大多以第二次世界大战和占领时期等重大题材为内容，但他并不直接描写战争，而是借用战争时期的阴郁气氛来反映当代的社会现实。

《星形广场》(1968)再现了占领时期犹太人的困境。主人公拉法埃尔·什勒米罗维奇是个犹太人，他无家可归，从法国逃到以色列，却依然无法摆脱法西斯的阴影，最后在幻觉中被处决在巴黎凯旋门前的星形广场。“星形广场”这个标题具有明显的象征意义，因为在德国法西斯的统治下，犹太人必须在胸前佩戴黄色的星形标志。小说出版后获得了两个大奖，使莫迪亚诺一举成名。

《夜巡》(1969)的主人公是一个年轻的双重间谍，他使用两个化名，同时为盖世太保与抵抗运动效劳，处于进退两难的境地，以至于自己都弄不清到底自己是个什么样的人，最后只能毁灭自己。

《环城大道》(1972)的主人公到 17 岁才看到父亲的一张照片，于是出去寻找父亲。父亲身份不明，连身份证都是伪造的，整天惊慌不安地东躲西藏，明知他在场也几乎不理睬他，甚至想杀死他。他弄不清父亲到底是一个黑市走私集团的成员，还是被盖世太保追捕的犹太人，但他始终不懈地探索事情的真相，甚至冒险打入走私集团，最后在父亲被捕的时候挺身而出，结果两人一起被关进了监狱。

《忧郁的别墅》(1975)写一个青年由于害怕打仗而跑到瑞士，与另外一对男女形成了三角关系;《户口簿》(1977)的主人公讲的是他出生以前的历史，当时 20 岁的人却在回忆占领时期的生活。

《暗店街》(1978)是莫迪亚诺的代表作，获得了龚古尔奖。主人公居易·罗朗是一位侦探，他因患了遗忘症而把自己的前半生忘得一干二净，后来他到一个私人侦探事务所里当了八年侦探，利用学到的本领和积累的经验，依靠种种蛛丝马迹，逐渐回忆起自己在占领时期的遭遇。

进入 20 世纪 80 年代，莫迪亚诺先后发表了《青春》(1981)、《如此诚实的男孩们》(1982)、《失去的街区》(1984)、《八月的周日》(1986)、《缓刑》(1988)和《童年衣帽间》(1989)等小说，风格也有所变化，主人公不再急切地追寻自身存在的意义，而是以一种怀旧的情调来回忆过去。《青春》写的是一对 35 岁夫妇的平静幸福的生活，他们偶尔回忆起 15 年前的困境，在 60 年代生活无着、贫困不堪，他们的青春黯淡无光，犹如处在犯罪冒险的噩梦之中。

《八月的周日》(1986)只有七八万字，娓娓动听地叙述了一个美妙的爱情故事：主人公和他的情人西尔维娅摆脱了她粗鲁的丈夫，在美丽的度假胜地尼斯双宿双飞。她身上佩戴的一颗南十字钻石给读者留下了一连串的疑问，令人联想到稀世珍宝常常给主人带来的不幸，故事的扑朔迷离给读者留下了联想的空间，但是并未像现代派小说那样把世界看成一片荒诞。

《缓刑》以一个孩子的目光来描写他所处的环境，通过无数细微的迹象来回忆他童年的种种经历，暗示他的父亲及他周围的大人们的命运。大人们在做什么？他们为什么被捕？甚至他们到底是好人还是坏人？这些问题都留给读者去联想了。小说的内容似乎与“缓刑”无关，不过我们似乎可以联想到在占领时期，法国人时时受到威胁，过着动荡不安的生活。作者由于当时是个孩子，才得以免除大人们的焦虑和警察的盘问，才得以“缓刑”。

莫迪亚诺从 20 世纪 90 年代以来依然笔耕不辍，发表了《结婚旅行》(1990)、《马戏团路过》(1992)、《来自遗忘的深处》(1996)、《多拉·布吕德》(1997)、《陌生的女人》(1999)、《小首饰》(2001)、《夜半撞车》(2003)等小说。《来自遗忘的深处》写主人公在 50 岁时遇见了他在 30 年前的情人，不禁回首往事：他从另一个男人手里把她夺过来，然而她却跟一个富翁结了婚。现在这一切都只留下苦涩的回忆，最好把这些事情全都忘却。

《夜半撞车》描写一个孤独的青年深夜在巴黎街头被一辆轿车撞倒，醒来时那个女司机已不见踪影。于是他开始寻找，在寻找的过程中回忆起早年生活的片段。作者以流畅、清晰的文笔，把夜半撞车描写成一次冲击，象征着把一个无所事事和萎靡不振的年轻人从消沉中唤醒，让他在梦幻和现实的交织中对过去进行回忆和反思，以探求人的存在的价值，从而揭示了人生就是一个不断寻找的过程。经中国外国文学学会与人民文学出版社联合组成的"21 世纪年度最佳外国小说"评委会评选，《夜半撞车》当选为 2004 年度的法国最佳小说。

《青春咖啡馆》描写巴黎左岸的一家名为孔岱的咖啡馆，形形色色的青年在这里徘徊流连，目的是追求幸福。其中的女主角露姬行为怪诞，经历丰富，最后却落得个自杀的结局，她和许多来到咖啡馆之后又消失不见的青年一样，在度过青春之后却并未得到自己的幸福。

除了小说之外，莫迪亚诺还创作或用自己的小说改编了一些电影剧本，1974 年他与名导演路易·马勒合作的电影剧本《拉孔布·吕西安》还获得了奥斯卡金像奖。

莫迪亚诺之所以能在 20 世纪 70 年代崛起，首先是由于新小说的衰落，人们需要阅读引人入胜和语言流畅的小说；其次是他没有介入当时的"五月风暴"等政治活动，以及一切哲学和文艺方面的争论，只是埋头创作以"二战"为题材的小说；还有他作为犹太人的特殊境遇，为他的小说提供了大量生动的素材；最后是他吸取了现代派小说的一些手法，使自己的小说形成了虚实相间的独特风格。

要描写自己并未经历的故事，必然要运用大量的回忆和想象，把现实与虚构结合起来。莫迪亚诺这种虚实相间的创作方法，是传统小说在吸取现代派小说技巧的基础上的重大突破。他的小说以虽然虚构却真实可信的故事来表现生活的不安和危险，由此形成了一个既确实存在又变幻不定的世界。与新小说不同，他的小说结构紧凑、语言明快，具有侦探小说的特色，读来扣人心弦，受到读者的欢迎并屡屡获奖，从而奠定了他作为当代第一流作家的地位，并于 2014 年荣获诺贝尔文学奖。

第二节　勒克莱齐奥

勒克莱齐奥(1940—　)生于尼斯。他的祖先从法国布列塔尼的乡村前往非洲的毛里求斯岛，祖父是岛上的法官，在寻找传说中的宝藏时失踪；他的父亲是英国人，在伦敦学医后被编入殖民军派到非洲，遇见并爱上了他的来自巴黎的母亲，回到法国后在尼斯结婚。勒克莱齐奥不善言谈，但是酷爱写作，也画过许多连环画，养成了在笔记本上随手画些小动物的习惯。他几乎是在封闭的环境里长大的，书本就是他的全部生活。他在这个海滨城市度过了青少年时代，后来到英国布里斯托尔和伦敦大学求学，在泰国服兵役后到美国新墨西哥州任教。

由于祖先血统的影响，勒克莱齐奥经常到墨西哥和巴拿马的印第安人部落去旅行，他的作品大多反映人们对现代文明的厌恶，对印第安人的原始生活的向往。1963 年，23 岁的勒克莱齐奥发表了第一部小说《诉讼笔录》，因获得勒诺多奖而一举成名。小说的主人公亚当·波洛是个从精神病院里逃出来的病人，他把所在的城市视同荒漠，只凭自己的感觉行事。亚当没有现代人的抽象思考，他就像人类的始祖亚当，只感觉到原始人的各种本能，只记录那些微不足道的事物。小说通过他的目光，抨击了超级市场、高速公路等一切现代文明，把城市描写得像精神病院一样荒诞，反映了人们厌恶都市喧哗、向往原始生活的精神状态。

接着发表的小说《洪水》(1966)，写主人公不适应社会生活，成了一个流浪汉，他不愿意看到眼前的现实，有意直视太阳以弄瞎自己的双眼。《逃遁录》(1969)中的主人公为了逃避现实而漫游世界，但是从亚洲到美洲，他看到的都是高速发展的城市与贫困而死的人群，自己也碰到无数的困难，无处容身，表现了对当代文明的忧虑。小说《战争》(1970)细致地描绘了灯光、汽笛、广告和汽车，显示出城市活动的疯狂节奏，把现代的生活环境写得险象环生、如同战场，呈现出一幅世界末日的景象，以至于女主人公在大商店的包围中惊恐不安，只想一死了之。《巨人》(1973)运用寓意的手法，反映了当代消费社会的不合理，社会提供的不是我们所需要的东西，反而扼杀了生活的欢乐。

勒克莱齐奥最有影响的小说是《荒漠》(1980)，主人公是一位名叫拉拉的少女，她是一个孤儿，她的祖先属于一个被法国殖民军征服的部落。她热爱沙漠和大海，不愿意顺从姑妈嫁给有钱人，而是与相爱的牧童一起出走。她在沙漠里垂死之际被人救起，来到法国马赛，然而大城市里的生活却只是使她感到冷漠、肮脏和罪恶。最后牧童被汽车轧死了，她终于回到了渴望的荒漠，在海边的树下生出了他们的孩子。小说生动地表现了人们对大自然的憧憬，描绘了移民和妇女们的悲惨命运。

勒克莱齐奥在 20 世纪 90 年代接连发表了小说《奥尼察》(1991)、《漫游的星星》(1992)、《40 岁》(1996)、《金鱼》(1997)和《偶遇》(1999)。《金鱼》比以往的任何作品都更富于人道主义精神。女主人公莱拉出生于南方山区的一个村庄里，六岁时就被拐走卖给了一个老太婆。她是个半聋的、黑皮肤的野孩子，却仍然时时遭到男人们的骚扰。从摩洛哥、巴黎、尼斯到加利福尼亚，只有妓女、瓜德罗普岛的女人、印第安的女护士才能使她感到安慰。最终是音乐与茨冈语、克里奥尔语、阿拉伯语等处于社会边缘的语言给了她力量，使她重新找到了自己的根。

《偶遇》讲的是一个混血女孩的故事。她的父亲是白人，抛弃了她和母亲，使她面临着两条道路：一条是过一辈子默默无闻的生活，另一条是漂洋过海，进入父亲的那个社会。她偶然爬上了一艘名为“阿扎尔”的大帆船，被发现后受到船主莫凯的照顾，但最后还是遇到了海盗，未能逃脱悲剧性的命运。小说充分表现出勒克莱齐奥对大海、波浪等自然景色和神秘冒险的热爱，同时也揭示了人的命运中的偶然性。

2004年出版的《非洲人》，是勒克莱齐奥的自传体小说，是他对在非洲独自工作了20年，以至被他当成非洲人的父亲的回忆。他8岁时生活在尼日利亚，父亲在那里担任英国军队的军医，他们一家是那里唯一的白种人。他回到尼斯读书时被同学视为怪人，只有幼年时对非洲的记忆永存在他的心中。小说生动地描绘了非洲的白蚁和蚂蚁等动植物，印第安人的土地，当地的各种疾病，小小的邦索王国。尽管战争使非洲面目全非，退休回家的父亲显得多么陌生，但是勒克莱齐奥依然忘不了非洲，因为这不仅是他的记忆，也是对他出生之前的时光的记忆。

2006年，勒克莱齐奥发表了小说《乌拉尼亚》，它描写的是一个现代的乌托邦社会。勒克莱齐奥兄弟为了逃避被德国人抓进集中营的命运，把希望寄托在一个幻想的国度里，那就是用希腊神话中的缪斯“乌拉尼亚”为名的国家。如同他先前的小说那样，小说中的主人公对现代文明提出诉讼，与物质社会展开战斗，逃离城市，穿越荒漠，如星星一般自由流浪，在现实中创造出了一个想象的国度，在现代文明之外的大地上找到了一个天堂。尽管这个理想的乌托邦最后还是在当今的物质文明面前归于失败，但是小说毕竟说出了人类必不可少的梦想，这正是勒克莱齐奥为人类所做出的贡献。

勒克莱齐奥至今共出版了30多部作品，其中包括两部短篇小说集：《发烧》(1965)收入了9篇作品，描写人在发烧、牙痛、失眠等身体不适时的种种感受，实际上仍然是表现当代人的孤独和焦虑；《蒙多和其他故事》(1978)再现了卢梭回归自然的理想。他的小说着重描写具体的感受和日常的动作，但始终贯穿着对当代社会的批判。

勒克莱齐奥不务虚名，很少在巴黎露面，他的作品也很少获奖。但是与莫迪亚诺和佩雷克一样，他被公认为法国当代最伟大的小说家之一。

第三节　佩雷克

乔治·佩雷克(1936—1982)的小说不仅反映了当代消费社会的现实，而且以炉火纯青的文字技巧著称，他虽然不幸早逝，作品却产生了深远的影响。

与莫迪亚诺一样，佩雷克也是犹太人，父母都是到法国不久的波兰移民。大战爆发后父亲志愿从军,1940 年 6 月战死。1943 年 2 月,30 岁的母亲被关进集中营,从此杳无音讯。佩雷克由红十字会安置,法国解放后被巴黎的以色列人收养。他在中学毕业后就读于巴黎和突尼斯的文学院,20 岁时就自信必将成为小说家,因此终断了历史专业的学习,开始为一些杂志撰稿。在伞兵部队服完兵役后,他从 1961 年开始在法国国家科学研究中心任资料员。

佩雷克的第一部小说《东西》(1965),批判了西方工业化的消费社会,副标题是"60 年代的一个故事",内容是年轻夫妇热罗姆和西尔维娅的经历。他们是巴黎的大学生,被派往突尼斯工作,起初也想摆脱"东西"即五光十色的商品的束缚,但最终经不住消费社会的诱惑而屈服了。小说出版后获勒诺多奖。

1967 年,他加入由老师格诺组织的、名为"潜在文学工场"的小团体,主要活动是在对文字进行严格限制的条件下从事创作比赛,以便发现新的文学形式。佩雷克写出了《消失》(1969)等小说,始终是这个以文字技巧著称的团体的台柱。后来他开始寻找父母的踪迹,于 1975 年发表了《W 或童年的回忆》。1978 年,他的巨著《生活的使用说明》获梅迪希斯奖,从此成为专业作家。1981 年秋天,他在去澳大利亚巡回演讲之后忽然病倒,确诊是患了肺癌,次年 3 月在巴黎去世,年仅 46 岁。

佩雷克是一个不倦的探索者,毕生都在对文字进行种种复杂的实验,在一系列作品中采用了别出心裁的手法,堪称文字游戏之王。在法国文学史上,象征主义诗人兰波以及格诺等不少现代派作家,都探索过文字的表现力和新颖的文体,对句法结构进行过程度不同的革新。尽管如此,佩雷克驾驭文字和词汇的高超能力却远远超过了前人,像魔术师那样达到了登峰造极的程度。他的作品风格怪异、不同凡响,以至带有传奇的色彩。

在写作时故意不用某一个或某几个字母,这是一种古老的文字游戏,古代的希腊罗马人、黄金时代的西班牙人和英国诗人都有过这方面的经验。佩雷克对此极感兴趣,写过一篇简明的《去字写作史》。他根据马拉美的《海风》改写的《消失》,保持着这方面的世界纪录:人所共知,字母 e 在作品中出现的频率极高,而《消失》一书厚达 312 页,竟没有一个字母 e。令人惊奇的是,全书不仅保留了《海风》的原意,而且文笔通顺,毫无雕琢之痕,许多读者对书里没有字母 e 竟然没有察觉。但在 1972 年发表的《重现者》里,他却反其道而行之,全书除了字母 e 之外没有任何别的元音。这两本内容相似的书中竟没有一个相同的词,就连佩雷克本人也故作惊讶地证实了这一点。

回文是一种可以从正反两个方向来读一个词或一个句子的文字游戏,类似我国的回文诗。佩雷克在这方面大显神通,写了一篇长达 3 页、有 5000 多个字母的文章,不仅从正反两个方向读起来不差一个字母,而且本身就是一篇关于回文的论文。他还写过一首诗,第 1 行一个字母,第 2 行两个字母,依次一直排到第28行，全诗构成一个直角三角形，而这个三角形的斜边，即每一行诗的最后一个字母都是A。有人怀疑如此煞费苦心是否值得，佩雷克认为问题不仅在于练习这种精湛的技巧，而且写作时的限制越多，越是荒诞无稽，就越能激发人的想象力。

《生活的使用说明》是佩雷克的代表作，全书分为99章，每章的内容分为42项，因此必须有数学式的严密结构，才能有条不紊地描绘1468个人物的包罗万象的生活。佩雷克为此构思了10年，他把人物安置在巴黎第17区的一栋虚构的楼房里，把楼房当成一个横竖各10格的国际象棋棋盘，除了一个空格之外，其余99个格子分别与99个房间相对应，共写成99章。他依次描绘每个房间的家具、布置、各种日用品、人物、故事，写完一个房间再写另一个房间，从地下室一直写到顶楼，房间的次序不是按水平或垂直方向，而是按国际象棋中马步的着法进行的。这种无以复加的烦琐结构会使读者如坠迷雾、不辨东西，但是一旦理解了这种结构，即撤去了佩雷克安放在小说里的"脚手架"之后，读者就会发现错综复杂地交织在一起的都是优美动人、滑稽有趣的故事、轶事和传记。

小说的主人公是三个老人：亿万富翁巴特勒布斯周游了整个世界，在500个港口创作了500幅海洋风景画；加斯巴尔·温克勒负责把每张画贴在薄木板上，再切成小块的拼板，然后由回到法国的巴特勒布斯把所有的画恢复原状；而塞尔日·瓦莱纳则描绘这栋没有门面、看得见每个房间内部的楼房……在这个漫长的过程之中，包含着楼房里形形色色的人物和光怪陆离的遭遇，充满了人生的真实和谎言、幸福和忧愁，总之涉及了当代社会生活里人们所关注的一切题材，从而形成了一部集各类小说体裁之大成的百科全书式的巨著，被人们誉为堪与《人间喜剧》和《追忆似水年华》相提并论的杰作。

日本女作家清少纳言[①]的随笔集《枕草子》，开列了例如"供人消遣的物品""世上最美的物品"等62张物品清单，使全书如诗如画、趣味无穷。佩雷克继承并发展了这份有千年历史的遗产，写出了《我在1974年狼吞虎咽过的各种固态和液态食品清单》《新厨师用的81种菜单》和《242种彩色明信片》等作品，还为凡尔纳的《海底两万里》开列过多达2000种的鱼类清单。这种手法往往会取得出乎意料的效果，例如在1978年发表的《我想起》里，为了回忆20世纪60年代，他整整用了480个"我想起"，例如"我想起在寄宿学校里，生病时去医务室是多么愉快"，想起的都是当时司空见惯、现在早已被人忘却的事情。这部作品被改编成影片，1988年上演时受到了热烈的欢迎，观众们不由自主地被这些平凡琐

---

① 清少纳言(约965—约1027)，日本平安朝中期女作家。清是姓，少纳言是她在宫中的官职名称。《枕草子》记录了她在宫中的所见所闻，包括花草虫鱼等自然景象和对人生的感慨。

事勾起了对往日的回忆。

佩雷克的创作生涯只有短短的17年，却写出了多达30卷的作品。他手不释卷地博览群书，无论是在咖啡店里或是走在街上，他都拿着纸笔记录房屋、店铺、布告和遇到的人，不漏掉任何细节。他擅长描绘城市生活，曾特地在巴黎选择了12个地方，定期去调查人们的日常生活。他还善于借鉴前人的手法和技巧，例如《W或童年的回忆》类似于卡夫卡的《审判》和《城堡》，《生活的使用说明》里的格里高尔·辛普森，可以说就是卡夫卡的《变形记》中格里高尔·萨姆沙的孪生兄弟。

佩雷克对文体的探索获得了意想不到的效果。他以出神入化的文字技巧来反映社会现实，创造了新颖别致的佩雷克文体，无疑使小说摆脱了新小说的荒诞之感，发展到了一个新的高度，达到了一种崭新的境界。他因患癌症于1982年去世之后，在1992年他去世10周年之际，乔治·佩雷克协会等各种机构举办了许多纪念活动，使这一年被称为“佩雷克的胜利之年”。

第四节　图尼埃

米歇尔·图尼埃(1924—2016)生于巴黎，曾在巴黎文学和法学院攻读，获得巴黎大学哲学高等教育文凭。1946年至1949年在德国图宾根大学工作，回国后因哲学教师资格考试失败而到电台和电视台任职，1954至1958年任欧洲一台的新闻专员，接着在普隆出版社当了10年文学部主任。他的年龄比上述三位小说家要大得多，但是直到1967年他43岁的时候，才发表第一部小说《礼拜五，或太平洋上的虚无境》[①]，实际上也是在新小说开始衰落后才登上文坛的，因此他的作品也可以列为20世纪70年代兴起的小说。

小说开头与笛福的《鲁滨孙漂流记》相同，写鲁滨孙在海上遇难后幸存在一个小岛上，救了野人礼拜五的生命。但是后来的情节却与《鲁滨孙漂流记》相反，礼拜五不再是鲁滨孙的仆人，而是成了他的启蒙教师。鲁滨孙在他的帮助下生活了28年，完成了摆脱文明、向大自然回归的过程。后来有英国商船来到了荒岛，他却不想离开小岛返回英国，而且船上也有个少年水手愿意和他在岛上生活下去，倒是礼拜五禁不住诱惑离开荒岛到英国去了。

《礼拜五，或太平洋上的虚无境》虽然取材于人所共知的故事，却阐明了与《鲁滨孙漂流记》截然相反的哲理。18世纪的笛福把英国视为文明之都，鲁滨孙才能够用先进的科技改造荒岛，而20世纪的图尼埃则向往着回归自然，所以他认为这部小说与《鲁滨孙漂流记》毫无关系：“我的这本书当真有什么地方应该归

① 王道乾先生译本的译名是《礼拜五，或太平洋上的灵薄狱》。

功于笛福吗？我坦白地说，我从来没有这么想过。”[①]不仅如此，图尼埃还赋予了它极为可贵的现实意义：

> 是的，我是想把这本书献给许许多多沉默无言的移民法国的外裔工人，献给所有这些匆匆来自第三世界的礼拜五们，献给这三百万阿尔及利亚、摩洛哥、突尼斯、塞内加尔和葡萄牙的移民，我们的社会是靠他们支撑着的，然而我们向来对他们视而不见，听而不闻……我们这个消费社会是依赖他们而生存，是把自己白白胖胖的屁股坐在这个永远沉默的黧黑的人群身上的。所有这些清洁工、挖泥工、普通工和打零活的散工……这些被剥夺了说话的权利，但又对我们社会至关重要的人，这些从未受到社会重视却又为这个社会所必不可少的人，唯有他们才是法国真正的无产阶级。注意啊，说不定哪一天，这个缄默的人群就会冷不防地在我们耳边吼出惊雷般的声音呢！[②]

小说含有如此深刻的意义，几乎可以说是当代的一篇革命宣言。联想到小说出版后随即爆发的“五月风暴”，人们不能不佩服图尼埃对社会的深刻观察和预见。不少学者因此把他列为新寓言派的代表作家，这个流派是否存在另当别论，但他的作品寓意丰富是无可置疑的。小说出版后获得法兰西学士院小说大奖。1977 年，他又特地为孩子们把鲁滨孙的故事改写成《礼拜五或原始生活》。

图尼埃大器晚成，从此不断发表作品。他的第二部小说《桤木王》(1970)写一个名叫阿贝尔·蒂福热的法国青年，大战爆发后应征入伍，不久被德军俘虏，关进了奥斯威辛集中营。在纳粹思想的毒害下，他听从德军驱使毫无怨言，因而被派到童子军校里任教，把孩子们培养成为希特勒卖命的炮灰。最后德军溃败，他带着一个儿童逃进了一片桤木林，为了躲避苏军的坦克而陷入泥沼死去了，在临死之前从这个孩子那里知道了集中营里发生的罪行。

小说的名称借自歌德的叙事诗《桤木王》，象征着主人公将像他见到的一具古尸那样，埋在泥炭层内不致腐烂。小说的背景是第二次世界大战，但图尼埃并未描写枪林弹雨，而是以许多看似与战争无关的细节，来影射战争的恐怖，表现人生的哲理和对人类命运的担忧。小说发表后获得龚古尔奖，奠定了他在文坛上的地位，他本人也在 1972 年成为龚古尔文学奖的评委会成员。

第三部小说《流星》(1975)写一对孪生兄弟，一个叫保尔，一个叫让，他们感情深厚，但是突然出现了一个女人，让发现了爱情的魅力想娶她，保尔却要设法

---

①② 图尼埃：《礼拜五，或太平洋上的灵薄狱》，王道乾译，上海译文出版社，1994 年，第 304 页。

把女人赶走，两兄弟因此永远分离。让最后来到柏林，小说也含有柏林墙分开了两兄弟的寓意。1985 年的《金滴》，写一个阿拉伯青年为一个半裸的欧洲少女拍了照，后来到欧洲去看到了自己拍的照片，才发现它们都被歪曲了。在法国的一个名叫“金滴”的区里住着许多阿拉伯人，他们只习惯于文字和符号，而法国却到处充满了形象，小说突出的就是文字、符号与形象之间的矛盾。《爱情的半夜餐》(1991)描写在沙滩上发现的男女搂在一起的精美雕像，令人想到亚当和夏娃在天堂里的情景。

改写历史或古代传说是法国小说史上的一种传统，图尼埃除了改写鲁滨孙的故事之外，还把《圣经》里三博士的故事改写成小说《加斯帕、梅尔基奥尔与巴尔塔扎尔》(1980)；将圣女贞德的传说改写成《吉尔与贞德》(1982)，写贞德和她手下的将领吉尔的事迹。他还写了以摩西为题材的小说《艾莱亚扎尔或泉水和灌木丛》(1996)。

图尼埃始终采用传统的写作方法，从不在形式或技巧上创新，而且常用历史和文化的典故，因此被称为新古典主义者。但他以现实生活为基础来改写历史和传说，借以阐发自己的哲学思想，因而作品具有象征的色彩，使古老的题材有了新颖的意义，从而表明他的创作兼有现实主义和现代主义的成分。

图尼埃早年深受德国文化的影响，喜欢探索生活的意义，他的作品以富于哲理著称。小说集《松鸡》(1977)包括 14 个短篇，其中《阿芒迪娜或两个花园》是一个女孩子的日记，写她对初生小猫的观察，以及从自家花园的墙头爬上去察看另一个神秘花园的情景；《皮埃罗或夜的秘密》写面包坊伙计爱洗衣女，洗衣女跟着油漆匠跑了，最后他们饥寒交迫地回来，伙计又接待了他们。

《铃兰空地》把在高速公路上跑长途的卡车司机与在沙漠里运送货物的骆驼手进行了对比，高速公路越多，树林就越少，铃兰花也就没有了。司机比埃尔曾在铃兰花盛开的空地上见到一位漂亮的姑娘，后来为了穿越高速公路来到空地而被撞成了重伤，影射了当代人生活的异化。这些来自日常生活的故事，在图尼埃的笔下富有象征意义，实际上是借用儿童都看得懂的情节来阐述抽象的哲理，因此他的小说题材兼有现实与非现实的双重性。

图尼埃表示他的作品是写给孩子们看的，所以只写外部世界，从来不写他个人的生活，而且都带有神话的特征。他把读者特别是儿童能否看懂作为评价的标准，因而他的小说虽然寓意深刻却通俗易懂。他认为自己最好的小说是《皮埃罗或夜的秘密》和《阿芒迪娜或两个花园》，因为六岁的孩子都能看懂。他小说里的哲理与存在主义小说不同，他不是阐述什么哲学体系：“我每本书、每篇作品的哲理核心都不同，每一篇作品都是重新开始，都有自己的新起点、新的哲理核心。”[①]这种哲理性也就是他的作品的现代性。

他的作品已经被译成25种外文,《礼拜五,或太平洋上的虚无境》《桤木王》和一些短篇小说都有了中译本。

综上所述,不难看出,这四位小说家的作品都是对新小说的反拨。他们各有独特的风格:莫迪亚诺注重回忆和虚构,勒克莱齐奥向往异国情调,佩雷克钻研文字技巧,图尼埃借古喻今、富于哲理。但尽管如此,他们却有共同的特色:首先是关注重大的题材,从第二次世界大战到当代的消费社会,虽然角度不同,但都是反映当代的社会现实;其次是恢复了小说的故事性和趣味性,即使是文字游戏也引人入胜;最后是明白易懂,文字流畅。这几位小说家的崛起,表明新小说作为一个流派已经衰落,而他们的兼有现实主义和现代主义特色的小说,则是介于新小说与日益繁荣的通俗小说之间的桥梁。

除了以上几位著名的小说家之外,罗歇·格勒尼埃(1919—)的短篇小说也值得一提。他的《战前》(1971)、《节日广场的小屋》(1972)、《水平如镜》(1975)、《编辑室》(1977)、《弗拉戈纳尔的未婚妻》(1982)和《奥特依水塘》(1988)等短篇小说集,都用平静的笔调叙述一些简单可信的悲惨故事。例如《亲爱的年轻太太……》讲的是一个穷汉好不容易找到了播音员的工作,却不由自主地对着话筒叹息自己的命运,最后悲惨地死去了。《朝拜》写一家人带着病重的母亲到传说有圣母显灵的洞穴里去朝拜,类似于左拉在《三名城》里所描绘的景象,然而女主人公所回忆的情景,却是她年轻时和情人在这个洞穴里的幽会。

---

① 柳鸣九:《“铃兰空地”上的哲人》,《世界文学》1990年第1期。

第二十二章　通俗小说

第一节　通俗小说的复兴

从中世纪的市民小说到17世纪的市民写实小说，从18世纪的写实小说到19世纪大仲马的《基度山伯爵》，通俗小说的特点是题材轻松、形式灵活、趣味盎然，因而始终拥有最大量的读者，具有野草般的生命力。当20世纪的各种现代派小说盛极而衰之后，通俗小说在世纪末占领了法国的文坛，在各种文学体裁中占据着绝对优势的地位。

战后比较有名的通俗小说家是居易·德卡尔(1911—　)，他生于巴黎，早年在耶稣会学校读书，后来当过秘书、编辑和记者，1941年发表小说《无名军官》获得成功，以后接连出版了许多小说。其中《弄虚作假的女人》(1957)写女主人公想不惜一切代价保持自己的青春；《奇怪的温情》(1960)写一个青年受到监护人的教育，同时又被女人的美吸引，因而备受折磨；以及《道德败坏的人》(1949)、《没有教养的人》(1950)、《娼妓》(1959)和《七个女人》(1977)等。

德卡尔的小说从标题上即可看出大概的内容，无非是男人的争斗、女人的诡计和青春的苦恼，其中女性的形象和爱情的力量是必不可少的主要因素。他善于分析由此引发的爱与恨、嫉妒与反抗等心理活动，而且叙述生动，运用大量的内心独白和警句格言，读来引人入胜，因此很受欢迎。

但是无可否认，通俗小说如果没有创新，时间一长就会被人遗忘，这就是现在大仲马仍然家喻户晓，而当代的德卡尔反而无人提起的原因。20世纪的通俗小说家比比皆是，最为著名的是萨冈和杜拉斯。在杜拉斯的《情人》之后，通俗小说日益繁荣起来，出现了一些比较年轻的通俗小说家。由于每年都有畅销的通俗小说，因此一些初出茅庐的小说家，往往一夜之间就成了文坛上的明星。

一　萨　冈

通俗小说在20世纪50年代得到了迅速的发展，尤其是弗朗索瓦丝·萨冈(1935—2004)初出茅庐就获得了出人意料的成功。她出生于法国南部卡雅尔克市的一个村庄，原名弗朗索瓦丝·夸雷。她上学后成绩平平，考大学时名落孙山，但是对存在主义作家的作品却情有独钟，并且因此形成了世界荒诞、人生无常的观念，对生活抱着玩世不恭的态度。

1954年，19岁的夸雷以萨冈为笔名发表的小说《您好，忧伤》，获得批评家奖，这使她一举成名，从此成为专业作家。1957年4月，她在车祸中受伤，以后又两次离婚，还被牵扯到一些涉及税务和毒品的案件中去；据说她曾与一个女模特同居多年，引起了一些流言蜚语。她在1994年隐瞒了将近900万欧元的收入，结果在2002年被判处了一年监禁，缓期执行。由于她债台高筑，法庭还扣押了她以后所有作品的版权。尽管一些批评家和作家发起了一个为萨冈请愿的运动，也无法挽救她的命运。

萨冈的生活道路并不顺畅，好在她乐天知命，认为人在最倒霉的时候也有光明，最美妙的时刻也有阴影，所以从未停止创作，一生共出版了30多部小说、剧本和回忆录，有些还被搬上了银幕。她的小说篇幅不长，人物很少，描写的都是两人或三人世界里的感情波澜。

《您好，忧伤》里的女主人公赛西尔和父亲都放荡成性，为了不让父亲娶能够管束他们的情妇安娜为妻，塞西尔竟设计挑动父亲的嫉妒心，结果意外地葬送了安娜的性命，以至于感到无比的悔恨和痛苦。

在《某种微笑》(1956)里，女大学生多米尼克虽有英俊的男友贝特朗，却由于烦恼而爱上了贝特朗的叔叔、已有妻室的吕克，但最后对这种激情却抱着无所谓的态度。

《您喜欢勃拉姆斯吗》(1959)里的女主人公、39岁的宝珥已有了情人罗捷，但是年仅25岁的西蒙却又狂热地爱上了她，宝珥拒绝嫁给他，不过愿意保持同时拥有两个情人的自由生活。

《狂乱》(1965)里的女主人公吕西尔同样有着两个情人，然而她在与年轻的安东尼生活了一段时间之后，又因为缺少金钱而回到了供养她的老情人身边。

后期发表的《纹丝不动的风暴》(1983)，主题依然是多角恋情：洛蒙爱上了英国寡妇弗萝拉，弗萝拉爱的是农民诗人科西纳德，科西纳德喜欢使女玛尔黛，玛尔黛偏偏只爱洛蒙。围绕这几个人物发生的自然是一系列幽会、误解甚至决斗。

萨冈的小说内容大多如此，这是她作品的特色。她并非喜欢写调情和通奸，而是要表现人生的孤独。她笔下的人物大多生活在中产阶级家庭，吃喝不愁，却没有远大的理想或奋斗的目标，精神空虚，百无聊赖。因此他们把爱情游戏作为点缀，三角恋爱更能带来一些刺激，然而时间一长又依然故我，这正是当代法国社会里相当普遍的精神状态。她的小说读来并不令人感伤，因为她描绘的不是真正意义上的悲剧，而且用幽默淡化了生活的重负。再加上叙述得毫不做作、真诚自然，对心理活动的刻画颇为细腻，所以才会如此畅销。

萨冈的笔下也有真情，就是由特殊境遇孕育起来的真挚感情。例如她的短篇小说《意大利的天空》，写法国人米尔斯在意大利作战时身负重伤，受到当地农妇吕吉娅的悉心照料，由于她的丈夫也在前线，他们自然而然地相爱了。他伤愈归队，战后回到法国，有了自己的家，过着上班、下班、打球、说说笑笑的平凡生活，可是吕吉娅始终占据着他的心灵。他无法向任何人诉说内心的痛苦，只能借酒浇愁，醉了就躺在地上，似乎闻到了随风飘来的意大利田野的芳香。一个经历了感情波澜只能靠回忆来排遣情思的人，生活无论多么丰富多彩，也弥补不了精神上的寂寞和孤独。这样的爱情不是三角恋爱或者情场艳遇，而是命运造成的凄凉的幸福、苦涩的柔情。

萨冈后来发表的《厌倦的战争》(1985)、《水彩画的血迹》(1986)等小说，内容都没有超越她以往作品的框架。1996年发表的小说《失落的镜子》，依然是描写男女主人公相依相恋，结果由于误解和嫉妒而分手。作品的视野不够广阔，而且缺乏崇高的精神境界，这是萨冈未能成为一流作家的重要原因。

新小说衰落了，通俗小说繁荣起来，两者各有所长，在小说发展史上具有各自的意义。罗伯-格里耶明白这一点，他清楚地说明了两者的区别："世界上只有两种东西最出名：新小说和萨冈……萨冈是法国的女通俗小说家，世界上所有国家都翻译了她的作品……萨冈很有名，但不是一个重要作家，而新小说很重要。"①这段话的意思就是通俗小说读者最多，到处都有，好比下里巴人；而新小说作为一个现代主义流派，犹如阳春白雪，在小说史上具有更高的地位。

萨冈在剧作方面也颇有成就，发表过《瑞典古堡》(1960)、《断断续续的琴声》(1961)、《瓦朗蒂娜淡紫色的连衣裙》(1963)、《昏厥的马》(1966)、《草地上的钢琴》(1970)等剧本。她当过导演，写过歌曲，具有多方面的才能。

1978年，医生宣布萨冈患了胰腺癌，后来虽经确诊否定了这一结论，但死亡的阴影却萦绕在她的心头，使她在1984年就出版了自传《我的美好回忆》。在小说《转瞬即逝的悲哀》(1994)中，她特别涉及了死亡的问题。主人公马蒂厄是建筑师，也是癌症患者。当医生认为他是成年人，所以粗暴地告诉他就要死去的时候，他却恨不得靠在母亲的肩膀上哭一场。萨冈认为人并非如通常所说的那样勇敢坚强，其实是很脆弱的，在精神上受到沉重打击时往往无能为力，而在身患重病、自知必死无疑的时候，更会和被判死刑的人一样感到无法忍受，这种心态也许是她在2004年69岁就去世的一个原因。

二 杜拉斯

玛格丽特·杜拉斯(1914—1996)的作品与众不同，她早期的小说反映社会现实，后来致力于文体的革新，但是晚年发表的小说，特别是《情人》的巨大影响，使她可以被视为通俗小说家。

---

① 廖星桥：《荒诞与神奇——法国著名作家访谈录》，第40页。

杜拉斯生于越南嘉定，原名玛格丽特·多纳迪厄。父母都是小学教师，父亲去世时她才七岁，所以她没有用父亲的姓，而是用父亲的家乡杜拉斯作为笔名。她有两个哥哥：大哥凶狠粗暴；二哥亲切可爱，可惜在1942年忽然病故。她和二哥非常亲密，有着近于乱伦的感情，因此她始终为乱伦辩护，在晚年还为此创作了《阿加莎》(1981)。

为了养活她和她的两个兄弟，母亲玛丽拿出20年的积蓄，在柬埔寨的贡布省买了一块地。她是个无依无靠的寡妇，土地部门就欺骗她，给她的土地每年要被海水淹没六个月。玛丽虽然顽强奋斗，企图筑堤坝来抵挡海水，但最终还是宣告破产。

杜拉斯18岁时来到巴黎求学，获巴黎大学法学士和政治学学士学位。1938年6月，她进入法国殖民地国际信息资料处担任助理，1940年11月辞职。1939年，她与罗贝尔·安泰尔姆结婚，1942年又认识了狄奥尼斯·马斯科罗，两人的关系持续了15年，生有一个儿子，名叫让·马斯科罗。安泰尔姆在1944年被捕后关进了集中营，1945年获释，1946年与杜拉斯离婚。但是杜拉斯与两个伴侣都保持着终身的友谊。

杜拉斯在1944年加入法国共产党，然而她深受意大利共产党员、作家艾里奥·维托里尼的影响，不赞成法共的路线，加上她和两个伴侣一起生活，所以在1950年被当作腐败分子开除出党。她后来依旧宣称自己是共产党员，反对法国在阿尔及利亚的殖民战争，关心妇女的命运，在“五月风暴”中支持学生运动，与萨特和波伏瓦一起在街头出售过《人民事业报》。杜拉斯恰巧也爱过波伏瓦的情人雅克·波斯特，两人曾是情敌，因此她并不喜欢萨特，而萨特主持的《现代》杂志也从未刊登过她想发表的作品。

童年的苦难和母亲的悲惨命运，深刻地影响了杜拉斯的一生，使她养成了爱财如命的习惯。1958年，她在编写《广岛之恋》的电影剧本时，没有在合同中写明自己的正当要求，因而未能获得应有的报酬。从此她觉得别人都在欺骗她，所以即使腰缠万贯也斤斤计较，而且脾气很坏，几乎跟任何人都吵架。她从小就有喝酒的习惯，后来由于纵欲和孤独而酗酒成性，每天要喝五升红酒，苦艾酒、威士忌、苹果烧酒等还不包括在内。酒精中毒曾使她肝脏破裂、瘫痪、昏迷、脑血栓乃至疯狂，三次处于死亡的边缘，直到1985年因患肺气肿进行气管切开术后才戒酒。

在生命的最后15年里，杜拉斯的伴侣是比她小39岁的同性恋者雅恩·安德雷亚。“玛格丽特和同性恋的关系非常复杂。她后来所能忍受的男人基本上都是同性恋；当时她的朋友也是。同性恋在她的眼中是一种力量。”[①]安德雷亚

---

① 劳拉·阿德莱尔：《杜拉斯传》，袁筱一译，春风文艺出版社，2000年，第594页。

在她的葬礼之后不知去向，后来重新露面时发表了《我的情人杜拉斯》，因此被人们视为她的第三个伴侣。

杜拉斯以小说《厚颜无耻之辈》(1943)开始她的创作生涯。在将近20年的时间里，她每天写作四五个小时。她的作品不仅内容丰富、体裁多样，而且尤其注重文体，具有新颖独特的风格。她早期的小说《太平洋大堤》(1950)反映了童年时代的贫困生活，写一位小学女教师为了保住自己的土地，坚持修了一条堤坝来挡住太平洋的海水，结果当然是徒劳无功。

这部小说使她一举成名，而且被改编成影片，杜拉斯用所得的版税在巴黎郊外的乡村购买了一栋用石块建造的老房子，在这里生活了数十年之久，直到82岁时去世。她和唯一的儿子让·马斯科罗一起生活了49年，感情很深，所以房子留给了他，但依然保持着她生前的原貌。

她有不少小说是以印度支那的社会现实为题材的。《直布罗陀海峡的水手》(1952)写一个女人远渡重洋寻找情人的故事，说明幸福和爱情就在寻找的过程之中。《塔吉尼亚的小马》(1953)写两对结婚多年、热情不再的夫妇在一个荒僻小村里度假的感受，小说淡化情节，以对话为主，兼有戏剧和电影的特色，与传统小说已经有了一定的距离。

《街心花园》(1955)是杜拉斯创作道路上的一个转折点，完全是一部戏剧式的小说。主人公是一个青年男商贩和一个年轻女佣，小说从头至尾都是他们平淡无奇的对话。他们都梦想摆脱单调的生活，但是最后仍然不得不面对现实，其中蕴含的生活哲理，显示出人生的孤独和对爱情的绝望。

这个特点在《琴声如诉》(1958)里得到了进一步的体现。女主人公安娜·德巴莱德是个酗酒的资产者，她看到一个女人被一个男人杀死了，执意要弄清这一事件的真相，因而与丈夫手下的一名工人进行讨论。杜拉斯运用潜对话的技巧，让他们下意识地流露出各自的欲望和追求。小说打破了传统的叙事模式，把虚构与现实融为一体，而且在午夜出版社出版，因而使她一度被认为是新小说派作家。

其实杜拉斯从未写过关于文学创作的论著，也没有参加过新小说派的活动，甚至表示自己对新小说一无所知，当然更没有写过。她的小说只是在手法上与新小说类似，重视文体的诗意和音乐性，但在构思方面却大不相同，她描绘的是贫富对立和人的欲望，是在以独特的方式揭露社会现实。

《洛尔·V.斯坦茵的迷狂》(1964)的女主人公是S海市的洛尔，她在19岁时与来自T滨城的麦克·理查逊订婚以后，与女友塔加娜一起来到T滨城度假，参加了该城每年一度的舞会。麦克首先邀请美丽动人的安娜跳舞，直到舞会结束都和她在一起。洛尔注视着他们在她面前走过，不禁昏了过去，从此闭门不出，一度精神失常。后来到S海市度假的德福先生娶了她，带她到外地去平静地生活了10年之后，又因工作需要回到了S海市。一天洛尔发现塔加娜与情人雅克在亲吻，于是设法俘获了雅克，并且与他们保持着三角关系：自己不与雅克幽会的时候，就在旅馆房间外面的麦田里注视着雅克和塔加娜的幽会，以至于越来越疯狂。

小说用更换叙述者的手法，描绘了洛尔从未婚夫被人夺走、自己在婚后10年又夺走女友的未婚夫的过程。洛尔在强烈欲望的驱使下俘获了雅克，却无法以此治愈从前的创伤，反而造成了精神的分裂。正因为如此，这部小说才引起了精神分析学家雅克·拉康（1901—1981）的注意，他曾专门写了一篇短文，名为《向玛格丽特·杜拉斯致敬——关于洛尔·V.斯坦茵的迷狂》，对“洛尔·V.斯坦茵”这个名字，以及“迷狂”等词语进行了分析。

《副领事》（1965）里没有提到洛尔，但是有她的未婚夫麦克及其情人安娜。《爱情》（1971）的背景是S海市和T滨城的舞厅。一个疯女人跟在一个囚犯后面，她后面还有一个旅行者，但女人是否洛尔，男人是否雅克和麦克则没有说明，因为他们都没有姓名。在影片《印度之歌》（1973）中，话外音里有洛尔和舞会的故事。在《物质生活》（1987）里，洛尔已经衰老，被人从舞厅里抬了出来。洛尔这个人物贯穿于杜拉斯的许多作品，使人感到她的命运与杜拉斯本人密切相关。

《洛尔·V.斯坦茵的迷狂》《副领事》《爱情》和《印度之歌》，被称为印度系列或者洛尔·V.斯坦茵系列，它们之间在人物和情节方面是相互联系的。其实这些内容都是出于杜拉斯的想象和虚构，“玛格丽特·杜拉斯在印度只待了两个小时，是在她十七岁的时候。她对印度重新构建，把它变成一种象征。她只要有几个图像、几句话、爱情上的几个不忠就已足够……因此，印度是任何地方都没有的国家，也是到处都有的国家”①。但尽管是虚构，杜拉斯的作品也都带有自传的性质，她的小说着重描写女人的欲望、爱情、通奸、乱伦和同性恋，显然与她自身的经历是分不开的。

杜拉斯的代表作是她在70岁时发表的小说《情人》（1984）。在这部语言通俗、富有异国情调的作品里，她以惊人的坦率回忆了自己16岁时在印度支那与一个中国情人的初恋，实际上是杜拉斯的自传。青年是一位华人富商的儿子，他比还在上学的少女大12岁，但是狂热地爱着她，他们几乎每天幽会，使她由于夜不归宿而名声不佳。少女一家经济拮据，却看不起黄种人，她的两个哥哥不和青年说话，她自己也不是真的要嫁给他，而是出于生理和物质的需要才和他来往。青年的父亲不准儿子娶她，少女的母亲就向青年要了回法国的路费。后来青年结了婚，但是多年后他来到法国的时候，还给她打了一个电话，说他对她的爱将

---

① 克里斯蒂安娜·布洛-拉巴雷尔：《杜拉斯传》，徐和瑾译，漓江出版社，1999年，第135、136页。

至死不渝。

《情人》是一部通俗小说，它的流行一方面是由于杜拉斯的名声和笔调的坦率，另一方面也是新小说衰落之后通俗小说开始繁荣的标志。小说出版后获得了龚古尔奖，立刻被译成各种文字，使杜拉斯成为当代最负盛名的法语作家。后来在得知初恋情人死去的消息之后，她又把《情人》改写成《华北情人》(1991)。尽管小说中与她有关的人都已去世，她的回忆已无所顾忌，笔触也更为大胆，但是她始终没有说出初恋情人的名字，只是用“她”来代表少女，用“中国人”来指她的情人，看起来似乎要把这段属于她的爱情永远珍藏在心中。

据查阅过杜拉斯私人档案的劳拉·阿德莱尔所著的《杜拉斯传》透露，她的母亲让她卖身，是为了让吸毒的大儿子有钱买毒品，因此对于这一家人来说，这个中国情人实际上成了和杜拉斯进行交易的对象，使他们都从中获利。另外在她的许多小说的字里行间，特别是在晚年发表的《夏雨》(1990)等小说里，都可以看出她在家庭里的乱伦等复杂关系。

杜拉斯的小说句子简短，时有中断，充满了口语式的对话和镜头般的画面，大多被搬上银幕，例如小说《爱情》就被改编成影片《恒河女人》(1973)。她的《80年的夏天》(1980)、《大西洋的男人》(1982)、《死亡的疾病》(1982，剧本)、《萨瓦纳湾》(1983)等，更加集中地体现了这一特色。反过来，她也善于把影片改编成小说，例如《华北情人》就是根据影片《情人》的电影脚本改写而成的，其实只是《情人》的翻版。

杜拉斯的另一个特色是善于改写旧作，或者把旧作中的片段扩充成新作，例如描写窥淫癖和同性恋的小说《毁灭，她说》(1968)，源自她写于1964年的短篇小说《网球》，而《网球》的蓝本又是1945年出版的《工地》。

杜拉斯一生发表了60余种小说、戏剧和电影剧本，曾获得法兰西学士院戏剧大奖。她在当代法语作家中拥有最多的读者，仅《情人》就售出了250万册以上。她的作品大多已经被译成中文，仅1999年出版的译作，就有《杜拉斯文集》(15卷，春风文艺出版社)、《杜拉斯选集》(3卷，作家出版社)和《杜拉斯小丛书》(漓江出版社)等，《情人》更是有多个版本。

三　乌勒贝克

米歇尔·乌勒贝克(1958—　)由祖母抚养长大，成为农业技师，先后在私营部门和国民议会担任信息专家。他从1991年开始创作，发表了诗集《战斗的意义》(1996)和《活着》(1997)。他的第一部小说《格斗领域的扩展》(1994)是他的成名作，以冷酷的手法描写了一个企业管理人员的噩梦，以及人类的不幸和痛苦，大力抨击了性和金钱万能的现象。

他的第二部小说《基本粒子》(1998)引起了更为强烈的反响，被译成了25种文字。它在内容和形式上都独具特色，因而使乌勒贝克获得了国际声誉，被誉为当代的塞利纳，但由于小说中有较多的色情描写，他也因此被人视为挑衅者和性欲狂。

《基本粒子》的主人公布吕诺和米歇尔是同父异母兄弟，小说以交叉叙述的方式描写了他们的不同经历。米歇尔从小喜欢凡尔纳的科幻小说，热衷于化学、生物学、天文学以及用克隆方式进行繁殖等科学技术，最后出于对人类世界和社会现实的失望，他研究和创立了人类无性繁殖的理论，导致了人类的灭亡和新人类的诞生。另一方面，源自美国的追求享乐的风气自20世纪50年代以来侵袭了法国，导致法国社会家庭解体、道德沦丧，布吕诺也成了70年代性解放潮流的代表，最后进了精神病院。因此，《基本粒子》无疑是一部反映法国当代社会现实的小说。

《基本粒子》通过对性爱的描写，勾勒了美国式文明在法国兴起和衰落的过程。小说以主人公们或是自杀，或是患精神病等悲惨结局，揭露了各种崇拜魔鬼的教派逼人流产、分食胎儿，以及杀害婴儿等残忍行为，抨击了邪教的本质，揭示了恣意放纵和穷奢极欲不能给人带来真正的快乐，而是只会使人备感空虚、最终走向死亡的道理，其中女主人公安娜贝尔的这段话很有代表性：

> “我没有得到幸福生活。”安娜贝尔说，“我觉得我过分看重了爱情，过于轻易地委身于人，男人一达到目的，就不要我了，使我陷入痛苦之中。男人并非因为产生了爱情而做爱，而是因为冲动。这么明显而司空见惯的现象，我却花了好多年才闹明白。我周围的所有人都是这样生活的，我在一个解放的环境中发展，但并没感到刺激和引诱的任何快乐，甚至最终对性生活产生了反感……今天我们觉得处在一个大家外出寻欢作乐的时代；尔后呢，我们就面临了死亡的情形……这种忧思开始得很早，我发现有些25岁的男人就受这种忧思折磨，以后日甚一日……实际上，我希望人生快快结束。”①

安娜贝尔本来是个淳朴的少女，随着世风日下而误入歧途，凄凉地患病死去，没有得到真正的幸福和爱情。她的经历和切身体会，以及其他男女主人公的沉沦和堕落，校园生活中的残忍行为，等等，都是对当代西方社会的揭露，具有一定的现实意义。尤其是小说不仅记叙了各种崇拜魔鬼的教派的恶行，并且指出所谓的魔鬼崇拜者其实“既不信上帝也不信魔鬼”，只是一些“摆脱了道德约束的”恶人，他们“在享受尽了性快乐之后，就转向了更加广泛的暴力乐趣”，而“60、

① 乌勒贝克：《基本粒子》，罗国林译，海天出版社，2000年，第261、262、263页。

70、80年代以及随后的90年代，道德价值逐渐被摧毁是一个合乎逻辑的、不可抗拒的过程”，这就充分揭露了邪教的本质，对西方的现代文明是极为有力的抨击。①

《基本粒子》在艺术上有独特的创新之处。它的叙述虽然采取了交叉和倒叙的形式，但是条理清楚、词句流畅，显然摆脱了现代派小说模糊朦胧、扑朔迷离的一面；它对自然科学的重视，令人想起左拉的作品，这也是乌勒贝克被称为新自然主义小说家的原因；书中的议论与描写交叉或重叠，是受到了18世纪哲理小说的影响；小说从现在写到未来的2009年以后，又可以看出凡尔纳风格的痕迹。总起来说，它吸取了以往的许多创作经验，在科技迅猛发展、观念日新月异的当代形成了自己的特色，可以说在继承前人传统的基础上有所发展和创新。

《基本粒子》在法国引起了激烈的论战，但乌勒贝克依然故我，到处旅行。他的小说《平台》(2002)以文化部的一个会计和一个大饭店集团的高级女职员的爱情为主线。他们没有像他过去的小说里的主人公那样加入交换夫妻俱乐部，而是发起建立了性旅游度假的国际互联网。这部小说实际上是在为卖淫辩护，而且对从伊斯兰教和第三世界直到法国的许多方面都进行了抨击，因此出版后就像扔出了一个燃烧弹，引起了女权主义者、慈善协会、穆斯林、一批被他指名的新闻和出版机构以及一切反对卖淫者的愤怒，他们都把他当成敌人，甚至把他告上了法庭，但他最终被宣告无罪。

四 让·埃什诺兹

让·埃什诺兹(1947—)生于奥朗日，曾在里尔大学和梅兹大学学习有机化学和桥梁工程学。他最喜欢文学，他的作品几乎都是在午夜出版社出版的。第一部小说《格林尼治子午线》(1979)只售出了400本，但第二本小说《切罗基》(1983)就大受读者欢迎，获得大奖之后还被搬上了银幕。以后他陆续出版了《出征马来亚》(1986)、《湖》(1989)、《我们三个人》(1992)、《高大的金发女郎》(1995)和《我走了》(1999)等。

埃什诺兹的小说带有游戏性质，每一部作品都是对一种文类的试验，也可以说是继新小说派之后对文体探索的继续。例如《切罗基》是侦探小说，《出征马来亚》是惊险小说，《湖》是间谍小说。《我们三个人》是科幻小说，写法国南部发生强烈地震后，五个人乘宇宙飞船逃命的故事。《高大的金发女郎》涉及了影视文化，写一个电视制片人为了制作系列节目《高大的金发女郎》，去寻找一个失踪的女明星的故事，其中加进爱情和凶杀的内容，影射了法国当代的文化现状。

《我走了》的主人公名叫费雷兹，他本来想当画家，但是为了寻求更好的前

① 乌勒贝克：《基本粒子》，罗国林译，海天出版社，2000年，第236页。

程,他决定离开妻子苏姗娜,到北极去寻找沉船里的珍宝,历尽艰险后终于找到了爱斯基摩人的艺术珍品。然而他回到巴黎后却遭到抢劫,上当受骗,后来生病住院、妻子离婚,使他在出走一年之后依然心力交瘁,只得再次出走。他的第一次出走是主动出去闯荡世界,第二次却是由于无家可归而被迫去流浪。

《我走了》看似侦探小说,其实通过人物的犯罪、逃亡等曲折经历,以极为简洁幽默的语言反映了当代法国人的精神面貌。它在法国《读书》杂志评选的当年20种最佳图书中高居榜首,龚古尔奖的评委们还一致同意抢在其他文学奖开奖之前提前为它颁奖。不过埃什诺兹的文体试验与新小说派有所不同,它属于个人的风格,没有形成什么流派,而且也不像新小说那样脱离社会现实。

五　其他通俗小说家

1. 佩纳克

佩纳克(1944—)是个中学教师,他在20世纪80年代为孩子们写的三部曲《吃人妖魔的幸运》(1985)、《厉害的仙女》(1987)和《卖散文的女孩》(1989),讲述的是一个以马洛塞纳为主人公的部落的故事,形式完美、内容怪诞,犹如富于诗意和幽默的传说,男女老少都争相阅读。他的《马洛塞纳先生在剧场》(1996)以幽默诙谐的风格,表现了当代社会里巴黎某个街区的生活情景,与前面三部小说构成了《马洛塞纳》四部曲。

2. 克里斯蒂娜·安戈

安戈(1959—)出生于法国沙托鲁,1985年在布鲁日国际法学院毕业后开始写作,从1990年开始不断发表小说,其中引起轰动的是《乱伦》(1999),因为小说里的女主人公与父亲有乱伦关系,还与一位女医生有过三个月的同性恋。堂而皇之地把乱伦作为题材和书名,安戈恐怕是文学史上的第一人,因此她在小说出版后受到赞扬的同时,也理所当然地遭到了抨击。

安戈写作这个题材,并非由于她有过这种经历,而是她认为小说家有义务揭露生活中令人痛苦的现实。她的小说与色情小说不同,没有任何描写乱伦或者同性恋的细节。在充分吸取现代派小说特色的基础上,她创造了一种适合于表现这类题材的新文体,即采用类似意识流的笔法,行文漫无边际,地点忽东忽西,人物变幻不定;句子简短,没有合乎语法的标点,经常重复单调的词语或动作,像谵妄一样颠三倒四,使读者不但不会受到色情小说那样的刺激,反而会感到压抑,并从字里行间体会到女主人公的痛苦与不幸。小说中充满了俗语、双关语和俏皮话,外国读者也许会觉得不伦不类,法国人读起来却不会觉得沉闷,反而会感到滑稽,这也是小说在法国畅销的原因之一。

3. 玛丽·达里厄塞克

达里厄塞克(1969—)是巴黎高等师范学校的学生,她从六岁起就练习写作，发表的第一部小说《母猪女郎》(1996)使她一举成名。小说的主人公是一个单纯而轻佻的姑娘，在化妆品商店工作，在与男顾客来往的过程中逐渐变成了一头母猪，她的男友则变成了狼。人变成动物之后，自然就失去了羞耻之心，可以为所欲为、公然做爱。这个故事一方面描绘了人身上潜在的兽性，另一方面更揭露了人心的邪恶和迫使人堕落的社会环境。达里厄塞克的作品想象奇特，有点像乌勒贝克和埃什诺兹的作品那样，吸取了已有的抒情小说、侦探小说、心理小说等种种文类的特色，综合起来形成了自己的独特风格，从而受到读者的欢迎。

在把少女变成母猪的奇思异想之后，达里厄塞克似乎很难再想出更能吸引读者的题材，于是就写了丈夫失踪的故事《幽灵的诞生》(1998)。由于家庭的遗传，她对幻觉之类极有兴趣，尽管幽灵是古已有之的老话题，她还是写得颇有声色。但是第三部小说《海之恶》(1999)模仿新小说进行大段琐碎的描写，而不是讲有趣的故事，因而失去了通俗小说的基本特色。

4. 菲力普·德莱尔姆

从20世纪下半叶开始，描写重大社会历史题材的现实主义文学日趋式微，即使是写实小说中的题材也越来越平淡无奇，再也看不到可歌可泣的英雄形象和丰功伟绩了。因此，毫不奇怪，在世纪末会出现一些小题大做、专门描写鸡毛蒜皮的小说家，其中最有代表性的是菲力普·德莱尔姆(1950—)。

德莱尔姆承认自己没有小说家的气质，只是喜欢写一些琐碎的事情和物品，第一篇短文写的是《弄湿他的帆布鞋》。他把这些小文章结集成书，从1976年开始投稿，直到1983年才出版了第一部作品《第五个季节》，接着发表了10多篇故事。1997年2月，他的小说《第一口啤酒和其他微不足道的乐趣》发表后引起了轰动，在电视上播出后成为畅销书，被译成了26种语言，销售量高达30万册，在出版三年之后每天还能售出1000册，这种现象连他自己也无法解释。

每个人在生活中随时都会表示“对呀”“就是这么回事”之类的感觉，而德莱尔姆的才华就在于能够把鸡毛蒜皮的事情写成小说，写写边喝啤酒边欣赏楼外景色的乐趣，把人人都有的感觉用词语表达出来。他成名之后接连发表作品，例如《整个星期天下雨》(1998)和《备受干扰的午睡》(2001)等。德莱尔姆是一个适于写作这类题材的作家，他之所以能发明这种前所未有的新体裁，一个重要的原因是自从“五月风暴”之后，法国似乎不再有什么激动人心的事件，人们的兴趣也就逐渐满足于日常生活里的琐碎事情了。

第二节　侦探小说

侦探小说始于美国的爱伦·坡，英国作家柯南道尔(1859—1930)笔下的福尔摩斯更是家喻户晓的大侦探。其实法国的侦探小说和英美同样丰富，而且独具特色，只是侦探小说在法国一向不登大雅之堂，很少被译成外文，所以在国外影响甚微。

1846年6月11日，爱伦·坡的第一部侦探小说《莫格街凶杀案》由一个匿名者改写后刊登在《日报》上，这是法国人读到的第一个侦探故事。在法国大革命的刀光剑影之后，饱受惊吓的贵族和资产阶级追求精神刺激，使情节离奇、想象怪诞的恐怖小说大为流行。但是人们不可能长久地迷恋鲜血、暴力或谋杀，他们更乐于在理性的范围内去看待犯罪这一社会现象。久而久之，他们关心的不再是作案而是破案，感兴趣的不再是罪犯而是侦探，从而在心理上形成了有利于侦探小说兴起的社会环境。正是在这种背景下，诞生了法国的侦探小说之父加波里奥。

埃米尔·加波里奥(1835—1873)早年默默无闻，在爱伦·坡的影响下，他写作了侦探故事《太阳》，1866年在报纸上连载后大受欢迎，以后他接连发表了一系列侦探小说，例如《巴黎的奴隶》(1868)、《勒科克先生》(1869)、《地狱生活》(1870)、《脖子上的绞索》(1873)等。这些作品比柯南道尔创作的福尔摩斯探案要早得多，而且从一开始就显示了与英语侦探文学的区别：爱伦·坡和柯南道尔集中表现破案过程中冷静的推理逻辑，而加波里奥的小说则是反映社会生活的画卷。造成这种区别的原因，是由于从19世纪40年代以来，法国的侦探小说都采取连载的形式，要想在报上连载和吸引读者，就不能仅限于案件本身，而是必须描写读者感兴趣的社会生活，大仲马的《基度山伯爵》就是这类小说的典范。因此如果说是爱伦·坡创造了侦探小说的体裁，那么加波里奥则使它变得有血有肉，更有活力。

加波里奥虽然有一些继承者，但是法国的侦探小说作为一种体裁，是直到20世纪初才确立起来的。在侦探小说的发展过程中，莫里斯·勒布朗起到了至关重要的作用。

“二战”以后出版的侦探小说丛书，是1945年开始发行的“黑色系列”。这套丛书以翻译英美的侦探小说为主，译者往往对原著进行删节，因此每本最多不超过300页。丛书也收入了奥古斯特·勒布勒东(1913—1999)的《男人的斗殴》(1954)、阿尔贝·西莫南(1905—1980)的《别碰金钱》(1953)等，他们是20世纪50年代法国侦探小说的代表作家，经常运用侦探的行话来进行写作，因而受到人们的欢迎，使侦探小说从此不再是被人轻视的体裁。

弗雷德里克·达尔(1921—2000)也是著名的侦探小说家，他早年办过杂志、当过记者，“二战”以后来到巴黎开始创作。他用圣安东尼奥的笔名，写了100多部系列侦探小说，都以名为圣安东尼奥的探长为主人公，在当时非常流行。他在1991年遭遇车祸，卧病在床，还在儿子的协助下口授作品。

一　勒布朗

莫里斯·勒布朗(1864—1941)生于鲁昂,父亲是个兼做煤炭生意的船东。他从小爱好文学,在中学里成绩优异,经常获得奖励。为他们一家人看病的医生,恰巧是福楼拜的哥哥。为了替福楼拜的塑像揭幕,左拉、莫泊桑和龚古尔兄弟等大作家亲临这个小城,引起轰动,勒布朗竟跟着他们上了返回巴黎的火车,想给他们念念自己的手稿,只是由于他们需要休息才未能如愿。

勒布朗的父亲通情达理,送他到巴黎去学习法律,使他有机会出入文人聚会的黑猫咖啡馆,同时开始为报刊撰稿。他先后出版了《夫妇们》(1890)、《一个女人》(1893)和《死亡的杰作》(1897)等小说,获得成功后蜚声巴黎,得到了莫泊桑的肯定和支持。

1905年2月,出版商皮埃尔·拉菲特创办了杂志《我知道一切》,勒布朗应他的要求写了一篇冒险小说《亚森·罗平被捕》,内容是一艘大型客轮从法国的勒阿弗尔驶往纽约,在海上遇到风暴。当时船上正收到一则电讯,说大盗亚森·罗平就在船上,化名为R……这时通讯突然中断,船上一片混乱,凡是名字以R开头的乘客都受到怀疑。直到终点,亚森·罗平才被认出来送进了监狱,原来他就是讲这个故事的人,读者当然想不到他就是亚森·罗平。

这部小说受到读者的欢迎后,拉菲特要求他继续写,但是勒布朗拒绝了,因为侦探小说在法国不受重视。拉菲特并不气馁,坚持了六个月,勒布朗终于在1905年12月写了第二个故事《亚森·罗平在狱中》,接着又写了《亚森·罗平越狱》。后来他就接连不断地写下去。从1905年到1939年为止,一共创作了22卷以亚森·罗平为主人公的作品,包括16部长篇小说、37篇短篇小说和4个剧本,使亚森·罗平成了家喻户晓的人物。其中最著名的有《亚森·罗平智斗福尔摩斯》(1908)、《金三角》(1912)和《30口棺材岛》(1920)等。

勒布朗是个极为敏感的人,时常对着夕阳热泪盈眶。他在36岁时就身患肠炎,健康状况越来越差,对自己的病体深感沮丧,以致容易疲倦,每天只能工作一个多小时,多说几句话就会满头大汗、双手冰凉。然而他始终坚持创作,他的小说都是在夜间失眠时构思的。其中最后一部是写于1939年的《亚森·罗平的巨大财富》,当时他由于脑充血而体力不支,靠着女儿玛丽·路易丝的协助才得以完稿,两年后他就因肺充血去世了。

勒布朗开始写作侦探小说的时候,没有读过柯南道尔的《福尔摩斯探案集》,他只是受到了爱伦·坡和加波里奥的影响,而巴尔扎克笔下的冒险家伏脱冷,却给他留下了更为深刻的印象。他在把第一批小说结集出版的时候,采用了《侠盗亚森·罗平》这个书名,就是要使亚森·罗平这个人物兼有"侠"与"盗"的特色,从而超过当时已家喻户晓的福尔摩斯。他不但把亚森·罗平写成侦探之王,而且在《亚森·罗平智斗福尔摩斯》中，让亚森·罗平有机会与福尔摩斯较量一番并略胜一筹，有时甚至使他们两人发生冲突，当然结局总是友好的和解。

从艺术手法上来看，勒布朗的小说也独具特色。首先是他笔下的人物性格更加丰富，亚森·罗平具有“侠”和“盗”的双重性。既是盗，就要盗窃，而要使他的盗窃得到人们的谅解，就要突出他“侠”的一面：他的盗窃不是出于贪婪，他从来不偷好人的东西，甚至还为别人慷慨解囊。不仅如此，他还保护孤儿寡母，富有爱国主义精神，专门为社会清除罪大恶极的坏人，例如《813》中楚楚动人但嗜血成性的多洛莱·克塞尔巴赫，《水晶瓶塞》中可怕的议员多布莱克，等等。除此之外，他还喜欢开玩笑，显得亲切迷人，比专门严肃地破案的福尔摩斯更有魅力。

其次是福尔摩斯的破案主要是解谜，以解谜的手段和方法来吸引读者，而亚森·罗平则相反地置身于第一次世界大战、殖民地的冲突、各种政治经济的丑闻等现实之中。有时甚至不知不觉地被卷入了某个历史事件，但最终都靠着非凡的本领体面地脱身。他有时也直接介入政治，成为法、德等国首脑的调解人，几乎掌握了法国的命运。不仅如此，亚森·罗平还经常化装，以西班牙大贵族、俄国亲王和保安局局长等不同身份出现，这样既使这个人物的传奇色彩更加浓郁，也使各种重大事件的过程更为可信，更能引起读者的关注和兴趣。

最后是勒布朗注意把现代事件与历史传说巧妙地结合起来。他不像大仲马那样凭想象去重写历史，而是努力用现代的手段去解决古代的问题。例如《30口棺材岛》讲的是一块被30个暗礁包围的岩石，被称为“波希米亚国王石”，传说只要把病人放在石头上即可痊愈，但是没有人知道是什么原因。亚森·罗平发现了一艘装有这种石头的沉船，最后终于弄清了这种石头具有放射性，从而解决了这个历史难题。这样他就不是为破案而破案，而是借助案件把历史和现实有机地融为一体了。

法国的侦探小说之所以被人忽视，原因之一就是数量多而杰作少，作家多而名家少。正因为如此，勒布朗的小说才更加难能可贵，不愧是法国乃至世界侦探小说史上的一座丰碑。

勒布朗作品的中译本《亚森·罗平探案全集》(10卷)，已由群众出版社在1998年出版。

二　西默农

乔治·西默农(1903—1989)是比利时的法语小说家。他生于列日，中学毕业后当过书店职员和记者，19岁到巴黎后从事文学创作，过着极其贫困的生活，有时三天只吃一块干酪，后来随着他发表作品才逐渐好转。他起初写的是通俗小说，内容大多是色情、暴力和犯罪。他每天从早晨6点写到晚上6点，半天就能写上80页。

1931年,西默农首次用真名发表了小说《拉脱维亚人皮亚尔》,讲述梅格雷侦探为了追寻一个经验丰富、具有多种身份的流浪汉,潜入乞丐群中进行侦察的故事。他从此不断发表以探长梅格雷为主人公的系列侦探小说,例如《黄狗》《十字路口之夜》等。他笔下的梅格雷是个戴圆顶礼帽和抽烟斗的胖子,遇事镇静沉着,看起来似乎有点迟钝,其实具有非凡的洞察力,是个富有人情味的得力侦探,因而给人们留下了良好的印象。

1932年,西默农打算放弃梅格雷,但是在读者的强烈要求下,西默农在1933年又继续创作下去。当时司法警察局的局长克萨维埃·吉夏尔喜欢他的小说,给他指出了许多技术上的错误,还让他去目睹逮捕和审讯的情景,甚至让他和特警们一起生活,亲自参加破案,从而使他的小说写得越来越真实和生动。

西默农酷爱体育,喜欢骑马、骑自行车和拳击等活动,曾乘船游遍了法国、比利时和德国等地的江河,到世界各地去冒险。他有三个儿子和一个女儿,对儿女们满怀深情,自称每天只有三小时是作家,倒有七个小时是在尽父亲的责任,可以说他的整个一生都是为孩子们度过的。

1940年,有些江湖医生做出了错误的诊断,宣布他只能再活两年,而且不能再从事写作和任何体育活动。当时他的长子马尔克才18个月,他感到不能让这个孩子不了解自己的家庭,不知道谁是他的亲人,于是开始写作长达三卷的《家谱》,在封面上还画了一棵系谱树。《家谱》是西默农的自传,写他在15岁之前的生活,也就是在列日度过的童年,其中没有侦探的内容,却被认为是西默农的杰作。

"二战"以后,西默农继续写作关于梅格雷的小说,每年都要出版三四部,例如《梅格雷的烟斗》(1947)、《梅格雷和无头尸》(1965)等,共有82部之多。1968年,他发表了《梅格雷及其死亡》,结束了这位探长的侦探生涯。1972年,关于梅格雷的最后一部小说《梅格雷和夏尔先生》出版,他宣布停止创作。这时他的小说已经享誉世界,被译成各种文字和搬上银幕,各大电视台几乎都上演过关于梅格雷探长的电视剧。小说里的梅格雷出生在荷兰的戴尔菲西村,其实是个虚构的人物,但由于西默农小说的巨大影响,该村在1966年还为这位并不存在的探长竖立了一座雕像。

西默农的小说具有独特的风格。他注重描写的不是江洋大盗,而是处于危机境遇里的平民百姓;不是案情的恐怖或侦探的过程,而是研究罪犯的心理和造成罪行的社会环境。这些罪犯并非十恶不赦,只是在社会压力下才走上犯罪道路,因而是值得同情的人。他力图通过曲折的案情去探索人性,显示出普通人的良心,这样不仅在艺术上取得了出人意料的效果,而且对社会现实具有较强的批判意义。

正因为如此,从第一部小说开始,梅格雷就对凶手抱有同情心,经常有意无意地让凶手跑掉。他的侦探不仅是为了发现凶手及其使用的手段，更是要感受导致犯罪的心理危机。导致这些人犯罪的欲望，其实是任何一个正常的人都体验过的，每个人都有可能犯这类罪行，因此梅格雷要做的不只是一个侦探，他首先要做的是一个医生、一个律师、一个忏悔师，他要拯救的是人的灵魂。

除了关于梅格雷的小说之外，西默农也写过许多关于犯罪的心理小说。例如《致法官的信》(1947)写一个凶手对法官的忏悔，他由于嫉妒情人从前对别人的感情而扼死了她。《雪是脏的》(1948)讲述在一个被德军占领的小城里，主人公弗朗克所犯的罪行。他是个私生子，母亲是开妓院的，所以他也逐渐堕落成了一个流氓，甚至让另一个流氓去玷污爱着他的纯洁姑娘西西，以便使她同流合污。西西不得不在夜里逃到野外的雪地上，发了高烧。弗朗克被德军错当成抵抗运动成员，抓去后被判处死刑。他在狱中回想往事，深感愧对西西，但是西西却来看望他，宽恕了他的罪行，终于使他幡然悔悟，决心像英雄一样面对死亡。这些作品不是侦探小说，但也同样扣人心弦。

为了惟妙惟肖地刻画人物，西默农既出入巴黎上流社会的各种场合，更经常到小酒吧间去和顾客们挤在一起。他对区里的穷人和流浪汉都非常熟悉，他也只写自己熟悉的人物。由于体验深刻，他在写作某个人物的时候，自己也就不知不觉地和这个人物融为一体，孩子们从他的神态上就能知道他在写什么样的人物了。他在沉浸于创作之中的时候，往往会汗如雨下，所以特地在纽约买了两件质地柔软、袖子很宽的苏格兰衬衣，它们很能吸汗，使汗水不至于在皮肤上流淌，直到一天的写作完毕后再换洗。由于两件衬衣式样相同，因此产生了他写作时只穿同一件衬衣的传说。

从1945年到1955年，他到美国和加拿大生活，后来回到法国，从1959年开始定居于瑞士洛桑。这时的西默农生活舒适豪华，但是从他后来发表的回忆录式的作品来看，他的家庭生活似乎并不幸福。例如《致我母亲的信》(1974)写母亲病危住院，他守候在她的床头，看着她直到死去，同时回忆着他们在一生中无数的冲突和矛盾：母子之间互不了解，从不交谈，从未爱过对方，读来令人惆怅。

1978年，他唯一的女儿玛丽若在25岁时开枪自杀，西默农把她的骨灰撒在花园里的雪松下面，还用了三年时间，为她写了自己的最后一本大部头的书：《内心回忆》。他感到失去一个钟爱的女儿，她留下的空虚是永远无法弥补的，所以他要求在自己死后，骨灰要撒在女儿安息的地方。

西默农一生用过17个笔名，写过200多部小说，《西默农全集》(1967—1973)就有72卷之多。他认为自己永远是比利时人，没有加入美国或法国国籍。在他生前，世界各地已经出版了50多本关于他的传记，但他一生不慕虚名，讨厌“西默农现象”或者“西默农之谜”的说法。他认为自己只是一个写作了65年的作家，他需要写作就像一个手艺人需要操作工具。

西默农在小说的文体方面也进行过探索，例如他"曾写过一部《梅格雷回忆录》，让自己虚构的人物梅格雷撰写回忆录，并在回忆录的第一章里刻画他的创作者的形象、生平和艺术活动"①。这种庄周梦蝶式的笔法，与纪德的《伪币制造者》一样，也是对革新小说形式和创作手法的有益尝试。

西默农的作品不只是一般意义上的侦探小说，而是 20 世纪法国社会现实的反映。尽管侦探小说一向被视为下里巴人，纪德却早在 1939 年就说过："我把西默农视为一个伟大的小说家：也许是今天的法国文学中我们确实拥有的最伟大的小说家。"②雅克·迪布瓦教授是列日大学乔治·西默农研究中心主席，他从西默农的作品中精心选择了 21 部小说，由加里玛出版社收入了"七星丛书"，这标志着西默农已经当之无愧地跻身于法国经典作家之列。

三 奥贝尔

1968 年的"五月风暴"之后，小说又走上了老百姓喜闻乐见的通俗之路，从而为侦探小说的繁荣创造了有利的条件，出现了一批被称为"新黑色系列"的侦探小说，它们触及了政界内幕、黑社会和恐怖主义等社会问题，对现实具有更强的批判力量。而更加令人瞩目的现象，则是在经过了性解放和女权主义运动以后，在过去几乎被男性作家独占的侦探小说领域里，出现了一批优秀的女小说家，布里吉特·奥贝尔(1956—)就是其中之一。

奥贝尔生于戛纳，从事侦探小说的创作不久，就产生了不小的影响。她的《马歇医生的四个儿子》(1992)采用凶手与被害者交叉记日记的方式，在艺术技巧方面做了新的尝试。《铁玫瑰》(1993)里的主人公因患遗忘症而丧失了记忆和身份，陷入了一场恐怖和冒险的活动之中，令人想起莫迪亚诺的《暗店街》；《杰克逊维尔市上空的阴影》(1994)写这个城市里的蟑螂铺天盖地、肆虐成灾，以至于吞没了城市，不禁使人想起加缪的《鼠疫》和尤内斯库③的荒诞剧《犀牛》；《森林死神》(1996)写一个母亲为了使儿子复活而杀死了六名儿童，作者通过一个植物人的听觉来分析整个案情，是一部典型的推理小说，读者直到最后一刻才会发现真正的凶手。这部小说获得了"侦探小说大奖"，这也是第一位女小说家获此殊荣。

奥贝尔的小说不断问世，《死神的裁缝》(2000)写一个凶手喜欢将受害者肢解，把切割下来的手脚重新胡乱地缝在一起，最后他终于被警察布朗和他的同伴们打死了。布朗在这个案件里失去了自己的妻子，但是在美丽的娜嘉和她的孩

---

① 史忠义：《20 世纪法国小说诗学》，第 314 页。

② 《侦探小说：西默农的一代》，法国《读书》杂志第 315 期(2003 年 5 月)，增刊第7 页。

③ 欧仁·尤内斯库(1912—1994)，法国荒诞派剧作家，原籍罗马尼亚，作品有《秃头歌女》《椅子》《犀牛》等。

子们身边得到了安慰。《器官的侦查》(2001)是《死神的裁缝》的续集,写布朗在温馨的生活中并未放松警惕,又发现了另一个凶手。这个凶手所犯的罪行非常奇特,被他杀死的人都被掏空了内脏。他始终忙忙碌碌,时而把胃肠的碎片藏入冰箱,时而把生锈的钉子打进受害者的肚子。最后布朗和他的同伴们终于抓住了这个名叫吉多尼的罪犯。《殡仪馆》(2002)写的是殡仪馆里发生的事情。女孩艾里露被强奸和杀死后,尸体又从殡仪馆被盗走,由此引起了一系列谋杀和自杀的案件。

从奥贝尔的这些作品当中,可以看出早期浪漫主义小说的恐怖色彩,但不再是诺地埃笔下的吸血鬼或魔鬼等怪诞故事,而是在当代科技和文学的影响下进行奇特想象的产物,说明侦探小说在内容和技巧上又有了新的发展。

第三节　科幻小说

法国的科幻小说由来已久,特别是由于凡尔纳的巨大影响而在世界上享有盛誉。然而在20世纪,虽然创立了各种与科幻小说有关的杂志和协会,科幻小说却并未受到应有的重视,几乎被归入了儿童文学的范畴,因此并未取得出色的成就。值得一提的科幻小说家有以下几位。

勒内·巴亚维尔(1911—1985)的代表作有《灾难》(1943)、《不谨慎的旅行者》(1944)、《塔朗多尔》(1944)和《时间之夜》(1968)等。这些小说写文明消失在海底或者大火之中,只有极少数幸存者掌握着生命的火炬,他们改变了时间,想象着新的世界。

皮埃尔·布勒(1912—1994)在马来西亚当过种植者,1939年在印度被动员入伍,在缅甸参加过抗日战争。这段冒险生涯为他的小说提供了丰富的素材。他的小说有《白人的考验》(1955)和《地狱的道德》(1974)等,使他成名的是科幻小说《猿猴世界》(1963),它写地球上的宇航员乘坐宇宙飞船,发现了一个由猿猴统治的星球,那里本来有人类,但是退化的人类被进化的猿猴取代了。当他们回到地球上的时候,竟发现地球上的猿猴也取代了人类。这部小说蕴含着类似于伏尔泰小说的哲理,在改编为影片后获得了世界性的声誉。

1960年,路易·波韦尔斯和雅克·贝吉埃发表了他们的科幻小说《魔术师的早晨》,从希特勒的复活到飞碟和其他有人居住的行星,把科学与梦幻、神奇与现实融为一体,这种既严肃又荒诞的风格取得了成功,所以他们接着就创办了《行星》杂志,不过由于科幻作品太少,杂志只能以介绍各种科学知识为主要内容。

20世纪70年代以后,随着小说通俗化的趋势日益增强,科幻小说的数量也大为增加,并且产生了最优秀的科幻小说家韦尔贝。

贝尔纳·韦尔贝(1961—　)从小对动物充满兴趣,7岁就写过虱子在人身上爬行的奇遇,16岁时就在中学的校刊上发表了一篇关于蚂蚁的短篇小说,后来改写成了长篇小说《蚂蚁》(1991)。它不是昆虫学著作,而是一部角色颠倒的小说,即把蚂蚁作为正面人物,把人类写成猛兽。它栩栩如生地描绘了蚂蚁的习性和神态,以丰富的想象力描写了蚂蚁的生活,例如它们的宗教,一只工蚁有了生殖器官就变成了蚁后,以及蚂蚁们对寓言《蝉和蚂蚁》的评论等。小说形象生动、趣味盎然,出版以后大为畅销,获得了"科学与未来"读者奖,传遍了欧洲乃至世界。韦尔贝因此大受鼓舞,继续写出了《蚂蚁的日子》(1992)和《蚂蚁的革命》(1996),由这三部小说构成的《蚂蚁三部曲》,奠定了他作为科幻小说家的声誉。以后他的小说不断问世,其中有《死亡学家》(1994)、《我们祖先的起源》(1998)、《相对和绝对知识的百科全书》(2000)和《天使的帝国》(2000,获儒勒·凡尔纳奖)等。

在刚刚跨进21世纪的时候,韦尔贝又发表了优秀的科幻小说《终极秘密》(2001)。它以精神病院为背景,讲述了一个探索人脑秘密的扣人心弦的故事。主人公是神经精神病科医生芬舍尔博士,他在战胜当今国际象棋世界冠军——电脑"深蓝IV"之后,突然在未婚妻、超级模特娜塔莎的怀抱里死去了。当过警察的伊西多尔觉得这是一桩谋杀案,于是邀请从前的搭档、女记者吕克莱丝一起着手调查。

芬舍尔博士的医院位于蓝色海岸的戛纳,他在那里进行医疗改革,让疯子们从事发挥他们特长的工作。一个名叫马丁的人因遭遇车祸而全身瘫痪,只有一只眼睛能够活动,他在博士的精心护理下,用仅有的那只眼睛操纵电脑,通过电脑和人脑的充分合作来进行科学探索,并且发现了"终极秘密",即找到了大脑中使人感到快乐的兴奋点的确切位置,最终使博士战胜了电脑,赢得了国际象棋世界冠军,但也由于大脑的兴奋点刺激过度而死去了。

小说既有科幻小说的内容,又有侦探小说的形式,其中穿插着修士们的苦行,俱乐部里伊壁鸠鲁学派[①]的信徒和放荡者,芬舍尔的哥哥在夜总会里表演和施行的催眠术,以及尸体解剖室里的格斗等,读来饶有趣味、引人入胜。在生动描绘精神病人、催眠术、停尸房,乃至人与电脑的国际象棋冠军赛等情景的同时,又以细胞移植、电子扫描和因特网等最新的科学技术作为探索的手段,从而使读者在体验惊险的同时感到真实可信。小说语言简洁,明白流畅,不像现代派小说那样晦涩难懂,仿佛重现出古典主义时代法语明晰的特色。因此韦尔贝称得上是法国当代的凡尔纳,而且兼有大仲马的小说《基度山伯爵》的艺术风格。

---

① 伊壁鸠鲁(前341—前270),古希腊哲学家,伊壁鸠鲁学派的创始者,认为快乐就是善,就是幸福。

韦尔贝的创新之处，首先是合理地吸取了包括现代派小说在内的创作手法，例如将人物的心理活动和情节紧密地结合在一起，凡是心理活动就用另一种字体来表示，这样既避免了作家为人物做介绍的主观性，又不至于陷入意识流而显得杂乱无章。其次是采用了交叉叙述的手法，例如记者对死去的芬舍尔的大脑进行调查，而芬舍尔同时又在医院里工作；女记者吕克莱丝在医院探险，与作为实验对象的小鼠有着类似的行为等。因此情节跌宕起伏，往往出人意料，没有通常的好人与坏人之分，在留有悬念的同时又做到有张有弛，而且每段的开头和结尾尽管内容不同，在文字上却首尾衔接，非常自然，不露痕迹，使读者感到既惊心动魄又合情合理。最后是将先进的科学与古老的传统相结合，把记者的调查过程与古代荷马史诗中尤利西斯的海上冒险、古希腊神话与当代的尖端科技有机地融合在一起，使情节的发展既错综复杂又天衣无缝，达到了出神入化的境界。

科幻小说是在科学基础上的幻想，《终极秘密》是一部展示当代高科技的科幻小说，其中对大脑的解剖和对电脑的构造等的描绘，涉及了核磁共振、人工智能等最新的科学技术。韦尔贝并未为了刺激读者的好奇心而故弄玄虚，而是充分吸取了当代的研究成果，在最新的科学技术的基础上进行合理的想象。正如凡尔纳的许多幻想后来成为现实一样，凡是合理的想象都必然符合科学发展的规律。韦尔贝关于大脑探索的设想具有科学依据，而且在小说出版后不久就得到了证实：英国伦敦帝国学院已经开发出操作电脑的新技术[①]，即放弃鼠标，取而代之的是只用转动眼打印球来操作的“眼标”：一种安装在显示器上的红外线感应装置，能够捕捉眼球的细微动作。只要用眼睛盯住屏幕上的某个链接图标一秒钟以上，电脑就会将该链接图标自动打开，例如进行或者存盘等等。这种技术不仅可以把人的双手解放出来，而且极大地提高了操作的准确性。

小说家的天职是反映社会现实，即使写科幻小说也是如此，《终极秘密》不仅是高科技的展示，也是与社会现实紧密地结合在一起的。主人公和机器人在运用科技的同时，也探讨现实社会的弊病，比较人与机器的优劣。韦尔贝同时也参照了弗洛伊德的精神分析理论，以及超现实主义者们对精神病和精神病人的看法。这些都表明作者并非天马行空，而是扎根于现实生活之中，对现实抱着积极的批判态度，因此《终极秘密》确实是一部集 20 世纪先进科技和创作手法之大成的杰作。

韦尔贝的短篇小说集《大树》(2002)包括 20 个短篇，大致可以分为三类。

第一类是调换视角，从宇宙的角度来观察人类。例如《宠物》里的外星高级生物把人当成宠物饲养，或者作为原始的野人进行研究，使以万物之主自居的人类成了“神仙”的玩物；《小心轻放》中的孩子竟然可以在玩具箱里造出小宇宙，造

---

① 《环球时报》2002 年 8 月 29 日。

出地球和人类，当他把玩具箱扔掉的时候，老鼠就成了我们这个地球的主人；《香氛》里从天外落下臭气熏天的陨石，人类费尽心机把陨石用玻璃包裹起来以防臭气外泄，其实却像我们养蚌取珠一样，是外星人在利用我们为他们制造珍珠。这个短短的故事，足以使我们感受到宇宙之大和人类的渺小，顺便也嘲弄了某些人的自以为是和盲目乐观。

第二类来自神话传说和幻想。例如《飞蛾之歌》里的人类去考察太阳，发现了太阳上也有人类；《默友》中的植物也有感觉，大树成了凶案的证人；《大树》里梦想人类的未来，呼吁减少暴力和改善环境。

第三类来自日常生活。例如《符号控制》里一切事物都由人类命名，其实人看到的只是符号而不是事物的本质；《最后的反抗》写社会虐待老人，迫使他们起来造反；《有其主必有其狮》写人类把狮子、蝎子当宠物，造成后患；《完美世界》中的一切都自动化了，从闹钟、拖鞋到咖啡都会说话，最后使人不胜其烦而无法忍受。

这些奇思异想却又蕴含哲理的故事，成功的关键首先在于它们全都源自现实生活，而且都有科学依据。例如《唯我独尊》中的左手不听指挥，反叛主人，其原理在于人的大脑分为左右两个半球，各自指挥一半身体；《隔绝》中的大脑能保留思想，在理论上也是能够成立的；《默友》中植物的感觉已为科学测试所证实；《有其主必有其狮》中养宠物的现象更是司空见惯。有的故事甚至是在细微琐事和只言片语的启发下创作出来的，例如《香氛》显然是受到了养蚌取珠的启发；《数字迷城》里人的智力只有一年级小学生的水平，但小说却能见微知著，从常用的数字中归纳出不同凡响的意义，揭露了统治者对知识的控制，也指出了知识的星星之火必然代代相传的真理。

韦尔贝继承了法国以讽刺见长的文学传统，随时对当代的社会现实进行幽默的批判。例如《猎鹰峰之旅》写旅客穿越时光隧道回到古代，竟然也要买返程保险；《梦中情人》中就连埃及女神也想找一个有高级轿车和银行保险柜的大款男人；《变相专制》是在讽刺法国文艺界排斥科幻小说的黑幕，实际上是作者自己在现身说法；至于虐待老人和把危险动物当宠物饲养等，更是人们司空见惯的社会现象了。

韦尔贝之所以能在科幻小说领域里独树一帜，就是因为他继承了法国小说幽默明快的传统，在对生活的仔细观察中获得灵感，不断写出充满奇思异想的故事，读来既趣味盎然又发人深思，所以他的作品才会具有打动千百万人的魅力。

第二十三章　移民小说

法国历史上有许多小说家来自异国他乡，从卢梭以来这几乎成了一种传统。巴黎往往是新思潮流派的发源地、新文学艺术的实验场，它的气氛有利于文化的繁荣，因此吸引着世界各地的艺术家，当然更是流亡作家们向往的地方。20世纪50年代的荒诞派剧作家尤内斯库和贝克特就分别来自罗马尼亚和爱尔兰。和他们一样，当代也有一些优秀作家来到法国，从而使移民小说成为法国小说的一种重要类型。

移民小说家在法国的小说领域中起着双重的作用：一方面，他们的作品具有丰富的内容和独特的风格，因而促进了法国当代小说的发展；另一方面，他们都成就卓著、举世闻名，作品被译成了各国的文字，所以又反过来对国外的小说产生了影响。当然，一个国家接受外来的作家是有条件的，小说家不会仅仅因为流亡或移民就得到承认，因此他们的处境要比本土作家艰难得多。移民小说家始终在两种文化之间彷徨，切身体会到文化流亡的痛苦，因此只有在逆境中坚持不懈才会取得成功。他们的小说富于异国情调和悲壮色彩，不仅为法国文坛注入了新的活力，证明了现实主义小说的生命力，而且为推动法国与他国的文化交流做出了应有的贡献。

第一节　昆德拉

米兰·昆德拉(1929—　)生于捷克，当过工人、爵士乐手，毕业于布拉格音乐学院，在20世纪50年代初期担任文学教员，发表了怀疑现实的诗集《广阔的花园》(1953)和《独白》(1957)，60年代起开始创作短篇小说，结集为《可笑的爱》(1963)。

昆德拉的第一部长篇小说是《玩笑》(1967)，写学生会干事卢德维克爱上了女同学玛尔盖达，在给她的明信片上写了几句玩笑话，结果被开除党籍和学籍，被当成人民的敌人下放劳动。他在15年后获得平反，遇见了当年批判他的党小组长曼内克的妻子海伦娜。他决定勾引她来报复她的丈夫，但是当他如愿以偿之后，却发现曼内克不但另有新欢，而且已经变成了新时代的英雄。

昆德拉通过描写这一事件来揭示世界的荒谬，却没有想到主人公的命运会落到自己的头上。1968年苏联入侵捷克后,《玩笑》被列为禁书,他被审查和开除党籍,失去了布拉格电影高等研究学院的教授职位。孤独了七年之后,他才发表了《生活在别处》(1973)和《告别圆舞曲》(1976)。

《玩笑》于1968年在法国出版,阿拉贡在序言中对它予以很高的评价。1975年,昆德拉应邀担任雷恩大学客座教授,和妻子一起来到法国。1978年定居巴黎后,他于1979年被剥夺捷克公民的身份,1981年由法国总统密特朗授予法国国籍。法国人一开始把他看成是意识形态作家,而他却一再强调自己只是小说家,而且坚决否认他的小说就是自传。在一次电视讨论会上,当有人说他的《玩笑》是对斯大林主义的有力控诉的时候,他明确地表示:"朋友,请不要拿你们的斯大林主义来难为我了。《玩笑》只是一部爱情小说。"①

与福克纳或贝克特等许多不愿出头露面的作家一样,昆德拉认为重要的只有作品,小说家如果想成为公众人物的话,他的作品就会处于危险的境地,会被看作是为他的姿态服务的工具。所以从1985年6月开始,他几乎拒绝了所有的采访。后来他的作品又被人们视为哲理小说,实际上他的小说要比哲理小说内容更加广阔,手法也更加新颖。

昆德拉已被公认为当代的重要作家,在包括捷克在内的世界各国拥有许多忠实的读者。他的小说通常初版就超过15万册,袖珍版为20万至40万册。他的长篇小说《笑和忘却集》(1976)体现了"人与权力的斗争是记忆与忘却的斗争"的思想,认为忘却是道德堕落的表现,在艺术上则把不同的故事和文类结合成为一个整体。

《生命中不能承受之轻》(1984)以1968年苏联对捷克的入侵为背景,描写了外科医生托马斯和咖啡馆女招待特蕾莎夫妇从相遇到意外死亡的过程,以及弗朗茨对萨皮娜的爱情,反映了知识分子的人生选择和感情生活,表现了生活的偶然性。苏联入侵后,托马斯失去了社会地位,他和妻子逃避到乡下也摆脱不了孤独,他的儿子则皈依了天主教。这部作品总的来说表现了对极权主义专横统治的反抗,发行量达到了60万册。

昆德拉认为小说有三种:一种是讲故事,例如巴尔扎克和大仲马;一种是描绘,例如福楼拜;还有一种是思索,他的小说就属于这一类。他认为小说家不能只写自己经历过的事件或感情,不能把它们只当成自己的问题,而是要把它们当成脱离作者自身的问题来研究,才能使小说有所发展,例如《生命中不能承受之轻》就是研究什么是存在、嫉妒、冲动等问题,而并不意味着昆德拉本人在这方面有必然的经历和体会。因此,从小说发展的角度来看,他的小说观念是一种创新。

---

① 李凤亮:《米兰·昆德拉文学小故事》,载黄宝生主编:《文学大师的故事》,第353页。

昆德拉多次表示他的灵感来自文艺复兴时期和启蒙时代，来自薄伽丘、拉伯雷、狄德罗，也来自卡夫卡和海德格尔。他是在45岁时才开始学习用法语写作的，由此带来了一些麻烦和问题。例如《玩笑》的法译本的风格与原著相去甚远，简直是改写了原著，以致他不得不花了将近六个月的时间进行重译。从此他坚持要审读所有的译本，并且在每部译本后面都加上“译本已由作者审阅全文，因此与捷克文本具有同样可靠的价值”的说明。

昆德拉在20世纪90年代继续发表作品。《不朽》(1990)不再以捷克，而是以法国为主要背景，而且在手法上有所革新，例如自己直接介入小说，和其中的人物一样聊天、评论。以后他直接用法语写作，例如小说《缓慢》(1995)采用幽默的笔调，描写18世纪一位贵妇和一个骑士，在一个无人打搅的城堡里悠闲地谈情说爱，再把这种缓慢的场面与现代人仓促的风流韵事进行对照，从而批判了当代人的浮躁和虚伪。与他的前几部作品相比，《缓慢》中不再有看似轻松、其实内心沉重的人物，成了一部有时近于庸俗的玩笑之作，因而受到了一些法国报刊的批评。

《无知》(2000)写捷克人约瑟夫和伊雷娜在出国20年后重返故乡，面对现实感到物是人非，对往事的记忆也逐渐模糊，他们无法也不想适应在捷克的生活，最终还是离开了这个国家。实际上，小说流露的是“少小离家老大回”的去国怀乡之情，他们虽然还留恋故乡，然而家乡却已经把他们遗忘，使他们回来后感到形同陌路。昆德拉特地把它首先放在西班牙出版，是希望能在西班牙语美洲得到更为宽容的评论。

2009年，昆德拉出版了他的随笔集《相遇》，其中的随笔大多写于20世纪90年代，似乎是偶然地评论了一些画家、诗人、音乐家，特别是小说家。与他的小说相比，这些随笔语言简洁、没有虚构，都是他对往日生活的回忆和思考，因而看似在评述他人，实际上吐露的正是他自己的内心世界。

在这些随笔里，昆德拉并不直接批判专制暴政，这是因为不想被人看成是一个介入政治的作家，他要使自己的作品超越具体的国家和社会，升华到世界和人类的高度，正如《耶稣受难》这幅画凝聚了人类的全部苦难一样。昆德拉的锋芒指向整个人类的弊端，他关注的是世界会有什么样的文明。他对于小说发表了许多惊世骇俗的观点，认为文学史的知识并不可靠，艺术的没落源自人类的堕落，为此深刻地批判了人类的劣根性。相反地，从拉伯雷的《巨人传》到福楼拜的《布瓦尔与佩居谢》，昆德拉充分肯定了小说艺术里历来被忽略的不正经的原则。

在这样一个世界上，何处才是真正的归宿？昆德拉认为流亡作家们没有祖国，所以法国也不是他的归宿。他们的流亡不是逃亡，而是一次解放，就是要像游牧民族一样，不定居在一个地方，要不断地走向对一切可能性开放的陌生地方。

《相遇》里的一篇篇随笔看起来是信笔所之，其实完全是昆德拉自由选择的结果：他与他所评论的作家、艺术家的心灵是相通的。这些似乎出于偶然的回忆和思考，既显示了一位具有独立思想的作家的真知灼见，也是昆德拉必然会经历的命运。

第二节　马　金

安德烈·马金（1957—　）生于西伯利亚的克拉斯诺亚尔斯克，1987年从苏联来到巴黎。他开始时因生活所迫而在拉歇兹神甫公墓的一个地下墓室里住过一段时间。他虽然从小就跟祖母学会了法语，但是他作为俄国人写的法语小说却无处出版，为了能够出版而不得不佯称译自俄文。从《一个苏联英雄的女儿》（1990）到《奥尔伽·阿尔贝里娜的罪行》（1998），他的小说都是以苏联时期的社会现实为背景的。其中1995年发表的《法兰西遗嘱》一举获得了龚古尔奖、中学生龚古尔奖和梅迪希斯奖，被译成30种语言，使他摆脱了困境而成为著名的俄裔法语作家。

《法兰西遗嘱》的内容是主人公在西伯利亚时每天夜里听他的法国籍的老祖母给他讲述的故事。他的祖母经历了两次世界大战、十月革命、斯大林时代的统治和戈尔巴乔夫的改革，是俄罗斯20世纪历史的见证人。她曾被士兵轮奸，经受过失去爱情和丈夫、亲人纷纷死去等无数苦难，却在磨难和考验中变得无比坚强。她留给主人公的遗嘱是一份手稿，名为"关于一个女人的故事"，其中描绘了1921年苏联饥荒时期伤兵们因缺医少药而痛不欲生等悲惨场面。

《一生的音乐》（2001）的主人公名叫阿列克赛·贝尔格，是作者在西伯利亚的一个寒夜里在车站上碰到的一位老人。他年轻时是个前途光明的钢琴家，可是在即将举办第一次音乐会的时候，却不得不在1941年逃离莫斯科躲藏在乌克兰，以一个死去的战士的身份为掩护参加了战争。他一直担心被人识破真相，后来在雪地的墓穴里被一个女人救了出来，回到莫斯科重新打开钢琴盖的时候，觉得就像在打开棺材盖一样。这是一个人不得不变成另一个人的故事，是一部令人悲痛而又震撼人心的小说。

马金认为俄罗斯的文明是一种沉默的文明，俄罗斯人的写作不是为了引起轰动、练练文笔，而是为了讲述某种超越沉默的东西。他在获得成功之后始终淡泊名利，不喜欢出头露面或发表演讲，因而被认为是法国最无视传统的小说家。他认为自己的写作是要让那些被社会排斥的人、那些处于地狱边缘的幽灵说话，恢复他们的存在。他的反映残酷现实的小说，在当代以消遣文化为主的法国引起了轰动，给法国文学注入了新的活力，从而再一次显示了现实主义小说的生命力。

第三节　程抱一

程抱一(弗朗索瓦·程,1929—　)是华裔法国诗人、作家和翻译家,原名程纪贤,出生于山东济南的一个书香门第。他的祖籍是江西南昌,幼年时曾随家人上过庐山,庐山的美景深刻地影响了他幼小的心灵。15岁时他就酷爱纪德和罗曼·罗兰等法国作家的作品,沉醉于贝多芬和莫扎特等大师的音乐之中。在重庆立人中学毕业后考入南京金陵大学外语系,获得联合国教科文组织的奖学金,赴巴黎大学深造,获文学博士学位和法语教师资格,1971年起任东方语言文化学院教授,1973年加入法国国籍。

程抱一毕生致力于东西方文化的交流,在绘画研究和诗歌创作方面都成就卓著。20世纪60年代,结构主义和符号分析学理论在法国盛行一时,而程抱一所在的巴黎高等实践学院正是这一思潮的中心,他当时尝试用结构主义理论来分析张若虚的《春江花月夜》,论文发表后受到了罗朗·巴尔特、克里斯特瓦和拉康等文论家的关注。在浓郁的文化气氛熏陶之下,程抱一运用结构主义和符号分析学理论分析中国的诗歌和绘画,先后出版了《中国诗语言研究》(1977)、《虚与实:中国画语言研究》(1979)和《梦的空间:千年中国绘画》(1980)等著作。他不是按照叙述的逻辑,而是根据汉字的字形和表意结构来解读唐诗,采用符号学分析的方法评析绘画,用结构主义理论对我国的古典艺术进行了细致入微的分析,从而使西方人真正认识了中国的诗画艺术。这几部著作一版再版,被译成了许多文字,在全世界产生了很大的影响。

程抱一在小说方面的创作,是用法语写作的自传体长篇小说《天一言》(1998),也就是主人公天一的自述。他出生在江西,抗战时逃难到四川,结识了美丽的玉梅和来自东北的青年浩郎。他和浩郎都爱着玉梅,为此经受了爱情的痛苦和磨难。后来他到法国深造,历尽了孤独和辛酸。他在20世纪50年代回到国内,发现所爱的玉梅已经去世,浩郎则在接受改造。他最后在北大荒找到浩郎,与这位从前的情敌和朋友共同承受生活的苦难,显示了他对友谊和爱情的坚贞不渝。天一在坎坷的一生中,始终在书法和绘画艺术中寻求力量和安慰,寄托自己的欢乐和忧伤。他作为一位造诣精深的艺术家,对于人生的孤独和痛苦、世态的虚伪和炎凉有着特别敏锐的体验,因而无畏地接受了生活的挑战,以包容宇宙的博大情怀,将东西方的哲学思想和艺术探索融为一体,而《天一言》就是这种交融的结果。

《天一言》的有些情节无疑来自程抱一自身的经历,但他强调它是文学作品而不是自传。他一向关注中国国内发生的一切,然而这部小说并非中国的历史或政治的见证。小说里充满了哲学的思考,以及一个画家对人生的观察。"天一”这个名字就富有哲学意味，似乎含有对天人合一的向往。正如约翰·克利斯朵夫在临终时对一切都表示宽恕一样，《天一言》已经超越了中华民族所遭受的苦难，它要挖掘的是中国人不屈的灵魂。这部小说是程抱一对中国传统艺术和西方现代艺术进行长期探索的结晶，出版后获得费米娜奖。1999年6月30日，希拉克总统亲自授予他荣誉骑士勋位勋章。

程抱一先生在促进东西方文化交流方面的杰出成就，使他被称为“东方和西方文化之间永不疲倦的摆渡人”。在2001年12月获法语文学大奖之后，他在2002年6月当选为法兰西学士院院士，是法兰西学士院自1635年成立以来的第705位院士，也是第一位华裔院士。他为自己设计的院士佩剑上用中文刻着“天地有正气”，这是南宋爱国诗人文天祥《正气歌》的首句。诗句四周装饰着象征中国的竹子和象征法国的百合花，中间有一个“和”字，这是他崇尚的“冲气以为和”等道家学说的体现，也是中西方文化融合的象征。所以法兰西学士院院长称赞他“用法国文化的精华丰富了中国文化，又以中国文化的深邃丰富了法国文化”。

改革开放以来，程抱一多次回中国访问。2001年，他出版了第二部小说《此情可待》，叙述的是中国明朝末年的一个爱情故事。

第四节　高行健

高行健（1940—　）是法籍华裔作家。他原籍江苏泰州，父亲是中国银行的职员，母亲曾是抗日剧团的演员。抗日战争时期全家随银行撤退，高行健于1940年1月出生在江西赣州。他的父母均出身望族，所以尽管家道中落，父亲也经常失业，但他的童年生活仍然相当优裕。父母在家里穿西装、讲英语，这种欧式教育对高行健很有影响。他5岁时就在家里和母亲一起演戏，从小养成了对戏剧的爱好。在逃难过程中他跟母亲学习识字，并且阅读了家里的童话等藏书，同时对绘画、音乐和写作都很有兴趣。

1950年，他们投靠一个早年参加革命的表伯父，在南京安了家。高行健在一所教会学校上初中，有些课还是用英文上的。他在中学里博览了西方的经典作品，并且在杂志上发现了巴黎的超现实主义艺术，由此产生了学习法语的志愿。1957年，17岁的高行健考入了北京外国语学院法语系。他在大学里组织了一个小剧团，演契诃夫的戏剧，以及拉丁美洲的革命戏剧《中锋在黎明前死去》。他还和低年级的同学组织了一个海外剧社，用法语演莫里哀的喜剧，并且当过导演。

1962年大学毕业后，高行健先后担任中国国际书店的翻译、安徽省宁国港口中学教员、外文局《中国建设》法文组负责人、中国作家协会外联部工作人员。

他很早就从事创作，但在“文革”期间不得不销毁了大量的手稿，包括小说、美学论文和15个剧本，直到1978年才开始发表作品。

1981年，高行健进入北京人艺担任编剧，他与铁路话剧团的创作员刘会远合作，创作了《车站》《绝对信号》和《野人》等先锋派戏剧，由北京人艺上演后引起轰动。从20世纪80年代末到90年代初，高行健写了《冥城》《山海经传》等民俗剧。后来在1991年又写出了独白剧《生死界》，这是他最大胆的戏剧实验，不仅采用了哑剧、舞剧、魔术、光影、杂技等技巧，而且是第一个深受佛教影响的剧本。《对话与反诘》(1992)继续了《生死界》的方向，即把禅宗引入戏剧。《夜游神》(1995)似乎是一出热闹的禅剧。《八月雪》(1997)是禅宗六祖慧能的传记，是高行健创作的唯一的京剧。剧名来自剧终时慧能圆寂，满山林木全都变成了白色，就像八月里下了一场雪一样。他一共创作了18部戏剧，这些剧作结合了中国古代的傩戏、皮影、戏曲和说唱，以性爱为重要的主题，语言怪诞、时空颠倒，是典型的荒诞剧。

高行健在1981年发表了评论《现代小说艺术初探》，引发了文艺界关于“现代主义与现实主义”问题的论战，促进了译介国外现代主义文学的热情。1984年他出版了中篇小说集《有只鸽子叫红唇儿》。其中《有只鸽子叫红唇儿》是他最早的小说之一，写的是三个男孩子和三个女孩子在1957年中学毕业以后人生道路上经历的欢乐和痛苦。

1988年，高行健定居巴黎。1992年被法国政府授予“艺术与文学骑士”勋章，1997年加入法国国籍。他在法国发表了长篇小说《灵山》(1995)和《一个人的圣经》(2000)，前者是对中国文化的源起的思考，后者是中国的社会现实引发的感受。

《灵山》是高行健的代表作，是一部结构复杂、包罗万象的巨著。主人公是一个处于困境中的作家，刚刚经历了政治运动，又被误诊患了肺癌。他要到偶然听说的灵山这个地方去游览，于是沿着长江流域的南部和西南部的偏远地区进行奥德赛式的流浪。他记述了那里残存的巫术和土匪等传说，描述山村盗墓、祭祖等淳朴而又久远的民风，在考察当代中国的社会现实的同时，也阐释了远古的神话和汉及苗、彝、羌等少数民族民间文化的遗存，最后又从对文化渊源、精神与自我的探求回到了现实。小说把人的现实处境同人类普遍的生存状态联系起来加以观察，运用不同的人称来表现主人公的不同侧面，所以第一人称“我”和第二人称“你”是同一个人，后者是前者精神的投射或异化。第三人称“他”则是对第一人称“我”的静观与思考。全书分为81章，便由这三者分为三个层次。这种复杂多变的内心层面，使小说包含着丰富的文化内涵，由此揭示了中国文化鲜为人知的另一面，即他所说的中国长江文化或南方文化，也就是历来被压抑的文人隐逸精神和民间文化。

2000年10月12日，高行健获得诺贝尔文学奖，以表彰“其作品的普遍价值、刻骨铭心的洞察力和语言的丰富机智，为中文小说艺术和戏剧开辟了新的道路”。2002年2月25日，法国总统希拉克亲自为高行健颁发“法兰西文学艺术骑士勋章”。2003年，法国举办了“高行健年”以表彰他的成就。现在他的作品已被译为英语和法语，其中《灵山》和14部剧本由诺贝尔文学奖评委会委员、汉学家马悦然译成瑞典语。

第五节　卡达莱

伊斯梅尔·卡达莱（1936—　）是阿尔巴尼亚著名的诗人和小说家，在地拉那大学毕业后被派送到苏联高尔基文学院深造，学会了俄语和法语。他以诗歌登上文坛，后改写小说。他从1990年起移居法国，并用法文写作。

卡达莱的第一部小说《亡军的将领》（1963）使他一举成名。主人公是一位意大利将军，他在“二战”之后来到阿尔巴尼亚，寻找当年战死在这里的部下士兵的遗骨，发掘出来带回意大利。在寻找的过程中，他在极端珍视名誉的阿尔巴尼亚人面前，逐渐失去了居高临下的傲慢态度，认识到了自己只是一个注定要失败的亡军的将领。

《石头城纪事》（1971）是卡达莱对童年的回忆。他幼年时正逢第二次世界大战，小说以他儿童的目光来观察这个犹如石头城的世界，充满了魔幻的色彩。城头旗帜变幻，城内妖术横行，人物亦真亦幻、神秘莫测，但是关于恩维尔·霍查被通缉等情节，又使虚幻的表象之下隐约地显示出共产党领导阶级斗争等社会现实；而儿童的想象和游戏，则使小说更加生动有趣。

《破碎的四月》（1978）的主人公是年轻的乔戈，为了替被仇家杀死的哥哥复仇，他在3月17日开枪打伤了仇家的儿子，按当地的风俗他可以休战到4月17日，以后他就要被仇家追杀。其实这个破碎的四月就是人的一生的写照。

《梦幻宫殿》（1981）的背景是奥斯曼帝国，但实际上隐喻的是当代的阿尔巴尼亚。主人公马克-阿莱姆在睡眠与梦境管理局工作，这个局被称为梦幻宫殿，主要从事收集和分析成千上万个梦境，以便了解人民思想，以协助国家或君主防止灾难。马克-阿莱姆的叔叔位高权重，在其帮助下，他的仕途也一帆风顺。然而有一次他在破解一个至关重要的梦境时弄错了，因而带来了灭顶之灾。这部小说带有寓言性质，被评论界誉为可与卡夫卡的《城堡》相媲美的经典之作。

《错宴》（2009）是“二战”期间发生在卡达莱的家乡吉诺卡斯特市的故事。该市的古拉梅托夫大夫留学德国期间，与现在该市的德军指挥官施瓦伯上校是关系亲密的同学。施瓦伯表示要来看望大夫，大夫就设晚宴招待。其实来赴宴的是冒牌的指挥官，但晚宴时发生了什么事情不得而知。晚宴结束后，德军释放了被捕的阿尔巴尼亚人质。阿尔巴尼亚解放以后,一些心怀叵测的人对晚宴之谜表示怀疑,预审法官梅兹尼出于私利借机陷害和杀害了古拉梅托夫。小说通过这个亦真亦幻的故事抨击了野蛮的专制制度。

2005 年,卡达莱从包括 5 位诺贝尔文学奖获得者的候选人中胜出,获得布克国际文学奖。

第二十四章　非洲法语小说

法国在 19 世纪末成为主要的殖民帝国，在非洲拥有大量的殖民地，除了北非被称为马格里布地区的阿尔及利亚、摩洛哥和突尼斯之外，还有从西非的毛里塔尼亚、塞内加尔、科特迪瓦（原名象牙海岸）、几内亚、马里，到赤道非洲的刚果、喀麦隆、加蓬、中非和扎伊尔等广大地区。法国在这些殖民地里推行法语，使之成为官方的通用语言。这些国家在独立之后，往往仍然使用在世界上影响广泛的法语，它们的作家也需要到法国去谋求发展，由此形成了富有特色的非洲法语小说。

非洲法语小说源自 20 世纪 20 年代，最早用法语写作的黑人小说家是勒内·马朗（1887—1960）。他出生于法国海外省的马提尼克岛，1912 年被任命为殖民地公务员，前往非洲中部的乌班吉河。他把自己在非洲的经历写成了小说《巴图阿拉》（1921），描绘了非洲的野蛮习俗，是第一部真正的黑人小说，出版后获得了龚古尔奖。但是他出人意料地写了一篇义愤填膺的序言："文明，文明，欧洲人的骄傲和无辜者的墓地，你在尸体上建立了你的王国。你是压倒正义的暴力，你不是一支火炬而是一场火灾。"[①]由此引起了激烈的争论，导致他愤而辞职。

非洲法语文学的创始人是塞内加尔人桑戈尔（1906—2001），他中学毕业后赴法国，获得巴黎大学文学士学位和教师学衔。第二次世界大战爆发后他应征入伍，1940 年 6 月被俘，在德国集中营里关押两年，1944 年获释后回到巴黎参加抵抗运动，战后积极组织撒哈拉沙漠以南非洲的民族解放运动，1960 年当选为塞内加尔总统。桑戈尔积极提倡"黑人性"文艺，主张反对种族歧视，肯定被压迫的黑人的尊严，著有阐述"黑人性"学说的论文集《自由一集：黑人性和人道主义》（1964），并于 1983 年当选为法兰西学士院院士。桑戈尔于 1934 年在巴黎创办的《黑人大学生》杂志，标志着非洲法语文学的诞生。

随着非洲人民争取民族独立运动的高涨，非洲法语小说也日益发展和繁荣。用法语创作的非洲小说家大多反对殖民主义、维护民族独立，由于为数众多，本章仅限于介绍一些与法国关系密切的作家。

---

① 让-皮埃尔·德·博马歇等主编：《法语文学词典》，第 1399 页。

第一节 阿尔及利亚战争与午夜出版社

在殖民地人民争取独立的斗争中，最为突出的是阿尔及利亚的民族解放战争。早在1830年夏天，法国就把阿尔及利亚侵占为自己的殖民地。1954年11月1日，阿尔及利亚爱国者组成民族解放军，开始进行武装斗争，法国政府在1955年9月解散了阿尔及利亚共产党及进步爱国组织，派出军队进行镇压，由此酿成了20世纪50年代法国最重要的政治事件。阿尔及利亚人民不屈不挠，坚持斗争，终于在1962年7月3日宣告独立。

法国有许多知识分子反对阿尔及利亚独立，认为阿尔及利亚脱离欧洲就会活不下去，所以他们以为这样做是在保卫民主。但是当阿尔及利亚战争爆发之后，知识分子尽管内部存在分歧，却大多坚持反殖民主义的立场，谴责法国政府镇压阿尔及利亚的民族解放运动。当时受到左翼批判的加缪，在被授予诺贝尔文学奖的报告会上，也脱离讲稿说了一句语惊四座的话："在正义与我母亲之间，我将选择我母亲。"这句话显然是被当时的形势逼出来的，实际上他始终在揭露阿尔及利亚贫困的现实，以及法军在阿尔及利亚的殖民主义罪行，所以他才被认为是正义的象征。

午夜出版社是在抵抗运动中由韦科尔等人创办的，曾发表过韦科尔的《海的沉默》等反法西斯小说，以及阿拉贡等的大量爱国主义诗歌。热罗姆·兰东(1925—2001)在1943年参加了抵抗运动，1947年被出版社招聘为职员，不久由于筹集到出版资金而成为该社最大的股东代表。在出版商兼斗士的兰东的领导下，这个仅有10个人的午夜出版社采取了把政治颠覆和文学革命相结合的出版策略。一方面，他始终让出版社为进步事业服务，在1951年发表了波朗抨击战后清洗法奸运动扩大化的《致抵抗运动领导人的信》，1969年又为雅克·维尔日的《巴勒斯坦人》作序，谴责犹太复国主义。从1976年到1981年，他又为维护法国的图书价格统一进行了斗争。另一方面，他使出版社成为新小说派的中心，出版了许多属于先锋派的小说和评论，革新了文学的传统。

阿尔及利亚民族解放战争虽然得到了法国进步势力的支持，但法国当时竟没有出版过一部关于阿尔及利亚战争的小说，只有兰东的午夜出版社在20世纪50年代末出版了一系列称为"资料"的政治丛书，集中揭露了法国军队在阿尔及利亚实施的酷刑，主要有以下几部：

乔治·阿尔诺和雅克·韦尔瑞的《为贾米拉·布希里德辩护》，1957年10月出版。22岁的贾米拉·布希里德是一位阿尔及利亚少女，民族解放阵线的成员，被诬陷后备受法军的酷刑，并于1957年7月15日被判处死刑。此书是她的两位辩护律师的作品。乔治·阿尔诺是一个接近共产党人的新闻记者，雅克·

韦尔瑞是法共党员，阿尔及利亚民族解放阵线的支持者。

亨利·阿莱格的《问题》，是阿莱格讲述自己在阿尔及利亚所受的酷刑和死亡的威胁。他是阿尔及利亚共产党员，曾任进步的《共和主义的阿尔及尔》的主编。本书是他在集中营里秘密撰写的，被一些出版商拒绝，后由午夜出版社在 1958 年 2 月出版，3 月 23 日被查封。1959 年 10 月再版，11 月 13 日再次被查封。兰东为此撰写了致总统的请愿书表示对查封的抗议，并且得到了马尔罗、马丁·杜加尔等作家的支持。

皮埃尔·维达尔-纳奥的《奥丹事件》，1958 年 5 月出版。数学家莫里斯·奥丹是阿尔及尔大学理学院助教，共产党员，1957 年 6 月被法国伞兵逮捕。他的妻子也是共产党员，她在 7 月份就为丈夫的"失踪"提出了起诉，一些大学教师为此组成了"莫里斯·奥丹委员会"，进行请愿等各种活动。

莫里埃纳的《逃兵》，1960 年 4 月 7 日出版，4 月 20 日就被查封。这是一个开小差的士兵所写的关于从军中脱逃的作品。从法律的角度来看，他是一个"罪犯"，因此必须采取小说的形式，所以用了一个笔名"莫里埃纳"。但尽管如此，小说出版后仍被查封，兰东还因被起诉而出庭应审。

弗朗西斯·尚松的《我们的战争》，1960 年 6 月 22 日出版，6 月 29 日就被查封。尚松是萨特创办的《现代》杂志的编辑，曾挑起与加缪的辩论，积极参与了发起《121 人声明》的签名运动。

诺埃尔·法弗雷里埃尔的《黎明时的空虚》，1960 年 10 月 7 日出版，10 月 17 日就被查封。

兰东出版的书籍中有 10 部被禁止发行，18 部被宣布有问题。他的办公室和寓所因此被炸，但他并未屈服，在 1960 年夏天印刷了《关于在阿尔及利亚战争中有权利不服从》的声明，并且带头签名，最后共有萨特等 121 位著名作家签署，包括全体新小说派作家，后来就成了著名的《121 人声明》。实际上，正是午夜出版社在政治方面的重要影响，极大地促进了人们对新小说的关注，因此兰东和午夜出版社实际上是介入文学的先锋。

第二节 阿尔及利亚法语小说

非洲西北部的阿尔及利亚、摩洛哥和突尼斯被称为马格里布，曾经是法国的殖民地，在两次世界大战期间，许多当地人参加了法国军队。随着法国文化的普及，受到法语教育的人越来越多，因而从第二次世界大战末期开始形成用法语写作的马格里布文学，主要的小说大多发表在 20 世纪 50 年代，其中又以阿尔及利亚法语小说最为重要。这些作品不仅反映了本国的历史，而且颂扬了大战后为反对殖民主义而进行的争取民族独立和解放的斗争。原籍阿尔及利亚的法国作家很多,最著名的有加缪和罗布莱斯等。本节介绍的是用法语写作的阿尔及利亚作家。

一 鲁 瓦

于勒·鲁瓦(1907—2000)生于阿尔及利亚的罗维戈城,他从 1928 年到 1943 年担任步兵军官,然后到自由法国空军服役,1953 年以上校军衔退伍。他的小说《幸运谷》(1946)就是他对自己的轰炸机驾驶员生涯的回忆,既描写了战争的恐怖,也像凯塞尔的《机组》那样颂扬了战友们的情谊,出版后获勒诺多奖。他后来写了一些描写印度支那战争的小说和剧本,如《稻田里的战斗》(1953)和《奠边府战役》(1963)等。他的系列小说《阳光下的马群》(1967—1972)描写了法军入侵阿尔及利亚,以及阿尔及利亚在法国占领时期的情景。他还写了报告文学《阿尔及利亚战争》(1960)和《关于一场悲剧》(1961),清楚地表明了他反对殖民主义和支持阿尔及利亚独立的政治立场。

二 费 隆

穆卢·费隆(1913—1962)出生在阿尔及利亚卡比利山区一个农民家庭,被认为是阿尔及利亚文学中最早的小说家。他的父亲曾作为移民劳工到过突尼斯和法国,他自己当过一年牧童,靠助学金上了中学,1932 年考入阿尔及尔的布扎雷亚师范学校,1935 年回到家乡当小学教师。他在 1939 年开始写作的自传性小说《穷人的儿子》(1950)里,真实地描绘了在卡比利山区度过的童年时代,以及年轻时和乡亲们经历的贫困生活。

费隆于 1949 年到巴黎旅游,1951 年开始与加缪通信。他的小说《土地和鲜血》(1953)描绘了一个移民劳工带着法国妻子回国后组成的家庭,以及山区村庄里的生活,出版后获得了阿尔及尔城文学大奖。

1954 年 11 月 1 日,阿尔及利亚民族解放战争爆发,费隆就从 1955 年开始记日记。1957 年 7 月,他被任命为阿尔及尔的纳多尔学校校长。他的小说《上坡路》(1957)出版时正值战争期间,主人公的态度摇摆不定,小说最后以战争的失败告终。1960 年 10 月,他担任成立于 1955 年的社会中心的监察员,这个中心的宗旨是在贫困阶层中进行教育。1961 年五六月间,他带着研究任务去意大利和希腊旅行,与社会中心的六个同事一起在 1962 年 3 月 15 日被恐怖分子谋杀,凶手属于为建立法属阿尔及利亚而斗争的"秘密军队组织",当时费隆已经有了七个孩子。

费隆的作品都以卡比利山区为背景,描绘了当地的习俗和传统,他的短篇小说集《卡比利的日子》(1954)表现了对古老风俗的眷恋。他的作品揭示了阿尔及利亚人民斗争觉悟提高的过程。他的《日记》在 1962 年出版,是关于阿尔及利亚战争的第一手资料。

三 马姆里

穆卢·马姆里(1917—1989)也出生于卡比利山区,他的主要作品是小说三部曲《被遗忘的丘陵》(1952)、《安然沉睡》(1955)和《鸦片与棍棒》(1965)。它们是阿尔及利亚从第二次世界大战以后直到民族解放战争的历史画卷。主人公是一个年轻的知识分子阿勒兹基,他处于祖先传统与西方教育引起的矛盾之中,信奉老师传授的人道主义,但是从自己的生活和挫折中认识到了西方文明的虚伪,所谓平等只是神话,最后为了获得真正的自由而投入了争取民族独立的解放战争。《鸦片与棍棒》还被搬上了银幕。

四 狄布

马哈迈德·狄布(1920—2003)生于阿尔及利亚特莱姆森一个破落的资产者家庭,父亲在他11岁时去世。他从小就掌握了阿拉伯语和法语,15岁开始写诗,而且擅长绘画。从1939年开始,他先后在与摩洛哥交界的地方当过小学教师,接着到军队里去当会计。从1943到1944年,他在阿尔及尔给英法盟军当翻译。战争结束后他回到家乡,靠绘制地毯的草图为生。

1948年,他结识了一些法国作家,并且到法国去旅行,由此开始从事小说创作。1950年,他在《阿尔及尔共和报》工作,同时为共产党的《自由》杂志撰稿。

在阿尔及利亚民族解放战争期间,狄布于1956年被驱逐出境,到东欧各国旅行,1964年定居于巴黎郊区。

狄布的小说《阿尔及利亚》三部曲,包括《大房子》(1952)、《火灾》(1954)和《织布机》(1957),反映了从1939到1956年阿尔及利亚的社会现实。《谁记得大海》(1962)描绘了战争的可怕景象。《非洲的一个夏天》(1959)、《野蛮的上帝》(1970)和《狩猎队长》(1973)都是以阿尔及利亚人民争取独立解放的斗争为背景的。他的作品还有中短篇小说集《在咖啡馆里》(1955)、《护符》(1966)等。狄布的诗歌受到夏尔和加缪的影响,写得简洁明快。他的诗集《守护的阴影》(1961)的主题也是阿尔及利亚战争,阿拉贡为它写了序言。

五 亚西纳

卡蒂布·亚西纳(1929—1989)生于阿尔及利亚君士坦丁的一个大部落里。上中学三年级的时候,因参加庆祝德国投降的示威游行而被捕和开除学籍。1946年,他出版了第一部诗集《内心独白》。1947年,他在巴黎做了题为“阿尔及利亚独立”的演讲。他参加共产党后在《阿尔及尔共和报》工作,作为记者曾到中亚旅行。他从1951年起来到法国,从事过多种职业,后来成为一个剧作家。他是一个思想自由的革命者，因而受到法国的排斥，但是独立后的阿尔及利亚也对他怀有疑虑，因此他颠沛流离了20多年，直到1972年才回到阿尔及利亚定居。

在古代史诗、民歌及贝克特等作品的启发下，亚西纳在1956年发表的小说《内吉玛》把历史与现实结合在一起，描写了一个野蛮而高傲的民族不断地重新创造它的神话的过程。女主人公内吉玛是祖国的象征，她犹如一颗明亮而神秘的星星，追求她的四个男子都未能达到目的。小说结构新颖、含义丰富，被视为马格里布文学中的杰作，不仅多次再版，而且至今仍然受到读者的欢迎。

从《报复圈》(1959)开始，到《马哈迈德收拾你的行李吧》(1971)、《2000年的战争》(1974)、《西方的国王》(1977)、《被背叛的巴勒斯坦》(1978)，亚西纳以讽刺和嘲弄的方式无情地批判了社会现实。既然无产者都受到当权者的压迫，那么斗争就有了世界性的意义。他经常干扰那些安于现状和既定秩序的人，用自己的阿拉伯语和法语剧本真实和深刻地反映了阿尔及利亚存在的一切悲剧。他的剧作曾在许多国家上演，因此他也被认为是马格里布文学中风格最独特的重要作家。

第三节　其他非洲法语小说

一　乌斯曼

桑贝纳·乌斯曼(1923—2007)生于塞内加尔的一个渔民家庭，从事过多种体力劳动，大战期间在"自由法国部队"当汽车司机，到过意大利和德国。战争结束后到巴黎雷诺汽车厂里当技工，接着到马赛当码头工人，积极参加工会工作。他的第一部小说是带有自传性质的《黑色码头工》(1956)，第二部小说是歌颂非洲知识分子爱国精神的《祖国，我可爱的人民》(1957)，第三部小说《神的儿女》(1960)是一幅雄伟的历史画卷，以史诗般的笔触描绘了他亲自参加的达喀尔-尼日尔铁路工人的罢工。这次铁路工人罢工分为三个阶段，从马里的巴马科到塞内加尔的铁路交通枢纽捷斯，再到达喀尔，虽然受到镇压并有人牺牲，但最终获得了胜利。小说刻画了白人剥削者与被剥削的黑人之间的对立，揭露了殖民主义制度的罪恶，颂扬了民众中涌现出来的英雄人物。这部题献给撒哈拉沙漠以南非洲工会成员的小说政治态度鲜明，场面波澜壮阔，属于为推动非洲解放而创作的第一代非洲小说中的杰作。

乌斯曼后来的小说揭露了社会现实中存在的各种问题，例如《热风》(1963)讽刺了1958年的公民投票，《汇票》(1965)揭露了城市的道德堕落，《哈拉》(1973)批判了暴发户和一夫多妻制的习俗，《帝国的最后一人》(1981)则鞭笞了玩弄权术的政客。

二　库卢玛

阿赫马杜·库卢玛(1927—2003)生于科特迪瓦，在巴马科上学，在一次罢工之后被开除，于是去服兵役，因拒绝镇压一次示威游行而被派到印度支那，复员后在巴黎和里昂继续学业，毕业后先后在阿尔及尔和阿比让的银行业工作。

库卢玛的小说《独立的太阳》(1968)获得了《法国研究》杂志奖，1970年由瑟意出版社再版。小说反映的是科特迪瓦在独立10多年后潜藏着深刻的不满情绪，主人公法玛是一位马林凯①君主，他发现在独立后的社会里已经没有他的位置了。小说里的国家名称虽属虚构，却揭露了所谓独立后依然受到同胞剥削的现实。小说对法玛的妻子萨莉玛塔刻画得十分细致，通过她的形象表明了妇女在独立前和独立后都受到排斥。

库卢玛在1999年发表了小说《等待野兽们的选举》，揭露了非洲某些国家的专制统治。他的小说《真主并非必需》(2000)的主人公是个名叫比拉伊马的男孩子，因为法语讲得不好而被讥笑为小黑人。他不到12岁就父母双亡，跟随巫师雅古巴到利比里亚去投奔他的姑母。那里邪教肆虐、尸横遍野，正在进行一场部落战争。比拉伊马作为童子军被征入伍，用他那支俄国造的卡拉什尼科夫步枪打死了不少人。库卢玛写这个故事是因为他在1994年到过吉布提，在学校里见过很多由于部落战争而从索马里逃出来的孩子，所以他把这部小说题献给吉布提的孩子们。他把情节安排在利比里亚和塞拉里昂，是因为这两个国家离科特迪瓦更近，写起来比较方便。

小说里充斥着屠杀、吃人和强奸的场面，但是库卢玛表示情节并非虚构，例如为了不让人们去投票就砍断他们的手臂等情节，不但报刊上早有报道，他在动笔之前也进行过详细的调查。他在调查中发现天主教、泛灵论和拜物教在非洲全都混在一起，军队的指挥员就是预言家，他们用巫术控制着自己的队伍，使士兵们糊里糊涂地服从他们。例如约翰孙将军，他在利比里亚杀死了无数人，甚至把人的心肝切碎后烤熟吃掉，现在到尼日利亚当了教士。库卢玛本人是个穆斯林，他不相信这些巫术。他的作品多用短句、重复、夸张和谚语，因为口语化正是非洲叙事的特色。

三　奥约诺

费迪南·雷奥波尔·奥约诺(1929—2010)生于喀麦隆埃博洛瓦附近的恩古莱马孔，到10岁才上小学，但由于聪明过人而被父亲送到法国，进普罗万中学读书。毕业后到巴黎大学攻读法学，后来进入国立行政学院。1956年，他连续发

① 马林凯人是马里、尼日尔以及分布在西非地区的一个民族。

表了两部小说:《男仆的一生》与《老黑人和奖章》。1960 年学业结束的时候,他发表了第三部小说《欧洲之路》。喀麦隆独立后,他进入外交界,先后担任驻法国、意大利、欧盟和联合国大使,1974 年任喀麦隆常驻联合国代表。

《男仆的一生》是一个年轻的黑人男仆的日记,描绘了他所在的殖民者的世界,摧毁了人们心目中对传教士以及各种掌权的白人的形象。《老黑人和奖章》讲的是给一个老黑人颁发奖章,表彰他为法国效力,因为他的两个儿子被殖民者征兵后死于战争,但是他的土地被天主教会骗去,自己获奖后仍然遭到凌辱。老黑人终于明白颁奖只是为了维护白人的统治,所以抛弃了白人的世界,回到自己的故乡去了。

在《欧洲之路》里,奥约诺塑造了主人公皮卡罗,他在学校里受到"欧洲中心主义"教育,不再参与喀麦隆的日常生活,只是等待着到欧洲去的日子,然而又不适应西方人的生活。皮卡罗代表着独立前夕非洲人的尴尬处境,这时传统社会即将崩溃,而他们又不能融入西方文化。奥约诺的小说三部曲首次描绘了殖民主义时代喀麦隆的社会现实,对殖民主义提出了质疑,因而被收入了喀麦隆学校的教材。

四 贝 蒂

蒙戈·贝蒂(1932—2001)生于喀麦隆雅温得附近的姆巴尔马约,原名亚历山大·比伊迪。他就读于传教士办的小学,1951 年从雅温得中学毕业后来到法国,先后在普罗旺斯地区埃克斯和巴黎攻读文学。1959 年获得中学师资合格证书,1966 年获得古典文学的教师学衔,在鲁昂的高乃依中学任教。他在任教的同时进行文学创作,并且在 1979 年创办了杂志《黑色的民族,非洲的民族》。

贝蒂的中篇小说《没有恨也没有爱》(1953)取材于肯尼亚的一次起义。第一部长篇小说《残酷的城市》(1954)的主人公是脆弱而平庸的青年农民邦达,他于 20 世纪 30 年代在坦噶这座城市的经历和磨难,反映了殖民主义已经日薄西山的现实。《可怜的蓬巴基督》(1956)对一个披着传教士外衣的殖民主义者进行了深刻的讽刺。《完成的使命》(1957,获圣伯夫奖)和《死里逃生的国王》(1958)这两部小说,描写的是第二次世界大战以后法国联盟[①]的恢复,也就是独立前的非洲。《死里逃生的国王》描绘了传统非洲的一些上层人物,以及他们的国王的独特命运。埃萨扎姆村实行的是一夫多妻制,国王在临终时注视着他的王宫,也就是村庄。小说描写了他的童年时代、第一次婚姻,以及第 23 个妻子的生活。每段记忆都夹杂着国王的评论,显示出他孝顺母亲和喜欢少女的性格。小说的情节发生在 1948 年,但在发表时已经提到了独立后的新政权。

① 指法国本土与海外省和海外领地的联盟。

贝蒂在沉默了14年之后，于1972年发表了评论《抢劫喀麦隆》，通过一桩诉讼案揭露了殖民统治的新形式，指出了过去的殖民主义与今天的帝国主义的区别。书刚出版就被禁止，他为了维护自己的权利进行了长期的斗争。他在1974年出版了两部小说——《贝尔贝杜》写一个妇女的悲惨命运；《牢记路本》写喀麦隆独立运动中的一个青年为民族解放事业而英勇献身的故事。

奥约诺和贝蒂的作品，是当代喀麦隆法语小说诞生的标志。

第二十五章　法国小说的回顾和展望

经验证明，新的小说流派往往需要一批作家的共同努力才能形成，而一代作家的成长则取决于社会环境和历史条件。浪漫主义小说家雨果、大仲马、乔治·桑和梅里美等都出生于19世纪初，他们成年后正值拿破仑帝国垮台，处于相对自由的复辟时期，从而促成了浪漫主义小说的繁荣。当代小说家如马尔罗、尤瑟纳尔、埃梅、娜塔丽·萨洛特、萨特和热内等都出生于20世纪初，他们成年时处于两次世界大战之间，战争的硝烟和阴影为他们的作品抹上了不同的色彩，共同构成了现当代法国小说的绚丽画卷。

在评述法国小说的发展过程的时候，回顾一下法国小说在我国的译介和传播是很有必要的，对于理解法国小说的意义和影响无疑会有所助益。

第一节　法国小说在我国的译介

随着我国近代资产阶级改良主义政治运动的兴起，法国小说也开始陆续译介到我国。早在戊戌变法时期，梁启超①和严复②等要求维新变法的知识分子，就积极介绍卢梭和孟德斯鸠等启蒙思想家的政论，随之而来的法国小说，则在传播西方的民主思想和法国现代文化方面起到了重要的作用。

译介欧美小说的前辈首推林纾（1852—1924），他是光绪举人，字琴南，曾任教于京师大学堂。他虽不通外文，但与口译者合作，用文言文翻译了170多种欧美小说。1899年，他翻译了小仲马的《茶花女》，取名为《巴黎茶花女遗事》，开创了我国译介法国小说的历史，迄今已经有一个多世纪了。1915年，他还翻译了孟德斯鸠的《鱼雁抉微》（即《波斯人信札》），以及巴尔扎克的短篇小说。他的翻译完全是意译，但是态度严肃、感情丰富、文笔流畅，而且“他并不一味崇洋，所译的一些名著，如《巴黎茶花女遗事》《黑奴吁天录》等，都带有反对封建礼教、鼓吹

① 梁启超（1873—1929），近代资产阶级改良主义者，倡导变法维新，戊戌变法后逃亡日本，曾主编《清议报》。

② 严复（1854—1921），近代启蒙思想家和翻译家，曾翻译孟德斯鸠的《法意》，并首先提出了“信、达、雅”的翻译标准。

反帝爱国、抨击社会黑暗，为国内改良主义政治服务的意味”[1]。所以他的译作风靡一时。不过他晚年思想趋于保守，他的翻译方法也引起了激烈的争论，乃至受到批判。

伍光建(1867—1943)被誉为译坛圣手，他的译作深受胡适[2]和茅盾等人的赞赏。他是广东新会人，毕业于天津北洋水师学堂，留学于英国的格林尼治皇家海军学院，通晓数学、物理、天文等自然科学和欧美文学。回国后在北洋水师学堂、南洋公学等地任教，1902年开始编撰自然科学教材，翻译欧美的理论著作和小说。

伍光建用白话文翻译了大仲马的《侠隐记》(即《三剑客》或《三个火枪手》)和《续侠隐记》(即《二十年后》)，由茅盾校注，曾作为“新学制中学国语文科补充读本”，在当时影响极大，绝版半个多世纪后还被重印。他的白话文翻译独具特色，是忠实于原文的直译，因此与林纾相比是翻译史上的一大进步，只是对原作删节较多。他生前翻译出版了百余种欧美小说，包括雨果的《悲惨世界》和《海上劳工》，身后还留下了300万字的遗稿。

在五四运动以前，译介过来的其他法国小说还有都德和莫泊桑的短篇小说，都德的名篇《最后一课》和《柏林之围》是胡适翻译过来的。

从五四运动时期到20世纪20年代，在象征主义诗歌被译介到我国的同时，伏尔泰、卢梭、雨果、乔治·桑、福楼拜、都德、梅里美、莫泊桑、法朗士等的小说也纷纷被译成中文，其中伏尔泰的小说主要有徐志摩[3]翻译的《赣第德》(即《老实人》)，陈钧[4]译的《坦白少年》(即《老实人》)、《查德熙传》(即《查第格》)，傅雷翻译的《伏尔泰小说选》。陈钧的译作在1935年结集出版，名为《福禄特尔小说集》。此外，还有曾朴[5]的《九十三年》(即《九三年》)和穆木天的《窄门》等中译本。在这一时期，法国小说的译介事业实际上刚刚起步，所以小说家和小说的译名都比较杂乱，例如“雨果”被译成“预勾”“嚣俄”，“乔治·桑”被译为“乔琪桑”，《包法利夫人》被译成《马丹波娃利》《波华荔夫人》，《魔沼》被译为《鬼池》等。

从20世纪30年代到40年代，许多法国小说家的作品都被译介过来，其中大多是现实主义小说家，例如司汤达、巴尔扎克、福楼拜、左拉、莫泊桑、罗曼·罗兰等。中华人民共和国建立前只有北平的中法大学、上海的震旦大学、南京的中

---

① 杨义、陈圣生:《中国比较文学史纲》，台北业强出版社，1998年，第395页。

② 胡适(1891—1962)，字适之，安徽绩溪人。1910年赴美国留学，1917年回国后任北京大学教授，是新文化运动的著名人物。

③ 徐志摩(1896—1931)，浙江海宁人，新月派诗人。

④ 陈钧(1900—1989)，字汝衡，江苏江都人，教育家、诗人、翻译家。

⑤ 曾朴(1872—1935)，江苏常熟人，近代小说家，笔名东亚病夫，著有《孽海花》，并开办书店和翻译法国小说。

央大学设有法语专业，法语界的力量相对薄弱，因此译介法国小说的重任，主要是由从国外留学归来的学者、教授来完成的。这些揭露和批判资本主义社会现实、要求实现人道主义的作品，对处于半封建半殖民地的中国人民是极大的精神鼓舞。这一时期的译者多为法国文学专家，译作的质量自然大有提高，其中成就最为杰出的是傅雷，以及李健吾、穆木天和毕修勺等。

傅雷(1908—1966)是上海人。他自费留学法国，回国后在上海美专等校任教，1927 年开始翻译法国小说，包括伏尔泰、梅里美和罗曼·罗兰的作品，主要翻译了巴尔扎克的《高老头》等 13 部小说，后结集为《傅雷译文集》15 卷。他对译作要求极严，务求精益求精，而且还提出了重"神似"不重"形似"、加强译者的艺术修养等真知灼见，对后来的译者很有影响。

李健吾(1906—1982)是山西安邑人，笔名刘西渭。1930 年毕业于清华大学，翌年赴法国留学，1933 年回国，先后在国立暨南大学文学院和北京大学等校任教，至 20 世纪 60 年代任中国社会科学院外文所研究员。译有《莫里哀喜剧集》，小说有《包法利夫人》《司汤达小说集》。他是研究法国文学的学者，除翻译以外还撰写了《福楼拜评传》《司汤达研究》等著作。

穆木天(1900—1971)是吉林伊通人，曾参加创造社，1926 年毕业于日本东京大学，回国后在中山大学、北京师范大学等校任教。译作有司汤达的短篇小说，巴尔扎克的《欧贞尼·葛郎代》(即《欧也妮·葛朗台》)、《从妹贝德》(即《贝姨》)、《从兄蓬斯》(即《邦斯舅舅》)、《夏贝尔上校》(即《夏倍上校》)、《绝对之探求》，以及《幻灭》的前两部《二诗人》和《巴黎烟云》等。

毕修勺(1902—1992)1920 年赴法国勤工俭学，在雷诺汽车厂做工的同时，在巴黎高等社会科学研究院学习。他决心把左拉的全部作品译成中文，为此付出了毕生的心血，直至去世。他译的《萌芽》《崩溃》和《劳动》等在抗日战争前后出版。中华人民共和国成立以后，由于人所共知的原因，他蒙冤 25 年，毕生的译作也只能尘封在阁楼里。除《劳动》由黄河文艺出版社于 1985 年出版以外，直到 1993 年，才由山东文艺出版社出版了他的 9 部译作。

中华人民共和国成立以后，从 20 世纪 50 年代至 60 年代初，法国小说的译介进入了一个新的阶段。从拉伯雷到阿拉贡，大量的经典小说被翻译或重译，而且译本比较规范，通常都有译者的前言或后记，对小说家及其作品进行简要的评述。

20 世纪 50 年代末，有两部法国小说成了众矢之的。一部是《约翰·克利斯朵夫》，它由傅雷译成中文后，在中国知识界产生了很大的影响。1958 年，《读书月报》组织了对小说的讨论。从 1961 年到 1963 年，文学界对罗曼·罗兰的"资产阶级个人主义和人道主义"进行了批判。另一部是《红与黑》，它的全文是在中华人民共和国成立前夕由罗玉君翻译的。1960 年，电影《红与黑》上映后影响很大，于是《文学知识》和《大众电影》在全国开展了对《红与黑》的讨论和批判。

1966年“文化大革命”开始，傅雷等译者被迫害致死，法国小说的译介自然无从谈起，从此中断了10多年之久。

十年动乱之后，随着改革开放时代的到来，法国小说的译介从20世纪80年代以来达到了空前的繁荣。为了满足广大读者对外国文学的渴求，在新译的同时大量重版过去的译著，其中《红与黑》的版本竟在20个以上。与此同时，法国文学研究会也于1982年成立，先后召开过关于左拉、巴尔扎克、乔治·桑等小说家的学术讨论会，出版了不少研究法国小说的专著和资料，有力地推动了学界对法国小说的研究。

这一时期法国小说的译者名家辈出，其中最为突出的有：郝运（1925— ）本名郝连栋，译有司汤达、大仲马、法朗士、都德、左拉和莫泊桑的小说。郑永慧（1918—2012）翻译巴尔扎克、雨果、梅里美、大仲马、左拉、莫泊桑的长篇小说15部。许渊冲（1921— ）除将中国的大量诗歌译成法文之外，还翻译了《包法利夫人》《红与黑》和《约翰·克利斯朵夫》等名著，并著有《文学与翻译》（2003），提出了“文学翻译就是‘美化之艺术’”等一整套翻译理论。李玉民（1939— ）翻译的作品数量最多，共有雨果、巴尔扎克、大仲马、莫泊桑和纪德等的小说40余部。

由于翻译界力量的增强和外国文学出版事业的发展，迄今为止，仅完成的大型翻译工程就有《巴尔扎克全集》（30卷）、《傅雷译文集》（15卷）、《法国二十世纪文学丛书》（70卷）、《追忆逝水年华》（7卷）、《雨果文集》（20卷本和10卷本）、《纪德文集》（3卷本和5卷本）、《莫泊桑小说全集》（10卷）、《杜拉斯文集》（15卷），以及《凡尔纳选集》《亚森·罗平探案全集》等。形形色色的小说选集以及作家文集中的小说作品还不包括在内，而小说译作的单行本更是不计其数。在历届全国外国文学优秀图书评奖中，法国小说所获奖项在各文种获奖总数中始终名列榜首。

第二节 法国小说的发展和演变

从中世纪末开始，法国每逢世纪之交都有一个文学上的过渡时期，其中既有旧流派的余波，也有新流派的先兆。例如17世纪末的“古今之争”，标志着古典主义的盛极而衰和启蒙文学的兴起；18世纪末的法国大革命，则是启蒙文学的终点和浪漫主义的先声。19世纪当然也不例外，浪漫主义、现实主义、自然主义和象征主义等文学流派虽然各领风骚，盛行一时，但是它们在世纪末都退出了历史舞台：“自然主义成了小说的最后一个流派。在这个流派之后，作家们的精力则完全分散了。小说的样式变得极其繁多。”①正因为如此，小说才会在20世纪

① 米歇尔·莱蒙：《法国现代小说史》，徐知免、杨剑译，第197页。

发生深刻的演变，进入现实主义与现代主义争奇斗艳的时代。

1968年的“五月风暴”，是法国长期以来日益加深的社会矛盾的总爆发，表达了从青年学生到工人农民对陈旧的社会体制的不满，最终导致了戴高乐总统的下台，也引起了后来的一系列改革，对法国的社会生活产生了深刻的影响。但是这些改革成效有限，国际上从苏联的解体、艾滋病的流行到女权运动的兴起，国内从失业、移民、犯罪、环境污染到恐怖主义等种种问题，都使法国弥漫着一种世纪末的气氛。人们不再像从前那样有统一的目标或理想，而是进入了一个没有中心的多元的时代。

法国是20世纪现代派小说的一个重要发源地，它产生的各个现代主义流派，对欧洲和世界的小说产生了深远的影响。但是到60年代末，新小说作为一个流派已盛极而衰。法国后来产生的所谓的新新小说派、新寓言派等，实际上都算不上真正的流派。索莱尔斯否认自己是新新小说派作家，甚至声明自己与新小说派没有联系，罗伯-格里耶也认为，法国在新小说派之后就没有文学流派了。

早在1984年，特罗亚就明确表示：“法国现在没有什么文学流派，作家们写自己想写的东西，而且他们之间来往也很少。”[①]西蒙在1985年获得诺贝尔文学奖时发表的演说中，根本不提自己是新小说派作家。费尔南代兹于2001年3月2日在北京所做的讲演中，同样断定现在已经不存在任何流派。2003年12月11日，杜甘在与笔者等中国学者座谈时指出，20世纪50年代以前的文坛上充满生气，作家们经常在艺术方面进行争论和探讨，所以能创作出风格独特的作品。而现在许多作家喜欢猎奇或描写自己，当代法国文学处于没落的状态，没有任何思潮或流派了。

从20世纪80年代开始，这些流派的领袖人物相继去世，其中最著名的有(括号内为去世年份)：超现实主义小说和社会主义现实主义小说的主将阿拉贡(1982)，存在主义作家萨特(1980)、波伏瓦(1986)，新小说派的元老娜塔丽·萨洛特(1999)等。他们的去世是这些流派彻底消失的标志。去世的还有一些享誉世界的大作家，例如法兰西学士院的第一位女院士尤瑟纳尔(1987)、连任23年龚古尔文学奖评委会主席的巴赞(1996)、法国当代读者最多的女作家杜拉斯(1996)等。随着他们的去世，可以说20世纪的法国文学已经走向了终点。

文坛上不再有起导向作用的旗帜或流派，小说的通俗化就成了必然的趋势。正如巴赞在20世纪80年代末所说的那样：“现在的法国文学在朝全方位发展。即大家都在探索，没有固定的方向，也没有流派，各自为政。当然，人们也注意到，小说的人物、主题、题材等方面有一种回归传统文学的倾向。”[②]

---

① 张成柱：《亨利·特罗亚评传》，第2页。

② 廖星桥：《荒诞与神奇——法国著名作家访谈录》，第158页。

当代小说的通俗化倾向并非偶然,原因首先在于社会的发展使生活节奏日益紧张,同时随着大众传播媒介的普及,人们日益注重文艺的娱乐性,很少有耐心去看一本本厚厚的小说,从而促使小说与电影和电视的关系日益密切。其次是文学批评越来越脱离小说创作和作品本身,成为一门为批评而批评的独立学科,把结合作品的传统批评变成了研究符号和话语的玄奥理论,使文学批评失去了应有的导向作用。

从小说发展的角度来看,当代小说的通俗化是对新小说乃至一切现代派小说的反拨。新小说革新传统小说的创作方法,具有一些引人注目的艺术特色,对于小说的发展无疑具有重要的意义,但是它的读者有限,存在的时间也不长,显然未能导致法国小说的繁荣,表明它的革新并未成功。现代派小说在表现世界和人生的荒诞,以及革新小说的创作手法方面做出了重要的贡献,但同时也使大众本来喜欢阅读的小说变得晦涩难懂、无法卒读。因此,小说的通俗化只是适应了大众的需要,恢复了小说讲故事的功能。

科学技术的发展也是小说通俗化的原因之一。大众传播媒介的普及,音像作品的增多,电脑的出现,使我们进入了信息和网络的时代。电脑可以充分利用移动、剪裁和粘贴文字的功能,随时对作品进行修改,几乎无须事先打好腹稿就能够取得最生动的效果,等于是改变了人们的写作习惯和思维方式,极大地提高了工作效率,实际上是写作领域里的一场革命。一方面,网络时代的小说很少涉及政治和重大的题材,因而被称为“消遣文化”“消费文学”[①];但另一方面,这场革命所提供的种种手段,又将为小说创作开辟一个全新的天地,扩大它的表现领域,使小说的前景更加丰富多彩。

没有流派并不意味着没有不同的类型和风格。世纪末的法国小说,除了新小说之外大致可以分为三类。

第一类以杜拉斯为代表,主要描写日常生活的题材,涉及的是平民百姓的欢乐和痛苦。属于这一类的小说家有勒克莱齐奥、佩纳克、乌勒贝克、达里厄塞克和德莱尔姆等。他们都有各自的风格,例如勒克莱齐奥的异国情调,佩纳克的传奇色彩,乌勒贝克的对比笔法,达里厄塞克的奇思异想,德莱尔姆的琐事题材,等等。

第二类以尤瑟纳尔为代表,主要描写重大的事件或者非凡的人物和业绩,属于这一类的小说家有图尼埃、莫迪亚诺、费尔南代兹等。他们的小说也各有特色:图尼埃富于哲理,莫迪亚诺回忆往事,费尔南代兹则充满了巴洛克风格。

多米尼克·费尔南代兹(1929—)是法国大学里的意大利语教师,他的小说以意大利为背景,其中《波尔波里诺或那不勒斯的秘密》(1974)描写18世纪那不

---

① 安托万·孔巴尼翁:《作家,游艺场的歌手》,法国《读书》杂志2000年3月号。

勒斯的辉煌景象,也刻画了一个被去势的人。小说不仅揭示了生活的悲喜剧,而且从历史、意识形态和弗洛伊德学说等各个方面,以多彩的画面向读者提供了多重的叙述,因此曾作为巴洛克风格的杰作获得梅迪希斯奖,还被改编成歌剧。《玫瑰星》(1978)的主人公是一位著名学者,他用假名来掩盖自己的同性恋,小说揭露了他的无意识的行为。获得龚古尔奖的小说《在天使手中》(1982),描写了一个意大利共产党人的一生,以及同性恋倾向给他带来的烦恼。他笔下的人物大多具有同性恋倾向,他的作品往往是为同性恋进行辩护,有关阉人的声音等的描写笔调怪异,具有巴洛克的风格。

第三类以佩雷克为代表,作品主要是对文体的探索,属于这一类的小说家有索莱尔斯、埃什诺兹、安戈和图森等。

让-菲力普·图森(1957—)被称为"最低限度派"作家,他的《浴室》(1985)、《先生》(1986)、《照相机》(1988)和《做爱》(2002)等小说,简单地描绘日常生活中的细节,把文体简化到了空洞无物的地步,以此来表现当代社会里人们的麻木和异化。

现代派小说在 20 世纪风行之后归于衰落,而现实主义小说不但没有衰落和消亡,反而汲取了现代派小说的一些观念和手法,因此必将在新的世纪里发展得更加丰富多彩。我们从以往小说发展的规律中,可以看出在世纪之交通俗化的小说里,已经包含着新世纪小说的萌芽,未来的小说必将在现实主义与现代主义交融的基础上不断地发展和演变,从而使小说在内容和形式上更加丰富和完美,在法国小说史上再次耸立起一座前所未有的高峰。

第三节　新世纪的小说创作

进入新世纪以来,法国的小说发展势头不减,涌现了许多新的佳作。例如乌勒贝克在 2005 年发表的《一个岛的可能性》,像他的前几部小说一样涉及爱情、科幻和教派,通过主人公的爱情故事和克隆人类的梦想来揭露丑恶的社会现实,小说想象大胆,结构新颖,批判深刻,因而很受好评,但在龚古尔奖的竞争中以两票之差败北。获胜的是出生于比利时的小说家弗朗索瓦·威尔冈(1941—)的《在我母亲家的三天》。

威尔冈的小说在 2005 年 10 月刚出版就夺得了龚古尔奖。主人公弗朗索瓦·韦耶格拉夫一直想去看望年迈的母亲,但是一直忙忙碌碌,直到年过九十的母亲在花园里摔倒后才赶到她的身边。贯穿小说的主线是永恒的母爱和普遍存在的代沟。子女们从来不去看望母亲,但是母亲却始终爱着她的儿女,她甚至希望能被人送到医院去急救,那时候她的六个孩子就会马上赶去看她了。《在我母亲家的三天》既蕴含着人生的体验和智慧,又充满了幽默的比喻和美妙的联想,例如从夜晚的星星联想到芸芸众生和人类的变迁，从天空的星座联想到光年、星云、黑洞和星系，使小说读来趣味盎然，确实是具有独特的思想和艺术性的优秀小说。

皮埃尔·勒梅特尔(1951—)是以侦探小说著称的作家，已经出版了《阿莱克斯》等五部侦探小说，但是他的《天上再见》(2013)却是一部以第一次世界大战为题材的严肃小说，出版后获得了龚古尔奖。小说描绘了“一战”退伍士兵们的不幸命运。他们与德军殊死战斗，付出了重大的伤亡后获得了胜利。但是将军们在战后却倒卖烈士们建造坟墓所需要的材料，促使两个无缘进入墓地的普通士兵为此报复他们，进行了一场极度冒险的欺诈活动，这是战争造成的罪恶与后果。

在新世纪里出现的最大的变化，是翻译界出现了一个可喜的现象。在整个20世纪，我国的外国文学领域一向以译介为主，研究较少。80年代以来出版了不少专著和论文，但是往往因西方批评界的影响而囿于传统文学史的窠臼，而现在我们不再满足于翻译和介绍外国小说，而是要以中国学者的眼光来予以总结和评价了。人民文学出版社和中国外国文学学会各语种分会联合成立的“21世纪年度最佳外国小说”评选活动，就是这方面的突出标志。评选委员会每年对上一年度出版的外国小说进行评选，并对入选的作品及时进行翻译和出版，在年末举行颁奖典礼，向获奖的外国作家授奖。这一评选活动是我国历史上前所未有的创举，在国内外产生了良好的反响。从2002年至今共有约30个国家的近百位作家获奖。包括大江健三郎和勒克莱齐奥等大作家都亲自来京出席了颁奖仪式。

历年来选出的法国年度最佳小说是(按原著出版的年份排列)：彼埃蕾特·弗朗狄奥的《要短句，亲爱的》(2001)，马尔克·杜甘的《幸福得如同上帝在法国》(2002)，帕特里克·莫迪亚诺的《夜半撞车》(2003)，弗朗兹-奥利维埃·吉斯贝尔的《美国佬》(2004)，皮埃尔·贝茹的《妖魔的狂笑》(2005)，勒克莱齐奥的《乌拉尼亚》(2006)，皮埃尔-让·雷米的《大师之死》(2007)，安妮·埃尔诺的《悠悠岁月》(2008)，让-马克·帕里西斯的《恋人》(2009)，让·克里斯托夫·吕芬的《卡迪巴》(2010)，安娜-杜芬妮·朱利安的《沙滩上的小脚印》(2011)，奥利维埃·亚当的《边缘》(2012)，克里斯多夫·奥诺-迪-比约的《潜》(2013)，阿德里安·博斯克的《星座号》(2014)。

这14部优秀作品是新世纪法国小说创作的主流，反映了法国小说的现状和发展趋势，大致可以分为三类。

一 继承和发展了战争小说的现实主义传统

法国的战争小说体裁丰富、源远流长，在两次世界大战和反法西斯斗争中空前繁荣。在法国解放后依然绵延不绝，到世纪之交更是大放异彩。在评选的年度最佳小说中，有三部是以第二次世界大战为题材的。

《幸福得如同上帝在法国》的主人公，是个名叫加尔米埃的善良青年，他在抵抗运动中奉命来到德军的潜艇基地，以咖啡店侍者的身份为掩护搜集情报。命运使他与一些年轻的德国水兵结下了不解之缘，他们和他一样有着各自的爱好和理想、亲情和爱情，因而把他引为知己，出航前都向他告别。其中有个指挥官塞给他一张写着女友的名字和地址的纸条，对他说了一句他终生难忘的话："哦，皮埃尔，我现在把这张纸给您，因为明天我是逃不过去了。昨天晚上我们奉命出发，以后天知道什么时候再见了。那一天如果到来的话，我们会在巴黎一家咖啡店的平台上一起喝啤酒，那时我们将会'幸福得如同上帝在法国'，大家都是这么说的，对吧？"[①]

"幸福得如同上帝在法国"是德国的一种非常古老的表达方式，是颂扬法国及其所体现的甜蜜生活。这种生活是德国人和法国人的共同愿望，但是为了反法西斯斗争的胜利，加尔米埃依然把德国潜艇的出发时间和位置报告给了英国空军，使这些信任他的德国伙伴葬身海底。然而他总是觉得良心不安，为了弥补内心的愧疚，他终身都在照顾那个指挥官死前托付给他的女友和孩子。加尔米埃的身上体现了人性的美德和弱点，他并非一个通常意义上的完美的革命英雄，但是他显示出来的一个普通人的善良和真诚，却更使人觉得真实可信。小说通过他的经历，从人道主义的角度反映了战争的残酷和荒诞，表明了对战争的厌恶和对幸福生活的向往。

更为重要的是，小说大胆地触及了法国当代的社会现实。抵抗运动已经过去了半个多世纪，它的真相在法国几乎已经被人遗忘。当时有许多人与纳粹合作，他们在最后一刻才改变立场，装作民族英雄，在法国解放后掌握了大权。而加尔米埃这个真正的英雄，由于为了投身于抵抗运动曾假装死去，在胜利后竟连户口都报不上。这就是法国社会现实的反映，"合作分子"至今仍是个讳莫如深的话题。《幸福得如同上帝在法国》实际上是在为抵抗运动正名，力图分清大是大非，充分显示出一个正义作家的良知。

弗朗兹-奥利维埃·吉斯贝尔（1949—　）的《美国佬》的主人公是个美国兵，他在诺曼底登陆后定居法国，却总是无缘无故地打骂妻儿，使得儿子从小就对他恨之入骨，以至于他晚年时只能对癞蛤蟆和蜜蜂说话。其实他和妻子极为恩爱，只是因为在战争中深受刺激他才变得如此暴躁。例如在诺曼底登陆时，海水都被鲜血染红，士兵们冲上海滩时吓得连大小便都失禁了。在他去世之后，儿子终

① 杜甘：《幸福得如同上帝在法国》，吴岳添译，人民文学出版社，2002 年，第 115—116 页。

于明白了真相而谅解了他。这对父子之间的激烈冲突，实际上反映了战后法国社会的深刻变迁。

这对父子本来都热爱乡村生活，都喜欢历史和文学，但是仇恨蹂躏了儿子的理智和人性，使他把对父亲的恨当成了自己的生活方式。正因为如此，他在父亲死后才会有刻骨铭心的悔恨："我悔的是，我竟然从来没有给过我父亲一次机会，让他能够跟我说说话，让我能够原谅他。在我生命的暮年，我什么都不缺。只是缺少未来和良心……在仇恨把我带往的地方，我到处留下了遗憾，而现在，我决心去爱所有的人……这就是爸爸的死教会我的东西。"①这种悔恨，无疑也是对战争造成的后果的一种控诉。

皮埃尔·贝茹（1946— ）的《妖魔的狂笑》的叙述者保尔·马尔洛是战后出生的法国青年，为了学习德语而来到德国巴伐利亚州的一个小城。这里环境优美，有着茂密的森林和宁静的湖泊，然而他却偶然发现这里发生过可怕的事情。他遇到了神秘而富有魅力的少女克拉拉·拉丰丹，她的母亲在家人于轰炸中丧生后患了忧郁症，父亲阿尔蒂尔·拉丰丹是德国国防军的一个军医，把纳粹在乌克兰的大屠杀等许多可怕的故事记在一个笔记本里，所以她是在痛苦和回忆中长大的。她用照相机拍摄一切，还把这些故事详细地讲给保尔听，因为她不能用德语讲这些事情。

城里有些居民从东部战线回来时已经疯疯癫癫，头脑里充满了当年可怕的情景。两年前，凯尔斯泰恩的居民瓦尔特·莫里兹，被发现在森林里的一棵树下痴呆地傻笑，怀里抱着他刚刚扼死的两个孩子。他从前是希特勒军队里的中尉。在1941年的乌克兰，他和拉丰丹一起参与了屠杀，双手沾满了被害者的鲜血。他无法违抗命令，处死了一车厢的犹太孩子。他在疯狂中扼死自己的两个孩子后傻笑着死去了。

1963年，克拉拉和16岁的保尔相爱，他们一个照相，一个绘画，用自己的艺术去揭露恶的秘密。1964年春天，保尔回到巴黎，也被战争的景象困惑，特别是他的父亲曾是抵抗运动成员，为阿尔及利亚的解放而奋斗，可是他在保尔12岁那年在卢森堡公园里被人用匕首刺死了。克拉拉后来去了远方，成为奔向一切冲突地区的战地记者，拍摄过在越南打仗的士兵们迟钝的目光。1968年"五月风暴"期间，保尔在下雨的大街上结识了后来的妻子让娜，现在他们和两个孩子生活在格勒诺布尔南部的韦科尔。他成了著名的雕刻家，喜欢把石头雕刻成内容残酷的作品，他最新的作品就是《妖魔的狂笑》，就是瓦尔特搂着两个孩子的巨大雕像。

在20世纪后半叶，每当黑湖将要成为保尔的回忆时，克拉拉就会出现，黑湖

---

① 吉斯贝尔：《美国佬》，余中先译，人民文学出版社，2005年，第169页。

的悲剧和他们自己的悲剧把他们永远联系在一起。他们不断地分离和重聚，经历了当代的政治和历史事件，同时终身背负着他们父辈留下的沉重包袱。保尔只从让娜的爱情、孩子的出生和雕刻艺术中得到过短暂的幸福，对他来说终其一生战争也从未结束。

从第二次世界大战、俄罗斯东部前线即乌克兰的大屠杀，从阿尔及利亚战争、1968 年的“五月风暴”，直到 2037 年，小说描写了整整一个世纪。它像一篇优美的散文，充满了对森林、林中空地、阳光和湖泊的描写，但是穿插着对第二次世界大战的可怕回忆，使背景和情节形成了鲜明的对比。

在这 14 部获奖小说中，除了这三部直接描写战争时期的作品之外，勒克莱齐奥也说他写《乌拉尼亚》是为了纪念战争岁月，是在躲避战火时为了克服焦虑才创造出这样一个乌托邦的国度的。埃尔诺的《悠悠岁月》回忆了战争时期生活的艰难；雷米的《大师之死》的主人公马特乌斯参加过抵抗运动，杀了三个德国人。因此可以说战争的阴影无处不在，反对战争是现当代法国文学的一个无法回避和最为重大的主题。

这些反战杰作的涌现不是偶然的现象。它们不仅证明了战争题材和现实主义小说的生命力，而且在作品中融入了传统的人道主义精神和关于人性的思考，体现了当代人对战争的反思。与传统的反战小说相比，它们的写作技巧显然更为成熟，新颖的构思使这一传统题材焕发出新的活力，而回忆、倒叙等时空倒错的手法，则使情节更加感人至深。

二　现实主义小说与现代派小说的交融

在 20 世纪 70 年代崛起的作家中，莫迪亚诺开辟了一条与注重烦琐描写的新小说相反的，兼顾文体和可读性的道路。《夜半撞车》是他的第 20 部小说。描写一个老人回忆他成年前几个月发生的一件事情。他深夜漫步在巴黎街头，被一辆轿车撞倒了。他与肇事女司机一起被警车送往医院，醒来时那个女子给他留下赔偿金后离去了。他开始寻找那辆车和女司机，在寻找的过程中回忆起早年生活的片段，包括童年时的另一次撞车事件，以及当时照料他的另一位女郎。在巴黎神秘夜色的笼罩下，在错综复杂的大街小巷中，他最终找到了那个女司机，于是一切复归平静。他也似乎从麻木中清醒过来，开始了新的生活。

这是一篇自传体小说，依然采用了虚实相间的手法和侦探小说的形式，但是展现的不是“二战”时期，而是描写 20 世纪 60 年代巴黎夜晚的“氛围小说”，同时也揭示了生就是一个不断寻找的过程。从反映战争时期的苦难到探求人生的意义和价值，表明莫迪亚诺在保持一贯风格的同时进一步扩展了写作题材。

勒克莱齐奥的小说以向往原始生活和批判现代文明著称，《乌拉尼亚》讲述的仍然是一个力图摆脱现代文明的故事。一位法国地理学家在墨西哥勘探地貌时，意外地发现了一个桃花源般的理想王国“坎波斯”。里面的人都是来自世界各地的流浪者，他们人人平等，没有贫富之分，没有现代社会的任何禁忌，过着安居乐业的生活。他们学习的是自由和真理。人与人的关系也是最自然、最本真的形式，一切都回到了人的灵性尚未被物质与文明玷污的混沌之初。但是在人类社会的围攻之下，这个理想国被迫迁移，归于失败。这个乌托邦的天堂虽然失败了，但是人类不能没有梦想，而勒克莱齐奥正是艺术地说出了这一梦想。这部小说更为典型地体现了勒克莱齐奥向往异国情调的风格，以及他主张一切部落和种族平等的信念，这或许是他在2008年获得诺贝尔文学奖的一个重要原因。

皮埃尔-让·雷米(1937—2010)的《大师之死》是一部以20世纪的绘画大师巴尔蒂斯的生平为基础创作的小说，小说里的重要人物都实有其人，例如主人公马特乌斯就是巴尔蒂斯，画家贝罗就是毕加索等。它同时成了一部反映20世纪伟大时代的杰作。雷米曾接替巴尔蒂斯担任罗马法兰西学院的院长，因此对这位画家十分熟悉。但《大师之死》绝不仅仅是一部人物传记，作者在叙述巴尔蒂斯非凡经历的同时，展现了以法国为中心的欧洲社会风貌，尤其构成了一幅上流社会和文化艺术界的动人画卷。从巴黎的画室到罗马的沙龙，从恐怖的城堡到僻静的修道院，雷米以源于现实而又高于现实的神奇想象，把现实世界描绘得富有梦幻般的魅力。这种虚实相间的笔法，使小说的气氛既比虚构更真实可信，又比现实更浓烈生动，称得上是传记文学领域里的一次革新。

雷米对中国情有独钟，从1963到1966年先后在香港和北京担任外交官，从那以后，“四十年来，我在中国生活过，也去过中国很多次。中国艺术从秦汉乐府到宋元山水，延续到现代艺术，一直占据着非常重要的地位”①。他热爱和了解中国艺术，创作了《情陷紫禁城》和《中国》等小说，是法兰西学士院院士和2004年中法文化年法方组委会主席。2009年11月，雷米刚动完手术出院就热情接待访问法国的中国作协代表团，不料4个月后就与世长辞。

安妮·埃尔诺(1940—)是法国当代著名的女作家，《悠悠岁月》是她从20世纪80年代中期开始酝酿和写作，在退休后经过充分思考和推敲的力作。她感到现在一切事情都在迅速地为人们所遗忘，因此她要写作一部反映时间流逝的作品。小说通过对一些旧照片的印象和感觉，来构成一个女人从小到老的60多年的生活：父母的贫困、学习、当教师、秘密堕胎、生孩子、离婚、患癌症、情人、衰老，丰富的经历中穿插着她对阿尔及利亚战争、1968年的“五月风暴”，以及总统大选等政治事件的看法，生动地反映了从第二次世界大战结束直到今天的时代变迁。

回忆是描写时间流逝的最普遍和最适用的方式，然而无论多么生动的回忆

① 雷米：《大师之死》，刘焰译，人民文学出版社，2009年，第3页。

录，都只是作者本人的记忆，正如无论多么感人的老照片都是社会状况的反映一样，与读者本人并不相关，因而也就不能使读者感同身受。为了解决这个难题，埃尔诺发明了“无人称自传”这种崭新的体裁。她的自传从头到尾都不用“我”这个第一人称，而是采用第三人称，也就是无人称的泛指代词来表示“我们”，实际上是在自己回忆的同时也促使别人回忆，以人们共有的经历反映出时代的演变，从而引起人们内心的强烈共鸣，发现原来我们是这样生活过来的。

小说中看似不经意地随便提到的商品、歌曲等，其实都是埃尔诺精心选择的、为大众所共同关注的题材。大到国际风云、总统大选，小到饮食服装、家庭聚会，乃至个人隐私，事无巨细无不简单明了、一目了然。小说是按年代来写的，无论什么年龄的读者，都能从中找到自己最熟悉的内容和最清晰的记忆，甚至其他国家的读者也会有所同感。因此这部小说不是严格意义上的自传，而是通过自己的经历来反映时代和世界的进程，实际上写出了法国人的“集体记忆”，因而使《悠悠岁月》被称为“社会自传”。埃尔诺借鉴了莫迪亚诺擅长回忆、勒克莱齐奥批判现代文明，以及佩雷克善于列举具有时代特色的物品来唤起人们回忆的风格，形成了简洁生动的艺术特色。

《悠悠岁月》继承和发展了现实主义小说反映和批判社会现实的传统，吸取了莫迪亚诺等人将现实主义与现代主义交融的表现手法，采用了“无人称自传”这种前所未有的体裁，这种创举使埃尔诺当之无愧地居于法国当代一流作家之列。

《卡迪巴》的作者让·克里斯托夫·吕芬(1952—　)是法国外交家和作家，曾多次被派遣到东非和拉美的许多国家进行人道主义援助工作，担任过著名的“无国界医生”组织的副主席。他从 2007 年 8 月至 2010 年 6 月担任法国驻塞内加尔和冈比亚大使，2008 年 6 月 19 日当选为法兰西学士院院士。吕芬至今共出版了 16 部包括冒险、历史和政治等多种题材的小说，往往是自己在第三世界国家经历的折射和反思，其中《红色巴西》(2001)是一部声讨法国殖民者在巴西迫害印第安人主义罪行的历史小说，获得 2001 年龚古尔文学奖。

“卡迪巴”的意思是北非撒哈拉大沙漠中伊斯兰战士的训练营地，他们在那里进行祈祷、谈判和杀戮。这一地区位于马里、阿尔及利亚和毛里塔尼亚之间，是飞机和卫星都侦察不到的地方，阿尔及利亚警察、法国侦探和恐怖分子在那里进行着种种复杂的斗争。恐怖组织阿尔-凯达的头目阿卜杜拉-拉扎克一贯追随本·拉登，小说一开始就有四个意大利旅行者被机枪扫射而死于毛里塔尼亚沙漠，从而引起了华盛顿、巴黎和各酋长国情报部门的注意。阿尔及利亚人阿希尔创办了名为“天意”的情报机构，阿希尔又受命于华盛顿的总指挥布·勒加纳。勒加纳雇佣卡代尔，派他到撒哈拉沙漠里去，用三年时间建立了一个小王国，等伊斯兰恐怖分子遍布沙漠的时候，他就能够方便地渗透到恐怖分子的队伍里去。

年轻的医生蒂姆特里受阿希尔派遣到毛里塔尼亚来刺探恐怖分子的情报，他在路途中遇到了一个名叫雅思米娜的神秘的漂亮少妇。她原籍阿尔及利亚，后来嫁给法国驻毛里塔尼亚的领事，领事病故后她成为法国外交部的职员，同时拥有法国和阿尔及利亚国籍，对西方的外交和恐怖主义战争的规律都了如指掌。她肩负重要使命到毛里塔尼亚的沙漠中央来见卡代尔，由此展开了一系列扑朔迷离的冒险活动，在她身上反映出法国和阿尔及利亚双重文化的冲突，其中也夹杂着蒂姆特里和雅思米娜的爱情。恐怖分子身上包裹炸药，进入法国外交部要去炸死一个埃米尔亲王，结果被击毙。最后卡代尔经过搏斗也抓住了恐怖分子的头目阿卜杜拉-拉扎克。

《卡迪巴》情节生动，充满了想象力和悬念，是一部引人入胜的冒险小说。它以虚构的形式令人信服地描绘了当前的严峻现实：国际恐怖主义组织的势力已经超出了阿富汗的范围，向北非的撒哈拉大沙漠等世界其他地区扩张，各国情报部门正在与恐怖分子的阴谋进行复杂激烈的斗争。这场生死攸关的斗争在反映法国和阿尔及利亚两种文化的冲突的同时，提醒我们警惕恐怖主义的威胁，所有的国家和民族都应该共同关注我们这个星球的安全。

三　小说体裁与风格的创新

有些小说描写的虽然都是日常生活，但是具有独特的风格，在小说的创新方面具有重要的意义。

彼埃蕾特·弗朗狄奥(1941—　)的《要短句，亲爱的》是第一部获得年度最佳小说奖的小说。它以作者自述的形式，讲述了她的母亲在养老院里去世前的七年中，她经常从 500 公里之外的巴黎来陪伴她的母亲，并且真实地记录了自己的疲惫、焦虑和困惑。小说不是一份病理性的记录，而是对老年人的心态、对两代人之间的代沟以及死亡等问题的思考。衰老和死亡是人人都会面临的问题，因而主人公的独特经历就带有人类生存的普遍悲剧性。她们母女之间发生的事情，是人人都曾经遇到或将要面临的问题。小说以项链、衬裙、壁橱、睡衣等生活细节来表现母女两代人之间的代沟，同时也赞扬了美好的人性，是对传统的人道主义的怀念和呼唤。它在创作方面也是一种革新，“要短句”这个标题就是对现代派小说的繁复长句以及哗众取宠的浮夸文风的批判。

让-马克·帕里西斯的《恋人》讲述了一对男女大学生之间的爱情，从头至尾都是男大学生的回忆。他们成长的环境和条件大不相同，但是两人都疯狂地爱好文学，因而具有共同语言，直到毕业后仍然经常约会畅叙。他们曾是恋人，感情极其纯真，也曾因为男孩的背叛而有过矛盾，但后来分手了仍然是朋友。直到女孩病逝，男孩才真正体验到了什么是孤独和绝望，明白了自己是多么爱这个女孩，在回忆的同时也在追问生命、死亡、爱情、时间和永恒的意义，这种追问将伴随他的一生。世间不能成为眷属的有情人比比皆是，谁能得到别人真正的理解？相信这篇小说能发人深思。

安娜-杜芬妮·朱利安（1973— ）的自传体小说《沙滩上的小脚印》，叙述的是她的两个身患不治之症的女儿病情日益加重，她尽力为她们医治，亲友和医护人员包括患者本身与病魔顽强斗争的动人故事。由于父母的遗传基因，两个女儿没有治愈的希望，将在发病后2至5年内死亡。面对死亡这个必然的结局，母女同心协力与病魔斗争，女儿在垂危时仍然显示出幸福的样子，使她作为母亲懂得了什么是爱，也使这个不幸的家庭充满了温情。

世界上有无数的家庭都因孩子的先天性残疾而经受着难以想象的痛苦。这个故事具有比较广泛的代表性，有助于净化人的心灵和培养高尚的情操，读者在悲伤之余能够从中深切地感受到美好与善良的人性，进而祝愿世界上一切有残疾儿童的家庭都能过上幸福的生活。

奥利维埃·亚当（1974— ）的小说《边缘》的主人公保尔上有老、下有小，离了婚，天天跑医院看护母亲，面对尴尬的生活他焦头烂额，面对空虚的内心他软弱无力。他是个边缘人，不属于主流社会，不属于众人世界。保尔生活在现实生活和回忆之间，在家庭生活与破碎的婚姻之间，他只有通过忠实的回忆，通过细腻的写作，把这一切的细枝末节告诉我们这些与他有类似感觉的读者。"边缘"同时意味着"隔阂"和"鸿沟"，小说以这种寓意使我们更好地认识了当今法国巴黎郊区的平民阶层，而这种边缘感对于我们来说也并不陌生，因为这是现代人共有的处境。

阿德里安·博斯克的《星座号》描写的是一次空难，作者不仅关注遇难的名人，而且详尽地描绘了每个普通乘客的生命历程，由此探讨了人的命运，因而引起了读者的共鸣。

在这些获奖的作家中，弗朗狄奥、杜甘和勒克莱齐奥曾亲自来北京出席颁奖典礼，埃尔诺虽然因动癌症手术未能出席，但以前已两次来过北京，她在发给笔者的《致中国读者》中，坦然承认自己过去对中国不够了解："只是在这个五月的早晨到达北京的时候，这种由意识形态的偏见和杜撰、虚构的描述所构成的模糊印象才烟消云散。"①

综上所述，不难看到，年度最佳小说的评选是一项具有重大意义的文化创举。评选出来的优秀作品使世界看到了中国学者对外国文学的观点和评价，更加有利于扩大和加强中外的文化交流，同时对于我国的文学创作也是极为有益的参考和借鉴。更为重要的是，它使我国读者及时了解法国小说创作的最新动态和趋势，使我们对法国小说的美好未来充满信心和希望。

---

① 埃尔诺：《悠悠岁月》，巴黎加里玛出版社，2008年，第239页。

附　　录

一　法国小说年表

中世纪

年　份	历史事件和文学背景	小　说　作　品
842	斯特拉斯堡誓词	
843	《凡尔登条约》	
987—1328	卡佩王朝	
1096—1099	第一次十字军东征	
12 世纪		《列那狐的故事》
1147—1149	第二次十字军东征	
12 世纪中叶		《埃涅阿斯的故事》
约 1160		克雷蒂安改编《特利斯当》
约 1162		克雷蒂安:《艾莱克和爱妮德》
约 1164		克雷蒂安:《克里赛,或假死》
约 1165		贝努瓦·德·圣摩尔:《特洛伊的故事》
约 1168		克雷蒂安:《朗斯洛,或坐囚车的骑士》
约 1170		《弗卢瓦勒和布朗舍芙勒》
约 1172		克雷蒂安:《伊万,或带狮子的骑士》
1175—1250		《列那狐加冕》
约 1182		克雷蒂安:《圣杯的故事》
1189—1192	第三次十字军东征	
12 世纪末		朗贝尔·勒托尔和亚历山大·德·伯尔尼:《亚历山大的故事》
1202—1204	第四次十字军东征	
13 世纪初		《奥卡森和尼科莱特》
1212		维尔阿杜安完成《君士坦丁堡征服记》(1657 年出版)

续　表

年　份	历史事件和文学背景	小　说　作　品
1217—1221	第五次十字军东征	
1228—1229	第六次十字军东征	
1235		纪尧姆:《玫瑰传奇》第一部分
1248—1254	第七次十字军东征	
1269		让·德·墨恩:《玫瑰传奇》第二部分
1270	第八次十字军东征	
1291	十字军东征以失败告终	
13 世纪末		《新列那狐》
1309		儒安维尔完成《圣路易史》(1547)
14 世纪上半叶		《冒充的列那狐》
1337	英法百年战争	
1361	彼特拉克访问法国	
1378		傅华萨:《闻见录》第一卷
1389		傅华萨:《闻见录》第三卷
1422	查理七世登基	
1429	圣女贞德辅助查理七世加冕	
1431	圣女贞德被俘殉国	
1441		拉萨勒:《色拉》
1453	百年战争结束	
1455		拉萨勒:《新故事百篇》
1456		拉萨勒:《圣特莱的小约翰》
1470	法国建立第一个印刷厂	
1480		拉萨勒:《结婚的 15 种乐趣》
1482		《特利斯当》
1488		《湖畔的朗斯洛》
1493		《亚瑟王》
1494	法军入侵意大利	

16 世纪

年份	历史事件和文学背景	小　说　作　品
1515	弗朗索瓦一世登基	
1516		《圣杯故事》
1517	马丁·路德宣布95条论纲，宗教改革运动开始	
1532		拉伯雷：《庞大固埃》
1534		拉伯雷：《卡冈都亚》
1537		德佩里埃：《世界钟声》
1539	弗朗索瓦一世颁布敕令，用法语代替拉丁语	
1544	西班牙流浪汉小说《小癞子》	
1546		拉伯雷：《巨人传》第三部
1547	弗朗索瓦一世去世，亨利二世继位	
1548	《卡里莱和笛木乃》被译成法文	
1549	七星诗社成立，发表宣言《捍卫和弘扬法兰西语言》	
1552		拉伯雷：《巨人传》第四部
1553	拉伯雷去世	
1558		德佩里埃：《新的娱乐和愉快的谈话》 玛格丽特·德·纳瓦尔：《七日谈》
1559	亨利二世去世，弗朗索瓦二世继位	
1560	弗朗索瓦二世去世，查理九世继位	
1562	法国宗教内战爆发，即胡格诺战争	
1564		拉伯雷：《巨人传》第五部
1572	8月24日，圣巴托罗缪惨案	
1574	查理九世去世，亨利三世继位	
1580	蒙田：《随笔集》一、二卷	
1595	《随笔集》定本出版	
1598	亨利四世继位，颁布南特敕令	

17 世纪

年份	历史事件和文学背景	小　说　作　品
1600	布鲁诺被罗马宗教裁判所处以火刑	
1605	塞万提斯:《堂吉诃德》第一卷	
1607		杜尔菲:《阿丝特莱》第一卷
1610	亨利四世被刺,路易十三继位	《阿丝特莱》第二卷
1614	《堂吉诃德》第二卷	
1619		《阿丝特莱》第三卷
1625	杜尔菲去世	
1627	英法战争	索莱尔:《胡闹的牧羊人》
		杜尔菲《阿丝特莱》出版完毕
1629	笛卡儿为逃避天主教迫害侨居荷兰	
1635	黎塞留成立法兰西学士院	
1637	笛卡儿:《方法论》	
1638	《熙德》之争	
1641	笛卡儿:《形而上学的沉思》	斯居代里:《易卜拉欣或杰出的巴萨》
1642	黎塞留去世	
1648	“投石党”运动	
1649		斯居代里:《居鲁士大帝》(1649—1653)
1651		斯卡龙:《滑稽故事》第一部
1654		斯居代里:《克雷莉娅,罗马的故事》(1654—1660)
1655	西拉诺去世	
1657		斯卡龙:《滑稽故事》第二部
		西拉诺:《另一世界,或月球上的国家和帝国》
1660	斯卡龙去世	
1661	马扎兰去世,路易十四亲政	斯卡龙:《悲喜剧小说》
1662		西拉诺:《太阳上的国家和帝国的趣史》
1668	拉封丹:《寓言诗》第一集	
1678	拉封丹:《寓言诗》第二集	拉法耶特夫人:《克莱芙王妃》
1682	牛顿发现万有引力	
1683	拉封丹当选法兰西学士院院士	
1687	“古今之争”开始	
1693	费纳隆当选为法兰西学士院院士	
1697	贝洛:《鹅妈妈的故事》	
1699		费纳隆:《忒勒马科斯历险记》

18世纪

年份	历史事件和文学背景	小　说　作　品
1701	西班牙王位继承战争。斯居代里去世	
1704	加朗将《一千零一夜》译成法文(1704—1717)	
1707		勒萨日:《瘸腿魔鬼》
1715	路易十四去世。费纳隆去世	勒萨日:《吉尔·布拉斯》第一、二卷
1719	笛福:《鲁滨孙漂流记》	
1720	《鲁滨孙漂流记》被译成法文	
1721		孟德斯鸠:《波斯人信札》
1724		勒萨日:《吉尔·布拉斯》第三卷
1726	斯威夫特:《格列佛游记》	
1728	孟德斯鸠当选法兰西学士院院士	普雷沃神甫:《一个贵族的回忆和奇遇》
1731		普雷沃神甫:《曼侬·莱斯戈》、《英国哲学家克里夫兰先生传》(1731—1739) 马里沃:《玛丽安娜的生活》(1731—1741)
1735		勒萨日:《吉尔·布拉斯》第四卷 马里沃:《暴发户农民》
1740		普雷沃神甫:《一位现代希腊姑娘的故事》
1742	马里沃当选法兰西学士院院士	
1744		普雷沃神甫:《罗贝尔·拉德船长的旅行》
1746	出版商普鲁东委托狄德罗主持编撰《百科全书》。伏尔泰当选法兰西学士院院士。普雷沃神甫:《旅游通史》(1746—1761)	伏尔泰:《如此世界》
1747	勒萨日去世	伏尔泰:《查第格》
1748	孟德斯鸠:《论法的精神》	
1750	卢梭:《论科学与艺术》	
1751	《百科全书》一、二卷。普雷沃神甫翻译理查逊的《克拉丽莎·哈娄》	
1755	《百科全书》被查禁。卢梭:《论人类不平等的起源和基础》。孟德斯鸠去世	
1759		伏尔泰《老实人》
1760	伏尔泰定居菲尔奈	狄德罗写作《修女》(1796)
1761		卢梭:《新爱洛伊丝》
1762	《社会契约论》和《爱弥儿》被查禁和焚毁,卢梭逃离法国	卢梭:《爱弥儿》 狄德罗写作《拉摩的侄儿》(1823)

续　表

年份	历史事件和文学背景	小　说　作　品
1763	马里沃去世。普雷沃神甫去世	
1764	伏尔泰:《哲学辞典》	
1767		伏尔泰:《天真汉》
1770		梅尔西埃:《2440 年,从未有过的梦想》
1774	歌德:《少年维特的烦恼》	
1775		拉布勒多纳:《堕落的农民》
1776	《少年维特的烦恼》被译成法文	
1777	萨德侯爵被关进巴士底狱	
1778	伏尔泰去世。卢梭去世	狄德罗:《宿命论者雅克和他的主人》
1780		拉布勒多纳:《当代妇女》(1780—1785)
1782		卢梭:《忏悔录》一至六章
		《一个孤独的散步者的遐想》
		拉克洛:《危险的关系》
1783	达朗贝尔去世	
1784	狄德罗去世	
1787		圣皮埃尔:《保尔和薇吉妮》
1788	斯塔尔夫人:《论卢梭的性格和著作的书信》	
1789	法国大革命爆发。《人权宣言》。萨德侯爵出狱	卢梭遗著《忏悔录》七至十二章
1791		萨德:《朱斯蒂娜或美德的不幸》
1794	4 月 15 日,卢梭遗骸被迁至巴黎先贤祠	拉布勒多纳:《巴黎之夜》(1788—1794)
1795		萨德:《阿丽娜和瓦尔古或哲学小说》
		《闺房里的哲学》
1796		拉布勒多纳:《尼古拉先生》(1796—1797)
1797		萨德:《新朱斯蒂娜或美德的不幸,附她的姐姐朱丽埃特的故事》

19 世纪

年份	历史事件和文学背景	小说作品
1800	斯塔尔夫人:《论文学》	萨德:《爱之罪——英雄的、悲剧的短篇小说集》
1801		夏多布里昂:《阿达拉》
1802	夏多布里昂:《基督教真谛》	夏多布里昂:《勒内》 斯塔尔夫人:《黛尔菲娜》 诺地埃:《斯坦拉或被放逐的人们》
1803	斯塔尔夫人访问德国	诺地埃:《萨尔兹堡的画家》
1804	法兰西第一帝国	塞南古:《奥贝曼》
1807		斯塔尔夫人:《柯丽娜》
1808	歌德:《浮士德》第一部	
1810	斯塔尔夫人:《德意志论》(被销毁)	
1813	浪漫主义者与古典主义者开始论战	萨德:《恒河侯爵夫人》
1814	波旁王朝第一次复辟。《德意志论》在巴黎出版	
1815	百日政变。拿破仑一世被流放。波旁王朝第二次复辟。司各特的小说被译成法文。	
1816	司汤达参加意大利浪漫主义运动	贡斯当:《阿道尔夫》
1817	斯塔尔夫人去世	
1818	夏多布里昂创办《保守者》杂志(1818—1820)	诺地埃:《让·斯波卡》
1819		诺地埃:《泰莱斯·奥贝尔》
1820	雨果创办《文学保守者》周刊(1819—1821)	诺地埃:《罗尔·吕特温或吸血鬼》
1821		诺地埃:《斯玛拉或黑夜里的魔鬼》
1823	拿破仑去世。司汤达:《拉辛与莎士比亚》。诺地埃任阿尔瑟纳图书馆馆长	雨果:《冰岛的汉》
1824	路易十八去世,查理十世继位,夏多布里昂任外交部部长。浪漫主义者成立“第一文社”。司各特访问巴黎。《司各特全集》在巴黎出版	
1826		夏多布里昂:《纳切兹人》 《最后一个阿邦塞拉奇人的奇遇》 维尼:《桑-马尔斯》 雨果:《布格-雅加尔》

续　表

年份	历史事件和文学背景	小　说　作　品
1827	以雨果为首的“第二文社”成立。雨果：《克伦威尔》及其序言	司汤达：《阿尔芒丝》
1829		雨果：《一个死囚的末日》 司汤达：《法尼娜·法尼尼》 梅里美：《查理九世时代轶事》《马特奥·法尔戈纳》《塔曼戈》 巴尔扎克：《舒昂党人》《婚姻生理学》
1830	七月革命，路易-菲力普的七月王朝。法国侵占阿尔及利亚。《欧那尼》上演。贡斯当去世	司汤达：《红与黑》 巴尔扎克：《高利贷者》《家族复仇》
1831	里昂织工起义。海涅流亡巴黎。《浮士德》第二部	雨果：《巴黎圣母院》 巴尔扎克：《驴皮记》
1832	歌德去世，司各特去世	维尼：《斯坦洛》 乔治·桑：《印第安娜》《瓦朗蒂娜》 巴尔扎克：《夏倍上校》
1833	海涅：《论浪漫派》	巴尔扎克：《欧也妮·葛朗台》 乔治·桑：《莱莉娅》 欧仁·苏：《维吉·德·考特文》
1834		雨果：《克洛德·格》 巴尔扎克：《高老头》《绝对之探求》 司汤达：《吕西安·娄万》 乔治·桑：《雅克》 圣伯夫：《情欲》
1835		维尼：《军人的荣誉与屈辱》 巴尔扎克：《幽谷百合》 戈蒂埃：《莫班小姐》
1836	英国宪章运动	缪塞：《一个世纪儿的忏悔》 巴尔扎克：《无神论者做弥撒》
1837	普希金去世	巴尔扎克：《幻灭》(1837—1843) 《赛查·皮罗多盛衰记》 梅里美：《伊尔的爱神》 乔治·桑：《莫普拉》
1839		司汤达：《巴马修道院》 巴尔扎克：《娼妓盛衰记》(1839—1847)
1840		梅里美：《高龙巴》 乔治·桑：《木工小史》

续表

年份	历史事件和文学背景	小说作品
1841	雨果当选法兰西学士院院士	巴尔扎克:《搅水女人》
1842	巴尔扎克:《人间喜剧》前言。司汤达去世	欧仁·苏:《巴黎的秘密》(1842—1843) 乔治·桑:《康素爱萝》 缪塞:《一只白乌鸫的故事》
1843	雨果的诗体悲剧《城堡里的伯爵》上演失败,浪漫主义戏剧衰落	
1844	梅里美当选法兰西学士院院士。诺地埃去世	大仲马:《三个火枪手》《基度山伯爵》 欧仁·苏:《流浪的犹太人》(1844—1845)
1845		乔治·桑:《安吉堡的磨工》 梅里美:《嘉尔曼》
1846	塞南古去世	乔治·桑:《魔沼》 巴尔扎克:《贝姨》
1847		巴尔扎克:《邦斯舅舅》
1848	《共产党宣言》。二月革命爆发,法兰西第二共和国。夏多布里昂去世	夏多布里昂:《墓外回忆录》以连载形式出版 小仲马:《茶花女》
1849		乔治·桑:《小法岱特》
1850	巴尔扎克去世	乔治·桑:《弃儿弗朗索瓦》
1851	路易·拿破仑政变,雨果流亡。欧仁·苏被流放意大利。瓦莱斯被监禁	米尔热:《波希米亚的生活场景》
1852	12月2日,法兰西第二帝国	
1853		奈瓦尔:《西尔薇娅》
1855	库尔贝举办“现实主义”画展。奈瓦尔去世	奈瓦尔:《奥蕾莉娅》 巴尔扎克:《农民》
1857	《包法利夫人》被控“有伤风化”。缪塞去世。欧仁·苏去世	福楼拜:《包法利夫人》 瓦莱斯:《金钱》
1858	克洛德·贝尔纳:《实验方法论》	乔治·桑:《金林美男子》
1859	达尔文:《物种起源》	
1860	雨果谴责英法联军火烧圆明园	龚古尔兄弟:《夏尔·德马依》
1861		龚古尔兄弟:《修女菲洛梅娜》
1862		雨果:《悲惨世界》 福楼拜:《萨朗波》
1863	维尼去世	凡尔纳:《气球上的五星期》 戈蒂埃:《弗拉卡斯统领》
1864	第一国际成立。泰纳:《英国文学史》(1864—1869)	凡尔纳:《地心游记》 左拉:《给妮侬的故事》 龚古尔兄弟:《勒内·莫普兰》

续 表

年份	历史事件和文学背景	小 说 作 品
1865	泰纳:《艺术哲学》。克洛德·贝尔纳:《实验医学研究导论》	凡尔纳:《从地球到月球》 左拉:《克洛德的忏悔》 龚古尔兄弟:《热尔米妮·拉瑟特》
1866	彩色照相术问世	雨果:《海上劳工》
1867		龚古尔兄弟:《玛耐特·萨洛蒙》
1868	高等研究实验学校成立	左拉:《泰蕾丝·拉甘》 凡尔纳:《格兰特船长的儿女》
1869	门捷列夫的《元素周期表》。圣伯夫去世	雨果:《笑面人》 福楼拜:《情感教育》 龚古尔兄弟:《塞尔维夫人》
1870	雨果返回巴黎。普法战争。法兰西第三共和国。大仲马去世。梅里美去世。于勒·德·龚古尔去世 巴黎公社。阿尔萨斯被割让给德国	都德:《磨坊文札》 凡尔纳:《环游月球》《海底两万里》
1871	达尔文:《人类的起源》	左拉:《卢贡家族的命运》
1872		左拉:《贪欲的角逐》
1873		都德:《达拉斯贡的达达兰》
1874		雨果:《九三年》 都德:《星期一的故事》 福楼拜:《圣安东的诱惑》 左拉:《普拉桑的征服》 都德:《小弗罗蒙与大黎斯雷》 凡尔纳:《神秘岛》
1875	雨果呼吁大赦巴黎公社社员	
1876	乔治·桑去世	左拉:《卢贡大人》
1877	库尔贝去世	福楼拜:《三故事》 左拉:《小酒店》 都德:《富豪》 爱德蒙·德·龚古尔:《少女艾莉莎》
1878	泰纳当选为法兰西学士院院士	左拉《爱的一页》(附卢贡家族的系谱树)
1879	法国工人党成立。左拉和莫泊桑等结成梅塘集团	凡尔纳:《蓓根的五亿法郎》 爱德蒙·德·龚古尔:《桑加诺兄弟》 洛蒂:《阿姬雅黛》 瓦莱斯:《雅克·万特拉》(1879—1886)
1880	大赦巴黎公社社员,瓦莱斯等回到巴黎 左拉:《实验小说论》。福楼拜去世	左拉:《娜娜》 《梅塘之夜》(包括莫泊桑的《羊脂球》) 福楼拜:《布瓦尔和佩居谢》(遗著)

续　表

年份	历史事件和文学背景	小说作品
1881	左拉:《自然主义小说家》	法朗士:《波纳尔的罪行》 洛蒂:《一个北非骑兵的故事》
1882	盖德派另建法国工人党	左拉:《家常事》 于斯曼:《浮沉》 洛蒂:《洛蒂的婚姻》
1883	马克思逝世。布尔热:《当代心理学论集》	左拉:《妇女乐园》 莫泊桑:《一生》 洛蒂:《我的兄弟伊弗》
1884		左拉:《生之欢乐》 都德:《萨福》 于斯曼:《逆流》 莫泊桑:《项链》
1885	雨果去世	左拉:《萌芽》 莫泊桑:《漂亮朋友》 布尔热:《残酷的谜》
1886	莫雷亚斯:《象征主义宣言》	莫泊桑:《温泉》 布尔热:《爱之罪》 洛蒂:《冰岛渔夫》
1887	反对左拉的《五人宣言》,梅塘集团解体	左拉:《土地》 布尔热:《谎言》 洛蒂:《菊子夫人》
1888	巴拿马运河公司丑闻	都德:《不朽者》 莫泊桑:《皮埃尔与若望》 巴雷斯:《自我崇拜》三部曲(1888—1891)
1889	第二国际成立。布朗热政变阴谋失败	莫泊桑:《如死一般强》 布尔热:《弟子》 法朗士:《苔依丝》
1890		左拉:《人兽》 莫泊桑:《我们的心》
1891	洛蒂当选法兰西学士院院士	左拉:《金钱》
1892		左拉:《崩溃》 法朗士:《鹅掌女王烤肉店》 洛蒂:《东方的怪影》 列那尔:《胡萝卜须》
1893	泰纳去世。莫泊桑去世	左拉:《帕斯卡医生》
1894	犹太籍上尉德雷福斯被诬陷监禁。布尔热当选法兰西学士院院士	左拉:《卢尔德》

续 表

年份	历史事件和文学背景	小 说 作 品
1895	恩格斯逝世	于斯曼:《上路》
1896	法朗士当选法兰西学士院院士。爱德蒙·德·龚古尔去世	左拉:《罗马》
1897		左拉:《巴黎》 法朗士:《现代史话》(1897—1901) 巴雷斯:《民族魄力小说》三部曲(1897—1902)
1898	德雷福斯事件。1 月 13 日,左拉发表《我控诉》,被判刑后于 7 月 18 日逃亡英国	于斯曼:《大教堂》
1899	盖德派组成法国社会党,饶勒斯成为法国社会党的领袖。德雷福斯获释,左拉回到法国	左拉:《繁殖》

20 世纪

年份	历史事件和文学背景	小　说　作　品
1900	八国联军攻占北京。弗洛伊德:《释梦》	
1901		左拉:《劳动》
1902	左拉去世。苏利-普吕多姆获首届诺贝尔文学奖	纪德:《背德者》
1903	龚古尔学院成立 莱特兄弟首次飞行	左拉:《真理》(遗著) 布尔热:《阶段》
1904	让·米斯特拉尔获诺贝尔文学奖	于斯曼:《献身修道院的俗人》 布尔热:《离婚》 罗曼·罗兰:《约翰·克利斯朵夫》(1904—1912) 萨德:《索多姆的 120 天》
1905	柏格森:《创造进化论》。凡尔纳去世	巴雷斯:《东方壁垒》三部曲(1905—1921)
1906	德雷福斯冤案平反	
1908	左拉骨灰被迁入先贤祠。纪德创办《新法兰西评论》。马里内蒂:《未来主义宣言》	法朗士:《企鹅岛》
1909		纪德:《窄门》
1910	列那尔去世	
1912	《约翰·克利斯朵夫》获法兰西学士院小说大奖	法朗士:《诸神渴了》
1913		普鲁斯特:《追忆似水年华》(1913—1927) 马丁·杜加尔:《让·巴鲁瓦》
1914	第一次世界大战爆发	法朗士:《天使的叛变》 布尔热:《中年魔障》
1915	罗曼·罗兰获诺贝尔文学奖	
1916		巴比塞:《火线——一个步兵班的日记》
1917	俄国十月革命	季洛杜:《给鬼魂的读物》 杜阿梅尔:《烈士传》
1918	《1918 年达达宣言》	杜阿梅尔:《文明》
1919	凡尔赛和约。巴比塞组织“光明社”	巴比塞:《光明》 罗曼·罗兰:《哥拉·布勒尼翁》 纪德:《田园交响乐》 布勒东和苏波:《磁场》 季洛杜:《美国友谊》

续　表

年份	历史事件和文学背景	小　说　作　品
1920	法国社会党分裂，法国共产党成立	阿拉贡：《阿尼塞或西洋景，小说》 杜阿梅尔：《萨拉万的生平与遭遇》(1920—1932)
1921	法朗士获诺贝尔文学奖	季洛杜：《苏珊和太平洋》 罗曼·罗兰：《欣悦的灵魂》(1921—1934)
1922	普鲁斯特去世。布勒东与查拉决裂	马丁·杜加尔：《蒂博一家》(1922—1940)
1923	巴雷斯去世。洛蒂去世	于勒·罗曼：《特罗哈代克》(1923—1930) 科克托：《骗子手托马斯》
1924	列宁逝世。超现实主义研究所成立。布勒东：《第一次超现实主义宣言》。法朗士去世	季洛杜：《朱丽叶在男人国》
1925	“拉普”成立	莫里亚克：《爱的荒漠》 科克托：《调皮捣蛋的孩子们》
1926	海德格尔：《存在与时间》	纪德：《伪币制造者》 贝尔纳诺斯：《在撒旦的阳光下》 阿拉贡：《巴黎的乡下人》
1927	布勒东等加入法共。柏格森获诺贝尔文学奖	贝尔纳诺斯：《欺骗》 蒙泰朗：《给欲望之泉》
1928	阿拉贡结识艾尔莎	布勒东：《娜嘉》 马尔罗：《征服者》
1929	布勒东：《第二次超现实主义宣言》。《为革命服务的超现实主义》创刊	贝尔纳诺斯：《欢乐》 巴塔耶：《眼睛的故事》 科克托：《可怕的孩子们》
1930		马尔罗：《王家大道》 科莱特：《西朵》
1931		圣埃克苏佩里：《夜航》
1932		塞利纳：《茫茫黑夜漫游》 莫里亚克：《蛇结》 于勒·罗曼：《善意的人们》(1932—1946) 蒙泰朗：《沙上的玫瑰花》
1933	萨特赴柏林研究哲学。莫里亚克当选法兰西学士院院士	马尔罗：《人类的命运》 杜阿梅尔：《帕斯齐埃家族史》(1933—1945) 埃梅：《绿色牝马》
1934	苏联第一次作家代表大会，提出“社会主义现实主义”的创作理论	阿拉贡：《巴塞尔的钟声》 季洛杜：《与天使搏斗》
1935	法共与左翼政党组成人民阵线。超现实主义小组与法共决裂。布尔热去世。巴比塞去世。杜阿梅尔当选法兰西学士院院士。罗曼·罗兰访问苏联后写成《莫斯科日记》，规定50年后才能出版	马尔罗：《可鄙的时代》

续　表

年份	历史事件和文学背景	小　说　作　品
1936	7 月 19 日，西班牙内战爆发，马尔罗率飞行中队赴西班牙作战。纪德：《访苏联归来》	阿拉贡：《富贵区》 贝尔纳诺斯：《一个乡村教士的日记》 蒙泰朗：《少女们》《给女人的怜悯》
1937	马丁·杜加尔获诺贝尔文学奖。瓦扬-古久里去世。加缪被法共开除出党。吉奥诺发表反战声明《拒绝服从》	马尔罗：《希望》 蒙泰朗：《善良的魔鬼》
1938	慕尼黑协定。布勒东与托洛茨基发表联合宣言	萨特：《恶心》 瓦扬-古久里：《童年》(遗著) 格拉克：《阿尔戈城堡》 罗布莱斯：《行动》
1939	9 月 1 日，第二次世界大战爆发，布勒东、阿拉贡、萨特等应征入伍。德国和苏联签订互不侵犯条约	萨特：《墙》 圣埃克苏佩里：《人的大地》 蒙泰朗：《麻风女》 萨洛特：《向性》
1940	敦刻尔克战役大溃退。尼赞阵亡。萨特、马尔罗、西蒙等被俘。法国投降。贝当成立维希政府	杜阿梅尔：《苦难岁月史》(1940—1943)
1941	布勒东流亡美国	罗布莱斯：《天堂之谷》 韦科尔：《海的沉默》
1942	阿拉贡等秘密出版《法兰西文学报》	加缪：《局外人》
1943	萨特：《存在与虚无》	罗布莱斯：《人的劳动》 马尔罗：《阿藤堡的胡桃树》 杜拉斯：《厚颜无耻之辈》 圣埃克苏佩里：《小王子》 波伏瓦：《女宾》
1944	罗曼·罗兰去世。季洛杜去世。圣埃克苏佩里殉职	波伏瓦：《庇吕斯与西奈阿斯》 科莱特：《吉吉》 波伏瓦：《他人的血》 罗布莱斯：《世界之夜》
1945	萨特创办《现代》杂志。德里厄·拉罗舍勒自杀。9 月 2 日，日本投降，第二次世界大战结束	萨特：《自由之路》(1945—1949) 格拉克：《阴郁的美男子》 西蒙：《作弊者》 加里：《欧洲的教育》
1946	萨特：《存在主义是一种人道主义》。于勒·罗曼当选法兰西学士院院士	凯塞尔：《影子部队》 维昂：《脑包虫和浮游生物》 　　《我要到你们的坟墓上去吐唾沫》 鲁瓦：《幸运谷》

续 表

年份	历史事件和文学背景	小 说 作 品
1947	纪德获诺贝尔文学奖。萨特:《什么是文学》	加缪:《鼠疫》 维昂:《流年的飞沫》 《北京的秋天》 特罗亚:《只要地球存在》(1947—1950)
1948	波伏瓦:《第二性》。贝尔纳诺斯去世	巴赞:《毒蛇在握》 萨洛特:《陌生人肖像》 罗布莱斯:《城市的高地》 尼米埃:《剑》
1949	中华人民共和国成立	维昂:《把丑人杀光》 巴赞:《头撞墙》
1950	朝鲜战争	费隆:《穷人的儿子》 杜拉斯:《太平洋大堤》 维昂:《红草》
1951	纪德去世	尤瑟纳尔:《哈德良回忆录》 季奥诺:《屋顶上的轻骑兵》 格拉克:《西尔特沙岸》 尼米埃:《忧郁的孩子》
1952	加缪的《反抗者》引起论战。莫里亚克获诺贝尔文学奖	杜拉斯:《直布罗陀海峡的水手》 特罗亚:《春华秋实》(1952—1956) 马姆里:《被遗忘的丘陵》 狄布:《大房子》 罗布莱斯:《这就叫作黎明》
1953	斯大林去世	罗伯-格里耶:《橡皮》 萨洛特:《马尔特洛》 维昂:《揪心》 费隆:《土地和鲜血》 贝蒂:《没有根也没有爱》
1954	奠边府战役。越南分治。科莱特去世	波伏瓦:《一代名士》 萨冈:《您好,忧伤》 布托尔:《米兰巷》 西蒙:《春之祭》 费隆:《卡比利的日子》 狄布:《火灾》
1955	萨特和波伏瓦访问中国	德吕翁:《该死的国王》(1955—1977) 罗伯-格里耶:《窥视者》 杜拉斯:《街心花园》 马姆里:《安然沉睡》

续　表

年份	历史事件和文学背景	小　说　作　品
1956	苏共“二十大”。匈牙利事件	加缪:《堕落》 加里:《天的起源》 布托尔:《日程表》 萨冈:《某种微笑》 罗布莱斯:《刀》 亚西纳:《内吉玛》 乌斯曼:《黑色码头工》 奥约诺:《男仆的一生》 　　　《老黑人和奖章》 贝蒂:《可怜的蓬巴基督》
1957	加缪获诺贝尔文学奖。阿拉贡获列宁和平奖,当选为法国作协主席。法兰西第五共和国。马丁·杜加尔去世	加缪:《流放与王国》 瓦扬:《法律》 布托尔:《变》 西蒙:《风》 费隆:《上坡路》 狄布:《织布机》 乌斯曼:《祖国,我可爱的人民》 贝蒂:《完成的使命》
1958		阿拉贡:《受难周》 杜拉斯:《琴声如诉》 凯塞尔:《狮王》 西蒙:《草》 格拉克:《林中阳台》 贝蒂:《死里逃生的国王》
1959	维昂去世	格诺:《扎齐在地铁里》 罗伯-格里耶:《在迷宫里》 萨洛特:《行星仪》 萨冈:《您喜欢勃拉姆斯吗?》 特罗亚:《义人之光》(1959—1963) 罗布莱斯:《四月的人》 狄布:《非洲的一个夏天》
1960	加缪去世。圣琼·佩斯获诺贝尔文学奖。121人声明	西蒙:《弗兰德公路》 布托尔:《度》 乌斯曼:《神的儿女》 奥约诺:《欧洲之路》
1961	越南开始抗美战争。塞利纳去世	
1962	阿尔及利亚宣告独立。凯塞尔当选法兰西学士院院士	罗伯-格里耶:《快照集》 西蒙:《豪华旅馆》 狄布:《谁记得大海》

续 表

年份	历史事件和文学背景	小 说 作 品
1963	加洛蒂:《论无边的现实主义》,阿拉贡作序。科克托去世	萨洛特:《金果》 布托尔:《圣马可的描写》 芒迪亚格:《摩托车》 卡达莱:《亡军的将领》 乌斯曼:《热风》
1964	萨特谢绝诺贝尔文学奖	杜拉斯:《洛尔·V.斯坦茵的迷狂》
1965	五月风暴。德吕翁当选法兰西学士院院士	罗伯-格里耶:《幽会的房子》 杜拉斯:《副领事》 佩雷克:《东西》 特罗亚:《埃格勒蒂埃尔一家》(1965—1967) 马姆里:《鸦片与棍棒》 乌斯曼:《汇票》 布托尔:《每秒钟681万公升水》
1966	中国“文化大革命”。布勒东去世。杜阿梅尔去世	
1967	埃梅去世。莫洛亚去世	图尼埃:《礼拜五,或太平洋上的虚无境》 西蒙:《历史》 昆德拉:《玩笑》 芒迪亚格:《边缘》 鲁瓦:《阳光下的马群》(1967—1972)
1968	五月风暴,萨特等支持学生运动	尤瑟纳尔:《熔炼》 莫迪亚诺:《星形广场》 库卢玛:《独立的太阳》
1969	贝克特获诺贝尔文学奖	佩雷克:《消失》 西蒙:《法萨尔战役》
1970	弗朗索瓦·莫里亚克去世。季奥诺去世。萨特与苏联决裂	图尼埃:《桤木王》 勒克莱齐奥:《战争》 罗伯-格里耶:《纽约的革命计划》 狄布:《野蛮的上帝》
1971		卡达莱:《石头城纪事》
1972	于勒·罗曼去世。蒙泰朗自杀	莫迪亚诺:《环城大道》 佩雷克:《重现者》 萨洛特:《您听见他们吗?》
1973		西蒙:《三折画》 昆德拉:《生活在别处》 特罗亚:《莫斯科人》(1973—1975) 狄布:《狩猎队长》 乌斯曼:《哈拉》

续　表

年份	历史事件和文学背景	小　说　作　品
1974		尤瑟纳尔:《虔诚的回忆》
		罗布莱斯:《艰难岁月》
		费尔南代兹:《波尔波里诺或那不勒斯的秘密》
		贝蒂:《贝尔贝杜》《牢记路本》
1975		佩雷克:《W 或童年的回忆》
1976	马尔罗去世。莫朗去世	罗伯-格里耶:《一座幽灵城的拓扑学》
		昆德拉:《告别圆舞曲》
1977		图尼埃:《礼拜五或原始的生活》
1978		莫迪亚诺:《暗店街》
		罗布莱斯:《威尼斯的冬天》
		卡达莱:《破碎的四月》
		费尔南代兹:《玫瑰星》
1979	凯塞尔去世	
1980	萨特去世	萨洛特:《言语的运用》
1981		西蒙:《农事诗》
		卡达莱:《梦幻宫殿》
		乌斯曼:《帝国的最后一人》
1982	阿拉贡去世。佩雷克去世	费尔南代兹:《在天使手中》
1983		萨洛特:《童年》
		索莱尔斯:《妇女们》
		萨冈:《纹丝不动的风暴》
		埃什诺兹:《切罗基》
1984	《情人》获龚古尔奖	杜拉斯:《情人》
		昆德拉:《生命中不能承受之轻》
		罗伯-格里耶:《重现的镜子》
1985	西蒙获诺贝尔文学奖	佩纳克:《吃人妖魔的幸运》
		萨冈:《厌倦的战争》
		索莱尔斯:《赌徒肖像》
1986	西蒙娜·德·波伏瓦去世。热内去世	萨冈:《水彩画的血迹》
		埃什诺兹:《出征马来亚》
1987	尤瑟纳尔去世	佩纳克:《厉害的仙女》
		萨冈:《萨拉·贝尔纳特》
		索莱尔斯:《绝对的心》
1988		索莱尔斯:《法国女人的爱情》
1989		西蒙:《百年槐树》
		佩纳克:《卖散文的女孩》
		索莱尔斯:《金百合花》
		埃什诺兹:《湖》

续 表

年份	历史事件和文学背景	小 说 作 品
1990		昆德拉:《不朽》
		马金:《一个苏联英雄的女儿》
1991		韦尔贝:《蚂蚁》
1992		韦尔贝:《蚂蚁的日子》
		埃什诺兹:《我们三个人》
1994		乌勒贝克:《格斗领域的扩展》
		韦尔贝:《死亡学家》
1995		高行健:《灵山》
		萨洛特:《这里》
		马金:《法兰西遗嘱》
		昆德拉:《缓慢》
		埃什诺兹《高大的金发女郎》
1996	杜拉斯去世。马尔罗遗骸被迁入先贤祠	韦尔贝:《蚂蚁的革命》
		萨冈:《失落的镜子》
		达里厄塞克:《母猪女郎》
1997		萨洛特:《打开》
		西蒙:《植物园》
		德莱尔姆:《第一口啤酒和其他微不足道的乐趣》
1998		程抱一:《天一言》
		乌勒贝克:《基本粒子》
		韦尔贝:《我们祖先的起源》
1999	娜塔丽·萨洛特去世	埃什诺兹:《我走了》
		安戈:《乱伦》
		库卢玛:《等待野兽们的选举》

21 世纪

年份	历史事件和文学背景	小　说　作　品
2000	高行健获诺贝尔文学奖	昆德拉:《无知》
		高行健:《一个人的圣经》
		韦尔贝:《相对和绝对知识的百科全书》
		《天使的帝国》
		库卢玛:《真主并非必需》
2001		西蒙:《有轨电车》
		韦尔贝:《终极秘密》
		德莱尔姆:《备受干扰的午睡》
		彼埃蕾特·弗朗狄奥:《要短句,亲爱的》
		吕芬:《红色巴西》
2002	法国纪念雨果诞生 200 周年。大仲马骨灰迁入先贤祠	程抱一:《此情可待》
		乌勒贝克:《平台》
		杜甘:《幸福得如同上帝在法国》
2003		莫迪亚诺:《夜半撞车》
2004		勒克莱齐奥:《非洲人》
		吉斯贝尔:《美国佬》
2005	卡达莱获布克国际文学奖	贝茹:《妖魔的狂笑》
		乌勒贝克:《一个岛的可能性》
		威尔冈:《在我母亲家的三天》
2006		勒克莱齐奥:《乌拉尼亚》
2007	格拉克去世	雷米:《大师之死》
		克洛代尔:《布罗岱克的报告》
2008	罗伯-格里耶去世	埃尔诺:《悠悠岁月》
2009		卡达莱:《错宴》
		帕里西斯:《恋人》
2010		吕芬:《卡迪巴》
2011		朱利安:《沙滩上的小脚印》
2012		奥利维埃·亚当:《边缘》
2013		勒梅特尔:《天上再见》
		克里斯多夫·奥诺-迪-比约:《潜》

二　小说家译名及主要作品索引

（以汉语拼音字母为序）

A

C

D

F

G

K

M

R

S

T

X

Y

Z

三　主要参考书目

法文部分：

德·格朗日. 法国的大作家[M]. 巴黎：阿蒂埃出版社，1928.

克洛德·阿维林. 走向美好时代的阿纳托尔·法朗士，社会活动三十年[M]. 巴黎：埃米尔·保尔出版社，1949.

阿尔贝·波菲雷. 中世纪诗人和小说家[M]. 巴黎：加里玛出版社，1952.

R. M. 阿尔贝勒. 让保尔·萨特[M]. 巴黎：大学出版社，1953.

勒内·布雷. 古典主义学说的形成[M]. 巴黎：尼泽出版社，1961.

R. M. 阿尔贝勒. 现代小说史[M]. 巴黎：阿尔班·米歇尔出版社，1962.

法国纪念卢梭委员会举办的讨论会. 让雅克·卢梭和他的作品[M]. 巴黎：克兰克西埃克出版社，1962.

莫尔旺·勒贝斯克. 加缪自述[M]. 巴黎：瑟意出版社，1963.

P. G. 卡斯泰克斯. 阿尔贝·加缪与《局外人》[M]. 巴黎：J. 科尔蒂出版社，1965.

米歇尔·当塞尔. 法国的诺贝尔文学奖获得者[M]. 巴黎：安德勒·波纳出版社，1967.

皮埃尔·亚伯拉罕和罗朗·德斯纳主编. 法国文学史[M]. 巴黎：社会出版社，1971—1977.

让路易·勒赛克尔. 让雅克·卢梭. 一位经典作家的现代性[M]. 巴黎：拉鲁斯出版社，1973.

米歇尔·拉贡. 法国无产阶级文学史[M]. 巴黎：阿尔班·米歇尔出版社，1974.

费尔南德·贡蒂埃. 小说里的女人和夫妇[M]. 巴黎：克兰克西埃克出版社，1976.

居斯塔夫·朗松. 法国文学史(增订本)[M]. 巴黎：阿歇特出版社，1979.

乔治·卢卡契. 小说的理论[M]. 巴黎：贡蒂埃出版社，1979.

让雅克·卢梭全集Ⅰ—Ⅳ[M]. 巴黎：加里玛出版社，1978—1981.

布吕诺·韦尔西埃，等. 1968 年以来的法国文学[M]. 巴黎：博尔达斯出版社，1982.

兹韦坦·托多罗夫. 短暂的幸福. 论卢梭[M]. 巴黎：阿歇特出版社，1985.

皮埃尔·夏尔蒂埃.重要小说理论导言[M].巴黎:博尔达斯出版社,1990.
罗贝尔·霍尔维尔.17世纪法国文学史[M].巴黎:阿蒂埃出版社,1991.
卢梭.罗贝尔·马尔克评注[M].巴黎:阿歇特出版社,1997.
让-皮埃尔·博马舍等主编.法语文学词典[M].巴黎:博尔达斯出版社,1984.

中文部分:

阿拉贡.阿拉贡文艺论文选集[M].盛澄华,等,译.北京:人民文学出版社,1958.
马克思,恩格斯,列宁,等.马克思、恩格斯、列宁、斯大林论文艺[M].北京:人民文学出版社,1959.
阿尔泰莫诺夫,格腊日丹斯卡雅,等.十八世纪外国文学史(上卷)[M].上海:上海文艺出版社,1963.
司汤达.拉辛与莎士比亚[M].王道乾,译.上海:上海译文出版社,1979.
柳鸣九主编.法国文学史(三卷本)[M].北京:人民文学出版社,1979—1991.
卢卡契.卡契文学论文集[M].北京:中国社会科学出版社,1980—1981.
卢梭.忏悔录(第一部)[M].黎星,译.北京:人民文学出版社,1980.
卢梭.忏悔录(第二部)[M].范希衡,译.北京:人民文学出版社,1982.
该书编辑委员会.欧美古典作家论现实主义和浪漫主义(二)[M].北京:中国社会科学出版社,1981.
柳鸣九编选.萨特研究[M].北京:中国社会科学出版社,1981.
勃兰兑斯.十九世纪文学主流(第5卷)[M].李宗杰,译.北京:人民文学出版社,1982.
刘振盛.法国文学名家[M].哈尔滨:黑龙江人民出版社,1983.
德·奥勃洛米耶夫斯基.巴尔扎克评传[M].刘伦振,等,译.北京:中国社会科学出版社,1983.
朱虹.英美文学散论[M].北京:生活·读书·新知三联书店,1984.
吴元迈.苏联文学思潮[M].杭州:浙江文艺出版社,1985.
卢梭.一个孤独的散步者的遐想[M].张驰,译.长沙:湖南人民出版社,1985.
卢梭.漫步遐想录[M].徐继增,译.北京:人民文学出版社,1986.
卢梭.爱弥儿[M].李平沤,译.北京:商务印书馆,1986.
斯塔尔夫人.论文学[M].徐继增,译.北京:人民文学出版社,1986.
于凤梧.卢梭思想概论[M].北京:北京师范大学出版社,1986.
M.雅洪托娃,等.法国文学简史[M].郭家申,译.沈阳:辽宁教育出版社,1986.
柳鸣九编选.新小说派研究[M].北京:中国社会科学出版社,1986.
沈志明编选.阿拉贡研究[M].北京:中国社会科学出版社,1986.
加洛蒂.论无边的现实主义[M].吴岳添,译.上海:上海文艺出版社,1986(初版);百花文艺出版社,1988(再版).
柳鸣九编选.尤瑟纳尔研究[M].桂林:漓江出版社,1987.
波德莱尔.波德莱尔美学论文选[M].郭宏安,译.北京:人民文学出版社,1987.
戈尔德曼.论小说的社会学[M].吴岳添,译.北京:中国社会科学出版社,1988.
普鲁斯特.追忆似水年华.徐继曾等译.南京:译林出版社,1989
张英伦.雨果传[M].太原:北岳文艺出版社,1989.
卢梭.社会契约论[M].何兆武,译.北京:商务印书馆,1990.
卢梭.新爱洛漪丝[M].伊信,译.北京:商务印书馆,1990.
艾珉.法国文学的理性批判精神[M].北京:北京大学出版社,1991.
罗国祥.二十世纪西方小说美学[M].武汉:武汉大学出版社,1991.
丁子春.法国小说与思潮流派[M].北京:团结出版社,1991年.
李清安、金德全选编.西蒙娜·德·波伏瓦研究[M].北京:中国社会科学出版社,1992.
福楼拜.包法利夫人[M].冯寿农,译.福州:海峡文艺出版社,1992.
柳鸣九著.法国二十世纪文学散论[M].广州:花城出版社,1993.
张容.当代法国文学史纲[M].沈阳:辽宁教育出版社,1993.
杨绛.杨绛译文集[M].南京:译林出版社,1994.
谭立德编选.法国作家·批评家论左拉[M].合肥:安徽文艺出版社,1994.
中共中央马克思恩格斯列宁斯大林著作编译局.马克思恩格斯选集(四卷本)[M].北京:人民出版社,1995.
米歇尔·莱蒙.法国现代小说史[M].徐知免,杨剑,译.上海:上海译文出版社,1995.
钱林森.法国作家与中国[M].福州:福建教育出版社,1995.
左拉.左拉文学书简[M].吴岳添,译.合肥:安徽文艺出版社,1995.
罗曼·罗兰.莫斯科日记[M].周启超,译.桂林:漓江出版社,1995年.
让雅克·马奈.让雅克·卢梭——明信片画传:他的生平与著作[M].吴岳添,译.北京:生活·读书·新知三联书店,1996.
柳鸣九主编.世界短篇小说精品文库[M].福州:海峡文艺出版社,1996.
罗芃,等.法国文化史[M].北京:北京大学出版社,1997.
卢梭.论科学与艺术[M].何兆武,译.北京:商务印书馆,1997.
柳鸣九主编."存在"文学与文学中的"存在"[M].北京:社会科学文献出版社,1997.
卢梭.论人类不平等的起源和基础[M].李常山,译.东林,校.北京:商务印书馆,1997.
郑克鲁.现代法国小说史[M].上海:上海外语教育出版社,1998.

巴赫金·弗朗索瓦·拉伯雷的创作与中世纪和文艺复兴时期的民间文化[M]. 李兆林,等,译.石家庄:河北教育出版社,1998.
雷蒙·特鲁松.卢梭传[M].李平沤,何三雅,译.北京:商务印书馆,1998.
比安卡·朗布兰.萨特、波伏瓦和我,被勾引的姑娘的回忆[M].吴岳添,译.北京:中国三峡出版社,1998.
莫洛亚.普鲁斯特传[M].徐和瑾,译.杭州:浙江文艺出版社,1998.
萨德.萨德文集(三卷本)[M].管震湖,胡随,译.长春:时代文艺出版社,1998.
廖星桥.荒诞与神奇——法国著名作家访谈录[M].深圳:海天出版社,1998.
杨义,陈圣生.中国比较文学史纲[M].台北:台北业强出版社,1998.
徐知免.人,可怜的怪物[M].广州:花城出版社,1998.
雅克·贝尔萨尼,等.1945至1968年的法国文学[M].孙恒等,译.长沙:湖南人民出版社,1999.
杨昌龙.萨特评传[M].杭州:浙江文艺出版社,1999.
涂卫群.普鲁斯特评传[M].杭州:浙江文艺出版社,1999.
张成柱.亨利·特罗亚评传[M].西安:陕西旅游出版社,1999.
钱善行.小说的艺术[M].北京:社会科学文献出版社,1999.
克里斯蒂安娜·布洛拉巴雷尔.杜拉斯传[M].徐和瑾,译.桂林:漓江出版社,1999.
劳拉·阿德莱尔.杜拉斯传[M].袁筱一,译.长春:春风文艺出版社,2000.
沈志明,艾珉.萨特文集(1—7卷)[M].北京:人民文学出版社,2000.
史忠义.20世纪法国小说诗学[M].北京:社会科学文献出版社,2000.
都德.都德小说选[M].郝运,译.上海:上海译文出版社,2000.
奈瓦尔.火的女儿——奈瓦尔作品选[M].余中先,译.桂林:漓江出版社,2000.
罗伯格里耶.快照集,为了一种新小说[M].余中先,译.长沙:湖南美术出版社,2001.
柳鸣九、沈志明.加缪全集(1—4卷)[M].石家庄:河北教育出版社,2002.
纪德.纪德文集小说三卷[M].北京:人民文学出版社,2002.
纪德.纪德文集五卷[M].广州:花城出版社,2002.
阿尔维托·曼古埃尔.阅读史[M].吴昌杰,译.北京:商务印书馆,2002.
黄宝生.文学大师的故事[M].北京:解放军文艺出版社,2002.
亨利·特罗亚.巴尔扎克传[M].胡尧步,译.北京:商务印书馆,2002.
张唯嘉.罗伯格里耶新小说研究[M].长沙:湖南人民出版社,2002.
司汤达.旅人札记[M].徐知免,译.天津:百花文艺出版社,2003.
巴塔耶.色情史[M].刘晖,译.北京:商务印书馆,2003.
罗大冈.罗大冈文集[M].北京:中国文联出版社,2004.

波伏瓦.波伏瓦美国纪行[M].何颖怡,译.海口:海南出版社,三环出版社,2004.
弗雷德里克·戈森.20世纪迷惘的孩子们[M].吴岳添,译.郑州:河南人民出版社,2004.
萨特.寄语海狸[M].沈志明,施康强,译.北京:人民文学出版社,2005.
娜塔丽·德瓦利埃.圣埃克絮佩里——天使与作家[M].周冉,译.上海:上海译文出版社,2006.
杨令飞.近代法国自由主义研究[M].吉林:吉林大学出版社,2006.
柳鸣九.法国文学史(修订本,1—3卷)[M].北京:人民文学出版社,2007.
曾繁亭.文学自然主义研究[M].北京:中国社会科学出版社,2008.
波伏瓦.名士风流[M].许钧,译.上海:上海译文出版社,2010年.
法朗士.文学渴了——法朗士评论精选集[M].吴岳添,译.北京:北京燕山出版社,2012.
缪塞.缪塞中短篇小说选[M].李玉民,译.桂林:漓江出版社,2013.
郭宏安.第十位缪斯——法国文学研究中的自觉[M].北京:中国社会科学出版社,2013.
莫洛亚.追寻普鲁斯特[M].徐和瑾,译.上海:上海译文出版社,2014.
蹇昌槐.欧洲小说史[M].武汉:武汉大学出版社,1995.
萨特.萨特文论选[M].施康强,译,北京:人民文学出版社,1991.
黎湘萍.哲理小说[M].北京:中国和平出版社,1996.
萨德.爱之诡计[M].管震湖,译. 长春:时代文艺出版社, 1998.
柳鸣九.凯旋门前的桐叶[M].北京:生活·读书·新知三联书店,1998.
乔·艾略特.小说的艺术[M].张玲,等,译.北京:社会科学文献出版社,1999.